GOLDMANN

Buch

Eigentlich hatte Nik Cohn eine Reise um die Welt geplant, doch dann stellte er fest: »Wenn man auch nur einen Block den Broadway entlangginge und jede Tür öffnete, würde man hundert Welten entdekken.« Also machte er sich auf den Weg.

Der Broadway, die berühmteste, meistbesungene Straße der Welt: Nik Cohn, Chronist des Rockzeitalters und selbst eine lebende Legende, schreibt über diesen Tummelplatz von Abenteurern und Spekulanten, von Nachtschwärmern und Tagträumern mit messerscharfer Beobachtungsgabe und leidenschaftlicher Anteilnahme. Sein Führer auf der Reise ist Sasha Zim, ein russischer Taxifahrer, seine Muse ein Transvestit auf der Suche nach Liebe und Romantik. Cohn trifft mit Künstlern und Taschendieben zusammen, mit Boxern, Zauberern, Stripperinnen und Hunderten von Träumern. Die Stimmen dieser Menschen fügen sich zu einem grandiosen Chor, dem Cohn nicht nur sein unbestechliches Ohr leiht, sondern auch seine Sprache, die an Witz und Schärfe ihresgleichen sucht.

Das Herz der Welt – eine Reise entlang einer Straße der unbegrenzten Möglichkeiten, auf der einem alles passieren kann, ein literarisches Kaleidoskop moderner Träume und Wirklichkeiten, Sehnsüchte und Leidenschaften.

Autor

Nik Cohn, 1946 in London geboren, wuchs in Irland auf und lebt heute in den Vereinigten Staaten. Nach einer seiner Reportagen wurde der Film *Saturday Night Fever* gedreht. Auf deutsch erschienen das Rockkultur-Standardwerk *A Wop Bop a Loo Bop a Lop Bam Boom* (1971) sowie der Welterfolg *Rock Dreams* (1973; zusammen mit Guy Pellaert).

NIK COHN

DAS HERZ DER WELT

Aus dem Amerikanischen
von Dirk van Gunsteren

GOLDMANN VERLAG

Die amerikanischc Originalausgabe
erschien 1992 unter dem Titel *The Heart of the World*
bei Alfred A. Knopf, New York

Umwelthinweis:
Alle bedruckten Materialien dieses Taschenbuches
sind chlorfrei und umweltschonend.
Das Papier enthält Recycling-Anteile.

Der Goldmann Verlag
ist ein Unternehmen der Verlagsgruppe Bertelsmann

Lizenzausgabe mit Genehmigung des
Carl Hanser Verlag München Wien
Umschlaggestaltung: Design Team München
Umschlagfoto: TIP/Newman, München
Druck: Elsnerdruck, Berlin
Verlagsnummer: 41439
SN · Herstellung: Peter Papenbrok
Made in Germany
ISBN 3-442-41439-3

1 3 5 7 9 10 8 6 4 2

Dieses Buch ist der subjektive Bericht eines Broadway-Spaziergangs, der mich von der Battery in Richtung Bronx führte. Eigentlich hatte ich eine Weltreise machen wollen, aber mein Freund Jon Bradshaw redete mir diesen Plan aus und lenkte meine Aufmerksamkeit auf den »Großen Weißen Weg«. »Das ist eine ganze Welt für sich«, sagte er. So begann ich meinen Spaziergang. Dann starb Bradshaw, doch ich ging weiter, auf meiner Schulter seinen Geist.

Broadway

Da strömen Menschen wie Gezeiten, Tag und Nacht!
Da trägt dies Wasser Leidenschaft, Gewinn, Verlust und Streben!
Da hemmen Sünde, Sorge, Glück des Flusses Lauf!
Da sieht man fragend aufmerksame Blicke – Liebesfunken!
Hohn, Neid, Verachtung, Spott, Sehnsucht und Hoffnung!
Du bist Portal, Arena, ein Bündel von Millionen langen Linien, Gruppen!
(Die unvergleichlichen Geschichten – ach, könnten deine Steine, Schwellen, Mauern sie erzählen,
deine prächtigen Fenster, mächtigen Hotels und breiten Bürgersteige!)
Du bist ein Gleiten, Stampfen, Schlurfen ohne Ende!
Du bist die vielfarbige Welt – das unbegrenzte, pralle Leben, das uns narrt!
Du bist Darbietung und Lektion, maskiert und groß, mit Worten nicht zu fassen!

Walt Whitman

I

I

1

An der Ecke Broadway/Canal Street wickelte sich ein Blatt Papier um mein Hosenbein und wollte sich nicht abschütteln lassen. Es stand eine Lebensgeschichte darauf, ordentlich getippt, mit gleichmäßigem Zeilenabstand: »Also das ist die Geschichte eines Mädchens, sie heißt Carmen Venus Colon und ist acht Jahre, sehr hübsch lebt mit ihrer Mutter die Felicidad heißt und ihrem Bruder der Hector heißt und dem Freund ihrer Mutter der Charlie heißt.

Es ist 1981, dies Mädchen hat viele Schwierigkeiten. Es ist eine echte Geschichte mit vielen Gefühlen, es hätte Ihre eigene Lebensgeschichte sein können, aber es ist das schwere Leben eines Mädchens, das so gut sein will, wie sie nur sein kann, aber sie mußte mit allen Schwierigkeiten zurechtkommen, die ihr in den Weg gekommen sind.

Hoffentlich macht das Buch Ihnen Spaß.«

Es war Anfang Januar, ein klarer, aber bitterkalter Morgen, viel zu kalt, um an einer Ecke des Broadway zu stehen und Lebensgeschichten zu lesen. Ich steckte das Blatt in die Manteltasche, suchte Zuflucht im Plum Blossom und bestellte mir eine Entensuppe.

Ich mußte warten und ging solange auf die Toilette, holte das Blatt mit Carmens Geschichte hervor und strich es auf den Knien glatt. »Das hat alles in der Bronx angefangen. Also ich glaube ich war eine gute Schülerin, aber nachdem ich von meinem großen Bruder Hector getrennt worden bin war ich immer in meiner eigenen kleinen Welt. Also ich glaube man kann sagen, daß alle Kinder in ihrer eigenen kleinen Welt leben aber bei mir war es anders, bei mir war es richtig verrückt. Ich hatte meine Mutter sehr gern und ihren Freund Charlie auch, der beste Freund auf der Welt, aber ich wurde andauernd geschlagen. Ich wußte nicht, was ich gemacht hatte, aber es war anscheinend auch egahl. Als ich neun war, hat Charlie sich an mich rangemacht. Das war ziemlich schlimm. Aber nach einer Weile hab ich mich dran gewöhnt. Ich meine Liebe ist mal so und mal so und man muß sie so nehmen wie sie kommt.«

Hier brach die Geschichte ab.

Als ich wieder ins Restaurant kam, stand die Entensuppe schon auf dem Tisch, aber ein anderer Mann machte sich gerade darüber her, und dieser andere Mann war Sasha Zim.

Alexej Alexandrowitsch hatte ihn geschickt. Wenn ich meinen Spaziergang den Broadway hinauf überleben wolle, hatte er gesagt, würde ich einen Führer und Aufpasser brauchen, und dafür sei Sasha Zim genau der Richtige. Er fahre tagsüber ein Checker-Taxi, spiele nachts Schlagzeug und sei verliebt in Straßen – in alle Straßen, besonders aber in den Broadway. »Und wo finde ich ihn?« hatte ich gefragt.

»In meinem Badezimmer. Bei seinem Schlagzeug«, hatte Alexej gesagt. »Die beiden schlafen schon seit Wochen da.«

Tief über meine Suppe gebeugt, saß er da. Er sah aus wie etwa zwanzig – ein schlaksiger Typ mit starken Knochen und rötlichblondem Haar, das verwuschelt unter seiner Schirmmütze hervorsah. »Tut mir leid, daß ich Ihnen Entensuppe abgenommen habe, aber ich bin müde, sehr hungrig«, sagte er. »In meinem Taxi wird Verrückter verrückt, sagt, er ist Trebitsch Lincoln, Abt von Schanghai, Meisterspion, Wiedergeburt von Johannes der Täufer, und ich soll ihn fahren ins Türkische Bad, will er die Sünden der Menschheit rausschwitzen. Oje. Türkisches Bad hat zu, wegen Aids, also muß ich ihn zu Bar bringen, will er die Sünden der Menschheit wegtrinken.

Will er in eine Bar in Passaic in New Jersey.« Er wischte sich über den Mund und schüttelte sich. »Also wann wir machen Broadway?« fragte er.

»Wann Sie wollen.«

»Ach«, sagte Sasha Zim, »diese Entensuppe ist gut.«

Hoch auf der rechten Wange hatte er ein kleines erdbeerfarbenes Muttermal, das aussah wie ein eintätowierter Krummsäbel. Normalerweise war es so blaß, daß man hätte meinen können, es sei nur eine Schramme. Doch nun wärmte ihn die Suppe und regte seinen Kreislauf an, und das Muttermal trat deutlich hervor. Es leuchtete wie ein feuerrotes Markenzeichen. »Broadway. Ist Mutter von allen Broadways in der Welt«, sagte er feierlich und zitierte aus dem Gedächtnis, »Mutter der Lichter vom Piccadilly Circus und Place Pigalle und Teatralnaja ploschtschad. Große Weiße Straße, größte von allen.«

»Sind Sie schon lange hier?«

»Sechs Jahre, drei Monate.«

»Und davor?«

»Moskau. Nowokusnezkaja«, antwortete Sasha, als wäre damit alles gesagt. »Bis dahin hatte siebzehn, jetzt hab ich vierundzwanzig.«

Ich bestellte mir noch eine Entensuppe für mich, und ein paar Minuten lang saßen wir schweigend da. In der mit fetter Brühe halb gefüllten Suppenschale türmten sich Knochen und Nudeln, und für den ganzen Rest des Tages lag auf unseren Zungen und Gaumen ein aromatischer Fettfilm, eine Salzlösung mit magischen Kräften – gut gegen böse Geister. »Sie wohnen also bei Alexej Alexandrowitsch?« murmelte ich.

»Schlagzeug wohnt«, sagte Sasha. »Zim kann schlafen in Taxi, auf Straße, mit Frau, mit Frau in Taxi, mit Frau in Taxi auf Straße, macht nix. Aber Schlagzeug braucht Ruhe.«

»Gottes Promenadenmischung« hatte Alexej Alexandrowitsch ihn genannt. Er trug Bomberjacke, Hawaiihemd, Jogginghosen, Wanderstiefel, einen Westerngürtel mit Büffelkopfschnalle, ein kleines silbernes Kruzifix und sah aus wie ein wandelnder Flohmarkt. Doch sein Gesicht wirkte nagelneu, völlig unbenutzt. »Weil: Ich bin Sowjerikaner«, erklärte er.

Sein erstes Englisch hatte er durch das Hausfrauenprogramm im Fernsehen gelernt, durch Seifenopern wie *General Hospital, As The World Turns, The Young and The Restless, Hawaii 5-0* und *Fantasy Island*, durch Werbespots für Waschpulver und Klopapier und Wiederholungen von *I Love Lucy*. Jetzt arbeitete er tagsüber, aber noch immer lernte er ständig dazu. »Ich sammle von Straße auf, wie Müllmann«, sagte er. »Taxi ist wie Universität für alle Menschen. Was du nicht weißt, macht dich nicht heiß, aber was du weißt, macht dich tot.«

Das Plum Blossom war ein sicherer Hafen. Früher hatte es Dave's Corner geheißen und war für seine Eiercremes berühmt gewesen, ein Treffpunkt für Punks, die ihre vom Kokain angegriffenen Nerven beruhigen wollten; jetzt bestand die Kundschaft aus Taxifahrern, Geschworenen und einigen Chinesen. Im Schaufenster hingen Reihen von dunkelbraun und purpurn glänzenden Peking-Enten. Drinnen standen dicht an dicht plastikbeschichtete Tische, die Wände waren mit Spiegeln verkleidet, und die Wärme der Dampfheizung umhüllte einen wie eine Decke und schloß den Dreck und die Wut und die aggressiven Straßenhändler der Canal Street aus. »Ganze Welt geht Teufel«, sagte Sasha. »Und Zim ißt Suppe.«

Kaum hatte er eine gewaltige Schüssel davon verdrückt, bestellte er sich auch schon die nächste. »Ist wie Nymphomanie für Enten: Je mehr ich satt, desto mehr ich nicht«, sagte er mit einem glückseligen Lächeln. »Weil: Man lebt nur einmal.«

Aus den Tiefen der zweiten Schüssel fischte er einen Fremdkörper, ein schleimiges Etwas, das früher vielleicht ein Radiergummi oder ein gebrauchtes Heftpflaster gewesen war. »Was Teufel ist das?« murmelte er. Doch seine Miene war hocherfreut, und er steckte das Ding wie eine Trophäe in die Hemdtasche. »Ist Hobby«, erklärte er. »Komisches Zeug sammeln.«

Es war nach zehn, und das Plum Blossom war fast leer. Schläfrig, aber zufrieden stierten wir wie arbeitslose Magier auf die Reste aus Knochen und Brühe. »Broadway«, erinnerte ich ihn.

»Läuft nicht weg«, antwortete Sasha Zim.

Ein nordafrikanischer Nomade kam aus der Kälte herein, ein in diverse Teppiche und Decken gehüllter Ramschhändler. Um den Kopf hatte er lose ein blaues Handtuch gewickelt, und unter dem Arm trug er einen großen geflochtenen Korb. Darin befand sich ein breitgefächertes Sortiment von Krimskrams: Halstücher, Glasperlen, Batterien, Räucherstäbchen, Ansteckknöpfe mit dem Logo der puertorikanischen Popgruppe Menudo, Schirmmützen mit den Emblemen der Mets und der Giants. Den Schwerpunkt aber bildete Darkie-Zahnpasta.

Das Warenzeichen von Darkie war ein Bimbo mit Zylinder und Fliege, der von einem Ohr zum anderen grinste und strahlendweiße Zähne entblößte. Der Afrikaner, der keine eigenen Zähne mehr hatte, war groß und überaus ernst. Sein blauschwarzes Gesicht war alterslos, seine mit Lumpen umwickelten Füße waren lang und breit wie Schwimmflossen, und in der Hand hielt er fünf fächerförmig angeordnete Tuben Darkie. »Was für Mist ist das?« wollte Sasha empört wissen.

»Ich bin aus Senegal«, sagte der Afrikaner. »Ich nenne Ousmane.«

»Woher hast du das? *D'où vient le Darkie?*«

»Mein Bruder nennt Ismaila. Er klaut im Pearl River.«

Pearl River war ein chinesischer Supermarkt, gleich auf der anderen Seite der Canal Street. Von meinem Platz aus konnte ich ihn sehen: einen vierkantigen, mit Wimpeln und Drachenfahnen verzierten Schuppen, verkleidet als Tempel. »Alles. Mein Bruder klaut alles«, sagte Ousmane. »Mein Bruder nennt Ismaila, er klaut ganze Welt.«

2

Den Rest des Tages und den ganzen Abend fuhren wir in Sashas Taxi in der Stadt herum, und danach gingen wir einen trinken. Ganz unten am Broadway, in den Sträßchen hinter dem Bowling Green, gab es eine Bar namens Killarney Rose, die bis vier Uhr früh geöffnet hatte. Es war eine schöne, saubere Bar mit einer riesigen Theke. Ein betrunkener alter Mann, der an ihrem dunklen Ende saß, sagte, es sei die längste Theke in ganz Manhattan. Die irische Olympiamannschaft der Schwimmer trainiere in einem Becken, das ganz genauso lang sei.

Der Betrunkene hieß Barney und war ein verhutzelter alter Knacker, nichts als Haut und Knochen, keine Zähne. Früher, behauptete er, sei er einer der gefragtesten Boten der Wall Street gewesen. Vierzig Jahre lang sei keiner schneller, keiner angesehener gewesen. »Ich hab mich immer bemüht«, sagte er. »Aber dann hab ich meine Zähne verloren.«

»Hätten Sie sich nicht ein Gebiß machen lassen können?«

»Hätte ich. Klar hätte ich. Aber ich wollte mir meinen Mund nicht versauen lassen.«

In jenen guten alten Zeiten war das Killarney Rose sein Königreich gewesen. Er konnte es nicht betreten, ohne daß ihm alle möglichen Leute auf die Schulter klopften, und sein Geld wollte hier niemand haben. »Ich war ein verdammt guter Bote. Verdammt gut.« Dann verlor er seine Zähne und damit seine Freunde. Plötzlich, so schien es, kamen nur noch Fremde in seine Bar. »Wichser. Abschaum. Wichsende Hosenscheißer«, nannte er sie. Und die neuen Barmänner waren auch nicht besser. »Esel, verdammte Iren, mit einem Fuß noch auf dem Schiff.« Heute mußte er seine Drinks selbst bezahlen.

Als die Bar schloß, ging ich mit Sasha Zim hinunter zum Battery Park. Die nächtlichen Straßen lagen still und verlassen da, unsere Schritte hallten zwischen den Häuserwänden wider, aber immer wieder tauchten plötzlich ein paar versprengte heimatlose Gestalten auf.

Hier war früher einmal ein Friedhof gewesen. Damals, hieß es, konnte man nach Einbruch der Dunkelheit eine Maschinenpistole leerschießen, ohne jemanden zu treffen. Aber das war vor dem Zeitalter der Grundstücksspekulation gewesen. Jetzt verdeckten Luxus-Wolkenkratzer den Nachthimmel, und ihre erleuchteten Fenster schufen neue Sternbilder. Selbst der Lower Broadway war unruhig geworden.

»Hab mich immer bemüht«, murmelte Barney, der hinter uns herschlurfte. »Die Wichser haben sich meine Zähne geschnappt.« Es war eine kühle Nacht, und die Feuchtigkeit war so durchdringend, daß sie wie ein Blutegel an mir zu saugen schien – der Kuß eines Vampirs. Sasha spürte anscheinend nichts davon. Er hatte sich in einen Mantel eingemummelt, den er für einen Dollar auf dem Flohmarkt gekauft hatte und der ihm drei Nummern zu groß war. Darin sah er aus wie das Kind in Soldatenuniform am Anfang von Abel Gance' *Napoleon*, das sich auf die Schneeballschlacht vorbereitet.

An der South Ferry bestellten wir uns an einer italienischen Imbißbude Kaffee und Doughnuts. Der Mann hinter der Theke trug eine Kochmütze, die in all dieser Schwärze erschreckend weiß wirkte. Er begrüßte Sasha wie einen Stammgast, und auch die anderen Kunden – Matrosen von den Fährschiffen, Müllmänner, diverse Nachtschwärmer – schienen Sasha gut zu kennen. »Kennen mich alle, in New York, auf Broadway, überall«, sagte er. »Aber natürlich, ist nicht ihre Schuld.«

Etwas abseits stand ein großer Schwarzer, der einen langen Ledermantel und eine russisch wirkende Pelzmütze trug. Er hatte das Gesicht eines Büßers – es wirkte so steinern wie das der Präsidenten am Mount Rushmore –, und die ganze Pupille des rechten Auges war milchig weiß. Doch Sasha ging direkt auf ihn zu und begrüßte ihn mit einem komplizierten Handschlag. »Jo, Rickey O«, rief er. »Was macht Leben?«

»Das Schiff säuft ab«, antwortete Rickey O ungerührt.

»Kommt vor«, sagte Sasha. »Ist Lauf der Dinge.«

Rickey O schien an ihn gewöhnt zu sein, schien ihn fast als naturgegeben zu betrachten, als wäre er den ganzen Tag umgeben von klugschwätzenden, herumblödelnden Sowjerikanern. »Wie heißt ›motherfucker‹ auf russisch?« fragte er.

»*Jop twoju mat* – fick deine Mutter«, sagte Sasha. »Ist freundliche Begrüßung, wie ›Hallo‹, wie ›Schöner Tag heute‹.«

»Yo, Tofumatte.«

»*Jop. Twoju. Mat.*«

Rickey O brach in lautes Lachen aus. Für einen Augenblick legte er seine Leidensmiene ab und stieß ein hohes Kreischen aus, das fast so klang wie das Kichern eines kleinen Mädchens. »*Jop twoju mat*«, sagte er deutlich und akzentuiert.

»Gern zu Diensten,« sagte Sasha.

Wir gingen wieder in den Park. Am Ufer, im Schutz der Hafenmauer, schliefen überall Obdachlose auf Bänken und in Unterschlüpfen aus Karton.

Es war immer noch scheußliches Nieselwetter. Weit draußen im Hafen waren die Scheinwerfer, die die Freiheitsstatue anstrahlten, nur als ganz schwacher Lichtschimmer auszumachen.

Die Freiheitsstatue war eine von Sashas Kultgegenständen. 1986, als sie hundert Jahre alt geworden war, hatte er ihr zu Ehren in diesem Park gearbeitet und unter einem Spruchband mit dem Slogan FEIERN SIE MISS LIBERTY MIT EINEM MEAT-O-MAT-IMBISS Hamburger und süße oder scharfe italienische Würstchen verkauft. Und nun hatte er darauf bestanden, unsere Pilgerfahrt bei ihr zu beginnen, damit wir »sturmgeschüttelt« den Broadway betraten, als »elender Auswurf ferner Länder«.

Die erste Fähre ging um neun. Die meisten Passagiere waren Japaner, aber es waren auch ein paar Deutsche, Skandinavier und Texaner an Bord. Die Hauptattraktion aber war eine Gruppe von etwa zehnjährigen Schulmädchen aus dem New Yorker Hinterland, die bei diesem Ausflug ihre Schuluniform trugen: weiße Söckchen, graue Röcke und blauviolette Blazer.

Auch Rickey O fuhr mit. Wir entdeckten ihn auf dem Unterdeck, wo er in der Nähe der Imbißtheke herumhing. Als wir auf ihn zugingen, starrte er durch uns hindurch, als hätte er uns noch nie im Leben gesehen. »Macht Arbeit. Dürfen nicht stören«, erklärte Sasha.

»Was für Arbeit?«

»Ist Freiheits-Dieb.«

Er zerrte mich hinauf in die Sonne und die schneidende Kälte. Seine Schultertasche war vollgestopft mit Reiseführern und Faltblättern, in denen er gewissenhaft Passagen oder einzelne Sätze zum Zitieren markiert hatte. »Ist wie Hintergrund für Geschichte. Gibt bißchen Farbe, bißchen Klasse«, erklärte er.

Der große Hafen, in dem es einst von Schleppern, Trampschiffen, Frachtern und Ozeanriesen gewimmelt hatte, lag jetzt beinah verlassen da. Nur ein paar kleine Öltanker waren zu sehen und am Horizont – ich traute meinen Augen kaum – eine einsame Yacht, deren blendendweißes Segel fast waagrecht lag.

Der Wind ließ mich stolpern und warf mich herum, doch Sasha in seinem warmen Mantel ließ nicht zu, daß ich mich in einer geschützten Ecke verkroch. Er schob mich an die Reling und befahl mir, nach oben zu sehen. Und da ragte sie riesig und steil vor uns auf: *Die Freiheit, die Nationen der Welt erleuchtend.*

Von nahem wirkte sie eher einschüchternd als inspirierend. *»Diese stattliche Statue einer Dame«*, las Sasha, tief über ein Faltblatt gebeugt, *»Nase ist einen Meter siebenunddreißig lang, Fingernagel ist dreiunddreißig mal fünfundzwanzig Zentimeter und Taillenumfang ist zehn Meter siebzig, mehr als ein Abschnitt auf dem Footballfeld.«*

Es war zwecklos. Von hier unten sah sie aus wie eine gigantische schwangere Hausfrau im Nachthemd, die eine Kerze emporhielt. Miss Libertys Gesicht war ausdruckslos, aber es lag auch etwas Höhnisches darin, und um ihre wulstigen Lippen spielte ein mürrischer Zug. Sie war das Ebenbild des frühen Elvis.

Das Deck hinter uns war voller Schulmädchen. Ihre warm in einen Anorak eingepackte Lehrerin ließ sie in Reihen Aufstellung nehmen, wie für ein Klassenfoto. Die Augen geradeaus, die Füße parallel, standen sie mit steifem Rücken und roten Knien da und sangen *America the Beautiful*, während die Kälte ihnen die Tränen in die Augen trieb und die Japaner Fotos machten.

Mitten im Lied gab es eine kleine Störung: Einer der Japaner trat immer weiter zum Deckaufgang zurück, um einen weiteren Blickwinkel zu bekommen. Unmittelbar vor ihm stand ein junger Mann, ein Mischling aus verschiedenen Rassen, der halb zu schlafen schien. Als sich der Japaner an ihm vorbeischob, fuhr der Mischling herum. Die Gesichter der beiden waren nur Zentimeter voneinander entfernt. Einen Augenblick lang standen sie wie erstarrt, jeder gefangen vom Blick des anderen. Dann schien der Japaner zu stolpern. Er ruderte mit den Armen, taumelte, prallte an irgend etwas ab wie eine Flipperkugel und verlor das Gleichgewicht. Zum Glück stand Rickey O genau richtig, um ihn aufzufangen.

Das Boot hatte gewendet und fuhr wieder zurück. Vor uns lag die Skyline von Manhattan. Anfangs sah sie genauso aus wie in den Filmen. Dann teilte sich die Mauer aus Stein, löste sich auf in gerade und auswärts und einwärts gewölbte Flächen, die sich hintereinander in den Himmel reckten wie eine Spielkartenstadt. Glas und Stahl reflektierten das Sonnenlicht, Quadrate schmolzen zu Rechtecken, gekrümmte Linien zu Winkeln, bis das ganze gewaltige Gebilde, als wir uns seinem Fuß näherten, anzuschwellen und kaleidoskopartig in Milliarden Scherben, Splitter, Reflektionen, Schlaglichter und Lücken zu zerplatzen schien. Im Zentrum des Ganzen war jetzt ein bodenloser Einschnitt zu sehen. »Broadway«, murmelte Sasha. Sein Muttermal leuchtete rot, und er bekreuzigte sich. *»Jop twoju mat«*, sagte er.

So kamen wir zum Großen Weißen Weg.

Auf dem Unterdeck war von Rickey O nichts zu sehen, aber der Mischling verschlang gerade einen Hotdog mit Senf, Sauerkraut und einer doppelten Portion Ketchup. Er sah aus, als wäre er noch immer nicht ganz aufgewacht.

Als die Fähre in Manhattan anlegte, folgten wir ihm durch den Battery Park. Er schlenderte gemächlich und ziellos dahin, wie einer, der bekifft ist, und als er den Anfang des Broadway erreicht hatte, verschwand er nicht einfach im Roy-Rogers-Schnellrestaurant, sondern sickerte irgendwie hinein.

Vier andere erwarteten ihn: drei unterschiedlich dunkle Hispanos und ein hellhäutiger Schwarzer. Sasha Zim kannte sie alle. »Refugio und Willie, Indio, Sindbad. Das hier ist Stoney, du hast ihn schon auf Fähre gesehen«, stellte er sie vor und zeigte dann auf mich. »Nikolai Normanowitsch, ist mit mir«, sagte er.

»Cool?« fragte Stoney.

»Ist totaler Dummkopf, ich sage dir.«

Das waren also die Freiheits-Diebe. Sie trafen sich jede Woche einmal morgens am Broadway, entweder im Roy Rogers oder in einem anderen Schnellrestaurant, je unpersönlicher das Ambiente, desto besser. Dann wurden Lose aus einem Hut gezogen, und zwei von ihnen gingen auf die Fähre, um Taschen auszuräumen.

Die Freiheits-Diebe unterschieden sich im einzelnen deutlich in ihrer Aufmachung. Indio und Sindbad trugen Sweatshirts mit Kapuzen, Nike-Turnschuhe und stechende Blicke, die Grundausrüstung der Streetfighter. Stoney, Refugio und Willie dagegen traten als Zivilisten auf, in brauner, graubrauner und beiger Kleidung, die nichtssagend war wie ein Glas Wasser. Sie sahen so gegensätzlich aus wie Mitglieder feindlicher Mannschaften in einer Fernseh-Quizshow, in der Heilige gegen Sünder antreten.

Stoney war ihr Anführer, ihr selbsternannter Sprecher. Sein Äußeres verriet kaum etwas über seine Herkunft; er hätte alles mögliche sein können, ein hellhäutiger Schwarzer oder ein dunkler Mittelmeertyp, ein Syrer beispielsweise oder ein Grieche von den Inseln. Seine Gesichtszüge verrieten nichts, sein Gesichtsausdruck noch weniger. Aber wenn er sprach, stand seine Autorität keinen Augenblick in Frage.

Freiheits-Klauen, sagte er, sei nicht einfach Klauen, sondern die Verwirklichung dessen, was die Statue verkörpere. »Hör dir doch das Lied an, da steht's ja drin«, sagte er. »Freiheit, genau wie der Typ da gesagt hat: Gib mir Freiheit oder gib mir Tod. Alle sollen frei sein. *Alles* soll frei sein.« Er schlenkerte seine Hand und grinste schief, wie ein Zauberer, der Kaninchen aus dem Hut zieht. »Ist doch klar«, sagte er.

»Freiheit für alle«, sagte Willie.

»Ist Überschrift von Amerika«, sagte Sasha Zim.

Stoneys Vater war Prediger in der Nähe von Rocky Mount, North Carolina, gewesen: Hochwürden Abraham Lincoln Bisonette. Stoney war ein echter Sohn seines Vaters. »In der Gegend, wo ich aufgewachsen bin, gab's einen Supermarkt, an der Hauptstraße«, sagte er. »Als ich klein war, bin ich jeden Abend mit meiner Mutter da vorbeigegangen und hab ihr beim Einkaufen geholfen. Ich war das jüngste von neun Kindern – zwei Schwestern und sechs Brüder –, aber von denen haben nur drei überlebt, und darum war ich so was wie Mamas Liebling. Sie wollte immer ein Auge auf mich haben. Jedenfalls, bei diesem Supermarkt, direkt davor, hatten sie ein großes Schild mit drei kleinen Schweinchen, und die standen vor dieser Riesenschüssel mit dampfendem Futter und sahen so aus, als würden sie gleich einen Hechtsprung da rein machen, und diese drei kleinen Schweinchen, die hatten dieses wahnsinnige, völlig überirdische Grinsen auf dem Gesicht – ich meine, die sahen regelrecht *hingerissen* aus, als ob sie gerade gestorben und *erster Klasse* in den Himmel gekommen wären. Und daneben hatte der Mann, der sich das ausgedacht hatte, drei Wörter gemalt.«

»Was für Wörter?«

»BEDIENEN SIE SICH«, sagte Stoney. »Das hab ich dann gemacht. Das mach ich heute noch.«

Die anderen Freiheits-Diebe hatten diese Geschichte offenbar schon oft gehört. Während Stoney sie erzählte, vertrieben sie sich die Zeit, indem sie Gesichter schnitten und sich gegenseitig Salz in die Cola schütteten. »Wir sind wie eine Rock-Band, nur daß wir keine Musik machen«, sagte Stoney.

Sie waren seit fast einem Jahr zusammen. Bevor sie sich entschlossen hatten, Freiheits-Diebe zu werden, hatten sie sich auf den Straßen von Spanish Harlem herumgetrieben. Sie hatten zu denselben Banden gehört und in denselben Erziehungsheimen gesessen. Aber darüber hinaus hatten sie alle dasselbe Problem: Keiner von ihnen nahm Crack.

In ihrer Gegend war das ein entscheidendes Manko. Im Barrio und ebenso in den anderen Gettos herrschte Crack inzwischen so unumschränkt, daß jeder, der damit nichts zu tun haben wollte, als Fremder betrachtet wurde, und Fremde wurden dort nicht alt. Refugios kleiner Bruder Ozzie war vor einer Bodega erschossen worden, bei einem Streit um drei Dollar fünfzig, und Conchita Concepcion, einer von Indios Cousinen, hatte man Säure ins Gesicht geschüttet. Morde gab es überall und jeden Tag. Darum hatten sich die Freiheits-Diebe schließlich nach Loisada, der Lower East Side, abgesetzt, wo die Tatsache, daß man nicht süchtig war, noch nicht als Kapitalverbrechen, sondern nur als minderes Delikt galt.

Ihre genaue Zahl und Zusammensetzung schwanke je nach Verfügbarkeit, sagte Stoney. »Er meint, es kommt drauf an, wer gerade in der Kiste ist«, warf Refugio ein.

»In der Besserungsanstalt«, sagte Stoney streng. Aber ob Besserungsanstalt oder Gefängnis – es war keine große Sache. Im Durchschnitt wurde man einmal im Monat geschnappt, und in neun von zehn Fällen war man am nächsten Tag wieder draußen. »So läuft das eben«, sagte Stoney. »Wir bringen keinen um, und mit den Bullen legen wir uns nicht an, also müssen wir auch nicht in den Knast. Von fünf Dollar, die wir einnehmen, legen wir einen auf die Seite, für Ausgaben, zum Beispiel Straßenzoll. Der Rest ist zum Verbraten.«

Nach einer halben Stunde kam Rickey O herein. Sein Gesichtsausdruck war düsterer als je zuvor. Die Pelzmütze hatte er abgenommen, so daß man seinen rasierten Schädel sah, und sein milchweißes Auge starrte blicklos – das Auge eines Basilisken. Der Japaner hatte ihn geleimt. Rickey O hatte die Brieftasche erwischt, kein Problem, aber es war nichts drin, kein Geld und auch keine Kreditkarten, bloß eine dicke weiße Haarlocke und das Foto eines alten Mannes mit Nickelbrille, der eine Tasse Suppe trank und mit abwesendem Blick in die Kamera strahlte.

Es blieb nichts anderes übrig, als noch einmal von vorn anzufangen. Refugio und Sindbad machten sich auf den Weg zur Fähre; die anderen gingen ihrer Wege. Sasha Zim kehrte zu seinem Taxi zurück. »Ich muß jetzt irgendeinem eine reinhauen«, sagte Rickey O, und dann war auch er verschwunden. Er hatte den Kopf vor dem Wind eingezogen, die russische Mütze tief ins Gesicht gedrückt, ein rotes Tuch vor den Mund gebunden und sah aus wie ein maskierter Rächer.

Nur Stoney blieb.

Es war zehn nach elf. »Die Bar ist jetzt auf«, sagte er.

Er führte mich den Broadway hinunter und zog mich in eine schmale Gasse, und dann standen wir vor dem Killarney Rose. Bei Tageslicht war die Bar wie verwandelt: Es herrschte ein buntes Treiben, und an der Theke drängten sich Büroangestellte, junge, aufstrebende Broker und Finanzmakler, die gerade eine Pause einlegten. Stoney trank einen Grand Marnier und dazu ein 7-Up. Er sah mich ernst an. »Was meinst du?« fragte er mich. »Soll ich Prediger werden?«

Er hatte es im Blut. Seit Generationen waren die Bisonettes Prediger gewesen: sein Vater, sein Großvater, sein Großonkel Hubert – und sie alle waren jüngere Söhne gewesen, genau wie Stoney. »Berufene Münder«, sagte er.

Für die Gottesfürchtigen in Carolina waren sie eine Institution – »nicht berühmt, wohlgemerkt, aber bekannt«. Zwar hatten sie es in Rocky Mount selbst nicht sehr weit gebracht, aber auf dem Land mit seinen Nadelwäldern und Schotterstraßen kannte sie jeder. Vor über fünfzig Jahren schon hatten Bisonettes an Wegkreuzungen gepredigt, in Zelten und geweihten Schuppen, am Ufer von Tümpeln, in denen die neuen Gemeindemitglieder gleich getauft werden konnten. Und man achtete sie dafür. Errettete Frauen verehrten sie, Kinder der Liebe sahen zu ihnen auf. Aber irgend etwas fehlte. »Diese ganzen langen, harten Jahre haben sie geglaubt«, sagte Stoney, »aber sie haben nie rausgekriegt, *woran* sie eigentlich geglaubt haben.«

Er hatte diesen Fluch geerbt. Solange er zurückdenken konnte, hatte er den Drang gehabt, Zeugnis abzulegen. Es hatte ihn nicht bloß gedrängt, sondern geradezu getrieben – es war ein tiefsitzendes Verlangen, aufzustehen und auszusprechen, was er wußte. Doch was wußte er? Er wußte es nicht.

In diesem Punkt war er verwirrt; sein ganzes bisheriges Leben war voller Verwirrung gewesen. Sein Vater, ein ordinierter Mann Gottes, war bei dem Versuch, einen Spirituosenladen zu überfallen, erschossen worden. Damals war Stoney sieben Jahre alt gewesen – Martin Luther Bisonette, ein siebter Sohn. Aber seine Mutter hatte ihn sich nicht mehr leisten können, und so war er nach New York gebracht worden, zu seiner Tante Clara, die in der Upper West Side lebte, 98. Straße, einen Block vom Broadway entfernt.

Heute wäre das eine schicke Adresse, genau richtig für junge Karrieremacher. Damals aber war das anders. In den frühen Siebzigern war dieses Viertel so verrufen wie viele andere in der Stadt. Der Block, in dem Tante Clara wohnte, bestand ausschließlich aus EZAS – Ein-Zimmer-Apartments –, und das war eine freundliche Umschreibung für »Absturzgegend«.

Clara hing an der Nadel und ging auf den Strich, um Geld für die Droge zu beschaffen. Sie meinte es nicht böse und behandelte ihn immer gut. Aber sie hatte keinen Platz für ihn. Wenn kein Freier da war, feierte sie kleine, intime Partys. So oder so mußte Stoney auf dem Korridor warten.

Oft blieb sie tagelang fort. Dann saß Stoney in ihrem Zimmer und sah fern. Clara hatte einen alten Panasonic, ein Schwarzweißgerät. Die einzigen anderen Möbelstücke waren ein Bettsofa, ein Kühlschrank voller saurer Milch und halb gegessener Hershey-Schokoriegel, aus denen die Mandeln herausgepult waren, und ein Altar, den Humberto gebaut hatte, der letzte Freund, mit dem Tante Clara ihr Zimmer geteilt hatte. Auf dem Altar stand ein 3-D-Bild von Christus mit der Dornenkrone, und die Blutstropfen sahen so dick und echt aus, daß Stoney sie immer wie Zecken zwischen Daumen und Zeigefinger zerdrücken wollte. Außerdem war er mit Kerzen, Gläsern voll verschieden eingefärbtem Wasser, einer Halskette aus Tierzähnen, Haarsträhnen, einer Ziermünzenkette mit Kruzifix und einer Gewehrkugel geschmückt. Rings um das Ganze hing eine Girlande aus elektrischen Weihnachtsbaumkerzen.

Wenn es dunkel war, schaltete Stoney die Lichterkette an und die nackte Glühbirne über dem Panasonicgerät aus, ließ den Fernseher jedoch laufen. In diesem flackernden Zwielicht sprach er in Zungen.

Auch damals hatte er keine Botschaft zu verkünden. Er imitierte bloß, er versuchte, die gleichen Laute auszustoßen, die er seinen Vater hatte machen hören und die sonntags morgens bei den Gottesdienstsendungen aus dem Fernsehlautsprecher kamen. Meistens war es nur Schauspielerei, ein Zeitvertreib, aber hin und wieder packte ihn der Geist wirklich, trug ihn davon, so daß er zu Boden fiel und seinen Körper, sein Ich hinter sich ließ.

Es gab keine Erklärung dafür. Obwohl er bloß brabbelte und irgendwelche Laute ausstieß, fügten sich diese Laute manchmal ganz von selbst zu Wörtern, und einen Augenblick lang ergaben sie fast einen Sinn. Doch den bekam er nie ganz zu fassen. Sobald der Geist ihn wieder losließ, waren die Wörter wie ausgelöscht.

Wenn er Zeugnis abgelegt hatte, schlief er auf dem Boden ein. Es war ein todesähnlicher Schlaf der Erschöpfung, aus dem er erst am nächsten Morgen erwachte, wenn Tante Clara nach Hause kam. Wenn sie nicht kam, ging er hinaus auf die Straße und brachte sich bei, wie man stiehlt.

Er liebte es von Anfang an. Er liebte alles daran, das Ritual ebenso wie die Belohnung. Erst kam der Augenkontakt, die Feineinstellung des Blicks, wenn man eine Beute ausgemacht hatte und wußte, daß sie für einen bestimmt war; dann das Einkreisen, die Annäherung – das passierte so leicht und natürlich, daß man sich gar nicht zu bewegen schien. Und plötzlich war man da, und die Beute schien einen geradezu zu bitten, schien zu sagen: *Jetzt, genau jetzt.* Dann brauchte man nur noch die Hand auszustrecken, und man hatte, was man wollte – es geschah ganz von allein. »Wie eine reife Frucht oder eine Frau. Nur besser«, sagte Stoney. »Weniger Ärger.«

Es war eine Gabe, etwas Gottgegebenes. Stoney nannte es *Locken.* Echte Diebe hatten keine gierigen Hände, und sie jagten ihrer Beute niemals nach. Sie standen lediglich bereit. Sie brauchten nur noch zu warten, und die Beute fiel ihnen zu.

Der Erfolg beruhte darauf, die richtigen Dinge ins Auge zu fassen und die falschen links liegenzulassen. »*Geduld* und *Überblick, Überblick* und *Geduld.*« Er wiederholte es wie ein Mantra. »Das Klauen selbst schafft jeder Idiot. Da brauchen bloß geschickte Hände und die persönliche Geschichte des Beklauten zusammenzukommen.«

Auf hartnäckiges Fragen gab er zu, daß diese tiefen Einsichten nicht von ihm selbst stammten. Er hatte sie von einem Spieler namens Aaron Harris, der als Zuschauer zu Jugendgerichtsverfahren ging und später sein Lehrer, sein Ausbilder wurde.

Aaron war viel älter als er – Stoney war zehn, Aaron ungefähr fünfundzwanzig, ein magerer chassidischer Jude aus Mount Vernon. Er war selbst lange Jahre Dieb gewesen – ein verdammt guter Dieb – und hatte sich Sol Sharkey genannt, bis er eines Tages von den falschen Leuten im falschen Revier erwischt worden war und die falschen Leute ihm die Hände gebrochen hatten. Fortan konnte er nur noch zusehen.

Und das tat er. Jedesmal wenn Stoney zu einer Verhandlung vorgeführt wurde, saß Aaron Harris auf demselben Platz: dritte Reihe von hinten, direkt am Gang. Schließlich sprach er Stoney an. »Warum läßt du dich immer erwischen?« fragte er ihn.

Gute Frage. Stoney konnte seinen eigenen Namen nicht lesen, lutschte am Daumen und schien dazu verurteilt, immer auf der Verliererseite zu bleiben. Wenn er Papiere gehabt hätte, wäre er schon längst eingesperrt worden. Aber Tante Clara hatte vorgesorgt. Am ersten Abend in der 98. Straße hatte sie ihm ihren einzigen und besten Rat gegeben: »Sag ihnen nie deinen richtigen Namen«, hatte sie ihm eingeschärft und ihm geholfen, alle seine Papiere über einer Kerze zu verbrennen. Sie hatte seine Stirn mit schwarzem Wasser bespritzt, das nach toten Tieren roch, und ihm ein Stück Gummi in die Hand gedrückt, als Symbol dafür, daß seine Vergangenheit nun ausradiert war. Dann hatte sie ihm gezeigt, wo die Tür war.

Das bedeutete, daß es ihn offiziell gar nicht gab. Er wurde vor Gericht gestellt und anschließend von einer Behörde zur anderen weitergereicht, aber keine wollte irgend etwas mit ihm zu tun haben. Schließlich blieb ihnen nichts anderes übrig, als ihn wieder auf die Straße zu setzen und so zu tun, als hätte es ihn nie gegeben.

Das war sein Freifahrschein. Trotzdem wurde er immer wieder geschnappt. Und warum? Aus Dummheit, weil er einen perversen Stolz entwickelte. Anstatt einzustecken und dann zu verschwinden, hing er am Schauplatz seines Erfolges herum und spreizte sich. Anscheinend war er nur zufrieden, wenn er sich brüsten und mit seinem Können angeben konnte. »Und das ist Schmonzes«, sagte Aaron Harris jetzt. »Ein Talent wie du. Du solltest dich schämen.«

Für manche mochte ihre Freundschaft etwas Zwielichtiges haben: ein erwachsener Mann, der mit einem Zehnjährigen herumzog. Aber in Wirklichkeit waren sie ja zwei Künstler. »Dieselbe Form, nur verschiedene Größen.«

Aaron war wie eine Mischung aus Dickens' Fagin und einem weisen Zen-Meister in einem Kung-Fu-Film. Er nahm Stoney an der Hand. Er unterrichtete ihn auf der Straße. Er schliff und glättete ihn, lehrte ihn lesen und schreiben, lehrte ihn, mit sich selbst zurechtzukommen, sich nicht zu verlieren und sich zu mögen. »Ich sag dir: Der Mann war grandios«, sagte Stoney. »Der konnte einem was beibringen, und er konnte einen Hund totreden. Ich meine: Wenn der Mann sich ein Eis gebraten hat, dann blieb das Eis heiß.«

Aaron Harris lebte in einem Keller in der 111. Straße Ost, mitten im Barrio. Als er Stoney mitnahm in seinen Keller, fing er an zu reden und hörte nicht mehr auf. Und wenn er über das Klauen redete, brachte er seine Zen-Weisheiten an. Für Aaron war Klauen – er nannte es *Ziehen* – ein Handwerk, eine Wissenschaft, etwas, auf das man stolz sein konnte. Also umgab er es mit Rhetorik, mit allen möglichen östlichen Weisheiten.

»Ziehen ist nicht nehmen, sondern das Einverständnis, etwas zu empfangen«, dozierte er. Sein Lieblingssatz war: »Wenn du einen Dieb fangen willst, sieh dir erst den Bestohlenen an.«

Stoney war so verliebt in das Stehlen, daß er wenig Zeit und Lust hatte, sich vom göttlichen Geist überkommen zu lassen. Trotzdem gab es Augenblicke, da er ohne irgendeine Vorwarnung aufstand und zu reden begann, ohne zu wissen, was er eigentlich sagte. Manchmal, wenn er die Straße entlangging oder wenn er mitten in der Nacht Aarons selbstgemachten, koscheren Wein trank, packten ihn die Geisterworte am Hals und warfen ihn kopfüber zu Boden, wo er lang ausgestreckt im Schmutz liegenblieb.

Und dann sprach der Herr, direkt, unmittelbar.

Stoney schlenderte am Rand des Barrio in Marqueta herum. Das war seine liebste Gegend, ein ausgedehnter Markt, wo alle Farben, alle Gerüche, die man sich nur vorstellen konnte, zusammengemischt wurden, mit Ständen, wo es alles mögliche zu kaufen gab: Heiligenfiguren aus Ton, Paradiesfeigen, Wunderkräuter, gebrauchte Joggingschuhe, Salsaplatten, Bacalitos, gefüllte Kartoffeln, Schonbezüge aus Plastik, Yamswurzeln. An heißen Nachmittagen, wenn es nichts zu tun gab, ging Stoney gern zwischen den Buden umher, »nicht um ernsthaft zu klauen – bloß um ein bißchen die Finger zu üben und in Form zu bleiben, du weißt schon. Jedenfalls, da war dieser eine Stand, wo sie Kleider für Brautjungfern verkauften, und ich weiß auch nicht, wieso, aber irgendwie haben die Dinger mir immer gefallen. Der Stand lag im Schatten, gleich neben dem mit den Platten, und aus den Lautsprechern kam Tito Puente und dieses ganze scharfe lateinamerikanische Zeug, und ich seh mir diese süßen kleinen Mädchen in den Spitzenkleidern an, weiß und cremefarben und hellblau, bonbonrosa, all diese Schleifen und Rüschen, gestärkte Petticoats, die ganze Arie, und die Sonne brennt runter auf alle außer mir. Ich steh in der Ecke und bin cool. Und dann, irgendwann... irgendwann streck ich die Hand aus, um das mal anzufassen. Um diese kühlen, steifen Spitzen zu fühlen und mitgehen zu lassen. So ein blödes Brautjungfernkleid ist wirklich das letzte, was ich brauche. Aber wie gesagt: Ich hatte diesen Drang. Jedenfalls, meine Hand streckt sich ganz von selbst danach aus. Ich bin gerade dabei, es mir zu schnappen. Und dann«, sagte Stoney, »sprach der Herr.«

Hier brach Stoney ab. Er saß an der Theke des Killarney Rose, nippte an seinem Drink, ließ die Gedanken in die Vergangenheit schweifen und machte keine Anstalten, die Pointe zu erzählen. Er ließ die Geschichte einfach in der Luft hängen, und ich hing ebenfalls dort. »Und was hat Er gesagt?« wollte ich wissen.

»Weiß ich nicht«, sagte Stoney. »Ich hab's nicht verstanden.«

»Woher weißt du dann, daß es Er war?«

»Es war Seine Stimme.« Die Frage schien ihn zu ärgern, als hätte ich an seinen Worten gezweifelt. »Seine Stimme erkenne ich jederzeit. Aber anscheinend war die Verbindung schlecht. Oder ein paar Drähte waren falsch angeschlossen. Ich hab Seine Stimme gehört, aber ich konnte Ihn nicht verstehen.« Er bestellte neue Drinks. »Es ist eben über mich gekommen.«

Es war schwer zu sagen, warum, aber danach trieben Aaron und er immer weiter auseinander. Irgendwie war die Nummer zu abgegriffen – zuviel Zen-Gelaber. Überhaupt zuviel Gelaber. Aber Stoney war ihm immer noch dankbar und würde es auch immer sein. »Der Mann war ein Gentleman-Dieb und ein Schauspieler«, sagte er.

Er hatte sich aus einem Dieb direkt in einen Schauspieler verwandelt. Nachdem man ihm die Hände gebrochen hatte, war Aaron zu einer Schauspielertruppe gegangen und hatte

Pantomime und Jazztanz gelernt. Dann hatte er Straßentheater gemacht. In Pluderhosen, mit nacktem Oberkörper und einem Käppchen auf dem Kopf, hatte er vor Broadway-Theatern gestanden und Feuer geschluckt. *»Der Große Mephisto«* hatte er sich genannt. »Er war bekannt, er war berühmt. Ich sage dir: Der Typ hatte was drauf.«

Seine Spezialität war Verwandlung gewesen. Er hatte die Gabe, sich in jeden Menschen zu verwandeln. Er brauchte jemanden nur ein paar Sekunden lang zu beobachten, ihm in einem Augenblick der Selbstvergessenheit von Angesicht zu Angesicht gegenüberzustehen, und schon war er dieser Jemand. Oder vielmehr: Er war sein verzerrtes Ebenbild. Die Haltung, der Gesichtsausdruck, die Gesten – alles war perfekt. Aber irgend etwas, das darunter lag, ließ die Modelle aufschreien und zurückfahren. »Als ob sie in die Steckdose gefaßt hätten«, sagte Stoney. »Oder als ob sie in einem Zauberspiegel ihren schlimmsten Alptraum gesehen hätten, nur daß das, was sie da sahen, eben sie selbst waren.«

In diesem Augenblick, glaubte Aaron, gehörten sie ihm, waren sie ihm völlig ausgeliefert. Hätte er eine Leidenschaft für das Böse gehabt, dann hätte er ohne weiteres vergewaltigen und töten können. Doch er kam aus einer freundlicheren Ecke: Er »zog« ihnen bloß die Brieftasche.

Der Trick an der ganzen Sache war Anonymität – ein Gesicht wie eine Zaubertafel, auf die der Schauspieler malen konnte, wen er wollte, und die er danach einfach löschte. Und Stoney erwies sich als Naturtalent. So wurde er Aarons Schüler, und nach und nach wurde er besser als sein Lehrer. Mit fünfzehn machte er sich selbständig und blieb ein Einzelgänger, bis er sich mit den Freiheits-Dieben zusammentat.

Und Aaron Harris? »Ich hab gehört, daß ihn einer flachgelegt hat«, sagte Stoney. »Es gab irgendein Mißverständnis, und da hat ihn einer umgeblasen.« Er sah gedankenverloren vor sich hin und nahm einen großen Schluck. »Ich würde nicht beschwören, daß er tot ist. Aber ich weiß genau, daß er nicht mehr am Leben ist.«

Was das Leben auf der Straße betraf, so war Stoney inzwischen ein mit allen Wassern gewaschener Veteran. Seit ein paar Monaten, seit er mit den Freiheits-Dieben zusammenarbeitete, hatte er ein eigenes Zimmer in der Avenue A, aber meistens hing er am Broadway herum, saß oder schlief in Cafés, die die ganze Nacht geöffnet hatten, und hörte seiner Seele zu, die langsam alt wurde. Zwei Tage in der Woche arbeitete er, den Rest der Zeit hielt er sich bedeckt. Eine gute Woche brachte fünfzehnhundert Dollar, eine schlechte fünfhundert. Es war aber nicht nur das Geld, das ihn weitermachen ließ – ihn reizte immer noch die Tat an sich, das *Locken*. In letzter Zeit bevorzugte er Taschendiebstahl, das war kreativer. Er war dreiundzwanzig.

Auf der Theke im Killarney Rose standen fünf leere Grand-Marnier-Gläser und daneben fünf 7-Ups, und Stoney bestellte eine sechste Runde. Er prostete mir zu, und sein Gesicht war so ausdruckslos wie die Rückseite des Mondes. Bevor er trank, gestattete er sich ein kleines, verkniffenes Lächeln. »Na?« fragte er. »Hab ich dir jetzt dein verdammtes Herz gebrochen?«

Es war lange nach Mittag. Wir gingen hinaus. Die Kälte des Morgens war einem leisen Regen gewichen, der so melancholisch war wie irischer Nebel. Wir schlenderten durch die Seitenstraßen in Richtung Battery Park. »Und was ist mit dem göttlichen Geist?« fragte ich.

»Ich hab ihn immer noch in mir. Kannst du mir glauben«, sagte Stoney. Aber er wirkte dabei ein wenig unsicher. »Klar, er hat ein bißchen Rost angesetzt. Ist ja auch kein Wunder – hat schließlich jahrelang im Regal gelegen. Ich müßte ihn mal abstauben und ein bißchen aufmöbeln, mich um die Feineinstellung kümmern. Der göttliche Geist ist wie ein Rennwagen. Man muß ihn von Zeit zu Zeit mal schmieren. Aber das heißt nicht, daß er es nicht mehr bringt. Er bringt's«, sagte er. »Und er kann einem ganz schön die Hölle heiß machen.«

Wir spazierten durch den Battery Park und kamen an Refugio und Sindbad vorbei. Sie sahen niedergeschlagen aus und ließen sich nicht anmerken, daß sie uns kannten. Vor der U-Bahn-Station South Ferry stand Indio und kaute betont gelangweilt an einer Brezel. Er kam aus den Bergen von Nicaragua und hatte hohe Backenknochen, blauschwarzes Haar und Augen, die so schwarz und tödlich blickten, daß Stoney ihn Cholo getauft hatte, nach dem Spitznamen des berühmten Boxers Roberto Duran.

An der Kaimauer begann sich schlurfend die nächste Schicht von Obdachlosen einzufinden. Um den Touristen unangenehme Szenen zu ersparen, sorgten tagsüber Polizisten dafür, daß sie sich nicht hier niederließen, aber jetzt war es später Nachmittag, und die Straßenbeleuchtung war bereits eingeschaltet. Wenn die Dunkelheit hereinbrach, würden die Kreaturen der Nacht wieder angekrochen kommen und ihre Schlafplätze in den Pappkartons einnehmen. »Die sagen immer, daß man in New York die Obdachlosen nicht von den Ratten unterscheiden kann«, sagte Stoney. »Aber das stimmt nicht. Die Ratten sind fett.«

Die letzte Fähre zur Freiheitsstatue war kurz vor dem Auslaufen, und Stoney traf eine spontane Entscheidung. Normalerweise zog er dieselbe Nummer nie öfter als einmal im Monat ab. »Gewohnheiten führen in den Knast«, war seine Devise. Aber heute hatte er mir seine Lebensgeschichte erzählt, und das hatte den Draufgänger in ihm geweckt. Heute würde er eine Ausnahme machen.

Bei Sonnenuntergang legten wir ab. Im Licht der Scheinwerfer sah Miss Liberty weniger denn je wie eine Muse und mehr wie eine gigantische Neonreklame aus: MEAT-O-MAT-HAMBURGER. In Flammenschrift. Auf dem Deck zogen die Touristen vor dem Regen die Köpfe ein und sahen nicht mehr so frisch und unternehmungslustig aus wie im Licht des neuen Morgens. Müde und hungrig, sattgesehen an Sehenswürdigkeiten, drängten sie sich zusammen wie Vieh. Sogleich war Stoney einer von ihnen.

Schwer zu sagen, wie er sich verwandelte. Es hatte nichts mit Verkleiden zu tun. Weder seine Kleider noch sein Gesicht veränderten sich; er bewegte sich sogar noch genauso wie zuvor. Dennoch hörte er irgendwie auf, Stoney zu sein, und wurde zu Martin Luther Bisonette.

Einzig und allein seine Augen waren anders. Mit einemmal lag in ihnen nicht mehr die Abgebrühtheit eines Großstadt-Einzelkämpfers, sondern nur Unschuld, Vertrauen. Ein Blick, und man wußte, daß er ein Junge vom Land war und es immer bleiben würde. Ein junger Bursche aus Carolina, den es nach New York geweht hatte – das hier war nicht seine Liga, und er war überwältigt. Und so gaffte er Miss Liberty an wie ein Fremder, wie ein Bauerntölpel, der fand, daß diese Lady wirklich sehr groß und echt beeindruckend war, und der sich wünschte, er hätte eine Kamera – doch gleichzeitig taten ihm die Füße weh, und der Regen tropfte ihm ins Genick, und was ihm immer wieder durch den Kopf ging, war, daß er alles, aber auch alles für eine eiskalte Dr. Pepper tun würde.

Auf dem Rückweg nach Manhattan lungerte Indio, die schwarzen Augen niedergeschlagen, als wäre er halb eingeschlafen, oben an der Treppe zum Unterdeck herum, neben einem Kongreßteilnehmer in einem Leinenanzug, an dem ein Namensschild befestigt war: »Maynard Baines«. Darunter stand in kleineren Buchstaben: »Ritterorden vom Heiligen Grab zu Jerusalem«.

Er war ein aufgeblasener Kerl: rote Wangen, ein Kehlsack wie ein Truthahn, die aufgetriebene Erscheinung eines Mannes, der an alkoholbedingtem Bluthochdruck leidet. Man hatte den Eindruck, daß man ihn bloß mit einer Nadel zu stechen brauchte, und schon würde er zu einem Nichts zusammenschrumpfen wie ein löchriger Ballon.

Als sich das Schiff Manhattan näherte, stellte Stoney sich vor ihn, so daß Baines nur seinen Nacken sah. Dann begann er, sich langsam aufzublähen. Wie ein Reifen, der aufgepumpt wird, schwoll er an und wurde immer runder. Seine Farbe wurde frischer, seine Haut straffte sich und glänzte. Nach einer Minute sah sein Kopf aufgequollen aus, eine große Blutblase, die gleich zu platzen drohte. Dann drehte er sich mit einemmal auf dem Absatz um und starrte dem Ritter ins Gesicht. Und Maynard Baines stand seinem Zwillingsbruder gegenüber.

Er zuckte zusammen und fuhr zurück. Er taumelte, stolperte über seine Füße und fiel beinahe die Treppe hinunter. Zum Glück konnte Indio ihn auffangen.

An der Ecke Broadway / 54. Straße gab es einen irischen Pub namens McGee's, dessen Wände mit pseudoklassizistischen Gemälden verziert waren: Götter und Göttinnen beim Sport. Der Barmann war ein Purist und weigerte sich, Grand Marnier mit 7-Up zu servieren, und so begnügte sich Stoney mit Pernod und schwarzem Johannisbeersaft. Bevor er die zweite Runde getrunken hatte, tauchte im Spiegel hinter der Bar Indio auf, eingerahmt von Pan und diversen Nymphen. Sein Gesicht war ein gut gepflegtes Grab.

Die beiden Partner machten einen Spaziergang um den Block. Stoney kehrte allein zurück und versuchte, undurchsichtig auszusehen, aber das Grinsen brach immer wieder durch. Er hatte Grübchen wie ein dunkelhäutiger Liberace. Über die Höhe der Beute wollte er nichts sagen, aber seine Augen blickten verträumt.

Er schwieg ziemlich lange. Dann schüttelte er sich wie ein Hund, der aus unendlich tiefem Wasser auftaucht. »Also, was meinst du?« fragte er mich. »Soll ich Prediger werden?«

3

»Glücklich, wer sieht zum erstenmal Broadway an Ort seines Ursprungs«, leierte Sasha Zim mit tonloser Stimme. »Zum erstenmal große Straße zu sehen, wie sich auf Weg durch Stadt in großer S-Kurve wie Schlittenbahn zwischen Wolkenkratzern aus Stahl und Beton hindurchwindet, ist prickelndes Gefühl, wie nur einmal in Leben hat.«

Der eigentliche Broadway beginnt am Bowling Green. An einem milden, regnerischen Morgen saßen Sasha und ich dort auf einer Parkbank. Das aufgewirbelte Regenwasser schnitt die Gebäude in Kniehöhe ab und schien sich wie ein Schmierfilm über alles zu legen. Deshalb drängte es mich, rasch weiterzugehen, aber davon wollte Sasha nichts hören. Er mußte erst noch seine Reiseführer zitieren.

»Imposante Perspektiven«, las er vor. Pflichtschuldig wandte ich meinen Kopf in die Richtung, in die er zeigte – und es stimmte, sie waren tatsächlich imposant. Andere Städte mochten sich malerischer präsentieren, aber was die Wucht und die Präsenz seiner Bauwerke betraf, kannte der Lower Broadway keine Gnade. Hinter uns stand das Custom House, ein überladener Klotz im Stil der Beaux-Arts, vor uns lag ein urbanes Stonehenge – Megalithe im Stil der Gotik, der Mo-

derne, des Raumfahrtzeitalters und des Pseudobarock – und zu unseren Füßen dieser winzige Fleck Grün. »*Majestät der Bauwerke wird betont durch Flachheit der kleinen Grünfläche von Bowling Green. Wird eingerahmt von himmelstrebenden Reihen von Wolkenkratzern wie kleiner Bergsee. Ist Ursprung eines gewaltigen Stroms.*«

Die Geschichte umschloß uns mit Klammern aus Beton. Die Hälfte der dramatischen Entwicklung New Yorks hatte sich hier, wo wir saßen, abgespielt. Hier hatte Peter Minuit 1626 den Algonquin die Insel Manhattan für vierundzwanzig Dollar abgekauft. Zwanzig Jahre später hatte Peter Stuyvesant auf dem Bowling Green gekegelt. Einen Block weiter, am Broadway 39, hatte George Washington im McComb House gewohnt. Am Broadway 45 hatte der holländische Kapitän Adrian Block die ersten vier Hütten auf der Insel errichtet. An der Cape's Tavern hatte die Siegesparade der Revolutionsarmee geendet. Ein paar Meter weiter hatten Alexander Hamilton und Thomas Jefferson, die von dem Klima, das hier herrschte, genug hatten, beschlossen, die Hauptstadt der Union nach Süden zu verlegen. Lord Cornbury, der englische Gouverneur, war hier in Frauenkleidung auf und ab stolziert. Der Pirat Captain Kidd hatte hier seine Freiwilligen schanghait. Nathan Hale und Benedict Arnold, Washington Irving und Benjamin Franklin, John Jacob Astor, De Witt Clinton, Commodore Vanderbilt – sie alle waren in Bowling Green gewesen. Jetzt saß auf der Bank neben uns eine Frau, die mit Tauben bedeckt war.

Sie fütterte sie mit Resten eines Hochzeitskuchens. Sie drängten sich auf ihren Schultern, Knien und Füßen und hockten sogar auf ihrem Kopf, um den sie ein Tuch gebunden hatte. Ihr Name war Ellen Fogarty, und sie war dreiundsechzig Jahre alt und wog vierzig Kilo. »Unter meinen Vorfahren mütterlicherseits war eine halbe Lady«, sagte sie, »aber mein Vater war aus der Grafschaft Mayo in Irland.«

Zwei-, dreimal die Woche kam sie hierher. Den Rest der Zeit verbrachte sie allein in Tottenville auf Staten Island, in einem Haus mit neun Zimmern, vier Bädern und einem Wintergarten. Dort war sie die Witwe Ellen Parisi. Aber Parisi war nicht ihr richtiger Name, und Staten Island war nicht der Ort, wo sie hingehörte.

Broadway – das war es, wo sie hingehörte. Dort stammte sie her, das war es, was sie verstand, und hiermit verband sie die einzigen Erinnerungen, an die zurückzudenken sich lohnte. Damit meinte sie nicht bloß den Broadway, sondern die ganze Südspitze von Manhattan in seiner Blütezeit: Wall Street und Trinity Place, das Aquarium, den Fulton-Fischmarkt und vor allem Bowling Green.

Ihr Vater hatte hier gearbeitet. Christopher Cornelius Fogarty. Christy. In ihrer Kindheit und Jugend war sein Büro gleich auf der anderen Straßenseite gewesen, am Broadway 25. Das Haus war jetzt nur noch ein Postamt, aber damals war es das Cunard Building gewesen, in den Zeiten, als New York der große Hafen der Welt und Cunard die große Schiffahrtslinie gewesen war. Die *Queen Mary* war ein Cunard-Schiff gewesen, und Ellens Vater war an Bord gegangen, wann immer es ihm gefiel. Das war seine Aufgabe gewesen: Er hieß sie willkommen, wenn sie anlegte, und winkte, wenn sie in See stach. Damit verdiente er sein Geld. Er hatte sogar eine Uniform.

Zwei Uniformen, um genau zu sein. Die erste war weiß und glänzend und hatte Messingknöpfe, und die trug er nur zu besonderen Anlässen, und dann durfte Ellen nicht mitkommen, durfte ihn nicht mal anfassen. Die zweite aber war für jeden Tag, aus dunkelblauem Serge, so dunkel, daß sie fast schwarz aussah, ganz dick und rauh an Ellens Wange. Und die Gerüche, die sie verströmte – den Geruch des irischen Whiskeys, den er trank, des Pimentöls, mit dem er sich nach dem Rasieren abrieb, des Shag-Tabaks, den er rauchte, und der Anispastillen, die er immer kaute –, waren die Gerüche, die sie mit ihm und darum auch mit sich selbst verband.

Wie er war? »Mein Vater? Ein großer, roter Mann mit einem großen, roten Gesicht«, sagte Ellen. Nicht dick, nie schwabbelig, eher wie ein Stück rohes Rindfleisch. »Er war ein richtiger Mann«, sagte sie.

Sie war eine stille Frau. Alles an ihr schien einen Hauch von Unterdrückung zu atmen, schien Jahre heraufzubeschwören, in denen sie sich auf die Zunge und die Knöchel gebissen und an den Fingernägeln gekaut hatte. Ihr Wollschal war hellbeige, ihr Mantel aus einem blassen, melierten Stoff, dessen Graubraun so verwaschen war wie das ihrer Augen. Sie sprach mit lebloser, monotoner Stimme.

Nur ihre Beine waren voller Leben. Das Fußgewölbe war nicht eingesunken, und die schmalen Fesseln brachte Ellen in braunen Baumwollsocken gut zur Geltung. Sie verliehen ihr etwas Kindliches. Das paßte zu ihr, denn sie klammerte sich an ihre Kindheit – es war die Zeit, in der sie eigentlich lebte. »Die Schule, in die ich gegangen bin – Holy Angels of Mercy –, lag in einer Nebenstraße des Broadway«, sagte sie. »Meine Mutter war zu sehr eine halbe Lady, um zu Fuß zu gehen. Also mußte mein Vater mich überall hinbringen. An den kalten, dunklen Wintermorgen brachte er mich zur Schule, und wenn die Schule aus war, am Nachmittag, war es wieder dunkel, aber nie so kalt wie jetzt. Dann stand er auf der anderen Straßenseite, im Eingang zu Bertonis Konditorei. ›Mrs. Angelo Bertoni & Five Sons‹ hieß sie. All die anderen Mütter und Väter standen auf einem Haufen zusammen, aber mein Vater hielt sich immer ein Stück abseits. Klar – er trug ja eine Uniform.«

Sie wohnten in der Washington Street, Nähe Rector Street, zwei Minuten zu Fuß von hier. In den zwanziger und dreißiger Jahren, selbst nach dem Hitler-Krieg, war diese Gegend eine Art Kasbah gewesen, in der es von Syrern, Türken und Armeniern nur so wimmelte. Klein und verloren zwischen den Wolkenkratzern hatten niedrige Wohnquartiere gestanden, die im orientalischen Stil aus Holz gebaut waren, mit Innenhöfen und Außentreppen, mit geschnitzten Balustraden, bemalten Giebeln und dem Geruch von Räucherwerk. Zwei Häuser weiter hatte es einen Laden gegeben, der wie Ali Babas Höhle gewesen war, vom Boden bis zur Decke vollgestopft mit Halwa und Türkischem Honig, mit Wasserpfeifen, großen Ballen bunter Seide und persischen Teppichen, mit Messingschalen, Glasperlen, verzierten Krummsäbeln und mit Ziermünzen besetzten Pantoffeln. Sogar eine einäugige schwarze Katze saß im Schaufenster. »Wenn Sie glauben, daß ich Sie anschwindle, können Sie es ja in den Büchern nachlesen«, sagte Ellen. »Tausendundeine Nacht war nichts dagegen.«

Die Fogartys waren die einzigen Iren im ganzen Block, und ihre Nachbarn fanden sie zu fremdartig, um sie begreifen und hassen zu können. Ellens Vater wollte dort wohnen, weil er es nicht weit zu seiner Arbeit hatte, aber auch weil er die Magie liebte. »Er wäre Zauberer geworden, aber seine Hände waren zu groß, seine Finger waren so dick wie Würste. Trotzdem hat er Tricks vorgeführt. Sie haben nie funktioniert, aber er hat sie trotzdem vorgeführt.«

Ganz Manhattan war früher so gewesen: ein magisches Land. Man nannte es die Stadt der Wunder, und so war es. Wenn sie heute den Leuten davon erzählen wollte, wurde sie schief angesehen. Wenn sie in Tottenville durch die Straße ging, in der sie wohnte, bewegten sich die weißen Spitzenvorhänge, als würden sie miteinander flüstern. »Die Leute meinen, ich bin nicht ganz richtig im Kopf«, sagte sie. »Aber ich bin richtig im Kopf.«

Wie um das zu beweisen, stand sie auf und zog mich zum Broadway 25. »Sehen Sie hinauf. Los, sehen Sie hinauf«, befahl sie. Das tat ich, und dort oben sah ich eine Rotunde, zwanzig Meter im Durchmesser, in Gold und Silber und einem tiefen Meerblau, geschmückt mit Fresken großer Ozeanfahrten der Geschichte. Meeresgötter und -göttinnen hielten über den Portalen Wacht, und alte Segelschiffe waren als Reliefs in die Wände gemeißelt. »Ein Tadsch Mahal«, nannte es Ellen. »Heute benutzen sie es, um Briefe verlorengehen zu lassen.«

Das Cunard Building war nur ein Beispiel. In den Tagen seiner Größe war der Hafen von New York ein Königreich gewesen, und seine Paläste standen am Lower Broadway. Das Custom House, dessen Pracht heute so schwülstig, so belanglos wirkt, war ein Senat der Weltmeere, der Mittelpunkt eines Universums gewesen. Broadway 1, jetzt die Citibank, war einst die Adresse der United States Lines gewesen; am Broadway 9-11 war jetzt ein Hifi-Discount, aber früher hatte dort die französische Schiffahrtsgesellschaft ihren Sitz gehabt. »Hier sah man die Macht von Imperien«, sagte Ellen.

Sie war wie verwandelt. Das Gespenst der Gegenwart, das von dieser einsamen, auf einer Parkbank gestrandeten alten Frau Besitz ergriffen hatte, flog davon. Sie wurde wieder zurückgetragen nach Xanadu, sie war wie neugeboren, in Fleisch und Blut. »Wenn Sie wissen wollen, was aus dem Broadway geworden ist, müssen Sie erst wissen, wie er früher einmal war«, sagte sie. »Das hier ist nicht immer ein gottverlassenes Höllenloch gewesen. Hier konnte man Helden sehen. Die Herren der Sieben Meere. Große Männer. Die größten Männer der Welt.«

Das Beste waren die Konfettiparaden gewesen. Damals wurden sie nur für richtige Helden veranstaltet, nicht für Rockbands oder Footballmannschaften aus New Jersey, und schon gar nicht für Schwarze. Der Vater nahm Ellen dann mit in sein Büro, hielt sie aus dem Fenster und ließ sie, mit dem Kopf nach unten, dreißig Meter über dem Boden hin und her schwingen, und alle Leute schrien und jubelten, und die Marschkapellen spielten, das Konfetti flog wie Schneeflocken an ihr vorbei, wehte ihr in die Augen, klebte an ihrem Gesicht, und der Held – ein General, ein großer Forscher und Entdecker, womöglich ein Präsident – saß steif, als wäre er aus Pappe ausgeschnitten, auf dem Rücksitz eines offenen Wagens, mit einem Lächeln, das aussah wie aufgemalt. Und natürlich schrie sie, wie man in einer Achterbahn schreit: Angst und Kitzel mischten sich, und die Straße da unten saugte sie hinab, aber oben war ihr Vater und zog sie wieder hinein. »Ich fühlte mich sicher«, sagte sie.

Gegenüber dem Park, vor einem Café, stand ein betrunkener Bettler. Er war eine groteske Erscheinung, schien nur aus Schorf und Speichelfäden zu bestehen und ließ sich so schwer abschütteln wie Kaugummi. Jeder, der in seine Reichweite kam, wurde von ihm nicht einfach angesprochen, sondern sofort an die Brust gedrückt. Der Mann hielt sein Opfer mit einer solchen oktopushaften Zähigkeit gepackt, daß ein Lösegeld von fünfundzwanzig Cents geradezu billig erschien.

Eine Auseinandersetzung bahnte sich an. Ein argloser Anzugtyp mit Aktentasche, der im Café gefrühstückt hatte und nun auf die Straße trat, wurde erst in eine Ecke gedrängt und dann leidenschaftlich umarmt. Als er versuchte, sich zu befreien, verwandelte sich die Umarmung in einen gnadenlosen Klammergriff. Der Bettler streckte ihm sein Gesicht entgegen. Der zahnlose Mund atmete aus – es war der Pesthauch eines Drachen – und dann wieder ein, wobei der Bettler den anderen Mann mit Haut und Haaren einzusaugen schien.

Einen Augenblick lang sah es so aus, als wäre der Anzugtyp verloren. Dann brach schiere Panik in ihm durch, und es gelang ihm, sich halb zu befreien und ein paar Schritte den Bürgersteig entlang zu machen. Zwei, drei Meter weit schleifte er den Bettler wie eine Eisenkugel an einer Fußkette mit. Dann drehte er sich um, wobei er die Aktentasche weit durch die Luft schwang, um die Balance zu halten, und trat dem Mann mit seinem rechten Collegeschuh in den Unterleib.

Guccis sind zum beherzten Zutreten eigentlich ungeeignet. Auch wenn die beiden Bommeln wie kleine Kriegsflaggen flatterten – die Wucht des Aufpralls war nicht sehr groß und der Betrunkene nicht sonderlich in Verlegenheit gebracht. Er schien eher beflügelt. Blindlings wirbelte er herum und stürzte sich freudig auf sein nächstes Opfer.

Es war ein Polizist.

Vom Bowling Green aus hatte Ellen Fogarty diese Szene mit Genuß verfolgt, mit einer gewissen eitlen Selbstzufriedenheit, als wäre diese Szene eigens zu ihrer ganz privaten Unterhaltung aufgeführt worden. Als der Bettler im Polizeigriff abgeführt wurde, leckte sie sich beinah die Lippen. »Lindbergh. Grover Whalen. General McArthur«, sagte sie verträumt. »Das waren noch Männer.«

»Waren auch große Schweine«, sagte Sasha Zim.

Das war das Stichwort für seinen Abgang. Er brauchte einen guten Tag im Taxi, einen fetten Umsatz, um Alexej Alexandrowitsch ein Darlehen zurückzahlen und das Schlagzeug auslösen zu können, das in Alexejs Badezimmer schon viel zu lange in Geiselhaft gehalten wurde. »Ist lächerlich. Ist totale Dummheit, absolut«, sagte er. »Ich kann nicht spielen, und Alexej kann nicht waschen, und überall Kinder, die hungern.«

Es bildete sich bereits ein Muster heraus. Jeden Tag setzte er mich in einen anderen Teich und überließ mich dann mir selbst. Wenn ich es bis zum sicheren Ufer schaffte, war es gut. Wenn nicht... tja, er war nicht verpflichtet, auf mich aufzupassen und mich herauszufischen.

Er stapfte davon und hinterließ eine Spur von Faltblättern und Zetteln. Ellen sah ihm nach und saugte an ihrem Zahnfleisch, was ihr Gebiß wie Kastagnetten klappern ließ. »Ist das nun die Sorte von Leuten, die man Emigranten nennt, oder ist er bloß einer von denen, die es mit der großen Welle herübergeschwemmt hat?« wollte sie wissen.

»Von beidem ein bißchen, glaube ich.«

»Mein Vater war keins von beiden.«

»Und was war er?«

»Er wurde gebraucht«, sagte sie. »Er war der richtige Mann.«

Die ganze Woche arbeitete er. Er war der erste, der an Bord ging, wenn ein großes Passagierschiff festmachte, der erste, der dem Kapitän die Hand schüttelte, der erste, der das Glas zum Willkommenstrunk erhob. An den Wochenenden ruhte er aus und machte Ausflüge mit seiner Tochter.

Meistens machten sie einfach Spaziergänge. In jenen Jahren war Lower Manhattan noch eine Gegend für sich. Uptown war wie ein anderes Land. Von Freitagabend bis Montagmorgen war südlich des Rathauses nicht eine Bar, nicht ein Restaurant am Broadway geöffnet, und hier und in den Seitenstraßen sah man keine Menschenseele. Vater und Tochter hatten die ganze Gegend für sich allein, es war ihre persönliche geheime Stadt. »Eine Kathedrale«, nannte es Ellen. »Man konnte meilenweit gehen und hörte nichts außer dem Echo der eigenen Schritte. Und die Straßen waren so eng und dunkel, und die Wolkenkratzer ragten in den Himmel – es war, als würde man auf dem Grund des Meeres gehen. Ganz unten in einer bodenlos tiefen Schlucht. Und wenn man diese Schlucht dann schließlich hinter sich ließ, war das Licht so hell, daß man ganz benommen war. Geblendet.«

Sie war jedesmal wieder wie elektrisiert, wenn sie hinaustraten in den Battery Park. Plötzlich war das Meer da, der große Hafen, tausend verschiedene Schiffe in allen Formen und Größen: Schlepper und Ausflugsboote, Barkassen und Frachter und Trampschiffe, Motorboote, die über die Wellen hüpften wie bockende Mustangs, altmodische Fährschiffe mit angelaufenen Messingteilen und kurzen, dicken Schornsteinen, die schwarzen Rauch in die Luft rülpsten, Passagierdampfer, die steil und schroff aufragten wie schwimmende Wolkenkratzer, und dann die Yachten mit ihren geblähten weißen Segeln, die geradewegs auf den Horizont zusteuerten, ja auf die Unendlichkeit, wie es schien. Bei Sturm färbte sich das Wasser dunkelgrün, fast schwarz, und das Heulen des Windes klang wie das Brüllen eines Löwen, so daß sie sich tief im Mantel ihres Vaters verstecken mußte, wo der warme Geruch nach Anispastillen und Pimentöl und Shag-Tabak ihre Angst vertrieb. Aber an ruhigen Tagen, wenn der Himmel blau war, erschien ihr das Klatschen und Küssen der Wellen an der Kaimauer wie das allerschönste Lied.

An der South Ferry – das würde sie nie vergessen – war ein großes Plakat mit einer Reklame für irgendein Vitamin- oder Stärkungsmittel. Die Marke wußte sie nicht mehr, aber das Plakat war leuchtend gelb gewesen, und unten hatte in verschnörkelten roten Buchstaben gestanden: *Werden Sie nicht alt – werden Sie erwachsen!*

Am Broadway selbst konnte man von dort, wo wir jetzt saßen, bis weit nach Norden schauen, an der Trinity Church vorbei bis zum Woolworth Building, und wenn man auch nur *einen* Menschen auf der Straße sah, hatte man das Gefühl, daß er sich unbefugt dort herumtrieb. Es kam einem vor wie eine Entweihung. »Denn das hier war ja *unser* Platz, müssen Sie wissen. Bevor sie ihn geplündert haben«, sagte Ellen.

»Wer hat ihn geplündert?«

»Robert Moses, wer sonst? Der Mann hat New York kaputtgemacht.«

»Inwiefern?«

»Er hat das Aquarium abgerissen.«

Es hatte im Battery Park gestanden, links hinter uns. Es war im Keller eines pseudomittelalterlichen Forts untergebracht gewesen. Um Fort Clinton war einst eine Schlacht geschlagen worden. Im Unabhängigkeitskrieg hatten hier Amerikaner gegen Rotröcke gekämpft, auf beiden Seiten waren Männer gefallen. Doch das Fort sah irgendwie unecht aus. Es schien geradewegs einem Märchenbuch entsprungen zu sein: eine kleine Phantasie aus weißem Stuck, mit Türmchen und Zinnen aus Zuckerwerk und vielen flatternden Fahnen.

Der Weg zum Aquarium führte durch ein finsteres, sechs Meter hohes Steinportal, das mit eisernen Bolzen gespickt war. Dann trat man ein in die Unterwasserwelt, in ein meergrünes Atlantis.

Nach über fünfzig Jahren konnte Ellen noch immer die Namen der Tiere aufsagen, die man dort hatte sehen können: Barsche, Krötenfische, gefleckte Muränen, Seelöwen, japanische Schleierschwänze, Kalikofische, Glasbarsche, so durchscheinend wie bunte Kirchenfenster, Regenbogen-Darter, Guppys, nicht größer als ein kleiner Finger, und Judenfische, die so schrecklich aussahen mit ihren großen, vorgeschobenen Mäulern, den wulstigen Lippen und ihrem stechenden Raubvogelblick, daß die Juden von Manhattan eine Eingabe machten, man möge ihren Namen in »Junifisch« ändern. All dies war in geheimnisvolles Halbdunkel getaucht, in einen beständigen grünlichen Nebel, der an die Geisterbahn auf dem Rummelplatz erinnerte. »Immer wenn ich träume, daß ich gestorben bin und in den Himmel komme, herrscht im Paradies dieses grünliche Licht – daran hat sich bis heute nichts geändert«, sagte Ellen. »Gott knipst meine Karte, und dann gehe ich zwischen leuchtenden Fischen umher.«

Und Robert Moses hatte das Aquarium abgerissen. Er war Bauunternehmer und baute Autobahnen und Straßen durch Naturparks, später dann Wohnsiedlungen, außerdem das Lincoln Center. Aber Straßen waren das Herzstück seines Imperiums, damals, als das Auto in Amerika noch unumschränkt herrschte. Als Straßenbauer war er jahrzehntelang der heimliche Boß von New York, der einzige, dessen Macht nicht verging. La Guardia, Lindsay und Wagner, Alfred Smith und die Rockefellers – sie alle kamen und gingen. Moses schien für immer zu bleiben.

Er war ein widerwärtiger Mensch – aufgeblasen, korrupt und größenwahnsinnig, ein Mann, der Leute, die weit unter ihm standen, reich machte, bloß weil sie ihn »Meisterarchitekt« oder »Mächtiger Erdbeweger« genannt hatten. Und seine Rache war furchtbar. Sein Ziel, das er als sein Vermächtnis an die Geschichte betrachtete, war schlicht, daß es in New York mehr Autobahnen geben sollte als irgendwo sonst auf dieser Erde. Die Stadt brauchte sie nicht, hatte auch gar keinen Platz für sie. Aber Robert Moses wollte sie haben, und darum mußte die Stadt sie irgendwie ertragen.

Zu diesem Zweck machte er Häuserblocks dem Erdboden gleich, vertrieb Hunderttausende aus ihren Wohnungen und ließ zu, da er obendrein auch noch Rassist war, daß die schwarze und puertoricanische Einwohnerschaft ganzer Viertel verelendete. Ellen hatte die Wahrheit gesagt: Er war tatsächlich der Mann, der ihr New York zerstört hatte. Und so gut wie niemand hatte es gewagt, sich mit ihm anzulegen. Er war zu reich, zu stark, und das galt sowohl für seine Mittel als auch für seine Willenskraft. Er konnte Bürgermeister und Stadträte stürzen, hatte Steuerausschüsse, Banken, ganze Behörden in der Hand und machte mit ihnen, was er wollte. Dreißig Jahre lang war die Stadt ihm ausgeliefert. Die Fordham-Universität belohnte ihn mit der Ehrendoktorwürde und nannte ihn »Doktor der menschlichen Verbesserung«.

Aber damals lag das alles noch in der Zukunft. Bis 1938, als er das Aquarium niederriß, hatte er weder seine Niedertracht noch seine Macht offenbart. Fort Clinton war sein erster Akt der Zerstörung – zum erstenmal zeigte er sein wahres Gesicht. Von da an wußte man, wer er war: »Dschingis Khan im weißen Anzug.«

Er tat es aus purer Bosheit. Schon lange hatte er eine gigantische innerstädtische Schnellstraße auf Stelzen geplant, die mitten durch die Battery führen sollte. Damit hätte er nicht nur den Hafen und den Park zerstört, sondern auch ganz Lower Manhattan einen schweren Schlag versetzt. Eine hübsche Demonstration seiner Macht. Aber der Meisterarchitekt hatte sein Pläne zu früh, zu unbekümmert preisgegeben. Sein Wunsch war noch nicht Befehl, und dieses eine Mal stieß er auf Widerstand. Eleanor Roosevelt und andere taten sich zusammen und machten gegen ihn Front. Moses' Vorhaben wurde vereitelt.

In derselben Nacht, im Schutz der Dunkelheit, ließ er Fort Clinton und das Aquarium abreißen. In der Triboro Authority saßen seine Marionetten, und sie ermächtigten ihn dazu. Das Recht hatte er also – was fehlte, war ein Grund. »Ich brauche meine Vorhaben nicht zu begründen«, sagte Moses, und das war's.

Bei Morgengrauen waren die Fische weit weg, irgendwo in der Bronx. Im Battery Park gähnte nur noch ein tiefes Loch.

Daneben waren ein paar Hügel aus schwarzer Erde, Schutt und Scherben aufgehäuft.

Ein halbes Jahrhundert später klang das wie eine Bagatelle. Aber Ellen war fest davon überzeugt, daß sich New York mit dem ersten Schlag der Abrißbirne unwiderruflich verändert hatte, daß etwas für immer verlorengegangen war: »Die Leute«, sagte sie. »Seitdem zählen sie nicht mehr. Was sie denken, wie es ihnen geht, kümmert die da oben einen Dreck.«

Sie sprach ohne erkennbaren Zorn. Ihre Stimme behielt den unterdrückten, eintönigen Klang, blieb gleichmäßig wie ein Metronom. Es war, als würde sie eingeübte, formelhafte Antworten geben. »Ich bin kein Schreihals«, sagte sie. »Ich bin's nie gewesen. Manchmal wünsche ich mir, ich wäre einer.«

Immer wieder schwieg sie minutenlang und starrte auf den rissigen Beton zwischen ihren Füßen, aber sie verriet nicht, welche flackernden Feuer sie in diesen Ritzen sah. Sie rauchte Camel-Zigaretten, sie zupfte an ihrer Frisur herum. Aber dann strafften sich ihre Schultern unvermittelt, das Kopftuch wurde zurückgeschoben, und wieder erklang dieses gleichförmige Gemurmel. »1938«, sagte sie. »Und 43 hab ich meinen Mann Dom kennengelernt. 45 haben wir geheiratet, und 46 sind wir nach Staten Island gezogen.«

»Und Ihr Vater?«

»Da war er schon weg.«

»Wo?«

»Ertrunken.«

Als ihr Vater den Broadway verließ, ging sie ebenfalls. Die Fogartys hatten schon vorher ihre Wohnung in der Kasbah aufgeben müssen, sie waren von einem türkischen Nachbarn vertrieben worden, der hundertfünfzig Kilo wog und kleine Jungen bevorzugte. »Mich hat es nicht gestört«, sagte Ellen. »Aber mein Vater glaubte nicht daran.«

»Woran glaubte er denn?«

»An sich selbst.«

Es war eine simple Tatsache. Ellens Mutter schleppte ihren kranken Körper jeden Morgen und jeden Abend und sonntags sogar dreimal zur heiligen Messe, aber ihr Vater betrachtete alles Religiöse mit Gleichgültigkeit, mit heiterer Herablassung, und diese Einstellung hatte Ellen von ihm übernommen. Als er ihr entrissen wurde, konnte sie nicht bei der Heiligen Jungfrau Trost suchen. Trost fand sie nur beim Tanzen.

Sie war sechzehn und ging für zwanzig durch, und Tanzen war ihre Leidenschaft. Ihre Mutter war mit ihr ins East Village gezogen, wo sie einander von morgens bis abends haßten. In der Ein-Zimmer-Wohnung an der Ecke 14. Straße/Avenue A gifteten sie sich ständig an. Unten im Drugstore an der Ecke knutschte Ellen hinter dem Zeitschriftenständer mit Jungen. Als ihre Mutter davon erfuhr, warf sie sie hinaus. Ellen zog nach Norden, wo es nicht so eng und muffig war. Sie fand ein Zimmer in einer Pension für Varietékünstler in der 45. Straße West – dort wohnten Musiker, Zauberer, Komponisten, Akrobaten und Mißgeburten, die auf der Bühne auftraten.

Über ihr wohnte die Dame mit dem Bart. Sie tranken Tee, und die Dame las ihr aus der Hand. Ellens Schicksal hielt Leid für sie bereit, und um die Miete zahlen zu können, arbeitete sie in einem Ballhaus am Times Square. Es hieß Carioca oder Casablanca oder so. »Gleich um die Ecke vom Broadway«, fügte sie listig hinzu – sie wußte, das würde mir gefallen.

Sie war ein Taxigirl: zwei Beine, die man mieten konnte, für zehn Cents pro Tanz. Und dort lernte sie Dom Parisi kennen.

An einem müden Freitag nach Mitternacht kam er herein. Er war so sturzbetrunken, daß er nicht mehr gerade stehen konnte, aber eigenartigerweise konnte er noch tanzen. Am Tisch sank er in sich zusammen, und sein Kopf fiel immer wieder auf die Tischplatte, doch auf der Tanzfläche bewegte er sich leicht und sicher. Einen Tänzer wie ihn hatte sie noch nie erlebt – so geschmeidig, so gewandt. »Ein Vogel. Der Mann war wie ein Vogel«, sagte sie.

Sie heirateten.

Sie redeten von Anfang an nicht viel miteinander. Sie hielten sich nur umschlungen, und Ellen fand das ganz richtig. Geredet hatte sie mit ihrem Vater. Mit dem Mann, den sie liebte, tanzte sie.

Dom war im Baugeschäft. Er arbeitete bei seinem Vater Carmine, der in Brooklyn, in Canarsie, eine Baufirma hatte. Das Groteske daran war – wenn sie nicht darüber gelacht hätte, wäre es zum Weinen gewesen –, daß er Geschäfte mit Robert Moses gemacht hatte und durch ihn reich geworden war. Zu ihrer Hochzeit, die dieser mächtige Erdbeweger bezahlt hatte, gab Carmine einen Galaempfang für dreihundert Gäste im »Sons of Italy Social Club« in Flatbush. Fuzzy Campeses All Stars spielten, was die Gäste sich wünschten, und Dom und Ellen tanzten die ganze Nacht. Sie ließen kein Stück aus. Dort auf der Tanzfläche wurden sie erst wirklich zu einem Paar, dort verschmolzen sie miteinander. Dann fuhren sie in die Flitterwochen: vier Tage in Atlantic City. Sie tanzten nie wieder.

Statt dessen zogen sie nach Staten Island, und dort lebten sie neununddreißig Jahre und vier Monate zusammen. Am Ende des zweiunddreißigsten Jahres kaufte Dom ein Grundstück in Tottenville. Es lag auf einem Hügel, am Ende einer Eichenallee. Dort baute er sich sein Traumhaus.

Sein Leben lang war er ein schlechter Bauunternehmer mit erstklassigen Beziehungen gewesen. Damit hatte er es zu Reichtum und Ansehen gebracht, aber glücklich war er nicht. Und das war Ellens Schuld, denn sie hatte ihm keine Söhne geschenkt.

Es machte alles zunichte. Ohne Söhne war Dom Parisis Lebenswerk – die Verträge und die illegalen Provisionen, die Kämpfe bis aufs Messer, die dicken Autos und die noch dickeren Zigarren, der Respekt, den man ihm entgegenbrachte – ohne Bedeutung. Er war ein wichtiger Mann, ein *capo forte*, aber er hatte keine Erben vorzuweisen, keine lebenden Monumente seiner Herrlichkeit, und darum war er ein Nichts.

Er grübelte. Es nagte an ihm. Schließlich starb er.

Zuerst wurde sein Blut schlecht, dann sein Herz. Aber bevor er starb, stellte er das große Haus fertig, bis ins letzte Detail. Es gab einen Swimmingpool, einen Billardraum, eine Sauna, ein Solarium und vier Extrazimmer, die leerstanden: für die vier Söhne, die er sich ersehnt und die Ellen ihm nicht geboren hatte.

An dem Tag, an dem der letzte Nagel eingeschlagen war, zerschmetterte er eine Champagnerflasche an der Haustür. Drei Wochen später fiel er um und erstickte an seinem eigenen Blut. Er ließ Ellen in seinem großen Haus zurück. Sie bekam Zustände.

Auch dies erzählte sie ohne Dramatik, als wäre es eine Geschichte, die ohnehin jeder kannte und die man darum auch nicht besonders auszuschmücken brauchte. »Er war ein erfolgreicher Mann, ein stolzer Mann, einer, der sich um alles kümmerte, und man durfte ihm nichts vermasseln«, sagte sie einfach. »Ich hab ihm alles vermasselt.«

Nach neununddreißig Jahren und vier Monaten war das ihre Zusammenfassung, das einzige, was sich in Worte fassen ließ. Dom war nun tot, und nur sein Haus war geblieben. Nach der Beerdigung schloß Ellen sich wochen- und monatelang dort ein; sie vergrub sich darin und konnte nicht aufhören zu zittern. An einem Mittwoch im November stand sie bei Morgengrauen auf – sie wußte auch nicht, warum –, fuhr quer über die

Insel zur Fähre und kam hierher, zum Bowling Green. »Um Boden unter die Füße zu kriegen«, sagte sie.

Das war jetzt vier Jahre her, vier Jahre und zwei Monate. »Beim erstenmal mußte ich mich übergeben. Ich stand vor dem Broadway 25 und hab mir die Seele aus dem Leib gekotzt«, sagte sie. »Vier Tage später war ich wieder da.«

Seitdem war sie jede Woche hiergewesen. Einer ihrer Nachbarn arbeitete in einer Konditorei und brachte ihr tütenweise Reste von Hochzeitskuchen mit, und den Rest erledigten die Tauben.

Sie dachte an ihren Vater. Und sie dachte über Dom Parisi nach. Was er fast sowenig hatte ausstehen können wie die Tatsache, daß er keine Söhne hatte, war, wenn eines seiner Häuser einstürzte. Dann gab es unschöne Szenen und harte Worte, Gerichtsverfahren und allen möglichen Ärger. Finstere Männer in dunklen Anzügen besuchten ihn mitten in der Nacht, um hinter verschlossenen Türen mit ihm zu reden, und wenn sie wieder gegangen waren, hatte er eine solche Wut, daß sie fürchtete, er würde gleich jemanden umbringen.

Eines Nachts – das würde sie nie vergessen – weckte er sie um drei Uhr früh auf und bestand darauf, mit ihr eine kleine Fahrt zu machen. Schweigend fuhren sie durch die Dunkelheit zu seiner neuesten Baustelle. Gerade erst waren die Fundamente gegossen, aber es gab bereits Ärger. An der Baustelle hielt er an, kurbelte das Fenster herunter und starrte lange, lange hinaus. Man konnte nur Erde und Beton sehen, und der Beton war noch feucht und glänzte im Licht der Scheinwerfer. Finstere Nacht, Erde und Schlamm, Beton. Und Dom Parisi sagte nur einen Satz: *»Nasser Beton ist ein ekliges Zeug – und noch ekliger ist es, wenn man darunter begraben ist.«*

Damals war sie so bestürzt, daß sie kein Wort herausbrachte. Später kam ihr alles, was sie hätte sagen können, sinnlos vor.

»Es war nicht das, was ich gewöhnt war. Nicht das, was ich von früher kannte«, war alles, was sie jetzt dazu murmeln konnte. Und die Tauben flatterten um ihren Kopf.

4

Ich brauchte ein Basislager, und so ging ich in ein billiges Hotel in einer der 40er Straßen, nicht weit vom Times Square. Im Zimmer nebenan wohnte eine junge Frau, die so schön war, daß es weh tat. Sie nannte sich Lush Life, aber auf ihren Sozialhilfeschecks stand Geraldo Cruz.

Sasha Zim sah sie zuerst. Oder vielmehr: Sie sah ihn. Als wir in seinem Taxi vorfuhren, saß sie auf der Treppe zum Eingang und lackierte ihre Nägel in Passion Pink. Sie trug ein hautenges gelbes Seidenkleid, das mit aufsteigenden Drachen bestickt war – eine Aufmachung, die sie bei Suzie Wong abgekupfert hatte. Ihr Gesicht – hohe spanische Backenknochen, schwarze Kannibalenaugen, blauschwarzes Haar, so glänzend wie Rabenfedern – war jedoch eindeutig Ava Gardner. Und ihre Beine waren Cyd Charisse.

Sasha war nach dem ersten Blick verloren. Bevor er auch nur aus dem Taxi steigen konnte, hatte Lush Life ihren Nagellack beiseite gestellt und kam mit schwingenden Hüften über die Straße auf uns zu. Sie schob den Kopf durch das offene Seitenfenster und hauchte ihn aus ihrem roten Mund einmal an – ein Duft von Zimt und Nelken. »Na, wie wär's mit uns beiden?«

Zehn Minuten später kehrte Sasha zurück, allein. Das Muttermal auf seiner Wange leuchtete so rot, daß es schien, als könnte es gleich durch Selbstentzündung in Flammen aufgehen. »Gute Nummer?« fragte ich ihn.

»*Jop twoju mat!* Ist Revisionismus«, fauchte er, warf meine Sachen auf den Bürgersteig und brauste ohne Abschiedsgruß davon.

Das Hotel wurde von zwei griechischen Brüdern geführt, Mike und Petros Kassimatis. Beide waren klein, breit und kahl – Hydranten mit Füßen, à la »Two Ton« Tony Galento –, und was ihnen auf dem Kopfe fehlte, machte der Rest des Körpers mehr als wett. Undurchdringliche schwarze Dschungel wucherten an ihren Kehlen und Handgelenken, quollen unter den Bünden ihrer Sweatshirts hervor, sprossen sogar wie Ranken aus ihren Hosenbeinen. Mike trug eine Brille und viele Goldkettchen, Petros hatte eine Warze auf der Nase. Davon abgesehen hätten sie auf demselben Fließband montiert sein können. Sie glichen einander, um es mit Sasha Zim zu sagen, »wie ein Ei das andere«.

Während ich das Anmeldeformular ausfüllte, musterte Mike mich von oben bis unten und spuckte auf den gefliesten Boden. Doch als er meine angeschlagene Adler-Reiseschreibmaschine sah, fuhr er zurück wie Graf Dracula beim Anblick eines Kreuzes. »Sind Sie einer von diesen Schreibern? Wollen Sie was über das Hotel schreiben?« knurrte er.

Ich murmelte irgend etwas Unverbindliches.

»Wenn Sie über das Hotel schreiben, schreiben Sie besser nichts Schlechtes. Sonst werden Sie in Zukunft nämlich mit gebrochenen Händen schreiben.«

»Nein, wird er nicht. Er wird nicht mit gebrochenen Händen schreiben«, korrigierte ihn Petros. »Er wird keine Hände mehr haben, die man ihm brechen kann.«

Gemessen am Standard dieser Gegend war es ein gut geführtes Hotel. In jedem Zimmer gab es Waschbecken und Bettdekken, die Handtücher wurden wöchentlich gewechselt, Crack-Rauchen war von Fall zu Fall gestattet, und jeder, der die Korridore mit Graffitis verzierte, mußte sich darauf einstellen, das Haus mit den Füßen voran zu verlassen. Auf fünf Etagen gab es achtundzwanzig Zimmer und ein Telefon. »Gemütliche Zimmer für anspruchsvolle Gäste«, stand auf dem verblaßten, hektographierten Zettel, der mit Reißnägeln an der Innenseite meiner Tür befestigt war.

Mein Zimmer war eine Zelle, drei mal zweieinhalb Meter groß, aber nicht ungemütlich. Die nackte Glühbirne beleuchtete Blumen. Auf der Tapete erblühten Sträußchen blauer und rosafarbener Rosen, und Ringelblumen lugten neckisch unter den Flecken auf der Überdecke hervor. Zwar ging das Fenster auf einen Luftschacht, und die Aussicht bestand aus einer Betonwand und diversen Rohren, aber wenn ich mich weit genug hinausbeugte und den Kopf drehte, konnte ich ein Stück Himmel sehen.

In der Mythologie des Times Square hieß dieses Hotel das Moose. Niemand wußte, warum, außer daß es weiter drüben, jenseits der Eighth Avenue, ein Hotel Elk gab. »Und das ist was anderes.«

In der ersten Nacht, die ich dort verbrachte, las ich *Struggles and Triumphs*, die Autobiographie des amerikanischen Zirkusunternehmers P. T. Barnum. Er war der geistige Vater des Broadway, und seine Geschichte, die ich bei Isaac Mendoza im 50-Cent-Regal gefunden hatte, war, wie mir schien, die ideale Einführungslektüre.

Das Buch erwies sich als herbe Enttäuschung. Barnums hervorstechendstes Talent als Schriftsteller bestand in der Fähigkeit, Gold in Schlacke zu verwandeln. Dennoch gab ich nicht auf. Gegen Mitternacht hatte ich die Stelle erreicht, wo General Tom Thumb Königin Victoria von England vorgestellt wird. Er ist vierundsechzig Zentimeter groß, sein Alter wird mit elf Jahren, sein Gewicht mit sieben Kilo angegeben, und Barnum läßt ihn in einer Kutsche zum Palast fahren, die von vier schneeweißen, winzigen Pferden gezogen wird. Der General trägt einen Cutaway aus braunem Seidensamt und dazu passende Hosen. Sein Auftreten ist ernst und würdig, und das Ganze ist ein gewaltiger Erfolg. Eine ganze Stunde lang unterhält er den Hof mit Liedern, Tänzen und einer Imitation Napoleons. Dann verabschiedet er sich.

Die Etikette verlangt, daß er rückwärts geht. Er hat den langen Mittelgang fast hinter sich gebracht, er ist fast schon in Sicherheit, als der Schoßhund der Königin, ein Pudel, sich auf ihn stürzt. Der General benützt seinen Stock als Degen und verteidigt sich energisch, aber das Tier ist zu groß, zu wild, und er wird überwältigt. Der Pudel steht drohend über ihm, eine riesige Pfote senkt sich herab und verdunkelt das Licht. Königin, Hofstaat und Palast verschwinden. Der Pudel knurrt wild. »Frag mich nicht«, sagte Lush Life, »frag mich bloß nicht.«

Sie war gekommen, um sich meine Augenbrauenpinzette zu leihen. Als ich sagte, so etwas besäße ich nicht, war es kein Schock für sie. Sie hatte meinen Bart und Hut, die Arbeitsstiefel und den Secondhandmantel gesehen und sich bereits gedacht, daß ich auf mein äußeres Erscheinungsbild nicht viel gab. »Das heißt ja nicht, daß du ein schlechter Mensch bist«, sagte sie.

Von nahem sah sie ganz anders aus. Draußen auf der Straße, bei Tageslicht, waren ihre Reize bloß oberflächlich und sie selbst eine zweitklassige Hollywoodschönheit gewesen. Aber hier, in meinem Zimmer, im grellen Licht der Glühbirne, hätte ich bei ihrem Anblick beinahe laut geschrien.

Es war ihre Nacktheit. In meinem ganzen Leben hatte ich noch nie eine so zarte Haut gesehen. Wenn das Licht von hinten kam, schien sie fast durchsichtig, als wären die oberen Lagen entfernt worden. Lush Life trug einen Kimono, der ihr zwei Nummern zu groß war und von einer Schärpe zusammengehalten wurde. Er hatte überall Risse und Brandlöcher. Irgendeine gierige Hand hatte einen Ärmel am Ellbogen abgerissen und an Rücken und Brust klaffende Löcher hinterlassen, so daß sie entblößt war. Ich lag ausgestreckt auf den Ringelblumen, und als sie vor mir stand, hatte ich das Gefühl, als könnte ich durch sie hindurchsehen, durch Kimono und Haut bis auf die Knochen, als könnte mir kein Zucken eines Muskels oder Nervs mehr verborgen bleiben. »Mach doch mal das Licht aus«, sagte sie fröstelnd. »Oder willst du unbedingt, daß ich rot werde?«

Sie wartete auf ihre Freundin Denise Denise, die sich verspätet hatte oder vielleicht auch gar nicht mehr kommen würde. Lush Life hatte eine Flasche billigen Wein gekauft. Sie war bereits leicht beschickert und nuschelte ein bißchen. Die fast leergetrunkene Flasche hatte sie in der einen Hand, mit der anderen versuchte sie ungeschickt, eine Kerze anzuzünden. »Night Train ist ganz gut«, sagte sie. »Thunderbird nicht so. Night Train ist besser.« Sie hob die Flasche, bot sie mir an und wies einladend zu ihrem Zimmer. »Nimm mal einen Schluck. Tut dir bestimmt gut. Nein, tut dir nicht gut«, sagte sie, zog ihre Hand zurück und trank den Rest der Flasche selbst.

Die Kerze flackerte. Der Docht war mit irgendeinem schwarzen Zeug verschmiert, das die Flamme halb erstickte und einen Krematoriumsgeruch verbreitete. »Das riecht, als würdest du hier Leichen verbrennen. Das ist nicht kommilfo«, sagte Lush Life. »Jedenfalls nicht am ersten Abend.«

Schließlich fanden wir einen Kompromiß: Wir löschten die Kerze und machten die Tür auf. Vom Gang hörte man das leise Gemurmel einiger Schwarzer, die dort saßen und Crack rauchten. Irgend jemand sang: »Lush Life, Lush Life...« Es war halb Singsang, halb Wehklage.

Im Halbdunkel schienen die Lichtflecken auf ihren Backenknochen, ihrer nackten Schulter, in ihrer Halsgrube wie durch farbiges Glas gefiltert. »Herzchen, mir ist so schlecht«, sagte sie. »*Encore de* Night Train, ja?«

Ich holte noch eine Flasche, sie trank sie aus. Denise Denise ließ sich noch immer nicht blicken. Die Stimme auf dem Gang sang noch immer: »Lush Life, Lush Life...«

»Ich werde dir gar nichts erzählen«, sagte Lush Life und fing an zu erzählen.

Geraldo Cruz war aus Bayonne in New Jersey, einer widerwärtigen Stadt. Sein Vater hatte tote Hühner verpackt, seine Mutter für einen Hungerlohn in einer Schneiderwerkstatt Röcke genäht. Nachmittags, nach der Schule, paßte Geraldo auf seine kleine Schwester Concepcion auf. Sie spielten Familie und probierten die Kleider seiner Mutter an, die allerdings ziemlich unelegant waren: furchtbar altmodisch, gedeckte Farben, lauter billige Fummel.

Die Schuhe waren noch schlimmer. Seine Mutter hatte schreckliche Füße, sie litt ihr Leben lang unter entzündeten Fußballen, und darum konnte sie keine Absätze tragen, nur Sandalen und flache Schuhe. Damit sahen Kleider idiotisch aus, und selbst Nylonstrümpfe verloren ihr Flair. Das Beste, was man tun konnte, war, ein Paar chinesische Satinslipper zu nehmen und sie ein bißchen umzubauen, indem man ihnen mit Hilfe von Flaschenhälsen und Pappmaché Absätze verpaßte. Und genau das versuchte Geraldo gerade, als sein Vater, der soeben gefeuert worden war, früher als sonst nach Hause kam, um sich zu betrinken, und seinen Sohn in einem Hüfthalter vorfand.

Sein Vater stammte aus der Dominikanischen Republik, ein harter Bursche. Es verging kein Tag, an dem er nicht herumtönte, den großen Max markierte und die Machonummer abzog. Doch jetzt, als er Geraldo gegenüberstand, sagte er kein einziges Wort. Er ging quer durch das Zimmer zum Whiskey und machte sich einen Einlauf, direkt aus der Flasche. Dann ließ er sich auf den Hintern fallen und starrte auf die Ritzen zwischen den Bodendielen. Und selbst jetzt fing er nicht an herumzubrüllen, sondern sprach ganz leise. »Du bist krank. Du brauchst Hilfe«, sagte er.

»Scheiß auf Hilfe«, sagte Geraldo. »Ich brauch Absätze.« Und damit ging er aus dem Haus und kehrte nie mehr zurück.

Er war vierzehn, fast fünfzehn. Er hatte einen Dollar, den er aus dem Portemonnaie seiner Mutter geklaut hatte, und damit kam er bis zum Busbahnhof, und da lernte er einen richtig netten alten Mann kennen und erzählte ihm seine traurige Geschichte: daß er von Bayonne nach New York habe fahren wollen, um seinen besten Freund im Krankenhaus zu besuchen, aber irgendwo sein ganzes Geld verloren habe, und nun sei er hier gestrandet und könne nicht einmal mehr zurück nach Hause. Stell dir vor. Und der alte Mann gab ihm das Geld für die Fahrkarte und wollte gar nichts als Gegenleistung haben, fast gar nichts, bloß ein bißchen Fummeln. Und Geraldo ließ ihn – warum auch nicht? Aber danach war er ganz aufgelöst und weinte. Er fing richtig an zu plärren, und der alte Mann zitterte und schwitzte Blut und Wasser und gab Geraldo fünfzig Dollar, oder vielleicht waren es auch hundert, bloß damit er aufhörte. Also hörte er auf. Er nahm den nächsten Bus nach Manhattan, und als er dort ausgestiegen war und den New Yorker Bürgersteig unter den Füßen hatte, ging er sofort, auf dem kürzesten Weg, in den nächsten Kleiderladen. Die junge Dame, die ihn bediente, sah ihn zuerst ein bißchen schräg an, aber dann bemerkte sie, daß er ein Messer hatte. Stell dir vor. Also lächelte sie. Auf seinen Armen türmten sich Nylonstrümpfe und seidene Negligés, BHs, Satinslips, Bodysuits – was man eben so brauchte. Er nahm alles mit in die Umkleidekabine. Vielmehr: Ein Teil von ihm nahm es mit in die Umkleidekabine. Geraldo Cruz ging hinein, Lush Life kam heraus. Stell dir vor.

Hier brach die Geschichte ab. Was seitdem geschehen war, wollte sie nicht erzählen. Geraldo Cruz war irgend jemand anders gewesen, jemand, den sie einmal gekannt hatte. Und darum war seine Geschichte eben genau das: Geschichte. Sie zu erzählen bedeutete ihr nicht mehr, als wenn sie einen Film oder eine Zeitungsstory erzählt hätte. Was sie selbst, Lush Life, betraf – das war etwas anderes. Sie hatte ihren Stolz, ihre Privatsphäre. Sie mochte mit einem Fremden vögeln. Aber das hieß noch lange nicht, daß sie ihm was von sich erzählte.

Es war zwei Uhr morgens. Draußen auf dem Gang hörte ich, wie Köpfe und Körper an die Wand klatschten – ein U-Bahn-Rhythmus. Die Brüder Kassimatis machten ihre Gute-Nacht-Runde und verjagten böse Geister. Ich schloß die Tür, schloß sie aus, schloß uns ein. Irgendwo dicht über mir knisterte, flüsterte Seide, raschelte der Kimono. Lush Life zitterte noch immer. Wir hielten uns in der Dunkelheit an den Händen.

5

Es kam ein falscher Frühling, der nur einen Tag währte. Eine ganze Woche lang hatte es ununterbrochen Sturm und Schneeregen gegeben, und bei diesem Wetter hatten wir kaum einen Schritt vor das Plum Blossom getan. Dann stieg die Temperatur eines Morgens auf fünfzehn Grad, und alles schien wie neu.

Der Lower Broadway lag verlassen da. Im ersten Licht des Tages sah die Straße aus wie ein Drehort für einen dieser Weltuntergangsfilme, wo nach der nuklearen Katastrophe von der Menschheit lediglich kleine braune Pfützen übriggeblieben sind und nur noch der Müll weiterlebt.

Wir gingen nach Norden, Richtung Uptown, und konnten dabei New Yorks Entwicklung Jahr um Jahr, Jahrzehnt um Jahrzehnt verfolgen. Seit Menschen auf Manhattan lebten, war der Broadway die Hauptsache, die Lebensader dieser Insel. Ursprünglich war er ein Kriegspfad der Algonquin gewesen; jetzt erstreckte er sich über dreiunddreißig Kilometer bis zur Bronx. »*Geschichte des Broadway ist Geschichte von Waisenjungen, der wird Millionär*«, zitierte Sasha. »*Schauplatz reicht von Hafen bis Hügelland. Name braucht keine Erklärung. Broadway heißt nicht ›Straße‹, ›Boulevard‹, ›Avenue‹, ›Promenade‹, ›Allee‹, ›Ring‹. Heißt Broadway, und wer nicht wüßte, was bedeutet?*« Durch die Nase atmete er tief das Sonnenlicht ein und senkte seine Stimme, um die Sache noch feierlicher zu gestalten. »*Ist Rückgrat von New York, und an jede Kreuzung mit andere Straße schlägt neue Funken. Jeder Funke leuchtet anders, leuchtet kurz oder lang, verlöscht oder flammt auf wieder. Für alle, die hoffen, Broadway ist Straße von Verheißung, wo an Ende immer lockt Eldorado, das vielleicht nicht gibt.*«

Er kratzte sich am Kopf. Er kratzte sich noch einmal. »Was Teufel heißt das?« fragte er. Das Klacken seiner eisenbeschlagenen Absätze hallte von den Häusern wider – es war dieses Canyon-Echo, das einen unwillkürlich nach kreisenden Geiern Ausschau halten ließ. »Ist ruhig«, sagte er. »Zu ruhig.«

Aber nicht lange. Als wir an der U-Bahn-Station Wall Street vorbeikamen, tauchte auf der Treppe, die zum Bahnsteig für die Züge aus Richtung Uptown führte, eine Gestalt auf. Es war ein kleiner, gelehrsam wirkender Mann in einem alten Armee-Dufflecoat und noch viel älteren Turnschuhen, der sein Zeug in einer McDonald's-Tüte mit sich herumtrug. Er hatte eine gräuliche Gesichtsfarbe, ließ die Schultern hängen und machte insgesamt einen kranken Eindruck: Die Treppe stieg er mit schmerzhafter Mühsal hinauf und hielt sich dabei am Geländer fest. Als er ins Licht trat, zog er den Kopf ein, als täte die Helligkeit ihm weh.

Oben angekommen, hielt er zwischen dem Broadway und dem Treppenschacht inne und ruhte aus. Einen halben Block weiter baute eine dicke, warm eingepackte Frau einen Obststand auf. Der augenblicklichen Mode entsprechend, bestand das Angebot größtenteils aus exotischen Früchten. Es gab nicht bloß Äpfel und Orangen, sondern auch Mangos, Papayas, golfballgroße Erdbeeren, kalifornische Pfirsiche und viele, viele Kiwis.

Der gelehrsam aussehende Mann betrachtete das Obst ausdruckslos, als hätte er so ein Zeug noch nie gesehen. »Also?« fragte die Frau, ein bißchen kurz angebunden, aber er antwortete nicht, sondern stand da und gaffte, und dabei wurde er überrollt.

Es geschah ohne Vorwarnung. Eben noch hatte er ganz allein dagestanden, und im nächsten Augenblick wurde er untergepflügt. Wie auf ein geheimes Signal war die erste Welle der Berufstätigen aus der Dunkelheit geströmt und gleich einer Flutwelle die Treppe hinaufgeschäumt. Der Mann im Dufflecoat ging spurlos unter. Dann war die Welle vorüber, und er blieb gestrandet zurück. »Also?« fragte die Obstfrau noch einmal.

»Ich könnte eine Kumquat vertragen«, antwortete der Mann.

Zwischen der ersten und der zweiten Welle lag ein kleiner Abstand – eine Minute, vielleicht auch zwei. Danach waren keine einzelnen Wellen mehr auszumachen. Wir wurden mitgerissen, durch die Wall Street gespült, in Regionen, wo immerwährendes Dämmerlicht herrschte. Das Börsenviertel war ein Labyrinth aus einspurigen Hohlwegen. In New Amsterdam waren dies noch die Pfade gewesen, auf denen man Vieh trieb. Jetzt wurden sie von Wolkenkratzern überragt, die sie in Abgründe verwandelten.

Jäh abfallende Klippen, sie ragen steil auf und sind nicht zu erklimmen – als ich aufsah, schienen die Senkrechten gefältelt wie ein Akkordeon; die Linien stürzten und strebten aufeinander zu, ein schwindelerregender Fall von Stein und Glas und Beton, und das ganze Gewicht lag auf der Schädelbasis, genau auf dem druckempfindlichen Punkt. Vielleicht war das der Grund, warum alle so zusammengesunken gingen, mit hängenden Schultern und gebeugten Köpfen, als schleppten sie Zementsäcke.

Wir ließen uns treiben, trudelten durch die Schluchten und landeten schließlich vor der New Yorker Börse, einem klassizistischen Tempel, dessen Eingang von sechs massiven korinthischen Säulen flankiert wurde. Das Giebelfeld zierten Flachreliefs mit allegorischen Darstellungen von Ackerbau, Bergbau, Antriebskraft und Gestaltung. In ihrer Mitte stand – allmächtig – die Göttin des unerschöpflichen Wohlstands.

Ihr Name war »Rechtschaffenheit«.

Die Männer in Anzügen, die ihren Schrein betraten, gingen mit leeren Gesichtern an uns vorbei. Die älteren hatten sich für Neutralität entschieden, für die undurchdringliche, gleichgültige Miene des Pokerspielers. Die jüngeren bevorzugten einen Ausdruck von eingefrorener Wut.

Bei beiden Typen war der Grundton Selbstbezogenheit, eine ungerührte, androidenhafte Zielgerichtetheit. Im Krieg um das Geld nannte man das »Berufsgesicht«, und uns traf es völlig unvorbereitet. Aufgrund der jüngsten Fernseh- und Zeitungsberichte hatten wir uns auf eine Leichenhausatmosphäre, auf den Anblick menschlicher Wracks eingestellt. »Schwarzer Montag. Tod von achtziger Jahre. Schluß und Ende von Zeitalter von Raffsucht. Freundliche Grüße von wirtschaftlichen Abstieg«, hatte Sasha unsere Erwartungen zusammengefaßt. Aber niemand stürzte sich aus dem Fenster, es bellten keine Pistolenschüsse. Im Gegenteil: Die Börse schien bester Stimmung, *en fête*.

Von der Besuchergalerie sahen wir aus großer Höhe hinab in den Börsensaal und kamen uns vor wie Tribünengäste bei einem Footballspiel. Rezession hin oder her – die Arena wimmelte von Menschen, die ihr Äußerstes gaben und mit den ruckartigen, beschleunigten Bewegungen von Stummfilmpolizisten hin und her eilten. Wir sahen sie mit den Armen rudern, hörten, wie sie durcheinanderschrien. Das Tempo ließ keinen Augenblick nach, doch uns blieb der Sinn des Ganzen verborgen. »Ich glaube, ist gutes Spiel«, sagte Sasha. »Aber wie zählt man Punkte?«

Draußen auf der Straße sprangen uns die haßerfüllten Gesichter an und ließen sich nicht ignorieren. Es war Energie in ihnen, aber keine Vitalität, Hunger, aber kein Appetit. Wir wichen der Übermacht und zogen uns zurück.

Auf dem Friedhof der Trinity Church, wo die Wall Street in den Broadway einmündet, setzten wir uns zwischen die alten Gräber. Der Friedhof stammte aus dem siebzehnten Jahrhundert und war der älteste der Stadt. Alexander Hamilton lag hier begraben, ebenso wie Robert Fulton und Captain James Lawrence, dessen letzte Worte gewesen waren: »Gebt das Schiff nicht auf!« Jetzt waren die Wege voller Konfetti und Klopapier – Überreste irgendeiner Parade –, und Barney, der verdammt gute Bote, schlief an der Westmauer seinen Rausch aus.

Es war ein ausgesprochen tröstlicher Ort. In der Gründerzeit der Stadt war die Trinity Church ein Fels in der Brandung gewesen, der einzige Fixpunkt mitten in dieser unersättlichen Expansion und der ständigen Verschiebung des Schwerpunkts. Sie hatte stets besänftigt und beruhigt. Und diese Funktion besaß sie immer noch. Die Kirche selbst – der jetzige Bau stammte aus dem neunzehnten Jahrhundert – mochte ein häßliches, rußgeschwärztes Ding sein, das vom Kirchturm dominiert wurde. Aber drinnen übte der Organist die Tokkata und Fuge in d-Moll von Bach, und auf dem Friedhof zog der Tag träge vorbei, weich, süß und klebrig wie Zuckerwatte. »Heute nacht, heute nacht kriege ich Schlagzeug zurück, bestimmt«, sagte Sasha und schlenderte davon. Bald darauf war ich eingeschlafen.

Als ich die Augen wieder aufschlug, wurde ich gerade eingehend von einem Mann gemustert, der wie ein sehr alter schwarzer Jockey aussah. »Wolln Sie sich ausrauben lassen?« fragte er.

»Im Augenblick nicht.«

»Wie man sich täuschen kann.«

Er hieß Lucius und stammte aus New Orleans. Seit über vierzig Jahren putzte er nun schon die Schuhe von Aufsichtsratsvorsitzenden, Vizepräsidenten und Magnaten. »Und die von kleinen, hinterhältigen Aufsteigern auch.«

»*Oxfords* polieren«, nannte er das. In den Zeiten, als man gute Arbeit noch zu schätzen wußte, war das ein regelrechtes Handwerk gewesen. Er hatte sich sogar Geschäftskarten drukken lassen. »Lucius Havens – Schuhpfleger« stand darauf. »Im Dienst der eleganten Fußbekleidung.« In letzter Zeit verteilte er die allerdings nicht mehr. Die Wall-Street-Leute waren so sehr damit beschäftigt, einen schnellen Dollar zu machen, daß sie Feinheiten dieser Art nicht mehr zu würdigen wußten. Heute interessierten sich die Kunden nicht mehr für seinen Namen und sahen ihm beim Bezahlen nicht ins Gesicht. Und all diese italienischen und französischen Importschuhe waren zwar sehr elegant, aber oft ungepflegt und vernachlässigt. »Eins hab ich jedenfalls gelernt«, sagte Lucius. »Nach den Schuhen, die ihn tragen, kann man ein' Mann nich beurteilen.«

Er sah aus, als bestünde er aus Röhren – ungefähr ein Meter sechzig Holperstrecke, lauter Buckel und unvermutete Windungen. Er habe Arthritis, sagte er, und arbeite nicht mehr so viel wie früher. Er war vierundsiebzig, und all das Bücken und Kauern, das zur Kunst der Schuhpflege gehörte, forderte seinen Tribut. Aber er kam immer noch zur Wall Street. Das war die Gegend, in der er sich auskannte.

Am Trinity Place gab es einen Sandwich-Laden, in dem er halbtags arbeitete. »Mal schmier ich, mal liefer ich«, sagte er. »Manchmal fühl ich mich mies, und dann sehn ich mich nach meiner Alten. Nach meiner lieben Frau Marie, wollt ich sagen. Sie wohnt da oben in Brooklyn, in Crown Heights, eine Stunde mit der U-Bahn, aber ich muß trotzdem immer hin und sie besuchen. Manchmal hab ich ein' stehn, kann ich nicht leugnen. Ich hab ein' stehn, dasses weh tut. Ist vielleicht bloß 'ne Morgenlatte, aber trotzdem muß ich was dran tun. Was soll ein Mann sonst machen? Wenner ein' stehn hat, dasses weh tut?«

Er sprach ganz rund, lutschte an den Worten wie an einem Bonbon und zog alle harten Klänge heraus. Wenn er lachte – und das tat er oft –, schlang er die Arme um seinen kleinen Kinderbauch, als müßte er die Eingeweide festhalten. Dieses Lachen, ein durchdringendes Wimmern, das wie der Pfiff einer Lokomotive klang, ließ mich erschauern, doch Lucius sagte, es erleichtere ihn. »Tut so schön weh«, sagte er, »daß ich mich lang hinlegen und sterben könnte.«

Um Punkt vier Uhr schloß die Börse. Um eine Minute nach vier wiederholte sich der wilde Ansturm vom Morgen in umgekehrter Richtung. Nur diesmal lief alles in Zeitlupe ab: eine Armee auf dem Rückzug, geschlagen, aber noch nicht vernichtet. Am Obststand neben der Treppe zur U-Bahn in Richtung Uptown waren blaue Trauben und Granatäpfel ausverkauft. Laut Lucius war das ein Zeichen, daß der Dow-Jones-Index gestiegen war.

Er ging nach Osten, ich nach Westen. Dem Friedhof gegenüber stand ein Haus, in dessen erster Etage sich eine Kneipe namens Michael's I. befand. Über eine schmale Brücke aus Gußeisen betrat man einen Raum, der so steril wirkte wie das Wartezimmer eines Arztes. »Wie war es heute?« fragte der Barmann.

»Ach Gott«, sagte Liquor Jack.

Sein eigentlicher Name war Jack Young. In seinen besten Zeiten war er Finanzier gewesen, einer, der große Sprünge machte. Damit war es jetzt vorbei. »Nur noch kurzfristige Geschäfte«, sagte er. »Nur noch kleine Schritte.«

Er war siebenundfünfzig, ein fülliger Mann voller verschlungener Geschichten. Mit seinen Hängebacken und den Augen, die wäßrig aussahen wie Spiegeleier von gestern, wirkte er wie ein alter Jagdhund, der seine Nase verloren hat. Trotzdem hatte er Stil, und es umgab ihn das Flair nobler Abkunft.

Vor dreißig Jahren hatte es weit und breit keinen schneidigeren, lebenslustigeren Burschen als ihn gegeben. Der Name Liquor Jack war das Losungswort für alle möglichen anrüchigen, unaussprechlichen, unwiderstehlichen Dinge gewesen. Er hatte den Begriff *Boulevardier*, dieses magische Wort, geprägt, und es gab zahllose Debütantinnen – viele von ihnen inzwischen Großmütter –, die bei der Erwähnung seines Namens noch immer quietschten und rot wurden.

Eine etwas mitgenommene Eleganz erinnerte an jene Zeiten.

Ganz gleich, ob sein Hemd unter den Achseln durchgeschwitzt war oder nicht – er trat auf wie einer, der sich von der Masse abhebt, der *auserwählt* ist. In den letzten Jahren war die Wall Street von Barbaren, von einer Herde von Wildschweinen überrannt worden. Der Stil und die Werte von gestern schienen für immer dahin. Jack Young war übriggeblieben.

Er stammte aus Louisville. Die Seminons, von denen seine Mutter abstammte, gehörten zu den ältesten Familien von Kentucky. Sie waren schon dagewesen, als Kentucky in die Union aufgenommen wurde, und seitdem waren sie immer reicher geworden. In den dreißiger Jahren gehörte ihnen der größte Teil des Mockingbird Valley und der Indian Hills, und sie lebten in einer Art Tara, einem Herrenhaus mit Kristallüstern, einer geschwungenen Treppe und einer Kuh. Dann war Thatcher Young, Jacks Vater, gekommen und hatte alles kaputtgemacht.

Einen »gutaussehenden Taugenichts« nannte ihn sein Sohn. In der amerikanischen Rangliste der Tontaubenschützen stand er an achtundneunzigster Stelle, und seine Reithosen trug er wie ein junger Gott, aber seine Vorstellung von Spaß bestand darin, mit einem Dutzend White-Castle-Hamburgern im Herrensalon des Louisville Country Clubs zu sitzen und sie, einen nach dem andern, in den Deckenventilator zu werfen. Und wenn er sich in den Bars der Innenstadt herumtrieb, eine junge Frau aufriß, die als Packerin in der Fleischfabrik arbeitete, und sie mit einem Kind sitzenließ, war das ein noch größerer Spaß.

Das war eine peinliche Geschichte. Die Frau bekam eine Abfindung und wurde weggeschickt, der Junge wuchs im Haus der Seminon-Großeltern auf, und Thatcher wurde als sein älterer Bruder ausgegeben. Jack lernte, aufrecht im Sattel zu sitzen und mit Messer und Gabel umzugehen. Er genoß Privilegien. Und dann – er war sechs Jahre alt – waren seine Großeltern verreist, und Thatcher hing sternhagelvoll irgendwo in der Innenstadt herum, und Jacks Mutter tauchte auf. Sie fuhr einfach mit einem Pritschenwagen die Einfahrt hinauf und nahm ihn mit.

Sie war eine Frau aus den Bergen, eine typische Frau aus den Appalachen: blutarm und hager, »so verhärmt, daß man sie schon ausgemergelt nennen konnte«. Sie lebte mit ihrer ganzen Sippe in einer mit Wellblech gedeckten baufälligen Baracke tief im Wald. Wildfremde betatschten Jack, umarmten ihn und bedeckten ihn mit nassen Küssen. Es war ein äußerst eigenartiges Gefühl, nicht direkt unappetitlich, aber fremd – etwas, was man nicht tat. Um alldem zu entkommen, verbrachte er die Tage damit, einen kleinen Gummiball auf das Dach zu werfen und zu warten, bis er wieder herunterfiel. Seine Mutter saß in der Eingangstür und sah ihm zu, sagte aber kein Wort. Als die Hunde mit seinem Ball davonrannten, gab sie ihm einen neuen. Das war ihre einzige Verbindung.

Am fünften Tag kamen die Seminons und nahmen ihn mit, und Jack sah seine Mutter nie wieder. Heute, nach fünfzig Jahren, konnte er sich weder an ihr Gesicht noch an den Namen des Ortes noch an irgendeine Einzelheit erinnern. Ihm war nur das satte *Plock* geblieben, mit dem der Ball auf dem Wellblechdach gelandet war – wie ein Stein, den man in einen tiefen Brunnen warf –, und das Warten, bis er wieder herunterrollte, ihm direkt in die Hand.

»Ich bekenne«, sagte er, »daß ich kein sehr gefestigter Mensch war.« Gewiß, er war zum Gentleman erzogen worden, aber er war unruhig, fahrig, immer ein wenig haltlos. Mit fünfzehn fälschte er, anstatt einfach bloß davonzulaufen, sein Geburtsdatum und ließ sich von der Marine anwerben. Als er zwei Jahre später entlassen wurde, hatte Thatcher große Teile seines Erbes durchgebracht. Es waren nur noch 1,3 Millionen Dollar übrig.

Was tun? »Ich bekenne, daß ich bestürzt war.« Doch nicht lange. Er machte alles zu Geld, zu einem dicken Bündel Taschengeld, und fuhr nach New York.

Was hatte das alles mit der Wall Street, mit dem Broadway zu tun? Damals eine ganze Menge. In den frühen fünfziger Jahren gab es in Manhattan solche Geschichten an allen Ecken und Enden. Es war die Blütezeit der *Caff Sosh* – der Café-Gesellschaft –, des Stork Club, des Copa, des El Marocco. Die Leute stellten sich mit »Rollo« und »Beau« und »Slim« vor, und ihr Trachten ging dahin, sich stilvoll danebenzubenehmen, gerade wild genug, um amüsant zu sein, aber nicht so wild, daß sie bedrohlich wirkten. Sie stammten aus guten Familien, waren frei, verfügten über unbegrenzt viel Zeit, und alles andere war ihnen egal, scheißegal.

Jetzt, da er sich im Michael's I., erschöpft von der Arbeit des Tages, auf die Theke stützte, fiel es Jack schwer, das Lebensgefühl jener Zeit zu vermitteln. Alles war von einer solchen Leichtigkeit, einer solchen Gewißheit durchdrungen gewesen. Hatte es in der Geschichte des Abendlandes an irgendeinem Ort, zu irgendeiner Zeit eine derartige Zuversicht gegeben? Er glaubte es nicht. Amerika war die führende Nation der Welt, New York war der Mittelpunkt des Universums, und so würde es immer bleiben. Und man selbst war unverwundbar. Immun gegen das Alter, gegen alle Schmerzen. Es konnte nichts Schlimmes, nichts *wirklich* Schlimmes passieren. Nichts, was nicht wieder in Ordnung gebracht werden konnte.

Moral hatte hier nichts verloren. Sie war nicht eigentlich unerwünscht. Sie spielte bloß keine Rolle. Nur ein gottverdammter Kommunist konnte behaupten, daß die Zugehörigkeit zur Elite kein Geburtsrecht und die Zurschaustellung von Privilegien verwerflich sei. In der *Caff Sosh* waren solche Themen nicht tabu – sie wurden einfach nicht angeschnitten.

Man mußte es selbst erlebt haben. Aus dieser zeitlichen Distanz erzählt, kam es alles ganz verdreht heraus, klang es abgeschmackt, ein bißchen absurd. Vielleicht war es das auch wirklich gewesen. Aber es hatte Spaß gemacht – Herrgott, so viel Spaß. In knapp achtzehn Monaten hatte Jack sein Vermögen durchgebracht, die ganzen 1,3 Millionen, und es tat ihm um keinen Cent leid.

Wofür er das Geld ausgegeben hatte? »Für Sachen. Einfach irgendwelche Sachen. Für interessante Leute und ihre idiotischen Pläne. Und für Getränke natürlich«, sagte er. »Fürs Vergessen.«

Er ging in die Wall Street – *The Street* – und bekam einen Job bei der Citibank. Er liebte das Abenteuer. *»Action«*, sagte er jetzt. »Es war mir egal, wie sie aussah oder was ich dafür bezahlen mußte, solange ich sie nur kriegte. Und am Geldmarkt war Action garantiert. Es war ein legales Glücksspiel, und für die Einsätze gab es kein Limit.«

Das Ganze war auch ein herrlicher Mumpitz. Um nicht gegen die Regeln zu verstoßen, mußte man so tun, als würde man hart arbeiten, als wäre man ein kleines, ernsthaft rackerndes Rädchen in einem gewaltigen, göttlich-schicksalhaften Wirtschaftsgefüge, während man in Wirklichkeit immer am Rand der Klippe stand und Wohl und Wehe vom Tickern des Fernschreibers abhing. Man war dem Spiel genauso verfallen wie irgendein Zocker in irgendeiner Kaschemme.

Wenigstens war es in den Bars gemütlich. In jener Zeit war die Wall Street eine Gemeinschaft, die Sicherheit bot, eine riesige Studentenverbindung. Sie im Rücken zu haben war so tröstlich wie ein offenes Kaminfeuer. Natürlich gab es Schurken und Lumpen, Diebe und Betrüger. Das war schon immer so gewesen, und daran würde sich nie etwas ändern. Aber jeder wußte, wie man eine Fliege bindet.

Liquor Jack war ein geselliger, präsentabler Mensch und paßte in diese Gesellschaftsschicht. »Meine Referenzen? Ich nehme an, es reichte, daß ich ein lustiger Kerl war. Damals war ein Diplom von der Harvard Business School nicht unbedingt eine Empfehlung. Wenn es überhaupt etwas war, dann ein gewisser Makel: Es ließ einen ein bißchen angeberisch und streberhaft aussehen. Die beste Eintrittskarte war, ein netter Mensch zu sein, der die richtigen Leute kannte.«

Zwei Banden, die einander argwöhnisch beobachteten und dennoch ein Bündnis eingegangen waren, beherrschten die *Street*: das »Alte Geld«, nämlich die großen Handelshäuser im Besitz weißer angelsächsischer Protestanten, und »Unsere Leute«, die deutschstämmigen Juden. Diese beiden Gruppen bestimmten den Kurs und den Moralkodex der ganzen Finanzwelt.

Es war eine absolute, aber väterlich wohlwollende Herrschaft, die sich auf einige ungeschriebene und unumstößliche Gesetze gründete. Das wichtigste davon war, daß Geschäfte Vereinbarungen zwischen Gentlemen waren – ganz gleich, ob das nun den Tatsachen entsprach oder nicht. Freundliche Konkurrenz war in Ordnung, Guerillataktik nicht. In den mit viel Mahagoni und Schmiedeeisen ausgestatteten Sitzungssälen der großen Gesellschaften hatte sich seit dem neunzehnten Jahrhundert nichts Wesentliches verändert. Abmachungen wurden mit Handschlag besiegelt, der Fernschreiber war das Nonplusultra der Software. Und das heiligste Gesetz von allen? »Ein Mann war durch sein Wort gebunden«, sagte Jack. »Wenn es Zeugen dafür gab.«

Im nachhinein sah er wohl, daß dieses ganze byzantinische Gefüge auf einem einzigen Dogma basiert hatte: auf der Unantastbarkeit der Tradition und ihrem göttlichen Recht zu herrschen. Aber niemand stellte das in Frage, »niemand außer den

Habenichtsen«. Wer sich nicht an die Regeln hielt, durfte nicht mitmachen.

Er fand ein Vorbild, einen Mentor. Paul Shields war ein alter Mann, der einen kanariengelben Rolls-Royce mit nachtblauen Zierstreifen fuhr. Seine Geliebte war das Fotomodell Suzy Parker, und wenn er sich mit ihr im Bett vergnügte, brauchten sie eine Gummiunterlage zwischen Laken und Matratze. »Eine dynamische Kraft, ein D'Artagnan mit einem Sektquirl, ein echter Gigant der Wall Street, der sich mit Fug und Recht *Finanzier* nennen durfte. Mit zweiundsiebzig ertappte man ihn mit zwei Prostituierten, einer schwarzen und einer weißen, und die *Daily News* brachte die Schlagzeile: ›Zwei Mädchen in einem antiken Bett.‹ Das war der stolzeste Moment seines Lebens.«

Aber nicht sein größter Erfolg. Zwischen seinen Eskapaden half die Firma Shields & Co., den Handel mit Aktienpaketen anzukurbeln. Es waren Geschäfte, bei denen es um Hunderte Millionen Dollar ging, und alles mit geliehenem Kapital. »Es war gespiegeltes Geld. Sein eigenes Gesamtkapital betrug fünfzehn Millionen Dollar, so gut wie nichts also, und er brachte diesen Aktienpakethandel, dieses Spiel auf Leben und Tod, in Schwung, als wäre es eine Bagatelle.«

Nichts, was danach kam, konnte an dieses Hochgefühl des Anfangs heranreichen. »Es war, als hätte Gott uns auserwählt. Als hätten wir ein geheimes Wissen und nichts und niemand könnte uns auf die Erde herunterholen. Wir waren«, sagte Jack, »die Creme de la Creme.«

Unsere Wege trennten sich. Am folgenden Tag stolperte ich wieder über ihn. Doch zuvor traf ich auf der Straße Lucius Havens, der mit Sandwichtüten beladen war und laut lachte. Als ich Paul Shields erwähnte, lachte er noch lauter. »Ein Gentleman und Sportsmann«, sagte er. »Ich hab seine Oxfords poliert

– ach, oft, noch und nöcher. Er hat sich auf seinen Zehn-Dollar-Schein nie rausgeben lassen und nie vergessen, denen, die nicht so gut dran sind, was zukommen zu lassen. Ein aufrechter Sünder, der Mister Shields. Und der Mister Jack Young auch.«

»Was ist mit dem?«

»Au, Mann – ich kann Ihnen sagen...«

»D'Artagnan mit einem Sektquirl.« Jack hatte diesen Ausdruck gebraucht, um Paul Shields zu charakterisieren, doch auf ihn selbst paßte er ebensogut. Da war die Sache im Village, wo er vor dem San Remo einen Polizisten, der nicht im Dienst war, niedergeschlagen hatte. Die Folge: eine Kugel im Bein und drei Monate in der Gefängnisstation des Bellevue. Dann das Handgemenge mit sechs Kellnern im Stork Club – die Schlagzeile hatte gelautet: »Verärgerter Gast sieht rot.«

»Situation aussichtslos, aber nicht ernst«, sagte Jack. Damals schien es keine Rolle zu spielen, was für Ungeheuerlichkeiten er sich zuschulden kommen ließ – man strich ihn nie von der Einladungsliste. Einmal hatte ihn eine von den alten Familien zum Nachmittagstee auf ihren Landsitz am North Shore eingeladen, wo er sich mit klebrigen Kuchen und kleinen Sandwichs vollstopfte und sich anschließend daranmachte, den Konzertflügel der Großmutter in den Swimmingpool zu schieben. Am nächsten Wochenende lud man ihn zum Abendessen ein. »Ich bekenne, ich war ein Schuft, ein nichtswürdiger Bube mit Segelohren«, sagte er versonnen. »Aber ein junger Bube, verstehen Sie, aus einer erstklassigen Familie.«

Und dann war er auf einmal nicht mehr so jung. Er kam nie dahinter, wann oder wie das passiert war, aber es war passiert, und es verdarb ihm gründlich den Spaß. Anscheinend hatte er in einem Anfall von Zerstreutheit zwanzig Jahre einfach verlegt. Nun wurde er kopfüber in die achtziger Jahre gestoßen, und alle Regeln hatten sich geändert. Seltsame junge Männer mit Brooklyn-Akzent, Nintendo-Augen und schrillen Stimmen hetzten an ihm vorbei. Sie gehörten weder zum Alten Geld noch zu Unseren Leuten – sie waren einfach junge Kerle, eine Horde von Killern mit Babygesichtern.

Ein geordneter Aufstieg und die Kunst des Mehrens von Wohlstand nach Art eines Gentlemans bedeuteten hier nichts. Diese Leute waren Bombenleger, Finanzterroristen, die in Milliarden dachten und diese Milliarden *sofort* haben wollten, und sie kannten absolut kein Gesetz. *Jetzt läuft ein ganz neues Spiel*, krähten sie. Und sie hatten recht.

Was blieb, war der Morgen danach, ein endloser Kater. Mit vagem Erstaunen stellte Jack fest, daß er eine zweite Frau, diverse Nachkommen und Verpflichtungen sowie alle möglichen Bindungen an die Reale Welt hatte und daß er finanziell nicht in der Lage war, dafür aufzukommen. Also suchte er sich einen anderen Job und verdiente mehr Geld. Und er wechselte noch einmal den Job und verdiente noch mehr Geld. Trotzdem blieb er in den roten Zahlen, und immer noch war er nicht wieder jung. »In der Klemme?« sagte er. »Man fühlte sich gedemütigt.«

Was war geschehen? Abstraktionen und Analysen gehörten nicht zu Jacks Repertoire. Dafür sah sein Freund Michael Thomas das Ganze aus der Totengräberperspektive: Eine Welt war untergegangen, ganz einfach. Und warum? Aus demselben Grund, aus dem alle Welten untergehen. Die alte Ordnung war ausgelaugt. Die Wall Street war Amerika im Miniaturformat, und das amerikanische Jahrhundert war vorbei. Dreierlei hatte Amerika als selbstverständlich betrachtet: seine Führungsrolle auf dem Gebiet der Moral, seine militärische Stärke und seine Wirtschaftskraft. Auf diesen drei Säulen hatte sein ganzes Gefühl des Vorrangs, das Recht des Erstgeborenen geruht. Doch die Desaster der siebziger Jahre, *die dreifache Umwälzung die-*

ses hegemonialen Weltbildes, hatten alle drei Säulen ausgehöhlt. Watergate hatte der moralischen, Vietnam der militärischen und die OPEC der wirtschaftlichen Überlegenheit ein Ende bereitet. Die Religion hatte schon früher dran glauben müssen, ebenso wie die Disziplin.

Ergo: Anarchie. Vor 1974 hatte es so etwas wie unfreundliche Übernahmen nicht gegeben. Doch in der neuen Ordnung zählten nur der Augenblick und der Siegeswille, was wiederum nur eine höfliche Umschreibung für den Trieb zu töten war.

Kein Klima für Kumquats. Wo waren sie jetzt, die Gleichgesinnten, mit denen Jack Young sich die Zeit vertrieben hatte? Irgendwo anders. Die es geschafft hatten, waren entweder im Ruhestand oder abgeschirmt, unerreichbar in ihren von Chauffeuren gesteuerten Oldsmobiles, ihren Park-Avenue-Wohnungen, ihren herrschaftlichen Anwesen in Hampton. Sie saßen in Aufsichtsräten und veranstalteten Wohltätigkeitsbälle, sie waren überall, bloß nicht greifbar. Und die es nicht geschafft hatten, waren schon lange an Leberzirrhose gestorben, oder – schlimmer noch – sie aßen auf Long Island ihr Gnadenbrot.

Offenbar hatte Jack irgendeine Abzweigung verpaßt. Im Überschwang seiner Begeisterung hatte er eine grundlegende Tatsache übersehen: Die Leute kamen zur Wall Street, um reich zu werden.

Wie konnte es sein, daß er das nicht bemerkt hatte? »Ich war zu sehr damit beschäftigt, mich zu amüsieren. Zu eigensinnig, zu sehr in das Spiel um des Spieles willen verliebt«, sagte er. »Und dann, natürlich, mein widerspenstiges Ego. Ich hab den Hexendoktor einen Scharlatan genannt, und da hat er mich einschrumpfen lassen.«

Zu sehr damit beschäftigt, sich zu amüsieren. Es war wie eine Grabinschrift. In seinen besten Zeiten hätte er leicht zu

Geld kommen, sich mit einem einzigen Wort eine gesicherte Position verschaffen können. Aber das Wort war ihm entfallen, und was war ihm geblieben? »Im Pfeffer nach Fliegenscheiße suchen.«

Die mit den leeren Gesichtern besaßen die Erde. Auf der anderen Seite des Broadway, einen Block weiter südlich, war Harry's Hanover Square, wo die Börsenmakler sich entspannten und Kriegsgeschichten erzählten. Die Bar lag im Keller der East India Trading Company, einem schönen Handelshaus aus dem achtzehnten Jahrhundert, viereckig und vornehm. Hinter der Eingangstür war es allerdings mit der Vornehmheit vorbei. Die Makler drängten sich an der Theke und tranken im Stehen, schwitzende Männer mit feuchten Lippen und gelockerten Krawatten, und sie brüllten.

Ein paar junge Frauen waren auch da. Sie saßen vor den niedrigen Fenstern an Tischen. Die Männer nannten sie »Mädels«. Etwas Adrettes, Knackiges umgab sie – sie wirkten wie frisch gewaschener Salat. »Hart«, sagte Louis, mein Nachbar, der früher bei Drexel Burnham mit Junkbonds gehandelt hatte. »Hart, hart, hart.«

Das war das Schlagwort des Jahres, das Ideal, nach dem Frauen strebten. Harte Muskeln, harte Gedanken, harte Seelen und ein hartes Lächeln. »Und es funktioniert«, sagte Louis. »Je härter sie werden, desto schneidiger fühlen sie sich. Und je schneidiger sie sich fühlen, desto mehr Arschtritte teilen sie aus. Und je mehr Arschtritte sie austeilen, desto mehr haben sie den Wunsch, noch mehr auszuteilen.«

»Warum?«

»Warum sind wir hier, mein Freund?«

Mit seiner eigenen Arschtritt-Statistik sah es dagegen eher schlecht aus. Vor fünf Jahren noch war er einen Meter siebenundsechzig groß gewesen, hatte hundertsiebenundzwanzig

Kilo gewogen und ein Vermögen von elf Millionen Dollar besessen. Um die Tatsache, daß er achtstellig geworden war, zu feiern, hatte er ein Segelboot gekauft und war nach Martha's Vineyard gefahren. Am zweiten Tag auf See hatte er einen Herzanfall gehabt. Der Arzt hatte ihm gesagt, wenn er nicht Diät halte, müsse er sterben. Jetzt wog er zweiundsiebzig, dreiundsiebzig Kilo, und sein Vermögen war eigentlich nur noch Kleingeld. Aber er war fast einen Meter siebzig groß. »Da kann man mal sehen«, sagte er.

Rückschläge schreckten ihn nicht. »Wellentäler des Schicksals«, nannte er sie. Die Haut hing schlaff und in Falten an ihm herunter, so daß er aussah wie ein Bluthund mit Haarausfall. Die Zigarre, an der er zog, durfte er nicht anzünden. Dennoch fühlte er sich stark und gut. »Ich hab in die Zukunft gesehen«, sagte er. »Und was hab ich da gesehen? Mich, sehr reich.«

Harry's war eines der letzten Refugien, in denen man noch trinken durfte. Der gegenwärtige Kreuzzug gegen den Alkohol hatte die Wall Street hart getroffen und mit einer stolzen, hundert Jahre alten Tradition kurzen Prozeß gemacht. In Jack Youngs goldenen Jahren war Alkohol das Esperanto der Börse gewesen. Jemand wie Joseph Thomas, Michaels Vater, hatte als Vizepräsident von Lehman Brothers seine Anweisungen vom Dampfraum aus gegeben, wo er nackt auf dem Massagetisch lag, eine Zigarre in der einen, einen Wodka-Martini in der anderen Hand, die *Daily Racing Form* vor sich ausgebreitet und in den Nasenlöchern zwei Plastikschläuche, die zu einer Sauerstoffflasche führten. Damals fand man diese Zurschaustellung von Lebensart kühn, aber nicht unerhört. Heute dagegen hatte die Alkoholphobie jedes Maß verloren. Jeder, dessen Atem nach der Mittagspause auch nur nach einem Hauch von Fröhlichkeit roch, wurde ausgestoßen, hinaus in die Finsternis.

Selbst bei Harry's war die Ausgelassenheit gedämpft. Für jeden, der einen doppelten Bourbon bestellte, gab es zwei Jogger, die gespritzten Weißwein tranken. Was Louis betraf, so kippte er zwar einen J & B nach dem anderen, ging aber auch zu den Anonymen Alkoholikern. »Weil da was los ist.«

Es war die neueste Wall-Street-Bruderschaft. In dieser Zeit der Dürre war sie dabei, den Club als *sanctum sanctori*, als Ort, wo man sich austauschte und Geschäfte einfädelte, zu ersetzen. Jeden Morgen, bevor die Börse öffnete, und jeden Abend, wenn sie schloß, fanden sich smarte Börsenhändler in einem Keller am Trinity Place ein und krempelten die Ärmel hoch; sie gaben einander Tips, heckten Pläne aus und beichteten ihre Verfehlungen. Das sei billiger, als eine Runde zu schmeißen, sagte Louis. »Und der Sex ist einfach sagenhaft.«

Liquor Jack war nicht erbaut. Von allen modischen Idiotien, die sich verschworen hatten, die Wall Street zu einem unausstehlichen Ort zu machen, war die Gesundheitswelle die widerwärtigste. Seine zweite Frau – »meine amtierende Herzogin« – hatte es einmal gewagt, dieses Thema im Zusammenhang mit seiner Person anzuschneiden. Allerdings nur ein einziges Mal. »Die freudenspendende Krücke der Sünde von mir werfen?« hatte er gesagt. »Wie käme ich dazu?«

Im Augenblick hatte er einen Tisch bei Bruan & Co. Die Bruans – Tony und Peter – waren Brüder aus Brooklyn. Ihr Vater war Jude, ihre Mutter Irin gewesen; die beiden entsprachen dem Klischee und verbanden Schläue mit Aggressivität. »Knochenharte Straßenkämpfer«, sagte Jack. »Aber knochenharte Straßenkämpfer mit einem *Ziel.*«

Tony Bruan, der Chef, thronte in der Mitte eines langen Tisches, der sich wie ein Fließband ausnahm. Flankiert von seinen Lakaien, wirkte er wie König John in der Bankettszene der Robin-Hood-Verfilmung mit Errol Flynn, wobei Händler mit kurzfristigen Papieren die Höflinge ersetzten und Computerausdrucke achtlos hierhin und dorthin geworfen wurden wie Hühnerknochen an der festlichen Tafel. Doch das hier war kein gemütlicher Claude Rains, der die Lippen spitzte und vor sich hin summte. Im Gegenteil: Bruan war angespannt wie eine Aderpresse aus Stahl. Er mochte Anfang Vierzig sein. In seinem gestreiften Hemd und den kanariengelben Hosenträgern wirkte er elegant, aber tödlich. Das Haar war kurz geschnitten, und er knackte ständig mit den Knöcheln. Seine Bewegungen waren knapp, seine Augen blickten gleichgültig, und doch hatte man den Eindruck von gewaltiger Energie, von Wut, die nur so gerade eben im Zaum gehalten wurde.

Dieses Bild kränkte ihn nicht. Es sei wahr, sagte er, er sei eine menschliche Zeitbombe. Um sich zu entschärfen, müsse er täglich fünfzehn Kilometer laufen und Gewichte stemmen, bis er nicht mehr könne. Sonst würden seine Sicherungen durchbrennen. »Und das wäre kontraproduktiv«, sagte er.

Seine Handlanger wirkten weniger beherrscht. Es waren verschwitzte junge Burschen, die sich blinzelnd über Monitore beugten und in Telefone und ins Leere brüllten. Es war nicht ganz ersichtlich, was sie eigentlich taten. Es hatte aber anscheinend eine Menge mit analem Sex zu tun. Die Welt war offenbar voller Arschlöcher, die nur darauf aus waren, sich gegenseitig in den Arsch zu ficken, und die einzige Möglichkeit zu überleben war, sie in den Arsch zu ficken, bevor man von ihnen in den Arsch gefickt wurde. Kein Scheiß.

Geduckt wie ein Scharfschütze in seinem Versteck, saß Liquor Jack in einem eigenen Abteil, gab Aufträge heraus, nahm Tips entgegen und zählte die Minuten bis vier. Beim Telefonieren klang seine Stimme gedämpft, konspirativ. Spärliche Haare erhoben sich wie Dunst über seiner rosigen Kopfhaut. Von Zeit zu Zeit, wenn das Geschäft stockte, hob er abwesend und müde die Hand und glättete sie.

Irgendwo anders im Raum, von hier aus nicht zu sehen, kreischte einer der jungen Burschen reflexartig und mit schriller Stimme: »Verdammte Scheiße! Dieses gottverdammte Arschloch kann mich doch am Arsch lecken!«

»Ich könnte«, sagte Liquor Jack, »einen Drink gebrauchen.«

Bei Michael's I., gleich neben dem AA-Keller, war er in Sicherheit. Es war ein Schlupfwinkel, ein Ort, wo er und Renegaten seinesgleichen sich ungesehen treffen und trinkend Frieden finden konnten – *auf der Suche nach dem Stillstand der Sorgen.* Weil die Bar ihn an die Wartehalle eines Flughafens erinnerte, nannte er sie »The Terminal Bar«. »Ich meine das ganz ernst«, sagte er.

Er trank Wodka-Tonic ohne Zitrone – das gehörte zu den besten Erinnerungen an seine wilde Zeit. Im Lauf des Abends verstärkte sich seine Unzufriedenheit wiederum, und das verstärkte den Louisville-Akzent. Der träge, gedehnte Sprechrhythmus des Kentucky-Dialekts eignete sich gut für Stolz und Indifferenz, tat sich mit Demut allerdings ziemlich schwer. »Ich behaupte«, murmelte er, »daß es kein Verbrechen ist, sich bewußt zu sein, wer man einmal war und wer man jetzt ist.«

Das Murmeln war ein Markenzeichen. Er war nun einer der Senioren und hatte die beschwipste Ausgelassenheit gegen eine schiefe Grimasse, gegen das Lächeln am Fuß des Schafotts eingetauscht.

Was konnte ihn dazu bringen, wieder einmal ausgelassen zu schreien? Das war schwer zu sagen. Früher hatte er *mehr* gewollt, jetzt wollte er nur noch *raus.* Wenn es ihm irgendwie gelingen sollte, einen dicken Fisch an Land zu ziehen, würde er einen Jeep rückwärts vor die Tür der Bank setzen, alles bis auf den letzten Cent abheben und einfach losfahren. Alles, was er wollte, war ein guter Anteil, ein gebrauchter Geländewagen und eine Straße, die irgendwohin führte.

Auf der Theke lag ein Zehndollarschein. Als die Zeit gekommen war, ihn einzustecken und zu gehen, glitt er Liquor Jack durch die Finger. Er bückte sich, um ihn aufzuheben, überlegte es sich anders und ließ ihn einfach liegen.

6

Lush Life hatte eine Freundin namens Velma. Ihr bürgerlicher Name lautete Joe Wojcik. Sie war Koch in einem Schnellimbiß. Vorher war sie Lastwagenfahrer, Schauermann und Privatpolizist gewesen. Und bevor sie all dies gewesen war, war sie tot gewesen.

Der Schnellimbiß, wo sie arbeitete, lag genau auf meinem Weg, nur ein paar Blocks nördlich der Wall Street. Lush Life schlug vor, ich solle doch mal reinschauen und sie kennenlernen. »Du wirst sie mögen, Herzchen«, versprach sie. »Sie ist durch und durch eine Dame.«

»Wie kommt es, daß sie gestorben ist?«

»Das war Crazy Eddie.«

Damit war die Fernsehreklame gemeint. Bevor er bankrott gemacht hatte, war Crazy Eddie fünfzehn Jahre oder länger eine New Yorker Institution gewesen. Kaum jemand wußte, wer er in Wirklichkeit war, und den meisten war es auch egal. Eddie war ein zurückgezogen lebender Syrer, der mit Stereoanlagen, Videorecordern und elektronischem Spielzeug zu Discountpreisen ein Vermögen gemacht und wieder verloren hatte. Doch sein Fernseh-Alter-ego war überall – ein dicklicher, zur Kahlköpfigkeit neigender Schauspieler mit einem Mund, der so groß, breit und bodenlos wie ein Abgrund war. Er pries die Waren mit manisch hervorquellenden Augen und einer Stimme wie eine Polizeisirene an. »Crazy Eddies Preise können, dürfen, werden auf keinen Fall, nie, niemals unterboten werden«, kreischte er. »Sie sind absolut *waaahnsinnig.*«

Und was hatte das mit Joe Wojciks Tod zu tun? »Frag nicht«, sagte Lush Life. »Das schickt sich nicht.«

Ich widersprach nicht. Die Unterbrechung war mir willkommen, denn auf diesem Stück wirkte der Broadway aufgedunsen, aufgeblasen mit zuviel Allegorie. Auf der halben Meile vom Bowling Green bis hierher war ich an so vielen römischen Statuen und Bronzereliefs mit Darstellungen aus der Mythologie vorbeigekommen, daß es gereicht hätte, um selbst das Caesar's Palace zu überbieten. Solange sie die Fassaden großer Verwaltungshäuser schmückten, vermittelten sie eine gewisse pompöse Pracht. Doch hier hielten sie Wacht über eine schier unüberschaubare Zahl winziger Büros und Praxen von Privatdetektiven, Scheidungsanwälten, Wunderheilern und aus der Ärztekammer ausgeschlossenen Chiropraktikern.

Auf dem Bürgersteig herrschte Hektik. Es war nichts zu sehen, was der Eile wert gewesen wäre, und dennoch waren alle in Eile. Vielleicht gehorchten sie bloß der Gewohnheit. Dies war immer eine Gegend gewesen, in der man energisch dic Ellbogen gebrauchte. Den »großen Kampfplatz der Stadt« hatte Richard Harding Davis sie genannt. Und James McCabe schrieb 1879 in *Lights and Shadows of New York:* »Jede Klasse der Gesellschaft, jede Nationalität, jede nur denkbare Wesensart ist hier vertreten.«

McCabe war der größte Chronist des Broadway. Er stammte aus Virginia, war Kriegsberichterstatter und Anhänger der Konföderierten und kam erst nach New York, als er seinen Tod nahen fühlte. Die letzten Jahre seines Lebens verbrachte er damit, jeden Tag zehn Stunden lang durch Manhattan zu laufen. Er war kein erstklassiger Stilist, aber er besaß ein scharfes Auge und eine unersättliche Neugier. Er benutzte New York und den Broadway nicht als Projektionsfläche für kühle Reflexionen, sondern sah hier einfach eine Ansammlung von Merkwürdigkeiten, einen magischen und unermeßlichen Basar, durch den er sich treiben ließ, staunend, abgestoßen, vor allem aber erfüllt von Liebe.

Seine Bandbreite war gewaltig. Er schrieb über die Wall Street, die Fifth Avenue, die Bowery, über Five Points und den Hafen, über Zeitungsjungen und Pfandleiher, Haussiers und Baissiers, Straßenmusikanten, Privatdetektive, Blumenmädchen, über Stahlstecher und Holzschneider, über Geschäftsleute, die mit billigen Uhren handelten, Agenten für pornographische Bilder und Schriften, über Goldschläger, Obsthändler, Bankrotteure, Bischöfe, gefallene Mädchen, die Söhne des Himmels, über aufrechte und korrupte Polizisten.

Immer und immer wieder zog es ihn zum Broadway. »Es ist eine Welt für sich«, schrieb er und nahm damit Jon Bradshaws Urteil vorweg. »Hier eilen hoch und niedrig, arm und reich mit einer Geschwindigkeit dahin, die für New York eigentümlich ist und auf einen Fremden sehr verwirrend wirkt. Auf der Straße herrscht ein echt republikanisches Durcheinander aus eleganten Herren in feinen Wollstoffen, juwelengeschmückten Damen in Seide und Bettlern in armseligen Lumpen. Vom frühen Morgen bis nach Mitternacht reißt der Strom nicht ab.«

Nur die Warenzeichen hatten sich verändert. Jetzt erhoben sich die vergoldeten Figuren des Handelsgottes Merkur über Pizza-Restaurants. »Erfahrung« und »Gelehrsamkeit« wachten über Wettbüros. Ich traf mich mit Lush Life am AT & T Building, einem Hochzeitskuchen aus neun übereinandergestapelten Parthenons. Sie erschien als Audrey Hepburn in *Frühstück bei Tiffany:* pinkfarbene enge Kniehose, pinkfarbene Ballerinaschuhe, verknotetes weißes Hemd, das den

Bauch freiließ. Sie zog an einer Zigarettenspitze und blies mir Rauch ins Gesicht. »*Quel* Scheißwetter«, sagte sie.

Es schneite graue, wäßrige Flocken, die sich auf dem Boden in Matsch verwandelten. Der Bürgersteig war knöcheltief damit bedeckt. Aber Lush Life konnte sich keinen Trenchcoat leisten, und jeder andere Mantel hätte ihr ganzes Erscheinungsbild ruiniert. So stand sie zitternd da, die Kleopatra-Wimperntusche über die Backenknochen verschmiert. Ein Mann mit einer Umhängetafel, auf der die heiße Bühnenshow im Le Club angepriesen wurde, ging vor ihr auf und ab. Wenn sie die Sonnenbrille abnahm, sah sie aus wie fünfzehn.

Joe Wojcik arbeitete gegenüber, in einem Gäßchen, das von der Nassau Street abging. Der Laden gehörte Israelis. An den Wänden hingen Poster von Tel Aviv und dem Roten Meer, und auf der Speisekarte stand »Gefilte Fisch«, aber es roch eindeutig nach Schnellimbiß. Hinter der Theke aus Nirostastahl hantierte Joe mit Spiegeleiern, Hamburgern und Pfannkuchen. Er war stämmig gebaut, über Dreißig und unter Fünfzig, und seine nackten Arme und den Hals bedeckte ein feiner brauner Pelz, der wie Babyflaum wirkte. Eine breite rote Narbe lief gezackt wie ein Blitz über seinen Schädel. Ringsherum war er fast kahl.

Als er Lush Life sah, schlug er nicht wie Denise Denise die Hand vor den Mund und kreischte, sondern streckte den Arm über die Theke und schüttelte ihr die Hand. Seine Knöchel waren platt und dick, seine Augenbrauen von Narben durchzogen. »Das Mädel ist mal Boxprofi gewesen«, erklärte Lush Life.

Sie waren schon lange befreundet. Als Lush Life nach New York gekommen war, hatte sie dort nichts und niemanden gekannt, aber ein paar Mädchen, die am Port Authority Bus Terminal anschafften, hatten ihr gesagt, sie solle zu Sally's Hideaway in der 43. Straße West gehen, einem Lokal, das sich

»Welthauptquartier der Transvestiten« nannte. Dort hatte Velma ihr das Leben gerettet.

Wir hatten inzwischen eine stillschweigende Übereinkunft: Ich stellte keine Fragen, und Lush Life erzählte mir Lügen. Nachts kam sie in meine Zelle im Moose, setzte sich auf die Ringelblumen-Überdecke, machte sich über ihre Nägel her und redete, bis es hell wurde. Aber sie sagte nur das, was sie sagen wollte – ich durfte nie versuchen, etwas aus ihr herauszuleiern. Bei der ersten Frage verstummte sie sofort, und das Gesicht, das sie mir dann zeigte, war das der Medusa mit dem Schlangenhaar. »Ich hasse Schnüffler«, sagte sie.

Jetzt wartete sie also darauf, daß Joe seine Schicht beendete. Wir setzten uns an einen Ecktisch – ich hielt den Mund, und Lush Life las ihr Horoskop. »Frag mich bloß nicht«, sagte sie. *»Eine Begegnung mit einem faszinierenden Fremden verspricht romantische Verwicklungen. Folgen Sie Ihrem Herzen, aber lassen Sie sich nicht zu unbedachten Dingen hinreißen.«* Sie runzelte die Stirn und dachte nach. »Und was ist, wenn man ein unbedachtes Herz hat?« wollte sie wissen.

Sally's Hideaway war ein langgestreckter dunkler Raum hinter einem winzigen dunklen Fenster. In ihrer ersten Nacht dort trug sie eine weiße Hemdbluse und dazu passende weiße Pumps. Ihr Haar hatte sie so kurz schneiden lassen wie ein Marinesoldat, was ihr ein burschikoses Aussehen gab – sie wirkte wie Jean Seberg in der *Heiligen Johanna,* nur daß die Jungfrau von Orleans keine rosa Satinslips mit aufgesticktem roten Herzen getragen hatte. Der ganze dunkle Raum war so voll gewesen wie eine U-Bahn zur Hauptverkehrszeit, und aus der Jukebox plärrte Grace Jones *I Need a Man.* Und dann war diese riesige Schwarze – sie mußte mindestens neunzig Kilo gewogen haben – in einem roten Paillettenkleid und einer blonden Lokkenperücke gekommen, und sie hatte Lush Life an die Wand gestoßen und ihr das Zeug vom Leib gerissen. Und alle anderen Mädels hatten zugesehen. Stell dir vor. Lush Life hatte die Schwarze angebettelt, sie solle sie verprügeln, sie solle sie grün und blau schlagen, aber sie solle ihr bitte, bitte nicht die Sachen ruinieren. Und diese... diese *Frau* – das einzige an ihr, was noch vierzig war, war der Umfang ihrer Oberarme, die so dick waren wie Lush Lifes Taille und einen an ranzigen Schinken erinnerten –, dieses Hurenweib hatte sie tatsächlich verprügelt und sie wirklich grün und blau geschlagen, und dann hatte sie ihr die Sachen auch noch ruiniert. Sie hatte Lush Life alles vom Leib gerissen, hinten, vor der Tür zum Klo, wo alle sehen konnten, daß sie keine Silikon-Implantate hatte, keine Hormonbehandlung, daß sie sich nicht mal die Beine rasierte. *Gerupftes Hühnchen* hatte die Frau sie genannt. »Ich wäre am liebsten gestorben«, sagte Lush Life.

Vielleicht wäre sie wirklich gestorben, aber in diesem Augenblick war eine andere Frau dazugekommen, eine untersetzte mit krummen Beinen. Sie hatte ausgesehen wie ein Hydrant im Stretchrock und war der anderen kaum bis zu den Brustwarzen gegangen, aber sie hatte der Schwarzen einen linken Haken verpaßt, der sie so steif werden ließ wie Nancy Reagans Lächeln. Das war Velma gewesen. Sie hatte Lush Life in die Toilette getragen und ihre Sachen mit Pflaster und Sicherheitsnadeln zusammengeflickt, und dann hatte sie sie mit nach Hause genommen, ihr Kakao gekocht und sie ins Bett gebracht, und die ganze Zeit hatte sie bloß einen einzigen Satz gesagt: *Halt's Maul, Flittchen.*

Am nächsten Morgen hatte es keine Velma mehr gegeben, nur noch Joe, einen ganz normalen Typen mit Netzhemd und ausgebeulten Hosen, der vor dem Fernseher saß und Bier trank. Wenn der Lippenstift nicht gewesen wäre, hätte man meinen können, er wäre ein anderer Mensch.

So etwas kam selten vor. Die meisten Transvestiten, die einmal richtig in ihr zweites Leben eingestiegen waren, behielten ihre Rolle Tag und Nacht bei. Velma und Joe dagegen machten Wechselschicht. Sie waren schon seit zwanzig Jahren zusammen, seit Joes Marinezeit, und dieses Arrangement war ihnen zur zweiten Natur geworden. Sie hatten etwas von einem alten Ehepaar, fand Lush Life. Jeder der beiden hatte seinen Bereich, seine klar umrissene Aufgabe. Sie sahen sich sogar ähnlich.

Beim Erzählen war sie aus ihrer Rolle gefallen. Jetzt fiel ihr Holly Golightly wieder ein, *die Nummer eins der Schock-Abteilung,* und sie versteckte sich hinter ihrer Sonnenbrille und übte Rauchringe. »Was für ein Verhältnis hast du zu Einläufen?« fragte sie.

Als Joe mit der Arbeit fertig war, trat er an unseren Tisch. Er schien direkt aus den vierziger Jahren zu kommen: zweireihiger blauer Anzug mit durchgeknöpften Manschetten, dazu passende Schuhe und ein flacher Hut mit Feder. Diese Aufmachung ließ ihn noch breiter und untersetzter aussehen, wie einen Danny De Vito mit silbern glitzernden Fingernägeln. »Hallo, Life«, sagte er mit ausdrucksloser, nasaler Stimme. »Wartest du auf mich?«

»Ich warte immer auf dich, Chéri.«

»Wieviel?«

»Ach, du weißt doch, wie das ist: Es gibt so viele Plätze, wo man hin muß, so viele Leute, die man sein muß, es gibt *La Vie en Rose,* um das Leben dafür hinzugeben, und alles ist so schrecklich, schrecklich fröhlich, daß einen der Gedanke ans Alter schier krank macht.«

»Einen Jackson? Einen Franklin?«

»Wenn man sich die Musik nicht leisten kann, kann man die Miete erst recht nicht bezahlen«, sagte Lush Life. »Ich sage dir, Chéri, seine Preise sind absolut waaahnsinnig.«

Joe zog eine ziemlich dicke Brieftasche aus der hinteren Hosentasche und zählte fünf Zehner mit dem Bild Hamiltons ab. Doch als er Lush Life das Geld zuschob, schien sie es gar nicht haben zu wollen. Sie legte ihm ihre Kinderhand auf den Unterarm, wo ihre abgekauten Nägel fast in dem braunen Pelz verschwanden, und sah ihn mit einem Blick an, der sich nicht mit einem einzigen Wort beschreiben läßt. Es lagen Zärtlichkeit und Spott und Herausforderung darin – ein Blick, wie man ihn vor dem Spiegel aufsetzt. »Velma«, sagte sie.

»Halt's Maul, Flittchen«, sagte Joe.

Lush Life küßte ihn auf den Mund und nahm das Geld. Ihre nassen Kleider klebten ihr am Körper, und sie zitterte wieder.

»*Quel* Prinz«, sagte sie, und dann war sie zur Tür hinaus. Eine kleine Pfütze blieb auf ihrem Platz zurück.

• Mit dem Hut, der die rote Narbe verbarg, wirkte Joe noch undurchsichtiger. Er hatte das klassische Gesicht des Gegners: eine plattgeschlagene Nase, verkrüppelte Ohren und Augen, die tief unter weit vorspringenden Brauen lagen. Er sprach sogar in einem Box-Rhythmus, in einem Stakkato, das wie ein Wirbel von Rechts-Links-Kombinationen klang und nie dort einsetzte oder innehielt, wo man es erwartete. »Drei zu elf. Aber«, sagte er, »die haben mich verarscht.«

Drei Siege und elf Niederlagen, aber keine durch glatten K. o. »Eine Menge. Geschiebe und Gedrücke, und eine ganze Menge. Verletzungen. Aber zu Boden gegangen bin ich nie«, sagte Joe. Die ausdruckslose Stimme beantwortete Fragen genauso, wie er sich früher seinen Gegnern gestellt haben mußte: gerade und direkt, ohne Tricks und Finten. »Das war's«, sagte er, »was ich am besten konnte. Einstecken.«

Er hatte ein Zimmer in der Ann Street, gleich um die Ecke, im fünften Stock. Diese Straße war ein Überbleibsel des alten Broadway, als die Leute, die hier arbeiteten, auch hier wohnten. Eingerahmt von Hochhausgiganten stand hier eine Reihe von alten Backstein-Mietshäusern, komplett mit eingeschlagenen Scheiben und eisernen Feuertreppen. Isaac Mendoza & Co., die älteste Buchhandlung der Stadt, fristete hier ein unauffälliges Leben, ebenso wie »Adult Books & Peeps, XXX«.

In den vierziger Jahren des neunzehnten Jahrhunderts war dies der faszinierendste Abschnitt des Broadway gewesen. Das Astor House, das erste der großen New Yorker Hotels, das John Jacob Astor für eine Million Dollar hatte bauen lassen, Mathew Bradys Daguerreotypie-Studio, wo Abraham Lincoln, James Fenimore Cooper und Edgar Allan Poe mit angehaltenem Atem für ihre steifen Porträts posiert hatten, die Redaktionen von Horace Greeleys *New York Tribune* und James Gordon Bennetts *New York Herald* – das alles war keine fünfzig Meter von hier entfernt gewesen. Und an der Ecke Ann Street/Broadway hatte die berühmteste Institution von allen gestanden: P. T. Barnums erstes Amerikanisches Museum.

1841 muß es ein phantastischer Anblick gewesen sein. In seinem Buch *The Fabulous Showman* schrieb Irving Wallace: »Gestern noch ein ungeschlachtes, tristes Marmorgebäude – und über Nacht hat es sich in einen atemberaubenden Regenbogen verwandelt, in ein Kaleidoskop von Farben und Merkwürdigkeiten.« Die Fassade der dritten Etage war mit fremdartigen Bildern von Vögeln, wilden Tieren und kriechendem Gewürm verkleidet. Leuchtende Glasröhren, in denen es waberte und blubberte, so daß sie aussahen wie eine primitive Neonreklame, brachten den Abendverkehr zum Erliegen. Zu seiner Zeit war das Museum – wie später die Freiheitsstatue oder das Empire State Building – eine Sehenswürdigkeit, die sich kein Besucher der Stadt entgehen lassen durfte.

Gegenüber von Joe Wojcik gab es bloß einen Pfandleiher, der Pleite gemacht hatte.

Das Zimmer war eigentlich nur eine Dachstube mit einer Luke. Plastikgeranien in einem Blumenkasten, blaue und gelbe Handtücher, die auf der Leine trockneten; es gab ein Bett mit einem metallenen Gestell, eine Waschschüssel aus geblümtem Porzellan und etwa ein Dutzend Seemannskisten, die an der Wand gestapelt waren oder in Abständen auf dem Fußboden standen wie die Stationen des Kreuzwegs. Ohne den Fernseher hätte man die Szene als Dekoration für *La Bohème* benutzen können.

Von Isaac Mendoza & Co. stieg der schwache, muffige Geruch eingesperrter Bücher zu uns auf. Sieben Hüte – Homburgs, weiche Filzhüte, steife Hüte mit schmaler Krempe – hingen an einem verzierten hölzernen Ständer, darüber die gerahmte Urkunde, die bestätigte, daß Joe ehrenhaft aus der Marine entlassen worden war. »Vierzehn Jahre. Bin ich jetzt schon hier, und ich hab. Noch immer nicht ausgepackt«, sagte er und zeigte auf die Kisten. »Aber. Was soll's?«

Er angelte ein Sechserpack lauwarmes Colt 45 aus einer kupfernen Kohlenschütte, hockte sich auf das Bett und bedeutete mir, mich auf eine der Kisten zu setzen. So überragte er mich und konnte den Kurs und das Thema bestimmen. »Eigentlich bin ich. Aus Brooklyn, Troy Avenue. In Crown Heights«, fing er an. »Mein Alter war Polizist.«

»Was ist mit Crazy Eddie?«

»Immer mit der Ruhe«, sagte er. »Immer mit der Ruhe.«

Bevor er gestorben war, hatte er gelebt. Etwas mehr als achtundzwanzig Jahre lang war er eine graue Maus gewesen. »Ein Durchschnittstransvestit. Meßdiener Preisboxer Sohn eines polnischen Polizisten«, sagte er.

Zuerst Meßdiener. Damit hatte alles angefangen. Irgendwann um seinen elften Geburtstag herum hatte Pater Cavanaugh ihn in sein dunkles Zimmer gerufen und ihn gestreichelt. Pater Theosophus Tone Cavanaugh. Es war ein gutes Gefühl gewesen, entspannend, gar nicht unangenehm. Nur daß er dann dieses Zeug gesehen hatte.

Was für Zeug? Das war das Problem. Die Sachen, die er sah, hatten keine Überschrift. Es war nichts fest Umrissenes, nichts, was er hätte greifen, wo er hätte sagen können: *Das ist es*, nichts Fix-und-Fertiges wie: *Ich hab einen Garten gesehen, Ich hab Gott gesehen, Ich hab eine Eiswaffel gesehen, Ich hab mein eigenes Arschloch gesehen.* Nur ein Meer von Farben und Formen, die sich ständig bewegten und auseinanderflossen und neue Formen bildeten. Wie wenn man in ein Kaleidoskop sieht, nur anders. Es war schwer, es in Worte zu fassen, und er hatte sowieso immer Schwierigkeiten mit Worten – sie schienen nie das auszudrücken, was er dachte, daß sie ausdrückten. Aber egal. Diese Farben und Formen waren wunderschön, das Schönste, was man sich vorstellen konnte, aber sie waren auch unheimlich, schrecklich. Man wußte, daß man sich nicht mit ihnen einlassen durfte. Bloß ... ganz tief innen wollte man das trotzdem. Und jedesmal, wenn man dachte, daß man sie jetzt endlich zu fassen gekriegt hatte, und ein bestimmtes Bild dabei war, Gestalt anzunehmen, vermischte sich alles, und die ganze Chose entglitt einem, und man war wieder genau da, wo man angefangen hatte: ausgesperrt. Und das Ganze spielte sich in Wirklichkeit blitzartig ab, innerhalb von höchstens ein paar Sekunden. Aber im Kopf dauerte es eine Ewigkeit.

Während er erzählte, trank er Bier. Er hatte eine höchst ausgefeilte Technik: Er legte den Kopf in den Nacken, klappte den Kehlkopf auf und ließ den ganzen Inhalt der Dose in einem einzigen Zug hinunterlaufen. Einzelne Schaumblasen krochen über sein Kinn und blieben hängen. »Wie würdest du das nennen? Eine Vision? Einen Traum?« fragte er und rülpste. »Ich hab das verrückt. Werden genannt.«

Was immer es war – es kam, wie es wollte, nicht wie er wollte. Nach Pater Cavanaugh passierte ein, zwei Jahre lang nichts. Dann gab es ein Footballspiel, er konnte sich nicht mehr erinnern, was für ein Spiel, aber es war fast vorbei, und seine Mannschaft steuerte auf den Sieg zu. Es war ziemlich was los auf dem Spielfeld. Er sprang auf. Und er sah wieder dieses Zeug.

Lange Rede. Kurzer Sinn. Im Laufe der Jahre kamen diese Anfälle oder Heimsuchungen oder wie man das nennen sollte immer wieder. Und nachdem er angefangen hatte zu boxen, kamen sie immer öfter. Er fühlte sich gut, er hatte keine Probleme mit seinem Leben. Das einzig Unangenehme war, daß er andauernd rot wurde. In jeder anderen Hinsicht war er ein harter Typ, ein Einzelgänger, dem weibisches Getue gegen den Strich ging. Widernatürliche Handlungen, »perverses Zeug« fand er zum Kotzen. Aber ab und zu – wenn er im Ring trainierte oder wenn er an einer Straßenecke stand und einfach in die Luft starrte – bekam er dieses komische Summen, diese Taubheit im Kopf, so ähnlich wie eine vibrierende Stimmgabel, und plötzlich schlugen dann die Farben und Formen über ihm zusammen und trugen ihn davon. Absolut. Unwirklich.

Und jetzt zur Sache. Obwohl er es nie schaffte, die Bilder festzuhalten oder irgendein Detail herauszugreifen, merkte er, daß sich bestimmte Muster wiederholten. Da gab es Wölbungen und Schwaden, plötzliche Ausbauchungen, die aussahen wie Segel oder wie Wäsche, die im Garten auf der Leine hängt und sich im Wind bauscht, Dinge, die mit einemmal niederstießen wie Raubvögel, und weiche, fette Monde. Am vertrautesten war ihm ein schwarzes Loch, das größer und kleiner wurde, sich bewegte und saugte, wie ein Mund oder ein Arschloch oder vielleicht auch bloß wie leerer Raum, ein rundes Nichts.

Und eines Tages entspannte er sich nach dem Training, trank ein paar Biere und sah sich die Mets im Fernsehen an. In der Pause kam Reklame, und da, plötzlich, war das Loch wieder da und verkaufte Fernseher zu Discountpreisen. Der Mund von Crazy Eddie.

Damals gab es Velma noch nicht lange. Ihren ersten Auftritt hatte sie gehabt, als Joe noch in der Marine gewesen war. In ihrer ersten Nacht hatte sie bei der Weihnachtsfeier seines Schiffs zur Melodie von »Diamonds Are a Girl's Best Friend« einen Striptease hingelegt. Aber eigentlich war sie kein Partygirl. Lange Zeit war sie eine kleine graue Maus, die es nicht ertragen konnte, geliebt zu werden, und sich nicht traute, ihr Zimmer zu verlassen. Die Abende verbrachte sie damit, ihre Kleider zu waschen und zu flicken – unauffällige Versandhaussachen in unauffälligen Erdtönen, mit weißen Kragen und dazu passenden vernünftigen, flachen Schuhen. Sie schnitt Wertmarken aus und sammelte Reiseprospekte. *Sie* hatte mit seltsamen Farben und Formen nichts am Hut.

Aber Joe konnte ihnen nicht entkommen. Als er das Boxen schließlich aufgab, suchten sie ihn so oft und unvermittelt heim, daß er sich an ihr Auftauchen schon fast gewöhnte. »Man könnte sagen, daß wir zusammen. Lebten«, sagte er.

Von da, wo ich saß, konnte ich einen behaarten Fußknöchel, einen spitzen schwarzweißen Schuh, den ausgefransten Rand eines gelben Handtuchs, eine halbe Geranie und ein längliches Stück sich rot färbenden Himmels sehen. »Und dann«, sagte Joe, »kam der große. Knaller.«

In seinem letzten Kampf – sechs Runden in der alten Sunnyside Gardens Arena, gegen einen Jungen aus Panama, der Maurizio Mendez oder so ähnlich geheißen hatte – wurde er zum erstenmal so richtig verprügelt. Der Junge war nicht besonders trainiert, aber er war stark und hatte Biß, und er konnte zuschlagen wie der Teufel. Joe ging nicht zu Boden, aber er war ziemlich angeschlagen, und nach der fünften Runde brach der Ringrichter den Kampf ab. Damit war's mit dem Boxen vorbei. Er war vierundzwanzig, ein alter Mann.

Na gut. Er geht also in seinen Umkleideraum, der Arzt sieht nach ihm, der Veranstalter zahlt ihn aus, der Trainer nimmt seinen Anteil und macht sich davon. Joe duscht und zieht sich an, und dann geht er auch. Nach Hause. Er geht raus und unter der Hochbahn durch. Direkt über ihm fährt ein Zug vorbei und verschwindet wieder. Aber das Dröhnen bleibt, es ist in seinem Kopf. Und all die Farben und Formen stürzen sich auf ihn und füllen ihn ganz aus. Zu eng. Er kann sie gar nicht fassen, kann sie nicht in sich aufnehmen. Zuviel Druck. Noch ein bißchen mehr, und sein Schädel wird platzen. Und da kommt aus dem Strudel der schwarze Mund auf ihn zu. Der Mund saugt, saugt ihn ein. Und diesmal kriegt er ihn. Joe hat keine Chance: Er fällt. Mitten. Hinein.

Als er zu sich kam, war er im Krankenhaus, und sie sagten ihm, er sei tot gewesen, sein Herz habe aufgehört zu schlagen, er sei hinüber gewesen, zwanzig Minuten oder länger, und dann hätten sie es geschafft, ihn wiederzubeleben.

Da wußte er also, wie der Tod hieß.

Crazy Eddie.

Seitdem waren die Farben und Formen nicht mehr wiedergekommen. Nach der Entlassung aus dem Krankenhaus hatte er sich dieses Zimmer genommen. Die Besitzverhältnisse konnten bis jetzt nicht geklärt werden, sonst wäre das Haus schon längst abgerissen oder verkauft worden. Er lebte hier auf Widerruf. »Jeder Tag ist. Geborgte Zeit«, sagte er.

Das alles hatte ihn Duldsamkeit gelehrt. Es gab nichts mehr, das er zum Kotzen fand, auch perverses Zeug nicht, nichts auf Gottes weiter Erde mit Ausnahme von Grausamkeit. Also saß er da, in diesem Zimmer auf Zeit, und trank sein Colt 45. »Joe Wojcik lebt. Ein langweiliges Leben«, sagte er. »Aber. Was soll's?«

Und Velma? Sie blühte auf. Im selben Maß, wie Joe kürzer trat und sich in sich zurückzog, war sie selbständiger geworden. Sie fing an, nachts auszugehen, ihre Sachen in Sally's Hideaway vorzuführen, und ihre ganze Art veränderte sich. Sie war jetzt nicht mehr das kleine graue Mäuschen – sie war losgelassen. »Eine Frau durch und durch«, sagte Lush Life.

Ihre einzige große Leidenschaft waren Kleider. Sie flirtete nicht, sie vögelte nicht herum, sie ließ sich nicht auf Affären ein. Sie machte keinen Ärger und keine Umstände. Nur mit Kleidern, da war es etwas anderes. Jede Woche brauchte sie eine komplette neue Garnitur, manchmal auch zwei. Wenn sie die nicht bekam, war der Teufel los.

»Was kann man. Da machen?« sagte Joe. Nicht viel. Er mußte sich mächtig ins Zeug legen, um so viel zu verdienen, daß er sie zufriedenstellen konnte. Aber er war ihr nicht böse. Schließlich lebten sie doch in einer Partnerschaft – ihr Glück war auch sein Glück.

Draußen war es dunkel geworden. Regentropfen prasselten auf das Dachfenster, und Joe stieg vom Bett. Nun standen wir auf gleichem Boden, und er schrumpfte, verwandelte sich wieder in einen kleinen, kahlköpfigen Mann mit silbrig glitzernden Fingernägeln. In der Enge streifte meine Schulter seine Hüfte, als ich aufstand. Er fuhr zurück, als hätte ich ihn geschlagen.

Hinter den Handtüchern befand sich ein begehbarer Schrank. Darin bewahrte Velma ihre Garderobe auf. »Willst du. Mal sehen?« fragte Joe und wich meinem Blick aus.

»Ich glaube nicht, daß wir dieselbe Größe haben.«

»Zum Ansehen. Ich hab gemeint. Nur zum Ansehen.«

Auf Stirn und Hals hatte er krapprosafarbene Flecken. Mit abgewendetem Gesicht zog er einen Vorhang aus verschossenem Taft beiseite und ließ mich ein. Ich stand in einem von einer kleinen Lampe beleuchteten Raum. Aladins Höhle.

Sie war ein Meer von Farben und Formen.

7

Das Pferd hieß New Day Dawning, und inzwischen hatte es draußen in Aqueduct wohl die Ziellinie überquert. Ich stand im Wettbüro am Park Place, zerriß meinen Abschnitt dreimal längs und dreimal quer und verstreute die Schnipsel. Der vierschrötige Mann mit dem roten Gesicht und den schwarzen Hosenträgern, der links neben mir stand, musterte mich säuerlich. »New Day Dawning? Was für eine bescheuerte Wette war das denn auch?« sagte er. Sein Magen knurrte. »Geschieht Ihnen ganz recht. Wie kann man nur auf einen Reformer setzen?«

Der Mann hieß Matthew Joseph Troy – Matty Troy. In den Sechzigern und frühen Siebzigern war er sowohl Stadtrat als auch Vorsitzender der Demokratischen Partei für den Wahlbezirk Queens gewesen. »Der größte Lügner und der ehrlichste Mann in der New Yorker Kommunalpolitik«, schrieb Richard Reeves in einer biographischen Skizze im *New York Magazine*. Kurz darauf wanderte Troy ins Gefängnis.

Auf dem Höhepunkt seiner Karriere hatte kein gewählter Volksvertreter ein größeres Publikum. Es verging, so schien es, kein Tag, an dem sein Bild nicht in der *Daily News* auftauchte. Er stürmte durch die Stadt wie ein angeschossener Elefantenbulle, umgeben von seinen Helfern und Lieblingsjournalisten, panisch verfolgt von Fernsehteams und Fotografen, und wenn er wütete und im Fernschreibertempo Statements von sich gab, Beleidigungen ausstieß und auf die Pauke haute, gab er keinen platten Reifen darum, was man über ihn sagte oder welche schrecklichen Mächte er gegen sich aufbrachte, solange die Presse nur seinen Namen richtig schrieb.

Seine Statements waren verbale Brandbomben. »In dieser Stadt sind politische Karrieren zu neunundneunzig Prozent von den Medien abhängig. Und in die Medien kommt man nur, wenn man provoziert. Man muß ihnen die Wahrheit sagen, aber es hilft, wenn man ein bißchen übertreibt«, glaubte Troy. »Lügen ist ein unerläßlicher Bestandteil der Politik.«

Es waren nicht diese peinlichen Wahrheiten, die so schockierend wirkten. Jeder, der lesen konnte, und die meisten, die es nicht konnten, kannten sie ohnehin. Was Matty Troy so einmalig machte, war die Tatsache, daß er sie laut aussprach. Daß er sie hinausbrüllte. »Nur Leute, die von sich besessen sind, gehen in die Politik«, behauptete er kategorisch, mit rauher Baßstimme. »Ich liebe diese Burschen, die immer davon schwafeln, daß sie dem Wohl des Ganzen dienen. In Wirklichkeit geht es darum, daß Männer einem in den Arsch kriechen und Mädels die Beine breit machen.«

Der Mann, der hier im Wettbüro über seinen Wettscheinen schwitzte, war zwanzig Jahre älter und ein kleines bißchen weniger feurig. Er arbeitete inzwischen als Publizist und Lobbyist für die Long Island Gasoline Retailers Association. Meistens machte er das von der Roosevelt-Trabrennbahn aus, aber hin und wieder mußte er nach Albany und Washington, zum World Trade Center und manchmal auch wieder ins Rathaus, das vom Wettbüro aus ein Stück weiter unten am Broadway lag, nur eine kleine Warmlaufstrecke entfernt. Früher hatte er da ein eigenes Büro gehabt – heute mußte er sich einen Termin geben lassen. Während der ersten Jahre hatte der Abstieg an ihm genagt, aber diese Zeiten waren vorbei. Er war sechzig und hatte einen Leistenbruch. Er war kein Prominenter mehr, und das bereitete ihm keinen Kummer. »Ist mir ganz recht«, sagte Matty Troy.

In Wirklichkeit hatte er gar keine andere Wahl. Wer die Macht einmal verloren hat, bekommt sie nie mehr zurück. Da stand er nun, in Fleisch und Blut, eine massige und etwas heruntergekommen wirkende Gestalt – früher hätte man ihn als »irischen Proleten« bezeichnet. In diesem schmierigen Wettbüro fiel er nicht weiter auf. Niemand drehte sich nach ihm um. Zu seiner Rechten stand Juan Rosario, ein Bote, der gerade Mittagspause hatte, zu seiner Linken Eula Mae Beales, Putzfrau im Woolworth Building, die erst nach Büroschluß zu arbeiten anfing. Es waren noch acht Minuten bis zum Annahmeschluß für das vierte Rennen, und die Zeit lief. »Also, was meint ihr?« fragte Matty.

Keiner hatte einen sicheren Tip. Juan Rosario setzte auf Pick Six, Eula Mae auf Trifecta, ich hatte keine Meinung. Matty liebäugelte mit Buckshot Behave. Er zog auch Just Be Just in Betracht, aber das war nur eine sentimentale Anwandlung. »Erinnert mich an meinen Vater«, sagte er und setzte auf Buckshot Behave.

Sein Vater war Verwaltungsrichter gewesen und davor Fiorello LaGuardias persönlicher Rechtsberater. Keiner nannte Matthew Troy senior jemals Matty. Es gab Leute, die sich noch an ihn erinnerten, an seine Liebenswürdigkeit, seinen Charme, seine Ritterlichkeit, seine tief verwurzelte Unbeugsamkeit. Er stammte aus der irischen Grafschaft Westmeath und hatte sich in Bay Ridge, im Pfarrbezirk Unsere Liebe Frau der Ewigen Hoffnung, niedergelassen, und seine alles beherrschende Leidenschaft galt der irischen Unabhängigkeit. In Mattys Kindheit war das Haus immer voller Aktivisten der Fenier gewesen, die Kampagnen planten und Geld sammelten. Paul O'Dwyer, der Anführer der irischen Nationalisten in New York, gehörte praktisch zur Einrichtung. Dann unterwanderten Sinn Fein und IRA die Bewegung – die Bombenanschläge begannen, die Morde an Frauen und Kindern, und Richter Troy sprach nie mehr vom vereinten Irland.

In New York wurden Richter gewählt. Der politische Boß eines jeden Wahlbezirks hatte ein paar Richterämter in der Tasche. Einige waren durch Bestechung zu haben, an andere konnte man durch Gefälligkeiten kommen. Nur wenige waren mit Männern besetzt, die sich durch ihre Fähigkeiten ausgezeichnet hatten. Zu diesen gehörte Matthew Troy. Er war weder Republikaner noch Demokrat, bewarb sich auf einer Unabhängigen Liste um das Amt des Bezirksvorsitzenden für Brooklyn und um den Vorsitz des Bezirksgerichts Brooklyn und verlor beide Wahlen glatt. Danach zog er sich aus der aktiven Politik zurück und beschränkte sich auf die Mitgliedschaft in irischen Organisationen. Da war es allerdings schon zu spät: Matty war zwölf und hatte Blut geleckt.

Die ersten Schwierigkeiten brachte ihm ein derber Scherz ein. In jener Zeit vor der Erfindung des Computers standen in den Wahlkabinen noch Maschinen, bei denen man einen entsprechenden Hebel ziehen mußte, den ein gut geschmierter Wahlleiter präparieren konnte, indem er Kaugummi oder Wachs oder einen Zahnstocher an die Unterseite klebte. Oder – die herkömmliche Methode – er klemmte ein Stück Bleistiftmine unter seinen Daumennagel und machte die Kreuzchen dort, wo sein Geld herkam. Als Matty das herausfand und die Kreuzchen nicht neben dem Namen »Troy« landeten, wurde er handgreiflich.

Es folgte seine erste Verhaftung.

Eula Mae Beales war entsetzt: »Noch ein Kind und schon im Gefängnis. Und Ihre arme Mama... Stellen Sie sich bloß mal vor, wie schlimm das für sie gewesen sein muß.«

»Meine Mutter? Die hat mich verprügelt, daß mir Hören und Sehen verging. Mein Vater hat mich zeit seines Lebens nie verhauen. Aber meine Mutter – Gott hab sie selig – hat mich windelweich geprügelt.« Matty schüttelte den Kopf in wehmütiger Erinnerung. »Windelweich.«

Nicht daß ihm das was ausgemacht hätte. Verdroschen zu werden war Action, sich zu prügeln war Action, und Action, ganz gleich, um was es ging, ließ ihn auf Touren kommen. Er war ein geladener Revolver, ein streitlustiger, großmäuliger Ire aus Gußeisen. Mit starken Sprüchen und geballten Fäusten walzte er durch Brooklyn nach Queens, brachte zwei Jahre in der Armee und danach die juristischen Fakultäten der Universitäten Georgetown und Fordham hinter sich, und als er, wie durch ein Wunder unversehrt, am anderen Ufer wieder auftauchte, stellte er fest, daß er ein Karrierepolitiker war.

In der Armee hatte er während der Grundausbildung mit Edward Kennedy das Zimmer geteilt und nicht nur gelernt, wie man sich unter feindlichem Feuer verhält. »Teddy ist wie ich. Ein Verarschungskünstler. Er weiß genau, daß das alles nichts als Mumpitz ist. Wir sollten zum Nato-Hauptquartier in Paris überstellt werden, dafür hatte sein Vater gesorgt. Dann kam die medizinische Untersuchung, und ich fiel durch, weil man mindestens einsdreiundachtzig sein mußte, und ich war bloß einseinundachtzig. Eine Woche lang hab ich versucht, mich zu strecken, indem ich mich mit dem Kopf nach unten an die Sprossenwand gehängt hab, mit Gewichten in den Händen, aber es hat nichts genützt. So kam ich nach Korea und er ins Crazy Horse.«

Das war alles, was er über angewandte Politik wissen mußte.

Nach der Armee trat er in den Queens Village Democratic Club ein und arbeitete sich zum Wahlkampfleiter hoch, und 1964, mit fünfunddreißig Jahren, war er Stadtrat für den 16. Distrikt. Sein bester Freund und seine rechte Hand war Donald Manes, der dreißig Jahre später als Empfänger riesiger Bestechungsgelder, als Drahtzieher hinter den Kulissen, entlarvt wurde, was den größten kommunalpolitischen Skandal seit Bürgermeister William O'Dwyer in den späten vierziger Jahren auslöste.

Buckshot Behave landete unter »ferner liefen«. Wir verabschiedeten uns, überquerten den Broadway und gingen in den City Hall Park. Es war Mittagszeit, und die Wege und Bänke waren voller Leute. Unter den Bäumen spielte ein Streichquartett Schubert für die Berufstätigen, die hier Mittagspause machten, aber Matty und ich fanden nur noch ein Plätzchen am Ende des Parks, Richtung Brooklyn Bridge, bei den Obdachlosen. Mit stumpf blickenden Augen ließ Matty sich schwer auf eine Bank fallen, unter der zwei in Zeitungen eingewickelte Männer lagen. Hinter uns ging das Quartett zu Smetana über.

Wir starrten durch die senkrechten Halteseile der Brücke auf den Verkehr, der sich Meter für Meter von Manhattan nach Brooklyn schob. »Ich muß was essen«, sagte Matty. Er rülpste geistesabwesend. »Gas«, sagte er. »Macht einen fertig.«

Er sah gar nicht wie ein Demagoge aus. Im Vorbeigehen hätte man ihn für einen pensionierten irischen Polizisten halten können. Die Nassau Street, gegenüber von uns, war voller Privatdetektive – abgestumpfte, müde Männer mit Übergewicht und zu hohem Blutdruck, die ihre Polizeimarken gegen Lizenzen eingetauscht hatten und jetzt davon lebten, Vermißte aufzuspüren oder irgend jemanden rund um die Uhr zu überwachen, im Auto, auf irgendeinem Parkplatz, vor irgendeiner Absteige. Der rülpsende Troy paßte nahtlos ins Bild.

Es war nicht immer so gewesen. Als er sich zum Rathaus

umdrehte, begann er zu lachen, ein ernstes, volles Lachen, das tief aus dem Bauch kam. »Was wir alles abgezogen haben! Was wir für Tricks draufhatten!« knurrte er. Doch die kleinen Augen in seinem großen Gesicht lachten nicht mit. »Sie können sich nicht vorstellen«, sagte er, »was wir damals für Nummern abgezogen haben.«

Er schien von einer versunkenen Zeit zu sprechen. Und tatsächlich handelte es sich um eine versunkene Zeit. Die New Yorker Kommunalpolitik der sechziger Jahre war mehr oder weniger die gleiche gewesen wie die der achtziger Jahre des vorigen Jahrhunderts. Die Wählerschaft mochte ein wenig polyglotter und die politische Klasse ein wenig stromlinienförmiger geworden sein, und es hatte ein paar neue billige Phrasen gegeben, die man in die Reden hatte einstreuen müssen – »Bürgerrechte«, »Great Society«, »afroamerikanische Befreiung« –, aber im übrigen war alles beim alten geblieben.

Die Politik gehorchte den Anweisungen einer geheimen Bibel. 1905 hatte sich George Washington Plunkitt, ein von der West Side stammender Wahlbezirksboß der Tammany Society der Demokraten, in seinem Büro hingesetzt und *Eine Reihe durch und durch simpler Grundsätze einer durch und durch praktisch orientierten Politik* diktiert. Seine Schlußfolgerungen? »Ehrlichkeit spielt keine Rolle, Fähigkeit spielt keine Rolle, fortschrittliche Visionen spielen keine Rolle. Die Aussicht auf eine bessere Arbeit, einen besseren Weizenpreis, auf bessere Rahmenbedingungen für die Wirtschaft – das sind die Dinge, die zählen.«

Plunkitt faßte seine Betrachtungen in einem einzigen zeitlosen Satz zusammen: »Ich sah meine Chance und nutzte sie.« In seinen Augen ging es für einen Kommunalpolitiker ausschließlich um eines: sich um die zu kümmern, die sich um ihn kümmerten. Dazu mußte er einen Eiertanz zwischen Opportunismus und Illegalität hinlegen. »Man kann sich ehrlich oder unehrlich bereichern«, schrieb er. »Ein ehrlicher Mann sorgt für seine Freunde, und jeder, der das nicht tut, wird bald keine Freunde mehr haben.«

Es war eine sehr irische Welt, und warum auch nicht? »Die Iren sind zum Herrschen geboren, und sie sind die ehrlichsten Menschen der Welt. Zeigt mir einen Iren, der das Dach eines Armenhauses stehlen würde! Es gibt ihn nicht. Natürlich – wenn ein Ire den nötigen politischen Einfluß hätte und das Dach sehr baufällig wäre, könnte er die Verantwortlichen dazu bewegen, ein neues aufsetzen zu lassen, und den Auftrag für sich an Land ziehen und obendrein das alte Dach zu einem Spottpreis kaufen – aber das ist ehrliche Bereicherung. Einer, der so vorgeht, benimmt sich wie ein Gentleman.«

1964 gab es Tammany Hall nicht mehr. In den letzten Jahren hatte man auch Juden und Italiener in diese Organisation aufgenommen, die dann mit den altgedienten Iren an einem Tisch saßen. Der letzte Boß war Carmine DeSapio gewesen. »Ein Gentleman, immer auf dem neuesten Stand der Mode, und absolut tödlich«, sagte Matty. »Die Art von politischem Chirurg, der einem lächelnd den Hals abschneidet, und zwar so geschickt, daß man es nicht mal merkt, bis man sich umsehen will und einem der Kopf in den Schoß fällt.«

Als DeSapio wegen betrügerischer Absprachen im Baugewerbe ins Gefängnis wanderte, war es mit der Tammany Hall vorbei. Doch die Clubs der Demokratischen Partei verteilten nach Gutdünken, was die Stadt herzugeben hatte: Kontrakte, Gefälligkeiten, Ämter. Reformbewegungen kamen auf und verschwanden wieder. »Zarte Blümchen« hatte George W. Plunkitt sie genannt. »Morgens sahen sie noch hübsch aus, aber nach kurzer Zeit waren sie verblüht, während die eingespielte Parteimaschinerie gedieh wie eine starke alte Eiche.«

Matty Troy hätte Plunkitts Reinkarnation sein können. Als er mit seinem großen Mundwerk in den Demokratischen Club in Queens Village kam, saßen dort lauter alte Männer – »die tatterige Stammbesatzung« –, die damit zufrieden waren, Pinokel zu spielen und Abendgesellschaften mit Tanz zu organisieren. Er fand auch einen Tutor: Lew Wallach, den Anführer der Demokratischen Partei in Glen Oaks. »Man könnte sagen, er war mein Sponsor«, sagte Matty. »Oder vielleicht auch meine Amme.«

Was das Temperament betraf, war Wallach das genaue Gegenteil von Matty: ein geborener Schachspieler, der gerissen war, den Mund halten konnte und immer fünf Züge vorausdachte. »Ein echter Meister.« Unter seiner Anleitung lernte Matty, wie man einen Saal voller Wähler bearbeitete und sich eine Machtbasis schuf. Innerhalb weniger Jahre hatte er die Parteimaschinerie von Queens Village in der Hand.

Schon damals war Donald Manes sein engster Freund und Verbündeter. »Wir standen uns näher als Brüder«, sagte Matty. Es war, als wären sie zwei Männer in einem Pferdekostüm – Matty vorne, am Kopf, und Donny das Hinterteil. Donnys Vater hatte sich umgebracht. Er war in den Keller gegangen und hatte sich in den Mund geschossen. Der kleine Donny war von der Schule heimgekommen und hatte seinen Vater gefunden. Für den Rest seines Lebens traute er sich nicht mehr, eine unbeleuchtete Treppe hinunterzugehen. Es mußte immer jemand vorgehen und leuchten. »Wahrscheinlich war ich derjenige«, sagte Matty, »der die verdammte Lampe für ihn hielt.«

Damals hatte er genug Watt. »Ich will nicht behaupten, daß ich ein Ritter in schimmernder Wehr war. Das war ich nicht. Aber ich sah eine Menge Sachen, die erledigt werden mußten, und ich hatte den Mumm, sie zu erledigen.«

Zu den »Sachen, die erledigt werden mußten« gehörten soziale Umwälzungen allerdings nicht. Irische Politiker hatten sich noch nie um das große Ganze gekümmert. Sie befaßten sich ausschließlich mit Details. Und Matty Troy war vor allem ein irischer Politiker. »Meine Gedanken drehten sich hauptsächlich um Kompromisse und Gegenleistungen. Ich bin kein Dogmatiker, ich schwimme mit dem Strom«, knurrte er. Aber er verachtete Unaufrichtigkeit und Ausflüchte, »unehrliche Bereicherung«. »Vielleicht bin ich selbst ein Lügner. Aber wenigstens hab ich das zugegeben«, sagte er. »Was ich nicht ausstehen konnte, waren die Heuchler und Dummschwätzer, die geleckten Lackaffen, die immer auf Sicherheit gespielt haben.«

Er setzte auf scheinbare Aufrichtigkeit, auf »das Recht der Wähler, zu wissen, was läuft«. In ihrem Namen erklärte er Mauscheleien und Verschwörungen, den heimlichen Absprachen in irgendwelchen Hinterzimmern den Krieg. Auch Matty traf Absprachen, allerdings offen – schamlos, sagten seine Gegner. 1971 zum Beispiel machte er mit den Republikanern ein Tauschgeschäft: drei Richter am Obersten Gerichtshof des Bundesstaates New York gegen zwei Richter, einen Distriktsstaatsanwalt, einen Treuhänder und einen staatlichen Untersuchungsbeamten, der später ernannt werden sollte. Und nicht nur das – er brachte dieses Abkommen sogar in schriftliche Form und wollte, daß Nelson Rockefeller es unterschrieb.

All das rief Sorge, ja tiefe Beunruhigung hervor. »Er war eine scharfe Handgranate, ein Bugsy Siegel der New Yorker Politik, und darum mußte er gehen«, schrieb Sidney Zion.

Handgranate oder nicht – Anfang der siebziger Jahre war er ein bedeutender populistischer Führer. Sein Stimmenanteil in seinem Wahlkreis in Queens – im Pfarrbezirk Unsere Liebe Frau von Lourdes – lag bei fünfundachtzig Prozent, und er wurde von vielen als zukünftiger Bürgermeister gehandelt. Er selbst wäre gern für den Staat New York in den Senat eingezogen, um wieder mit Teddy Kennedy vereint zu sein. Deshalb ging er – das waren seine ersten Auftritte in anderen Teilen der USA – mit George McGovern auf Wahlkampftournee. »Ein sehr, sehr lieber und absolut hoffnungsloser Mensch.«

Und seine politischen Überzeugungen? Was für politische Überzeugungen? »Wenn ich wissen wollte, wie ich zu einem Thema stand, erkundigte ich mich, wie John Lindsay dazu stand, und vertrat dann das Gegenteil«, sagte er. »An manche von meinen Standpunkten hab ich allerdings auch geglaubt.«

Was er aus dem Effeff beherrschte, war die Formel, mit der er aus Zauderern Wähler machen konnte. »Mit einem Lohn, der einen nur gerade so über Wasser hält, kann niemand patriotisch sein«, hatte George Washington Plunkitt gesagt. »Und jeden, der behauptet, er könne das, sollte man gut im Auge behalten. Schauen Sie immer wieder nach, ob Ihre Uhr noch da ist, solange er in der Nähe ist. Doch wenn einer eine schöne fette Lohntüte nach Hause bringt, dann summt er, ganz ohne es zu merken, ›Hail Columbia‹ vor sich hin, und wenn er in der Straßenbahn sitzt, hört er im Rumpeln der Räder den Rhythmus von ›Yankee Doodle Came to Town‹.«

In dieser großen staatsphilosophischen Tradition also stand Matty Troy, und er fand keinen Trick zu schäbig, keine Aufgabe zu niedrig. Er kümmerte sich um die Benachrichtigung von Geschworenen, ließ wuchernde Bäume beschneiden, bezahlte Strafen für Verstöße gegen die Vorschriften zur Abfallbeseitigung, ließ Schlaglöcher ausbessern. Seine Schwerpunkte waren die Ämtervergabe, das Schulwesen und der Bau von billigen Wohnungen. Er ließ Bürgermeister Lindsays Portier verhaften, weil er seinen Hund ohne Leine spazierenführte. »Gibt es eine Stufe, auf die Sie nicht sinken würden?« wollte Lindsay wissen.

»Absolut nicht. Es gibt nichts, was ich nicht tun würde.«

»Das ist eine doppelte Verneinung.«

»Tja, seit Sie Ihr Amt angetreten haben, sind Sie eine doppelte Verneinung für die ganze Stadt«, entgegnete Matty mit einem Trommelwirbel im Hintergrund und einem Klarinettentriller wie im Kabarett, und dann war er schon wieder weg und jagte mit seinem halbblinden Fahrer Charlie Gilvary in einer wilden Tour durch die Stadt: der Vorsitzende Matty Troy, mit sieben Terminen pro Abend an sechs Tagen pro Woche, und sein rotes Gesicht schwitzte, und sein Bauch blähte sich vor ihm wie ein Großsegel in einer steifen Brise, und links war Jimmy Breslin, rechts Pete Hamill und Donald Manes – Donny – immer einen halben Schritt hinter ihm.

Er hielt sich für unantastbar. Die Leute in seiner Umgebung hatte *er* aufgebaut. Sie schuldeten ihm was. »Ach, ich fühlte mich sicher, so sicher. Ich tat so, als hätte ich ein Full House, und dabei hatte ich bloß ein paar Luschen«, sagte er und hustete schwer. »Ich wurde überheblich.«

Beim Überfliegen von Plunkitts Thesen hatte er eine entscheidende Passage übersehen: »Männer, die herrschen, haben die Gewohnheit, ihre Zunge im Zaum zu halten und nicht ständig draufloszureden. Lassen Sie also das Redenschwingen, es sei denn, Sie sind bloß deshalb in die Politik gegangen, weil Sie der Welt einen kometenhaften Aufstieg und schnellen Fall vorführen wollen.« Und diese Unterlassung erwies sich als fatal.

Mattys Abstieg war jäh und sehr steil. 1973 setzte er bei der Bürgermeisterwahl auf das falsche Pferd, wurde von seinem eigenen Kandidaten auf einen unbedeutenden Posten abgeschoben und legte sich mit Abe Beame, dem neuen Amtsinhaber, an. Der Artikel, den Richard Reeves im Mai jenes Jahres im *New York Magazine* veröffentlichte, gab ihm den Rest. »Ich hab mein Leben lang darauf hingearbeitet, an die Macht zu kommen, und ich habe nicht vor, kleine Brötchen zu backen«, wurde Matty zitiert. »Das einzige, was wichtiger ist als Macht, ist die Angst vor der Macht. Ich setze Sachen durch, weil die Leute Angst vor dem haben, was ich sonst tun könnte. Ich hab wochenlang von einem Foto gelebt, das auf der ersten Seite der *Daily News* stand: George McGovern, Ted Kennedy und ich auf dem Flughafen. Was keiner weiß, ist, daß ich ihnen bloß gesagt hab: ›Der Wagen steht da drüben.‹«

Und: »Eines meiner großen Probleme mit den Bossen der anderen Wahlbezirke – mit den vier Totengräbern – ist, daß sie sich so verdammt ernst nehmen. Wenn wir uns zusammensetzen, könnte man meinen, wir würden polizeilich gesucht: Alle flüstern und sehen andauernd über ihre Schultern. Das erste, was wir immer vereinbaren, ist Stillschweigen gegenüber der Presse. Aber wenn die Besprechung vorbei ist, rennt jeder zum nächsten Telefon und ruft eine Zeitung an, damit seine Darstellung als erste veröffentlicht wird.«

Und: »Die Leute lieben mich, weil ich Posten verteile.«

Und: »Der Daseinszweck eines politischen Führers ist der Kuhhandel.«

Und: »Ich hab gelernt, daß man mit Bluffs und Säbelgerassel mit allem durchkommt.«

Nur: Diesmal funktionierte der Bluff nicht. Jede genußvoll ausgesprochene und genüßlich gedruckte Zeile fiel doppelt und dreifach auf ihn zurück. Innerhalb weniger Monate hatte Abe Beame seine Absetzung als Führer von Queens County bewerkstelligt und Donald Manes an seiner Stelle eingesetzt.

Es war der klassische Verrat. In all ihren gemeinsamen Jahren war Donny der einzige gewesen, an dessen Loyalität er nie gezweifelt hatte. »Das hatte ich natürlich meiner eigenen Blödheit zuzuschreiben. In der Politik darf man *keinem* trauen. Wenn man das vergißt, steckt man schon halb in der Scheiße«, sagte Matty. Trotzdem ging es ihm mächtig auf die Nerven, Donnys Aufstieg zu erleben: Bezirkspräsident, König von Queens, inoffizieller zukünftiger Bürgermeister.

»Was mich betrifft – mir ging es eher mäßig«, sagte er. Mit einem Schlag hatte er seine Machtbasis und sein politisches Gewicht verloren und war nur noch ein Lautsprecher. »Ich war wie ein geplatzter Ballon. Ich fiel so schnell, daß mir schwindlig wurde.« Und dann kamen die Anklagen.

Es ging um schweren Diebstahl im Zusammenhang mit der Verwaltung eines Nachlasses, die seine Anwaltskanzlei übernommen hatte. Und es ging um Steuerhinterziehung und Meineid. Im ersten Fall bekam er sechsundfünfzig Tage Gefängnis, für die Steuerhinterziehung saß er sechsundzwanzig Wochenenden auf Riker's Island ab, und das Verfahren wegen Meineids wurde eingestellt. Er sagte, er habe von der Angelegenheit nichts gewußt und die ganze Sache sei in seiner Abwesenheit abgewickelt worden. Schon möglich. Aber verantwortlich war er trotzdem. Also saß er die Strafe ab. Aus der Anwaltskammer wurde er auch ausgeschlossen. »Und politisch war ich natürlich ein toter Mann.«

Nach seiner Entlassung lebte er mit seiner Frau und zehn Kindern ein zurückgezogenes Leben in der Nähe der Belmont-Pferderennbahn. Zum Glück hatte sein Vater kurz vor der Verhaftung einen Schlaganfall erlitten und so nie etwas von der Schande seines Sohnes erfahren. Das war ein Gutes an dieser Sache, fand Matty. Er nannte es einen Segen. Aber seine Stimme klang dabei wie die eines Automaten.

Mit sich selbst war er schon vor langer Zeit ins reine gekommen. Wenn nicht, dann machte er sich etwas vor. Jedenfalls hatte er das Gefühl, jetzt besser dran zu sein. Noch ein alter Mann in der Kommunalpolitik – völlig überflüssig.

Hinter uns, im Park, war die Mittagszeit vorbei, und das

Streichquartett packte die Instrumente ein. Langsam und schwerfällig, als hätten wir zuviel gegessen, gingen wir in Richtung Rathaus. »Tja, das ist die ganze Geschichte«, sagte Matty. »Oder vielmehr: das ganze Märchen.«

Das Rathaus war 1811 gebaut worden, eine Hochzeitstorte aus Marmor. Die Pläne stammten von einem Schotten und einem Franzosen. Heraus kam ein perverser, aber gefälliger Bastard, teils georgianisch, teils palladianisch, teils im Stil der französischen Renaissance, von aufdringlicher Eleganz und ganz und gar künstlich. In dieser Stadt, in der inbrünstig niederträchtige Schlammschlachten und Schüsse aus dem Hinterhalt schon immer zur Politik gehört hatten, war der Sitzungssaal des Stadtrats mit Wandvertäfelungen aus Mahagoni und gekehlten Säulen ausgestattet, und die gewählten Volksvertreter saßen an halbkreisförmig aufgestellten, schrägen Tischen aus dem achtzehnten Jahrhundert vor der flaggengeschmückten Empore des Vorsitzenden. Darüber prangte ein zum Teil mit Gold verziertes Wandbild, auf dem *New York, den Tribut der Nationen entgegennehmend* dargestellt war, und unter den Tischen der Ratsmitglieder klebten wie Felsnasen die Kaugummis der Jahrzehnte. »Ich hab mich da drinnen prächtig amüsiert«, sagte Matty.

Sein Büro war im Untergeschoß des Westflügels gewesen. Dort hatte er mit den Jungs vom Queens Boulevard Karten gespielt, während oben der Bürgermeister und seine Leute saßen und Blut und Wasser schwitzten, um einen ausgeglichenen Haushalt hinzukriegen. Nach Feierabend hatte Matty auf einen Sprung ins Longchamps auf der anderen Seite des Broadway hereingeschaut – damals die Bar, wo sich die Kommunalpolitiker trafen. Dort hatte er sich ein paar Drinks geschnappt, und dann war er wieder auf die Piste gegangen, mit Charlie Gilvary, dem armen halbblinden Charlie: Sie hatten Busse gerammt, waren über Zäune und durch Gärten gepflügt und oft genug nicht auf der Straße, sondern auf dem Bürgersteig gefahren, zu einer Abendgesellschaft mit Tanz in Flushing, einer Wohltätigkeitsveranstaltung in Mineola, einem Hochzeitsempfang, einer Totenwache, einem Feuerwehrball, und alle, all die Jungs, die Bezirksbonzen, waren ihm um den Bart gegangen und hatten ihm auf die Schulter geklopft, denn die Welt war noch in Ordnung und man hatte noch was zu lachen, viel zu lachen, jede Menge zu lachen. »Ich meine, seien wir doch mal ehrlich: Warum sind wir in die Politik gegangen? Um Macht und Spaß zu haben, oder etwa nicht?«

Wo das Longchamps gewesen war, war jetzt die Filiale einer Ladenkette für Damenoberbekleidung. Politiker tranken keinen Alkohol mehr, jedenfalls nicht, wo man sie sehen konnte. Der Treffpunkt für die Kommunalpolitiker von heute hieß Ellen's Coffee Shop. Ellen Stern war einst »Miss Subway System« gewesen, und die Schaufenster ihres Cafés waren mit Hochglanzfotos ihrer Nachfolgerinnen beklebt. Drinnen gab es Diät-Cola und viel fettlose Ballaststoffe. Da sah man den Unterschied. Im Longchamps hatte das Abendessen aus sechs doppelten Whiskeys bestanden, hier bestand es aus fettarmer Milch.

»Spaß« war das Wort, auf das er immer wieder zurückkam. Früher hatte es an jeder Ecke Spaß gegeben, und heute? Anscheinend ausgestorben. »Manchmal liest man die Zeitung, oder man sieht fern, oder man redet mit Leuten«, sagte Matty, »und die ganze Zeit kriegt man die Frage zu hören: ›Was zum Teufel ist eigentlich hier passiert?‹«

Die Antwort war: eine ganze Menge. Watergate zum Beispiel. Oder: angezapfte Telefone. Das Fernsehen. Denn auf dem Bildschirm konnten die Leute dein Lächeln gefrieren und die Kraft aus deinem Gesicht fallen sehen, wenn du vor laufender Kamera bei einer faustdicken Lüge ertappt worden warst, und dann konntest du die Sache nicht – wie bei den Zeitungen – von irgendeinem Handlanger wieder in Ordnung bringen lassen. Und dann war es natürlich 1975 passiert. Was da passiert war? New York ging bankrott, das war da passiert.

Die Veränderungen hatten sich schon vor der großen Pleite angekündigt, aber je länger Matty darüber nachdachte, desto mehr kam er zu dem Schluß, daß damit eine ganze Epoche zu Ende gegangen war. Die Grundlage von Tammany Hall und der ganzen Parteimaschinerie war gewesen, daß die Stadt blühte und immer blühen würde und daß, ganz gleich, wieviel man sich vom Kuchen abschnitt, immer genug übrigbleiben würde.

Natürlich, es hatte die Depression gegeben. Baumaßnahmen waren gestoppt worden, und überall in der Stadt hatte man halbfertige Wolkenkratzer gesehen, Treppen, die ins Nichts führten, die hohlen Augen glasloser Fenster. Schreckliche Zeiten – Mattys Vater hatte oft davon gesprochen. In Bay Ridge hatten die Leute an der Müllkippe gewartet, und jedesmal, wenn eine neue Ladung Müll abgeladen worden war, hatten sie sich darauf gestürzt und mit bloßen Händen nach Lebensmittelresten gewühlt. Am Broadway hatte es Suppenküchen gegeben, von Armeelastwagen aus hatte man Essen ausgeteilt, und die Leute hatten Schlange gestanden: *Der Wurm, der auf Menschenbeinen geht.*

Aber das war ein Sonderfall gewesen. Schließlich hatte das ganze Land am Boden gelegen, nicht bloß New York. Und selbst damals hatte man nicht allzu viele Politiker mit Blechtellern an einer Suppenküche anstehen sehen. Die Maschinerie lief weiter. Wie geschmiert. Als Fiorello LaGuardia, »das Blümchen«, 1933 zum Bürgermeister gewählt wurde und am Tag seiner Amtseinführung die Rathausstufen hinauflief, den

Marmormauern mit der Faust drohte und *É finita la cuccagna!* schrie – »Schluß mit den Spesenessen! Schluß mit den Schmiergeldern!« –, hörte sich das gut an, und in den Morgenzeitungen machte es sich einfach großartig, aber in Wirklichkeit war es nichts als heiße Luft. Die Maschinerie lief weiter. Wie geschmiert. Und als LaGuardia tot und begraben war, gab es immer noch Essenseinladungen im Clubhaus, und das Essen war leckerer und sättigender als je zuvor.

Die Nachricht vom Bankrott der Stadt schlug ein wie eine Bombe. »Es kamen Leute zu mir, die sagten, sie könnten es nicht glauben und es sei einfach nicht fair. Nicht fair!« knurrte Matty. »Zwanzig, dreißig Jahre lang hatten die der Stadt in die Tasche gegriffen, und plötzlich sind die fetten Jahre vorbei, und das einzige, was ihnen dazu einfällt, ist: *Nicht fair.* Und die meisten von denen haben das auch noch wirklich geglaubt.«

Eine Geschichte illustrierte das alles am besten. Damals, als er in den Queens Village Democratic Club eingestiegen war, hatte es noch fünf andere junge Burschen gegeben, allesamt intelligent, zäh und ehrgeizig. Diese Sechserbande – er selbst, Donald Manes, Nick Ferrara, Sy Thayler, Gene Mastropieri und Jack Bronson – hatte eine Allianz gebildet. Auf kurze Sicht wollten sie sich einfach eine Machtbasis schaffen; auf lange Sicht träumten sie von einer Maschinerie, einem Netzwerk, das so stark war, daß kein New Yorker Politiker, nicht einmal der Bürgermeister, in der Lage sein würde, ohne ihre Einwilligung etwas auf die Beine zu stellen.

Der erste Teil hatte funktioniert. Innerhalb kurzer Zeit waren die sechs Vorsitzende und Senatoren, Richter und Staatsanwälte geworden. Und wie hatten sie geendet? Er selbst saß im Gefängnis, Donald Manes war angeklagt und hatte einen Selbstmordversuch unternommen, Nick Ferrara war tot, Sy Thayler angeklagt und tot, Gene Mastropieri im Gefängnis und

Jack Bronson ebenfalls. »Tausend Tage hat er gekriegt«, sagte Matty. »Und hat alle in die Pfanne gehauen.«

Plötzlich hörten die Leute auf, laut ihre Meinung zu sagen. Bei Besprechungen saßen alle stumm da und reichten Zettel weiter. Die Telefone wurden angezapft, und selbst wenn sie nicht angezapft wurden, glaubte man es, was auf dasselbe hinauslief. Sonderermittler wühlten sich durch Mülltonnen und suchten nach dem Dreck, den man am Stecken hatte. Reißwölfe waren mit einemmal sehr beliebt. Dasselbe galt für Besprechungen an Straßenecken. Und die Belastung war mörderisch. Im Stadtrat verlor Dominick Corso aus Brooklyn angesichts dieses ständigen Stocherns und Drohens, angesichts der Reformer, die ihm immerfort die Tour vermasselten, die Nerven, und zwar so, daß er glatt die Parteilinie vergaß. »Meint ihr, man braucht Mumm, um für die richtige Sache einzutreten?« rief er. »Dafür braucht man keinen Mumm. Mumm braucht man, um Tag für Tag, Jahr für Jahr für etwas einzutreten, von dem man weiß, daß es falsch ist.«

Die Angst hielt die Leute nicht davon ab, in ihre eigenen Taschen zu wirtschaften. Sie nahm einem nur den Spaß an der Sache. Angewandte Politik entwickelte sich zu einem endlosen Reigen von kalten Schweißausbrüchen und Magentabletten. »Aber das Komische war: Je größer die Chance, daß man erwischt wurde, desto größer der Wunsch, in die Kasse zu greifen«, sagte Matty. Wir kehrten Ellen's Coffee Shop den Rükken und gingen wieder in den Park. »Wie ist noch mal das Wort dafür?« fragte er. »Irgendwas mit ›Leim‹.«

»Lemminge?«

»Genau. Wir waren wie die Lemminge.«

An der Rückseite des Rathauses fehlte der Marmor. Die Mauern waren aus schmutzigem Sandstein. Als das Gebäude errichtet worden war, hatte es an der nördlichen Stadtgrenze von Manhattan gestanden. Eine weitere Ausbreitung der Stadt hatte man für unwahrscheinlich gehalten und darum keinen Sinn darin gesehen, für eine Rückseite, die ohnehin nie jemand zu Gesicht bekommen würde, zusätzliches Geld auszugeben. So war die Kommunalpolitik im wahrsten Sinn des Wortes Fassade. »Und das ist noch ihre Schokoladenseite«, sagte Matty.

Ich müsse begreifen, sagte er, daß New York nie, niemals, von den gewählten Volksvertretern regiert worden sei. Wenn man sich die Geschichte ansehe, müsse einem auffallen, daß jede größere Veränderung nicht von den Politikern ausgegangen sei, sondern von Bankiers, Grundstücksmaklern und Wall-Street-Männern – von Leuten, die man nie zu Gesicht bekomme und von denen man meist nicht einmal den Namen kenne. Die Reformer nannten sie *die alles überdauernde Regierung*. Und diese Leute spielten in einer ganz anderen Liga. Hart arbeitende Stadträte könnten sich ihr Leben lang plagen und Pläne schmieden und seien im Vergleich zu den wirklich großen Tieren doch immer noch nichts, die reinsten Waisenknaben.

Das brachte einen zum Grübeln. Wenn man erst einmal kapiert hatte, wie viele Milliarden im Spiel waren und wie klein der Unterschied war, den die eigene Ehrlichkeit machte, fiel es schwer, keine langen Finger zu machen. »Hören Sie zu«, sagte Matty. »Ganz gleich, was die Leute Ihnen erzählen: Ich hab nie die Hand aufgehalten. Ich fand Geld einfach nicht interessant genug. Und überhaupt, das hab ich ja auch Dick Reeves gesagt: *Es gibt in der Politik so viele legale Möglichkeiten, an Geld zu kommen, daß ich nie verstanden habe, wieso einer krumme Sachen macht.*« Aber er war ja immer schon ein bißchen exzentrisch gewesen.

Der Kreis schloß sich: Wir waren wieder im Park. Auf dem kahlen Boden, wo früher einmal Gras gewachsen war, hatte die

Polizei ihre Absperrgitter für den Einsatz bei Demonstrationen gestapelt. Auf dem Kopfsteinpflaster dahinter gingen Polizeibeamte mit Pferdehintern wachsam auf und ab, die Gesäßtaschen ausgebeult von Gummiknüppeln und/oder Taschenlampen, Handschellen, Notizbüchern, Sprechfunkgeräten. Ein kühler Wind kam auf. Es war noch Februar – keine geeignete Jahreszeit für Demonstrationen. Matty mußte wieder zurück nach Long Island.

Wir setzten uns noch für ein paar Minuten auf eine Bank in der Nähe des Broadway, unter kahlen Zweigen und zielsicheren Tauben. Es war Bürozeit, und nur ein paar Drogenhändler gingen in der Nähe auf und ab. Matty Troy, ein schwerer Mann mit schweren Hängebacken, schlug den Mantelkragen hoch und starrte vor sich hin. »Und Ihnen fehlt das alles wirklich nicht?« fragte ich ihn.

»Das war ein anderer Broadway«, sagte er.

Er mußte immer wieder an Donald Manes denken, an den Skandal, der ihn zu Fall gebracht und das Leben gekostet hatte. »Das muß man sich mal vorstellen«, sagte Matty. »Als wir anfingen, hab ich Donny eher geglaubt als mir selbst, was ja nun weiß Gott nicht besonders viel heißt – aber immerhin, wir waren Partner, wir waren ein Team. Er hätte, genau wie ich, beim Leben seiner Mutter geschworen. Daß er nie ein Schmiergeld nehmen würde. Und selbst als er mir in den Rücken gefallen war, was er ja getan hat, Gott hab ihn selig, selbst da konnte ich ihn nicht hassen. Mir ging's mies, ich konnte es einfach nicht verstehen. Aber ihn hassen? Nein, das konnte ich nicht.«

Sie waren sich wieder begegnet, nach dem Tod von Lew Wallach. Matty und Donny hatten ihn gekannt und ihm viel zu verdanken. »Ich gehe also zu der Beerdigung und höre mir die Reden an, und plötzlich legt mir jemand die Hand auf die Schulter. Es ist Donny, und er flennt und sagt: ›Ich fühl mich einfach schrecklich. Ich finde es einfach schrecklich, was alles passiert ist, und ich möchte, daß du weißt, wie sehr ich dich mag.‹ Natürlich denke ich: ›Wenn du dich dabei so schrecklich fühlst, warum hast du's dann getan? Und willst du damit etwa sagen, daß du's nicht noch mal tun würdest, sobald sich die Gelegenheit bietet?‹ Aber es ist schließlich Louies Beerdigung, und Donny flennt, und sein großes, fettes Gesicht ist ganz verzerrt, und er schwitzt ziemlich, und ich hab ja auch meine schwache Seite. Ich geb mich gern als harter Bursche, der starke Sprüche macht, als einer, bei dem der Teufel los ist, wenn ihm die Sicherungen durchbrennen, und das ist weiß Gott wahr, dann drehe ich einfach durch. Aber ich kann auch sehr sentimental sein. Jedenfalls, er flennt, und ich flenne, und seine Frau flennt, und er sagt: ›Ich mag dich doch so‹, und ich sage: ›Ich dich auch‹, und dann kommt einer von den Angestellten des Beerdigungsinstituts und sagt: ›Sie machen hier ein bißchen viel Theater – vielleicht gehen Sie besser nach nebenan‹, und das tun wir dann auch, und wir trinken was und sagen uns, wie sehr wir uns mögen, und dann verabschieden wir uns und gehen nach Hause, um zu schlafen. Am nächsten Morgen steht's in den Zeitungen. Donny hat der Presse alles über uns erzählt, ich meine, wie wir bei Louie Wallachs Beerdigung geflennt haben und so, und ich denke: ›Merkwürdig.‹ Das war alles, was ich gedacht hab: ›Sehr merkwürdig.‹«

Sie kamen sich nicht wieder näher. Von Zeit zu Zeit sah er Donald Manes in irgendeiner Funktion oder bei einer Abendgesellschaft, oder Matty war irgendwo, um für die Gasoline Retailers Association an ein paar Fäden zu ziehen, und Manes ging vorbei, lächelnd, die Hand zum Gruß erhoben. Er wirkte immer sehr nervös, er schwitzte und biß sich auf die Unterlippe und sah aus wie ein körperlich und geistig kranker Mann. »Aber ich sagte nichts. Das ging mich ja nichts an. Ich nickte bloß. Und dann platzt die Sache, der Skandal ist da, all die Bestechungen kommen heraus, und Donny versucht, sich umzubringen, und dann ist er im Krankenhaus, und es soll Anklage erhoben werden, und dann *wird* Anklage erhoben, und er bringt sich um, er ist tot.«

Es war Feierabend, und am Broadway wälzte sich die Masse der Büroarbeiter auf die Straße. Matty wickelte sich in seinen Mantel und schwieg. Er nahm noch eine Magentablette. Er rülpste. »Und dann?« wollte ich wissen.

»Schock«, antwortete er. »Ich meine, ich war einfach platt. Ich konnte es nicht verstehen, nichts davon. Ich sitze da vor dem Fernseher und sehe mir das an und denke dabei nach, und alles, was mir einfällt, ist: ›Damals.‹ Ich meine, ›damals waren wir wirklich...‹«

Und das war alles. Bevor ich ihm noch eine Frage stellen konnte, stand er abrupt auf und knöpfte sich den Mantel zu. Sein Magen knurrte. »Gas«, sagte Matty Troy.

8

»Damals, damals. Macht mich krank, damals«, sagte Sasha. »Ist bloß alte Männer, immer damals gewesen, furzen in Regen, pissen in Wind.«

Für ihn war die ganze Geschichte des Broadway nur eine Ouvertüre vor dem krönenden Höhepunkt: dem 17. März 1982, dem Tag, da er zum erstenmal seinen Fuß darauf gesetzt hatte. »Hat geregnet, Himmel hat eingestürzt«, erinnerte er sich. »Ich komme aus tiefer, dunkler Erde, U-Bahn-Station Times Square. War Montag nacht, Ecke von Nathan Hotdog, 43. Straße, nur damals ich weiß nicht, ich sehe nur, ist Broadway, ist Großer Weißer Weg. *Baseball, Mom, Apple Pie, and Chevrolet.* Levi Jeans, Lee Jeans, Jordache Jeans, Wrangler Jeans. *Come Alive With Pepsi.* O Mann. *Nothing Comes Between Me and My Calvins. If You Got Time We Got Beer.* Vergisses. *Takes Two Hands to Handle Whopper, Melts In Mouth Not In Hand.* Was soll sagen? Ist strömender Regen, schwarz wie Arschloch von Teufel, Verrückte überall, schreien und kreischen, ein Mann will retten mein Seele, ein Mann will klauen mein Brieftasche, ein Mann hat Plan, ein Mann hat Pistole. Nutten, Anreißer, schlechtes Kokain. *Is Real Thing, Coke.* Blaue Lichter, rote Lichter, silbern, golden. *Have You Ever Seen Grown Man Cry?* Und ich renne auf Mitte von Straße, starre hinauf, und alle Verrückten werden verrückt, hupen, schreien, fluchen: Machdaßduwegkommst, blöder *slawez. Raspisdjaj sranyj,* schmutziger Geschlechtsteilmensch. Aber was Teufel? Ich weine, ich gehe nicht von Stelle. *You've Come Long Way, Baby.* Schönster Anblick in ganze weite Welt.«

Auch sieben Jahre später war seine Leidenschaft noch ungestillt und unersättlich. Er war nicht blind für New Yorks Schattenseiten. Die Park Avenue ließ ihn ebenso in wütendes Russisch verfallen wie die Süd-Bronx, und dann schossen wilde Sturzbäche von Klagen und Flüchen aus ihm hervor – Wort-Tampons. Nur der Broadway war für ihn immer noch das Amerika seiner Phantasie. »Dollar und Träume«, sagte er.

In den ersten Wochen unserer Wanderung hatte er die meiste Zeit kein besonderes Interesse gezeigt. Diese melancholischen Regionen, durch die wir getrottet waren – Bowling Green, Wall Street, City Hall Park –, mochten kartographisch zum Broadway gehören, doch sein Broadway war das nicht. Er war ungeduldig wie ein Steptänzer, der eine Zwangspause einlegen muß, er brannte darauf, in Fahrt zu kommen, in die vollen zu gehen. In TriBeCa war es dann endlich soweit.

Eine Ödnis hatte sich in einen Spielplatz verwandelt. Jahrzehntelang war dies eine so gut wie unbewohnte Gegend voller Lagerhäuser und Großhandlungen, Schnellimbisse und schmieriger Kneipen gewesen, doch die unverschämten Mieten, die die blutsaugerischen Vermieter weiter nördlich verlangten, hatten sie wiederbelebt. Seit den späten siebziger Jahren hatten Künstler und Musiker, Punk-Designer, Drogenhändler und ihr jeweiliger Anhang in den Kellern und Fabriketagen Zuflucht gesucht. Der Mudd-Club war jeden Tag brechend voll, Downtown erlebte eine Renaissance. Dann merkten die Vermieter, was los war, und TriBeCa – das »Triangle Below Canal Street« – wurde schick. Die Pioniere flohen ins East Village, nach Hoboken und Long Island City und wurden durch eine zweite Welle verdrängt; diesmal waren es betuchtere Leute: Illustratoren und Modefotografen, Journalisten, Eigentümer französischer Restaurants und Schauspielerinnen, jede Menge Schauspielerinnen.

Einige von den letzteren gewährten, wenn sie nicht gerade kellnerten, heimatlosen Sowjerikanern Unterschlupf. Und das war ein Glück. Eines Abends, kurz nachdem wir die Maiden Lane überschritten hatten, war Sasha zu Alexej Alexandrowitsch gegangen und hatte sein Schlagzeug im Treppenhaus gefunden. Seitdem befand es sich entweder in seinem Taxi oder in den Untermietszimmern einer Reihe von Soubretten.

Im Augenblick hatte es neben dem hohen Messingbett einer ehemaligen Schönheitskönigin aus Tennessee Quartier bezogen. Beim »Miss-Wonder-Bread-1980«-Wettbewerb war sie Dritte geworden. Jetzt arbeitete sie als Tänzerin, Malerin und Performancekünstlerin. Ihr Künstlername war EmCee Marie.

Wir trafen sie am späten Nachmittag eines sonnigen und windigen Freitags, als wir wie Perlenfischer aus den Tiefen des Lower Broadway auftauchten. Nachdem wir uns so lange im

Dämmerlicht herumgetrieben hatten, ließen uns die Weite des Raums und das blendende Sonnenlicht wie angenagelt stehenbleiben.

Auf dem Friedhof der St. Paul's Chapel konnten wir wenigstens Bäume, Gras und Himmel sehen. Am beeindruckendsten aber war Cass Gilberts Woolworth Building, das wie eine riesige, in den Himmel gereckte Faust der Freiheit aufragte.

Es war eine gotische Burg, die aus dem Disneyfilm *Jack und die Wunderbohnen* hätte stammen können. Äußerlich demonstrierte sie kaufmännischen Machtanspruch, doch ihre wahre Pracht entfaltete sie innen. Die Atmosphäre hatte etwas Sakrales. Wir traten durch die Drehtür und befanden uns in einem Reich, in dem ein Halbdunkel herrschte wie in einer Kathedrale. Im Dämmerlicht sahen wir eine gewaltige Marmortreppe, Granitmauern, so dick wie die mittelalterlicher Grabkammern, Aufzugtüren aus gehämmertem und getriebenem Kupfer, Kartuschen, Wandlampen, angestrahlte Wandbilder und Hängeleuchter, die aussahen wie Weihrauchfässer.

In der Krypta gab es eine Cocktailbar. Zwischen den Säulen der Eingangshalle tauchte Liquor Jack Young auf, aufgetakelt wie eine Galeone unter vollen Segeln. Als er uns sah, änderte er den Kurs und drehte bei. »Haben Sie eine junge Dame vorbeikommen sehen, fünf- oder sechsundzwanzig Jahre alt, einssiebzig groß, dreiundfünfzig Kilo, blond, blaue Augen, große Oberweite, mit einer Tätowierung auf der Pobacke: ein kleiner Totenkopf und gekreuzte Knochen?« wollte er wissen.

»Auf welcher Pobacke?« fragte Sasha.

Gegenüber lag die Park Row, der frühere Printing House Square, einst die Adresse der Hälfte der New Yorker Zeitungen. Die meisten der Bürohäuser waren längst abgerissen, nur das alte Times Building hatte, mehr oder weniger, als Teil der Pace Universität überlebt. »Als ich erstemal hierherkam, hatte ich Freundin, Name weiß nicht mehr«, sagte Sasha. »Sie studiert Geld. Also ich warte jeden Abend in diesem Park, genau hier. Ist heiß, heiße Sommertage, alles glüht, und Verrückter spielt Max-Roach-Schlagzeug. Genau hier, an Broadway.«

»Was für ein Verrückter?«

»Robert Blue. Kleiner Männlein, nicht Mensch, nicht Fleisch, aber haut auf Trommeln wie göttlicher Teufel, kannst du glauben, haut drauf richtig wild.« Sein Muttermal leuchtete. »Ist wunderbar. Ist großartig.«

Blue hatte es auf die Büroleute in der Mittagspause abgesehen gehabt. Als Begleitung hatte er Bänder von John Coltrane, Pharoah Sanders und Sun Ra abgespielt, und seine Duelle mit den Streichquartetten am anderen Ende des Parks waren Legende – ein Rassenkrieg ohne Blutvergießen. Sasha war sein einziger weißer Landsknecht gewesen. Im Lauf der Zeit hatte Blue ihm sogar den Hut für das Geld anvertraut. Dann kamen der Spätsommer und die Polizei. Sie nahm Blue in der Grünen Minna mit. Der Haftbefehl lautete auf Besitz von gestohlenen Gegenständen: silbernen Tellern und Kerzenleuchtern, einer Perlenkette, verschiedenen Stücken aus Jade. »Hatte erlesenen Geschmack. Urteil war achtzehn Monate«, sagte Sasha. »Und Zim kriegt Max-Roach-Schlagzeug.«

In dieser Gegend hatte der Vorstoß des Broadway nach Norden an Kraft gewonnen und ein Ziel entwickelt. In den Anfängen, als die Bevölkerungszahl unter Tausend lag, hatte New York an einer Palisade an der Wall Street geendet. Nur der Broadway hatte weitergeführt. Waghalsig und aufmerksam die Gegend erkundend wie eine Vorhut, hatte er sich über die Insel vorgeschoben und eine Reihe von Basislagern errichtet. An jeder Biegung hatte er innegehalten und seine Stellung ausgebaut, gerade lang genug, daß der Rest der Stadt folgen konnte. Dann war er weitergestürmt.

Wir folgten ihm am City Hall Park vorbei. Nach der Chambers Street, der südlichen Grenze von TriBeCa, wurden die Gebäude wieder anheimelnder. In den fünfziger Jahren des neunzehnten Jahrhunderts war dies der Upper Broadway, das Zentrum der Haute Couture gewesen. A. T. Stewards Kaufhaus, das Bloomingdale's seiner Zeit, hatte dort gestanden, wo jetzt Ellen's Coffee Shop mit seinen Schaufensterschönheiten glänzte, und von dort zum Union Square und zurück war allabendlich die Parade der zwei- und vierrädrigen Kutschen, der Broughams, der Karriolen und Flaneure gezogen.

Dieses Ritual hatte die Assoziation des Broadway mit dem Nachtleben geschaffen. Sasha hatte eine Anthologie aus dem neunzehnten Jahrhundert durchgeblättert und war dabei auf einen 1878 in *Harper's New Monthly Magazine* erschienenen Artikel gestoßen. »In den Kutschen sehen wir Ball- und Abendkleider, während auf den Bürgersteigen Männer vorbeischlendern, von denen fast jeder Zigarre raucht. Die roten Enden glühen wie untergehende Sonne«, las er vor. »Dies sind Männer, die Gesicht der Welt verändern.«

Heutzutage war der Ton weniger hochgestochen. Als die Modewelt weiterzog, hatten sich diese Blocks in das Textilviertel verwandelt. Überall entstanden Nähereien und Großhandlungen für Stoffe und Kleidung. Die Gebäude waren größtenteils Manufakturen mit Gußeisenfassaden, durch deren Fenster man Chintz und Baumwolle und Goldlamé sah, und die abendliche Kavalkade bestand aus Lohnsklaven, die zur U-Bahn drängten. Die Zusammensetzung der Menge war jedoch grundsätzlich unverändert geblieben: »Obgleich die gutgekleideten Passanten überwiegen, sieht man auch Arbeiter in groben Baumwollstoffen und mit Armut geschlagene Arbeiterinnen und daneben fadenscheinige Abenteurer und teilnahmslose Bewohner der Gosse.«

Arbeiter in groben Baumwollstoffen, fadenscheinige Abenteurer, teilnahmslose Bewohner der Gosse – diesen drei Typen waren wir bereits begegnet. Was nun noch fehlte, waren mit Armut geschlagene Arbeiterinnen, und Sasha wußte, wo man sie fand. Wir bogen vom Broadway ab und gingen durch die Seitenstraßen, vorbei an Schnellimbissen und Geschäften für Neonskulpturen, Designer-Eissalons und Schlankheitsstudios. An einer Straßenecke lag, hinter schwarz beklebten Fenstern, das Baby Doll Topless.

Es war mehr eine Eckwirtschaft als ein Sex-Salon. Lagerarbeiter und Büroboten, Ladeninhaber aus der Canal Street und Lastwagenfahrer, die gerade durch den Holland Tunnel nach Manhattan gekommen waren, standen mit dem Rücken zur Bühne an der Theke. Wenn sie einen Blick in den Spiegel hinter dem Tresen warfen, konnten sie nackte Frauen tanzen sehen. Es gab jedoch nicht viele, die sich die Mühe machten. Das Training für die Baseball-Frühjahrssaison hatte gerade begonnen, und die Gespräche drehten sich um junge Superstars, Transfers und Verletzungen.

EmCee Marie war ein Fan der Chicago Red Socks.

Sie saß grübelnd vor einem Whiskey und einem Glas Bier, eine dunkle und muskulöse Erscheinung in einer Bomberjacke, mit dickem schwarzem Haar, das zu einer Stahlwolle-Frisur geschnitten war, und einem gnadenlosen, starren Blick. Auf ihrem rechten Handgelenk waren das Wort »Pudge« und ein von einer Harpune durchbohrtes leuchtendrotes Herz tätowiert. »Nur drei Dinge sind ewig«, sagte sie. »Tod, Steuern und Carlton Fisk.«

Ihre Stimme überraschte mich. Sie sprach einen ganz weichen Tennessee-Dialekt, der weder zu dem Lederblouson noch zu den Augen paßte. Auch ihr Körper stand im Widerspruch dazu: Er war mit großen Kurven ausgestattet und eher der eines Pin-up-Girls. Die Nieten und Stahlketten warnten allerdings vor Annäherungsversuchen.

Nachts arbeitete sie Uptown, in einer Oben-ohne-Kneipe. Vor Morgengrauen kam sie selten nach Hause, und wenn, dann konnte sie nicht einschlafen. Manchmal arbeitete sie dann an ihren Bildern, oder sie legte sich Patiencen. Meistens aber machte sie einen Zug durch die Kneipen. »Um müde zu werden. Um mich auszuruhen«, sagte sie.

Sie war achtundzwanzig und lebte seit sechs Jahren in New York. Davor hatte sie in Knoxville gelebt, wo ihr Mann Karosseriewerkstätten und eine Franchise-Auspuffwerkstatt betrieb. Sie hatte zwei Kinder, und als ihre dritte Schwangerschaft mit einer Fehlgeburt endete, hielt sie das für ein Zeichen und ging mit einer Bluegrass-Band in den Norden. Den Sommer und Herbst über war sie mit dem Mandolinenspieler zusammen und tourte durch den Nordosten. Aber dann wurde es kalt in Trenton, New Jersey, und der Mandolinenspieler bekam Heimweh. Am nächsten Morgen tauschte sie ihren Trauring in einem Geschäft für Künstlerbedarf gegen Pinsel und Farben ein und setzte sich in den Bus nach Manhattan.

Am Port-Authority-Busbahnhof erkundigte sie sich nach dem nächsten Nachtclub mit Bühnenshow, und man schickte sie zu Show World in der Nähe des Times Square. Dort bekam sie einen Job als Live-Frau. Sie saß im Negligé hinter einer Scheibe aus Spiegelglas und tat die einsamen Dinge, die Männer von ihr verlangten. Ihr Aquarium war durch ein Telefon mit der Kabine der Kunden verbunden, die pro Minute einen Vierteldollar bezahlen mußten. Meistens mußte sie bloß an sich herumspielen. Aber es gab auch Männer, die reden wollten, und das Zeug, das aus ihrem Mund kam, war ätzend wie Säure. »Das kann man nicht rauswaschen wie Sperma«, sagte EmCee Marie. »Man kann's nicht rauswaschen, Punkt.«

Sasha mußte wieder zu seinem Taxi zurück. Als er gegangen war, bestellte EmCee Marie sich noch einen Whiskey und ein Bier, und danach noch viele weitere. Irgendwann zwischen sechs und Mitternacht – da begann ihre Schicht – landeten wir in ihrem Studio, das über einer Knopffabrik am Broadway lag.

Der Raum war so groß, luftig und unpersönlich wie eine Turnhalle. An den Wänden hingen Bilder, die jedoch mit Tüchern verhängt waren; selbst die Staffelei war abgedeckt. Abgesehen von Sashas Schlagzeug, das neckisch hinter einem Nest aus Schuhschachteln und Schultertaschen von Fluggesellschaften hervorlugte, waren die einzigen Dinge, die eine persönliche Atmosphäre verbreiteten, das Messingbett, das einer Großtante gehört hatte, und ein großes, mit einem Autogramm versehenes Foto von Carlton Fisk.

»Er ist der Beste, einfach der Beste«, sagte EmCee Marie. Sie war ein Fan von ihm, seit sie in die achte Klasse gegangen und er Nachwuchsfänger in Boston gewesen war. Jetzt war er der älteste Allroundspieler in den Profi-Ligen – ein Patriarch, der ruhige und weise Vater, den sich jeder wünscht und den niemand hat. Immer hatte er die schlimmsten Verletzungen, bekam Bälle ins Gesicht, zog sich Sehnenrisse zu. Und doch kam er immer wieder zurück, immer derselbe stoische Pudge, der Fels in der Brandung. »Man könnte ihm das Herz rausreißen, und er würde immer noch zweihundertachtzig Bälle schlagen und fünfundsiebzig Home Runs machen«, sagte sie. Sie schenkte sich einen Drink ein. »Er ist einfach der Beste.«

Sie saß auf einem mit Styroporkügelchen gefüllten Sack. Die Bomberjacke hatte sie ausgezogen; darunter trug sie nur Jeans und ein Chisox-T-Shirt. Ihre Rundungen waren üppig, doch ihr harter Blick und die schwarzen Stachelhaare warnten jeden davor, sich zuviel herauszunehmen. Ebenso ihr Whiskeyatem. »Was willst du hier?« wollte sie wissen.

»Du hast mich eingeladen.«

»Ruhe«, sagte Marie. »Ich will trinken.«

Am anderen Ende des Studios war ein kleiner Nebenraum, den sie ihre Galerie nannte. An der Tür hing ein Vorhängeschloß; der Schlüssel dazu hing an einer Kette um ihren Hals, eingezwängt zwischen ihren Brüsten wie ein Kruzifix. »Das kriegst du nicht zu sehen«, sagte sie. »Brauchst du dir gar nicht einzubilden.«

»Du mußt es mir ja auch nicht zeigen.«

»Werd ich auch nicht.« Sie erhob sich ein bißchen unsicher und stützte sich am Bett ab. Von nahem roch sie nach Fichtennadeln und feuchtem Torf. »Was heißt EmCee?« fragte ich.

»›Masked Cocksucker‹«, sagte sie. »Was sonst?«

Auf einem kleinen Regal neben dem Bett standen *The Baseball Encyclopedia*, eine Gideon-Bibel, Romane von Faulkner und Dashiell Hammett, die gesammelten Erzählungen von Flannery O'Connor und *Der Elefantenmensch* von Ashley Montagu.

Dieses Buch zog sie nun heraus und suchte nach einer bestimmten Textstelle. »Der Beste. Einfach der Beste«, sagte sie leicht nuschelnd und las vor: »›Äußerlich war Merrick mißgestaltet und abstoßend, doch sein Geist wäre, hätte er eine sichtbare Form angenommen, in Gestalt eines aufrechten, heldenhaften Mannes mit regelmäßigen Gesichtszügen und wohlgestalteten Gliedern aufgetreten, mit Augen, die von Mut und Unerschrockenheit kündeten.‹«

Unterwegs hatten wir eine Halbliterflasche I. W. Harper gekauft, die inzwischen dreiviertel leer war. Marie warf das Buch an die Wand. »Das war die erste Zeichnung, die ich je gemacht habe: der Elefantenmensch«, sagte sie. »Ich hab diese Stelle gelesen, mitten in der Nacht. Natürlich hatte ich kein Zeichenpapier oder so. Also hab ich eine Seite aus dem Telefonbuch gerissen, das erstbeste, was mir in die Finger kam, und ihn gemalt, in einem Zug, ohne abzusetzen.« Sie goß sich den Rest aus der Flasche ein, trank aber nicht, sondern drehte das Glas in der Hand, als bewunderte sie das Spiel des Lichts. »Was ich gesehen hab«, sagte sie. »In einem Zug.«

Ihre Galerie erwies sich als kleiner, quadratischer Raum, zweieinhalb mal zweieinhalb Meter groß. Gegenüber der Tür war ein verdunkelter Glaskasten, und davor stand der Drehstuhl, auf dem ich jetzt saß. Marie schaltete das Deckenlicht aus, schloß die Tür und ließ mich in der Finsternis allein. Plötzlich wurde der Glaskasten von innen erleuchtet. Das Licht erlosch wieder, und dann erschien eine Reihe von Diaprojektionen.

Sie zeigten Variationen berühmter Gemälde. Als erstes kam Mantegnas *Christus im Gethsemane,* dann Rembrandts *Nachtwache*, eine Atelierszene von Courbet, ein Kavalier von van Dyck. An das, was danach kam, kann ich mich nicht mehr genau erinnern, aber es gab Bilder von Matisse und Manet, einen Watteau, einen Frans Hals. Soweit ich erkennen konnte, war die zentrale Figur eines Mannes der gemeinsame Nenner aller Bilder.

Der Stil war De Millescher Realismus. Marie hatte die Originale getreulich kopiert und sie dann durch einen Alptraum in Technicolor gefiltert, so daß sie sich ausnahmen wie Wandbilder oder Postkarten aus der Depressionszeit. Das Ergebnis war eine Welt voller alttestamentarischer Sonnenuntergänge, leuchtendroter Augen, purpurrotem Blut und Tränen aus gesponnenem Gold.

Aber da war noch mehr. Jedem Bild hatte Marie sich selbst hinzugefügt, nackt, mit einer schwarzen Maske: Sie hockte vor dem Mann, der im Mittelpunkt stand, und nahm zart und züchtig eine Fellatio vor. Die männlichen Geschlechtsorgane leuchteten weiß, nur die Eichel war von EmCees Lippen umschlossen, und ihre Besitzer standen mit geballten Fäusten und in den Nacken geworfenem Kopf da, in einer Haltung, die Qual und Leidenschaft und eine schreckliche Hilflosigkeit ausdrückte. Was EmCee Marie betraf, so ließ sich über ihren Gemütszustand nichts sagen. Ihre Maske verbarg alles.

Zuletzt kam der Elefantenmensch. Das Bild war kleiner als die anderen, und es war nicht das Porträt, von dem sie gesprochen hatte, sondern eine Tuschezeichnung. John Merrick stand im Schatten, seine Silhouette war kaum zu erkennen. Nur sein massiger Kopf und sein Schwanz lagen im Licht. Maries rechte Hand umschloß mit zartem Griff seine Hoden, und an ihrem Ringfinger steckte ein kleiner, runder Spiegel.

Ich war im Dunkeln gefangen. Ich saß ganz still und begann zu zählen. Bei sechsundfünfzig erlosch das Projektionslicht, und die Deckenbeleuchtung wurde wieder eingeschaltet. Marie hatte den I. W. Harper ausgetrunken, machte den Reißverschluß ihrer Bomberjacke zu und bereitete sich auf ihre Arbeit vor.

Sie sah aus wie eine Frau, die unter dem, was man sieht, nichts anhat. »Mit Mädchennamen hieß ich Carbone. Anna Maria Carbone«, sagte sie. »Meine Mutter war eine starke Frau.«

Über ihr wohnte ein Gewichtheber. Jeden Abend um Punkt elf Uhr fing er an sauberzumachen und Gewichte zu stemmen. Nach jedem gescheiterten Versuch erschütterten die hingeworfenen Gewichte das Haus wie eine Abrißbirne. EmCee Marie, die sich vor einem von Flechtwerk eingerahmten Spiegel zurechtmachte, mußte feststellen, daß ihr Ebenbild nicht stillhielt: Bei jedem dumpfen Dröhnen zitterte und wackelte es unkontrollierbar. Sie ließ sich jedoch nicht beirren, streckte die Hand aus und drückte den Spiegel an die Wand. »Meine Mutter hatte fünf Töchter«, sagte sie, »und sie hat sie alle allein großgezogen. Sie war einfach die Beste.«

»Und dein Vater?«

»Raus.«

Ihre Hand zitterte nicht, und sie sprach klar und deutlich. Es schien, als hätte der Alkohol seine eigene Wirkung aufgehoben. »Ich will dich hier nicht haben«, sagte sie. »Ich will dich hier nicht haben.« Sie stand in der Tür und rieb über die Pudge-Fisk-Tätowierung auf ihrem Handgelenk. Das schwarze Haar war steif und wütend gesträubt, aber ihre Augen blickten nur noch stumpf ins Leere. »Bist du ein Idiot?« fragte Marie.

»Natürlich.«

»Tja«, sagte sie, »auch davon kann man leben.«

9

Auf der Franklin Street hatten sich zwei junge Schwarze eine Frau, die gerade aus Peggy Doyles Restaurant kam, als Opfer auserkoren. Der eine rempelte sie an, der andere griff nach ihrer Handtasche. Die Frau war zwar nicht mehr jung, aber entschlossen, nicht loszulassen. Sie war klein und elegant gekleidet, wie aus dem Ei gepellt, in einem taubengrauen Kostüm mit dazu passendem breitkrempigem Hut und kniehohen Schlangenlederstiefeln. Auch ihre Handtasche war taubengrau, mit goldenen Nieten und einer goldenen Kette, die sie um ihr Handgelenk gewickelt hatte. Sie schwang die Tasche wie eine Schleuder und zog sie den beiden Jugendlichen mit kaltblütiger Routiniertheit über, bis sie den Broadway hinunter davonrannten.

Sobald sie in sicherer Entfernung waren, tauchte ein uniformierter Polizist auf und begann der Frau eine Menge Fragen zu stellen. Was hatten die beiden angehabt? Könnte sie sie beschreiben? Würde sie sie wiedererkennen? »Jederzeit«, erklärte die Frau.

»Wieso sind Sie da so sicher?«

»Die beiden sind meine Klienten.«

Die Frau hieß Enid Gerlin, Rechtsanwältin, und sie war auf dem Weg zum Kriminalgericht in der Centre Street 100. Wie die Theater weiter nördlich gehörte das Gerichtshaus zum Broadway, auch wenn es nicht direkt am Broadway lag. Es kauerte finster drohend am Foley Square, ein Art-Deco-Mausoleum, ein Sinnbild der Einschüchterung und fahrengelassenen Hoffnung.

Bei seiner Einweihung im Jahr 1933 war dieses Gebäude überschwenglich gefeiert worden. Es stand auf dem Gelände, wo im achtzehnten Jahrhundert die Müllkippe der Stadt gewesen war. Harvey Wiley Corbett, der Architekt, war der Tausendsassa der Moderne, wie Art Deco damals hieß, gewesen, und man pries das Gerichtsgebäude als sein Meisterwerk – es war nicht einfach irgendein Gerichtsgebäude, sondern die Verkörperung eines neuen Zeitalters, eine Hymne auf die Justiz, auf *die heilige Scheu vor dem Gesetz.* Letztlich lief es auf einen Bahnhof ohne Gleise hinaus.

Es war monumental, grau wie Waffenstahl, mit gewölbten Portalen und kaum auszumachenden, himmelweiten Decken, strengen Pfeilern und verschnörkeltem Messing. Im Zeitalter der Ledersohlen müssen die Marmorböden einen herrlichen Hall erzeugt haben – eine Symphonie ernster, gemessener Schritte. Heute, wo jedermann Turnschuhe trägt, quietscht es nur noch.

Über die weite, gefrorene Steppe der Eingangshalle kam eine Armee dunkelhäutiger Jugendlicher auf uns zugeglitten, quirlig und albernd, ein lebendes Kompendium von Basketball-Schritten. »Man könnte meinen, das hier ist ein Spielplatz«, sagte Enid Gerlin. »Und genau das ist es auch.«

In der Cafeteria kaute der neunzehnjährige Shaquille Cleamons, einer von Enids früheren Klienten, an einem gezuckerten Hörnchen. Er war einsachtundneunzig groß und wog etwa fünfundsiebzig Kilo – eine Heuschrecke in hellblau und gelb gemusterten Nike-Schuhen, grauem Jogginganzug und schwarzem Halstuch. »Wir ham bloß so rumgehangen«, sagte er. »War einfach 'n Unfall.«

»Von Anfang an«, sagte Enid Gerlin.

»Es war 'n Unfall.«

»Ihr habt rumgehangen?«

»Körbe geworfen. Auf'm Übungsplatz. Wir ham so rumgealbert, Körbe geworfen.« Er hüpfte und schwankte auf dem Stuhl hin und her und deutete eine Drehung, einen Sprung, ein Dunking an. »Dann hat's geknallt.«

Er war aus dem Osten von New York und wohnte in den Linden Houses Projects an der Stanley Avenue. Einen Block von der High-School war der Übungsplatz, »so 'ne Art Park, bloß ohne Gras«. Er bestand aus einem halben Spielfeld, einem Brett mit Reifen und zwei Bogenlampen, das Ganze umgeben von einem hohen Maschendrahtzaun. An Sommerabenden war hier immer bis ein, zwei Uhr morgens jede Menge los, aber im Winter tat sich meistens nichts.

Gestern abend war eine Ausnahme gewesen. Einer von den Jungs, Leavell Robinson, tauchte mit nagelneuen Air-Jordan-Schuhen auf. Wie er an die gekommen war? Schwer zu sagen. Jedenfalls mußte er sie natürlich ausprobieren. Also ging er in den Park, das mußte so gegen Mitternacht gewesen sein, und es war kalt gewesen und hatte genieselt. Seine Kumpels – Tyrone, Kenny, K-Mart und Shaquille Cleamons – gingen mit.

Shaquilles Schädel war schief – das Werk eines betrunkenen Geburtshelfers. Seine linke Wange bedeckten Brandnarben, die das Auge zu einem ständigen Blinzeln zusammenzogen.

»Ihr habt also da rumgehangen«, sagte Enid Gerlin. »Was dann?«

»Dann war er hin.«

Es hatte so gegen eins angefangen. Leavell und seine Kumpels nannten sich die LHC, die Linden House Crew, und sie waren eine feste Gang. Der Park gehörte zu ihrem Revier. Dann kamen drei andere. Shaquille hatte sie schon mal gesehen, sie hingen meist an der Van Siclen rum, ein Stück hinter dem Key-Food-Laden, aber er hatte noch nie mit ihnen gesprochen. Er glaubte, einer von ihnen hieß Money. Jedenfalls, die kamen also an und sahen Leavells Air-Jordans und fingen an zu lachen. Dann kam der eine, der Money hieß, auf den Platz gehampelt, ging auf Leavell und seine Jungs zu und streckte die Hand aus und winkte mit dem Mittelfinger. Aber Leavell ließ sich nicht einschüchtern. Er hatte immer eine kurze Leitung gehabt und war auf jeden losgegangen, der ihm schräg kam. Die beiden fingen also an, sich zu bearbeiten. Nicht mit den Fäusten, soweit Shaquille das hatte erkennen können – sie schubsten sich bloß herum und warfen sich Sachen an den Kopf. Dann hatte Money was Dunkles, Stumpfes in der Hand, es schimmerte ein bißchen, vielleicht irgendwas aus Metall. Er haute es Leavell über den Schädel. Es gab ein schmatzendes Geräusch, wie wenn man eine reife Frucht aufbricht. Leavell stolperte ein bißchen und drehte sich dann um und wollte abhauen, aber Money holte ihn ein und packte ihn. Er hatte eine Pistole. Er hielt Leavell am Hals fest. Leavell wollte sich befreien, aber Money war zu stark. Shaquille kniff die Augen zu. Dann hörte er einen Schuß. Dann rannten alle weg.

»Und was war dann?« fragte Enid Gerlin.

»Ich bin weggerannt, und dann bin ich stehengeblieben«, sagte Shaquille. Seine vorgeschobene Unterlippe war mit Puderzucker verschmiert, Grellweiß auf Fleischrosa. »Ich bin zurückgegangen, um zu sehen, was los war.«

»Wie lange nach dem Schuß war das?«

»Zwei, drei Minuten.« Mit dem Blinzeln sah er aus wie ein Kind mit dem Auge eines alten Mannes. »Da sind alle wieder auf'm Platz gewesen.«

»War Leavell tot?«

»Hatte keine Schuhe mehr an.«

Die Polizei kam und dann der Krankenwagen. Shaquille stand am anderen Ende des Platzes, unter dem Reifen und den Lampen, und konnte nicht viel erkennen, bloß die Sanitäter, die mit Taschenlampen am Boden knieten, und Leavells Füße. Er hatte weiße Sportsocken an. »Und was war dann?«

»Dann ham sie den Leichenwagen gerufen.«

Inzwischen hatte sich eine Menge gebildet. Die Leute riefen durcheinander und drängten sich vor, um besser sehen zu können. Leavells Mutter kam herunter und fing an zu schreien. Alle waren furchtbar aufgeregt. Aber es gab nichts mehr zu sehen. Shaquille blieb in K-Marts und Tyrones Nähe, unter dem Reifen. Der Basketball lag auf dem Boden. Tyrone hob ihn auf und warf ihn in die Luft. Dann warf er nach dem Reifen, eine Art Knickwurf, aber es war ein Abpraller, und K-Mart fing ihn auf und setzte nach. Und dann machte noch einer einen Wurf, und noch einer. »Du auch?« fragte Enid.

»Ich nich. Ich hab Abwehr gemacht«, sagte Shaquille und kaute auf seiner bezuckerten Unterlippe herum. Der Leichenwagen kam, sie nahmen Leavells Leichnam mit, und die Leute gingen auseinander. »Und dann?«

»Wir ham weitergespielt.«

Die Polizei unterbrach das Spiel. Beamte in Zivil kamen auf

den Platz, stellten Fragen, schrieben Namen auf. »Die wollten wissen, wo ich war und was ich gesehn hab«, sagte Shaquille.

»Und was hast du ihnen gesagt?«

»Daß ich nich dabei war.« Seine alten Augen starrten auf die Hände, die in seinem Schoß lagen und träge miteinander spielten. Die Finger waren so lang und geschmeidig wie die eines Cellisten, mit blaßblauen, fast silbernen Nagelhäuten. Das war seltsam. Blau sind die Nagelhäute von Leuten, die auf dem elektrischen Stuhl gesessen haben. »Ich hab nichts gesehn«, murmelte Shaquille. »War sowieso 'n Unfall.«

»Aber du hast Money gesehen. Du hast gesehen, daß er eine Pistole hatte.«

»Glaub schon.«

»Wie kann es dann ein Unfall gewesen sein?«

Shaquille zuckte die Schultern. »Wir ham bloß so rumgehangen«, sagte er.

Es war heiß und miefig in der Cafeteria, so stickig wie in einer Arrestzelle. In ihrem taubengrauen Kostüm mit dem dazu passenden Hut wirkte Enid Gerlin makellos. Sie trank grauen Kaffee aus einem Plastikbecher und fächelte sich mit der *Daily News* Luft zu. »Und warum bist du jetzt hier?« fragte sie.

»Vertretung.«

Sein Bruder Darnell stand wegen Raubüberfalls vor Gericht, irgendwas mit einer Goldkette und einer Crack-Pfeife, und seine Mutter konnte nicht kommen, weil sie arbeiten mußte, und darum mußte Shaquille antreten. Er beklagte sich nicht – er würde seine Familienpflicht erfüllen. Aber er war nicht begeistert. »Das Zuckerhörnchen ist zäh«, sagte er.

Als er gegangen war, kaufte Enid sich einen roten Apfel und schälte ihn in einem Stück. »Immer dieselbe Geschichte«, sagte sie. »Das einzige, was sich ändert, sind die Namen und die Schuhmarken.«

Rings um uns her saßen Leute, denen der Schweiß den Nakken hinunterlief und vom Kinn tropfte. Enid war klein und stämmig, eine Frau, deren Alter schwer zu schätzen war. Ihre Hände zitterten, und dagegen kämpfte sie ständig an. Die Gelenke ihrer Finger, an denen sie schwere Ringe trug, waren grotesk geschwollen, und dennoch wirkte sie wie eine Dame, die nicht zu Mittag aß, sondern speiste.

Ein paar Meter weiter war der Verhandlungssaal AR-1, in dem Richter Solomon die Vernehmung vornahm und Enid für vierzig Dollar pro Stunde als Pflichtverteidigerin arbeitete. Es war ein großer, hoher Raum mit majestätischer Atmosphäre, Wandtäfelung aus Mahagoni und weiteren schönen Halleffekten. Gähnende Gerichtsschreiber raschelten mit Papier, Justizbeamte kauten Kaugummi, Rechtsanwälte kratzten sich, wenn es sie irgendwo juckte, Richter Solomon übte sich in Geduld, und die Untersuchungshäftlinge saßen auf Stühlen aufgereiht an der Wand und warteten und warteten. Auf einem Schild stand IN GOD WE TRUST.

Das Verfahren war einfach. Der Beschuldigte wurde aufgerufen, beriet sich kurz mit seinem Verteidiger und wurde dann Richter Solomon vorgeführt, einem relativ jungen Mann, der bereits von einem Ausdruck zeitlosen Leids gezeichnet war. Die Anklagen reichten von Landstreicherei bis zu Totschlag, und die Beschuldigten konnten sich entweder schuldig bekennen, worauf sie dann an Ort und Stelle verurteilt wurden, oder es wurde auf »nicht schuldig« plädiert, worauf eine Hauptverhandlung angesetzt wurde. In fünf von sechs Fällen entschieden sie sich für das erstere – es war weniger Aufwand.

Stoney Bisonette, für den AR-1 lange Zeit ein zweites Zuhause gewesen war, hatte mir von diesem Gericht erzählt. Heute war von ihm oder den Freiheits-Dieben nichts zu sehen. Aber auch ohne sie gab es ein enormes Pensum zu bewältigen.

Jeder, der sich keinen eigenen Anwalt leisten konnte, bekam einen zugeteilt. Das beliebteste Verbrechen schien Drogenhandel zu sein. Aber das täuschte, klärte Enid mich auf. »Das sind bloß Junkies. Die stolpern nachts durch die Straßen und sind zu bedröhnt, um auf sich aufzupassen. Dann kommt die Polizei mit der Grünen Minna, sammelt sie ein und behauptet, daß es allesamt große Dealer sind. So bessern sie ihre Statistik auf und machen einen guten Eindruck. Ich meine, einen Junkie schnappen, das sind doch Kinkerlitzchen. Aber wenn man einen Großdealer verhaftet, ist man ein Held: Dick Tracy räumt mit der Geißel der Menschheit auf.«

Die ersten fünf Namen lauteten Jesus Gutierrez, Robert Mandela Smith, Al Gross, Jamaal Chatman, Shinique Star Wilson. Im Durchschnitt nahm jeder Fall zwei Minuten und dreiundzwanzig Sekunden in Anspruch.

Mercedes Purissima Vargas war die dritte von rechts. Ihr glattes, schulterlanges schwarzes Haar hatte orangefarbene, blaue und grüne Strähnen, und sie saß zusammengekrümmt da, so daß es wie ein Vorhang vor ihrem Gesicht hing. Von Zeit zu Zeit richtete sie sich mit krampfhafter Anstrengung auf, und dann flog der Vorhang zurück und enthüllte ein Gesicht aus Wachs, eine gelblich-bleiche, konturenlose Totenmaske.

Sie stand vor Gericht, weil sie Heroin besessen und die Absicht gehabt hatte, es anderen zugänglich zu machen. Außerdem hatte sie ihr Baby verkaufen wollen. Sie war um zwei Uhr morgens verhaftet worden, als sie, schwer auf Entzug, in einem Hauseingang in der 8. Straße, nicht weit von der Avenue A, gesessen und versucht hatte, ihre einjährige Tochter Dynasty zu versteigern, die ohne Decke in einer Babytrage lag. Zu der Anklage sagte sie: »Ich konnte nicht schlafen.«

Das konnte sie noch immer nicht. Jedesmal wenn sie es versuchte, wurde sie von einer Justizbeamtin gerüttelt und gezwungen, geradezusitzen. Dann wurde der Vorhang ihrer Haare wieder zurückgezogen und die Totenmaske enthüllt, die mit leeren Augen in das weiße Licht starrte. Es war ihre dreiundvierzigste Verhaftung gewesen.

Mercedes trug Nike-Schuhe. Der zweiundzwanzigjährige Son Johnson, dessen Fall Enid zugeschlagen wurde, ebenfalls. Er war Hausdetektiv bei Food City und angeklagt, fünf Kartons mit Pfirsichkonserven gestohlen zu haben. Er leugnete es ab, obwohl er auf frischer Tat ertappt worden war. »Rassismus! Brutale Polizeimethoden! *Amandla!*« schrie er in einem fort, ganz gleich, was er gefragt wurde. »Ihr habt von mir nichts zu wollen!«

»Von mir auch nicht«, sagte Enid Gerlin.

Seit fünfunddreißig Jahren arbeitete sie in diesem Gebäude. Sie hatte zu einer Zeit Jura studiert, als die meisten Leute glaubten, die Existenz von Rechtsanwältinnen verstoße gegen die natürliche Ordnung. Sie hatte Schwule in Verhandlungen verteidigt, die von berüchtigt scharfen Richtern geführt wurden, war Staatsanwälten um den Bart gegangen, hatte Gefängnisstrafen kassiert, weil sie Vorsitzenden widersprochen hatte, und war getadelt worden, weil sie Plädoyers gehalten hatte, ohne ihren breitkrempigen Hut abzusetzen. Jetzt betrachtete sie die Reihe der Metallstühle, auf denen Mercedes Purissima Vargas und Son Johnson, Jesus Gutierrez, Shinique Star Wilson und Robert Mandela Smith saßen, betrachtete die Nikes, Converses und Pumas, die Pump-Reeboks und die ausgelatschten Pro-Keds und sagte: »Ich wäre lieber in Philadelphia.«

Ihr Vater war Spielzeugfabrikant gewesen, der Erfinder einer besonderen Art von Schmusepuppe, und in ihrer Kindheit war sie selbst verwöhnt worden wie eine Puppe. Man hatte sie so behütet und verhätschelt, daß die New Yorker Wirklichkeit sie nie erreicht hatte. Als sie und die Probleme der Stadt größer wurden, wollte sie nur weg. Sie reiste, sie machte in Ohio einen Collegeabschluß in Wirtschaftswissenschaft und arbeitete in der Flugüberwachung. Als sie sich New York gewachsen fühlte, kam sie zurück und studierte in Brooklyn Jura.

Sie verlangte nach Neuem, suchte Wagnisse, Herausforderungen. »Ich war noch nie ein Mensch, der sich leicht fürchtet«, sagte sie. »Ich bin dazu erzogen worden, für mich selbst einzustehen. Und immer eine Dame zu sein, außer in den Situationen, wo ich es nicht bin.«

Ihre Kampflust sollte gestillt werden. Während der ersten Jahre in der Centre Street 100 standen die verunsicherten Männer Schlange, um sie auf die Probe zu stellen und sie zurechtzustutzen. »Ich bin so oft und auf so viele Weisen überfahren worden, daß ich mit dem Zählen gar nicht mehr mitkam. Ich hab mich gerächt, indem ich mir mehr Hüte zulegte.«

Ihre Hüte hatten sie berühmt gemacht. Ein Richter, ein gewisser Irving Saypol, hatte sie als anstößig bezeichnet und versucht, sie zu verbieten. In einer schriftlichen Begründung beklagte er die »groteske Hut-Situation: es handelt sich um eine Art pompösen Turban, der so bunt wie Josephs Mantel und in einer Gerichtsverhandlung fehl am Platze ist.« Eine andere Kopfbedeckung beschrieb er als »großen, breitkrempigen Hut, der möglicherweise zu einer Gartenparty oder einem ähnlichen gesellschaftlichen Ereignis paßt. Er nimmt sich aus wie der Hut, mit dem Eliza Doolittle im zweiten Akt von *My Fair Lady* auf der Rennbahn von Ascot auftritt.« Als Enid nicht klein beigab, verurteilte er sie wegen Mißachtung des Gerichts, und die *Post* brachte die Schlagzeile »Hüte einer Anwältin gehen Richter über die Hutschnur«. Die Radiostation WINS veranstaltete eine Hörerumfrage zu diesem Thema, und Enids Karriere stand nichts mehr im Weg.

Unter anderem dank solcher Schikanen hatte ihre Arbeit

eine Richtung bekommen. In den frühen sechziger Jahren war Homosexualität noch immer gesetzlich verboten, und Homosexuellen wurde regelmäßig etwas angehängt. Etablierte Rechtsanwälte, und ganz besonders schwule Rechtsanwälte, ließen die Finger von solchen Fällen. Enid hatte nichts zu verlieren, und hätte sie etwas zu verlieren gehabt, dann wäre es ihr egal gewesen. Sie wurde gebraucht und nahm ihren Platz ein.

Ihre Strategie bestand darin, die Doppelmoral ad absurdum zu führen. Die Abteilung Homosexualität im Sittendezernat war unter dem Namen »Schwuchtel-Schwadron« bekannt, und die Beamten arbeiteten mit zwei Taktiken, um die Welt von perversem Gelichter zu befreien: entweder sprachen sie Männer in Kneipen an, oder sie belauschten sie auf Toiletten. Im ersten Fall wollte Enid im Kreuzverhör haarklein und bis ins letzte körperliche Detail wissen, was sich abgespielt hatte – wessen Hand wo gelegen hatte, welchen Körperteil sie berührt hatte, wie groß dieser Körperteil gewesen war, ob er größer geworden war, wenn ja, um wieviel größer, ob der Beamte dem Gericht die genaue Größe angeben könne –, bis der aussagende Polizist entweder in Ohnmacht fiel oder um Gnade bettelte. Im zweiten Fall ließ Enid eine Toilettenkabine nachbauen und in den Gerichtssaal bringen, und dann mußte der bemitleidenswerte Polizist auf ihr Geheiß hineinkriechen und demonstrieren, wie er seiner Aussage zufolge widernatürliche Handlungen belauscht hatte – eine Aufgabe, an der auch ein Houdini gescheitert wäre. »Ich ließ sie Kopfstand machen, am Fallrohr hochklettern, bis zu den Knien in der Kloschüssel stehen. Und wenn ich sie einmal soweit hatte, machte ich weiter, bis der Richter mich zurückpfiff und das Verfahren einstellte.«

Es waren heroische Jahre. Sie konnte auf eine lange Reihe von technischen K. o.s zurückblicken. Ihre Kanzlei lag gleich gegenüber dem Gerichtsgebäude, und ihre Sekretärinnen und

Gehilfen mußten rund um die Uhr verfügbar sein. Jede Woche kamen dreißig neue Klienten, und die Schlange derer, die sich von ihr vertreten lassen wollten, war lang. Jedes Jahr verschickte sie viertausend Weihnachtskarten. »Ich hatte mit Richtern und Polizisten zu tun, mit Schwulen und Nutten, mit allen möglichen Leuten aus der Ober- und Unterschicht, und ich hab nie irgendwelche Schmiergelder gezahlt. Eine Menge Richter wollten Geschäfte mit mir machen und sich für eine schnelle Verfahrenseinstellung bezahlen lassen, aber ich fand das nicht richtig. Ich war zu aggressiv, zu direkt, wahrscheinlich auch zu ehrlich. Ich hatte mehr Chuzpe, als mir guttat. Kurz gesagt: Ich hatte zuviel zu lachen.« Dann verliebte sie sich.

Romantik war nie ihre starke Seite gewesen. »Irgendwo war ich aus dem Takt.« Sie war so gepolt, daß sie immer die Männer zurückstoßen mußte, die sie verehrten und ihr Avancen machten, und nur die begehrte, die ihr weh taten. »In der Liebe war es bei mir wie mit dem Essen«, sagte sie. »Geschmeckt hat es mir immer nur dann, wenn es schlecht für mich war.«

Der Mann, den sie sich auserkoren hatte, war ein ehemaliger Möbelhändler, der als Mietwagenchauffeur arbeitete. Ihre Mutter sah ihn sich nur ein einziges Mal an und sagte dann: »Er ist ein phantastischer Mann, und er ist nichts für dich.« Aber Enid konnte nicht mehr zurück. Vierzehn Jahre lang lebte sie mit ihm, für ihn, durch ihn, bis er sie ganz und gar verbraucht hatte. Als er sie verließ, hatte sie keine Kraft mehr für ein neues Feuer. »Nicht mal mehr genug für 'ne Sparflamme.«

Ab 1975 stand der homosexuelle Verkehr zwischen Erwachsenen endlich nicht mehr unter Strafe. »Mit Schwulen war einfach kein Geschäft mehr zu machen.« Sie mußte von vorn anfangen, und dazu war sie zu müde. Sie hatte genug vom gesellschaftlichen Leben, von Bars und Cocktailpartys, sie hatte genug vom Rennen und noch mehr vom Tanzen. Die Liebe und der Broadway hatten sie aufgezehrt. »Sie haben meine Weiblichkeit zerstört. Haben mich irgendwie mürbe gemacht«, sagte sie.

Sie übernahm Fälle, bei denen es um Gewalt, Totschlag, bewaffneten Raub ging, um abstoßende, häßliche und einfach ekelhafte Sachen. Früher hätte sie so etwas nicht mit der Kneifzange angefaßt. »Sex war eine Sache, Gewalt etwas anderes.« Aber sie hatte keine andere Wahl. »Mit Sex-Fällen konnte ich meine Rechnungen nicht mehr bezahlen.«

Also Gewalt. Hin und wieder bekam sie durch ihre alten Kontakte zur Schwulenszene einen Fall. Vor einem Jahr hatte sie einen sehr netten, wohlerzogenen und höflichen Jungen aus einer deutsch-irischen Familie verteidigt, der angeklagt war, seinen hispanischen Freund erstochen zu haben. Auf dem Weg zur U-Bahn in Jackson Heights in Queens hatten sie sich gestritten. Im Verlauf dieses Streits hatte er seinem Freund siebzehn Messerstiche beigebracht. Doch der Freund hatte kurz vorher Kokain geschnupft, und wie man weiß, macht Kokain aggressiv. Also hatte Enid auf Notwehr plädiert, und der nette, wohlerzogene und höfliche Junge aus deutsch-irischer Familie war nach neunzigminütiger Verhandlung freigesprochen worden. »Intaktes Elternhaus, gute Schule – eine erstklassige Erziehung ist eben durch nichts zu ersetzen«, meinte sie.

Aber das waren seltene Genüsse. Weit häufiger hatte sie es mit ekelhaften Fällen und minimalen Honoraren zu tun. Wenn sie ihre Klienten im Gefängnis besuchte, fürchtete sie sich davor, ihre Zellen zu betreten – Enid Gerlin, die Frau, die nie vor irgend etwas Angst gehabt hatte. Doch das war in einem anderen Leben gewesen. »Das hier war mal eine Stadt«, sagte sie. »Damals, bevor sie eine Müllkippe daraus gemacht haben.«

Damals, damals – dieser Refrain kehrte immer wieder. »Wir

hatten ein System. Es gab Korruption, es gab Meineid, Vorurteile und Dummheit, aber es gab auch Regeln. Jetzt besteht das System darin, daß es kein System mehr gibt«, sagte sie. »Es gibt Richter, die keine Ahnung von den Gesetzen haben. Es gibt Staatsanwälte, für die es nur Verhaftungen und Verurteilungen gibt und die auf die Bürgerrechte und erst recht auf die Gerechtigkeit scheißen. Und es gibt Verteidiger, die mehr Leute ins Gefängnis bringen als die Staatsanwälte. Es gibt Jurastudenten, die sich auf Spielchen einlassen, es gibt Staatsanwälte, die skrupellose, gemeine, schamlose Lügner sind. Da draußen sterben jede Minute Menschen, die ganze Stadt geht in Flammen auf, und alles, was die Justiz tut, ist zusehen und sich die Hände wärmen. Ab und zu stochert sie ein bißchen in der Asche. Fragen Sie mich doch mal, wie ich mich fühle. Fragen Sie mich mal, wie es mir geht.« Sie hielt inne, um Luft zu holen, und verzog ihren rotgeschminkten Mund. »Eine Dame rotzt nicht. Aber weiß Gott – spucken kann sie.«

Draußen auf den Fluren verstärkte die Menge derer, die Mittagspause machten, noch den allgemeinen Publikumsverkehr. Die weite, hoch überwölbte Fläche der Eingangshalle war voller verkrampfter Menschen. Nur die dunkelhäutigen Jugendlichen, die zwischen ihnen hindurchschlenderten, machten einen entspannten Eindruck. Sie waren die Beschuldigten, die Angeklagten, und doch benahmen sie sich, als wäre die Centre Street 100 ihr eigenes Territorium, während die weißen Männer in den Anzügen, ihre Ankläger, wie auf Eiern gingen.

Weiße Männer in Anzügen, nicht aber Enid Gerlin. Sie war wie eine abgesägte Schrotflinte – sie zitterte vielleicht, aber sie zagte nicht. Mit vorgerecktem Kinn bahnte sie sich ihren Weg durch die Menge, und jeder schwarze Jugendliche, der ihr in die Quere tänzelte, wurde zur Seite gefegt, aufgespießt auf die spitzen Absätze ihrer Schlangenlederstiefel.

Im AR-1 beugte sie sich über einen zuckenden, in Lumpen gewickelten Körper. Der Name des Mannes war tatsächlich Justice, Lionel Ward Justice. »Was war los?« wollte Enid wissen.

»Mir war schlecht.«

»Schlecht? Wie schlecht?«

Die Lumpen zuckten und bebten, aber das runzlige braune Gesicht darüber blieb völlig ausdruckslos. Ich sah einen stoppeligen Schnurrbart, die Überreste einer Haartolle und drei Zähne. »Einfach schlecht.«

Laut Anklage hatte Lionel Ward Justice unter dem Einfluß eines nicht frei verkäuflichen Rauschmittels mit einem Brecheisen auf einen geparkten Lincoln Continental eingeschlagen und dabei einen Sachschaden von etwa fünfzehntausend Dollar angerichtet. Er hatte sich der Verhaftung widersetzt und einen Polizeibeamten angegriffen. Auf dem Weg ins Gefängnis hatte er dann versucht, sich mit einer Schnur zu erdrosseln. »Warum?« fragte Enid.

»Ich war einsam.«

Mehr war aus ihm nicht herauszubekommen. Als der Fall aufgerufen wurde, zuckten die Lumpen, doch der Körper verharrte leblos in seiner Stellung. Er blieb auch dann steif und formlos, als er von zwei Justizbeamten wie ein Kohlensack vor Richter Solomon geschleift wurde. Als sein Name verlesen wurde, erklang im Gerichtssaal gezwungenes Gelächter. Lionel Ward Justice schien es nicht zu hören. Überhaupt nahm er an der ganzen Prozedur keinen Anteil. Erst als er wieder in die Untersuchungshaft geschickt wurde, schob sich eine mit Geschwüren übersäte Hand aus einem Sackleinenärmel und zupfte Enid zaghaft an der Hand.

»Haben die Knickerbockers gewonnen?« fragte Justice.

10

In den meisten Nächten landeten Sasha und ich schließlich wieder da, wo unsere Ausflüge begannen: im Plum Blossom. Wir schwelgten in Entensuppe. Sie linderte, sie sättigte, sie war ein Lebenselixier. Wenn wir niedergeschlagen und erschöpft waren, brauchten wir nur in ihre süß-sauren Tiefen einzutauchen, und schon fielen alle Müdigkeit, aller Schmerz, alle Verzweiflung von uns ab.

Die Canal Street war eine Kloake, war es immer schon gewesen. Im achtzehnten Jahrhundert, als man dort Manhattans Müllkippe angelegt hatte, verlief hier der Abflußkanal, und irgendwie hatte sich das erhalten. Heute war die Canal Street ein Synonym für alles, was zwielichtig und beschmutzt war. Auf den Bürgersteigen hatte sich ein lärmender Basar ausgebreitet. Hier konnte man gefälschte Rolex- und Cartier-Uhren, billige Elektronikgeräte, Vergoldetes, Souvenirs und Poster von New York, Metallwaren, unregistrierte Waffen und Munition, Kleidung und Ausrüstung aus Armeebeständen kaufen. Jahrzehntelang hatten Polen diese Gegend den Italienern streitig gemacht, hatten Deutsche und Juden versucht, sich gegenseitig zu verdrängen. Dieses Jahr aber war das Jahr der Schlange.

Chinatown begann eigentlich drei Blocks weiter westlich, doch diese Grenze bestand nicht mehr. Billiger Schund hatte sich, wie nach einer Bombenexplosion, von Chinatown aus lawinenförmig den Hügel hinunter ergossen und sich zu Eiterherden im Tal des Broadway gesammelt. Über Nacht, so schien es, platzten die Geschäfte und Buden vor Papierdrachen und seidendurchwirkten Fächern aus den Nähten. In den oberen Etagen der Häuser, hinter Stahltüren, waren Nähereien, die Hungerlöhne zahlten. Auf den Geschäftsschildern stand Wong

Choy Fashion, Sing Lei Sportswear, Kong Wing Kee Fast Food oder Ken Cheng Construction. Im Pearl River quollen die Regale über von Darkie-Zahnpasta.

Den Tag über herrschte heller Aufruhr. Dann wurde es dunkel, und Stille senkte sich herab. »Wie Ausgangssperre in Peststadt«, sagte Sasha. Nur das Plum Blossom blieb geöffnet.

Von Mitternacht bis Tagesanbruch war hier so viel los wie auf einem Friedhof. Hin und wieder kam ein anderer Taxifahrer auf einen Kaffee und eine Frühlingsrolle herein, oder ein Betrunkener klopfte ans Fenster und bettelte um ein paar Münzen. Aber sonst hatten wir das Lokal für uns. Mit seinen plastiküberzogenen Tischen, den kahlen Wänden und dem abgestandenen Geruch nach Desinfektionsmitteln war es so unpersönlich wie ein Krankenhaus. Aber Sasha liebte es. »Ist Hölle«, sagte er. »Aber saubere, helle Hölle.«

Von unserem Tisch am Fenster konnten wir den ganzen Block zwischen dem Broadway und der Lafayette Street übersehen. In diesen kalten Stunden vor Morgengrauen wagten sich nur wenige Menschen auf die Straße, aber im Eingang des Pearl River drückten sich dunkle Gestalten herum. Es waren Mitglieder von Gum Lan, der vietnamesischen Jugendbande, deren amerikanischer Name BTK – *Born To Kill* – lautete.

Sie hatte erst kürzlich Berühmtheit erlangt. Vor drei Monaten hatten sie sich mitten in der abendlichen Hauptverkehrszeit genau hier einen offenen Kampf mit den Flying Dragons geliefert. Die Chinesen an der Bushaltestelle hatten sich einfach weiter unterhalten oder ihre Zeitung gelesen. Als der Bus kam, waren sie eingestiegen, und der Schußwechsel hatte aufgehört. Das Ganze hatte bloß eine halbe Minute gedauert, vielleicht auch weniger. Aber als der Bus sich wieder in Bewegung setzte, lagen zwei Flying Dragons tot am Boden, und die anderen hatten die Flucht ergriffen.

Es war ein denkwürdiger Sieg. Die Flying Dragons waren der starke Arm von Hip Sing, dem ältesten und reichsten Syndikat von Chinatown, vielleicht sogar dem mächtigsten Syndikat aller chinesischen Gemeinden in Amerika. Keine andere Gang, weder die Tung On noch die Fu Ching, ja nicht einmal die Ghost Shadows, hatte je einen Kampf gegen sie gewonnen. Und die Gum Lan standen nicht einmal auf der Liste der ernst zu nehmenden Herausforderer. Ihre Mitglieder waren sechzehn Jahre alt, manche auch jünger – struppige Zwerge in schwarzen Lederjacken, beherrscht von einer blinden und wilden Leidenschaft. Während die Dragons mangels echter Gegner nachlässig und bequem geworden waren und ihre Opfer nur noch halbherzig massakrierten, töteten die BTKs im Blutrausch. Jetzt gehörte ihnen die Canal Street bis zum Hudson, und jedes Mitglied einer anderen Gang, das sich hier sehen ließ, mußte ihnen Wegezoll zahlen. Ihr Motto lautete übersetzt: *Friß Scheiße oder friß Stahl.*

So würde es nicht bleiben. Irgendwann würden die Flying Dragons wiederkommen, um ihr Territorium zurückzuerobern. Die Übermacht, die Überlegenheit an Zahl und Feuerkraft würde sie zum Sieg führen, und die Gum Lan würden vernichtet werden. Aber wie auch immer – alles, was Sasha wollte, war ein Logenplatz, von dem aus er dem letzten Gefecht zuschauen konnte.

»Nowokusnezkaja«, sagte er.

Während seines ganzen letzten Winters in Moskau hatte er jeden Abend nach der Schule im Baikal verbracht, einer weiß gekachelten Cafeteria an der Ecke Nowokus und Arbat. Dort hatte er an genau so einem Fenster gesessen und auf genau so ein Massaker gewartet.

Nur die Namen waren andere gewesen. In Moskau hatten sich die Jugendbanden, die auf sich hielten, nach englischen

Popgruppen der sechziger Jahre benannt – je obskurer, desto besser. Die Vorstadtnieten entschieden sich für die Beatles oder die Rolling Stones, die cooleren Gangs aus der Innenstadt bevorzugten die Yardbirds oder Them. Auf der Nowokus, die in jeder Hinsicht immer Avantgarde sein mußte, hießen die Helden unter anderem John's Children, Action oder die Troggs.

Sasha hatte zu den Fruit Eating Bears gehört, die allerdings nicht sehr robust waren und sich nach dem ersten Scharmützel mit den Pretty Things, den Champions des Viertels, auflösten. Die Things hatten die tödlichsten Waffen, die schärfsten Klamotten und sahen am westlichsten aus. Nur die Hi-Numbers wagten es, sich mit ihnen anzulegen.

Die Nowokusnezkaja zu beherrschen bedeutete Ruhm und Ehre. Sie war das rebellische Herz der Stadt, das letzte Viertel, das an seiner Identität, an der wilden Ungebrochenheit seiner Seele festhielt. Alle anderen Viertel waren austauschbar geworden – sie bestanden aus endlosen Wohnblocksiedlungen und Betonwüsten. Hier dagegen konnte man die Häuser noch voneinander unterscheiden. Zwischen den Wohnblocks gab es Gassen, Höfe und verborgene Gärtchen. An Straßenständen wurde Kwaß für zweiundzwanzig Kopeken pro Glas verkauft, in den Cafeterias konnte man sich Fußballspiele im Fernsehen ansehen und sich für einen Rubel mit Wodka besaufen. Verbrechen wurden bewundert, Straßenkämpfer verehrt.

Das war die Gegend, die die Numbers und die Things sich streitig machten, und die Things waren bereit, für den Sieg zu töten. Andere Gangs kämpften mit Fäusten, Knüppeln und Schlagringen. Sasha und die Fruit Eating Bears hatten sich mit Schneebällen begnügt. Die Things hatten solchen Kinderkram längst hinter sich gelassen. Sie wollten Blut sehen, und das bedeutete Messer.

Die waren nicht schwer aufzutreiben. Die Nowokus war ein

Schwarzmarktparadies: alles war nur halb so teuer wie in der Gorki-Straße und doppelt so echt. Wenn man den Leuten eine Stunde Zeit gab, besorgten sie einem alles, was das Herz begehrte. Dort tat Boris »Borka« Starchow, der Anführer der Pretty Things, eine Ramschpartie Wilkinson-Rasiermesser auf. Die stumpfere Hälfte der Partie warf er vors Hauptquartier der Hi-Numbers, einen Bunker, der hinter einer Bäckerei lag.

Das ganze Viertel harrte mit Spannung der Dinge, die da kommen sollten. Selbst für Moskauer Verhältnisse war es ein bitterkalter Winter, und alles kam zum Erliegen. Nachts trafen sich die Mitglieder der anderen Banden in der muffigen Wärme des Baikal, aßen rohe Zwiebeln und starrten hinaus auf den unschuldig weißen Schnee, der eigentlich rot von Blut hätte sein sollen. Boris Starchow und die Things warteten an der Ecke. Sie trugen alle die gleichen silberfarbenen, dick mit Schaumgummi wattierten Jacken. Manche von ihnen sahen aus wie Traktorreifen, andere wie menschliche Kondome. Um die Kälte zu vertreiben, sangen sie »Here Comes the Night« und stampften im Rhythmus mit ihren imitierten Doc-Martens, und ihre Wilkinson-Rasiermesser blitzten wie Haifischzähne. »Und was geschah dann?« fragte ich.

»Numbers kamen nicht«, sagte Sasha.

»Wie ist es denn ausgegangen?«

»Schnee ist geschmolzen.«

Als wir die Suppenschalen ausgekratzt hatten, gingen wir wieder hinaus auf die Straße. Die Kälte des Nebels umhüllte uns wie ein Druckverband und kroch uns in die Knochen. Östlich und westlich von uns, in Chinatown und TriBeCa, war noch Leben, aber der Broadway lag ausgestorben da, und in jedem dunklen Hauseingang schien ein Gum Lan zu lauern – Born To Kill. So gingen wir still und in uns gekehrt weiter, wie zwei kleine Mädchen auf dem Heimweg von der Schule.

Ein paar Blocks weiter südlich bogen wir links ab. Die Häuser waren hier kleiner; wir befanden uns am Rand von Chinatown. Zwischen einer Lottoannahmestelle und einem Tiergeschäft stand ein Gebäude aus braunem Sandstein. Wir traten ein und gingen im Dunkeln die steile Treppe hinauf.

Sam Wing wohnte ganz oben.

Der Mann, der uns öffnete, war alterslos – eine kleine, hurtige Gestalt in ausgebeulten Hosen und einer weißen Kellnerjacke. Er trug eine bestickte Kappe. Seine Wangen sahen geschwollen aus, als hätte er vor kurzem Mumps gehabt, und zwei seiner Schneidezähne fehlten. Dennoch strahlte er Unbekümmertheit, eine vogelgleiche Munterkeit aus.

Auf dem kleinen Schild neben dem Klingelknopf stand in chinesischen Schriftzeichen und lateinischen Buchstaben: »Orientalische Heilkunst: Akupunktur – Shiatsu – Meditation + andere Methoden nach Vereinbarung.« Eigentlich fühlte er sich jedoch zum Masseur berufen.

Er war noch nicht lange im Geschäft. Als Sasha ihn vor ein paar Monaten kennengelernt hatte, war Wing noch Nachtkellner im Plum Blossom gewesen. Damals hatte er einen lang herabhängenden Schnurrbart gehabt, den er sein Leben lang hatte wachsen lassen, und dieser hob ihn deutlich von seinen jüngeren Kollegen ab. Er hatte das Essen nicht einfach gebracht, sondern es serviert, wie ein heiliger Mann einen Segen erteilt. »Möge es Ihnen schmecken und bekommen«, hatte er dabei gesagt.

Wenn er nicht servierte, schlief er. An fünf Abenden in der Woche saß Wing, während Sasha seine Entensuppe aß, neben dem Eingang auf einem Stuhl mit einer fünfspeichigen Lehne, eine chinesische Zeitung auf dem Schoß. Nach Auskunft der anderen Kellner befaßte er sich mit den Rennen des nächsten Tages. Wenn das stimmte, dann machte er daraus eine kontemplative Beschäftigung, die ihm sowohl Befriedigung als auch Frieden gab. Doch eines Abends fand Sasha den Stuhl mit der fünfspeichigen Lehne zu Kleinholz zerlegt und über den Bürgersteig der Canal Street verstreut, und Wing entdeckte er in einer Gasse hinter der Lafayette Street, wo er an einem Mülleimer lehnte, während zwei Schläger im Teenageralter ihn mit Kopfstößen und Tritten traktierten.

Als Sasha ihm zu Hilfe eilte, rannten die beiden in Richtung Lafayette Street davon. Wings Schnurrbart hing in blutigen Fetzen herab, ein Ohr war fast abgerissen, und die ganze linke Seite seines Körpers war voller Prellungen. Dennoch wollte er nicht, daß Sasha die Polizei holte, wollte seine Angreifer nicht anzeigen, ja nicht einmal beschreiben. »Sie hatten das Recht dazu«, murmelte er, zischend, wegen der ausgeschlagenen Zähne. »Ich beklage mich nicht.«

Also brachte Sasha ihn nach Hause, in diese winzige Zwei-Zimmer-Wohnung, in der er mit seiner Tochter Jenny, ihrem Mann Yung Ng und deren Töchtern Elizabeth und Harriet lebte. Mit der Zeit war alles gut verheilt, und er war ganz wiederhergestellt. Dennoch kehrte er nicht zu seiner Arbeit im Plum Blossom zurück. Statt dessen hängte er das »Orientalische Heilkunst«-Schild auf. Er machte keine andere Werbung und schien nie irgendwelche Patienten zu haben. Doch auch darüber beklagte er sich nicht. »Es ist besser so. Ruhiger«, sagte er.

Das erste Zimmer der Wohnung war eine Höhle, in der sich elektronische Geräte stapelten. Zwei Fernseher waren eingeschaltet: im einen lief ein alter Film, im anderen MTV. Es gab einen Videorecorder, einen Toshiba-Gettoblaster und einen Sony-CD-Videospieler. Außerdem saßen hier Jenny, Elizabeth und Harriet. Keine von ihnen sah auf, als wir eintraten.

Hinter einem Perlenvorhang befand sich ein schmuckloser,

quadratischer kleiner Raum, in dem nur eine Massagebank und ein Spucknapf standen. Während Sasha draußen auf einem plastikbezogenen Sofa saß und mit dem linken Auge *Wie bringt man seine Frau um* und mit dem rechten *Like a Virgin* sah, legte ich mich unter einem Wandbehang aus Bast mit den Schriftzeichen »Freude, Glück, langes Leben« auf die Bank und ließ mich massieren.

Wing hatte keine Wunderheilerhände. Sie fühlten sich ledrig und rauh an und bewegten sich sprunghaft; in den Gelenken saß die Arthritis. Er zupfte und zerrte, er drehte meine Haut zwischen den Fingern – mir war, als wäre ich in einem Netz aus Stacheldraht gefangen. »Eine uralte Kunst. Es braucht ein Leben, um sie zu erlernen und zu meistern«, sagte er und riß Muskelgewebe von den Sehnen wie Muscheln von einer Kaimauer. »Es erfüllt mich selbst mit Ehrfurcht.«

Er hatte keinen Akzent, und seine Sprechweise war ernst. »Ich bin aus Toishan«, sagte er.

Das war eine ländliche Gegend in der Nähe von Kanton. Dort war er, wie sein Vater und Großvater, Lehrer gewesen, doch von jungen Jahren an hatte er sich ausgeschlossen gefühlt, wie ein Fremder. »Nichts in mir paßte. Mein Schatten ging nie in die Richtung, in die die Sonne zeigte«, sagte Wing. »Meine Schritte lenkten mich immer ins Unbekannte.«

Nach der Revolution floh er nach Hongkong. »Ich suchte. Ich begann die *Suche*«, sagte er. Er schwamm vom Festland zur Insel, auf dem Rücken die in Reifengummi gewickelten Bücher, die er von seinem Vater geerbt hatte. Die Bücher waren sehr alt, manche davon sehr kostbar. Sie waren auch sehr schwer, und Wing wäre fast ertrunken. Er hielt sich mit Mühe über Wasser, und mit einemmal sah er die Ziffer 3 in Flammenschrift auf der Flanke des Victoria Peak. Bei diesem Anblick schöpfte er neue Kraft, und so erreichte er doch noch das Ufer.

Auch die Bücher waren unversehrt. Er trug sie zum nächsten Antiquar und verkaufte sie als Partie. Dann ging er mit dem Geld auf die Rennbahn und setzte auf jedes Pferd, dessen Startnummer die Ziffer 3 enthielt. Keins davon gewann.

Er fand Aufnahme in einem buddhistischen Kloster. Dort unterrichtete er Toishan, einen klassischen Dialekt, der in Hongkong, wo die meisten Neuankömmlinge durch ihr unsauberes Kantonesisch auffielen, sehr geschätzt war. Er lernte einen älteren Schotten namens Samuel Dree kennen, der vor seinem Übertritt zum Zen-Buddhismus auf dem Fettes College Theologie studiert hatte und in Loretto Tutor gewesen war. Im Tausch gegen ein bißchen Fuchow und einige Brocken Mandarin brachte der Expriester Wing den Dialekt bei, der in den schottischen Lowlands gesprochen wurde.

Bald wurde Wing eine zweite Vision zuteil: In einem silbernen Ring sah er eine Spielkarte, die Karo-Acht. Anstelle der üblichen Symbole trug sie die Schriftzeichen seines Namens. Also borgte er sich von Samuel Dree Geld, kletterte über die Mauer und spielte in Fan-Tan-Salons. Er verlor alles.

Damit war es mit dem Kloster und auch mit Samuel Dree vorbei. Es kamen andere Dinge, aber über die sprach er nicht. Er hatte kein Glück, das war alles. Keine Triade wollte ihn aufnehmen und beschützen, und so durfte jeder ihm nachstellen und ihn umbringen, ohne etwas befürchten zu müssen. Es war ein sehr anstrengendes Leben. Eine Zeitlang hätte Wing fast an seinem Glück gezweifelt. Doch dann schaffte er es, eine gefälschte Arbeitserlaubnis für die USA zu bekommen. Der Preis dafür war Knechtschaft. Aber diese Grüne Karte hatte ihm das Tor nach Amerika geöffnet – das Tor zum *gam san*, dem Berg aus Gold.

Das war 1952 gewesen, als Chinatown noch eine abgeschlossene Enklave war, so verwinkelt und von Menschen wimmelnd wie ein mittelalterliches Getto. Die engen Gassen waren Schlachtfelder gewesen. Die Rivalitäten zwischen den Tong, die Kriege zwischen den Hip Sing und den On Leong hatten zu wilden Schießereien geführt. Aber das alles gehörte der Vergangenheit an. Tom Lee und Mock Duck, die beiden großen Warlords, waren schon lange tot, und den Tong hatte man die Zähne gezogen. Jetzt hatten in Chinatown miteinander verbündete Gilden das Sagen – Tammany Hall auf chinesisch. Der einzige Krieg, der geführt wurde, ging um die Anteile am Touristengeschäft.

Wing arbeitete für vier Dollar pro Woche in einer Wäscherei in der Pell Street, sechzehn Stunden täglich, 364 Tage im Jahr – nur zum chinesischen Neujahrsfest bekam er einen Tag frei. Von den vier Dollar wurde die Hälfte als Abzahlung für seine Arbeitserlaubnis einbehalten. Wenn er bei guter Gesundheit blieb, würde er seine Schulden einschließlich der Zinsen in achtunddreißig Jahren abbezahlt haben.

In Toishan und Hongkong war sein Name Hui Tang gewesen. In Amerika nannte er sich Sam – so fühlte er sich hier heimischer. Er schlief in einer Mülltonne, einem extragroßen Container hinter dem Phoenix Gardens, umgeben von Chow Mein und Frikadellen aus Schweinefleisch. An Zahltagen spielte er.

Das taten alle. In den Nähereien und Suppenküchen von Chinatown schien es nur eine einzige Geschichte zu geben: die Geschichte von Männern, die sich in Leibeigenschaft begeben hatten und nun nicht das Geld aufbrachten, um sich freizukaufen. Ihre einzige schwache Hoffnung war ein Gewinn beim Fan Tan. Sie sparten sich jeden Cent vom Mund ab und spielten. Wenn die Nacht sich dem Ende zuneigte, besaßen sie nichts mehr. »Trotzdem, sie hatten gespielt«, sagte Wing. »Das war der Beweis, daß sie lebten.«

Er selbst war jedoch schlauer. Sogar mit vier Dollar pro Woche blieb er Visionär. Er spielte nicht Fan Tan, sondern setzte auf Zahlen. In seinem siebzehnten Monat in Amerika schaffte er schließlich den Durchbruch. Im Traum sah er ein juwelengeschmücktes Schwein mit einem Nasenring, und in dem Ring stand die Zahl 427. Am nächsten Tag setzte er auf diese Zahl. Als sie nicht gezogen wurde, verlor er die Beherrschung. Das war ihm, solange er zurückdenken konnte, noch nie passiert, und er schämte sich jetzt, da er davon erzählte, noch immer dafür. Er stürzte aus dem Spielsalon, einem Souvenirgeschäft in der Mott Street, und warf einen Ziegelstein durch das Schaufenster. Dann kam er wieder zur Besinnung und begann zu rennen. Er stolperte gegen einen Laternenpfahl und fiel der Länge nach hin. Er versuchte aufzustehen, konnte es aber nicht. Aus einem kobaltblauen Himmel senkte sich der weiche, fette Hintern eines Polizisten auf seinen Kopf. Wing wurde auf das Pflaster gedrückt und war unfähig, sich zu rühren.

Er war, wie Samuel Dree sich ausgedrückt hätte, verzagt. Und er hatte allen Grund dazu. Kurz darauf wurde er von zwei stiernackigen irischen Polizisten abgeführt, und da er seine Strafe nicht bezahlen konnte, mußte er eine Woche im Gefängnis absitzen.

Es war eine Zeit der Reue, aber auch des Überdenkens und der tiefen Kontemplation. Als er entlassen wurde, ging er sogleich zurück zum Spielsalon, wo er demütig um Verzeihung bat. Noch demütiger bat er darum, noch einmal spielen zu dürfen. Als der Besitzer, ein gütiger Mann, schließlich einwilligte, setzte Wing auf die ersten drei Ziffern seiner polizeilichen Registrierungsnummer. Er gewann fünftausend Dollar.

Er hatte beim Erzählen nicht aufgehört, mich zu foltern. Je schlimmer es ihm ergangen war, desto grausamer wurde ich bestraft. Doch nun wichen die Schläge einem langsamen, bedächtigen Streichen, das sich anfühlte wie das leise Plätschern kühlen Wassers. »Aus dieser Wendung des Glücks habe ich eine Lehre gezogen«, sagte Wing. »Wir sind umgeben von Zeichen und Omen. Man muß sie alle ignorieren.« Sein Atem, der nach Vanille roch, strich feucht über mein Ohr und fuhr über meinen Rücken. »Um den Traum wahr werden zu lassen«, sagte er, »muß man erst einmal aufhören zu träumen.«

Von da an waren alle seine Wetten Schüsse ins Blaue. »Suche nicht, und du wirst finden«, sagte er. Im Gegensatz zu den meisten Chinesen hielt er die Amerikaner nicht für weiße oder schwarze Teufel. »Ich fand, daß sie nicht schlau genug waren, um Teufel zu sein – ganz gleich, welcher Art.« Anstatt ihnen aus dem Weg zu gehen und vor der Berührung mit ihnen zurückzuweichen, machte es ihm Spaß, sie zu benützen. Er suchte ihre Wettbüros, ihre Rennbahnen heim. Zum Suburban-Handicap-Rennen nahm er mit Vergnügen den Zug nach Belmont und stellte sich an die Absperrung. Neben ihm stand eine rosige Frau, die nach Zwiebeln und Zimtapfel roch. Sie hieß Edna Rosemary MacCracken.

»Eine stattliche Frau.« Sie stammte aus der irischen Grafschaft Clare, wog hundertfünfunddreißig Kilo und war ausgebildete Krankenschwester. Loose Lips im achten Rennen brachte zweiundzwanzig Dollar achtzig. Am nächsten Tag heirateten sie.

Es war eine ergiebige Verbindung. In zwölf Jahren bekamen sie drei Kinder, zogen achtundzwanzigmal um und verloren so viele Wetten, daß man mit den Wettscheinen das Clubhaus an der Rennbahn Churchill Downs hätte tapezieren können. An jedem Jahrestag ihrer ersten Begegnung fuhren sie nach Belmont und standen an der Stelle, wo sie sich kennengelernt hatten. »Im großen und ganzen war es eine schöne Zeit«, sagte Wing und strich mir langsam über den Rücken.

1966 gab es eine kleine Verstimmung. Im fünften Rennen hatte er auf Cash 'n' Carry gesetzt, während Edna sich mehr von Persnickety erhoffte. Es kam zum Streit. »Ich war der Mann, und ich blieb hart«, sagte Wing. Aber Edna war die Frau und blieb Siegerin. In einem seltenen Anfall von Verschwendungssucht setzte sie zwei Dollar auf Persnickety. »Das Pferd gewann mit fünf Längen Vorsprung und brachte achtundvierzig fünfzig«, sagte Wing, und die Striche verwandelten sich in ein heftiges, arhythmisches Klopfen. »Edna stieß einen Schrei aus und war tot.«

Vielleicht hatte sie den Zeitpunkt für ihr Ableben richtig gewählt. Sie hatten an der Canal Street gewohnt, genau an der Grenze zu Chinatown. Sie waren dort glücklich gewesen. Aber wie lange hätte das Glück wohl gehalten? Im Jahr zuvor waren die Einwanderungsbestimmungen verändert worden. Plötzlich kamen Horden von Immigranten ins Land, Zehntausende jedes Jahr. Die meisten kamen aus Hongkong, dieser Insel der Gottlosen. Sie brachten häßliche Kleider, häßliche Dialekte, häßliche Manieren mit. Und das Schlimmste: Sie brachten ihren häßlichen Ehrgeiz mit. Sie hatten keinen Respekt vor der alten Ordnung, vor Dauer und Ausgewogenheit. Sie kümmerten sich nicht um Traditionen. Sie wollten bloß *gam san*, den Berg aus Gold.

Wieder veränderte sich der Rhythmus. Anstelle des Klopfens spürte ich eine Reihe kleiner, scharfer Stöße und fühlte mich wie ein Koffer, der eine Treppe hinuntergeworfen wird. »Hören Sie gut zu. Lassen Sie sich von mir an die Hand nehmen«, sagte Wing. »Stellen Sie es sich bildlich vor.«

Jahrzehntelang war Benny Ong, »Uncle Seven«, der oberste Chef von Chinatown gewesen. Vor allem seinem Genie hatten die Hip Sing ihren Sieg über die On Leong zu verdanken gehabt. In den dreißiger Jahren hatte er als einfaches Bandenmitglied in den großen Straßenkriegen mitgemacht und für einen Mord im Gefängnis gesessen. Als Tong-Präsident hatte er die Haupteinnahmequellen von Chinatown – Tourismus, Drogen, Glücksspiel und Schutzgeld – kontrolliert. Jetzt, als alter Mann, wollte er Frieden. Mit seinem Opium- und Eßstäbchenhandel finanzierte er freie Mahlzeiten für die Alten und Tagesheime für die Kinder. Die Flying Dragons setzten Rost an. »Sie fliegen davon«, sagte Uncle Seven.

Aber nicht lange. In den späten siebziger Jahren lag sein Lebenswerk in Trümmern. Es waren nicht nur die On Leong, die Tung On und die Fu Ching wiederauferstanden – auch die Triaden aus Hongkong hatten Fuß gefaßt. Ihre Anführer trugen Namen wie Tiger Boy Wang und Alligator Chang, und am gefürchtetsten war John Eng, auch als Onion Head oder Machinegun Johnny bekannt. Ihnen ging es um den »Weißen Chinesen«, reines Heroin aus dem Goldenen Dreieck, und ihr Pate war Eddie Chan, der Sechste Drache.

»Ich kenne den Krieg und weiß ihn zu würdigen«, hatte Uncle Seven, der freundliche alte Herr, gesagt. »Aber Anarchie ist keine Grundlage für gute Geschäfte.« Man ließ ihm jedoch keine Wahl. 1976 wurde er wegen Bestechung zu acht Jahren verurteilt und mußte sich in Lewisburg, Pennsylvania, zur Ruhe setzen, wo er im Gefängnisgarten Kürbis und Winterkohl zog. Mit der Hip Sing ging es bergab, und Eddie Chan übernahm die Geschäfte. In Null Komma nichts hatte er die On Leong seiner eigenen Organisation einverleibt. Bei der Polizei hieß er nur der schnelle Eddie. Er trug maßgeschneiderte Anzüge aus Seide, fuhr einen Rolls-Royce mit Chauffeur und aß mit Bürgermeister Ed Koch zu Mittag. Wolken von Weißem Chinesen verschafften ihm seine eigene Bank. Auf den Straßen schossen inzwischen seine Ghost Shadows auf alles, was sich bewegte. Ihr Motto lautete: *We Die Harder*.

Wing war empört. Er ging friedlich seinen Geschäften nach und wurde dabei ständig belästigt und beschimpft. Halbgare, schmalbrüstige Bürschchen mit Zahnspangen fuchtelten mit Messern vor seinem Gesicht herum. »Das war nicht gut«, sagte er. Ein Kniff, ein leichter Klaps. »Das war schlecht.«

Seit Edna Rosemarys Tod lebte er wie ein Ausgestoßener. Er hatte eine Weiße Teufelin geheiratet, und darum trauten die anderen Chinesen ihm nicht mehr. Selbst seine Kinder, deren Geburt die größte Freude seines Lebens gewesen war, zweifelten an ihm. In der Schule wurden sie verspottet und geschnitten, und sie sprachen nicht mehr Englisch, sondern nur noch den Hongkong-Dialekt. Sein ältester Sohn arbeitete bei Eddie Chans United Orient Bank, seine Tochter hatte einen Immigranten geheiratet, und Robert, sein Jüngster, hatte sich den Ghost Shadows angeschlossen.

Damals war Robert siebzehn gewesen. Zwei Wochen vor seinem achtzehnten Geburtstag hatte er bei einem Überfall auf das Hauptquartier der Flying Dragons in Queens mitgemacht und war von einem seiner eigenen Kameraden erschossen worden. »Sie brachten seinen Leichnam in die Pell Street und begruben ihn noch in derselben Nacht«, sagte Wing. »Sein Vater wurde nicht informiert, sondern erfuhr es erst vier Tage später durch Straßenklatsch, durch das Geschwätz einer Waschfrau. Seine Bitte, ihm die Kleider und den persönlichen Besitz seines Sohnes auszuhändigen, wurde ignoriert. Statt dessen übergab man ihm dreitausend Dollar in einer Holzschachtel.«

Wings Hände lagen über meinen Nieren. Seine Finger bewegten sich, aber sie massierten nicht. Dann nahm er sie weg. »Das ist alles«, sagte Wing. »Ende.«

Als ich mich wieder angezogen hatte, führte er mich durch den Perlenvorhang in den Raum mit den elektronischen Geräten. Elizabeth und Harriet schliefen auf einer Matratze in der

Ecke, doch Jenny bügelte noch ihre Schuluniformen. Die Raidas, eine Disco-Gruppe aus Hongkong, plärrte aus den Lautsprechern. Es war Viertel vor drei.

Unter einem Wandbild mit den Zeichen »Gutes Leben, großer Wohlstand« war ein kleines Schränkchen, verziert mit eingelegten roten Drachen und goldenen Girlanden.

Wing hockte sich davor. Seine geschwollenen grünen und blauen Wangen waren gesprenkelt wie verdorbenes Fleisch, und die weiße Kellnerjacke hatte Schweißflecken unter den Armen. »Ich habe ein Bild«, sagte er. »Warum sehen Sie es sich nicht mal an?«

Er nahm ein Jahrbuch der Seward Park Highschool aus dem Schränkchen. Auf dem Foto sah man Robert, umgeben von lauter strahlend lächelnden Weißen Teufeln: ein Junge mit Kaninchengesicht, riesigem Adamsapfel, einer Haartolle und einem kalten, trotzigen Blick. Nur die hervortretenden Augen erinnerten an Edna Rosemary. »Sein Name war Robert Eamonn«, sagte Wing. »Aber er hat sich Bobby 2 Bad genannt.«

Auf der anderen Seite des Raums erstarrte seine Tochter Jenny und krächzte wie ein aufgeschreckter Nachtvogel. Leben und Tod ihres Bruders seien eine Familienangelegenheit, zischte sie, und es gehöre sich nicht, so etwas vor einem Fremden, einem Weißen Teufel, auszubreiten. Wütend drehte sie die beiden Fernseher voll auf, so daß sich die Stimmen von John Wayne und Aretha Franklin mit dem Gedudel der Raidas zu einem Chor abgestochener Schweine verbanden. Wir zogen uns wieder hinter den Vorhang zurück, in das vom schalen Geruch nach Schweiß und Massageöl erfüllte Halbdunkel.

»Meine Tochter hat einen nervösen Magen«, sagte Wing. Sie arbeitete sechs Tage pro Woche von sieben Uhr morgens bis sieben Uhr abends als Säumerin in einer Näherei in der Bayard Street und brachte hundertvierzig Dollar nach Hause. »Das reicht nicht für die Miete und um die Kinder satt zu machen. Es reicht nicht mal fürs Pferderennen.« Yung Ng, ihr Mann, arbeitete als Kellner in der Doyers Street. Solange die Schulden, in die er sich gestürzt hatte, um die Arbeitserlaubnis zu bekommen, nicht bezahlt waren, mußte er seinen ganzen Verdienst abgeben. Heute nacht würde er also in irgendeinem Keller sitzen, beten und Fan Tan spielen. »In der Welt bleibt nichts beim alten«, sagte Wing. »Chinatown ist nicht die Welt.«

Mit seinen Zahnlücken, seinem kleinen, zerbrechlichen Körper und dem immer wie fragend schräggelegten Kopf wirkte er wie ein pensionsreifes Kind. Aber er war siebenundsechzig, und seine Gelenke taten ihm weh. Über der Massagebank, neben dem Wandbehang mit den Zeichen für »Freude, Glück, langes Leben«, hing ein chinesischer Kalender mit handschriftlichen Eintragungen. Jeder Tag von Roberts Leben war hier markiert.

Wir saßen nebeneinander auf der Massagebank und ließen die Beine baumeln wie kleine Jungen. »Ich beklage mich nicht«, sagte Wing.

Ein paar Monate nach der Schießerei hatte er eine letzte Vision: Inmitten eines Wirbels in Form einer Sechs sah er einen Schrein. Auf dem Altar saß ein Drache, aus dessen Maul Blut tropfte. Dann zog am Himmel eine rote Wolke vorbei, der Schrein wurde schwarz, und der Drache ging in lodernde Flammen auf.

»Wir sind umgeben von Zeichen und Omen. Man muß sie alle ignorieren«, hatte Wing gesagt. Dieses eine Mal jedoch verstieß er gegen sein eigenes Gebot. Er sprang aus dem Bett, zog sich etwas an und rannte zur United Orient Bank, um das Feuer zu sehen, um zu sehen, wie der Sechste Drache mit seiner Bank verbrannte.

Wie immer hatte er die Zeichen falsch gedeutet. Als er an der

Bank ankam, war sie bereits von FBI-Beamten abgeriegelt. Die Direktoren kamen in Haft, aber es gab weit und breit kein Feuer, und Eddie Chan war längst untergetaucht. Er war gewarnt worden und nach Singapur geflohen.

Die lodernden Flammen, die Sam Wing im Traum gesehen hatte, waren in Wirklichkeit Fackeln und Laternen, zu Ehren von Benny Ong. Nach der Flucht des Sechsten Drachen nahm Uncle Seven sein Königreich wieder in Besitz. Er war jetzt achtzig Jahre alt, und jeden Mittag konnte man ihn sehen, wie er, langsam, aber würdig, die Pell Street überquerte und die Hip Sing Credit Union betrat, um mit den Vertretern der Tong zu konferieren. In seinem Nadelstreifenanzug, mit einer diamantenen Krawattennadel und einer Nelke im Knopfloch, ging er dann ein paar Meter weiter zum Sun Tong Gung, wo er mit seiner Frau und ein paar Beratern aß. Danach machte er ein Nikkerchen oder spielte Karten.

Und Eddie Chan? Er floh von Singapur nach Taiwan, dann weiter nach Manila, nach Paris, in die Dominikanische Republik. Man erzählte sich, daß er seine Rückkehr plante. Inzwischen hatte die United Oriental Bank in einem vierstöckigen, pagodenförmigen Gebäude an der Ecke Mott und Canal Street die Geschäfte wiederaufgenommen. Dasselbe galt für die On Leong, die Ghost Shadows, die Flying Dragons, die Tung On, die Fu Ching und die Triaden. Und für die BTK ebenfalls.

In dem kleinen Zimmer rieb Wing seine knotigen Hände mit einer Mentholcreme ein. »Das hilft nicht. Nichts hilft«, sagte er. »Es ist bloß eine Ablenkung, das tägliche Brot der Untätigen.«

Er hörte nicht auf zu spielen. Er hatte immer gespielt. Die dreitausend Dollar von den Ghost Shadows hatte er bei den Rennen in Aqueduct, Belmont-Park und Saratoga durchgebracht. Danach war er wieder zu ganz kleinen Einsätzen zurückgekehrt. In guten Zeiten fuhr er nach Atlantic City, in schlechten spielte er Skat. Wurden seine Verluste zu groß, dann gab es Ärger. »Meine Familie ehrt das Alter nicht«, sagte er ohne Bitterkeit. Sie konnte es sich auch gar nicht leisten. Wenn es hart auf hart ging, rückte Jenny ein paar Dollar heraus. Im übrigen zahlte Wing seine Schulden auf die althergebrachte Weise und steckte Faustschläge und Tritte mit Stahlkappenschuhen ein. »Das geht am schnellsten«, sagte er.

Visionen hatte er nicht mehr. »Das ist was für junge Männer. Ich bin alt«, sagte er. »Mein Schwung ist dahin.« Die Suche war vorüber. »Es ist besser so«, sagte Wing.

Es war zwanzig nach drei. Im Nebenzimmer waren die Raidas verstummt, und sogar Jenny schlief. Sasha saß zusammengesunken auf dem mit durchsichtigem Plastik bezogenen Sofa und las *Der vergoldete Käfig – Leben und Affären der Serienstars*. Die beiden Fernseher liefen noch.

Draußen im dunklen Treppenhaus tastete ich nach Wings Hand, bekam aber nur seinen Ärmel zu fassen. »Haben Sie den Namen richtig geschrieben? Robert Eamonn«, sagte er. »Er hat sich Bobbie 2 Bad genannt.«

Auf der Straße erschien mir der Nebel kälter und undurchdringlicher als je zuvor. Wir folgten den Rinnsteinen und nackten Hauswänden und gingen langsam zurück zum Broadway, wo wir uns nach Norden wandten, Richtung EmCee Marie und Schlaf.

Irgendwo am zweiten Block tauchte die Gestalt eines großen Mannes auf. Er trug schwere Wanderstiefel und einen Mantel, so groß wie ein Zelt, und kam uns entgegen. Als er uns erreicht hatte, schien er stehenbleiben zu wollen, aber dann stapfte er weiter und verschwand im Zwielicht. Er kam jedoch nicht sehr weit. Nach ein paar Metern wurden die Schritte langsamer, und dann blieb er stehen.

Als ich umkehrte und zu ihm ging, blickte ich in ein Gesicht, das aussah wie eine aus einem riesigen Kürbis geschnitzte Halloween-Maske. Der Mann lächelte ängstlich. »Lieber Herr«, sagte er, »ich suche.«

Deutsch? Schlesisch? Slowenisch? Ich wurde aus dem Akzent nicht schlau, ebensowenig wie aus den Worten, die er hastig hervorstieß. »Auf Suche nach was? Was wollen?« fragte ich ihn blöde. Der Mann hob hilflos die breiten Schultern und ließ sie wieder fallen. »Ich suche ich was nicht weiß«, sagte er.

Pause

Eigentlich war es Barnums Schuld. Vorher war der Broadway bloß eine Hauptstraße gewesen, eine Lebensader der Stadt, wo sich vieles ereignete und Geschäfte getätigt wurden. Das war aber keine Folge irgendwelcher mystischen Eigenschaften, die man dieser Straße zuschrieb, sondern lag einfach an ihrer zentralen Lage. *De Hoge Wagen Weg* zog sich wie ein breites, starkes Rückgrat durch ganz Manhattan. Darum fanden sich bedeutende Männer hier ein, darum ereigneten sich hier bedeutende Dinge. Doch es war dabei nichts Phantastisches im Spiel. Niemanden zog es zum Broadway, weil er einen Traum verfolgte.

Dann kam Barnum. Er war 1810 geboren, ein Bursche vom Land, aus Bethel in Connecticut, wo sein Vater nacheinander Bauer, Gemüsehändler, Schneider und Wirt war. Phineas, ein alttestamentarischer Name, bedeutet »großes Mundwerk«, aber Barnums Kindheit verlief friedlich und unbeschwert. Nur die Efeuinsel brachte Farbe und Aufregung hinein.

Es war ein Familienwitz. Seine ganze Kindheit hindurch erzählten die Eltern ihm immer wieder von der wunderbaren Insel, die ihm gehörte, weil sein Großvater sie ihm vermacht hatte. In seinem Buch *Struggles and Triumphs* berichtet er, sie sei ihm beschrieben worden als »das Gelobte Land ... wo Milch und Honig flossen ... mit Höhlen voller Diamanten, Smaragde und anderer Edelsteine und Minen, in denen man Gold und Silber schürfen konnte.«

Als er zehn war, machte er sich mit seinem Vater auf den Weg, um dieses Shangri-La in Besitz zu nehmen. Nach einem langen Marsch durch sumpfiges Gelände und Brombeerhekken, vorbei an Hornissennestern, stand er schließlich auf dem ererbten Grund und Boden. Und das erwies sich als Enttäuschung. »Ich sah nichts als ein paar verkümmerte Efeuranken und verkrüppelte Bäume. Es fiel mir wie Schuppen von den Augen: Meine kostbare ›Efeuinsel‹ war ein praktisch unzugängliches, wertloses Stück unfruchtbares Land...«

Dieses Erlebnis stellte die Weichen. Für den Rest seines Lebens erfand Barnum seine Efeuinseln selbst. So konnte er andere hinters Licht führen und sicher sein, nie mehr von ihnen betrogen zu werden.

Mit sechzehn ging er nach Brooklyn und wurde kaufmännischer Angestellter. Er war ehrgeizig, von rascher Auffassung, und er besaß eine Menge Energie und Glauben an sich selbst. An den Sonntagnachmittagen spazierte er den Broadway entlang. Das war damals ein eleganter, von Pappeln gesäumter Boulevard, aber er bot keine Abwechslung. Es gab ein paar Theater, Grandhotels und Restaurants. Nördlich der Canal Street, am Stadtrand, lagen die Vauxhall Gardens und das Niblo's, ein Tanzlokal mit Ausschank unter freiem Himmel. Im übrigen aber fehlte alles, was Unterhaltungswert besaß.

Das war kein Zufall. Die tonangebenden Leute in New York waren der Meinung, Einrichtungen, die dem Amüsement vieler Menschen dienten, seien gottlos und gefährlich. »Die Gesetzgebung war streng und das Leben grau und eintönig«, schrieb Irving Wallace in *The Fabulous Showman.* »Die meisten betrachteten Theater und öffentliche Darbietungen als Verlockungen des Teufels. Die Freizeitgestaltung beschränkte sich auf Trinken, tätliche Beleidigung und Körperverletzung sowie diskret ausgeübten Geschlechtsverkehr.«

Selbst diese rohen Vergnügungen blieben den Menschen am Broadway versagt. Wenn sie etwas erleben wollten, mußten sie in die Niederungen der Bowery hinabsteigen oder in die Spelunken in Five Points gehen. Auf dem Boulevard hatte man nüchtern zu sein und ein langes Gesicht zu machen.

»Es gab wenig, was Neugier, Staunen oder Aufsehen erregt hätte.« Selbst für den jungen Barnum stand fest, daß das nicht richtig war. »Wir leben in einer Welt des Handels, und Männer, Frauen und Kinder können nicht immer ernst sein, sondern brauchen etwas, was ihr Bedürfnis nach Lebenslust und Ausgelassenheit befriedigt«, glaubte er. »Und jeder, der diese Sehnsucht erfüllt, betätigt sich in einer Branche, für deren Erhalt unser Schöpfer gesorgt hat.«

Es vergingen fast zehn Jahre, bis er sich ernsthaft in den Dienst dieser Sache stellen konnte. Er hatte einen Gemischtwarenladen in Bethel, reiste dann als Varietékünstler umher und versuchte sich als Kommunalpolitiker. Er gab eine Zeitung – *The Herald of Freedom* – heraus und saß wegen Verleumdung sechzig Tage im Gefängnis von Danbury. Er war Manager von Signor Vivalla, der Gewehre mit aufgepflanzten Bajonetten auf der Nase balancierte. Er wurde beinah gelyncht, weil man ihn mit dem Reverend Avery, einem methodistischen Priester und Mörder, verwechselt hatte. Und dann fand er Joice Heth.

Es war sein erster großer Streich – damals nannte man das einen *humbug*. Joice Heth wurde als George Washingtons Kindermädchen angekündigt; Barnum behauptete, sie sei hunderteinundsechzig Jahre alt, erfreue sich jedoch noch immer bester Gesundheit. »Sie wiegt nur einundzwanzig Kilo, ist aber munter und fröhlich und sehr interessant. Sie ist geistig ungewöhnlich rege, nimmt aktiv an Gesprächen teil, singt zahlreiche Kirchenlieder, erzählt viele Anekdoten aus dem Leben des jungen Washington und lacht oft herzlich über ihre eigenen Bemerkungen oder die des Publikums.«

Der Erfolg war gewaltig. New Yorker aller Klassen, »Liebhaber des Eigenartigen und Außergewöhnlichen«, standen Schlange, um sie zu sehen und mit ihr zu sprechen. Dann ging Barnum mit ihr auf Tournee. Acht Monate waren sie unterwegs, dann war sie so erschöpft, daß sie starb. Eine Autopsie ergab, daß sie eine rüstige Achtzigerin gewesen war. Doch der Beweis war erbracht. 1841 eröffnete Barnum, der gerade dreißig geworden war, sein erstes Amerikanisches Museum.

Irving Wallace beschreibt ihn als einen »Yankee aus Connecticut, einsvierundneunzig groß, ein Energiebündel mit lockigem, an der Stirn sich lichtendem Haar, großen, kindlichen blauen Augen, einer Knollennase, vollen, immer amüsiert lächelnden Lippen, einem kantigen Kinn und einer hohen Stimme«. Später wurden seine Glatze und sein Leibesumfang größer, und sein Schmerbauch, die buschigen Augenbrauen und der kahle, bucklige Schädel verliehen ihm ein mehr und mehr pickwickierhaftes Aussehen. Sein Temperament jedoch blieb überschäumend. Er war keineswegs ein Musterknabe – er konnte geldgierig und verschlagen, ausbeuterisch, scheinheilig und billig sein. Doch seine ungezügelte Vitalität, seine »animalische Natur«, fegte all seine Sünden mit dem Sturmgebraus seines eigenen Gelächters davon. Er war der selbsternannte *Prinz Humbug*, ein großes Kind, das das Kind in allen Menschen erkannte; das vor allem machte ihn zum eigentlichen Erfinder des Broadway.

»Er kämpfte dafür«, schrieb Irving Wallace, »das Leben in einen unschuldigen Karneval zu verwandeln. Spielen und Frohsinn sollten als notwendiger Bestandteil des täglichen Lebens anerkannt werden.«

Freude ohne Schuldgefühle – das war kein schlechtes Vermächtnis. Bis dahin waren Kuriositätensammlungen versteckte, verstaubte Mausoleen gewesen. Meist warteten sie mit ein paar Skeletten und Totenmasken und vielleicht einem Vortrag mit Bildern auf. Barnum dagegen bot »dressierte Hunde, fleißige Flöhe, Automaten, Jongleure, Bauchredner, lebende Statuen, lebende Bilder, Zigeuner, Albinos, dicke Männer, Riesen, Zwerge, Seiltänzer, lebende ›Yankees‹, Pantomime, Instrumentalmusik, Tanz und Gesang in großer Vielfalt...«

Es war nur ein Vorspiel. Nach Flöhen und dressierten Hunden zeigte er General Tom Thumb, »die Attraktion des Jahrhunderts«. Danach kamen die Meerjungfrau von Fiji, Grizzly Adamas, Jumbo der Elefant und der Große Weiße Wal. Andere Marktschreier traten auf den Plan und stellten sich der Herausforderung. Der Broadway füllte sich mit verwunderlichen Kuriositäten; es gab nicht nur Museen und Schaubühnen, sondern auch Varietés, Musikhallen und Kleinkunstbühnen, riesige Kaufhäuser, erst- und drittklassige Theater. An jeder Straßenecke, so schien es, gab es *das Größte und das Neueste.* Und irgendwann wurde die ganze Straße zu einem Traum.

Dieser Traum verdichtete sich zu einem einzigen Wort, dem stärksten und verheißungsvollsten der amerikanischen Sprache. Und dieses Wort lautete natürlich: *Action.*

Mit Barnum brach der Damm. Er hatte all die guten und schlechten Energien freigesetzt, die von den strengen Gesetzen und dem grauen Leben verleugnet worden waren. Der Broadway wurde zur wahren Efeuinsel, zum Synonym für Befreiung. Wenn man dorthin ging, dann auf eigenes Risiko. Man nahm allen Witz, allen Mut, alle Ausdauer, man kratzte alle Energie und alles Glück zusammen und setzte sich an den Spieltisch. Und man stand erst wieder auf, wenn man die Bank gesprengt hatte oder restlos pleite war.

Es gab verschiedene Arenen. Es mochte die Welt der Finanz oder der Politik sein, das Showgeschäft, Verbrechen oder ihre Bekämpfung, Preisboxen, Zauberei, Kunst oder Sex. Aber alle Männer und Frauen, die zum Broadway drängten, wurden im

Grunde von einer einzigen Kraft getrieben: von der Liebe zum Abenteuer und der Lust daran.

In einer anderen Zeit und unter anderen Umständen hätte diese Liebe Entdecker, Söldner, Goldsucher hervorgebracht. Aber dies war das Zeitalter der Stadt, und New York war *die* Stadt und der Broadway ihre Apotheose. Um die Jahrhundertwende erstreckte sich die *Action* von der Battery bis zur 42. Straße. Im südlichen Teil ging es in erster Linie um Geld und Macht, nördlich der 14. Straße hießen die Einsätze Geld und Sex. In beiden Fällen setzte man alles oder nichts.

Das Neuland, das der Broadway sich erschloß, war jedesmal etwa zehn Blocks lang. Während er sich nach Norden ausdehnte, blieben die gewitzteren Investoren ihm dicht auf den Fersen. An jeder Kreuzung – am Rathaus, am Union Square, am Madison Square, am Herald Square und schließlich am Times Square – stellten sie ihre Fallen auf: eine neue Reihe von Theatern und Cafés, Spielhöllen, schicken Bars und Bordellen. Dann lehnten sie sich gemütlich zurück und warteten auf das Getrappel der Füße.

Die Journalisten nannten diese Etablissements Rialtos. Bei Tageslicht sahen sie aus wie Einkaufsparadiese. »Juwelen, Seide, Satin, Spitze, Bänder, Geschirr, Silberbestecke, Spielzeuge, Gemälde – kurz: seltene, kostbare und schöne Objekte aller Art bieten sich dem Blick des Besuchers dar«, schrieb James McCabe. Dann kamen die Nacht und die Lichter, und all dieser Glitzerkram erfüllte seinen Zweck. »Die Fahrzeuge sind fast ausnahmslos Kutschen und Omnibusse, und jedes von ihnen ist mit Laternen in verschiedenen Farben ausgestattet. Sie verschwinden taumelnd wie Glühwürmchen in der Entfernung. Hier und da schickt ein blitzender Reflektor an der Tür eines Theaters sein Licht mehrere Blocks weit über die Straße. Musikfetzen und Applaus dringen aus den nicht immer seriösen Amüsierlokalen an die Nachtluft. Leuchtbilder in grellen Farben locken leichtsinnige Gäste in die verrufenen Musikhallen in den Kellern unterhalb der Straße. Da und dort sieht man meist junge und stets auffällig gekleidete Frauen, manche allein, manche zu zweien, die rasch, mit eigentümlich wiegenden Schritten, vorübergehen und schnell, aber prüfend jeden Mann mustern, der ihnen begegnet. Manche von ihnen sind noch regelrechte Kinder.«

Das Licht war natürlich von entscheidender Bedeutung. Zuerst gab es Gaslampen, dann die elektrischen Lampen mit ihrem silbernen Licht, das dem Broadway den Namen Großer Weißer Weg gab, und schließlich Neonlampen. Er war die »schimmernde Schlucht«, der »hinreißende Strom«, der »große Stamm«, die »himmlische Hölle«. »Die Dummen werden nicht alle«, soll Barnum gesagt haben, und sie kamen von allen Ecken und Enden der Welt herbei. Es kamen Taschendiebe, Sänger und Tänzerinnen, Chormädchen, lüsterne alte Männer und Hintertreppengigolos, Gangster und ihre Häschen, Zauberer, Schwertschlucker und Feuerspucker, zwielichtige Finanzexperten, Spekulanten, Propheten, Schlepper, Winkeladvokaten und Rechtsverdreher, ehrliche Regenmacher, Wunderheiler, Schamanen, Politiker und ihre dunklen Hintermänner, Sexbomben, Kiffer, Schränker, Zieher, Mörder, Opfer, Komponisten und Texter, halbseidene Parteibonzen, Schriftsteller und Tränendrüsenartistinnen, Champions und Versager, Sirenen, Dandys, Trottel, Landpomeranzen, bezahlte Killer, süße Mädchen, Vamps, Lackaffen, Kavaliere und ganz einfach Männer und Frauen. Ein paar von ihnen schafften es, die meisten schafften es nicht, und heute sind alle tot. Aber das war egal. Sie alle bekamen ein Stück *Action*.

Zahllose Hymnen wurden geschrieben: »Give My Regards to Broadway«, »Lullaby of Broadway«, »Forty Five Minutes from Broadway«, »Broadway Baby«, »The Man Who Owns Broadway«. Eine der entbehrlichsten war »Broadway, the Heart of the World«.

Spätere Generationen hatten ihre eigenen Lieder, ihre eigene Sprache und Liturgie. Doch das Abenteuer blieb im Grunde dasselbe. Am Broadway ließ man das Glücksrad herumwirbeln – wenigstens glaubte man das. In Wirklichkeit wurde man selbst herumgewirbelt.

II

11

»Wie im Frühling«, sagte Lush Life.

Den ganzen Winter hatte sie im Dunkeln gelebt. Im Moose hatte sie ihr Zimmer mit einem lackierten Rollo verdunkelt, das sie festgenagelt hatte, damit kein Lichtstrahl sich hineinschleichen konnte. Drinnen leuchteten japanische Laternen wie Glühwürmchen. Dann kam der März. Eines Morgens riß die untere Befestigung des Rollos, und heller Sonnenschein strömte ins Zimmer. Er überraschte sie nackt.

Lush Lifes Zimmer war, wie mein eigenes, eine Zelle. Überall lagen Kleider und alte Zeitschriften herum. Irgendwo in der Mitte hatte sie sich auf dem Boden ein Bett bereitet, ein Lager aus Mänteln und Tüchern und zerrissenen Vorhängen, Schaumgummi und gepolstertem Sackleinen; das Ganze hatte sie mit einer amerikanischen Fahne zugedeckt. Dort aß sie im Licht der Lampions zu Mittag, dort trank sie ihre Flasche Night Train und schlief ein. Dazwischen bewegte sie die Lippen zu den Arien aus Madame Butterfly.

Das war ihr Kult für diese Saison. Man bereitete eine neue Produktion vor, und Lush Life hatte die Kostüme in einer Sonntagsbeilage gesehen. Jetzt war ihr Zimmer übersät mit Second-Hand-Japonalia und Maria-Callas-Platten, und durch dieses Durcheinander bewegte sie sich mit winzigen Trippelschrittchen und inszenierte ihre Lieblingsarien. Wenn Cho-Cho-San starb, starb sie ebenfalls. Doch sie blieb nicht lange tot. »Das lohnt sich nicht«, sagte sie.

Jedenfalls nicht im Moose. Hier war Sterben im Service inbegriffen. Ein magerer, träger Jamaikaner namens Motion hatte den Job, die Korridore zu fegen und in den Zimmern nachzusehen. Wenn er jemanden fand, den sein Besen nicht zum Aufstehen bewegen konnte, rief er die Polizei oder den Krankenwagen. »Kommt drauf an«, sagte er, »ob sie den Löffel abgegeben haben oder über die Klinge gesprungen sind.«

Den Löffel abgeben hieß natürlicher Tod, über die Klinge springen unnatürlicher. Den ganzen bitteren Winter über hatte die Stadt einem Schlachtfeld geglichen, erbärmlich anzusehen wie nach schrecklichen Heimsuchungen. Notunterkünfte platzten aus allen Nähten, die vom Sozialamt angemieteten Hotels verwandelten sich in staatlich finanzierte Crack-Höhlen. Selbst Hauseingänge waren hart umkämpft. »Du willst erfrieren, aber ein anderer war schneller als du«, sagte Motion. »Du willst dir die Kehle durchschneiden, aber irgendein Arschloch hat dir die Rasierklinge geklaut.«

Er war kein Hektiker. »Andere sind schnell, ich bin lieber langsam«, sagte er. Vor elf Jahren hatten er und sein Freund Red Frau und Familie verlassen und waren von Negril nach New York gekommen. »Mit einem Pappkoffer und zwei Paar Hosen«, sagte Motion. Sie hatten in Papiersäcken geschlafen, in Liftschächten und Verstecken, die man nur kriechend erreichen konnte. Aber sie hatten weder den Löffel abgegeben, noch waren sie über die Klinge gesprungen. Ein Landsmann namens Captain Deliver hatte ihnen zwei Überlebensregeln eingetrichtert: »Lächle, wenn du was tust«, hatte er gesagt, »und lächle, wenn du was läßt.«

Im Lauf der Jahre hatte das Lächeln der beiden immer mehr ausgesehen wie aufgemalt. Wenn sie einen großen Sack die Treppe hinunterschleppten und dabei Lush Life begegneten, stieß sie einen spitzen Schrei aus und drückte sich an die Wand. Sie wurden allerdings nicht dafür bezahlt, Leichen wegzuschaffen. »Nur Dreck«, sagte Motion.

Ein Garten breitete sich aus. Er begann am anderen Ende des Korridors, an der Wand mit dem Durchstieg zur Feuerleiter. Das allnächtliche Zerschlagen von Flaschen und Schädeln hatte im Putz Spuren wie in einem Kugelfang hinterlassen. Den ganzen Winter über waren Wasser- und Heizungsrohre geplatzt, ohne daß jemand einen Installateur geholt hätte, und das ließ die Wände weinen. Die Feuchtigkeit kroch durch die Risse und weitete sie zu Spalten. Eines Tages wuchs dort ein Schwamm. Dann erschienen junge Triebe und schließlich Ranken. Purpurwinden schoben sich vor die Fenster. Durch das verrottete Linoleum, das einst mit einem Enten-Muster verziert gewesen war, schossen Pilze ans Licht.

Der verstorbene Insasse von Zimmer 15 hatte einen Taschen-Naturführer hinterlassen. Motion blätterte im Register, suchte Namen, die ihm gefielen, und taufte die Gewächse. »Narrenkraut, Kreuzkraut, Stechapfel«, sang er mit schmachtender Stimme, als wäre es ein Gute-Nacht-Lied. »Portulak, Purgierlein.«

»Ehrenpreis, Käsepappel«, sagte Red.

»Flohknöterich, Ferkelkraut, Igelsame.«

»Ackerquecke.«

»Kermesbeere.«

Gemeinsam beschützten sie den Garten vor den Brüdern Kassimatis. Früher hätten Mike und Petros das Wachstum dieser Lebensformen als persönliche Beleidigung betrachtet. Aber auch ihr Temperament hatte dieser Winter gedämpft. Das Moose war zum Tode verurteilt. In einigen Wochen oder Monaten, bestenfalls in ein paar Jahren, würde es abgerissen werden, um Platz zu schaffen für noch einen Wolkenkratzer, ein Einkaufszentrum oder ein Parkhochhaus. Darum drohten sie den Pilzen bloß mit ihren Totschlägern und spuckten angeekelt aus. »Blumenarrangements«, sagte Petros voller Verachtung.

Er starrte mürrisch auf seine dichtbehaarten Unterarme und Handrücken, als erwartete er, tödliche Nachtschattengewächse aus diesem dunklen Dickicht sprießen zu sehen. »Der reinste Dschungel ist das hier«, sagte er.

Der Duft der Blüten brachte bei Lush Life Allergien zum Ausbruch. Sie schlug in *1001 Krankheiten* nach, dem einzigen Buch, das sie besaß, und stellte fest, daß sie an allen litt. »Dschungelfieber«, sagte sie. »Schanker. Grippe.«

»Sturmhut. Herzgespann«, sagte Motion.

»Pestsepsis. Madarose. Mundfäule.«

»Flammendes Herz.«

»Himbeerseuche.«

In zerrissenem Kimono und Obi und mit eingebundenen Füßen lag sie zusammengekrümmt auf ihrer Matratze und zitterte. Denise Denise hatte ihr eine Stereoanlage geschenkt, ein uraltes Schepperding, das aus den Stimmen von Männern ein Nebelhorn und aus denen von Frauen kreischende Möwen machte. Nachts verwandelte Lush Lifes Zimmer sich in einen nebelverhangenen Hafen. Sirenen klagten, Glockenbojen läuteten. Irgendwo darüber trippelte und flatterte Cho-Cho-San und wimmerte. »Sternalgie, Rhinolalie«, sagte Lush Life.

»Eisenhut«, sagte Motion.

»Rote Ruhr.«

An einer Wand hingen Sommerkleider und warteten. Dann schoß das Rollo nach oben, und helles Sonnenlicht durchflutete den Raum. Lush Life war nackt. Sie bedeckte ihren Busen und die Stelle zwischen ihren Beinen mit den Händen und rannte in Deckung. »Ich bin nicht präsentabel«, rief sie. Aber sie mußte trotzdem lächeln. Sie schloß die Augen und ließ die Arme fallen. Das Sonnenlicht badete sie von Kopf bis Fuß. »Na gut«, sagte sie. »Na gut.«

Wir machten einen Spaziergang über den Broadway.

An diesem Tag war er wie verzaubert. Ein Sonnenstrahl genügte, und junge Frauen in Frühlingskleidern kamen aus ihren Winterverstecken. Dasselbe galt für die Asphaltkavaliere und Flaneure, die Straßenmusiker und Handleser. »Lassen Sie mich Ihre wunderbare Zukunft aus der Hand lesen«, sagte Madam Sybil, eine hellbraune junge Frau mit orangefarbenem Haar. »Nur fünf Dollar.«

»Ich hab bloß drei«, sagte Lush Life. »Was für eine Zukunft kriege ich dafür?«

»Eine kurze, aber schöne«, sagte Madam Sybil.

An jeder Ecke standen die Karren von Straßenhändlern, die Hotdogs und kalte Getränke verkauften. Lush Life lutschte ein Eis am Stiel – ihre Lippen bildeten dabei ein perfektes O. Sie war eine junge Tuesday Weld, ein Teenager-Traum in Söckchen, Petticoat und aufgestelltem Spitzenkrägelchen. Als sie meine Hand nahm, kam ich mir vor wie Eddie Cochran beim Schuleschwänzen. »Wer ist Eddie Cochran?« wollte Lush Life wissen.

Wir fuhren nach Downtown. Im Taxi liefen L. L. Cool J, Jazzy Jeff und The Real Roxanne im Radio. Den ganzen Winter über, so schien es, hatte mich die Vergangenheit, jenes dunkle und morastige Land, das Sasha Damals nannte, unter sich begraben. Jetzt klebte Lush Life sich rosa Wimpern an, so lang wie Spinnenbeine, und die Fahrradkuriere trugen lindgrüne Lycra-Anzüge. An der Ecke Broadway/34. Straße posierte ein blondes Model in einem rüschenbesetzten weißen Kleid über einem U-Bahn-Schacht, mit weit gespreizten Beinen wie Marilyn Monroe, den Kopf in den Nacken gelegt. Das Radio spielte »You be Illin'«. Lush Life sang »Un Bel Di«.

Einen Block südlich vom Union Square führte sie mich in Julian's Billiards. Als Geraldo Cruz war sie ein Virtuose gewesen. Inzwischen war sie ein bißchen eingerostet, und ihr Zittern machte es nicht gerade besser. Trotzdem konnte sie den Tisch schneller abräumen, als ich mein Queue einkreiden konnte, und zwar nach jeder gewünschten Regel.

Julian's lag im ersten Stock. Es wurde wie ein Heiligtum gepflegt. Nach Auskunft des Mannes, der die Uhren überwachte, war der Salon schon vor dem Ersten Weltkrieg eröffnet worden und damit der älteste in ganz Amerika. Hier war *Haie der Großstadt* gedreht worden, hier hatte Willie Mosconi seinen Rivalen Minnesota Fats fertiggemacht. »Sie können's ja nachlesen«, sagte der Mann. Aber wozu sich die Mühe machen? Die lange Reihe der Tische, die sich langsam drehenden Deckenventilatoren, die makellosen Bespannungen sagten genug. »Wenn Sie bei Julian's Billard spielen, atmen Sie dieselbe Luft wie die großen Künstler des Queues.«

Selbst jetzt, um die Mittagszeit, waren die meisten Tische besetzt. Kichernde Grüppchen von koreanischen Teenagern, Jungen wie Mädchen, vermischten sich mit älteren, ernsteren Spielern. Drüben bei den hohen Fenstern, die eine schlammbraune Schmutzschicht überzog, spielten zwei Matrosen. Der eine war groß, der andere gedrungen. Abgesehen vom Klicken der Kugeln, dem Quietschen der Kreide, einem gelegentlichen unterdrückten Fluch drang kein Laut von ihnen an unser Ohr. Aber als der Große die Acht versenkte, wandte er sein Gesicht dem Licht zu und lächelte strahlend, und da war es um Lush Life geschehen.

»Pinkerton«, flüsterte sie, doch er sah mehr wie Jerry Lee Lewis aus: ein grobknochiger, flachshaariger Junge mit Sommersprossen, großen Händen und noch größeren Füßen. Obgleich ein gewisses manisches Glitzern in seinen Augen an Landstraßenkreuzungen, Familienbibeln und Ströme von Whiskey denken ließ, schüttelte er ihr schüchtern und errötend die Hand. »Tommy Blalock«, stellte er sich vor.

»Vida Lujuriante«, sagte Lush Life.

»Ein schöner Name«, sagte Tommy. »Paßt gut zu einer schönen Lady.«

Er stammte aus New Iberia, Louisiana, der Hauptstadt des Kapsikum, des spanischen Pfeffers, aus dem man Mace und Tabascosauce macht, und in seiner Stimme lag ein Cajun-Rhythmus, das Schlingern und Taumeln des Akkordeons. Zusammen mit Hap Cowley aus Plaquemines war er zwei Tage und eine Nacht durch die Straßen gestreift, und jetzt waren sie pleite und hatten die Nase voll. Keiner hatte mit ihnen reden wollen, keiner hatte Zeit für sie gehabt. »Außer man bezahlt dafür«, sagte Tommy Blalock.

Er war zum erstenmal in New York. Im Zug von Norfolk, Virginia, hatte er die ganze Zeit »On Broadway« von den Drifters vor sich hin gesummt. »Wie Kopfschmerzen«, sagte er. »Man wird's einfach nicht los. *They say the neon lights are bright, they say there's always magic in the air.*«

Hap Cowley fand die nächste Zeile besser. »*They say the girls*«, fing er an, »*are something else.*«

»*But how you gonna make some time?*«

»*When you ain't got ...*«

»*But one thin dime?*«

»Gute Frage«, sagte Lush Life.

»Zehn Cent und eine diamantenbesetzte Uhr.«

»Gute Antwort«, sagte Lush Life. »Gute Antwort.«

Streifiges Licht, in dem Staubkörnchen tanzten, fiel auf ihre blonde Perücke und ihre rosa Wimpern. Unter dem dünnen Kleid zeichneten sich die Schulterblätter scharf und zerbrechlich wie Spielzeugflügel ab. »Hier drinnen ist es zu hell«, sagte sie. »In einer Bar ist es dunkler.« Sie zitterte wieder. »Im Kino ist es noch dunkler«, sagte sie.

»Stockdunkel«, sagte Tommy Blalock.

»Aber warm. Schön warm«, sagte Lush Life.

Auf dem Union Square wurde der Markt aufgebaut. Der Platz war ein einziger Aufruhr aus Farben und Gerüchen. Die Stände quollen über von Spargel, Rauke, Radicchio und Frühlingskräutern. Ein Plakat kündigte *Bitch Dyke Fag Hag Whore* an, eine neue Show von Penny Arcade. Am U-Bahn-Eingang stand ein Straßenkünstler und malte schwarze Orchideen. »Bitte, bitte, kauf mir was«, sagte Lush Life. »Ach, bitte, bitte, kauf mir was.«

»Was denn?«

»Kauf mir neue Schuhe.«

Sie gingen ihrer Wege, ich ging meiner. Auf der 20. Straße stolperte ich in die Old Town Tavern, eine Kneipe mit einer Decke aus verbeulten Blechplatten und tiefen, mahagonigetäfelten Nischen. Auf der Theke saß, mehrmals reflektiert von geschliffenen Spiegeln, eine fette Katze und ließ sich von der Sonne wärmen.

Ein Betrunkener mit einer Hautfarbe wie Schokoladenmilkshake schwankte aus dem Sonnenlicht in den Schatten und dann wieder ins Sonnenlicht. An meiner Nische blieb er stehen und beugte sich tief über mein Gesicht. Sein Atem roch nach Bittermandeln – das Zeug, aus dem Zyankali gemacht wird –, aber sein Mund war sehr höflich. »Der Frühling is los«, sagte der Betrunkene.

Ich war selbst ganz benommen von der Sonne und döste ein; als ich aufwachte, war es dunkel.

Im Moose jätete Motion mit einer Gabel das Unkraut zwischen den Bodendielen. »Wenn wir ein bißchen Kompost hätten, könnten wir hier unser eigenes Gemüse ziehen«, sagte er. »Bananen. Papayas.«

»Maniok. Calla. Flaschenkürbisse«, sagte Red.

»Gras. Kaki in Dosen.«

»Rum.«

Ich setzte mich in mein Zimmer und vertiefte mich in *The Fabulous Showman*. Ich war an der Stelle angelangt, wo Barnums Museum abbrennt. »Von der Maiden Lane bis zur Chambers Street standen vierzigtausend Menschen und sahen ein Feuer, das der Kunst eines Nero würdig gewesen wäre... Dicke Rauchwolken zogen durch die oberen Stockwerke, und viele der Mißgebildeten, die bei Barnum auftraten, wurden ohnmächtig. Zum Glück trafen gerade noch rechtzeitig zahllose Feuerwehrwagen klingelnd vor dem Gebäude ein.«

Von einem gegenüberliegenden Zimmer aus konnte der Reporter Nathan D. Urner die Rettung von Anna Swan, der zwei Meter einundvierzig großen Riesin aus Neuschottland, beobachten, die man im zweiten Stock auf dem Treppenabsatz gefunden hatte. »Es gab keine Tür, durch die ihr gewaltiger Körper gepaßt hätte«, schrieb Urner. »Außerdem befürchtete man, daß die Treppe einstürzen würde, wenn sie sie beträte. Ihr bester Freund, das Lebende Skelett, war bei ihr geblieben, solange er es noch wagte, hatte sich aber schließlich in Sicherheit gebracht. Als die Hitze zunahm, lief ihr der Schweiß in kleinen Rinnsalen und Bächen über das Gesicht und platschte fröhlich auf den Boden. Schließlich bemächtigten sich die Angestellten des Hauses zu einem letzten Rettungsversuch eines hohen Hebekrans, der glücklicherweise nicht weit entfernt stand, und brachten ihn neben dem Museum in Stellung. Sodann brach man zu beiden Seiten des Fensters Stücke der Mauer heraus und schwang den Ausleger zur Hauswand. Die Riesin wurde an einem Ende des Seils festgebunden, dessen anderes Ende achtzehn Männer hielten, und über die Köpfe der Menge geschwenkt. Unter begeistertem Applaus wurde sie dann aus der luftigen Höhe des zweiten Stockwerks zu Boden gelassen.«

Inzwischen hatte sich ein Orang-Utan in die Räume des nahe

gelegenen *New York Herald* geflüchtet und war in das Büro des Chefredakteurs eingedrungen. »Das arme Tier, das sich gerade erst aus seinem Käfig befreit hatte und zweifellos glaubte, es könne in der Redaktion der besagten Zeitung eine nützliche Aufgabe übernehmen, war am Fallrohr der Regenrinne heruntergeklettert und hatte instinktiv im Allerheiligsten dieses Presseorgans Zuflucht gesucht.«

In Panik hatten sich der Buchrezensent, der Musikkritiker und einige Nachwuchsreporter auf das Tier gestürzt und versucht, es zu überwältigen, doch es hatte sie abgeschüttelt, war über Bennetts Schreibtisch gesprungen und hatte einen Satz aus dem Fenster gemacht. Wie gebannt sah die Menge zu, wie der Affe sich, fünfundzwanzig Meter über der Park Row, auf ein schmales Sims setzte. Seine Augen schienen feurige Blitze zu sprühen. Ein gequälter Schrei entrang sich seiner Kehle. »Frag mich nicht«, sagte Lush Life. »Frag mich bloß nicht.«

Sie beugte sich tief über die Ringelblumen und küßte mich auf Wange und Kinn. Sie weinte und trug neue Schuhe, hochhackige, knallrote Riemensandalen, die ein paar Nummern zu groß waren, so daß sie aussah wie ein kleines Kind, das sich verkleidet hat. »Das muß Liebe sein«, sagte sie.

»Warum?«

»Es tut so weh«, sagte sie. »Aber gut.«

Ihre Füße taten ebenfalls weh. Wie ihre Mutter litt sie unter ihren Senkfüßen. Einzig die Füße verrieten sie: Es waren und blieben Männerfüße, flach und breit, mit Hornhäuten und Hühneraugen; sie wirkten eher wie die eines angehenden Polizisten.

Normalerweise band sie sie ein und versteckte sie, doch heute abend schwenkte sie sie durch die Luft. »Tommy weiß es. Er hat's schon gesehen«, sagte sie. »Ich habe keine Geheimnisse vor ihm.«

Sie hatte nicht vorgehabt, alle Karten auf den Tisch zu legen, jedenfalls nicht, als sie in das Schuhgeschäft gegangen waren – Paradise Bootery, berühmt für seine fünfzehn Zentimeter hohen Pfennigabsätze. Lush Life kaufte immer dort, wie alle Mädels vom Times Square. Aber trotzdem schämte sie sich. Junge Tuesday Welds trugen Größe 37, Lush Life dagegen brauchte Größe 41. Sie hatte Tommy gesagt, er solle nicht hinsehen, aber er hatte natürlich doch hingesehen. Und er hatte sie angefaßt. Genau dort, im Laden, vor der Verkäuferin und allen Leuten, hatte er ihren nackten Fuß in die Hand genommen. Seine Hand war unbehaart, so rosig wie ein frischer Kaugummi, mit dicken blauen Adern, und ihr Fuß war ganz darin verschwunden. Nur ihr großer Zeh hatte noch hervorgesehen, dick und krumm, mit einer verschorften Blase am Gelenk. Und Tommy hatte sich darüber gebeugt und den Schorf geküßt. Stell dir vor. Er küßte ihren Fuß. Er kaufte ihr rote Schuhe. Die größten roten Schuhe im ganzen Geschäft, Größe 42, extra breit, viel zu groß, aber er meinte, sie paßten wie angegossen. »Es liegt bloß an deinen Füßen«, hatte er gesagt. »Die sind so klein.«

Danach waren sie nicht ins Kino gegangen. Anstatt sich im warmen Dunkel zu verkriechen, hatten sie den Nachmittag an der Ecke Broadway/50. Straße verbracht und durch ein Loch im Zaun beim Bau eines Wolkenkratzers zugesehen. Die roten Schuhe scheuerten, und ihre Blasen platzten, so daß sie hinkte. Tommy war besorgt. »Er war der vollendete Gentleman.« Er hob sie hoch, damit sie besser sehen konnte. Er kaufte ihr ein Eis und eine Zeitschrift. »Er hat mir alle Herrlichkeiten der Welt versprochen.« Aber er konnte sich nicht von den Kränen und Mörteltrögen, den Betonpumpen und dem Dreck losreißen. »Sein Geld verdient er als Matrose, aber seine Leidenschaft ist das Baugeschäft«, sagte Lush Life. »Wenn seine Zeit bei der Marine um ist, will er da einsteigen.«

Sein Onkel war Maurer, aber sein Großvater war Prediger gewesen, und sein Vater hatte eine Kneipe. Bei Avery Island, ein paar Kilometer außerhalb von New Iberia, hatte Tommy Kapsikum geerntet. Dann war er ein bißchen in Schwierigkeiten geraten und mußte gehen und sich die Welt ansehen. »Er hat Sorgen und Schande erlebt, aber das hat er nun hinter sich.« In fünf Monaten würde seine Dienstzeit vorbei sein, und er würde nach Hause gehen dürfen und sich niederlassen. Im Augenblick traf er sich hin und wieder mit irgendeinem Mädchen, hatte aber keine feste Freundin. »Er sucht noch nach der richtigen.« Er sagte, er habe noch nie mit einer Frau geschlafen.

Draußen auf dem Korridor versammelten sich die Geschöpfe der Nacht. Motion hatte eine Flasche Bacardi springen lassen. Sie klirrte leise an der Wand. Das Radio spielte Liebesschnulzen. Lush Life schleuderte die roten Schuhe von sich und begann, ihre großen Füße zu massieren. »Señorita Vida Lujuriante«, sagte sie. »Bind sie ein.«

Die inzwischen getrockneten Tränen hatten Spuren auf ihren Wangen hinterlassen. Sie schienen nicht nur den Puder und die Schminke weggewaschen zu haben, sondern auch die oberste Hautschicht, so daß sie nackter wirkte als je zuvor. »Fest«, sagte sie. »Ganz fest.« Ihre Zähne bebten und klapperten am Hals der Night-Train-Flasche. »Er ist noch ein Junge«, sagte sie.

Sie fühlte sich wie neugeboren. Die Welt war frisch und jung. Heute abend, als sie von ihrem Nachmittag mit Tommy Blalock nach Hause gekommen war, hatte sie in unserer Straße lauter angeregt schwatzende Leichen gesehen – Tote, die sich nicht hinlegen wollten.

Es war eine Filmszene. Man drehte ein Feuer. Auf einem Grundstück, wo früher ein Hotel gestanden hatte, war ein

Theater aus Sperrholz aufgebaut worden, das laut Drehbuch in Flammen aufgehen sollte. Es gab da jedoch ein Problem mit den Komparsen. Sie waren unzufrieden mit ihrer Bezahlung, oder sie trauten den Sicherheitsvorkehrungen nicht – jedenfalls weigerten sie sich zu arbeiten. Die Produzenten drohten, der Regisseur redete mit Engelszungen, doch die Komparsen zeigten sich unbeeindruckt. Wenn sie keine Zulage bekamen, würden sie nach Hause gehen und die ganze Szene schmeißen. Stell dir vor. Feuersirenen jaulten, Schaulustige johlten, die ganze Straße lag in hellem Licht und wartete. Die Komparsen standen herum und tranken Kaffee.

Schließlich stellten die Produzenten ein Ultimatum: Entweder die Komparsen nahmen ihre Arbeit wieder auf, oder sie sollten gehen. »Und was meinst du, was die Toten machen?« fragte Lush Life.

»Keine Ahnung.«

»Sie gehen«, sagte sie. »Sie gehen.«

12

»Alles neu« stand auf dem Schild.

Ich war in ein neues Reich eingetreten. Der Lower Broadway war von alten Männern regiert worden – und von jungen Männern, die schon alt zur Welt kamen. Doch jetzt befand ich mich jenseits der Canal Street, und das Klima hatte sich grundlegend verändert. Hier, im Norden, regierten die Jungen, und wer nicht jung war, tat so, als wäre er es.

An der Ecke der Grand Street stand ein rothaariges Jüngelchen und verkaufte Bewußtsein – eine Figur von Giacometti, mit dünnen Beinen, Sandalen, Shorts und roten Socken, und er brachte Einsichten zu Discountpreisen an den Mann. *Werden Sie ein ganz neuer Mensch.* »Angebote, die Sie nicht ablehnen können, die Sie nicht abzulehnen wagen.«

Für fünfzig Cents erstand ich ein hübsches blaues Päckchen mit der Aufschrift GIB ACHT. Doch die Warnung kam zu spät. Als ich das Päckchen öffnete, kam ein kleines Buch mit dem Titel *Kakerlaken* zum Vorschein, herausgegeben von Am York, einem Forschungsinstitut für Schädlingsbekämpfung.

Der Autor hieß Dr. Mohammad U. Shadab. Im Klappentext hieß es, er forsche seit vierzehn Jahren über Käfer und Spinnen. Sein besonderes Interesse gelte seit jeher den Kakerlaken und den mit ihnen verbundenen Problemen.

In einem kubanischen Schnellimbiß trank ich einen *café con leche* und las weiter. »Kakerlaken sind nicht nur ekelerregend, sondern stellen auch eine Gefahr für die Gesundheit dar«, schrieb Shadab. »Sie trinken Wasser, Bier und Milch. Sie fressen tote Insekten, ihre eigenen abgestreiften Häute, tote Artgenossen, frisches und getrocknetes Blut, Exkremente, Auswurf sowie Finger- und Zehennägel und lecken am Speichel schlafender oder komatöser Menschen. *Weil sie nachtaktiv sind, ist es schwierig, sie bei ihrem widerwärtigen Tun zu beobachten.*«

»Vampire. Zum Kotzen«, sagte die Stimme eines Mannes, der mir über die Schulter gesehen hatte. »Wenn die mein Blut saugen, saug ich ihrs.«

Die Stimme gehörte einem Hell's Angel, einem kleinen, behaarten Wesen aus Leder und Ketten. »Das einzige, was noch schlimmer ist, sind die Kleckser«, sagte er.

»Kleckser?«

»Maler. Gottverdammte Künstler«, sagte er.

Der Kummer war neu, die Wunde schmerzte noch. Bis vor fünf Jahren war dies eine kunstfreie Zone gewesen. Jetzt sah man das Zeug überall. »Nicht nur ekelerregend, sondern auch eine Gefahr für die Gesundheit«, zitierte der Hell's Angel. Er bohrte in der Nase und betrachtete versonnen die Ausbeute. »Kotzerregend.«

Er zog mich hinaus, schnüffelte mißtrauisch und verharrte wie ein angeleinter Hühnerhund. Ich konnte jedoch keinen Geruch ausmachen, der auf schöpferische Tätigkeit hingedeutet hätte. Im Gegenteil, die Luft am Broadway war so erfrischend wie in Cape Cod.

Das passierte jeden März. Den ganzen Winter über stank es in New York wie auf einer Sondermüllkippe. Und dann, mit einemmal, war die Luft so frisch und rein, als wäre eine Sauerstoffbombe explodiert. Danach blieb sie etwa eine Woche lang spritzig und wie verzaubert: Es lag ein Prickeln darin, das Engel zum Singen brachte. »Scheiße, geht's mir gut«, sang meiner.

Hier sah der Broadway großartig aus. Auf seiner ganzen Länge, auf den dreiunddreißig Kilometern durch Manhattan und die Bronx, gab es kein Stück, das großartiger aussah als diese paar Blocks zwischen der Canal und der Houston Street.

In den vierziger und fünfziger Jahren des neunzehnten Jahrhunderts war dies das Zentrum des Nachtlebens gewesen: die »hundert Morgen der Hölle«, wie SoHo damals genannt wurde, waren ein versteckter Sumpf aus Bordellen und miesen Spelunken. Am Broadway aber tobte das Leben. In diesem Abschnitt lagen Theater und von Gaslichtern erleuchtete Cafés, Musiksalons wie das Niblo's, Vergnügungsparks wie die Vauxhall Gardens und die nobelsten Grandhotels: das St. Nicholas und das Metropolitan.

Auf dem Balkon des Carlton House saß Charles Dickens und schrieb seine Aufzeichnungen aus Amerika. Mit unverwandtem Blick betrachtete er die allabendliche Promenade, die Kutschen und Diener, die in Seide gekleideten Damen, die Herren, die sich die Schnurrbärte strichen, und vor allem die Schweine:

»Es sind häßliche Tiere; sie haben größtenteils einen mageren, braunen Rücken, der dem Deckel eines alten, mit Roßhaaren überzogenen Koffers gleicht, und abscheuliche schwarze Finnen«, schrieb er. »Um diese Zeit – es wird gerade Abend – könnt ihr sie zu zwanzigen nach Hause ins Bett eilen sehen, auf dem ganzen Weg bis zum letzten Schritt essend. Dann und wann hat ein unerfahrener Jüngling unter ihnen sich überfressen oder ist von den Hunden sehr gequält worden und geht daher etwas zögernd heim, wie ein verlorener Sohn; doch ist dies ein seltener Fall, denn Selbstbeherrschung, Selbstvertrauen und unerschütterliche Ruhe sind ihre Haupttugenden.«

Zwischen den stöbernden Schweinen drängten sich die Menschen in die Woods Minstrel Hall, das Olympic, wo man West's Amazing Circus bewundern konnte, oder in die Chinese Rooms. Letztere beherbergten nach dem großen Feuer Barnums zweites Amerikanisches Museum, das schließlich ebenfalls abbrannte.

Von diesem Trubel war nichts mehr geblieben. Nur die nach dem Bürgerkrieg errichteten Geschäftshäuser waren noch da, und viele von ihnen waren echte Schmuckstücke. Sie bestanden aus vorgefertigten Gußeisenteilen, und man hatte sie ausschließlich als Werkstätten, Fabriken, Verkaufsräume und Kaufhäuser geplant. Daher fehlte ihnen der falsche Pomp des Lower Broadway. Die Architekten hatten die Funktion in den Vordergrund gestellt und Verzierungen als nebensächlich angesehen. Das Haughwort, das Little Singer und andere waren perfekt in ihren Proportionen und herrlich in den Details, aber ihre Eleganz wirkte nicht überzogen oder auf Effekt bedacht.

Das Schicksal des Haughwort war typisch. Einst war es eines der vornehmsten Warenhäuser gewesen, 1859 nach dem Vorbild der Sansovino-Bibliothek am Markusplatz in Venedig erbaut, mit einer von schokoladenbraunen Säulen unterbrochenen Fassade, einer herrlichen Uhr und dem ersten Otis-Aufzug in ganz New York – jetzt wurden dort BHs und billige Unterwäsche hergestellt, und die Uhr hatte keine Zeiger mehr.

Das Reich der Kleckser begann an der Spring Street.

Sie waren aus SoHo gekrochen gekommen, das weiter westlich vor sich hin schmorte und mit Galerien schon so vollgestopft war, daß weitere nicht mehr hineinpaßten. Früher war der Überschuß nach TriBeCa im Süden oder Alphabet City im Osten abgeflossen, inzwischen aber schwappte er auch über den Broadway.

SoHo war eine Goldgräberstadt, besessen von der Jagd nach dem schnellen Geld. Noch vor fünfundzwanzig Jahren hatten hier nur Lastwagen gelebt. Die engen schwarzen Schluchten, rechts und links begrenzt von verlassenen Lagerhäusern, waren voller Mechanikerwerkstätten gewesen. Dann hatten sich die ersten Künstler vom Greenwich Village eingeschlichen, angelockt von der Leere dieses Viertels, vom Licht, das hier ungehindert einfiel, und von den Fabriketagen, die für zehntausend Dollar zu haben waren.

Es war die Blütezeit der Minimalisten. Ihr Rohmaterial – Stahlblech, Styroporblöcke, Industriefilze, verschmierte Lumpen – lag hier auf der Straße, vor jedem Kellerausgang, neben jeder Schachtabdeckung. So entstand ein exklusiver Zirkel. Paula Cooper eröffnete eine Galerie, Max Hutchinson ebenfalls. Dann kamen die Kritiker.

Einer der ersten war Robert Hughes.

Er war ein langhaariger, in schwarzes Leder gekleideter Australier, den *Time* frisch aus London importiert hatte, ein junger Mann mit einem Motorrad, der genau in diese Szene paßte. Über der SoHo Heat-Treating & Pacivating Company fand er eine leerstehende Fabriketage. Der Preis betrug mittlerweile fünfundzwanzigtausend Dollar. Er kaufte das Loft trotzdem.

Die Nachbarschaft war durch und durch italienisch und so minimalistisch wie die Kunst. Außer einer puertorikanischen Bodega gab es noch zwei Schweinemetzger, einen Gemüsehändler, eine Trattoria und eine einzige Bar, das Fanelli's, in der die Künstler dieser Kolonie sich wie die Maulwürfe eingruben und sehr ernsthaft debattierten. An Winterabenden konnte Hughes zu einem solchen Treffen durch den Schnee stapfen, und wenn er nach Hause zurückkehrte, fand er keine anderen Fußspuren als seine eigenen.

Geld war kein Thema. In jenen Tagen waren Maler keine Krösusse. Reichtum gab es nur für die Museumskünstler, für Leute wie Jasper Johns und Willem de Kooning. In SoHo galt man als erfolgreich, wenn man seine Miete bezahlen konnte.

Dies alles änderte sich ganz schnell. In den Lifestyle-Rubriken der Hochglanzmagazine erschienen zahlreiche Artikel. Die Kunsthändler Leo Castelli und Andre Emmerich, die ihre Geschäfte weiter nördlich hatten, eröffneten Downtown-Filialen. Bald war der West Broadway dicht gesäumt von Bistros, schikken Kneipen, Künstlerbedarfsgeschäften und exklusiven Feinkostläden. »Als der Morgen graute«, sagte Hughes, »waren die Boutiquen da.«

Über Nacht, so schien es, hatte sich die Szene geändert, und in SoHo drängten sich nicht nur Maler und Bildhauer, sondern auch Töpfer, Kunsthistoriker, Rahmenbauer und Leinwandspanner, professionelle Freundinnen und professionelle Freunde und vor allem Assistenten. Die Assistenten waren so zahlreich wie die Heuschrecken. An einer Mauer am West Broadway weinte ein Graffito einsam in der Wüste. »Kunst ist Scheiße – wir wollen Lastwagen«, klagte es. In Windeseile war es übermalt und durch eine hingeschmierte Proklamation von René, einem labialen Formalisten, ersetzt, der verkündete: »Ich bin der beste Künstler.«

Aus einem Stadtviertel wurde ein Erlebnispark. Robert Hughes nannte SoHo »KunstWelt«.

Und nun war die Show auf dem Broadway eröffnet.

Die Manufakturen erstreckten sich über ganze Etagen. Oben und unten nähten Regimenter von Hispano-Frauen Bikinis, Unterhosen und Hüfthalter. Dazwischen hatten sich die Retro-Abstrakten und postmodernen Rückfalltäter etabliert.

Im Broadway Restaurant zeigte man sich unbeeindruckt. Es war ein düsterer, höhlenartiger Bunker, und die Stammgäste wunderten sich über nichts. In den hinteren Regionen saßen Männer, spielten Karten, tranken klebrige Drinks und debattierten über Pferderennen. Wenn sich ein Fremder zu ihnen gesellte, erstarrten die Spieler und wurden so steif, als wären sie aus Pappe ausgeschnitten. »Künstler? Die geben die mickrigsten Trinkgelder«, sagte ein Mann mit einem flachen Hut. Seine Hände warfen einen Vogelschatten an die Wand: flatternde schwarze Flügel, ein piepsendes Vögelchen. *»Cheap, cheap«*, sagte er.

An der Theke stand ein junger Engländer und klimperte mit Geld. Er sah nach links, dann nach rechts, hob die Schultern und zuckte am ganzen Körper. Er zog den Kopf ein und machte den Mund einen Zentimeter weit auf. »Packung Winston«, zischte er.

»Sonst noch was?« fragte der Wirt.

»Kommt drauf an«, sagte der Engländer.

Er war ein zierlicher junger Mann mit lockigen Haaren und einem Tweedjackett mit Fischgrätmuster und hatte das Gesicht eines sehr alten Kindes. Als er die Winston einsteckte, trat er von der Theke zurück und sah wieder nach links und rechts. »Kommt alles drauf an«, sagte er und suchte und fand das Weite.

Er hieß Paul Kasmin und hatte oben eine Galerie. Im Augenblick handelte es sich dabei um einen kleinen, leeren Schuhkarton von einem Raum, der am Ende eines kahlen Korridors lag und nichts enthielt als ein paar Kissee-Perlen aus Mosambik, kurze schwarze Banderillas, die aussahen wie Stacheldraht-Kebabs. Aber man rechnete mit mehr. Wenn die aktuellen Pläne sich verwirklichten, würde man bald Zeichnungen, Fotografien, ja sogar Gemälde haben. »Kunst«, sagte Paul. »Und dann.« Er ließ die Augenbrauen hüpfen und rümpfte die Nase. »Oder auch nicht«, sagte er.

Hinter einem weißen Paravent saß eine junge Frau, telefonierte und kritzelte Notizen. »Bist du da?« fragte sie.

»Bis zu einem gewissen Punkt«, sagte Paul.

Sein Vater war Kunsthändler in England, seit drei Jahrzehnten. In den sechziger Jahren hatte er geholfen, die Generation der jungen, völlig verschiedenen englischen Maler – David Hockney, Patrick Proctor, R. B. Kitaj, Alun Jones –, die von den Journalisten als Pop-Künstler, als die Künstlermeute des Swinging London bezeichnet wurden, unter einen Hut zu bringen.

Paul war im Alter von sechs Jahren von Hockney gemalt worden; seine ganze Kindheit und Jugend hatte er inmitten von Geklecks aller möglichen Richtungen verbracht. Er hatte Kunstgeschichte am Courtauld Institute studiert, auf dem Kensington Market Drucke verkauft, Fotografien von Brancusi gesammelt. Als in England nichts mehr los war, floh er nach New York. Er hatte eine Menge getrunken, Reisen gemacht und viele Leute mit Geld kennengelernt. Jetzt, mit Dreißig, fand er, es sei an der Zeit, Nägel mit Köpfen zu machen.

Zu diesem Zweck hatte er den weißen Raum gemietet. Inklusive Assistentin, Sekretärin, dreistündiger Mittagessen bei Da Silvano und Flüge zu Kunstmessen in der ganzen Welt kostete ihn das monatlich ungefähr achtzehntausend Dollar, und er mußte sich langsam ernsthaft Gedanken machen, wie er die hereinbekommen konnte. Er hatte Schubladen voller hervorragender Fotografien, er hatte Kontakte und Verbindungen, sein Name war Kasmin, und er wünschte sich inbrünstig, reich zu sein. Reichte das? »Ja«, sagte er, »und nein.«

Theoretisch war alles in Butter; in der Praxis jedoch stand er vor einem scharf umrissenen und drängenden Problem. An diesem Abend noch wollte er versuchen, einem jungen französischen Paar ein Ölgemälde von Donald Baechler zu verkaufen. Die beiden hießen René und Gaby Pelletier und paßten perfekt zueinander. »Er ist ein Mann mit viel Geld, und sie ist eine Frau mit viel Bein«, erklärte Paul. Aber verkaufen war nicht seine starke Seite. »Ich kenne mich aus mit Kunst. Glaube ich jedenfalls«, sagte er. Er machte ein leises würgendes Geräusch. »Aber ich kann kein großes Theater darum machen. Ich kann einfach nicht.« Er schluckte. »Konnte ich noch nie.«

Normalerweise überließ er die Verhandlungen seiner Assistentin Marina, einer dunkelhäutigen jungen Frau mit bodenlosen schwarzen Augen. Käufern mußte man um den Bart gehen, man mußte sie behutsam an der Hand nehmen, und Marina hätte Lebensversicherungen auf der *Titanic* verkaufen können. Doch sie lag mit Grippe im Bett. Damit hing jetzt alles davon ab, wie gut sich Paul auf das Absondern hochgestochener Sprechblasen verstand.

Das wurde immer wichtiger. In den letzten Jahren war eine ganz neue Sorte von Sammlern auf den Plan getreten – nicht Kunstliebhaber, sondern in erster Linie Investoren –, und sie bezahlten mit nagelneuem Geld. Sie hatten ein Vermögen gemacht, in Hollywood oder mit Grundstücken, mit Videogeräten, Computern oder Aktien, und als professionelle Verkäufer erwarteten sie eine erstklassige Verkaufstaktik. Wenn man ihnen ein Gemälde, ganz gleich, wie hervorragend, einfach in die Hand drückte, fühlten sie sich übers Ohr gehauen. »*Ejaculatio-*

praecox. Coitus interruptus«, sagte Paul. »Irgendwas in der Art jedenfalls.« Sein Blick strich flackernd über die leeren, weißen Wände der Galerie, die leeren Ziegelmauern vor dem Fenster. »Für jedes Bild gibt es ein... Man muß nur die...« Er fuhr sich durch das ohnehin schon ganz zerzauste Haar und zog an einer nicht angezündeten Winston. »Ein Schlüsselwort«, sagte er. »Man muß die Zauberformel finden.«

Niedergeschlagen blätterte er in Katalogen zu Baechlers Ausstellungen. Baechler war eindeutig einer der kommenden Künstler, ein junger Mann Anfang Dreißig, und Paul glaubte fest an ihn. Aber über sein Werk reden? »Herrje«, sagte er.

In Baechlers gewollt naiven Bildern gab es dicke, nackte Mütter und Dinosaurier und kleine Mädchen, schwarz behaarte oder kahle Hinterköpfe und Gesichter von Menschen, die heulten oder johlten, weinten, beteten oder einfach bloß starrten. Daneben und in krassem Kontrast zu ihnen standen, grell bunt, als wären sie aus einem Bilderbuch ausgeschnitten, Fußbälle, Weihnachtsbäume, Zwiebeln, Okraschoten und Kartoffeln. »Tolles Zeug«, sagte Paul.

»Warum sagen Sie es dann nicht einfach so?« fragte ich.

»Mit so simplen Worten?« sagte er. »Sind Sie verrückt?«

Sein Gesicht war ständig in Bewegung. Er hatte leicht gerötete Augen, kleine, rosige Ohren und einen kleinen, verkniffenen Mund, und bei jeder Frage blickten die kleinen Augen gehetzt hierhin und dorthin und suchten verzweifelt nach einem Schlupfloch. Das gab ihm das Aussehen eines gejagten Kaninchens, eines gewitzten Kaninchens allerdings, eines geriebenen Schwindlers.

Auf der Suche nach Inspiration las er aus dem Katalog zu Baechlers letzter Ausstellung vor: »Seine neueren Bilder erzeugen im Betrachter ein eigenartiges Gefühl von Anziehung und gleichzeitiger Irritation«, hieß es da. »Dieser scheinbare

Widerspruch kommt zustande durch subtil gedämpfte, vom obligaten Fließen der Linien überlagerte Flächen sowie den verwirrenden, klaustrophobischen Gesamteindruck einerseits und durch das in einem inneren Spannungszustand befindliche, jedoch vom Bildrand am Ausfließen gehinderte Meer der Gesichter andererseits. Durch die gezielte Plazierung von Gesichtern im Profil, die eine Überfülle von Gemütsbewegungen vermitteln, den Betrachter dabei aber nur selten direkt ansehen, provoziert die Dichtheit dieser Eindrücke nicht nur die Bereitschaft zum Mitleid, sondern zugleich auch die Negation jeder subjektiven Betrachtungsweise (insofern als diese die kommunikative Sprechintention behindert).«

Es herrschte ein langes Schweigen.

In dem weißgestrichenen Raum wollte das Telefon nicht klingeln, und die kahlen Wände starrten alle starren Blicke nieder. »Herrje«, sagte Paul noch einmal und floh, auf der Suche nach der Zauberformel, hinaus nach SoHo.

Bei Fanelli's gab es Box-Bilder an den Wänden und eine Theke, in der Expressionisten tiefe Schrammen hinterlassen hatten. Mike Fanelli selbst war jedoch schon lange tot. Er war immer schon eine geisterhafte Erscheinung gewesen – ein ausgemergelter Körper, eine Haut, so dünn wie Pergament – und hatte ausgesehen wie einer dieser getrockneten japanischen Kugelfische, die, mit einer flackernden Kerze ausgestattet, als Lampen Verwendung finden. Wenn in kalten Nächten die Heizung ausfiel, wurde ein uralter Kanonenofen hervorgeholt. Die Flammen ließen die Schatten an der Decke und auf den Wänden tanzen. Der lange Raum wirkte dann wie eine Höhle, glich einer Küche voller Diebe und Halunken, wie von Hogarth gestochen. Auf dem Männerklo hatte jemand über die marmorierten, im Schnörkelstil des neunzehnten Jahrhunderts gehaltenen Pissoirs die Worte »Alle Künstler sind Gesetzlose« geschrieben. Solange der Alkohol wirkte, schien die Behauptung beinahe wahr zu sein.

Aber inzwischen konnte man hier auch mit Kreditkarten bezahlen, und die Salatsaucen wurden mit Balsamico-Essig zubereitet. An den Tresen gepreßt, standen zwei deutsche Kunsthändler, die Harvey Wallbangers tranken und sich über ihren Kunstführer beugten, Anzugtypen in mittleren Jahren, die gerade aus Stuttgart gekommen waren und nur achtundvierzig Stunden Zeit hatten. Sie hatten bereits sechs Präsentationen hinter sich, für den Nachmittag waren acht weitere vorgesehen. Doch das reichte nicht. »Wir müssen einfach schneller sehen«, sagte Händler A.

»Noch ein Bier, dann gehen wir«, schlug Händler B vor.

»Kein Bier mehr – wir gehen sofort«, sagte der erste barsch. »Wenn wir bei Twombly waren, können wir saufen. Wenn wir bei Twombly waren, Mensch, dann können wir saufen, bis es flimmert.«

Wir drückten uns in die Lücke, die sie hinterließen, und bestellten Hochprozentiges. Rings um uns her hingen Bilder von Rocky Marciano, Jersey Joe Walcott, Phil Terranova und Willie Pep, aber keine Gemälde. »Der Trick an der Kunst ist: Entweder es ist Kunst, oder es ist keine«, sagte Paul. Seine Hände formten zwei plumpe, bauchige Halbmonde, die an Edamer Käse oder an Jayne Mansfields Busen erinnerten. »Aber Kunstsprech?« fragte er. Die Halbmonde fielen in sich zusammen und verschwanden. »Wer kennt sich da schon aus?«

Tony Shafrazi kannte sich aus.

Er war der allgemein anerkannte Kunstsprech-Meister von SoHo, eine emblematische Gestalt, deren Karriere den Aufstieg von KunstWelt begleitet hatte und dessen Fall, wenn es denn einmal dazu kommen sollte, die schwärzesten Ängste der Szene bestätigen würde.

Shafrazi war Iraner armenischer Abstammung und in England aufgewachsen. Als er 1965 nach New York kam, versuchte er sich erfolglos als Künstler. »Gezwungenermaßen mußte ich warten – ich befand mich in einer kafkaesken Situation, isoliert«, sagte er später. Und darum hatte er, als Picassos *Guernica* 1974 im Museum of Modern Art ausgestellt wurde, eine Sprühdose mit roter Farbe hineingeschmuggelt und das Bild mit dem Slogan *Kill Lies All* versehen.

Damals fand man, das sei ein vielversprechendes Debüt. Die Konservativen schäumten und setzten seinen Namen auf die Abschußliste – aber nur, weil sie ihn nicht verstanden! »Ich habe das getan«, sagte Shafrazi, »weil ich eine größere Verantwortung übernehmen wollte.«

Nachdem man ihm also für seinen groben Unfug auf die Finger geklopft hatte, publizierte er ein Buch mit Fotografien und Notizen und begann sich als Einkäufer amerikanischer Kunst für Teheraner Museen zu betätigen. In den frühen achtziger Jahren fingen Künstler aus dem East Village wie Keith Haring und Kenny Scharf an, Graffiti-Kunst zu machen, und Shafrazi brachte sie nach SoHo. Ihre Vernissage in der Mercer Street artete in einen ziemlichen Aufruhr aus, mit Krakeelern und Ballons und hundert kreischenden männlichen Modellen.

Von da an war Shafrazi nicht mehr zu bremsen. Andy Warhol hatte bei ihm ausgestellt, Charles Saatchi hatte seine Bilder über ihn verkauft. Inzwischen gab er sein Alter nicht mehr preis und hatte eine neue Galerie, so groß wie ein kleines Museum, in der Prince Street geleast. Sie kostete ihn angeblich vierzigtausend Dollar pro Monat. Dieser neue Palazzo war jedoch noch nicht eröffnet. Im Augenblick arbeitete Shafrazi noch in der Mercer Street, in einer sauberen, gut ausgeleuchteten riesigen Lagerhalle.

Rundlich wie ein Bankdirektor saß er hinter seinem Schreibtisch, und nach seiner Erscheinung hätte er geradewegs einer Modezeitschrift entstiegen sein können. Keine Kamikaze-Aktionen, keine roten Spraydosen mehr – das neue Shafrazi-Modell war ausgestattet mit distinguiert grauen Haaren, dauerhaft gebräuntem Teint, italienischem Anzug und maßgeschneidertem Streifenhemd. »Das Wort ›Kunsthändler‹ gebrauche ich nicht. Ich bin Galerist«, sagte er und sah alles mögliche an, nur nicht uns. »Dazu braucht man mehr kreatives Engagement und ein tieferes Gefühl für Verantwortung.«

Verantwortung war *sein* Zauberwort. Seine Unkosten und Verbindlichkeiten, die zahlreichen Selbstdarstellungsrituale, denen er ausgesetzt war, hätten einen weniger selbstlosen Mann vielleicht zu Boden gedrückt. Doch Shafrazi schreckte davor nicht zurück. »Die Aufgabe jener Menschen, die eine *Vision* haben, ist es, voranzuschreiten«, sagte er. »Die Kunst ist meine Religion. Wer von einer solchen Leidenschaft besessen ist, hat die Pflicht, sich ihr auf allen Ebenen zu widmen – auf der finanziellen ebenso wie auf der poetischen und kreativen. Man könnte sagen: Das ist das Kreuz, das ich tragen muß.«

»Damit Geld zu verdienen, meinen Sie?«

»Wenn es nötig ist, auch das«, sagte Shafrazi.

Der Schwarze Montag warf über alles einen dunklen Schatten. Was, wenn eine größere Wirtschaftskrise bevorstand? Ein schrecklicher Gedanke. All diese Vierzigtausend-Dollar-Mieten und Hunderttausend-Dollar-Preisschilder *perdu*. Und mit ihnen die Assistentinnen mit ihren Miniröcken, die wichtigen Geschäftsessen bei Da Silvano, die Wochenend-Beutezüge nach Paris, Barcelona und Los Angeles. Dennoch gab Shafrazi sich gelassen. »Ich sehe das positiv, wie alle Pioniere«, sagte er. »Mit Integrität und dem nötigen Gefühl für *Verantwortung* kann man selbst aus Zeiten der Umwälzung kontextuell gestärkt hervorgehen.«

»Sie sprechen von Profiten?«

»Ich nenne das lieber kreativen Ansporn.«

Vorne, in der Galerie, hing ein Baechler, ein großes Bild in Öl- und Acrylfarben, das einen Mann mit schwarzem Mantel und schwarzem Zylinder und einen bunten Wasserball zeigte. Ich mußte an mechanisches Spielzeug zum Aufziehen, an Abziehbilder, Konservendosen mit indischen Chutneys und *Das Geheimnis um Edwin Drood* denken. Doch ich war hier nicht gefragt. »Was sehen Sie darin?« wollte Shafrazi wissen.

»Nein, bitte«, sagte Paul geistesgegenwärtig. »Was sehen *Sie* darin?«

»Den ersten Höhlenmenschen, der zum erstenmal etwas gestaltet, der sagt: *Ich bin ein Mensch, ich bin, und dies ist mein Vermächtnis.*«

Auf der anderen Seite des Blocks saß Sasha Zim in einem umgebauten Speisewagen, einem Lokal namens Jerry's, trank mit Alexej Alexandrowitsch eisgekühlte Milch und verzierte ein Foto von Madonna in der *New York Post* mit einem roten Bart. »Ist *mein* Vermächtnis«, sagte er. Doch sein Publikum blieb unbeeindruckt. »Die Kunst ist tot«, sagte Alexej.

Er war ein Vogelmensch, eine Art Haubentaucher. Zwei weiße Büschel und ein silberner Flaum leuchteten über dem sonst kahlen Schädel, und sein Gesicht war durch einen blauroten Zinken der Länge nach geteilt. »Tot. Kaputt. Ausgedient.« Seinen rechten, von Kinderlähmung verkrüppelten Arm hielt er wie einen gebrochenen Flügel an die Brust gepreßt. »Kann man ihr nur noch möglichst schnell den Gnadenschuß geben.«

Er war nicht von hier, sondern von der Lower East Side, wo er in der Ludlow Street in einem Souterrain-Apartment lebte, das er nur im Notfall verließ. »Wenn ich dieses gewisse Gefühl im Bauch habe, muß ich was in den Bauch kriegen«, sagte er. In diesen harten Zeiten verkaufte er seine Bilder sowie Stapel alter

Taschenbücher und Ausgaben von *National Geographic* am Cooper Square. Wenn das nicht genug einbrachte, spielte er in der U-Bahn Balalaika und sang dazu russische Lieder.

So hatte ich ihn kennengelernt. Vor drei Jahren, in der Linie A an der 34. Straße, lange bevor ich mit meinem Spaziergang den Broadway entlang begonnen hatte. Alexej war mitten in den »Moskauer Nächten«, und seine hohe Stimme versuchte erfolglos, sich gegen das Dröhnen und Rattern durchzusetzen. Ich gab ihm einen Dollar und bat ihn, »Stenka Rasin« zu singen. »Das reicht nicht«, sagte er.

»Mehr hab ich aber nicht«, entgegnete ich.

»Dann nimm. Nimm«, sagte Alexej und fischte aus dem Bierkrug, der ihm als Sammelbecher diente, einen knisternden neuen Fünfdollarschein.

Später, im Souterrain-Apartment in der Ludlow Street, betranken wir uns mit Buttermilch, angereichert mit Kartoffelwodka. In den Fenstern war kein Glas mehr, sie waren mit Dekken verhängt. Ein Schäferhund namens Leon lebte ebenfalls dort, und an den Wänden standen in Dreierreihen Bilder, ungerahmte expressionistische Ölgemälde.

Es gab nur zwei Sujets: Stilleben und Kreuzigungen. »Manchmal versuche ich auch andere Sachen. Akte, Landschaften, alles mögliche«, sagte Alexej. Aber die Nackten aßen dann Obst und rohes Gemüse, und in den Landschaften wuchsen Kreuze. »Auberginen, Zucchini, Nägel«, sagte er. »Das sind eben die Sachen, die ich sehe. Ich kann nur malen, was ich sehe.« Und was er sah, war Verfall. In dem Augenblick, da sein Pinsel sich ihr näherte, fiel alle Materie dem Verderben anheim. Obst schimmelte, Fleisch färbte sich grün, der Körper des Heilands verfaulte. »Verwesung«, sagte Alexej. Diese Vorstellung schien ihn mit einer sinistren Freude zu erfüllen. »Die Schlachthof-Schule«, sagte er.

Während wir tranken, waren verschiedene Russen ein und aus gegangen. Sie benahmen sich, als wären sie dort zu Hause, aber Alexej sagte, sie seien nur Gäste. Einer, ein Mongoloider, begann die Bilder durchzusehen. Als er an eine Studie von Christus' gemarterten Füßen geriet, brach er in schallendes Gelächter aus. Jemand rief ihm einen Fluch zu, und der Mongoloide wurde puterrot und rannte davon. Alexej selbst jedoch nahm keinen Anstoß daran. Im Gegenteil, er schien beruhigt. »Einen Narren kann man nicht hinters Licht führen«, sagte er.

Das Souterrain war auch ein Zufluchtsort für heimatlose Sowjerikaner. Alexej Alexandrowitsch lebte seit zweiunddreißig Jahren hier. In diesem Zeitraum hatte er, wie er behauptete, auch zweiunddreißig Bilder verkauft. Außerdem hatte er Tausende von Obdachlosen aufgenommen. »Die Armee der Verlorenen«, sagte er jetzt, in SoHo, und nippte an seiner eisgekühlten Milch. »Und ihre Trommeln.«

Seine eigene Reise hatte 1935 in Odessa begonnen, als drittes von sechs Kindern. Sein Vater war Schneider und Flötist gewesen. Als die Deutschen kamen, schlich sich die Familie mit der Flöte des Vaters und dem, was sie am Leib hatten, auf ein Fischerboot. Mitten auf dem Kaspischen Meer kam ein Sturm auf, und das Boot kenterte. Alexejs Mutter ertrank, zwei Brüder und eine Schwester starben an Unterkühlung. Die übrigen klammerten sich an irgendwelche Trümmer und wurden an der türkischen Küste an Land gespült, wo sie von der Küstenwache verhaftet und interniert wurden. Siebzehn Monate lang blieben sie im Lager. Eine zweite Schwester starb an Unterernährung. Als das Lager abbrannte, wurde die Familie erst in ein anderes und dann in ein weiteres Lager gebracht. Irgendwo unterwegs verschwand der letzte Bruder. Es gab jetzt nur noch Alexej, seinen Vater und die Flöte.

1944 waren sie in Algerien, in einem Lager bei Biskra. Alexej bekam Kinderlähmung. Es gab keinen Arzt, und die Medizin, die er brauchte, war gestohlen worden. Also legte er sich hin, um zu sterben. Da kein Rabbi verfügbar war, wurde er von einem katholischen Priester getauft und erhielt die Sterbesakramente. Sein Vater spielte Papagenos Triller aus der *Zauberflöte*. Als am nächsten Morgen die Wächter ihre Runde machten, war Alexej am Leben und sein Vater tot.

Seither war er Katholik.

Nach dem Krieg hatte er in Oran und Meknes, in Tanger, Algeciras, Malaga, Barcelona, Toulon und Marseille gelebt. Als er nach Paris kam, war er siebzehn, Linkshänder und verdiente sich sein täglich Brot damit, daß er mit Männern schlief.

Einer dieser Männer, ein New Yorker und von Beruf Erzbischof, nahm Alexej mit nach Amerika, kaufte ihm eine Aufenthaltserlaubnis und brachte ihn als Butler im Schweizer Konsulat unter. Dort lernte Alexej ein Dienstmädchen kennen und heiratete es. Die Frau hieß Kirsten und war ein Erdwesen mit schwellenden Brüsten und Pobacken, und sie liebte ihn halb zu Tode. Es war soviel an ihr dran, daß er nie wußte, wo er anfangen sollte. Also fing er gar nicht erst an.

Wenn Kirsten keinen Dienst hatte, arbeitete sie als Modell an der Cooper-Union-Universität für Kunst und Architektur. Alexej schlich sich oft in die Klassen, setzte sich in die letzte Reihe und sah zu – ein Mann in einem schmutzigen Regenmantel. Er träumte davon, sie zu malen: seine eigene Frau, nur ein einziges Mal. Doch er traute sich nicht. Statt dessen ging er an einem Karfreitag allein aus und trank, bis er sternhagelvoll war. Als er nach Hause kam, lag Kirsten bäuchlings nackt auf dem Bett und schlief fest. Alexej nahm seinen Skizzenblock und zeichnete, was er sah. Dann schlief er selbst ein, den Mund tief in den weichen Bauch seiner Frau gedrückt.

Am nächsten Morgen sah er sich an, was er gezeichnet hatte.

Es war eine Rückenansicht des gekreuzigten Christus inmitten von Auberginen, Zucchini und Nägeln.

Es war das Ende der Ehe. »Ich wurde verrückt, und meine Frau ging zum Bowlen«, sagte er. »Sie fühlte sich auf der Bowlingbahn mehr zu Hause, und mich haben sie nach Creedmore gebracht. In die Klapsmühle. Vierzehn Monate weiße Wände und Einläufe, Nägel waren verboten. Und das Gemüse kam aus der Dose.«

Als sie ihn entließen, zog Alexej Alexandrowitsch in den Süden von Manhattan, wurde Hausmeister in der Pfarrkirche Sankt Stanislaus und fand die Souterrainwohnung in der Ludlow Street. Nebenbei brachte er sich Ölmalerei bei.

Das war in den späten fünfziger und frühen sechziger Jahren, und damals brauchte man sich auf diesen Straßen noch nicht zu fürchten. Wenn es nicht regnete, saß Alexej jeden Abend vor der Haustür und malte. Eines späten Abends im August fiel ein Ziegel vom Dach und krachte ihm auf den Kopf. Die Folge waren neunzig Stiche und eine lebenslange Rente.

Seitdem lebte er von diesen monatlichen Schecks. Wenn man ganz genau hinsah, konnte man den feinen weißen Strich der Narbe auf seinem Schädel erkennen, die der Dachziegel hinterlassen hatte. Selbst jetzt litt er noch an schrecklichen Kopfschmerzen, Übelkeit und gelegentlichen Anfällen von Selbstverachtung. Meistens jedoch ging es ihm gut. Während der langen Monate der Genesung, als er seine Souterrainwohnung nicht hatte verlassen können, hatte er eine Art von Entschluß gefaßt. »Mein Schädel war mit Binden gefesselt, meine Gedanken rasten herum. Also? Fing ich an, Fragen zu stellen.«

»Was für Fragen?«

»Die gleichen Fragen wie alle: *Wer bin ich? Wie bin ich hierhergekommen? Und warum?*«

»Und die Antworten?«

»Gibt keine«, sagte Alexej. »Außer: *Früher war ich mal irgendein Russe.*«

Nicht gerade viel. »Aber ein Anfang, ein Beginn«, sagte er. Sobald er sich von seinem Krankenlager erheben konnte, fuhr er zum Brighton Beach in Brooklyn, draußen bei Coney Island. Unter den Hochbahngleisen der B-Linie gab es ein Viertel namens Little Odessa. Alles dort – die Ladenschilder, die Zeitungen, die Restaurants, die Verbrechen – war russisch. Alexej kaufte in einem Trödelladen eine Balalaika und fing noch auf der Straße an, darauf zu spielen. Er spielte sie, während er den Block hinunter- und die Treppe zur Haltestelle der B-Linie hinaufging, er spielte sie auf dem Bahnsteig und auf dem ganzen Weg zurück nach Manhattan. Als er am Times Square aus der U-Bahn stieg, folgten ihm sieben heimatlose Russen.

Er nahm sie wie Trophäen mit nach Hause. Sie erfüllten das Souterrain mit Lärm, Fleisch und gesundem Gestank. Er kochte ihnen Kohlsuppe und *piroschkis.* Wenn ein Trupp sich satt gegessen hatte, kam der nächste. Und der nächste. »Das Gute an Russen ist: Sie werden nicht alle«, sagte Alexej.

Sie bewahrten ihn davor, wieder verrückt zu werden. Sein Russisch war sehr schlecht und beschränkte sich auf ein paar Sätze. Allein der Klang seiner verlorenen Muttersprache gab ihm Boden unter den Füßen und verhinderte, daß er davonflog.

Das war auch nötig. Wenn er nachts im Dunkeln dalag, hatte er oft das Gefühl, als wüchsen ihm Flügel, als erhöbe er sich in die Luft. Aber natürlich konnte er mit einem verkrüppelten Arm nicht fliegen – er konnte sich nur weh tun. Darum hatte er das Glas aus den Fenstern genommen: damit er keine Scheibe zerbrach und sich verletzte. Aber so weit kam es nur selten. Bevor er sich auch nur ein kleines Stück in die Luft schwingen konnte, begann der Hund zu knurren, oder ein Betrunkener sang das Lied vom Baikalsee, und Alexej legte sich wieder hin.

Am nächsten Morgen mußte er wieder Suppe kochen und neue Piroggen backen. »Und so bleibe ich unauffällig – immer von einem Tag auf den anderen«, sagte Alexej. »Intakt.«

Was seine Bilder anging, so hatte er kein festes Urteil. Er hatte nie Unterricht gehabt, er wußte, daß seine Technik roh und rudimentär war, und oft kam er sich grotesk vor. Aber dann wieder war er hingerissen. Er stolperte über ein Bild, das er längst vergessen hatte, oder sah ein anderes in einem neuen Licht, und ihre Kraft traf ihn wie ein Hammerschlag. Es war, als hätte ein anderer sie gemalt und ihn nur als Medium gebraucht. Dann spielte die Roheit keine Rolle mehr, und absurd zu sein war eine Ehre. »Zählt nur noch das Leben. Ein neues Leben, etwas, was vorher nicht gelebt hat.«

An diesem Tag in SoHo war er in Hochstimmung. Vor einer Woche, zum erstenmal seit Jahren, hatte ein professioneller Kunsthändler echtes Interesse gezeigt – es hatte sogar so ausgesehen, als wollte er kaufen.

Der Anfang der Geschichte lag einen Monat zurück. Einer von Alexejs Russen, ein pensionierter Uhrmacher, war gestorben und hatte ihm ein paar antike Bilderrahmen vermacht. Alexej hatte sie für seine neuesten Bilder verwendet. Und irgendwie hatten sie ihm Glück gebracht. Als er das nächstemal seine Werke am Cooper Square aufstellte, war ein gutgekleideter Mann in rehbraunen Lederhosen und Gucci-Schuhen vorbeigeschlendert und war hingerissen gewesen. »Als hätte er irgendeine Vision gehabt«, sagte Alexej.

Der gutgekleidete Mann hieß Harold. Ihm gehörte eine Galerie in Cape Cod, und er bot für alles zusammen – fünf Bilder und fünf Rahmen – fünfhundert Dollar. Er hätte das Geschäft an Ort und Stelle abgeschlossen, nur hatte er leider nicht genug Geld dabei. Aber er versprach hoch und heilig, in einer Woche wiederzukommen, mit Bargeld.

Heute war der große Tag. Wir saßen bei Jerry's, und die gerahmten Bilder standen, säuberlich in Weihnachtspapier verpackt, zwischen Alexejs Beinen. Noch in dieser Stunde würde er Harold hier treffen und ein neuer Mensch sein, ein Galerie-Künstler.

Sasha sah die Dinge nicht so rosig. »Drei zu fünf, daß Bursche ist nicht koscher. Wird er gar nicht erst kommen«, sagte er.

»Natürlich«, sagte Alexej. »Die Kunst ist tot.« Aber er wollte mir nicht erlauben zu bleiben und selbst zu sehen, was geschah. Als die verabredete Zeit nahte, schob er mich hinaus auf die Straße. Meine Einwände und Bitten halfen mir nichts. »Fort mit dir, du Unglücksvogel«, sagte Alexej. Also ging ich. Es war Mittagszeit.

In SoHo war das Mittagessen die entscheidende Mahlzeit. Da Silvano, die erlesene Trattoria, war voller Kunsthändler. Leo Castelli aß hier, ebenso wie Shafrazi und Larry Gagosian. Und hierhin brachte mich Paul Kasmin, damit ich mein Brot mit Donald Baechler brach.

»Wie ist er?« fragte ich ihn.

»Ach, na ja«, sagte Paul und reichte mir eine Kritik des Kunstredakteurs Robert Pincus-Witten, die die griffige Überschrift »Zunehmende Unzugänglichkeit« trug. »Er (Baechler) ist besessen«, hieß es da. »Er arbeitet in Abgeschiedenheit und ist von Angst erfüllt. Einmal gestand er, daß es Augenblicke gibt, in denen er fürchtet, er könnte durch die großen Fenster seines Arbeitsloft springen. Während einer Phase tiefer Depression, in der er nicht fähig war zu malen, verbrachte er die Zeit damit, im Bett zu liegen und sich das Tagesprogramm im Fernsehen anzusehen. So ging es wochenlang. In einem Fiebertraum sieht er, wie er den Fernseher durch das Fenster wirft, und fährt mit einem Schrei des Schreckens hoch. Am nächsten

Morgen nimmt er sich vor, den Impuls, den der Traum ihm vorgeführt hat, in die Tat umzusetzen, um dadurch sowohl von dieser Phantasie ›geheilt‹ als auch von seiner Depression befreit zu werden. Doch dann denkt er an die Verschwendung, die das bedeuten würde, überlegt es sich anders und verschenkt den Fernseher lieber – nur um es dann um so mehr zu bereuen, daß er der Schönheit dieser Tat keine Gelegenheit gegeben hat, sich zu manifestieren. Das Ganze ist natürlich ein Gottes-Mythos – Leben, Tod, Auferstehung, verbunden mit Gides *acte gratuit*. Und jetzt hat er keinen Fernseher mehr.«

»Gar keinen Fernseher mehr?« frage ich.

»Nur noch schwarzweiß«, sagte Paul.

Der Mann, mit dem er zum Mittagessen verabredet war, hatte ein rundes, milchiges Allerweltsgesicht und eine ebenso freundliche wie leise Stimme. Jeder Hinweis auf eine etwaige Neigung zum Fernseherwerfen war unter einem schicken schwarzen Anzug und einem makellos weißen Hemd mit umgeschlagenen Manschetten verborgen. »Entschuldigen Sie meine Verspätung«, sagte Baechler. »An der Bankkasse war eine ziemlich lange Schlange.«

Er hatte große feuchte Augen, und eine Haarsträhne fiel ihm immer wieder in die Stirn. Das ließ ihn aussehen wie einen verwöhnten, leicht babyspeckigen Rock-'n'-Roll-Star aus den fünfziger Jahren, wie den Traum eines Petticoat-Teenagers. Und ein Star war er ja auch. Er lächelte und zeigte sich höflich, wenn ihm danach war, und schmollte, wenn er sich langweilte – er besaß die Egozentrik eines Stars und stand weit über den Widrigkeiten und Problemen, mit denen normale Sterbliche sich plagen müssen.

In seiner Gegenwart verwandelte Paul sich in einen Igel und zog den Kopf so sehr ein, daß sein Gesicht fast verschwand. Nur die rosigen Augen sah man noch. »Ihr Bild«, sagte er.

»Ja?«

»Ach, nichts«, sagte Paul. »Gar nichts.«

Bei Da Silvano erzählten alle von ihren Reisen. Sämtliche Gäste, so schien es, kamen eben aus Barcelona oder Venedig, aus Rio de Janeiro, New Delhi oder Düsseldorf zurück. Baechler selbst war kürzlich aus Holland zurückgekehrt und hatte seine Skizzen und Notizen drucken lassen. Der erste Absatz dieses Reisetagebuches lautete: »Es fing alles damit an, daß ich dachte, ich wäre unterwegs nach Indien, aber dann ließ ich mich überreden, erst mal nach Amsterdam zu fahren. Zwei Tage mit Paul Blanca im Krasnapolsky, wo wir uns vom Zimmerservice versorgen ließen und die Minibar leertranken – erst das Bier und den Scotch, dann das klebrige Zeug wie Cointreau und Cheery Herring, diesen Mist, den kein normaler Mensch anrührt. Ich überlegte, ob ich ihn bitten sollte, mir einen zu blasen, aber ich hatte einmal gesehen, wie er auf der Bond Street seine Freundin verprügelte, und kam zu dem Schluß, daß Männer wahrscheinlich nicht so sein Fall sind.«

Als ich das las, mußte ich an Shafrazi denken, wie er gesagt hatte: *»Ich bin ein Mensch, ich bin, und dies ist mein Vermächtnis.«* Doch Paul war mit seinen Gedanken ganz woanders. Er reckte den Kopf aus dem schützenden Kragen seines Jacketts, sah sich erst nach Castelli und dann nach Gagosian um und faßte sich dann ein Herz. »Ihr Bild«, sagte er noch einmal.

»Was ist damit?«

»Beschreiben Sie es.«

Baechler zuckte nicht mit der Wimper. Er hielt im Trinken inne, stellte sein Weinglas ab und legte seine großen, weißen Hände flach auf den Tisch. Die Haarsträhne fiel ihm ins Gesicht, aber er strich sie nicht zurück. Er saß ganz still da und dachte nach. Schließlich lächelte er. »Es ist«, sagte er, »ein Bild.«

Es blieb keine Zeit für Erläuterungen – die Kunden wollten um fünf Uhr kommen. Baechler kehrte zu dem Bild zurück, an dem er gerade arbeitete, und Paul trank Grappa und schwitzte.

Nach dem Mittagessen gingen wir durch das Zentrum von KunstWelt zurück zu seinem Büro. Der West Broadway wurde inzwischen ganz beherrscht von Galerien und ihrem Gefolge: Naturkostläden, Fitneß-Instituten, Geschäften für italienische Mode. Aber hin und wieder konnte man, wenn man den Blick in eine Seitenstraße richtete, Laderampen und Gabelstapler, eingesunkenes Kopfsteinpflaster und hoch aufragende Lagerhäuser aus roten Backsteinen sehen.

»Tolles Zeug«, sagte Paul. Jetzt, da wir Da Silvano und die gierigen Blicke des Kunsthandels hinter uns gelassen hatten, war er voller Begeisterung, der geborene Fan. Jeder schöne Anblick bewegte ihn. Wenn er einen erstklassigen Rauschenberg oder auch einen zweitklassigen Man Ray sah, fuhr sein ganzer Körper zurück wie ein Shetlandpony, das sich aufbäumt. Sein rosiges Gesicht wurde noch rosiger, und er kniff die Augen so sehr zusammen, daß sie fast verschwanden. »Ja, genau«, rief er dann. Er konnte sich von morgens bis abends Bilder ansehen, ohne auch nur einen Augenblick lang gelangweilt zu sein. »Wenn nur nicht... Ich meine, wenn ich doch nur nicht...« sagte er. Seine Vorderhufe senkten sich wieder auf den Boden. »Ich meine: Worte«, sagte er. »Diese verdammten Worte.«

Wir gingen durch die Spring Street. Diese Straße hatte in der Mythologie von New York eine besondere Bedeutung. Auf der Spring Street waren ein paar Blocks weiter östlich eines Morgens in den zwanziger Jahren des neunzehnten Jahrhunderts Arbeiter auf eine große Gruppe von Männern und Frauen gestoßen, die wie für eine lange Reise ausgerüstet waren, mit Wagen und Baugerätschaften, Proviant und Schlittenhunden. Als man sie fragte, was sie vorhätten, sagten sie, sie seien gekommen, um die Insel Manhattan abzusägen – sie sei an ihrer Südspitze zu schwer geworden. Es seien zu viele Gebäude dort errichtet worden, und das erzeuge ein gefährliches Ungleichgewicht. Die einzige Lösung bestehe darin, die Insel bei Kingsbridge durchzuschneiden und mit Trossen herumzudrehen, bis der jetzige Südteil im Norden lag.

Die Arbeiter dachten darüber nach. Einer von ihnen fand einen Haken an der Sache. »Was ist mit Long Island?« fragte er. »Ist das nicht im Weg?«

»Schwer zu sagen«, erwiderte einer der Expeditionsteilnehmer. Einige Experten behaupteten, man könne Manhattan umdrehen, ohne Long Island zu bewegen – die Bucht und der Hafen seien groß genug, um das Manöver durchzuführen. Andere meinten, man müsse Long Island entfernen, aufs Meer hinausschleppen und dort verankern, bis Manhattan in seine neue Lage gebracht sei. Anschließend könne man Long Island wieder an seinen ursprünglichen Platz zurückbringen.

Ich erzählte Paul diese Geschichte, während wir in das Schaufenster einer Galerie sahen, wie gebannt von einem blinkenden Fernsehschirm, der die Behauptung *Yes Is No, No Is Yes* endlos wiederholte. Hinter uns stand ein großer, in eine afghanische Decke gehüllter Mann, der uns in den Rücken stieß, um besser sehen zu können. Als wir weitergingen, folgte er uns. »Wie ging es weiter?« wollte er wissen. »Haben sie Manhattan abgesägt oder nicht?«

»Bis zu einem gewissen Punkt«, sagte Paul.

Bei Jerry's verließ ich ihn und ging hinein zu Sasha und Alexej. Sie saßen in derselben Haltung in derselben Nische, als hätten sie sich inzwischen nicht gerührt. Doch die in Weihnachtspapier verpackten Pakete zwischen Alexejs Beinen waren verschwunden, und seine eisgekühlte Milch hatte sich in Wein verwandelt. »Ich bin ein glücklicher Mensch«, sagte er.

Er wirkte nicht so. Seine Haarbüschel, die heute morgen noch weiß gewesen waren, sahen jetzt schmutziggrau aus, und die blaue Nase zeigte auf seine Brust. Seine verkrüppelte Hand aber hielt fünfhundert Dollar in knisternden neuen Scheinen fest umklammert.

Harold war pünktlich erschienen, herrlich anzusehen in Reithosen und einer gelben Seidenkrawatte. Er hatte Drinks ausgegeben, auf Schultern geklopft und ohne Murren bezahlt. Dann hatte er sich wieder auf den Weg gemacht.

Es war alles so schnell gegangen, und Alexej hatte nicht gewollt, daß es so schnell vorbei war. Um es noch ein bißchen länger zu genießen, hatte er Harold angeboten, ihm beim Tragen der Bilder zu helfen, aber Harold hatte gesagt, das sei nicht nötig, sein Wagen stehe gleich um die Ecke. »Ihre Arbeit ist getan«, hatte er gesagt. »Gott mit Ihnen, und alles Gute für Ihre Arbeit.« Und weg war er.

Ohne ihn schien das Restaurant dunkler, irgendwie fade. Anstelle von Jubel war Alexej von einem eigenartigen Gefühl von Verlust erfüllt gewesen. So lange hatte er sich nach diesem Augenblick gesehnt. Und jetzt war Harold einfach gegangen, und sein Durst war nur halb gestillt. Er tat sein Bestes, sich zu freuen, aber der Magen fühlte sich an wie eingeschnürt. Entweder er kam an die frische Luft, oder er mußte sich übergeben. Also rannte er hinaus und nahm Kurs auf ein Geschäft für Künstlerbedarf.

Die Frühlingsluft tat ihm gut. An der Ecke Broadway/Prince Street blieb er in der Sonne stehen und ließ das Pulsieren und die Schmerzen in seinem Körper von der Wärme aufsaugen. Als Sasha ihn einholte, stand er mit glückseligem Gesicht da und sog die Luft mit erhobener Nase tief ein. »Was ist?« fragte Sasha.

»Frische Farbe«, antwortete Alexej.

Gemeinsam suchten sie nach der Quelle des Geruchs. Sie fanden sie nicht. Zehn Meter weiter kamen sie an einem großen Blechfaß voller Abfall vorbei. Darin steckten Alexejs fünf Bilder, säuberlich aus den Rahmen getrennt.

Pünktlich um fünf Uhr erschienen die Pelletiers bei Paul Kasmin, um sich den Baechler anzusehen.

Sie waren dunkelbraun gebrannt. René war klein, dicklich und sehr von sich eingenommen – einer von denen, die immer viel Getue machen müssen. Er sah aus wie der Bürgermeister von Clochemerle. Er hatte offenbar Millionen mit Ferienparadiesen im Stil des Club Méditerranée gemacht und daraufhin seine Frau gegen Gaby eingetauscht, ein ehemaliges Fotomodell, das auch so auftrat. Gaby war blond und statuenhaft, mit einem weißen gestrickten Minirock so gut wie gar nicht bekleidet und eben erst aus Aspen eingeflogen, wo sie in der Sonne gebrutzelt hatte, bis sie aussah wie ein Brathähnchen. Sie ließ sich küssen und zeigte dabei ihre nackten Beine und blitzenden Zähne. Sie kicherte wie ein kleines Mädchen, drehte sich hierhin und dorthin und ließ das Weiß ihres Slips aufblitzen.

Die Abmachung lautete, daß die Pelletiers das Bild selbst nicht zu sehen bekommen würden. Sie würden sich vorerst mit einem Polaroid zufriedengeben müssen. Danach hatten sie vierundzwanzig Stunden Zeit, sich die Sache zu überlegen. Und sie konnten sich glücklich schätzen, hatte Marina ihrem Chef in einer Notiz mitgeteilt, daß ihnen dieses Privileg zuteil wurde. »Donald Baechler ist ein BEDEUTENDER Künstler«, stand da, »und dies ist ein BEDEUTENDES Werk.«

Das bedeutende Werk, um das es hier ging, trug den Titel »Wald« und zeigte ein ausdrucksloses Gesicht im Profil und einen grünen Weihnachtsbaum. »Nicht gerade eines seiner besten«, sagte Paul, natürlich nicht zu René und Gaby, »aber groß. Wirklich ziemlich groß.«

Der Preis betrug nur fünfzigtausend Dollar. Trotzdem stimmte irgend etwas nicht: Die Pelletiers kamen nicht so recht in Schwung. »Ich finde es irgendwie ichweißnichtwie«, sagte Gaby. »Ich glaube, es ist der Baum. Er ist zu grün.«

»Aber Bäume sind nun mal grün«, bemerkte Paul.

»Da ist was dran«, sagte Gaby.

Sie beugte sich über das Polaroid, setzte ein gedankenverlorenes, sehr feierliches Gesicht auf und versank tief in die Betrachtung des Kunstwerks. Doch unter dem Tisch hörten ihre Pobacken und Oberschenkel nicht auf, sich zu spannen und zu entspannen, zu spannen und zu entspannen – ein unablässiger Kampf gegen die Zellulitis. »Es gefällt mir, wirklich«, seufzte sie. »Aber...«

»Aber?«

»Aber.«

Niemand achtete mehr auf Paul, der in seinem Sessel immer tiefer rutschte. Sein rosiger Kopf verschwand fast zwischen den Schulterblättern. Er starrte durch das Fenster auf die weiße Wand jenseits des Lichtschachtes. Sein Blick fiel auf die Zeichnung, die David Hockney von ihm gemacht hatte, als er sechs Jahre alt gewesen war, und die neben seinem Schreibtisch hing. Er zündete sich eine Zigarette an und drückte sie wieder aus. Und in diesem Augenblick tauchte aus einem der Ablagefächer in seinem Gehirn – er konnte später selbst nicht sagen, woher – eine Wortverbindung auf, die ihn packte und davontrug. »Ironische Obliquität«, sagte er.

Gabys Pobacken hielten mitten im Anspannen inne und bebten wie eine Vanille-Mousse vor dem Sturm. »Ironische?« fragte sie.

»Obliquität.«

Die Worte hingen in der Luft, erhellend wie eine Glühbirne. Ganz gleich, wie man es drehte und wendete: Grüne Bäume waren und blieben einfach Bäume. Aber ironisch oblique grüne Bäume? »Aber ja, natürlich«, sagte Gaby.

Um die Form zu wahren und das Ritual des Tanzes nicht zu durchbrechen, fragte sie, ob sie das Polaroid bis morgen mitnehmen dürften, damit sie es an die Wand ihres Wohnzimmers halten konnten. Aber ihre Drehungen und Pirouetten waren ekstatisch, und die Rundung ihres Pos wirkte fester und muskulöser als je zuvor. »Obliquität«, sagte sie.

»Ironisch«, sagte René.

Hand in Hand gingen sie durch den langen, kahlen Korridor. Vor dem Fahrstuhl umarmten und küßten sie sich. Gaby hielt das Polaroid ins Licht. Ihr nach oben gewandtes Gesicht strahlte vor Begeisterung und Max Factor.

»Aber ja, natürlich«, sagte sie.

13

»Nowokus«, sagte Sasha Zim.

Das war sein *Abraxas*, das Wort, mit dem er das Chaos bannte. Wenn er das Gefühl hatte, taumelnd ins Bodenlose zu fallen, gab ihm dieser Name einen Schwerpunkt, einen Platz, auf dem er stehen konnte, bis er wieder zu sich kam. »Ist schmutzige Straße. Aber gut schmutzig, wie Schweiß, wie Geruch unter meinen Armen«, sagte er. »Schön wie hausgemachte Sünde.«

In diesem Frühling dachte er oft an die Vergangenheit. Er war gerade fünfundzwanzig geworden, und sein Schlagzeug hatte noch immer kein Zuhause. Zum erstenmal empfand er das als Manko.

Er hatte Einkäufe im Pearl River gemacht: einen Kaffeebecher, eine flauschige blaue Badezimmermatte, eine Keramiklampe in Form eines Mädchens, dessen Kimono verschwand, wenn man das Licht einschaltete, verschiedene Weihnachtsdekorationen – Lametta, kleine elektrische Kerzen, schimmernde Christbaumkugeln aus Plastik – und einen Spielzeugdrachen mit roten Augen und einer dreißig Zentimeter langen purpurroten Zunge. »Ist Zeit, Sachen zu besitzen. Besessen zu sein«, sagte er.

Sein neues Leben begleitete ihn überallhin. Er parkte es auf dem Beifahrersitz seines Checker-Taxis. An sonnigen Tagen drehte er das Fenster herunter und hängte den Kopf des Drachen hinaus. Die Zunge hing herab und flatterte halb steif wie ein riesiger müder Penis im Fahrtwind.

Das Taxi war nicht mehr einfach ein Fahrzeug, sondern verwandelte sich in eine mobile Rumpelkammer. Sasha transportierte darin nicht nur seine Besitztümer, sondern hatte auch jeden Quadratzentimeter, der nicht aus Fenstern bestand, mit Bildern von Sportlern, Musikern, nackten Frauen aus dem *Playboy* und *Penthouse* und Cowboys beklebt. Vor allem mit Bildern von Cowboys, denn über den Broadway, ja selbst über seine Schlagzeugerambitionen hinaus hatte Sasha den Ehrgeiz, ein Marlboro-Mann zu werden.

In letzter Zeit war diese Vision blasser geworden. EmCee Marie hatte ihn vor die Tür gesetzt, und nun schlief er mal bei einer mormonischen Kellnerin aus Utah, mal bei einer Kraftsportlerin aus Bangor, Maine, mal auf dem Boden im Moose. Meistens jedoch schlief er in einer Garage in Brooklyn, dem Heimathafen seines Taxis.

Um sich selbst mache er sich keine Sorgen, sagte er. Das Schlagzeug jedoch, das sei etwas anderes. Er habe es jetzt seit fünf, fast sechs Jahren, und in dieser Zeit habe er es sicher schon in hundert verschiedenen Wohnungen abgestellt. Das sei nicht recht, das zeige mangelnden Respekt. Wenn er sich nicht zusammenreiße und einen geraden Kurs steuere, werde das Schlagzeug am Ende noch gestohlen werden oder unspielbar, einfach ruiniert sein. Oder vielleicht werde es einfach gehen, ihn verlassen. »Irgend jemand finden, der richtig spielt – *doswidanja*, mein Süßer.«

Er dachte an seinen Vater.

Das war ein schlechtes Zeichen. Jedesmal wenn er an Lew Michailowitsch dachte, lief er Gefahr, bis zum Hals in Versagen zu versinken, und er war nicht nach Amerika gekommen, um zu versagen. »Wer geht Teufel? Zim jedenfalls nicht, daß das mal klar ist.«

Aber er dachte an seinen Vater.

In der Houston Street, ganz in der Nähe des Reichs der Kleckser, gab es einen Jazzclub namens The Knitting Factory, in dem Sasha manchmal gejamt hatte. Es war ein Relikt, ein Kellerlokal aus Beatnik-Zeiten, voll von Leuten mit Bärten und Sandalen und ausgeleierten Pullovern. Lew hätte alles dafür gegeben, einmal eine Nacht dort zu verbringen.

Er war ein *stiljaga* der fünfziger Jahre gewesen, ein Jazz-Freak, der den Bebop liebte. In jenen Jahren war Jazz in Rußland gleichbedeutend mit Konspiration gewesen: Man traf sich in Kellern und gebrauchte Losungsworte. Spalten in Türen und Fenstern wurden mit Lumpen verstopft, damit kein verräterischer Laut nach außen drang, und es kursierten Röntgenfotoplatten. Für Männer wie Lew war Jazz nicht einfach Musik, sondern eine ganze Weltanschauung, ein ketzerischer Glaube, für den sie ihre Familien, ihre Jobs, ihre Freiheit, ja ihr Leben aufs Spiel gesetzt hätten.

Die Röntgenfotoplatten waren von größter Bedeutung. Willis Conovers Sendung, die The Voice of America allnächtlich von Tanger ausstrahlte, wurde mit religiösem Eifer von Kurzwellen-Amateuren mitgeschnitten und von Röntgen-Technikern, zu denen auch Lew Michailowitsch gehörte, auf Röntgenfotoplatten übertragen. Sashas früheste Erinnerung war, wie er unter dem Bett seiner Eltern gehockt und in einen Strudel aus verschwommenen Rippen, Eingeweiden und Bronchien gestarrt hatte, während »A Night in Tunisia« erklang.

Die Musik bestand mehr aus einem entfernten Gegurgel, aus statischem Rauschen und Kratzen als aus geordneten Klängen. Was Sasha im Gedächtnis haftenblieb, waren die Röntgenbilder der inneren Organe und die nackten Füße seines Vaters, die vom Bett baumelten. Sie waren schrundig und hatten schwarze Zehen, sie rochen nach schmutzigen Geheimnissen. Wenn Charlie Parker ein Solo spielte, wenn Bird sich in die Lüfte schwang, zuckten die Zehen krampfartig und unkontrolliert. »Wie Gehenkte«, sagte Sasha.

Sein Vater war groß, laut, zerzaust, zerfleddert, chaotisch, »ein Mann mit Glauben und mit großem Durst«. Seine Freunde nannten ihn *Ryshi Muschik*, den »Großen Roten«. Dabei war er gar nicht wirklich rot – die Haut von Ellen Fogartys Vater hatte ausgesehen wie ein Stück rohes Fleisch, seine dagegen hatte eher einen feurigen Orangeton. Wenn er sich betrank, was er fast jede Nacht tat, quollen die Sommersprossen, die sein ganzes Gesicht bedeckten, auf wie winzige Rosinen, bis man schon fürchtete, sie würden platzen, und dann strahlte er Wellen von Hitze aus, dann verbrannte er innerlich – ein menschlicher Heizofen.

Er war ein Ein-Mann-Abrißunternehmen. Er konnte keinen Raum durchqueren, ohne eine Spur der Zerstörung zu hinterlassen, konnte kein lebendes Wesen berühren, ohne es an den Rand des Todes zu bringen. Er war nicht böswillig. Bei ihm brauchte es keine Böswilligkeit – seine einfache, sture Ungeschicklichkeit hatte dieselbe Wirkung. Jedes Jahr sparte er monatelang auf ein Geburtstagsgeschenk für Sasha, und jedes Jahr kamen diese Geschenke unreparierbar zerbrochen und zerbröselt aus dem Einwickelpapier zum Vorschein. »Jeder Mensch hat Talent für bestimmte Sache«, sagte Sasha. »Talent von meinem Vater war Hinfallen.« Und so wurde Lew aus der Partei, aus seiner Stellung im Röntgenlabor und aus jeder Wohnung geworfen, die seine Frau bekommen konnte. Er wurde Taxifahrer und fuhr in drei Monaten drei Taxis an drei Wänden zu Schrott. Selbst bei der Stadtreinigung versagte er. »War einziger Mensch in der Geschichte von Kanalarbeit, dem sie Geld in Hand gedrückt haben, damit verschwindet, damit sich selbst wegspült.« Damit blieb ihm nur noch der schwarze Markt.

Die Zims – Mutter, Vater, Sasha und sein jüngerer Bruder Pavel – fanden ein Zimmer in einem Haus an einer geteerten freien Fläche nicht weit von der Nowokus. Das Zimmer lag im Dachgeschoß: Unter ihnen war eine Näherei, über ihnen waren nur noch die Tauben. Die Schränke waren gerammelt voll mit toten Hühnern, Kirschkonserven, Nylonstrümpfen, Radios und Lucky Strikes, immer Lucky Strikes. Als der achtjährige Sasha fragte, wofür all dieses Zeug gut sein sollte, rieb Lew sich mit dem knotigen Zeigefinger über die orangerote Nase und zitierte – falsch – das Motto der Jungen Pioniere, ihren Schwur der Treue zum Sowjetstaat. »*Gotowy na trud i na saschitu shop?* – Seid ihr bereit zur Arbeit und zur Verteidigung eurer Ärsche?« sagte er, Hitze verbreitend und grotesk grinsend. Und dann antwortete er sich selbst: »*Wsegda gotowy* – Allzeit bereit.«

»War typisch russischer Humor. Nichts zum Lachen«, sagte Sasha. Seine Mutter jedenfalls fand es gar nicht amüsant. Sie hieß Warja Petrowna; eine eingeschrumpelte, verhärmte, abgezehrte Frau, die im Telegrafenamt arbeitete und ein angesehenes Parteimitglied war. Sie haßte Lew Michailowitsch mit einem fast religiösen Haß.

Das Saxophon war der Tropfen, der das Faß zum Überlaufen brachte.

Lew hatte es einem Seemann abgekauft und in einem Kohlensack nach Hause gebracht. Es war eine höllisch heiße Sommernacht, und es mußte ein Samstag gewesen sein, denn drüben auf der anderen Straßenseite brannte spätabends noch Licht, und durch die Jalousien drang Musik: Wladimir Wyssozkij, »Wolodenka«, mit seiner heiseren Stimme, die wie eine rostige Türangel klang, und seinen wortseligen Balladen: »Wilde Pferde« und »Dorfhochzeit«. Lieder, die schmerzten wie eine eiternde Wunde, und sie brachten den betrunkenen Lew zum Weinen.

Jede Musik brachte ihn zum Weinen. »Dieser große Kerl, dieser besoffene, blöde Verrückte«, weinte bei *Wolodenka* und Bud Powell, bei Billie Holiday und dem Chor der Roten Armee. Aber am meisten weinte er, wenn er tote Tenorsaxophonisten hörte: Lester Young, Chu Berry, Honeybear Cedric und Wardell Gray. Und ein Tenorsaxophon brachte er dann auch nach Hause, ein altes, verbeultes Selmer, das von Klebestreifen und Gummibändern zusammengehalten wurde.

Sasha stand am Fenster und döste. Dort war es kühler, und der Gestank nach angebranntem Kohl stach einem nicht so in die Nase. Er stand da wie eine Schneiderpuppe und ließ sich treiben vom Klang der Musik hinter den herabgelassenen Jalousien, dem Geruch der Hitze und des geschmolzenen Teers, dem Kreischen von Party-Mädchen, dem Anblick des höllenroten Abendhimmels. Plötzlich wurde hinter ihm mit einem Krachen die Tür aufgestoßen, und da stand sein Vater und schwang einen Kohlensack.

Gegen das Licht im Treppenhaus erkannte man ihn nur als

Silhouette, als tiefschwarzen Umriß mit einem gelblich-orangefarbenen Rand. Er bückte sich schwankend. Er nahm das Selmer aus dem Kohlensack. Nur der Becher des Saxophons war zu erkennen: eine goldene Kobra, die den Kopf hob. Und Lew blies. Nur einmal, ein obszönes BRAAAAP. Keinen Ton, keine Melodie, nur ein Geräusch. Es erschütterte den Raum wie eine zerplatzende Flasche mit selbstgebranntem Kirschbrandy. Sashas Mutter, die schon im Bett gelegen hatte, fuhr stocksteif hoch, das graue Laken an die Brust gepreßt. Aber sie schrie nicht, sie sagte nichts, sie ging bloß zur Tür und schlug Lew ins Gesicht, nur einmal und mit aller Kraft. Dann drehte sie ihn herum und gab ihm einen Tritt, daß er die Treppe hinunterflog. Das Selmer und der Kohlensack folgten ihm, ebenso wie seine Kleider, sein Nachttopf, drei tote Hühner und ein Koffer voll Lucky Strikes. »Kein Lew mehr«, sagte Sasha.

Hier unten in der Knitting Factory waren die Tische asymmetrisch, lauter spitze Ecken, und der Tenorsaxophonist, ein ernsthafter junger Weißer mit einer Hornbrille, spielte gnadenlos avantgardistisch: Tröten und Heulen und halberstickte Schreie. Doch die Szene – die winzige Bühne am Ende eines dunklen Kellers, die feierliche Ergriffenheit des Publikums, die magersüchtigen Frauen mit ihrem tiefroten Lippenstift und ihren schwarzen Strumpfhosen, die Hipsters mit ihren schütteren Bärten, Sonnenbrillen und T-Shirts mit dem Aufdruck *Bird Lives* – war unsterblich. »Schwarze Musik, weiße Haut«, sagte Sasha. »›Relaxin' at Camarillo‹.«

Camarillo war die Heilanstalt in Kalifornien, in die Charlie Parker einmal eingewiesen worden war; es war auch der Name des Bunkers in der Nowokusnezkaja – eines Kellers unter einer Gummistiefelfabrik –, in den Lew Michailowitsch sich mit dem Selmer, seinem Nachttopf und den drei toten Hühnern zurückgezogen hatte.

Von Montag bis Freitag diente es als Lagerraum, und Lew war der Hausmeister. An den Wochenenden kamen die *stiljagi*. Sie waren inzwischen Männer in mittleren Jahren mit Mundgeruch und abgebrochenen Zähnen und erinnerten Sasha an *The Wild Bunch:* versprengte Desperados, Veteranen zahlreicher Schlachten und dennoch unfähig, in Frieden zu leben. Auch in dieser Zeit vor Gorbatschow konnte man überall Jazz hören und die neuesten amerikanischen Platten an jeder finsteren Ecke kaufen. Doch die *stiljagi* zogen es vor, im Dunkeln zu bleiben. Unten im Camarillo rauchten sie ihre Joints noch immer im Gefängnisstil, in der Höhlung der Hand verborgen, und sprachen aus dem Mundwinkel. »War wie *Krieg ist tot, lang lebe Krieg.*«

Dies war das Bild, das Sasha sich von seinem Vater bewahrte: ein alter Vox-Plattenspieler, etwa aus dem Jahr 1953, auf einer Apfelsinenkiste zwischen zwei Kerzen; ein halbes Dutzend heruntergekommene Jazzfreaks, die vor dem Lautsprecher hocken wie Voodoo-Anhänger vor einer verbotenen Gottheit; beißender schwarzer Rauch; verschwommene Musik, die im Rauschen und Knacken fast untergeht; ein weinender Lew Michailowitsch.

Sasha war zehn, elf Jahre alt. Manchmal nahm Lew ihn an Samstagen auf einen Ausflug mit. Dann fuhren sie aufs Land oder nach Serebrjannyi Bor, in den Silberwald, und das Selmer kam mit. Nach dem Picknick versuchte Lew, sofern er genug zu trinken gehabt hatte, einen abgeschiedenen Platz zu finden, einen Teich oder ein Flußufer etwa, und dann mimte er den Saxophonspieler, bloß um sein Spiegelbild im Wasser zu sehen: ein echter Jazzer, ein Coleman Hawkins von der Nowokus.

Eines Nachmittags – es mußte im Oktober gewesen sein, der erste Schnee begann gerade zu fallen – verliefen sie sich tief im Wald. Sie durchquerten ein Grüppchen von Silberbirken und kamen an einen verrotteten Holzsteg, der in einen kleinen Teich ragte. Lew ging über die quietschenden Planken bis ans Ende, das Selmer baumelte ihm um den Hals. Draußen trug er immer denselben langen Mantel. Der war nicht eigentlich schwarz, eher ganz dunkellila, dieselbe Farbe wie der samtige Hauch auf blauen Trauben.

»Stell dir vor«, sagte Sasha. »Bäume sind silbern, Wasser ist grün wie Erbsensuppe, Himmel ist grau wie Beton. Holzbretter sind braun wie Scheiße, Schneeflocken sind weiß wie Schnee. Und Lew Michailowitsch ist groß, orange, stinkbesoffen, trägt großes goldenes Saxophon. Und Mantel flattert, legt sich um Beine wie Leichentuch mit Farbe von schwarzen Trauben.« Er schloß die Augen und saß reglos da. »Vergisses«, sagte er.

Am Ende des letzten Bretts blieb Lew schwankend stehen und nahm das Mundstück zwischen die Lippen. Er blies die Backen auf, bis sie aussahen wie Schwimmflügel, machte Glupschaugen und begann lautlos zu spielen. Er lehnte sich zurück, um das Gleichgewicht zu bewahren, dann nach vorn, über das Wasser. Um sich zu betrachten. Und das Selmer entglitt seinen Händen. Ganz langsam, ohne großes Gewackel, fiel es in den Teich.

Das Wasser war so schlammig, daß es nicht einmal richtig platschte. Der Kobrakopf verschwand einfach, ging spurlos unter. »Plumps, weg war es«, sagte Sasha. Lew starrte etwa zehn Sekunden lang verblüfft auf die kleinen Wellen. Dann drehte er sich um wie ein Schlafwandler und ging schnurgerade zurück ans Ufer. Er vergoß nicht einmal eine Träne.

Zwei Wochen später wurde er vom KGB verhaftet. Um nicht ins Gefängnis zu kommen, meldete er sich, weit hinter dem Finnischen Bahnhof, zum freiwilligen Einsatz in einem Arbeitslager am Polarkreis. Drei Jahre blieb er weg.

Warja Petrowna hatte sich bereits von ihm scheiden lassen

und wieder geheiratet. Ihr neuer Mann war ein pensionierter Zahnarzt, ein lächelnder Mann mit einem glänzenden blauen Anzug und weißen Schulmädchensocken, der beim Essen sterile Gummihandschuhe trug. Er wohnte weit draußen in einem Vorort, noch hinter der Ljublinskaja, wo die Häuserblocks genauso aussahen wie die städtischen Mietskasernen in Amerika: endlos lange Reihen von grauen Silos aus vorgefertigten Betonteilen. In der Mitte seines Wohnzimmers stand seine eigene Voodoo-Gottheit, ein alter Zahnarztstuhl mit allem Drum und Dran: Bohrer aus Vollstahl, roter Lederbezug, Spucknapf mit Blumendekor.

Sasha war vierzehn. Er lief davon, zurück in die Stadt, zur Nowokus, und wurde ein Fruit Eating Bear. Sein Zuhause wurde die Cafeteria am Pawelezkij-Bahnhof. Das war Lew Michailowitschs Basislager gewesen, das Basislager aller kleinen Ganoven in Moskau.

Es war ein rund um die Uhr geöffneter Basar, ein Treffpunkt für alle möglichen Kleinkriminellen. Es hatte keinen Stil, nicht das kleinste bißchen Klasse. Ein großer Boß wie Jan Rokotow, Rußlands Obermafioso, hätte sich hier niemals seinen Pelzmantel beschmutzt. Doch für die Straßenhuren und Schwarzmarkthändler, die *farzowstschiks*, war es das Paradies. Zuhälter und Drogenhändler arbeiteten an der Bar, Huren und Taschendiebe an den Tischen. Zweimal täglich kamen die Männer vom KGB, um ihren Anteil einzustreichen, aber das brachte die Geschäfte nicht ins Stocken.

Der Strom der leichtgläubigen Kunden schien nie abzureißen; meist waren es junge Soldaten auf der Durchreise, die sich mit süßem Sekt betranken. Sie stopften sich mit Weißfisch, kalten Kartoffeln und Farbverdünner-Essig voll, bis sie umfielen. Dann kamen die betrügerischen Taxifahrer, die *pidschatschniks*, zogen sie hoch, brachten sie mit Wodka wieder zu sich und fuhren mit ihnen davon, um ihnen das abzunehmen, was sie noch in den Taschen hatten.

Sasha hatte seinen Stammplatz neben einem zischenden Heizkörper. Dort, in der dunkelsten, schmutzigsten Ecke, machte er es sich gemütlich, trank klebrige, orangefarbene Drinks und rauchte *Herzegowina Flors*, die nach geteerten, mit Schafpisse getränkten Seilen schmeckten. Manchmal veranstaltete er *Scheleska-Spiele*, bei denen es um die Nummer auf den Rubel-Scheinen ging, manchmal verkaufte er einen kleinen Joint. Sein Gewinn ging für Hollywoodfilme drauf.

In den späten siebziger Jahren wurden sie noch nicht im Kinoprogramm angekündigt, aber die Kinos, in denen sie gezeigt wurden, waren nicht so schwer zu finden. Um den Anschein offizieller Mißbilligung zu wahren und Tantiemen zu sparen, änderte die Partei einfach die Titel. So lief *The Roaring Twenties* als *Das Los eines Soldaten in Amerika*, und *Mr. Deeds Goes to Town* hieß *Der Dollar regiert*. Sashas Lieblingsfilm war *Sweet Smell of Success*. In Moskau wurde er unter dem Titel *Tote Seelen auf dem Broadway* gezeigt.

»Jeder Mensch hat einen Engel«, sagte Sasha. Seiner hieß Tony Curtis. Als Falco, der skrupellose Presseagent vom Times Square, erschien er ihm als der Inbegriff des Mannes von Welt. »Cool wie nur was.«

Die Faszination hing ganz und gar von Ort und Zeit ab. Kürzlich hatte Sasha den Film noch einmal gesehen, zum erstenmal seit Nowokus, und war entsetzt gewesen. Alles verändert, völlig verfälscht! Sobald man Englisch verstand, war Falco ein widerwärtiger Denunziant, »ein Plätzchen mit Arsenfüllung«: heimtückisch, gemein, verdorben. Damals in Moskau aber hatte er nichts davon gemerkt. Keine Worte, keine Handlung, keine Moral – nur die Nächte am Times Square und ein dünner Mann, der rannte.

Das war Sashas erste Vision vom Broadway gewesen: ein in sich geschlossenes kosmologisches System, eine Ansammlung hell erleuchteter Oasen in einem Meer tiefster Schwärze, und dieser einsame dünne Mann, Falco, »der Junge mit dem Eiscremegesicht«, der schwitzend durch die Neon-Galaxien rannte, der aus Jazzclubs in Restaurants mit weißen Plüschpolsterstühlen und aus diesen Restaurants in Bars mit hufeisenförmigen Theken eilte, der durch Selbstbedienungslokale, Zeitungsredaktionen, Fernsehstudios raste, durch verglaste Penthouses und Aufzüge, die sich wie goldene Käfige ausnahmen, der mit den Armen ruderte und den Mund auf- und zuklappte – ein hungriger Mann, ein Mann, der sich verzehrte.

Warum der dünne Mann rannte, wußte Sasha nicht. Er hatte nicht einmal eine Vermutung. Aber er erkannte den Hunger. Es war sein eigener.

Und dann dieser Anzug. In einer der ersten Einstellungen zog Falco sich vor dem Schlafzimmerspiegel an. Ein erhabenes, rhythmisches Ritual – keine Bewegung zuviel. Und die Sachen, die er anzog, waren der Stoff, aus dem die Träume waren. Das Jackett – einreihig, aber mit zwei Schlitzen – war das, was die Fruit Eating Bears und die Pretty Things einen Knaller nannten: bösartig eng, mit einem so subtilen Glanz, daß der Stoff nicht glitzerte, sondern nur leicht schimmerte. Dazu Matadorhosen mit hohem Bund, eine ganz schmale Krawatte und ein blendendweißes Hemd – der Anblick machte Sasha ganz zappelig.

Am Arbat gab es einen buckligen Schneider namens Jul, den einzigen Schneider in Moskau, der Anzüge im amerikanischen Stil machen konnte. Mit den Erträgen aus drei Monaten kleiner Gaunereien bezahlte Sasha einen Zweiteiler aus glattem Kammgarn, avocadogrün mit einem leichten roten Unterton, einem nur ahnbaren Schimmer. »Falte war so scharf, hätte man Rasiermesser abziehen können. Schultern und Brust eng wie Sarg, konnte man kaum atmen. Ich meine: war perfekte Perfektion.«

Derart eingeschnürt saß er achtzehn Monate sehr still und sehr gerade in seiner Ecke in der Cafeteria am Pawelezkij-Bahnhof. Manchmal blätterte er in Schulbüchern, aber meist saß er bloß da und starrte vor sich hin. Die Wärme der Dampfheizung und der Mangel an Sauerstoff wirkten wie ein Beruhigungsmittel. Er befand sich ständig im Halbschlaf. Dann schlug ihn einer ins Gesicht. Als er hochfuhr, stand Lew Michailowitsch vor ihm.

Es war Lew Michailowitsch, nicht der Große Rote. Den gab es schon längst nicht mehr; er war irgendwo am Polarkreis verschwunden. Der Mann, der zitternd in einem viel zu großen Baumwoll-Overall vor ihm stand, schien auf die halbe Größe geschrumpft, und seine Haut war nicht mehr orangefarben, sondern eher ein blasses Ockergelb. Er hatte Krebs in den Gedärmen, Krebs im Hintern und so viel Krebs in der Kehle, daß er nicht mehr sprechen, sondern sich nur noch schriftlich verständlich machen konnte.

Er hatte eine Zaubertafel für Kinder, auf der er jeden Satz sorgfältig in Druckbuchstaben hinschrieb und dann wieder löschte. Aber die Fragen ergaben keinen rechten Sinn. Entweder wollte er zu wenig oder zu viel wissen. »Geht's dir gut?« – »Was läuft jetzt so?« – »Wer weiß das schon?«

Sasha konnte nur blinzeln und Nichtssagendes murmeln. Seine Bügelfalte saß nicht richtig. Das störte ihn und hinderte ihn, sich zu entspannen. Lew bestellte Sekt, den sie zusammen tranken – süßes, klebriges Zeug, dick wie Zuckerwasser. Irgendein betrunkener Soldat brüllte schweinische Flüche und behauptete, er sei beraubt worden. »Woher weißt du das?« kritzelte Lew. Dann zeichnete er auf der Papiertischdecke ein Selbstporträt. Wenn man genauer hinsah, verwandelte es sich in das Bild eines Hinterns, in ein mit gespitzten Lippen verkniffenes lächelndes Arschloch. »*Gotowy na Sastschitu Shop?* – Seid ihr bereit zur Verteidigung eurer Ärsche?« wimmerte es.

Sashas Bügelfalte saß noch immer nicht richtig. Er bückte sich, um sie in Ordnung zu bringen, und Lew stand auf, um Zigaretten zu holen. Während er weg war, kaufte Sasha von einem Pretty Thing einen Joint, etwas, was man miteinander teilen konnte. Aber sein Vater kam nicht zurück. Also rauchte er das Ding allein.

In der Knitting Factory hatte der Tenorsaxophonist das Feuer eingestellt. Ein einsamer Pianist ging auf die Bühne und schlug ein paar leise Akkorde an.

Sasha setzte sich an die Trommeln.

Der augenblicklichen Mode entsprechend, war das Schlagzeug ein Monstrum. »Ich spiele nicht Tenorsax, weil Trommeln schwimmen besser«, hatte Sasha in Hinblick auf das untergegangene Selmer gesagt. Und so saß er nun hinter diesem gigantischen Kraken – lauter Becken und Gongs und Kuhglokken, Vibraphonröhren und tibetanische Klangscheiben – und setzte Segel. Und er spielte den Zwölf-Takt-Blues.

Die Musik war nicht besonders. Aber die Haltung – die verdrehten, blicklos starrenden Augen, der in quasinarkotischer Trance wackelnde Kopf, die an der herabhängenden Unterlippe klebende Zigarette – hatte eine frappierende Ähnlichkeit mit dem jungen Sal Mineo in der *Gene Krupa Story*.

Sasha sah sein verzerrtes Spiegelbild in einem der Becken und lachte wie ein kleiner Junge. Und als das Stück vorbei war und er sich wieder in das schützende Dunkel zurückziehen konnte, lachte er immer noch. »Falte war so scharf, hätte man Rasiermesser abziehen können. War perfekte Perfektion«, sagte er. Der Tenorsaxophonspieler fing wieder an zu blöken, und Sasha bestellte sich ein 7-Up. »*Wsegda gotowy.* – Allzeit bereit«, sagte er.

14

Die Geschichte in *Street News,* der Obdachlosenzeitung, trug die Überschrift »Wie man einen Taubeneintopf kocht« und stammte von Cleveland Blakemore. Sie begann: »Es war zu spät, um zur Suppenküche in der 80. Straße zu gehen. Das Abendessen wurde um halb fünf ausgegeben, und jetzt war es bereits fünf. Wenn man keinen Essensbon hatte, brauchte man sich in der Schlange gar nicht erst anzustellen. Ich hatte schrecklichen Hunger. Mein Magen fühlte sich hart und schwer an, und mir war schwummrig – zu wenig Blutzucker.

Die ganze Woche hatte es geregnet, und darum war das bißchen Geld, das ich hatte, aufgebraucht. Ich hatte den Leuten immer erzählt, ich sei ›der einzige Obdachlose in New York, der nie pleite ist‹ – aber jetzt war ich pleite. Ich hatte alle Regenschirme verkauft, die ich für eine Schlechtwetterzeit zurückgelegt hatte, und während es wie aus Kübeln goß, hatte ich keine Aluminiumdosen gesammelt.

Morgens hatte ich versucht, vor dem Tower-Records-Laden Taschenbücher zu verkaufen, aber ein Wolkenbruch hatte alles durchweicht, bevor ich eine Plastikplane darüberbreiten konnte. So verlor ich die etwa dreihundert so gut wie neuen Bücher, die ich in einem Müllcontainer in der Nähe des Central Park gefunden hatte. Ich legte ein paar Ausgaben von *Architectural Digest* aus, aber auch die bekamen einen plötzlichen Regenguß ab, und nun war ich ziemlich erledigt. Ich weine nie, aber mir war doch sehr danach zumute, als ich meinen Karren unter die Brücke an der 59. Straße schob und mich auf mein Feldbett fallen ließ.

Ich versuchte den Fernseher zum Laufen zu kriegen, aber mit unserer provisorischen Stromversorgung war mal wieder irgendwas nicht in Ordnung. Anscheinend war Regenwasser in die Kabel über mir gelaufen und hatte einen Kurzschluß erzeugt. Ich las eine Zeitlang und fühlte mich schlecht. Irgendwie schaffte ich es nicht, aufzustehen und irgendwas zu tun.

Doch plötzlich war ich hellwach und fühlte mich ausgeruht, aber hungrig – und draußen begann es dunkel zu werden.

Ein paar Minuten später stolperte mein Kumpel Steve in die windschiefe Hütte, die ich gebaut hatte. Ich wußte, daß er Probleme mit Drogen hatte, und darum sprachen wir nicht mehr viel miteinander – wir grüßten uns bloß kurz, wenn wir uns begegneten. Ich konnte mich darauf verlassen, daß er mich nicht beklaute, und darum war es mir ganz angenehm, daß er zu Hause auf die Bücher und das ganze Zeug aufpaßte, wenn ich unterwegs war. Im Grunde seines Herzens war er ein guter Kerl, bloß mit Drogen kam er nicht zurecht.

Das Summen der Autos, die oben über die Brücke sausten, hörte sich wie eine seltsame Meditationsmusik an. Sie wiegte mich nachts in Schlaf – wie das Rauschen des Blutes, von dem ein Ungeborenes im Mutterbauch umgeben ist. Und dahinter hörte ich das leise Gurren der Tauben, die im Dunkeln auf den Stahlträgern Schutz vor dem Regen suchten.

Steve holte alles, was wir an Lebensmitteln besaßen, hervor und stellte es auf unseren ›Eßtisch‹: eine Packung Schokoladenkekse für fünfzig Cents, vier Päckchen Instant-Nudeln für einen Dollar, eine Dose Mais, eine Tüte mit alten Krapfen aus der Bagel Factory in der 79. Straße, eine halbe Flasche Speiseöl und eine Schachtel Corn flakes.

Er machte ein Feuer in unserem Ofen (der aus einem alten Ölfaß bestand), stellte unseren ›Wok‹ darauf und ging über die Straße zum Hydranten, um Kochwasser für die Nudeln zu holen.

Ich setzte mich auf einen Stein und sah zu, wie er versuchte, eine Nudelsuppe mit Mais zu kochen.

Ich wußte, was mein Vater gesagt hätte, wenn er hiergewesen wäre: ›Gewöhnliche Menschen sind schwach. *Du* darfst nicht schwach sein. Du mußt tun, was nötig ist. Sei stark. Du darfst nicht jammern oder weichlich sein. Mach dich innerlich hart und tu es einfach. Früher waren es die Harten, die alle anderen überlebt haben.‹

›Wie wär's mit ein bißchen Taubenfleisch?‹ sagte ich, stand auf und ging zu einem Haufen Abfall und Steinen.

Steve sah mir zu, als ich ein Stück Ziegelstein aufhob und in der Hand wog. Er grinste. ›Du willst mich wohl verarschen?‹ sagte er und rührte weiter in den Nudeln.

Die Sonne war fast untergegangen. Noch immer konnte ich das leise Gurren der Tauben da oben hören. Es schien aus einer besonders dunklen Ecke zu kommen, wo es eine komplizierte Verbindung von Stahlträgern gab.

Ich holte aus und warf den Stein, so fest ich konnte. Er verschwand in der Dunkelheit und fiel ein paar Sekunden später scheppernd zu Boden. ›Mach das lieber nicht‹, sagte Steve. Es klang beunruhigt.

Ich tat, als hätte ich ihn nicht gehört. Mein zweiter Wurf störte die Vögel dort oben auf. Ein paar von ihnen flogen wie graue Geister im Abendlicht erschreckt davon. Mein dritter Stein ging weit daneben – ich hörte nicht mal, wie er aufschlug.

Der vierte Stein war eine flache Scheibe, die an allen vier Seiten scharfe Kanten hatte. Ich fand ihn unter einem alten Pullover. Er fühlte sich schwer und tödlich an.

Es war eigentlich mehr ein Faustkeil. Wahrscheinlich hatte er eine ziemliche Ähnlichkeit mit den Dingern, die sie im Olduvai-Graben in Afrika gefunden haben, diese behauenen Feuerstein-Stücke, an denen man erkennen kann, welche Art von Werkzeugen unsere Vorfahren am liebsten benutzten.

Ich versuchte mir vorzustellen, wie sich ein Urmensch in der afrikanischen Savanne gefühlt haben mag, wenn er einen ganzen Tag lang erfolglos gejagt hatte und unbedingt Beute machen mußte. Was für einen Stein hätte dieses primitive, fleischfressende Wesen wohl aus dem Abfallhaufen gesucht? Wahrscheinlich einen wie diesen hier.

Noch während er durch die Luft flog, wußte ich, daß es ein perfekter Wurf gewesen war.

Als die Taube auf den Boden fiel, lebte sie noch. Der gebrochene Flügel zitterte und zuckte. Schon mit acht Jahren bin ich öfters mit meinem Vater auf Taubenjagd gegangen, und darum wußte ich genau, was ich jetzt zu tun hatte. Ich drehte ihr den Hals um. Es knackte, und der Kopf löste sich wie der Korken aus einer Flasche. Ein letzter Reflex ließ die Flügel flattern. Etwas Warmes floß über meine Hände.

Ich drückte auf den Unterleib des Vogels, und der ganze Körper glitt wie ein Seidentäschchen aus der befiederten Haut. Es war ein kleiner Klumpen Fleisch, nicht größer als ein großer Apfel. Ich öffnete mit den Daumen die Brust und nahm das Tier aus.

›Gut kochen‹, sagte ich zu Steve, als ich die Taube in den Topf legte, und gab den Rest des Speiseöls dazu. ›Man kann ja nicht wissen, was für Krankheiten diese Viecher haben. Laß es mindestens eine Stunde drin.‹

Ich ging zum Hydranten und wusch mir die Hände. Als ich zurückkam, machte Steve noch immer ein ungläubiges Gesicht. Ich setzte mich neben ihn und sah ins Feuer. ›Reg dich nicht auf, Kleiner. Jedes Tier frißt irgendwas Lebendes. Ist doch nichts dabei.‹ Steve sagte nichts.

Und dann aßen wir die Taube, die Nudeln und den Mais. Und zum Nachtisch die Kekse.

Ich war satt, als ich mich schlafen legte.«

Ich lernte Cleveland Blakemore kennen – ein hoffnungsvolles Talent. Er stammte aus Richmond, Virginia, und strahlte südstaatlichen Schneid aus. Wie er da mit blitzenden Augen vor dem Tower-Records-Laden in NoHo stand, trotz allem vom Leben nicht gezeichnet, wirkte er wie der Inbegriff des zum Untergang verurteilten Südstaatenhelden, wie die Reinkarnation eines Jeb Stuart oder John Pelham. Doch er war jetzt nicht mehr obdachlos, sondern wohlgenährt und ausgeruht. An seinem Stand verkaufte er Kochbücher und auf Hochglanzpapier gedruckte Fotobände für zweihundert, dreihundert Dollar am Tag. Aber er wollte höher hinaus. »So sind die Zeiten eben«, sagte er. »Entweder man macht mehr, oder man macht gar nichts.«

Ein ganzes Jahr lang hatte er in der Hüttensiedlung unter der Brücke an der 59. Straße gelebt. In dieser Zeit hatte er sich in Nietzsche, Darwin und Robert Ardreys *The Territorial Imperative* vertieft und eine Theorie entwickelt. »Der Löwe brüllt. Und in jedem Dschungel ist er der König«, sagte er. Seine Stimme klang herrisch und bestimmt – sie war ein Bellen. »Der Löwe ist der König«, sagte er.

Damit könnten sich die Obdachlosen nicht abfinden, und das sei eben der Grund, warum sie obdachlos seien. Sie sähen Fernsehen und bekämen ein Paradies für Konsumenten vorgeführt – *die Wunderwelt der Plutografie* –, und sie wüßten, daß sie nicht mithalten konnten. Also blieben sie auf der Strecke. Sie flüchteten sich in Alkohol oder Drogen und endeten unter der Brücke. »Und zwar nicht, weil es nicht genug zu essen gibt«, sagte er, »sondern weil sie nicht in der Lage sind, sich ihren Teil des Kuchens zu sichern. Sie sind unfähig.«

Auch er war, nach seiner Ankunft in New York, unfähig gewesen. Man hatte ihm Versprechungen gemacht, die nicht eingehalten worden waren, hatte ihm goldene Schüsseln vorgesetzt und wieder weggenommen. Eine Zeitlang hatte er jede Hoffnung verloren. »Ich hab einfach aufgegeben«, sagte er. »Ich hatte die Schnauze voll. Wenn sie mich nicht bei *Dynasty* oder *Falcon Crest* mitmachen ließen, wollte ich eben gar nicht mehr mitspielen.« Aber die Nacht, in der er die Taube erlegt hatte, war seine Rettung gewesen. Im Wirbeln des scharfkantigen Steines, im Fallen des getroffenen Vogels hatte er sein wahres Ich, die eigentliche Stellung des Menschen in der Hierarchie der Natur erkannt. *»Jedes Tier frißt irgendwas Lebendes. Reg dich nicht auf, Kleiner.«*

So einfach war das. »Gewöhnliche Menschen sind schwach«, hatte sein Vater gesagt. Doch er, Cleveland Blakemore, war kein gewöhnlicher Mensch. Mit einem Handkarren herumzuziehen und Bücher zu verkaufen war erst ein Anfang. Sobald er ein Kapital angehäuft hatte, würde er weiterziehen, expandieren. Er wußte nur noch nicht, wie. Oder vielleicht wußte er es und wollte es nur nicht verraten. Auf jeden Fall waren die Zeiten der Obdachlosigkeit vorbei.

In seiner Stimme lag Stolz, aber keine Boshaftigkeit. Das Licht der Morgensonne lag auf ihm, und er strahlte Durchsetzungskraft und Leidenschaft aus: das Idealbild arischer Herrlichkeit. Er machte eine geringschätzige Handbewegung, doch seine Verachtung galt nicht den Massen der Kunden, die Geld unters Volk brachten, sondern den Müßiggängern, den Verlorenen, der ganzen zum Untergang verurteilten Stadt, die rechts und links des Broadway lag. »Diese Penner«, sagte er und zeigte beim Lächeln die weißen Zähne. »Die glauben, daß sie es nicht schaffen.« Seine Augen blitzten, aber sie blickten ins Leere. »Und wissen Sie was? Die schaffen's tatsächlich nicht.«

Mitten auf der Fahrbahn stand, als wartete er auf sein Stichwort, ein Mann in einer schmutzigen, rosafarbenen Decke auf einem Bein und ruderte matt mit den Armen wie ein ölverschmierter Flamingo. »Scheiß auf diese Kacke, scheiß auf diese Kacke«, sagte er immer wieder. Dann legte er sich der Länge nach auf den Bauch, als wollte er die Autos herausfordern, ihn doch zu überfahren. »Das können Sie nicht machen«, sagte ein Polizist.

»Ich mach's aber«, sagte der Mann.

»Können Sie aber nicht«, sagte der Polizist.

»Scheiß auf diese Kacke«, sagte der Mann.

Auf den Bürgersteigen gingen die Käufer vorbei und sahen starr geradeaus. Samstags war in der Gegend rings um Tower Records mehr los als irgendwo sonst auf dem Broadway – ein einziges Kabarett mit tagesfüllendem Programm. *Diese Penner* waren allerdings nicht eingeladen.

Sie kamen trotzdem. Ein Stück stromaufwärts kauerten noch mehr in Decken gewickelte Männer am Gebäude des Hebrew Union College. Cleveland Blakemore nannte sie »Banquos Geister«.

Diese Gegend war wieder da, wo sie begonnen hatte. 1800 war der Astor Place Manhattans letzter Vorposten gewesen, nichts weiter als ein schmales Landsträßchen. Nördlich davon hatte es nur noch Äcker gegeben. Dann kam der Broadway, und der Astor Place verwandelte sich in »The Bohemian Woods«. Ballsäle und Bordelle reihten sich aneinander, die heißesten Spielhöllen schossen aus dem Boden. »In diesem Viertel ist alles auf Aufruhr ausgerichtet«, schrieb der *New York Herald*.

Die großen Unruhen von 1849 setzten den Schlußpunkt. Sie

wurden von den »Know-Nothings« angezettelt, einer Mischung aus politischer Partei und Geheimorganisation, die sich dem Ziel verschrieben hatte, Amerika von Immigranten, insbesondere von Iren, zu säubern. Die Ankündigung, daß der britische Tragöde William Macready im Opernhaus am Astor Place *Macbeth* spielen würde, war das Signal zum Losschlagen. Fünfzehntausend Krawallmacher zogen von Five Points und der Bowery zum Theater. »So schön und häßlich sah ich nie 'nen Tag«, begann Macready, und dann stürmte der Mob das Gebäude. Steine flogen, das Pflaster wurde aufgerissen. Die Polizei setzte Schlagstöcke ein. Ned Buntline, einer der Anführer der Know-Nothings, schwang einen Säbel und schrie: »Sollen die, deren Väter die erbärmlichen Schurken aus diesem Land vertrieben haben, nun ihre Freiheit aufgeben?« Darauf legten die Milizionäre ihre Gewehre an und gaben Warnschüsse ab. Einer der Randalierer riß sich das Hemd über der Brust auf, so daß man sein rotes Flanellunterhemd sehen konnte, und forderte sie heraus. »Na los! Tötet einen freien Amerikaner, um einen verdammten britischen Schauspieler zu schützen! Schießt doch!« rief er den Milizionären zu, und sie folgten seiner Aufforderung und feuerten in die Menge. New Yorker schossen New Yorker nieder.

Zweiundzwanzig Menschen wurden getötet, hundertfünfzig verwundet. Drinnen fuhr Macready unbeirrt fort. »Stets heißt's: ›Sie kommen‹«, deklamierte er. »Doch unser festes Schloß lacht der Belag'rung.« Ein Kristallüster fiel klirrend in den Mittelgang. Im Opernhaus wurde es dunkel. Draußen war die Straße voller Toter und Verwundeter. »Mögen sie hier liegen«, sagte Macbeth, »bis Hunger sie und Krankheit aufgezehrt.«

Danach wurde es hier ruhiger. Der Broadway marschierte weiter voran, immer nordwärts, und mit ihm zogen die Kneipen und Bordelle. Was blieb, war eine Gegend, in der nichts los war, ein Randbezirk von Greenwich Village. Walt Whitman saß bei Pfaff's herum, einem Bierkeller in der Bleecker Street mit dünnem Bier und seichten Gesprächen, aber spannenden Kegelpartien. Dann machte auch diese Spelunke zu.

Hundert Jahre lang rührte sich nichts. Es gab Textilgroßhandlungen, Modewaren, Konfektionsschneidereien und Knopffabriken, immer mehr Knopffabriken. Die New York University lag in der Nähe, und ein paar Studentenkneipen konnten sich halten. Im übrigen aber war es das langweiligste Stück Broadway, ein sonnenloses Death Valley zwischen East und West Village.

Jetzt war es wieder ein Spielplatz; die Grundstücksmakler hatten dieser Gegend den Namen NoHo gegeben. Der Böhmerwald war vergessen – das Grundthema lautete nun: Carnaby Street auf amerikanisch. Unique Clothing lag in direkter Nachbarschaft von Dome Boutique, Antique Boutique und Pepito DeJoiz, Home of the Chino Latino, und die Bürgersteige waren gesäumt mit Verkaufsständen, an denen Schmuck, antiquarische Bücher, Weihrauch in Fünf-Dollar-Portionen, ghanaische Halsketten aus Holz und Knochen, islamische Traktate und Ohrringe in Form von Riesengarnelen angeboten wurden.

Ein paar Schritte von Tower Records entfernt lag ein Wochenendflohmarkt, ein Parkplatz voller Keith-Haring-T-Shirts und Türkishalsketten. Auf der Backsteinmauer an der Rückseite hatte jemand die neue Geschäftspolitik dieser Gegend formuliert: »Gedichte und Kondome zu verkaufen – alles in Einheitsgröße«, stand da.

Sasha hätte sich über diesen Slogan gefreut, aber Sasha war nicht dabei. Drei Nächte nach der Jam Session in der Knitting Factory war er überfallen worden. Die Räuber hatten ihn liegenlassen – sie dachten, er wäre tot.

Er hatte in der Lispenard Street, einer Seitenstraße des Broadway, im Taxi geschlafen. Die Leute in seiner Taxizentrale hatten ihn oft genug davor gewarnt, aber für Sasha war jede Warnung nur ein Ansporn. »Also ich schlafe weiter, und wird mir Schädel eingeschlagen«, sagte er.

Die Einzelheiten lagen im dunkeln. Er konnte sich nur an das Splittern von Glas erinnern, an den Schwall kalter Nachtluft. Dann hatte man ihn zusammengeschlagen und ihm die Brieftasche und all seine Schätze – die Weihnachtsdekoration, den Drachen mit der langen Zunge und sogar das Mädchen mit dem Zauberkimono – abgenommen. Schritte hatten sich entfernt. Er glaubte, daß es zwei Männer gewesen waren. Dann war einer in aller Ruhe noch einmal zurückgekommen.

»Aber nicht, um zu fragen, wie mir geht«, sagte er. In seinem Krankenhausbett, den Schädel mit weißen Bandagen und Heftpflaster umwickelt, sah er weniger wie das Opfer eines Verbrechens als vielmehr wie ein schneebedeckter Weihnachtsbaum aus. Wildfremde Leute brachen in Gelächter aus, wenn sie ihn im Vorbeigehen sahen. Das verbesserte seine Stimmung nicht gerade. »Ist nicht gut zum Lachen und Singen«, sagte er. Er konnte die ganze Sache nicht zu den Akten legen. Man hatte ihn mit sechzehn Stichen nähen müssen, und sein Kopf tat jedesmal, wenn er ihn bewegte, höllisch weh. Schlimmer aber war, daß dieser Überfall seinen Glauben erschüttert hatte. »Direkt an Broadway. Nicht mal zwanzig Meter davon entfernt«, sagte er. Er zog die Winkel seines roten, von weißen Bandagen eingerahmten Mundes nach unten, so daß er aussah wie das Negativ eines jener grell geschminkten irischen Negerdarsteller aus dem neunzehnten Jahrhundert. »Wie konnte Broadway mir das antun?« fragte er.

Und noch dazu jetzt, wo als nächstes NoHo dran war. »Mein bestes Stück, meine Heimat«, sagte er. Er schloß die Augen und kehrte in Gedanken auf die große Straße zurück, schlenderte an diesem sonnigen Samstag den Broadway auf und ab. »Ganze Welt ist da unterwegs«, sagte er. »Ist großer Tiegel Schmelz.«

Es war eine wilde Mischung: Jüngelchen aus Bedford-Stuyvesant und der Fordham Road, Aids-Aktivisten aus der Christopher Street, Studenten-Aktivisten und Privatschüler aus dem New Yorker Hinterland, Straßenkünstler aus Alphabet City und Betrugskünstler aus Jersey City, junge Aufsteiger von der Upper East Side und aufstrebende Schreibtischtäter von der Upper West Side, Psychedeliker in Batikhosen, radikale Lesben in Kampfstiefeln, Disco-Divas und Post-Punk-Transsexuelle, als Rastas verkleidete Zivilbullen und als Fundamentalchristen verkleidete Rocker, halbprofessionelle pakistanische Strichjungen mit kahlrasierten Köpfen und Kambodschaner mit dünnen Zöpfen, Albaner in identischen Jeansanzügen, Moslems in weißen Roben und ein einsamer Parse namens Myron, der vor dem Top Tomato Flugblätter verteilte.

Es gab auch Zivilisten – Durchschnittsbürger auf Einkaufsbummel, die Garde des neuen Mittelstandes. Sie schwenkten Billy-Joel-CDs und Nelson-Mandela-T-Shirts, aber sie waren bloß Hintergrund, eine gesichtslose Menge. Was ins Auge sprang, so aufdringlich wie ein Graffito an einer Schulhofmauer, war die Kavalkade: die tonangebende Jugend.

Als Clubhaus diente der Bürgersteig vor McDonald's. Jahrzehntelang hatten Jugendliche in ihrer Freizeit drei Blocks weiter westlich, im Washington Square Park, herumgehangen. Der Siegeszug von Crack hatte dem ein Ende bereitet. »Zu viele Dealer, zu viele Bullen«, sagte Rashan Ray Perry. »Und zu schwierig, sie auseinanderzuhalten.« Also war man umgezogen.

Rashan Ray Perry war neunzehn Jahre alt. Er war einsneunzig groß, wog fünfundsechzig Kilo und sah aus wie eine schwarze Vogelscheuche, die Vorhut einer Hungersnot. Auf der Straße nannte er sich »Stretch«.

Tagsüber arbeitete er in einem Lagerhaus in TriBeCa und belud Lastwagen mit Säcken voller Hundefutter und Kunstdünger. Damit war er eine Ausnahme, denn die meisten der Typen vor dem McDonald's gingen zur Schule oder aufs College. Einige waren Koreaner, der Rest bestand aus Schwarzen oder Hispanos, und sie hingen jeden Nachmittag und samstags den ganzen Tag dort herum.

Was die Mode betraf, so bevorzugten sie diesen Monat weite Elefantenhosen, Baseball-Shirts mit dem Aufdruck der Brooklyn Dodgers, Ledermützen in der Art, wie Zeitungsjungen sie trugen, und Ohrringe aus U-Bahn-Münzen. Goldkettchen – »Kabel« – waren out, goldene Zahnkappen – »Fassaden« – waren in, ebenso wie Armbänder aus Glasperlen und Halsketten mit Haifischzähnen. Das Heißeste aber waren die Frisuren. »Dieses Jahr geht's frisurmäßig zur Sache«, sagte Rashan.

Gefärbte Strähnen, Zöpfe und Designer-Dreadlocks: Wie Trophäen auf einer Burgmauer ragten siebenunddreißig Köpfe über die Autodächer, jeder davon zu einer anderen Form geschnitten. Es gab Irokesen und Schachbretter und den klassischen Stufenschnitt. Es gab Kriegshäuptlinge, deren Haar vorn wie eine Hecke gestutzt und hinten zu einem Chinesenzopf geflochten war. Es gab einen Samson, rechts dreißig Zentimeter Mähne, links kahlgeschoren, es gab Trenchtown-Dreadlocks und Uptown-Dreadlocks und Plague-Dreadlocks: Rastafrisuren in Gelb und Ocker, die wie ein pilzbefallenes Maisfeld aussahen. Es gab gefärbte Frisuren, die ihre Besitzer als Bewohner von Tremont oder Brownsville auswiesen, und Koran-Frisuren mit einrasierten arabischen Schriftzeichen. Am schärfsten aber waren die »Messageheads«: Köpfe als Anzeigetafeln, auf denen man die Namen und/oder die Überzeugung ihrer Besitzer lesen konnte. »I Am the Jam« verkündete Rashan Ray Perrys Kopf.

Er trug einen himmelblauen Overall, eine grüngetüpfelte breite Krawatte und einen Ohrring in Form eines weißen Totenkopfs. Doch seine Stimme war gedämpft und sein Auftreten zurückhaltend. »Konservativer Stil«, sagte er. »Ich steh nicht auf Türenschlagen.«

Dieses Stück Bürgersteig diente ihm als Treffpunkt, Informationsbüro und Straßendisco. Drei- oder viermal pro Woche schlenderte er nach der Arbeit den Broadway hinauf. Seine Kumpel Benny und MoRitz arbeiteten in einer nahe gelegenen Kneipe als Hilfskellner, und dort ging er dann hin, um auf der Herrentoilette den Arbeitsoverall aus- und den Freizeitoverall anzuziehen. »Ich schließ die Tür ab, mach das Licht aus, sitze im Dunkeln auf dem Klo und atme tief durch«, sagte er. »Und ich rühr mich erst, wenn ich anfange zu leuchten.«

Die Toilette wurde immer mit Tannennadelessenz ausgesprüht. Wenn er da im Dunkeln hockte, stellte sich Rashan gern vor, daß er sich in einem tiefen, finsteren Wald verlaufen hatte, aus dem kein Weg hinausführte. Das war ein Spiel, das seine Mutter ihm beigebracht hatte. Als er sieben war, versteckten sie sich immer vor Mister D., seinem damaligen Vater, in einem Schrank unter der Treppe, zwölf Stunden, vierundzwanzig Stunden am Stück. Dieser Schrank hatte auch nach Tannennadeln gerochen. Und seine Mutter hatte ihm im Flüsterton Geschichten erzählt. »Sei still«, hatte sie gesagt, »kein Mucks, da sind Wölfe da draußen. Wilde Tiere, die machen dich tot, sei still, kein Mucks.« Und so hatte er sich nicht gerührt und keinen Mucks gemacht, hatte bloß dagehockt und sich an seine Mutter geklammert, in der nach Tannennadeln riechenden Finsternis, bis Mister D. wieder nüchtern war oder es satt hatte, nach ihnen zu suchen.

Wenn D. wegging, ließ er das Licht im Flur brennen. Die Lampe hing direkt vor dem Schrank, aber zuerst sah man das Licht nicht. Dann fing es an zu schimmern, ganz schwach, durch die Ritzen in der Tür. Rashan wußte nicht, was das für ein Schimmer war. »Der Nordstern«, sagte seine Mutter. Also folgten sie ihm.

Heute lachte er darüber – das Ganze war so schwach und dumm gewesen. »Ein albernes Gedöns«, nannte er es. Aber die Gewohnheit saß ihm tief in den Knochen. Es brauchte bloß irgendwo leicht nach Tannennadeln zu riechen, und schon war es, als würde irgend etwas außerhalb seines Bewußtseins die Steuerung übernehmen, und er mußte dieses Kinderspiel wieder in Szene setzen. Der Raum auf der anderen Seite der Toilettentür war voller Wölfe und Gorillas und Raubvögel. Also war Rashan still, machte keinen Mucks. »Siehst du, wie die Augen glühen? Und ihr Atem ist heiß und stinkt nach Whiskey, ganz fies und gemein«, hatte seine Mutter gesagt, und er sah es und spürte es. Im Spalt unter der Tür erschien ein Lichtstrahl. Er wurde breiter und heller, bis die Finsternis wich. Wenn er seine Hände sehen konnte, stand Rashan auf. Wenn er sein Gesicht sah, ging er hinaus.

Dann war er bereit. Sasha Zim wehrte böse Geister mit Entensuppe ab – Rashans Rüstung war die Finsternis. In der Gruppe vor dem McDonald's hielt er sich ein bißchen abseits. Der Overall und die getüpfelte Krawatte verliehen ihm das Aussehen eines Harlekins, gaben ihm etwas von einem Straßenkünstler, und wie ein Straßenkünstler blieb er auf Distanz. »Keiner kennt diesen Typen. Ich meine, das ist ein Typ, den keiner kennt«, sagte Benny. Er war einer von denen mit einer Gelfrisur und gebaut wie ein Football-Verteidiger. »Der Unsichtbare. Der Außerirdische«, sagte er.

»Stretcho«, sagte MoRitz. »Der Mann, den es nicht gibt.«

Sie klangen spöttisch, aber das hieß nicht, daß das, was sie sagten, nicht stimmte. Sie waren Rashans Partner. Sie zogen mit ihm durch die Clubs, sie aßen mit ihm, tanzten mit ihm, sie kümmerten sich sogar um die Mädchen, mit denen er fertig war. Dennoch bekamen sie ihn irgendwie nicht zu fassen. »Wenn er weg ist, ist er weg«, sagte Benny. »Wenn er nicht weg ist, ist er auch weg.«

Rashan selbst hatte keine Ahnung, was sie meinten, es war ihm aber auch ziemlich egal. Auf Befragen zuckte er nur die Schultern und zitierte den Lieblingsspruch seiner Mutter: »Sein ist Nichtsein«, sagte er, »bloß noch mehr.«

Das war das erste, was sie ihm beigebracht hatte, der einzige Satz, den er nie vergaß. Als Baby war er eine Mißgeburt gewesen – nur Kopf und Hals, kein Körper. Sein leiblicher Vater hatte einen Blick auf ihn geworfen und war in der Handelsmarine untergetaucht. Seine Mutter war umgezogen. Ihr eigentlicher Name war Edwina Elizabeth, und ihre Eltern lebten in einem Sandsteinhaus in Mount Vernon und besaßen eine Apotheke. Sie selbst war angehende Lehrerin, doch als sie ein uneheliches Kind bekam, mietete sie sich zwei Zimmer in Morrisiana in der Süd-Bronx und nannte sich Lizbeth.

Rashan hieß auf arabisch Krieger. Lizbeth hatte ihn *Jadda* nennen wollen, die Kurzform von *Mujaddid* – »Der alles neu macht«. Aber Mujaddids lebten nicht lange, nicht in der Süd-Bronx. *Rashan* schien ihr sicherer.

Aber auch so hatte er die Kurve nur um Haaresbreite gekriegt. Mit drei Jahren konnte er nicht laufen und kein Wort sprechen. Alle seine Bewegungen waren unkontrolliert, seine Glieder zuckten hierhin und dorthin. Sein riesiger Adamsapfel sah aus wie eine vergrabene Handgranate, und auf seinem Kopf wuchs kein einziges Haar. Dann bekam er eine Infektion, die bewirkte, daß seine Augenlider immer auf Halbmast hingen.

Mister D. pflegte zu sagen, er sehe aus wie ein verdammter Truthahngeier.

Das Haus in Morrisiana war das letzte bewohnte in einem Block voller ausgehöhlter Gerippe. Die Wände waren so brüchig, daß man hindurchsehen konnte. Sie hatten Löcher, die wie offene Wunden wirkten und den Regen hineinließen. Ratten saßen darin und strichen sich über die Barthaare. »Die haben mein Essen gefressen und alle meine Klamotten angenagt, und mein Spielzeug haben sie mir auch geklaut. Fallen konnten ihnen überhaupt nicht imponieren, aber auf Fernsehen sind sie abgefahren. Wetterbericht, Nachrichten, Sport, die Trickfilme, die samstags morgens kamen«, sagte Rashan. »Zuerst hatte ich Angst vor ihnen, aber dann hab ich mich an sie gewöhnt. Sie haben meine Mama gebissen und alle meine Schwestern, aber mir haben sie nie was getan. Wahrscheinlich gab's so 'ne Art Parole: *Laßt die Mißgeburt in Ruhe.*«

Acht Jahre saß er da herum. Anfangs kamen noch Sozialarbeiter vorbei und versuchten mit allen möglichen Tricks, ihn zu einer Reaktion zu bewegen, aber Rashan schwieg, gab keinen Laut von sich. Dann versuchten sie ihn auf eine Sonderschule zu schicken, aber davon wollte seine Mutter nichts hören. Er sei völlig gesund, sagte sie, ihm gehe es bestens. Zum Beweis brachte sie ihn in eine Tagesschule. Die anderen Kinder dort wälzten ihn in Hundescheiße und Federn, packten ihn in Dachpappe und schickten ihn umgehend wieder nach Hause. Von da an saß er nur noch in seinem Zimmer.

Väter kamen und gingen. Als Andenken ließen sie ihm Schwestern da: Violetta, Latisha, Mylene und Lenore. Vier Mädchen in fünf Jahren, und alle konnten laufen und redeten ohne Punkt und Komma. Hatte Rashan zuvor ein ganzes Zimmer für sich gehabt, so hatte er jetzt nur noch eine Ecke.

Er war nicht unglücklich. Soweit er sich erinnern konnte,

war er ganz zufrieden gewesen. Die anderen klebten vor dem Fernseher und lernten wie Sasha durch Seifenopern wie *One Life to Live* Englisch, doch er blieb für sich und gab noch immer keinen Laut von sich.

Mit fünf fing er plötzlich an zu wachsen. Er hatte so lange Anlauf genommen, daß er jetzt nicht mehr aufhören konnte. Seine Arme und Beine schossen wie Knöterich, über Nacht, wie es schien. Sie wuchsen und wucherten so schnell, daß sein Rumpf sie nicht mehr tragen konnte. Seine Mutter stopfte ihm Kissen in den Rücken und setzte ihn zwischen zwei Sessel, aber er kippte trotzdem immer um. Er fiel aufs Gesicht und konnte sich nicht rühren.

»Das war klasse, einfach toll«, sagte er. Wenn keiner zusah, legte er die Wange auf das Linoleum, freute sich, den Dreck und Staub auf seiner Haut zu spüren, und wischte mit dem Gesicht den schmierigen Schmutz auf dem Boden auf. Er suhlte sich, er saugte das Wischwasser und das Zitronenwachs, mit dem seine Mutter putzte, und die wolkige Süße des ausströmenden Gases auf. Von weit entfernt konnte er das Gebrabbel des Fernsehers und das Geschrei und Gehampel seiner Schwestern hören. »Und weißt du was? Ich war zufrieden«, sagte er. Und dann, eines Tages, schrie er.

Nach dem, was seine Mutter später erzählte, war es kein menschliches Geräusch gewesen. Lizbeth war gerade auf dem Klo am anderen Ende des Gangs, als sie es plötzlich hörte, eine Mischung aus abgestochenem Schwein und explodierendem Gasrohr. Ihr erster Gedanke war: »Jemand hat den Fernseher erschossen.« Aber als sie halbnackt, die Perücke in der Hand, ins Zimmer stürzte, fand sie dort nur ihren stummen Sohn, der mit dem Gesicht in einem Haufen Kekskrümeln lag und den Kakerlaken was vorsang.

Wie sollte man es beschreiben? Es war, als hätte er bis dahin jedes Geräusch, jeden Ton, jedes Knallen, Jaulen, Flüstern, Pfeifen, jedes Zischen und Kreischen in sich aufgesogen, gespeichert, sich zu eigen gemacht. Er war sich nicht einmal bewußt gewesen, daß er das alles gehört hatte; er schien es automatisch aufgenommen zu haben, durch die Haut und die Nerven. Manchmal sah er die Geräusche als Objekte, so fest und massiv wie eine Faust, dann wieder waren sie Geschmäcke, Gerüche, Schmerzen, oder sie kitzelten ihn ganz hinten in der Kehle. Sie setzten ihm zu, sie saßen ihm im Genick, sie machten ihm eine Gänsehaut. Auf jeden Fall machten sie ihn dicker. Erst schwoll sein Kopf an, dann sein Bauch. Heute erklärte er es sich damit, daß er an dem Tag, als er zu schreien begann, schlicht so vollgestopft, so voller Geräusche gewesen war, daß er sie keinen Augenblick länger hatte bei sich behalten können. »Ich hab nicht angefangen zu sprechen«, sagte Rashan. »Ich bin geplatzt.«

Der Lärm brachte die Sozialarbeiter zurück. Eine gewisse Miss Tweedle – ein Name, den man nicht leicht vergaß – wollte ihn in eine geschlossene Anstalt einweisen lassen. Mister D. war sehr dafür. Selbst seine Mutter spielte mit dem Gedanken.

In ihrer Verwirrung und Verzweiflung suchte sie Rat bei Rashan selbst. Wenn Mister D. in die Kneipe gegangen war, hockte sie sich vor dem kreischenden Jungen hin und versuchte durch die Wand aus Lärm zu ihm durchzudringen. Seine Schreie klangen wie wahlloses Gebrüll, doch sie dachte, daß sie vielleicht einen geheimen Code enthielten. Also fing sie an, auf Kadenzen und Rhythmuswechsel zu achten. Sie betete darum, in seine Haut schlüpfen und die Welt mit seinen Augen betrachten zu dürfen. *»Bil'lisaani! Bil chalbi!«* sagte sie. »Mit meiner Zunge! Mit meinem Herzen!« Wenn Rashan brüllte, brüllte sie zurück. Wenn er schrie, schrie sie ebenfalls. »*Aamantu* – ich bin voller Zuversicht«, sagte sie.

Er rollte auf dem Rücken vor und zurück, vor und zurück, wie ein Schaukelpferd, seine Schreie wurden lauter und hektischer, und schließlich pinkelte er sich voll. Die Pisse bildete eine goldene Pfütze auf dem Linoleum, und dieser Anblick schien ihn zu beruhigen. Seine Mutter stand lächelnd auf und klopfte sich die Hände ab. Fall erledigt. »Das ist eben sein Lied«, meinte sie.

Sie kaufte ihm im Ausverkauf ein elektronisches Klavier. Er stürzte sich darauf, als wäre es eine Schachtel Pralinen. Er wollte sich beim Spielen nicht richtig hinsetzen, sondern hockte vor dem Instrument. Das Klavier lag mit der Rückseite flach auf dem Boden, und Rashan kauerte schwankend darüber und ruderte mit den Armen: der Truthahngeier auf der Rolle.

Neun Jahre lang hatte er Geräusche eingeatmet. Jetzt gab er sie wieder von sich. »Knallende Türen«, sagte er. »Sirenen, Rattengewisper im Dunkeln, knarzende Schuhe, Klospülungen, Erkennungsmelodien, Regen, zischendes Fett.« Er spielte auf dem Gang, damit Mister D. nicht gestört wurde. Er spielte sein ganzes Leben nach, mit hämmernden Rhythmen. Seine Finger waren steif wie Trommelstöcke. »Meistens hab ich einfach das Wetter gespielt. Wolken, Gewitter, Sonnenschein, Hagelstürme. Und kurze Windstillen, viele kurze Windstillen. Dann hab ich Essen gespielt und dann Eiscreme und Sirup, Kirschlimonade, Hackfleisch. Dann hab ich Küsse gespielt und dann Schlaf.«

Nachdem der verkaterte Mister D. das Klavier an die Badezimmerwand geworfen hatte, schloß Lizbeth es weg. Tagsüber hatte sie alle möglichen Gelegenheitsjobs – sie putzte, sie machte dies und das. Rashan saß, ein Kissen im Rücken, allein zu Hause und hörte erst auf zu brüllen, wenn sie zurückkam und ihm seine Musik gab.

Draußen ging Morrisiana in Flammen auf. Die Stadt hatte

sich zurückgezogen und ließ das Viertel brennen. Die Hausbesitzer setzten nichts instand, sondern ließen ihre Häuser lieber abbrennen, um die Versicherung zu kassieren. Fast jede Nacht beobachtete Lizbeth durch die Löcher in den Wänden die Feuer in dieser Steinwüste. Ihr eigener Vermieter wollte sie raushaben, sie selbst wollte ja auch gehen, wußte aber nicht, wohin. Anfangs redete der Vermieter ihr noch nett und freundlich zu, doch dann fing er an, ihr zu drohen. In den unteren Stockwerken zogen Angeldust-Junkies ein – die Verdammten. Mister D. verschwand und hatte keinen Nachfolger. Miss Tweedle kam nicht mehr, im Treppenhaus türmte sich Abfall, und den Keller benutzten die Seven Immortals für ihre Vergewaltigungen. Noch immer gab Lizbeth nicht auf. Schließlich ließ der Vermieter ein Streichholz fallen.

Rashan erinnerte sich, daß er hustend aufgewacht war und seine Schwestern geschrien hatten. Später, auf dem Korridor des Krankenhauses, sprach er, mit neun Jahren und sieben Monaten, sein erstes Wort. Seine Mutter verstand *bilaahi* – in Allah. Seine Schwestern verstanden *Blabla*.

Die Familie war nun obdachlos und wurde von städtischen Stellen an private Wohlfahrtsorganisationen weitergereicht und von einer Notunterkunft zur anderen verschoben. Manchmal durften sie zusammenbleiben, meistens wurden sie getrennt. Nur Rashan und seine Mutter wurden immer als eine Einheit betrachtet. Mit dem Klavier waren sie zu zweit.

Rashan spielte Feuer. Er spielte Hitze und Kälte, wütende Pfarrer, Plastikteller, Bettdecken aus Sackleinen. Als das Klavier den Geist aufgab, brüllte er wieder. Um ihn zum Schweigen zu bringen, ließen ihn die Sisters of Mercy auf einem echten Klavier spielen. Es stand an der Rückseite einer Suppenküche, der Blick ging auf eine schmale Gasse. Dort spielte er Mülleimer, Gestank und Penner. Am liebsten spielte er Vögel.

Nach vier Jahren Hin und Her landeten er und der Rest der Familie im Hotel Carter in der 42. Straße, nur einen halben Block vom Times Square entfernt.

Das war Mitte der achtziger Jahre. Präsident Reagan hatte erklärt und Bürgermeister Koch hatte bestätigt, daß kein Dach über dem Kopf zu haben nicht ein Unglück sei, sondern – ganz wie das Dissidententum im stalinistischen Rußland – eine Krankheit. »Obdachlosigkeit ist in erster Linie eine Frage mangelnder geistiger Gesundheit«, glaubte man in der zuständigen Bundesbehörde.

Im Carter lebten etwa sechzig Familien – zweihundertfünfzig Kinder und Jugendliche und kaum mehr als ein Dutzend erwachsener Männer. Die Perrys hatten Zimmer 417. Es war vier Meter dreißig mal zwei Meter siebzig groß.

Rashan schlief im Schrank, unter den Mänteln seiner Schwestern begraben. Er konnte jetzt sprechen und gleichzeitig gehen. Dennoch wirkte beides nicht natürlich. Sein Körper, der so lange unterernährt und kraftlos gewesen war, schoß in die Länge wie eine Schlingpflanze, die zum Licht strebt. In drei Jahren wuchs er vierundvierzig Zentimeter. Seine Arme und Beine füllten den Schrank aus und ragten zwischen die Kleider. Dieses Wachstum zehrte ihn so aus, daß sich seine Gliedmaßen verhedderten und er ständig über seine eigenen Füße stolperte. Wenigstens sah er nicht mehr wie ein Geier aus. »Eher wie ein Vogel Strauß mit Schwindelanfällen«, sagte seine Schwester Violetta.

Das Carter war eine subventionierte Schlangengrube. In einer früheren Inkarnation hatte es als Hotel Dixie Dichtern, Stripteasetänzerinnen und allen möglichen Taschenspielern als Unterschlupf gedient. Delmore Schwartz hatte hier gewohnt, ebenso wie Belle Liberty, der Star von *Ninety-nine Tricks With a Banana*, und sogar Colonel Stingo, den A. J. Liebling so bewunderte, war dort abgestiegen. Jetzt hatten die Stammgäste es in RTC, »Rahway Training Center«, umbenannt, nach dem Staatsgefängnis von New Jersey. Auf den Korridoren wurde mit Moonrock, einem Beruhigungsmittel für Pferde, gedealt, und überall lagen Crack-Pfeifen und gebrauchte Kondome herum. Die anderen Kids nannten Rashan »abartig« und verprügelten ihn einmal täglich, an Sonntagen auch zweimal. »Sein ist Nichtsein, bloß noch mehr«, sagte Lizbeth.

Sie war zu Hochwürden Calvin Butts und seiner Abyssinian Baptist Church in der 138. Straße West übergetreten. In Rashans Schrank, neben seinem Bild von Magic Johnson, hängte sie ein handgedrucktes Gedicht auf: »Schmerz, der nicht vergessen kann, fällt Tropfen für Tropfen ins Herz, bis schließlich, in unserer tiefsten Verzweiflung, die Weisheit kommt, durch die unermeßliche Gnade Gottes.«

Doch der Schmerz drang gar nicht zu ihm durch. »Für Schmerzen war ich noch nie gepolt«, sagte er. Irgendwann, jenseits seiner Erinnerung, hatte er sich eine unzerbrechliche Schale zugelegt, die durch die Zeit und die Wechselfälle des Schicksals nur noch dicker geworden war. Darum konnte er jetzt, ohne mit der Wimper zu zucken, über jedes Schlachtfeld gehen, wo bei jedem Schritt Stolperdrähte und Minen lauerten. Jede Nacht hörte man Schüsse und Sirenen. Auf dem Korridor des Carter war eine schwangere Frau mit einem stumpfen Taschenmesser in Streifen geschnitten worden. »Tatsache?« sagte Rashan. »Hab ich gar nichts von gemerkt.«

Nur daß er die Geräusche nachher, wenn sie verklungen waren, nachspielte, und zwar perfekt. Seine Schwestern waren in der Schule, seine Mutter war mit Freunden unterwegs. Rashan, allein in Zimmer 417, spielte nur einen Menschen. »Rashan Ray Perry«, sagte er. »Ich und ich.«

Mit sechzehn hörte sein Körper auf zu wachsen – jetzt

konnte er sich auf sein Innenleben konzentrieren. Er war Dyslektiker, aber von seiner Mutter hatte er einiges Schulwissen, und seine Schwestern hatten ihm beigebracht, was man auf der Straße brauchte. Wenn es dunkel war und der Fernseher lief, machte er Ausflüge.

Meistens in der Gegend um den Times Square, fünf Blocks rauf und fünf Blocks runter. Raffy, ein Dominikaner aus Zimmer 407, peilte die Lage, kundschaftete aus, wo welche krummen Geschäfte liefen und welche sexuellen Neigungen sich wo zusammenfanden. Aber Rashan war ein Einzelgänger. Am liebsten hockte er auf einer Verkehrsinsel in der 46. Straße, auf den Stufen des Denkmals für George M. Cohan. Von dort, aus sicherer Entfernung, betrachtete er in aller Ruhe den Aufruhr ringsum.

Seine große Begabung – »Wie man in der Menge für sich bleibt«, nannte er es. In seinen Augen war das die ganze Kunst, das ganze Geheimnis des Überlebens auf der Straße. So konnte man im Zentrum des Broadway sitzen und sehen, ohne gesehen zu werden. »Konservativer Stil«, sagte er. »Wenn das Schicksal klopft, ist man nicht zu Hause.«

Im Carter war Xanthia die beste Freundin seiner Schwester Mylene. Sie kam aus El Salvador, war vierzehn und hatte grüne Augen, in denen man sich, wenn man nicht aufpaßte, schnell verlieren konnte.

Ihr Bruder Isidro war Rashans Quälgeist Nummer eins. Er hatte einen verkümmerten Arm, weswegen die anderen ihn »Krüppel« nannten; im ganzen Hotel gab es nur einen einzigen, der noch schwächer war als er, und das war Rashan. Also versteckte Isidro sich gern im Treppenhaus und lauerte ihm im Dunkeln auf. Spät in der Nacht, als Rashan verträumt vorbeiging, schoß eine verkrüppelte Hand aus dem Schatten und packte ihn an der Kehle. Dann bekam er Mace in die Augen.

Rashan dachte, es sei Säure. Er schlug die Hände vor das verätzte Gesicht, prallte gegen Wände, stolperte blind durch Korridore, zwischen kleinen Mädchen hindurch, die »Himmel und Hölle« spielten, an plaudernden Müttern, Crack-Süchtigen, Würfelzockern und Kinderwagen vorbei, bis er eine offene Tür fand und in das Zimmer dahinter stürzte, geradewegs in Xanthias Schoß.

Sie saß mit angezogenen Beinen in einem Sessel und lakkierte ihre Zehennägel mandarin-orange. Es war August, die Nacht war heiß und schwül, und Xanthia trug nur sehr kurze Shorts und ein Oberteil. Rashans Kopf fühlte sich an, als stünde er in Flammen. Er vergrub ihn zwischen ihren Schenkeln, und das war, als würde man eine Fackel in fließendes Wasser werfen. »Ich hab gehört, wie es gezischt hat, ich hab den kokeligen Geruch gerochen«, sagte er. Aber er gab keinen Ton von sich. Er konnte nicht – das Brennen erstickte seine Schreie. »Ich war still, ich machte keinen Mucks.«

Xanthia strich ihm über die Augen, erst mit einem feuchten Tuch, dann mit den Fingerspitzen. Das Brennen ließ nach, er konnte langsam wieder etwas sehen. Aber seine Augen waren noch immer geschwollen und wund, und so wühlte er sich tiefer in ihren kühlen Schoß. Sie hatte jetzt keine sehr kurzen Shorts mehr an. Sie hatte gar nichts mehr an. Und dann seufzte sie und nahm seinen mißgestalteten Kopf in die Hände. Ihre grünen Katzenaugen sahen tief in seine, und sie kicherte, ein bißchen schüchtern. »Na, du Hübscher?« sagte sie.

Wenn er jetzt daran zurückdachte, mußte Rashan ebenfalls kichern. »Orange Zehennägel«, sagte er. Aber damals waren sie ihm nicht albern vorgekommen. Als er halb blind und brennend durch Xanthia stromaufwärts schwamm, kam ihm überhaupt nichts albern vor. »Es war einfach grandios«, sagte er. »Der abartige Kerl war begraben – fertig, aus.«

In seinem Zimmer spielte er Reeboks und Nikes und Lockenwickler. Als seine Mutter im Herbst wieder weitergeschickt wurde, ging er nicht mit, sondern stellte sich auf eigene Beine. Er lernte ein Mädchen namens Lashuan aus Loisaida kennen. Dann ein Mädchen namens Tonya Laverne aus dem Osten von New York. Danach war dem, was er spielte, kein elektronisches Klavier mehr gewachsen.

Er brauchte eine Schallplatte zum Rap-Kratzen, einen kleinen Synthesizer und eine Rhythmusmaschine. Er lernte ein Mädchen kennen, das Esther hieß, auf der 118. Straße Ost lebte und einen Bruder namens Hilario hatte. Hilario arbeitete in einem Musikgeschäft, und für fünfzig Dollar auf die Hand und zwanzig Prozent Beteiligung an allen zukünftigen Einnahmen stellte er Rashan ein Tonstudio zur Verfügung, einen Lagerschuppen für Konserven hinter dem Kanawha Political Club. Dort konnte er die ganze Welt spielen. »Die Geschichte des Universums«, sagte er. »Und zwar in der ungeschnittenen Version.«

Die Musik, die er machte, war weder Rap noch Hip-Hop noch House. Er verwendete Elemente von allen dreien, aber das Entscheidende war Rashans eigener Beat, ein schlingernder, pumpend pulsierender Rhythmus, der unvermittelt hängenblieb, ein Herzschlag mit Aussetzern.

»Ich singe den Körper elektrisch«, hatte Walt Whitman geschrieben. Auch Rashan sang den Körper elektrisch, doch die Bewegungen dieses Körpers waren unkoordiniert, durchsetzt mit arhythmischen Zuckungen. Jedesmal wenn er gerade in Schwung zu kommen schien, geriet er aus dem Tritt, und der Bewegungsfluß kam ins Trudeln und wurde gestoppt. »Wie Johnny Staccato mit einem Herzfehler«, fand Rashan. Also nannte er seine Musik »Stack Attack«.

Er schrieb Texte und nahm Demobänder auf. Wenn er sie

Diskjockeys vorspielte, klagten sie über Brustschmerzen. Aber Rückschläge konnten ihm nichts anhaben. Er sah ein, daß Herzstillstand nicht auf Anhieb tanzbar war. Wenn er den Durchbruch schaffen wollte, mußte so etwas erst zur Gewohnheit werden, den Leuten in Fleisch und Blut übergehen. »Wie atmen oder Luft anhalten«, sagte er. Bis es soweit war, schleppte er in TriBeCa Säcke mit Hundefutter und wohnte in einem Zimmer in Alphabet City.

Am Broadway, vor dem McDonald's, war er rostfarben, eine Mischung aus Bronze und Ocker, wie Eichenblätter im Spätherbst. Der Kopf über dem Rube-Goldberg-Körper sah aus wie eine amharische Skulptur: ein langer Hals, ein asketisches Gesicht mit hohen, krummsäbelförmigen Backenknochen, einer hohen Stirn, einer hohen Adlernase.

Vor einem Jahr hatte er Benny und MoRitz in der Paradise Garage, dem Geburtsort der House Music, kennengelernt. Bis dahin hatten ihn Tanzclubs angewidert. Als Junge hatte er *Saturday Night Fever* gesehen. Er fand den Film bescheuert: all diese Itaker, die sich in einer Reihe aufstellten und im Gleichschritt tanzten wie Androiden bei einer Parade... »Der Idiot, der diesen Mist geschrieben hat, muß ein echtes Arschloch gewesen sein«, sagte er. Aber da war noch etwas. »Ehrlich gesagt hatte ich Schiß. Ich hab meinem eigenen Körper nicht getraut. Ich dachte, vielleicht bin ich irgendwo ganz tief drinnen immer noch der Truthahngeier, der kastrierte Vogel Strauß mit Durchfall. Ich dachte, wenn ich anfange zu tanzen, *wenn ich mich zeige*, dann muß ich aus der Deckung. Dann durchschauen mich alle und sehen, was ich in Wirklichkeit bin – ein verdammtes Monster.«

Es gab nur eines, was ihn zum Umdenken bewegen konnte. Es gab da ein Mädchen aus Red Hook namens Paulette DePaul. Paulettes Leidenschaft war Tanzen: Wenn man sie nicht durch alle möglichen Clubs schleppte, lief mit ihr überhaupt nichts. Also ging Rashan mit ihr in die Garage. Unter Protest, aber er ging – und dann brach es über ihn herein.

»Ich dachte, ich fall um«, sagte er. In diesem Laden war Mißgestaltetheit keine Schande, keine Monstrosität. Im Gegenteil, hier entsprach sie dem gültigen Schönheitsideal. »Als ob man erst neben der Spur sein müßte, ich meine: *richtig* neben der Spur, bevor man richtig gut sein kann.«

Auf der Tanzfläche drängten sich keine Automaten, sondern alle möglichen Kreaturen, die die Welt vergessen wollten. Die einen sprangen und tauchten wie Delphine, andere flogen hoch durch die Luft, wieder andere bewegten sich, als würden sie unter Wasser schwimmen. In einem Kreidekreis standen Benny und MoRitz und spiegeltanzten mit starren, leicht zuckenden Körpern. Ohne nachzudenken, trat Rashan in den Kreis und zuckte mit.

Lautstärke plus Rhythmus gleich lustvoller Schmerz, je härter, desto ekstatischer. Wenn die Wände nicht schwitzten, wenn einem die Augen nicht weh taten, wenn man den Geschmack, den man am nächsten Morgen im Mund hatte, noch erträglich fand, war es keine echte House-Party gewesen. »Bevor man draufkommt, muß es einem erst mal schlecht werden«, sagte Benny. »Saug die Scheiße in dich rein, und dann schmeiß sie raus.«

»*Kämpf gegen die Kraft*«, sagte MoRitz.

»Genau«, sagte Benny. »Und liebe sie.«

Von Donnerstag bis Sonntag zogen sie von Mitternacht bis zum Morgen durch die Clubs. Am nächsten Tag trafen sie sich hier, auf dem Bürgersteig, um sich abzusprechen, um die vergangene Nacht noch einmal durchzugehen und Pläne für die kommende zu machen. Meistens folgten sie ihren Lieblingsdiskjockeys Clark Kent und Kid Capri. Heute nacht, hieß es, würde der Kid im Powerhouse sein. »Muß man hin«, sagte Rashan.

Sein linkes Augenlid hing noch immer herunter, eine halb geschlossene Jalousie, und er sprach zögernd, als hätte er die Worte auswendig gelernt, als wäre Amerikanisch eine Fremdsprache, die er sich zu systematisch angeeignet hatte. Aber beim Tanzen, sagte MoRitz, war er einfach wunderbar. Auf der Tanzfläche, wo es keine Regeln, keine Grenzen gab, konnte er sein, was immer er sein wollte: ein Korkenzieher, ein im Sturm flatterndes Segel, ein pinkelnder Hund, ein Samurai. »Der Mann ist ein Tier«, sagte Benny.

»Ein Krieger«, sagte Rashan.

Auf diesem Stück Bürgersteig versammelte sich die House-Elite, ein lose geknüpfter innerer Kreis von Leuten, die sich »das Corps« nannten. Die meisten von ihnen waren vor einem Leben in Streetgangs, zwischen Mietskasernen aus Beton, geflohen, weil sie sich nicht in eine vorgegebene Form hatten pressen lassen wollen. Anstatt in diesen trostlosen Gegenden zu verrotten und sich den Tod zu holen, hatten sie es gewagt, auszubrechen und sich auf dem Broadway einzuklinken. »Wir sind scharf auf mehr«, sagte MoRitz.

Seine Eltern waren aus Barbados, doch er stammte aus Washington Heights. Er war ein geborener Achselzucker mit einem *Mo-Knows*-Messagehead. Wenn man erst mal im Corps war, sagte er, dann hatte man es geschafft. Rashan hatte es also geschafft. »Aber das heißt nicht, daß es leicht ist«, sagte MoRitz. »Ist es nämlich nicht.«

»Soll's ja auch nicht«, sagte Benny.

»Kein Schmerz, kein Herz«, sagte Rashan.

Gegenüber, am Hebrew Union College, saßen die Obdachlosen noch immer in einer Reihe und starrten vor sich hin. Der Mann mit der rosa Decke hockte ganz links. Er schaukelte vor und zurück und rief: »Scheiß auf diese Kacke, scheiß auf diese Kacke!« Dann kam er über die Straße geschlurft. Von nahem sah man, daß sein Mund blutig war. Direkt vor Rashan blieb er schwankend stehen, bewegte die Lippen und fuchtelte mit dem Zeigefinger herum. »Wer ist das denn?« wollte Benny wissen.

»Einer von meinen Vätern«, sagte Rashan. Ohne die Miene zu verziehen, drehte er sich um und posierte vor dem McDonald's-Schaufenster. »Kleiner Scherz«, sagte er. Doch der Mann mit der rosa Decke war nicht erbaut. Rosa Bläschen liefen ihm über das Kinn, und seine Augen waren blutunterlaufen. Seine rechte Hand schoß vor und packte Rashans getüpfelte Krawatte. »Und wer zum Teufel bist du?« schrie er.

»*I Am the Jam*«, sagte Rashan.

Er machte sich los und ging den Broadway hinunter. Es war noch früh, im Powerhouse würde erst in ein paar Stunden was los sein, und er mußte sich ausruhen. Vor dem Tower-Records-Laden, wo Cleveland Blakemore gerade seine Bücher einpackte, kaufte er sich ein »Sesamstraße«-Bilderbuch. Er hatte ein Mädchen aus Seward Park namens Candy kennengelernt. Sie würde ihm lesen beibringen. »Harte Nummer«, sagte er. »Aber ich bleib dran.«

Er hatte so lange Beine, daß es aussah, als ginge er auf Stelzen. An der Great Jones Street leckten ein paar Mädchen in bunten Kleidern an Dauerlutschern. Ein paar Jungen sahen ihnen zu. Aus einem Gettoblaster dröhnte »My Generation«. »Wer hat das geschrieben?« fragte Rashan. »Elvis Presley? Die Beatles?«

»Pete Townshend.«

»Echt? Wußte ich doch, daß es einer von diesen toten Opas war.« Ohne zu lächeln, ließ er mich stehen, bog nach links ab und verschwand in der Nacht. »Ist doch immer so.«

15

Am Union Square stand ein Straßenkehrer herum und stützte sich auf seinen Besen. In seinem makellos sauberen Overall und den Designer-Turnschuhen sah er aus wie der Absolvent einer Elite-Hochschule, der sich mal ein bißchen im harten Leben umsieht, und genau das war er auch. Er hieß Calvin Palmer, und studiert hatte er an der Cornell University. Er arbeitete in Merrill Lynchs Firma als Börsenmakler und hatte kürzlich wegen Drogenvergehen vor Gericht gestanden. Die Geschicklichkeit seiner Anwälte hatte ihn vor dem Gefängnis bewahrt. Jetzt mußte er gemeinnützige Arbeit leisten.

Das wenigste davon bestand darin, sich auf einen Besen zu stützen. Den Hauptteil seiner Strafe hatte er damit verbracht, auf Bäume aufzupassen. Pflanzendiebe suchten die städtischen Parks heim und rissen alles Lebende, jeden Schößling, jeden jungen Baum heraus. Stacheldraht und Ketten hatten sie ebensowenig beeindrucken können wie in den Wurzelballen versteckte Glassplitter. Nun kam also Calvin Palmer zum Einsatz.

»Ich muß Wache stehen«, sagte er. »Wenn ein Dieb kommt und anfängt, an dem Baum herumzufummeln, pfeife ich auf einer kleinen Trillerpfeife.«

»Und dann?«

»Dann nimmt er den Baum und geht«, sagte Calvin.

Es war eine strapaziöse Arbeit. An manchen Abenden war er derart erschöpft und hatte die Nase von allem so gestrichen voll, daß er es nicht über sich brachte, auszugehen. Seine Freunde, karriereorientierte junge Männer wie er, ließen es bei Mortimer's oder einer Benefizgala zugunsten der Republikanischen Partei krachen, während er im Bett lag, belegte Brote aß und sich Wiederholungen von Seifenopern ansah. Und hundert Stunden hatte er noch vor sich. Irgendein schwarzes Zeug hatte seinen Besen verklebt – der Himmel mochte wissen, wie es dahingekommen war. An einer Ferse hatte er eine Blutblase. »Freiheit für Calvin Palmer«, sagte er.

»So was gibt es nicht«, sagte Lush Life.

Der Union Square war ihr neuer Spielplatz. Tommy Blalock hatte seine Dienstzeit bei der Marine beendet und sich eine Wohnung in Brooklyn Heights genommen. Jetzt verkaufte er in der 14. Straße T-Shirts, die er auf einer Armeedecke aufgestapelt hatte.

Sein Stand war gleich neben der Treppe zur U-Bahn, genau an der Stelle, wo Vida Lujuriante und er einander gelobt hatten, Schuhe kaufen zu gehen. Die Bretterwände und die niedrige Decke aus Holzbohlen erzeugten eine unterirdische Atmosphäre – es war kühl und muffig wie in einem Keller. In den rückwärtigen, in dunkle Schatten getauchten Regionen verkauften Nigerianer Glasperlen, Senegalesen handelten mit Musikkassetten, und ein Koreaner bot Rolex-Uhren an, doch die T-Shirt-Verkäufer drängten sie immer weiter zurück.

Tommy hatte sich sein Sortiment nicht ausgesucht. Wenn es nach ihm gegangen wäre, hätte er seine eigenen Reisetrophäen angeboten – Souvenirs aus Louisiana und Virginia, aus Caracas, Singapur und einem Dutzend anderer Häfen. Sein bestes Stück stammte aus New Iberia, seiner Heimatstadt: ein McIlhenny's-Tabasco-T-Shirt, auf dem eine vom Höllenfeuer umloderte Pfeffersoßenflasche abgebildet war und ein von den Flammen beleckter Schriftzug »Scharfes Zeug« verkündete.

»Tommy hat eine künstlerische Ader«, sagte Lush Life. »Das liegt bei ihm in der Familie.« Aber die Straßenverkäufer mußten nehmen, was man ihnen zuwies: weiße Bart Simpsons und schwarze Bart Simpsons, »Meine Eltern sind nach New York gefahren, und alles, was sie mir mitgebracht haben, war dieses popelige T-Shirt« und hundert Variationen von »I ♡ New York«. »Erniedrigend«, fand Tommy das. »Wie Scheiße verkaufen.«

»Wir haben doch uns«, sagte Lush Life.

Er knurrte nur. Er war ein Mensch mit starken Bindungen und einem unbeugsamen Stolz. Seine Mutter hatte ihn dazu erzogen, sich nie mit dem Zweitbesten zufriedenzugeben. Darum war er ja auch in die Marine eingetreten. *Werde, was du sein kannst,* hatte die Army ihn aufgefordert. Das war Tommy zu wenig. »Was du sein kannst und noch mehr«, das war es, was er wollte. »Hundertzehn Prozent.«

Seine Sprache war mit Footballausdrücken und dem Jargon der Sportkommentatoren gespickt. Jedes Spiel in seinem Leben war das letzte vor der Aufstiegsrunde. »Es geht ums Ganze. Morgen gibt es nicht. Für Tommy Blalock heißt es jetzt oder nie«, sagte er.

»Genau«, sagte Lush Life. Doch sie war eigentlich nicht mehr Lush Life, nicht einmal mehr Vida Lujuriante. Außerhalb des Moose war sie einfach Tommy Blalocks Freundin. »Seine Zukünftige«, sagte sie.

Oder glaubte es jedenfalls. Bis jetzt waren keine Ringe getauscht, keine Schwüre getan worden. Zu Tommy Blalocks Überzeugungen gehörte, daß ein Mann sich erst dann binden durfte, wenn er finanziell abgesichert war. »Keiner, der zu Tommy Blalock gehört, soll in der Schlange vor dem verdammten Sozialamt enden. So bin ich erzogen worden«, sagte er.

»Seine Mutter ist Zahnarzthelferin«, warf Lush Life ein.

»Meine Mutter«, sagte Tommy, »ist eine Heilige.«

Einen Sommer richtig ranklotzen – das müßte, so meinte er, für den Grundstock reichen, für eine Anzahlung auf ein kleines Haus in der Nähe seiner Mutter, vielleicht sogar ein Grundkapital im Baugewerbe. »Zehn Kilo, und wir stehen punktemäßig nicht schlecht da. Dann geht's ab in die Oberliga«, sagte er. Bis dahin übte er strikte Sparsamkeit. Selbst Sex ging ihm eigentlich zu weit. »Schweres Foul«, nannte er das. »Beim erstenmal gibt's eine Verwarnung, beim zweitenmal Platzverweis.«

Lush Life gab keine Widerworte. Im Grunde ihres Herzens war sie erleichtert. »Frag mich bloß nicht«, sagte sie. Seit Jahren schon wollte sie zu einem Schönheitschirurgen gehen. Sie hatte Geld gespart und sich sogar schon einmal einen Termin geben lassen. Dann hatte sie, auf der Damentoilette des Mars, International Chrysis kennengelernt, eine brasilianische Transsexuelle mit den stolz hergezeigten Maßen 96 – 60 – 91 – 22. Lush Life war beeindruckt gewesen, war vor Ehrfurcht erstarrt. Gleich am nächsten Morgen jedoch hatte sie den Termin beim Arzt abgesagt. »*C'est magnifique, mais c'est pas la guerre*«, sagte sie. Außerdem hatte sie Angst vor Spritzen.

Ihr selbst machte das nichts aus. Aber wie würde Tommy Blalock reagieren? Was, wenn er enttäuscht war? »Du weißt doch, wie sehr diese Südstaatensöhnchen auf große Busen stehen«, sagte sie. »Sie sind völlig verrückt auf Rieseneuter.« In ihrem Zimmer zündete sie Kerzen an, zog sich aus und atmete ein und aus wie ein Turmspringer, doch ihr Spiegel war zu billig, um zu lügen. »Er wird mich nicht mögen. Er wird mich nicht gut finden«, sagte sie. Night Train rann wie Öl, wie ein Einreibemittel über ihren geschmeidigen Körper und glitzerte im Kerzenlicht. Ihre Brustwarzen waren rosig und hart, aber nicht größer als die eines Kindes. »Ach, Herzchen, ich bin einfach nicht richtig«, sagte sie. Sie warf sich aufs Bett und bedeckte ihre Brust mit Madame Butterflys Seidenstoffen. »Und ich werde es auch nie sein.«

Die düstere Stimmung hielt nicht lange an. Am nächsten Morgen war sie wieder im Verschlag am Union Square, sprang wie ein Irrwisch zwischen Sonnenlicht und Schatten hin und her und sang schrill und falsch. Von Cho-Cho-San und Nagasaki hatte sie umgeschwenkt auf Nelly Forbush und Bali Hai mit ihrem »In Love With a Wonderful Guy«: »Ich blühe auf wie Kansas im Sommer«, schmetterte sie, eine Vision in weißen Shorts, Strohhut und einem himmelblauen, vor dem Bauch verknoteten Hemd. »Ich bin stolz wie die Fahne am vierten Julei.«

Ihre Füße in den zehenfreien goldenen Sandalen sahen aus wie Torpedos, doch sie trippelte zwischen den Marktbuden umher wie Mary Martin auf dem Hochseil. »Bin keine herzlose Stadtgöre mehr«, sang sie. An der Ecke der 16. Straße, vor dem Metropolis Café, stopfte sie sich den Mund mit gefüllten Schokoladenbonbons voll, die ihre Stimme dämpften, sie aber nicht zum Schweigen bringen konnten. »Sondern schlicht wie Blueberry Pie«, summte sie.

Dem Union Square erging es wie NoHo: Er veränderte sich nicht zu etwas Neuem, sondern kehrte zu seinen Ursprüngen zurück. Anfangs war er strahlend und prächtig gewesen, danach hatte er lange ein Schattendasein gefristet, und nun begann er wieder aufzublühen. Wenn man die Treppe aus dem Untergrund hinaufstieg, war es, als tauchte man aus Atlantis auf.

Das Erkunden des Broadway folgte inzwischen einem sich ständig wiederholenden Muster. Tage- und kilometerlang arbeitete man sich wie unter Wasser voran, durch einen bodenlosen Tunnel. Hin und wieder jedoch – an der Trinity Church, am City Square Park, an der Canal Street – wich die Dunkelheit, und man stolperte ins Licht. Meist kamen diese Unterbrechungen ohne Warnung. Der Wechsel am Union Square aber kündigte sich schon vier Blocks im voraus an, denn dort machte die bis dahin schnurgerade Straße plötzlich einen Knick.

Der Legende zufolge war das Hendrick Brevoorts Schuld. Der war Holländer gewesen und hatte hier Anfang des neunzehnten Jahrhunderts eine Gastwirtschaft gehabt, und als der Broadway nach Norden hin weiter ausgebaut werden sollte, führte der geplante Verlauf genau durch Brevoorts Obstgarten. In diesem Garten stand sein Lieblingsapfelbaum, und der sollte gefällt werden. Brevoort wollte nichts davon hören. Architekten, Baumeister und Abordnungen des Stadtrats kamen zu ihm und beknieten ihn, aber er weigerte sich einfach. Schließlich wurde die Planung geändert, und der Broadway machte einen Knick nach links.

So jedenfalls ging die Geschichte. Wenn sie stimmte, dann hatte Brevoorts Apfelbaum die ganze Topographie Manhattans verändert. Ohne ihn hätte der Broadway sich mit der Fourth Avenue vereinigt, die beiden wären in die Park Avenue gemündet, und das Rialto wäre ein East-Side-Etablissement gewesen. So aber führte der Broadway nach Westen, über Bäche und durch das unberührte Farmland bei Bloomingdale. »Um sich zu produzieren«, sagte Dr. Davitt. »Und um die Leute zu verwirren.«

Die Selbstdarstellung dieses Herrn war eher diskret. Er war ein schlanker, jugendlicher Fünfziger und trug eine enge, hellgrüne Hose, einen engen, weißen Pullover, eine rosa getönte Brille und einen Hauch von Lidschatten. In seiner Schultertasche hatte er einen Stoß Visitenkarten mit dunkelroter Schrift auf cremefarbenem Untergrund. »Dr. David Davitt«, stand darauf, »Wortarzt«.

Er hatte noch mehr auf Lager. In separaten Fächern steckten, wie die Segmente einer reifen Mandarine, ordentlich aufgereiht Visitenkarten für »Dr. Davitt – Kosmologe«, »Doctor David – Ihr Schmerz ist mein Beruf« und »Daves Kunstschreinerei – Kabinettstücke sind unsere Spezialität«. Aber am besten gefiel ihm die mit dem Wortarzt. »Lassen Sie sich von einem Meisterschriftsteller an die Hand nehmen und erlernen Sie die meisterhafte Beherrschung der Sprache, schreiben Sie zeitlose Romane«, stand da, und darunter, in gestochenen goldenen Lettern: »Mit meiner Muse können Sie nicht verlieren.«

Er gab zu, daß sie nicht ganz ernst gemeint waren. In den sechziger Jahren, bevor der Markt für Heftchenromane zusammengebrochen war, hatte er Brett Houston geheißen und auf Bestellung geschrieben. *So jung, so schön, so tot, Stört Sie meine Leiche?* und *Totsein macht keinen Spaß* waren nur drei seiner Titel. Er hatte sogar mal eine Novelle geschrieben, die dann nie erschienen war. Sie hieß *Das wird dir noch leid tun.* Doch seine eigenen Werke hatten ihn nicht befriedigt. Im Grunde seines Herzens hatte er immer das Gefühl gehabt, zum Lehrer berufen zu sein. »Ich bin für die Theorie geboren, nicht für die Praxis«, sagte er. Und so wurde Dr. Davitt geboren. »Der Mädchenname meiner Mutter, der Beruf meiner ersten großen Liebe.«

Er gab Inserate in *True Detective* und *Jet* auf und verfaßte ein zweiseitiges Informationsblatt. »Geht es Ihnen manchmal auch so?« begann es. »Haben Sie schon einmal einen Klassiker gelesen und gedacht: *Das könnte ich geschrieben haben?* Haben Sie schon einmal das Gefühl gehabt, daß auch in Ihnen ein die Zeiten überstrahlendes Meisterwerk schlummert, das Sie freilegen könnten, wenn Ihnen nur jemand zeigen würde, wie? Wenn es so ist, dann LESEN SIE WEITER, denn hier finden Sie Hilfe. Der weltberühmte Wortarzt Dr. David Davitt sagt Ihnen, was Sie tun müssen, um die Tür zu Ihrer schriftstellerischen Kreativität aufzustoßen...«

Er hatte fünftausend Gratis-Einführungsbroschüren drukken lassen, doch es hatten kaum echte Interessenten geantwortet. »Und das passiert mir ständig«, sagte der Doktor jetzt. »Ich hab's ernst gemeint. Ich meine es immer ernst. Aber irgendwie, ich weiß auch nicht, wie, kriege ich es dann jedesmal wieder hin, daß es sich anhört, als wäre es irgendein billiger Trick. Es ist wie ein Tic, wie ein Reflex. Und alle denken, es ist bloß ein Jux oder eine Ente. Dabei bin ich die ganze Zeit mit dem Herzen dabei – es ist so blöd!«

Die Erkenntnis, daß er unfähig war, sein Anliegen zu vermitteln, hatte ihn hart getroffen. »Geben Sie mir täglich eine halbe Stunde, dreißig kurze Minuten in der vertrauten Atmosphäre Ihres Heims, und schon bald werden auch Sie sich in luftige Höhen schwingen und Träume aus Worten weben, zum Vergnügen oder um damit Geld zu verdienen«, versprach die Broschüre. Doch er hatte nur zwei Zuschriften bekommen. »Eine von einem pensionierten Bankdirektor aus Wisconsin, einem Spiritisten, der Kontakt mit dem französischen Dichter Pierre Louys aufnehmen wollte«, sagte Dr. Davitt, »und eine von meinem Bruder aus Panama City. Er wollte, daß ich ihm dreitausend Dollar schicke.«

Er hatte diese Episode schnell vergessen wollen, doch rückblickend mußte er sagen, daß sie ein Scheideweg in seinem Leben gewesen war: Er gab den Wunsch auf, mit Schreiben Geld zu verdienen, und zog sich in sich selbst zurück. Seit achtzehn Jahren arbeitete er nun immer wieder an *News on the Rialto*, einer Kombination aus Geschichts- und Tagebuch über den Union Square. Er rechnete nicht damit, das Werk je fertigzustellen.

Er war ein kleiner, adretter Mann und wirkte wie frisch aus der Reinigung, aber seine Wangen waren fleckig und hatten einen bläulichen Schimmer, wo sie rosig sein sollten – sie sahen aus wie ein fehlgeschlagener Lackmus-Test. Mit elf Monaten war er in diese Gegend gekommen und hatte, mit Unterbrechungen, immer hier gelebt.

Nachdem die Mutter seinen Vater, einen Apotheker aus Long Island City, verlassen hatte, arbeitete sie bei S. Klein, einem Billigkaufhaus an der Ostseite des Union Square, wo jetzt die Zeckendorff Towers standen, und nahm sich eine Wohnung in der 11. Straße Ost. Dort lebte sie, inzwischen dreiundachtzig und an den Rollstuhl gefesselt, noch immer – wie ihr Sohn, der Doktor.

»Nennen Sie mich Davitt. Das ist mir lieber«, sagte er. Seine Mutter dagegen nannte ihn Hyman. Zu seinen frühesten Erinnerungen gehörte, daß er mit drei Jahren und sieben Monaten auf der 14. Straße, genau vor Luchow's, gestanden und geschrien hatte: »Ich bin nicht Hyman, ich bin nicht Hyman!« Noch Jahre später konnte er keinen Schritt vor die Tür tun, ohne daß irgendwelche Straßengören um ihn herumtanzten und johlten: »Ich bin nicht Hyman, ich bin nicht Hyman.«

Wie diese Gegend damals gewesen war? »Enterbt«, sagte er. Ihrer Privilegien beraubt. In *News on the Rialto* schrieb der Doktor: »Der Union Square sollte der Schlußstein sein. An diesem Platz endete der Broadway, und auch die Stadt sollte hier enden – alles sollte hier enden. Der Union Square sollte eine Blume sein, die nie verblühte. Nur: Die Stadt hörte nicht auf zu wachsen. Ihre Grenzen ließen den Union Square hinter sich.«

Sie hinterließen eine Müllkippe. Wenn er an seine Kindheit dachte, erinnerte Dr. Davitt sich am deutlichsten an Dreck und Durcheinander, an ein ständiges Morgen-danach-Gefühl. »Es war, als hätte man eine Party veranstaltet, die alle anderen Partys in den Schatten stellen sollte – nur daß kein Mensch sich die Mühe gemacht hatte, nachher aufzuräumen«, sagte er. »Und so lagen dann die benutzten Gläser und Essensreste, die kleinen Geschenke und Papphüte einfach herum und verschimmelten.« Er zog die muffige Luft ein und rümpfte die Nase. »Ein Loch – wo früher mal ein Platz war.«

Seine größte Zeit hatte der Union Square nach dem Bürgerkrieg erlebt. Dreißig Jahre lang war er damals »der Rialto«, der Mittelpunkt gewesen. Von der 8. bis zur 23. Straße hatten rechts und links des Broadway feine Hotels und noch feinere Geschäfte gestanden. Man nannte diesen Abschnitt damals »Ladies' Mile«. Hier war Tiffany gewesen, ebenso wie Colonel John Daniell, Arnold Constable und Lord & Taylor. Doch den größten Glanz verlieh dem Union Square die Tatsache, daß er im Herzen des Theaterviertels lag.

Das war etwas ganz Neues. Schauspielhäuser hatte es am Broadway auch vorher schon gegeben, doch waren sie wahllos errichtet worden, planlos wie die Straße selbst. Da gab es Edwin Booths Winter Gardens in der Bond Street, das Niblo's Gardens in der Prince Street, Wallack's in der Broome Street, das Astor Place und das Broadway Theater, wo Adah Isaacs Menken ihren Auftritt in *Mazeppa* damit zu krönen pflegte, daß sie splitternackt auf einem Araberhengst durch den Mittelgang galoppierte. Dann gab es die Musikhallen wie das New Oriental und das Harry Hill's in der Houston Street, »wo Mord fast gänzlich unbekannt ist«; es gab die Minstrel Shows wie Christy's Mechanical Hall in der Grand Street, und es gab sogar einen Vorläufer der heutigen Sexpaläste, nämlich Wood's Museum, wo die Lydia Thompson Burlesque Company vier stramme Blondinen in schwarzen Korsetten und fleischfarbenen Seidenstrümpfen auf die Bühne schickte. »Wenn das nicht das Ende ist, wo ist es dann?« zeterte James Gordon Bennetts *Herald*.

Die barsche Antwort lautete: am Union Square.

Hier gab es alle nur denkbaren Vergnügungen für den niederen und den gehobenen Geschmack auf engstem Raum. »An jeder Ecke tritt einem in betörender Maske das Laster entgegen«, schrieb Junius Henry Browne, »und die Kunst lächelt dem Betrachter in tausenderlei bezaubernder Gestalt zu. Hotels, Theater, Geschäfte, Musikhallen, Bordelle und Spielhöllen sind bunt gemischt, und in ihnen findet der Besucher, was er sucht – und manchmal auch noch mehr.«

Am einen Ende der Skala war die Academy of Music, ein Opernhaus, dessen Logen für Mrs. Astors Obere Vierhundert reserviert waren. Am anderen Ende war Tony Pastor's, das erste Varieté. Seine Muse hieß Maggie Cline, die »Irish Queen«, mit ihrer Boxer-Ballade »Throw Him Down, McCloskey«.

Die Seitenstraßen rechts und links des Broadway waren voller Kellerkneipen, Pfandhäuser und billiger Pensionen für Bühnenkünstler, und auf dem Bürgersteig vor Keiths Union Square Theater drängten sich die Varietékünstler, die ein Engagement suchten, so dicht, daß diese Stelle als »Sklavenmarkt« bekannt war. »Glückliche Zeiten«, sagte Davitt, »voller Gesang, Tanz und Streit.«

Besonders eine Fehde hatte es ihm angetan. Wie George Jean Nathan berichtet, beklagte sich ein gewisser Aug. Allaire von den Three Bounding Allaires in einem Leserbrief an eine Fachzeitschrift für Bühnenkünstler, Flo D'Arcy von den D'Arcy Sisters habe seine eigene Hauptattraktion, den einarmigen Salto rückwärts, plagiiert. In der nächsten Nummer stand Miss D'Arcys Erwiderung:

»Sehr geehrte Herren!
Es widerstrebt mir, mich undamenhaft zu verhalten – und wie alle meine lieben Freunde vom Varieté wissen, ist mein Benehmen als Mitglied der berühmten Truppe der D'Arcy Sisters, die in allen Teilen der Welt umjubelte Gastspiele gegeben hat, stets damenhaft gewesen –, doch ich kann den Brief eines gewissen Aug. Allaire von den Bounding Allaires nicht unwidersprochen hinnehmen. Ich möchte betonen, daß Aug. Allaire ein Lügner ist, wenn er behauptet, ich hätte

den einarmigen Salto rückwärts von ihm gestohlen, denn ich habe den einarmigen Salto rückwärts von Oscar Delarmo von Delarmo and Astor übernommen, und zwar mit Mr. Delarmos freundlicher Genehmigung. Mr. Delarmo führt den einarmigen Salto rückwärts nun schon seit zwanzig Jahren vor, und vor zwanzig Jahren war Aug. Allaire von den Bounding Allaires wahrscheinlich noch damit beschäftigt, den Boden einer Kaschemme in der Bowery zu fegen.
Hochachtungsvoll
Miss Flo D'Arcy, Mitglied der D'Arcy Sisters (ausgebucht für ein Jahr).«

Nach 1890 schob sich der Broadway weiter nach Norden und nahm den Rialto mit. Die Luxushotels und Theater schlossen und wurden abgerissen. Es blieben die Kellerläden an der 14. Straße mit ihren Billigangeboten. Berühmt war die Gegend nur noch für geschmuggelte Pelze und Seidenstoffe, für Neun-Cent-Schallplattenläden, für Brezel- und Maroniverkäufer, Musiknotenhändler und die achtundneunzig synchron laufenden Uhren im Schaufenster von Korn's Klock Korner.

Dann kam die Wirtschaftskrise. Der Platz füllte sich mit radikalen Arbeitern und Straßeneckendemagogen. Am 6. März 1930 demonstrierten etwa zweitausend Kommunisten auf dem Union Square, und fünfzigtausend kamen, um sich das Spektakel anzusehen. Bürgermeister Jimmy Walkers Polizeipräsident Grover Whalen verweigerte den Demonstranten die Genehmigung, den Broadway hinunter zum Rathaus zu ziehen. Als die Kommunisten sich trotzdem in Bewegung setzten, trafen sie auf berittene Polizisten. Dann, schrieb Edward Robb Ellis, »stürzten sich Hunderte von Polizisten in Zivil und Uniform in den Demonstrationszug und schwangen Schlagstöcke, Totschläger und Fäuste«. Die Demonstranten wehrten sich, doch die Polizisten schlugen nur um so brutaler zu. »Ein Dutzend Polizisten in Uniform und Zivil schlugen und traten auf zwei unbewaffnete Demonstranten ein, bis diese fast bewußtlos waren. Frauen schrien, Männer brüllten. Über die Gesichter lief Blut. Bald lagen zwanzig Männer am Boden.«

Es waren die schlimmsten Unruhen, die New York in diesem Jahrhundert erlebt hatte. Da keine Schußwaffen eingesetzt worden waren, gab es nur zwanzig Schwerverletzte zu beklagen. Hundert Personen wurden in Krankenhäuser eingeliefert. Doch die Verbitterung saß tief, und der Union Square erholte sich nicht mehr von diesem Schlag.

Zu Beginn des Zweiten Weltkriegs, als Davitt geboren wurde, war die Academy of Music ein heruntergekommenes, rattenverseuchtes Kino. Für fünfzig Cents konnte man zwei Filme und acht Varieté-Nummern sehen. Matinee-Vorstellungen kosteten fünfundzwanzig Cents, und an den Wochenenden gab es Brezeln und Popcorn umsonst.

Alles hier war gebraucht, verbraucht, geplündert. Die grellste Reklame im ganzen Block – eine Neonschrift in Gold und Rot – verkündete: ALLE ARTIKEL UM 200% REDUZIERT. Die »Artikel« waren die Hostessen in einem Tanzpalast.

Außerdem stand da: TANZEN IST EINE GESELLSCHAFTLICHE NOTWENDIGKEIT.

In dieser Gegend hatte Davitt seine einsame Kindheit und Jugend verbracht. »Ich war ein kleiner Schwuler«, sagte er. Er war nie ein guter Schüler gewesen und hatte die Schule mit fünfzehn verlassen, aber er las mit Leidenschaft. Er zog die Bücher wahllos aus den Regalen und verschlang sie bunt durcheinander. Infolgedessen war seine Bildung lückenhaft und ungeordnet. Er konnte Dante und Walter Winchell, das Buch Hiob, Dale Carnegie und Mickey Spillane zitieren, aber er wußte nicht, wer Lenin oder Jackie Robinson gewesen waren.

Der Union Square war kein Ort für kleine Schwule. Als er zwanzig war, hatte Davitt den Anblick seines Blutes satt. Er hatte es satt, seine Wunden heilen zu lassen, nur um gleich wieder verprügelt zu werden, und zog ins West Village. Dort schrieb er Heftchenromane und führte gleichzeitig ein Leben als Meisterschriftsteller. Doch er mußte feststellen, daß ihm dort seine Wurzeln fehlten. Ganz gleich, wie sehr er den Union Square haßte und fürchtete – er kam nicht davon los. »Es war die Hoffnungslosigkeit«, sagte er, »die Häßlichkeit und Gemeinheit, dieses ganze verwahrloste Chaos.« Er schüttelte müde und liebevoll den Kopf – eine Glucke, die ein verirrtes Küken tadelt. »Eine mickrige Gegend«, sagte er. »Aber wenigstens *meine* mickrige Gegend.«

Er erinnerte sich noch an den Tag und die Stunde, als er den Entschluß gefaßt hatte. »Das war am 14. Mai 1971 um zwei Uhr nachmittags. Ich hatte gerade eine Geschichte fertig, *Ein Mixer voll Blut.* Sie war beschissen. Ich wohnte in der Bank Street im West Village und hing oft in einer Kneipe namens Julius herum. Kurz davor hatte es die erste große Schwulen-Demo gegeben – die Schwulen-Bewegung kam in Schwung, und ich war nicht dabei.« Er sprach in gemessenem Tonfall. Im selben gleichmäßigen Rhythmus klopfte er mit seiner Mentholzigarette sechsmal auf die Packung, hielt dreimal das brennende Streichholz an die Zigarette und machte zwei Züge. »Ich war noch nie einer, der überall mitmacht«, sagte er. »Für so was wie Vereine und Aktionsgruppen bin ich nicht geschaffen. Seit ich wußte, daß ich auf Männer stehe, hab ich das Wort ›gay‹ gehaßt – es kam mir immer so falsch vor. Was ist daran schon ›fröhlich‹ oder ›ausgelassen‹? Die alten Wörter waren besser. Sie waren dumm und gemein, aber wenigstens ehrlich: ›Tunte‹, ›Schwuchtel‹. ›Andersrum‹, das hat mir immer gefallen.«

Nach vier Zügen wurde die Zigarette weggeworfen und eine neue aus der Packung genommen. Sechsmal klopfen, dreimal Feuer, zweimal ziehen. »Ich war über dreißig. Ein Wortarzt ohne Patienten. Und mit einem Mixer voll Blut. Ich hab meine Sachen in eine Papiertüte gepackt und bin zum Union Square zurückgekehrt.« Er warf seine Zigarette weg und nahm sich eine neue. »Um andersrum zu sein«, sagte er.

An der Grace Church stieß er, in Gedanken versunken, mit einem alten, übelriechenden Griechen zusammen, der einen Karren voller Ramsch vor sich herschob: Schnürsenkel, billige Baumwollsachen und Plastikjeans. Der angerempelte Straßenhändler blieb stehen und musterte Davitt mit einem bitterbösen Blick. Er war ein Fremder in diesem Land, aber kein bißchen schüchtern. Knoblauchdünste verströmend, packte er den Doktor am Arm und schüttelte ihn wie einen Cocktailshaker. Dann brachte er seinen stinkenden Mund an Davitts Gesicht und zischte: »Tunte. Du ekelhafte kleine Tunte.« Davitt war wieder daheim.

»Saulus auf dem Weg zu S. Klein«, sagte er. Am Union Square kaufte er sich ein billiges Notizbuch und setzte sich zwischen die Hufe von George Washingtons Pferd. »Dort bezog ich also Stellung. Oder vielmehr Sitzung«, sagte er. »Die Wiederkehr des Joe Gould.«

Gould – »Professor Seagull« – war vor dem Zweiten Weltkrieg im Greenwich Village ein Original gewesen. Ständig hatten ihm Heimatlosigkeit, Hunger und Katzenjammer zugesetzt. Er hatte sein Leben in Cafeterias, Imbißbuden, Bars und Obdachlosenunterkünften zugebracht und *Eine mündlich überlieferte Geschichte unserer Zeit* verfaßt.

Nach Joseph Mitchell, der im *New Yorker* einen Artikel über ihn geschrieben hatte, machte Gould seine Aufzeichnungen in Schulheften, die er »mit einer bunten Mischung aus Geschichten, die man ihm erzählt hatte«, füllte. In einem »Die guten Männer sterben wie die Fliegen« betitelten Kapitel »beginnt Gould mit dem Lebenslauf eines Imbißbudenbesitzers und Pferdewetters namens Side-Bet Benny Altschuler, der sich mit einem rostigen Eispickel an der Hand verletzte und an Wundstarrkrampf starb, fährt nach ein paar Absätzen mit der Geschichte eines Seemanns fort, der einmal am Strand von Port of Spain in Trinidad eine Gruppe beschwipster Leprakranker beobachtete, und erzählt danach von einer Protestdemonstration gegen den Film *Birth of a Nation*, die 1915 in Boston stattfand und bei der er selbst einen Polizisten in den Hintern trat; es geht weiter mit der Beschreibung einer Besichtigung der Irrenanstalt in Central Islip, bei der eine Frau plötzlich auf ihn zeigte und schrie: ›Da ist er! Dieb! Dieb! Da ist der Mann, der meine Geranien und den Esel und den Wagen von meiner Mama gestohlen hat!‹ Danach bringt er eine Geschichte, die ihm ein alter Penner erzählt hatte, der eines Nachts in einem Hauseingang in der Great Jones Street die schwarzblauen Flammen des Höllenfeuers sah und spürte und danach, in derselben Nacht, im East River nördlich des Fulton Fish Markets zwei Meerjungfrauen miteinander spielen sah, gibt dann die Erklärung eines Priesters an der alten St. Patrick's Cathedral in der Mott Street zum besten, warum italienische Frauen nicht davon lassen können, Schwarz zu tragen, und kehrt zu guter Letzt zu Side-Bet Benny, dem an Wundstarrkrampf gestorbenen Imbißbudenbesitzer, zurück.«

Mehr als diese Beschreibung kannten weder Davitt noch irgend jemand sonst, der noch am Leben war, von diesem Buch. *Eine mündlich überlieferte Geschichte unserer Zeit* war nie erschienen. Es hatte ein Feuer gegeben, bei dem alle Hefte verbrannt waren, und dann war Gould gestorben. Vielleicht war es auch umgekehrt gewesen. Wie auch immer – das Buch war nie in den Regalen der Buchhandlungen aufgetaucht. »Aber er hat's geschrieben«, sagte Davitt. »Er hat dagesessen, gesehen und geschrieben.«

Joe Goulds Buch hatte Davitts Leben verändert, auch wenn er es nie zu Gesicht bekommen hatte. Es hatte ihn zu *News on the Rialto* inspiriert. Ihm war bewußt, daß ihm Professor Seagulls Bandbreite fehlte. Sein Thema war und blieb der Union Square. Dennoch sah er dies nicht als Einschränkung – ganz im Gegenteil. Indem er diesen Platz mit Hilfe der Geschichten seiner Anwohner – »der alten und der jungen, der alteingesessenen und derer, die nur vorübergehend hier wohnen« – in allen Einzelheiten beschrieb, hoffte er, eine Gesamtschau der Menschheit zu schaffen: »Die Welt in ein paar Notizbüchern.«

Bis jetzt betrug der Umfang seiner Aufzeichnungen etwa zwei Millionen Worte. Die mit einer winzigen Schulmädchenschrift vollgeschriebenen Notizbücher füllten eine ganze Seekiste. Dabei hatte er seine Arbeit gerade erst begonnen.

Er ließ den Mut nicht sinken. Er glaubte mehr denn je an seinen Traum, aber seine Schüchternheit lähmte ihn. Er konnte keinen Fremden ansprechen, er war unfähig, auch nur das oberflächlichste Gespräch anzuknüpfen. Jeden Tag wünschte ihm der Zeitungsverkäufer »einen schönen Tag noch«, und jeden Morgen wollte Davitt ihm etwas antworten. Er tat es nie.

Ich hatte ihn nur kennengelernt, weil ich zufällig auf Eugenia, seine Mutter, gestoßen war, als sie mit ihrem Rollstuhl durch den Lebensmittelladen an der Ecke fuhr. Sie wollte Blue-Mountain-Kaffee, und ich hatte gerade die letzte Büchse in meinen Einkaufswagen gelegt. Wir machten ein Tauschgeschäft: Ich bekam ihren Sohn. Aber es brauchte vier Briefe und etwa ein Dutzend Telefonanrufe, um ihn zum Reden zu bringen.

In den letzten achtzehn Jahren war er Tag für Tag nach demselben Ritual vorgegangen: Er stand um sechs Uhr auf und schrieb genau drei Stunden lang, dann frühstückte er mit seiner Mutter und fuhr anschließend mit dem Fahrrad drei Blocks zum Union Square. Das Fahrrad war ein altes Rudge aus Wolverhampton in England mit hohem Rahmen und gekröpftem Lenker – ein reinrassiges Vollblut. Alte Freunde seiner Mutter – sie waren Zigarrenmacher – hatten ihm erlaubt, es in ihrem Flur abzustellen. Wenn er es abends wieder abholte, roch der Sattel leicht nach kubanischen Tabaksamen und Deckblättern aus der Dominikanischen Republik.

Und dann? »Ich mache mir Notizen. Ich schlendere herum«, sagte Davitt. »Ich denke große Gedanken.«

Meist saß er auf Parkbänken und versuchte, genug Mut zu sammeln, um einen Fremden anzusprechen und ein Gespräch anzufangen. Er brachte es nie fertig. Und so gab er sich mit dem Zweitbesten zufrieden: »Ich beobachte. Ich erfinde. Ich lüge.«

Der Union Square, an dem wir jetzt saßen, war ein Sammelsurium. An der Ostseite der Markt – »organisch, biologisch« –, im Süden Tommy Blalocks T-Shirts, an der Westseite Jugendliche und Penner. Vor uns Freiheitsstatuen (sortiert) sowie Statuen von Lafayette, Lincoln, Gandhi und dem berittenen Washington mit schmierigem Blick und winkendem rechten Arm, der mit seinem unzüchtig lockenden Gesichtsausdruck wie ein Anreißer auf der Bourbon Street wirkte: *Live! Nackt! Live! Sie sind nackt, und sie tanzen!*

»Sie müssen verstehen«, sagte Davitt. Er sagte allerdings nicht, was. Sein Gesprächsstil bestand darin, sich an ein Thema anzuschleichen, unvermittelt zuzuschlagen und sofort wieder in Deckung zu gehen. »Schwer zu sagen«, sagte er.

»Was?«

»Alles.«

Seine Stimme war sehr leise und klang gehetzt. Eingezwängt

in seinen engen Pullover und die hellgrüne Hose, saß er im Schatten von Washingtons Pferd und erschauerte. Das Pferd war ein massiv gebautes Schlachtroß mit einem Rumpf wie ein Faß. Es schaute schief auf uns herab und scharrte mit einem Huf. »Rahm schwimmt oben, Abschaum sinkt auf den Grund«, sagte Dr. Davitt und führte mich in die Grace Church.

Es war eine ganz und gar neugotische Kirche: senkrechte Linien, gerade, streng, ohne einen Hauch von schmückendem Beiwerk. Henry Holidays präraffaelitische Fenster tauchten das Schiff in ein kühles, dämmriges Leuchten, das lindernd wirkte wie ein kalter Umschlag. »Das ist Schönheit«, sagte Davitt.

Das dicke Mädchen am Altar sagte: »Gott ist Schönheit.«

Das andere dicke Mädchen sagte: »Sind wir nicht alle schön?«

Für Barnum-Experten hatte dieser Ort eine besondere Bedeutung. Hier war General Tom Thumb am 10. Februar 1863 endlich mit seiner Lavinia Warren getraut worden. Damals waren seit der Einsegnung der Grace Church erst zwanzig Jahre vergangen, und doch hielt man sie bereits für schicker als die Trinity Church. »Der erste Tempel unseres Herrn für die holländischstämmige Hautevolee« hatte ein Klatschkolumnist sie genannt. Der Washington Square lag ein Stück weiter südlich, der Gramercy Park erstreckte sich nach Norden – im Umkreis von ein paar hundert Metern hatten sich die Reichsten und Vornehmsten von New York niedergelassen, und zu Tom Thumbs Hochzeit waren sie alle erschienen.

Das war Barnums große Stunde. Bis dahin hatte er für Sensationen gesorgt und es zu Geld und Berühmtheit gebracht. Jetzt aber begann sein gesellschaftlicher Aufstieg. Zweitausend Einladungen wurden verschickt, fünftausend Gäste kamen, darunter vier Gouverneure, dreizehn Armeegeneräle sowie diverse Bürgermeister und Millionäre. Präsident Lincoln und seine Frau schickten chinesische Kaminschirme als Hochzeitsgeschenk, und Sitzplätze wurden mit sechzig Dollar pro Kirchenstuhl gehandelt. »Ich weiß nicht«, schrieb Barnum, »ob ich besser hätte abschneiden können, wenn es die Hochzeit eines Prinzen gewesen wäre.«

Es paßte gut, daß die Grace Church an der 10. Straße stand, am Ellbogen des Broadway, wo die Straßenbahn die Ecke gerundet hatte. Nur von den Stufen zum Kirchenportal aus konnte man den Broadway in beide Richtungen überschauen und sowohl zur Wall Street als auch zum Times Square sehen. »*Nel mezzo del cammin di nostra vita*«, sagte Dr. Davitt. Gegenüber war ein Geschäft für maßgefertigte Billardtische und Queues. Mahagoni und Eichenholz schimmerte im Schaufenster. »Ich liebe dunkles Holz«, sagte Davitt.

Seit er diese Gegend beschrieb, hatten sich viele oberflächlichen Dinge verändert. Die Antiquariate in der Fourth Avenue waren verschwunden, und die Antiquitätenläden verlangten für gefälschte Jugendstil-Ganymeds inzwischen dreitausend Dollar. Wo früher Korn's Klock Korner gewesen war, lagen jetzt nicht mehr achtundneunzig Uhren, sondern dreiundzwanzig Sorten Ziegenkäse im Fenster.

»›Yuppies‹. Noch so ein widerwärtiges Wort«, sagte Davitt. »Was war denn so schlimm an ›Aufsteiger‹?« Am Union Square selbst, wo einst ein billiger Tanzpalast neben dem anderen gestanden hatte, waren jetzt die Bürgersteige mit Post-Nouvelle-Cuisine-Stehimbissen und Bars mit europäischen Marken verschandelt. Hier bekam man nirgends mehr Weißbrot in Scheiben, sondern nur noch Honig-Zimt-Rosinen-Brötchen und Mandelhörnchen mit Quarkfüllung. »Und wie wird einem da zumute?« fragte Dr. Davitt und zündete sich eine neue Zigarette an. »Zum Kotzen«, sagte er.

Die Möglichkeit, die 14. Straße könnte ebenfalls so aufgewertet werden, fand er wirklich bedrohlich. Er wollte sich bloß zu einem fiesen alten Mann entwickeln, der nur zu lächeln brauchte, damit Kinder schreiend davonrannten. Mit einer Kiwi im Mund schaffte man das nicht.

Doch er hätte sich keine Sorgen zu machen brauchen. Unter der Oberfläche des Klimbims dieses »Neuen Zeitalters« blieb die Substanz des Union Square unangetastet. Auf dem Platz selbst mochte der modische Geschmack protzen und prahlen, aber an der 14. Straße wirkten die Geschäfte, als würden sie von Alleskleber zusammengehalten, und die Pächter wechselten wie die Jahreszeiten. »Die Zukunft gibt's nicht. Volle Kraft voraus – jetzt oder nie«, sagte Tommy Blalock.

»Nimm einen Schluck Night Train«, sagte Lush Life.

Er nahm keinen, aber sie. Sie hatte schon den ganzen Tag immer wieder mal genippt, und langsam merkte man es ihr an. Ihre grünen Augen waren leicht glasig, der steife Strohhut war zerdrückt und saß schief. *»Ich bin so normal wie August, so Kansas wie Blueberry Pie«*, sang sie. *»Ein Herz für Torten am vierten Julei.«*

Sie war angespannt, sie hatte sich entschieden. Heute nachmittag, nach Feierabend, würde sie Tommy Blalock zum Hotel Arlington an der Ecke Broadway/25. Straße schleppen, wo man Zimmer stundenweise vermietete. In einem Zimmer mit der Zahl 3 oder 8 – ihren Geburtszahlen – würde sie aufs Ganze gehen: volle Kraft voraus.

Auf dem Bretterzaun am Eingang zur U-Bahn, hinter den Stapeln mit den Bart-Simpson-T-Shirts, verkündeten Plakate die Aufführung eines Brecht-Stückes. »In ihrem Mund ist noch der Geschmack eines anderen Mannes«, stand da. Doch Lush Life schwor, daß das nicht stimmte. »Du bist der erste«, sagte sie.

»Und einzige«, sagte Tommy Blalock.

Es war keine Frage, sondern eine Feststellung. Er schnürte seine T-Shirts, seine Armeedecke, seine Einnahmen und seine Geliebte zu einem unförmigen Bündel und schritt damit durch das Verkehrsgewühl. Lastwagenhupen dröhnten, Stimmen mit Brooklyn-Akzent brüllten Flüche, doch er ging seinen Weg. »Ich bin Tommy Blalock«, sagte er, »und ihr könnt mich mal.«

Und Dr. Davitt? »Könnte ich auch sagen«, sagte er. »Tu ich aber nicht.« Im Schatten von George Washingtons Pferd saß er da und drückte sein Notizbuch wie einen Schild an die Brust. »Etwas, in dem man verschwinden kann«, sagte er.

Nicht mehr lange. Seiner Mutter ging es nicht gut. Sie planten einen Umzug nach Cape Cod. In sechs Monaten, vielleicht in einem Jahr, würden sie nicht mehr hier leben, und dann würde *News on the Rialto* veraltet sein. Achtzehn Jahre hatte er daran gearbeitet, doch er bedauerte nicht, daß es nicht fertig geworden war. Er wünschte sich nur, er hätte sich getraut, ernsthaft damit anzufangen. »All die Leute, die hier herumsitzen. All diese Körper, diese Leben«, sagte er. »Ich hätte sie fragen sollen.«

Am meisten würde ihm die Hoffnungslosigkeit fehlen, die Atmosphäre der Ödnis und der Widerhall, den dies in ihm fand. Der Union Square, glaubte er, war ein Fangnetz für die von vornherein Verdammten. »Straßenkehrer der Seele«, nannte er sie. Auf der anderen Seite des Platzes schwang Calvin Palmer noch immer träge seinen Besen im Kreis und scheuchte ein paar Tauben auf. Der Anblick erregte Davitts Mitleid und erfüllte ihn mit existentieller Wut. »Das arme Schwein«, sagte er. »Was für eine Chance hat er je gehabt?«

Rings um seine Füße lagen vierzehn halb gerauchte Zigaretten in einem ordentlichen Fächer ausgebreitet. Er stand auf, hob die Kippen auf und warf sie in einen Abfalleimer. »Zeit für einen Tee«, sagte er. Aber bevor er sich auf den Weg machte, gab er noch etwas zum besten. Mit einer Stimme wie eine quietschende Türangel las er noch einmal die erste Seite seines Lebenswerks vor: »Alles sollte hier enden. Der Union Square sollte eine Blume sein, die nie verblühte. Nur: Die Stadt hörte nicht auf zu wachsen.«

Er zündete sich eine neue Zigarette an und machte zwei Züge. »*Ein Mixer voll Blut* war besser«, sagte er.

Nachdem Dr. Davitt nach Hause zu seiner Mutter gegangen war, kehrte ich ins Moose zurück. Ich legte mich bäuchlings auf die Ringelblumen und versuchte, in *Struggles and Triumphs* zu lesen, konnte mich aber nicht recht konzentrieren. Nicht einmal die Geschichte von Madame Josephine Fortune Clofullia, »dem erstaunlichsten Wunder des 19. Jahrhunderts«, einer hübschen, femininen Frau mit einem »vollentwickelten Bart, auf den auch der modebewußteste Herr der Gesellschaft stolz wäre«, vermochte mich zu fesseln. Bald war ich eingeschlafen.

Als Lush Life mich weckte, war es zwei Uhr morgens, und Motion ging auf dem Gang auf und ab, goß die Pflanzen in seinem Garten und sang dabei »No Woman No Cry«. Zuckrig-süßer Wein rann mir über das Gesicht und in den Mund. Ich streckte blindlings die Hand aus, aber Lush Life war nicht in Reichweite. »Und?« fragte ich.

»Wir sind vereint«, sagte sie.

16

»Haben Sie in letzter Zeit Zwiesprache mit Satan gehalten?« schnurrte die leise Stimme. »Sie wissen doch, daß er auf Ihren Ruf wartet.«

Die Stimme gehörte zu einem Mann, der sich Smith nannte, Archie Smith. Er war ein freundlicher, herzlich wirkender Mann in einem grauen Büroanzug und einem Brooks-Brothers-Hemd mit Button-down-Kragen und stand, einen schwarzen Lederaktenkoffer in der Hand, vor der verschlossenen silbernen Gittertür des Palais de Beauté. »Na, haben Sie?« fragte er noch einmal.

»Warum ich?«

»Sie sehen so aus, als hätten Sie etwas übrig für die Finsternis.«

Mit seinem Doppelkinn und der feisten, ausgestreckten Hand wirkte er wie ein Vertreter für Enzyklopädien. Und genau das war er auch, nach seinen Worten zu urteilen. »Die geheimen Erkenntnisse vergangener Zeiten, die uralten Aufzeichnungen verborgenen Wissens, die Schwarzen Bücher«, sagte er, »stehen zu Ihrer Verfügung. Sie brauchen nur die Hand auszustrecken und sie zu nehmen – sie gehören Ihnen.«

»Ohne Anzahlung?«

»Keinen Cent.« Wenn er lächelte, blähten sich seine dicken Backen, so daß die Augen fast verschwanden. Er sah Schweinchen Dick wirklich erstaunlich ähnlich. »Die Schwarzen Künste haben mit dem Mammon nichts zu tun. Es geht dabei mehr um Glauben. Um Vertrauen«, sagte Archie. »Um das Potential zu innerem Wandel und Wachstum und Ihre Bereitschaft, sich darauf einzulassen.«

Er klappte seinen Aktenkoffer auf und präsentierte mir eine

ganze Reihe von Mappen mit bedrucktem Papier. Angesichts dieser Auswahl war ich unschlüssig. »Was würden Sie mir empfehlen?« fragte ich ihn.

»Als Einstieg?« Er strich sich über einen unsichtbaren Schnurrbart und schien ein Heftchen aufs Geratewohl herauszuziehen. »*Satan – ein faires Geschäft*«, sagte er. »Kein Knaller, aber guter Lesestoff, mit viel Substanz.«

»Wie zum Beispiel?«

»Viel Substanz eben.« Er sah mich von der Seite an wie ein Schneider, der Maß nimmt. »Für einen hungrigen Geist ein Fest.«

Die Unbestimmtheit dieser Antwort war nicht Verkaufstaktik, sondern notwendiger Selbstschutz. Als er begonnen hatte, seine Botschaft auf den Straßen zu verkünden, war er zu offen gewesen: »Ich habe es mit dem Herzen getan, nicht mit dem Kopf, und ich habe dafür bezahlen müssen.« Bei der Erinnerung daran schüttelte er das Doppelkinn. »Wissen Sie, manche Leute haben solche Vorurteile«, sagte er. »Sie verschließen ihren Geist wie eine Muschel, und man kann sie nicht dazu bewegen, sich wieder zu öffnen. Wenn man es versucht, werden sie sarkastisch. Sie drohen einem sogar.«

»Mit der Polizei?«

»Schlimmer. Viel schlimmer.« Der Gedanke daran schien ihn nervös zu machen. Seine Wangen fielen in sich zusammen, seine Augen erschienen wieder, und nun blickten sie nicht mehr so jovial. »Vielleicht habe ich Ihre Signale falsch gedeutet. Ich dachte, Sie seien ein Suchender.«

»Das bin ich auch.«

»Ja. Also... ja.« Er riß mir *Satan – ein faires Geschäft* aus der Hand und klappte den Aktenkoffer zu. Plötzlich lagen zwischen uns zwanzig Meter. »Wo kann ich Sie finden?« rief ich.

Für einen Augenblick schien er unschlüssig. Sein missionarisches Ich zog ihn zu diesem potentiellen Konvertiten zurück. Doch sein vorsichtiges Ich gewann die Oberhand. »Keine Sorge«, rief er. »Wir werden Sie finden.«

Es war Freitag abend, Dämmerung – die Straßenlaternen wurden gerade eingeschaltet. Die Wall Street hatte Feierabend gemacht, und die Straßen füllten sich immer mehr mit von der Leine gelassenen Bankern, die etwas erleben wollten.

Der Broadway zwischen dem Union Square und dem Madison Square war ihr neuester Spielplatz. Vor fünf Jahren noch war dieser Abschnitt ein Nirgendwo, eine Lücke gewesen. Zwar standen hier ein paar pompöse Gebäude, Überreste aus den Tagen, da dies die »Ladies' Mile« gewesen war. Die meisten Ladenlokale im Parterre hatten dann Spielzeuggroßhändler übernommen, die mit Scherzartikeln handelten: mit falschen Bärten und Wundertüten, mit Furzkissen und künstlichen Nelken mit eingebauter Wasserdüse. Inzwischen war wieder alles anders. Die Spielzeugleute waren vertrieben worden, und in den Läden fand man jetzt raffiniertere, teurere Spiele. Es gab Billardsalons und Single-Bars, einen Modellrennwagen-Club namens »Manhattan Raceway«, das Palais de Beauté, auf das Transvestiten und Devisenhändler gleichermaßen schworen, und es gab das Café Society.

»Das Ambiente der neunziger Jahre«, sagte der Geschäftsführer von der Nachtschicht. Wenn er recht hatte, mußte man sich auf eine schizoide Achterbahnfahrt gefaßt machen. Unter der Woche war das Café Society ein Tangopalast. Wenn man an den gewölbten Schaufensterscheiben vorbeiging, sah man ein Vierziger-Jahre-Tableau: Zwischen Säulen tanzten Paare in erlesener Abendkleidung, bogen sich vorn- und hintenüber, erstarrten und schoben sich dann Wange an Wange im Wiegeschritt über das Parkett, von gedämpftem Licht in warme Rosatöne getaucht. Durch die Fenster klang die Musik blechern und weit entfernt. Die ganze Scharade war gewollt nostalgisch und beschwor Bilder von Musikboxen und wirbelnden Eistänzern aus Blech herauf.

Dann kam der Freitag. Das Orchester verschwand, die Lichter schufen einen elektrischen Regenbogen. In den Fenstern wurden drei mit Ketten abgesperrte Podeste für Go-go-Girls aufgebaut. Als die Musik loszudröhnen begann, war es »Ride on Time« und »The Power«, und zwei der Mädchen begannen mit einer lesbischen Soft-Porno-Szene. Die Blonde trug abgeschnittene Jeans, hohe Stiefel und einen durchsichtigen BH, die Brünette einen paillettenbesetzten Bodystocking. Nachdem die Blonde sich hingelegt hatte, kniete die andere mit gespreizten Beinen über ihr und rieb mit dem Bauch über das Gesicht ihrer Partnerin. Dann streckte sie sich neben ihr aus, und die beiden streichelten sich gegenseitig, allerdings ohne sich anzusehen.

In den Schaufenstern von Macy's bekam man so etwas nicht zu sehen. Die Gäste im Café Society schienen lediglich amüsiert, doch draußen, vor den großen Fenstern, kam der Broadway zum Stillstand. Polizisten in Streifenwagen, Taxifahrer und hundert brave Bürger starrten wie gebannt hin. »Widerwärtig«, sagte ein Anzugtyp.

»Schweine«, sagte ein anderer.

»Widerwärtige Schweine«, sagte ein dritter. Damit war das erledigt, und alle starrten weiter hin.

Als die ersten beiden Mädchen, die dafür bezahlt wurden, mit ihrer Nummer fertig waren, nahmen Freiwillige ihren Platz ein. Mädchen mit einer Solovorstellung, Mädchen zu zweit, gemischte Paare: Sie reckten und räkelten sich, sie zuckten und verknäulten sich – schwarzes Leder und goldfarbene Tangas, hautenge Trikots, rote Rüschen, durchsichtige Blusen. »Haben Sie in letzter Zeit Zwiesprache mit Satan gehalten?« hörte ich Archie Smith irgendwo in der Menge fragen.

»Na klar. Ich hab ihn angerufen. Aber es war besetzt«, antwortete eine Frauenstimme. »Bei diesem Arschloch ist ja immer besetzt.«

Sie lehnte ein wenig abseits an einem Laternenpfahl und zog an einem Zigarillo. Sie war groß und schlank und irgendwo in den Dreißigern, eine Frau in Schwarz.

Der erste Eindruck war: hart. Mit ihrer nietenbesetzten schwarzen Motorradjacke, den schwarzen Leggins, dem schwarz gefärbten Haar und den abgekauten schwarzen Fingernägeln sah sie aus wie eine Juliette Greco, die man zu lange im Ofen gelassen hatte. Aber sie trug keine Sonnenbrille, und ihr Blick war direkt und nicht affektiert. »Ein Drink könnte nicht schaden«, sagte sie.

In der Old Town Tavern bestellte sie einen großen Orangensaft, aber offenbar hatte sie ihr Geld in der anderen Jacke gelassen, und das war ihr jetzt peinlich, wirklich sehr peinlich. Die Go-go-Girls hatten sie verärgert. Der Vertreter Satans ebenfalls. »Ich hoffe, daß er in der Hölle brät«, sagte sie.

»Das hofft er auch.«

»Anzunehmen.« Doch ihre Wut war noch nicht verraucht. Sie arbeitete um die Ecke, als Qualitätsprüferin für einen Importeur von japanischen Spielzeugpandas, und diese Vertreter für die letzten Dinge gingen ihr auf die Nerven. »Ich würde ja nichts sagen, wenn es nur einer wäre. Aber die sind überall«, knurrte sie. »Und alle gleich angezogen: grauer Anzug, geputzte Schuhe. Und alle heißen Smith.« Sie stürzte ihren Orangensaft hinunter. »›Die geheimen Erkenntnisse vergangener Zeiten.‹ ›Das Potential zu innerem Wandel und Wachstum.‹ Hast du schon den Spruch über Aktiengeschäfte gehört? ›Satans Wertpapieranlagen?‹« Der Rand ihres Glases war mit schwarzem Lippenstift verschmiert. »Die Kerle haben vielleicht Nerven«, sagte sie.

Sie hieß Sadie und war süchtig gewesen. »Heroin, Koks, Alkohol, Downer, Liebe«, sagte sie. Sechs Abende die Woche ging sie zu Gruppensitzungen, am siebten Abend saß sie in Bars und sah zu, wie die Leute sich betranken. »Muß ich. Muß ich einfach.« Sie drehte sich auf ihrem Barhocker zu mir und musterte mich, als hätte ich mich gerade erst neben sie gesetzt. »Bist du mal bei einer Gruppensitzung gewesen?« fragte sie.

»Einmal.«

»›Hallo, Sadie.‹« Ihr Gesicht verzog sich zu einem gekünstelten Lächeln. »›Sieh ein, daß du machtlos bist. Sieh ein, daß nur Er, der größer ist als du, dir deine innere Gesundheit wiedergeben kann. Bitte Ihn demütig, dich von deinen Fehlern zu befreien.‹« Sie erschauerte dramatisch und schlug abermals mit der flachen Hand auf die Theke. »Lieber die Hölle als das«, sagte sie.

Ihre Stimme war so rauh wie ihre Haut. Aber ihr Mund wollte, selbst wenn er das Zigarillo hielt, nicht hart bleiben. Lach- und Kummerfältchen breiteten sich von den Winkeln in einem Kraftfeld aus, das mit Eisenspänen sichtbar gemacht worden war. Es sah aus wie eine topographische Karte mit einem kleinen Maßstab.

Sie bemerkte sich im Spiegel hinter der Bar, erstarrte und sah ihr Spiegelbild unverwandt und drohend an – Travis Bickles in *Taxi Driver*. »Was gibt's da zu glotzen?« sagte sie. Von ihrem Zigarillo fiel Asche in den Orangensaft. Sie lachte. »Ich bin doch eine Idiotin!«

Die Old Town Tavern war eine Tagesbar. Abends machte sie zu. Als wir zurück zum Broadway schlenderten, nahm Sadie meinen Arm. Ihre schwarzen Nägel gruben sich wie Klauen in das weiche Fleisch an der Innenseite meines Ellbogens. Vor dem Café Society drängte sich noch immer die Menge. Inzwischen spielte eine junge, blond gesträhnte Frau mit einem braunhäutigen Jungen, der nichts als eine Unterhose anhatte. Sie beugte sich vornüber, berührte mit den Fingern die Zehenspitzen und reckte den Zuschauern ihre Pospalte entgegen. Doch die hatten bereits zuviel gesehen und zuckten nicht mal mit der Wimper. »Tote Hosen, lauter tote Hosen«, sagte Sadie. Mit dem schwarzen Lederzeug und ihrer Rock'n'Roll-Magerkeit hätte man sie, wenn sie nicht im hellen Licht stand, fast für ein junges Mädchen halten können.

Auf dem Bürgersteig herrschte abendliches Gedränge. Ausgestattet von der Ralph-Lauren-Boutique bei Calvin Klein, gingen die Ärzte und Rechtsanwälte, die Börsenmakler und Wertpapierhändler zu zweit nebeneinander; und jeder hatte seinen eigenen Satz von Statussymbolen.

Sadie kannte dieses ganze Zeug und kommentierte die Leute, als wären sie wandelnde Kleiderständer. »Omega Speedmasters«, sagte sie, »Bossini Challengers, Hermes-Seidentücher.« Im Fenster des Café Society kniete die Blonde vor dem braunhäutigen Jungen, den glänzenden, orangefarbenen Mund nur Zentimeter von seinem Schwanz entfernt, und tat so, als würde sie ihm einen blasen. Ein fetter Polizist, der aussah, als schliefe er halb, stieg aus einem Streifenwagen und überquerte die Straße. »Yves Saint-Laurent. Tommy Hifiger. Yohji Yamamoto«, leierte Sadie. Die Blonde winkte dem Polizisten zu, der Polizist kaute Kaugummi. »Mondphasen-Chronometer von Noblia, Hautreinigungs-Gelmasken von Lancôme.« Der Polizist spuckte seinen Kaugummi aus, und die Menge zerstreute sich. Der braunhäutige Junge drückte sich einen Pickel auf dem Hintern aus und schlug dabei die Augen nieder, damit man seine langen, seidigen Wimpern bewundern konnte. »Giorgio Brutini. Ronaldus Shamask«, sagte Sadie. »Ozonschutzschicht.«

Ein paar Meter weiter, vor dem Jonny Rockit, hielt ein großes Wohnmobil am Straßenrand. Eine Gruppe Transvestiten stieg aus. Nach Mitternacht würden sie im Palais de Beauté ihre große Show abziehen – ein Safer-Sex-Kitzel für Investmentberater. Die Transvestiten waren die neuen Göttinnen der Stadt.

Unter ihnen war Denise Denise, Lush Lifes Freundin. »Das war ein langer Weg von St. Louis«, sagte sie. Vor fünf Jahren noch hatten sie und die meisten anderen hier sich in Harlem versteckt, bei Andre's auf der 125. Straße, der ältesten Schwulen-Bar in New York, einem sicheren Hafen in schweren Zeiten. Und schwer waren sie wirklich gewesen, die Zeiten. Schwule Verprügeln war groß in Mode gewesen, und auf Transvestiten, auf *Dresser*, hatte man es am meisten abgesehen gehabt. In einem einzigen Winter war Denise Denise viermal zusammengeschlagen worden. »Und ich rede hier nicht von ein paar blauen Flecken, ich rede von krankenhausreif«, sagte sie. »Gebrochene Rippen, eingeschlagene Zähne. Ein Tritt gegen den Hals.« Also hatte sie sich bei Andre's verkrochen. »Bloß ich, mein Hintern und fünfhundert gute Freunde und Freundinnen.« Und dort hatten sie und ihre Freunde und Freundinnen *Vogue* kreiert.

»Ich schätze, aus Trotz. Oder als Selbstschutz«, sagte Denise Denise. Ihr Teint war dunkel, rotbraun, und wenn sie ruhig und gelassen war, wirkte sie groß und vornehm, so herb wie ein Fotomodell. Doch ihre Stimme klang wie das Kreischen von Bremsen, wie quietschende Reifen in der dritten Kurve der Pocono-Rennbahn. »Disco-Hals«, nannte sie das. »Ich hab zu viele Jahre damit verbracht, schlechte Diskjockeys zu übertönen.« Bei Andre's war die Musik jedoch eine Offenbarung gewesen. »Ein Fall von ›Tanz oder stirb‹.«

Sie fand es schwer zu beschreiben, und schwerer, es zu erklären. »Mir fehlen die Worte«, sagte sie. Diese winterkalten

Nächte in Harlem – der Wind fegte wie eine Hexe durch die 125. Straße, und draußen lauerten die Wölfe. Doch Andre's war ein Zufluchtsort. »So wunderschöne Jungen und Mädel. So wunderbare Sachen«, sagte Denise Denise. »Man hatte seinen Stammplatz, man nahm seine Pose ein, und alles machte nur noch *Wusch, Summ.* Man hatte so viel Zeit, man hatte so viel Raum, wie man wollte – es war fast wie auf Trip. Natürlich, manchmal war man wirklich auf Trip.« Sie stellte sich in Valentino-Positur – langgliedrig und matt, eine Trauerweide – und wechselte dann zu »Verschleiertes Mysterium«, nach Coco Chanel. »Tanz oder stirb«, sagte sie. »Ich hab getanzt.«

Vogue hatte sich von Andre's zu anderen Clubs ausgebreitet, hatte von den Transvestiten auf die ganze Schwulenszene übergegriffen. Schließlich war die Zeit vorbei, und es kam aus der Mode. Bald darauf hörte Madonna von dieser neuen Sache und verarbeitete sie in einem Video-Clip. Plötzlich war *Vogue* eine nationale Leidenschaft – »so amerikanisch wie Schwanzlutschen«, sagte Denise Denise. Und die Transvestiten waren die Divas von Downtown Manhattan.

Georgette und Lyzy, Perfidia, Vanessa the Undresser, Cherry Sunday – seit den späten sechziger Jahren, seit *Harlow* und Andy Warhols Superstars, waren Transvestiten nicht mehr so gefragt gewesen. Ohne sie war keine Modenschau und keine Disco der Rede wert; durch sie erst wurde ein Zug durch die Nachtclubs zu einem Ereignis. »Göttliche Wesen«, sagte Denise Denise.

Sie produzierte sich auf dem Broadway, sie nahm verschiedene Posen ein. Umgeben von höflich starrenden Armanis und Gianni Versaces verdrehte sie sich wie ein Korkenzieher und stand auf einem Bein wie ein Flamingo. »Mir friert die Möse ein«, verkündete sie. Die Passanten verlangsamten ihre Schritte. Einer klatschte, ein anderer rief ihren Namen. Denise

Denise breitete die Arme aus, machte ausgreifende Bewegungen wie eine Krabbe und gab eine *Vogue*-Vorstellung von »Cool Water«, dem Country-Hit der Sons of the Pioneers aus den fünfziger Jahren: *»Allday I face the barren waste«*, sang sie, fast im Rap-Stil, *»in search of torture, cruel, cruel torture.«*

Die ganze Zeit hatte Sadie abseits gestanden, nichts gesagt und keine Reaktion gezeigt. Jetzt kam sie drohend auf mich zu, um mich zu holen. Sie packte mich an der Schulter, riß mich herum wie einen ungezogenen Hund und zerrte mich davon. Ihr strenges Gesicht wirkte mit einemmal unbeschreiblich alt, und ihre Halsschlagader klopfte sichtbar. Es sah aus, als flatterte ein gefangener Vogel mit den Flügeln. »Das passiert mir manchmal«, sagte sie. Sie trat in einen dunklen Hauseingang und legte die Stirn an die kühlen Steine. »Du solltest lieber heimgehen«, sagte ich.

»Du lieber Himmel, was für blöde Männersachen du sagst.«

»Ich bin ja auch ein blöder Mann«, sagte ich.

»Jedenfalls blöde.« Sie ging steifbeinig davon. Dann fiel ihr ein, daß sie ihre Handtasche vergessen hatte, und sie kam zurück. Ein zweites Wohnmobil hielt am Straßenrand, und eine zweite Ladung göttlicher Wesen stieg aus. »Du lieber Himmel«, sagte Sadie noch einmal. Ihre schwarzen Nägel wühlten im Dunkel herum und kamen mit einem halb gerauchten Zigarillo zum Vorschein. »Bis morgen«, sagte sie. Ihre Wange war von der Einfassung des Hauseingangs mit Ruß verschmiert. »Schlaf gut«, sagte sie.

Der Tag darauf war lau. »Heiter bis wolkig und der Jahreszeit entsprechend mild«, hatte der Wetterbericht gelautet. Aber die Luft schmeckte und fühlte sich an wie Vogelnestsuppe von letzter Woche. Sadies Gruppensitzung war irgendwo in Chelsea, wo sie auch wohnte. Danach wollten wir uns im Madison Square Park treffen.

Es war die imposanteste Grünfläche am Broadway – man hatte beinah das Gefühl, in einem weitläufigen Park zu sein. Vor dem Bürgerkrieg war hier eine Zwischenstation auf dem Weg nach Bloomingdale gewesen, umgeben von den Landhäusern der Elite des Bundesstaates, und diese Atmosphäre hatte sich ein wenig erhalten. »Privilegien, ausgewogene Proportionen und ein Gefühl für das Angemessene«, hatte ein Reiseführer des neunzehnten Jahrhunderts hier vorgefunden und damit der Oberschicht mit Grundbesitz Honig ums Maul geschmiert. Hundert Jahre später hießen die Privilegierten Metropolitan Life und Santa's World, doch die ausgewogenen Proportionen gab es immer noch. Nur die Oberschicht, die in dieser Gegend lebte, sah nicht mehr so gut aus.

Nod Acres – »Schlafpark« – hieß der Madison Square Park unter Junkies. Sie waren Waldbewohner, die sich zu Grünflächen und Spielplätzen instinktiv hingezogen fühlten. Der Madison Square Park hatte beides zu bieten. Durch seine Größe und Tiefe vermittelte er ein Gefühl der Abgeschiedenheit, während seine herrlichen Bäume Deckung boten. »Und außerdem«, sagte Sadie, »ist er nach Südosten offen.«

»Ach, die Bäume, die grünen Senken!« hatte der alte Reiseführer geschwärmt. Und ach, die gebrauchten Spritzen! Gesetzte Frauen, die Kinderwagen schoben und die Morgenluft genossen, teilten sich die Bänke mit Heroin und Crack, mit Angeldust, Dilaudids und Moonrock. Von Zeit zu Zeit sackte die Polizei wahllos ein paar Junkies ein. Dann fuhr sie wieder davon, und alles blieb beim alten.

Unter einem bestimmten Aspekt war das nicht einmal ein Widerspruch. Der ausdrückliche Zweck des Parks war es gewesen, den Menschen Gelegenheit zu geben, sinnliche Freuden zu genießen. Drogen stellten lediglich eine neue Form dieser Freuden dar.

Anfangs hatte es hier offenes Grasland gegeben; man hatte gejagt, exerziert und Galopprennen veranstaltet. Die feinen Leute waren in ihren Kutschen hinausgefahren, um der Stadt einmal zu entkommen und sich bei ausgedehnten Picknicks zu entspannen. Doch der Broadway ließ sich nicht so leicht abhängen, und als die Herrschaften bei Brandy und Zigarren angelangt waren, hatte er sie schon wieder eingeholt.

Wie immer führte Phineas T. Barnum die Jagd an. An der Ecke Fourth Avenue/26. Straße stand das Union Depot von Commodore Vanderbilts New York Central & Harlem Railroad. Als diese Gegend nach dem Bürgerkrieg schick wurde, verlegte Vanderbilt das Schlafquartier seiner Züge nach Norden, und die Schuppen standen leer. 1874 wurden sie von Barnum übernommen und in sein Great Roman Hippodrome umgewandelt. Sieben Jahre später wurde aus dem Hippodrome der erste Madison Square Garden, das Quartier des Barnum and London Circus.

Die Eröffnung wurde mit einem gewaltigen Fackelzug den Broadway entlang eingeleitet. Es war die glanzvollste Parade in der Karriere des Showmanagers. »Eine halbe Million Menschen, von denen viele fünf bis zehn Dollar für einen Fensterplatz bezahlt hatten, sahen staunend die vergoldeten Prunkkutschen und Wagen mit allegorischen Darstellungen, von denen manche von Zebras oder Hirschen gezogen wurden, die Käfige mit Leoparden und Hyänen, die verglasten Wagen mit Schlangen, die dreihundertachtunddreißig Pferde, zwanzig Elefanten, vierzehn Kamele und die dreihundertsiebzig kostümierten Artisten, die vorbeimarschierten. Es folgten General Tom Thumb und seine Lavinia, der zwei Meter fünfzig große chinesische Riese Chang-Yu Sing, das Elefantenbaby, das Barnum einst Bailey hatte abkaufen wollen, die aufgezäumten Giraffen, die Reiter auf ungesattelten Pferden, die Seiltänzer, die todesmutigen Trapezkünstler, die in Reih und Glied marschierenden Elefanten und die japanischen Jongleure.«

Es war Barnums phantastischer Krönungszug – prächtiger sollte er keinen mehr erleben. Danach verbrachte er mehr und mehr Zeit mit seiner Familie auf seinem großen Besitz in Connecticut, wo er 1891 mit achtzig Jahren starb.

Seine Arbeit war getan, und sie war gut getan. Die Nachfolger – Tony Pastor, Oscar Hammerstein I., Ziegfeld, Frohmann und Ringling – schickten sich bereits an, in seine Fußstapfen zu treten. Der Madison Square war *Der Garten der irdischen Lüste*. Und der Broadway trat ein in das Vergoldete Zeitalter.

Diese Bezeichnungen waren eine knifflige Sache. Das Vergoldete Zeitalter – nicht zu verwechseln mit dem Goldenen Zeitalter – begann irgendwann in den achtziger Jahren des neunzehnten Jahrhunderts und endete abrupt am Abend des 25. Juni 1906, als Stanford White von Harry Thaw erschossen wurde.

White war die Galionsfigur des Vergoldeten Zeitalters, jener Zeit der Zuversicht und des großen Geldes, der Prunksucht und des Strebens nach Ästhetik, der echten Erhabenheit und der vulgären Protzerei, der Eleganz, der Grellheit und der puren Idiotie – White vereinigte all das in sich. Er war Künstler und Schlitzohr, Gentleman und Spieler. Als Architekt vertrat er eine Mischung aus Klassizismus und Bombast und definierte und diktierte den allgemeinen Geschmack. Als *boulevardier* war sein Stil zurückhaltender.

Er hatte die Energie eines Vulkans. Breit gebaut, mit rötlichem Gesicht, einsachtundachtzig groß und hundertzehn Kilo schwer, mit einem gewaltigen Schnurrbart und flammendrotem, krausem Haar, schien er zwanzig Jahre lang überall gleichzeitig zu sein, bei jeder Opernpremiere und Theatergala, in jedem feinen Restaurant, bei jeder Regatta und jedem Sensationsprozeß. Er baute herrschaftliche Häuser für die Vanderbilts und die Astors, er baute den Player's Club und den Century Club, die Mall in Washington, das Lincoln Memorial, die meisten Gebäude der Weltausstellung in Chicago, und um so viel Weltlichkeit auszugleichen, baute er auch die Church of the Ascension, die Madison Square Presbyterian Church und die Säulengänge der St. Bartholomew's Church.

Für die Öffentlichkeit hatte er den Zenit des Ruhms erreicht, als er den Auftrag für die Planung des zweiten Madison Square Garden erhielt. Privat war sein größter Erfolg die Eroberung von Evelyn Nesbit. Am Ende schien beides unauflöslich miteinander verknüpft.

Zuerst kam der Garden. 1890 – Barnum hatte sich zur Ruhe gesetzt – begann das alte Hippodrome Verlust zu machen. Man brauchte ein neues, größeres Quartier, und McKim, Mead und White bekamen den Auftrag. Für etwa vier Millionen Dollar wurde ein Vergnügungspalast gebaut, der einen ganzen Block umfaßte; er enthielt eine Hauptarena mit siebzehntausend Sitzplätzen, zwei kleinere Theater, das größte Restaurant der Stadt, eine Ladenpassage und ein Kabarett im obersten Stockwerk. Der Bau wurde gekrönt von einem der Giralda in Sevilla nachempfundenen Turm, und darauf wiederum, etwa hundert Meter über dem Boden, erhob sich eine Statue der nackten Diana, ein Werk von Augustus Saint-Gaudens – sie war gewissermaßen die kandierte Kirsche auf dem Ganzen.

Alte Fotografien enthüllen die Monumentalität des Bauwerks, nicht aber die aberwitzige Überladenheit. »Es gab eine Unmenge von Loggien, Nischen, mehrarmigen Leuchtern, medaillonförmigen Ornamenten, geschnitzten Darstellungen von Pflanzen und Tieren, säulengestützten Balkonen und versteckten Kolonnaden«, schrieb Michael Macdonald Mooney, Whites bester Biograph.

Das Dach bestand aus acht Spitzkuppeln. In ihrem byzantinischen Schatten konnte White bei Tag in seinem neuen Studio arbeiten. Nachts stieg er dann hinauf zu seinem Kabarett unter den Sternen. Von seinem reservierten Tisch an der Bühne aus konnte er, wie kein Mensch vor oder nach ihm, den ganzen Broadway übersehen und beherrschen.

Die Idylle, über die er herrschte, hatte sich vollkommen von der Realität entfernt. In den neunziger Jahren des neunzehnten Jahrhunderts war New York alles andere als vergoldet – es war größtenteils eine Hölle auf Erden. Für die Einwanderer, die durch Ellis Island in die Lower East Side geschleust wurden, schufen Habgier und Gleichgültigkeit Lebensbedingungen, wie sie entsetzlicher kaum vorstellbar sind. Whites Broadway aber, den keine acht Kilometer von diesem Viertel trennten, hätte ebensogut auf einem anderen Planeten liegen können.

Von seinem Dachgarten aus sah White nach Norden hin nur ein weißes Glühen. Elektrische Straßenbeleuchtung hatte die alten Gaslampen ersetzt, und inzwischen reichte die nächtliche Illumination bis zur 42. Straße. O. J. Gude, ein Werbefachmann, hatte das Wort vom »Great White Way« geprägt und gegenüber dem Madison Square Garden, auf der anderen Seite des Parks, die erste elektrische Reklametafel der Stadt aufgestellt: »Lassen Sie sich von einer Meeresbrise umschmeicheln – Kaufen Sie ein Haus auf Long Island.« Ein Block nach dem anderen erstrahlte im Schein der bunten Lichter – sie vermischten sich und trennten sich wieder, und die Kutschen fuhren auf und ab, und in Richard Canfields Casino rollten die Würfel, und bei Delmonico's schlang Diamond Jim Brady Hummer hinunter und spülte mit Champagner nach, und die großen Hotels – das Fifth Avenue, das Hoffman House, das Brunswick und das Gilsey House – tauchten die Bürgersteige in Musik, blendenden Glanz und die Verheißung sicherer Verzauberung.

Evelyn Nesbit trat 1901 auf. Sie war damals sechzehn, eine Revuetänzerin in der erfolgreichen Show *Florodora* und erst kurz zuvor aus Pittsburgh über Philadelphia zum »Great White Way« gekommen. Sie war bildschön und hatte ein herzförmiges Gesicht und kupferrotes Haar, das ihr bis zur Taille reichte – eine zarte, präraffaelitische Schönheit, die genau ins Bild der Zeit paßte. Fotografen standen Schlange, um sie als Schäferin abzubilden, als Wassernymphe, als Undine mit Lilien im Haar, zwischen zwei gemalten Tigern. So wurde Stanford White auf sie aufmerksam, und er gab ihr Champagner zu trinken, in einem Loft-Studio in der 24. Straße West, verborgen vor den Augen der Öffentlichkeit. An einem Ende des Raums hing eine mit rotem Samt bezogene Schaukel, um deren Seile sich Winden rankten. White setzte Evelyn darauf und ließ sie immer höher schaukeln, bis ihre Füße einen japanischen Regenschirm aus Papier durchstießen, der an der Decke hing. Danach steckte er sie in einen gelben, mit Glyzinien bestickten Satin-Kimono und verführte sie in einem Raum voller Spiegel.

Als sie aufwachte und zu weinen begann, strich White ihr über das Haar und küßte sie. »Nicht. Bitte nicht. Es ist ja vorbei«, sagte er. »Du gehörst jetzt mir.«

Die Begegnung dieser beiden Menschen symbolisierte eine ganze Ära. Evelyn war in den Stand einer Geliebten von Stanford White erhoben, saß splitternackt auf der Schaukel aus rotem Samt und schwang ihre Füße immer höher; sie posierte in einem anderen Kimono oder ausgestreckt auf einem Eisbärfell oder, für das berühmteste Foto jener Zeit, als *Müder Schmetterling*. Als sie ihre Möglichkeiten ausgeschöpft hatte, verließ sie White und heiratete Harry K. Thaw, einen Verrückten, der allerdings vierzig Millionen Dollar erben sollte.

Die Ehe war kein Erfolg. Thaw zwang seine Frau, unverschnittenes Kokain zu nehmen, er schlug und peitschte sie, wann immer ihn die Lust dazu überkam. Dennoch hörte er nie auf, Stanford White zu hassen, »diesen feigen, brutalen Kerl, der sie unter Drogen gesetzt und mißbraucht hat«. Schließlich ging er am Abend der Premiere von *Mamzelle Champagne* auf den Dachgarten des Madison Square und schoß Stanny drei Kugeln in den Kopf.

Nach Whites Tod und dem Untergang seiner Epoche verlor der Madison Square an Prestige. Schon 1902 hatte das Flatiron Building einen ersten Vorgeschmack auf das vulgäre Geschäftsgebaren kommender Zeiten gegeben. Und auf vulgäre Lust. Die scharfen Ecken und das schiffsbugartige Profil des Wolkenkratzers bewirkten plötzliche Windstöße und Turbulenzen, die die Röcke junger, unbescholtener Frauen hoben und den Blick auf bestrumpfte Knöchel freigaben, worauf die Passanten sich dann regelmäßig ungebührlich betrugen. Der Pöbel war in seiner Gier nach dem Anblick eines weiblichen Beins derart ungezogen, daß man eine Sondereinheit der Polizei abkommandieren mußte, um dem Treiben ein Ende zu bereiten.

»Polizei, nichts wie weg!« hatte der Warnruf damals gelautet. Heutzutage rief ein Polizist kein »Hau ab, die Bullen!« mehr hervor. Als ich zu meinem Stelldichein mit Sadie erschien, waren zwei Männer dabei, am Fuß des Denkmals für General Worth, mitten auf dem Broadway, ein Briefchen mit einem weißen Pulver aufzuteilen, während ein paar Meter entfernt ein Polizeibeamter mit taktvoll abgewendetem Blick vorbeiging.

Sie erwartete mich an Saint-Gaudens' monumentalem, von Engeln umflattertem Denkmal zu Ehren von Admiral David Glasgow Farragut. Er war es, der gesagt hatte: »Zum Teufel mit den Minen! Volle Kraft voraus!« »Noch so ein blöder Männersatz«, knurrte Sadie, doch ihre Morgenlaune war gut, sie wirkte geradezu unbeschwert. Sie hatte ihre schwarze Nachtuniform gegen Jeans und ein weißes T-Shirt vertauscht, auf dem stand »Für einen Drink würde ich (fast) alles tun«. Darunter trug sie ein blaues Arbeitshemd, dessen Manschetten sie zugeknöpft hatte, damit man ihre Einstichnarben nicht sah; ihr Gesicht leuchtete nackt und bloß und etwas zu rosig, als hätte sie mit Hilfe eines Bimssteins Buße getan.

»Willst du mal was Krankes sehen?« fragte sie und ließ mir keine Zeit zu antworten. Hinter einem Kinderspielplatz voller Rutschen und Klettergerüste lag ein verkohlter Baumstamm, aus dem jemand mit einem stumpfen Messer ein Stück herausgeschnitten hatte. Das verletzte Holz leuchtete giftig gelb. Es war ein Herz hineingeschnitzt, und darin stand mit grüner Tinte: *Müder Schmetterling.*

»Alles wie gehabt«, sagte Sadie und zog mich wieder in Richtung Admiralsdenkmal. Unter einer großen Eiche setzten wir uns. Ihr schwarzer Nagellack blätterte ab und begann zu verblassen, aber die Nägel waren frisch abgekaut, am Daumen bis auf das blutende Fleisch. »Heute morgen hab ich was gesagt. Zeugnis abgelegt«, sagte sie. »Mach ich sonst nie. Bis jetzt hab ich immer den Mund gehalten. Aber heute morgen hab ich geredet.«

»Worüber?«

»Das übliche.« Sie nahm meine Hände und inspizierte meine Daumen. Auch sie bluteten. »Ohnmächtig werden. In die Suppe kotzen. Morgens neben einem Mann aufwachen, den man noch nie im Leben gesehen hat«, sagte sie. »Die mögen das. Sie wälzen sich regelrecht drin.« Sie ließ meine Hände los. »Aber das war nicht das, woran ich dabei gedacht hab.«

»Woran hast du denn dabei gedacht?«

»An Schwänze«, sagte Sadie.

Ihr Kopf war meinem so nahe, daß ihr Haar meine Wange streifte. Es fühlte sich an wie lackiert, so hart wie die Borsten einer Schuhbürste. »Daran hab ich gedacht«, sagte Sadie. »Aber man darf nicht sagen, was man denkt.«

»Warum nicht?«

»Es würde die anderen erschrecken.«

Seit achtzehn Monaten war sie nüchtern. Davor war sie achtzehn Jahre lang süchtig gewesen. Sie stammte aus Babylon auf Long Island. Ihr Vater war Feuerwehrmann, und ihre Mutter hatte ihr beigebracht, daß alle Männer Götter seien.

In dieser Welt existierten Frauen nur, um den Männern zu Diensten zu sein und sich darum zu kümmern, daß sie zufrieden waren. Und Sadie hatte diese Überzeugung übernommen. Oder vielmehr: Sie hatte sie nicht angezweifelt. Als es soweit war, hatte sie die Beine ohne große Umstände breitgemacht. Es war ein schönes Gefühl, und so tat sie es öfters. Zu oft, sagte ihr Vater und warf sie eines heißen Augustmorgens, kurz nachdem ihre Periode eingesetzt hatte, aus der Feuerwache. Er nannte sie eine Hure, ein Flittchen, und das vor allen Leuten, dem Feuerwehrhauptmann und allen anderen. Sadie – damals noch Sarah Johanna – blutete und hatte keine Tampons dabei, und das Blut floß aus ihr heraus, sie konnte es fühlen, und ihr Vater schrie immer weiter, und sie konnte sich einfach nicht rühren. Miststück nannte er sie. Schlampe. Sie trug weiße Hot pants, es war damals gerade die Zeit, und stand neben einem der Feuerwehrwagen – er schimmerte rot wie in einem Bilderbuch. Sie legte die Hand auf das Blech – um sich abzustützen wahrscheinlich –, und ihr Vater bekam Froschaugen und brüllte los, als hätte sie ihm gerade gesagt, sie sei schwanger und der glückliche Vater sei der Papst. »Nimm deine Hand von dem verdammten Wagen!« schrie er. »Wir wollen, daß sie sauber bleiben!« Also nahm sie die Hand weg, und das rote Blech war beschlagen und feucht von ihrem Schweiß, und sie spürte, wie das Blut herunterlief. »Sauber!« schrie er. »Wir wollen, daß sie sauber bleiben!« Und Sadie blickte zu Boden und sah, daß ihre weißen Hot pants voller Blut waren. Alle konnten es sehen. Der Feuerwehrhauptmann und alle. »Billiges Flittchen«, nannte ihr Vater sie. »Mach, daß du wegkommst«, hatte er gesagt. »Zieh Leine.«

Sie ging in die Stadt und kam zum Broadway. Sie wohnte in der Nähe des Boulevards, mal hier, mal da, in TriBeCa, an der Upper West Side, in Washington Heights, und die Leine, die sie zog, war Rock 'n' Roll. Sie hing herum, nahm jede Menge Drogen, war mit vielen Musikern zusammen, war ihnen zu Diensten und um ihr Wohl besorgt, so wie ihre Mutter es ihr beigebracht hatte. Sie war Kellnerin und Barkeeperin, sie arbeitete in einem Second-Hand-Laden, sie handelte ein bißchen mit Drogen und zog ein paar fixe Nummern ab – nichts wirklich Hartes. Gerade genug, um ein Dach über dem Kopf und immer was zum Flimmern zu haben. Und zehn Jahre vergingen, wie zehn Jahre es eben so tun. »Ein Jahrzehnt«, sagte sie. Und sie hing immer noch am Broadway herum – ein *Broadway-Baby* – und hatte eine Zwei-Zimmer-Wohnung an der 84. Straße, eine miese Wohnung, ein Loch eigentlich, aber immerhin *ihr* Loch. Und eines Tages im Herbst nahm sie Meskalin, mit drei Kerlen, und sie vögelten auf dem Fußboden. Da schlief sie immer, mit dem Ohr am Boden – so hört man besser, was auf einen zukommt. »Ha, ha«, sagte Sadie. Und sie und diese drei Typen waren einfach überall – gekrümmte, ineinander verknäulte Körper, es sah aus wie nach einem Eisenbahnunglück, fand sie. Und in diesem Augenblick hörte es einfach auf. Sie sah an sich herunter und sah diese drei Schwänze, und sie dachte: »Mein Gott.« Sie dachte: »O Jesses.« Sie sahen so lächerlich aus, diese Schwänze, diese Schwengel, diese Joysticks. Diese mächtigen Schwerter. »Wie bizarr«, dachte sie. »Drei Gurken, die man im Regen hat stehenlassen.«

Die Schwänze konnten nichts dafür. Sie gaben ihr Bestes. Aber ihr ganzes Wesen war so absurd. »Wie kleine Stöckchen – wenn es nicht zum Lachen wäre, müßte man eigentlich weinen«, dachte Sadie. Aber was für ein Wirbel darum gemacht wurde! Ihr ganzes Leben, so kam es ihr vor, hatte sie damit zugebracht, es ihnen so angenehm wie möglich zu machen. Und wofür? Für ein paar Minuten Spaß, einen Kuß, ein Tätscheln auf die Wange. »Der Stab des Lebens«, dachte sie. »Ist das alles?«

Sie stieß die Worte in einem großen Schwall aus, ohne Luft zu holen, wie es schien. Auf den Geraden legte sie Geschwindigkeit zu, und in die Kurven ging sie, ohne zu bremsen. Doch anscheinend war sie von der Bahn abgekommen und gegen eine Mauer geknallt, jedenfalls hielt sie unvermittelt inne. »Ich hab's vergessen«, sagte sie.

Die Ader an ihrer Kehle pochte wieder. Sie steckte sich eines ihrer Zigarillos an und ging in Richtung Broadway, wo das Toy Center war. Rechts und links des Weges standen Schilder mit der Warnung »Achtung! Rattengift«, aber ein alter Mann in fleckigen Hosen und einer Jacke mit Pepitamuster kroch unter einem Rhododendronbusch umher. »Die Frauen füttern die Tauben. Mit Brotklümpchen«, erklärte er. »Manchmal lassen die Tauben eins fallen.« Seine heisere, gleichgültige Stimme schien Sadie zu beruhigen. Sie atmete tief durch und setzte sich wieder. »Wo war ich?« fragte sie.

»Schwänze.«

»Ach ja«, sagte sie. »Die.«

Viel mehr gab es nicht zu erzählen. Ihr Mietvertrag war abgelaufen, ihre Jugend war vorbei, und so war sie nach Long Island zurückgekehrt und hatte einen Tischler geheiratet. Die Ehe ging schief. Sie kehrte nach St. Mark's zurück und tat sich mit einem Dealer zusammen. Hauptsächlich Heroin, nebenbei auch noch ein paar Tabletten. Sie kam auf die Nadel, und der Dealer wurde verhaftet. Also suchte sie sich einen anderen Dealer und blieb weitere vier, fast fünf Jahre im Tee, nur daß sie sich an diese Zeit kaum erinnern konnte. Und dann? Dann hörte sie auf damit.

Es war schon komisch, wie es dazu gekommen war. All die Jahre hatte die CIA im Drogengeschäft mitgemacht und den Handel in Schwung gebracht, und eines Tages nun, aus heiterem Himmel, legte Washington eine Kehrtwendung hin und verkündete, Drogen seien nicht gut. *Sag einfach Nein.* So einfach war es natürlich nicht. Als die neue Parole auf der Straße ankam, breitete sich das reine Chaos aus. Derselbe Bulle, der Sadie jahrelang beliefert hatte, verhaftete sie jetzt und ließ sie in den Knast wandern. »Um seinen Arsch zu retten wahrscheinlich. Nebenbei hat er mir auch das Leben gerettet.«

Sie trug es ihm nicht nach. Sie war vom Leben nicht gerade begeistert, aber sie beklagte sich nicht. Sie ging zu ihren Sitzungen, sie ging zur Arbeit, sie ging morgens den Broadway hinauf, und abends ging sie ihn hinunter. Sie nahm keine Drogen und hatte nicht viel Sex, aber wer zählte schon nach im Zeitalter von Aids? »Sadie jedenfalls nicht«, sagte sie. Manchmal, wie gestern nacht, hing sie vor dem Café Society oder dem Palais de Beauté herum. Trockenübungen und simuliertes Schwanzlutschen, transsexuelle Göttinnen, *Satan – ein faires Geschäft*... Nein, sie hatte nicht das Gefühl, zu kurz zu kommen. »Ich langweile mich vielleicht, aber ich fühle mich nicht betrogen«, sagte sie. »Ich kann nicht behaupten, daß ich mich nach den alten Zeiten sehne.«

Was ihr fehlte, war sie selbst. Es gab Augenblicke – wie sollte sie sagen? –, da dachte sie an eine andere Sadie und wünschte sich sehr, sie wäre ihr einmal begegnet, hätte sie vielleicht sogar näher kennengelernt. »Klingt das blöd?« fragte sie. »Oder bloß krank?« Sie haßte Selbstmitleid, sie fand es zum Kotzen. Sie hatte sich einfach den falschen Ort und die falsche Zeit ausgesucht. »Warum ich an den Broadway gekommen bin? Was geht dich das eigentlich an?« Sie wartete nicht auf eine Antwort. »Ich weiß bloß«, sagte sie, »daß er Frauen haßt.« Sie drückte ihr Zigarillo aus und rieb ihre rauhen Hände. »Bis in den Tod«, sagte sie. »Er haßt sie bis in den Tod.«

Ich dachte an EmCee Marie. Ich dachte an Ellen Fogarty und Enid Gerlin, an Lush Life und an Sadie. Sie war inzwischen schon weitergerast. In irgendeinem Club im Süden stand auf der Damentoilette ein Satz, den sie nie vergessen konnte: »Im Land der Kastrierten ist die einäugige Schlange König.« Das nagte an ihr, das machte sie wütend. »Herrgott«, sagte sie. Sie wandte sich ab und sah mich wieder an. In diesem Augenblick war sie wieder alt geworden. »Halt's Maul«, sagte sie. Ihre weiße Hand fuhr zurück, die schwarzen Nägel bereit zum Kratzen. »Halt einfach mal das Maul.« Sie ließ die Hand sinken. »Warum hörst du nicht auf?«

Zwischen den Bäumen hindurch kam Sasha Zim auf uns zu.

Er war erst diese Woche aus dem Krankenhaus entlassen worden und trug noch weiße Tapferkeitsbandagen: Eine hing verwegen schräg über dem linken Auge, die andere bedeckte ein Ohr. Davon abgesehen, wirkte er deprimierend gesund. »*Wsegda gotowy*. Allzeit bereit«, sagte er und knallte die Hakken zusammen. Wir machten uns wieder auf den Weg.

Der Dienstplan für diesen Morgen war angenehm: nur ein kurzes Eintauchen in die Menschenmassen, ein Gang in Richtung Herald Square, vorbei an den Gebäuden des Vergoldeten Zeitalters, und dann langsam zurückschweben zur Erde. Doch selbst das erschien zu weit. In den heiligen Hallen von Delmonico's und dem Brunswick Hotel hatte sich inzwischen ein K-Mart, einer der Müllplätze der Nationen, breitgemacht. Dort gab es taiwanesisches Geschirr, billige Teppiche aus Birma, indischen Schmuck, japanische Heimcomputer, koreanische Handschuhe und alles mögliche aus Hongkong. Es gab sogar Sasha-Handtaschen. *»Geschäftsverbindungen der Firmen nördlich des Spielzeugviertels reichen bis alle Winkel der Welt, die ihre Waren schickt«*, las Sasha vor. *»Doch gibt manches, was an elegantere, wenn auch weniger weltoffene Vergangenheit erinnert.«*

Manches, aber nicht vieles. Die Überbleibsel aus Stanford Whites Tagen befanden sich allesamt an den Fassaden der oberen Etagen und waren größtenteils mittelscheußlich. Das Gilsey House, einst das von Oscar Wilde und Diamond Jim Brady bevorzugte Hotel, war kürzlich renoviert und in eine Zuckerbäckertorte im Beaux-Arts-Stil verwandelt worden. *»Weitblickende Stadtentwickler. Kontrastierung architektonischer Anachronismen«*, leierte Sasha. Seine Verbände verliehen ihm das Aussehen eines Piraten, eines Mannes, der sich mit Plündern und Brandschatzen auskennt. *»In Stadt, die selten zurückblickt, ist Durchhalten kein Wert an sich. Neuer Reichtum errichtet sich Denkmäler auf Ruinen des alten.«*

Die Denkmäler, die damit gemeint waren, hießen South of Lebanon Fashion, Dong Jin Wholesale, Nageena Indo-Pak. Irgendwo zwischen ihnen hatte früher einmal das Hoffman House gestanden, dessen Bar die *Nymphs and Satyrs*, ein monumentales Aktgemälde von William Bouguereau, geschmückt hatte. Dort hatte Jubilee Jim Fisk während der Unruhen am Orange Day 1871 vor dem irischen Mob Zuflucht gesucht. Dort hatte sich Maurice Barrymore während des Schneesturms von 1888 mit Howard Burros geprügelt. Jetzt verkaufte man hier T-Shirts zur Hebung der schwarzen Moral: »By All Means Necessary« – »Knowledge Is The Key«. Im Eingang lümmelte ein Schwarzer mit einer Figur wie Big Daddy

Kaye und spuckte Schalen von Sonnenblumenkernen auf die Straße. Als er Sashas verbundenen Kopf sah, verzog er verächtlich die Oberlippe. »Weißer Scheißer«, sagte er. »Glaub bloß nicht, daß ich auf deine Verkleidung reinfall.«

Ein endgültiges Urteil. Big Daddy spuckte noch einmal aus und betrachtete seine Fingerknöchel, und wir machten uns davon, die 28. Straße West entlang. Dies war die erste und ursprüngliche Tin Pan Alley gewesen; vorher hatte man sie »Satan's Circus« genannt.

Auf die Verkleidung reinfallen. Der Broadway war mit rotem Samt und Bouguereau-Akten ausgestattet gewesen, doch nur ein paar Meter entfernt, in den Seitenstraßen, hatte man mit einer härteren Spielart von Sex gehandelt. Unter der Hochbahn an der Sixth Avenue lag der Tenderloin-Distrikt, der noch von Gaslaternen beleuchtet wurde, als der Broadway schon im Licht der elektrischen Lampen badete. Hier gab es »die krasseste Darbietung von Zügellosigkeit und moralischer Verderbtheit in Gottes Schöpfung«.

In den achtziger Jahren des neunzehnten Jahrhunderts gehörten verrufene Etablissements wie das Haymarket, das Cremorne, Dan the Dude's, Paddy the Pig's oder Worth's Museum, wo der konservierte Kopf des Mörders von Präsident Garfield angestellt war, zu den touristischen Hauptattraktionen von New York. Reverend Talmadge, der sich verkleidet hier umgesehen hatte, rief Gottes Strafgericht herab. »Satan's Circus«, donnerte er, sei »ein Cotopaxi, ein Stromboli, ein Vesuv, der uns unter Bergen von Asche begraben wird, höher als die von Pompeji und Herculaneum.« Es kam aber kein Strafgericht, sondern nur die Abrißbirne.

Inzwischen war es eine zahme Gegend. Konservierte Köpfe und Frauenfleisch waren von Taschenrechnern, made in Taiwan, verdrängt worden. Nur ein Hauch der Vergangenheit schwebte noch über dem Ganzen. »Kein Teil des Menschen, der hier nicht käuflich wäre«, hatte der *Herald* geschrieben. Und richtig: An einer versteckten Tür stand »Soul Sales«.

Vielleicht war es das Aroma vergangener Laster, vielleicht auch die Bewegung an der frischen Luft – jedenfalls wurde Sasha müde. Auf dem Rückweg zum Madison Square hielt er nach billigem Kinderspielzeug und ähnlichen Kinkerlitzchen Ausschau, doch alle einschlägigen Geschäfte waren entweder geschlossen oder pleite. Nur ein Scherzartikelgeschäft, ein leuchtendblaues Spielzimmer namens Gordon's, war geöffnet. »Meister der Fröhlichkeit«, stand auf dem Schild, »Spielzeugstöcke, Wundertüten, Laternen, Perücken, Bärte«. »Und laute Geräusche, ich möchte wetten«, sagte Sasha und wurde wieder lebendig. »Unsichtbare Tinte, Gummispinnen, die man in Kragen fallen lassen kann, rote Nasen, die in Dunkel leuchten, Blumen für Knopfloch, die Matsch spritzen.« Er stieß die Tür auf wie ein frisch bekehrter Baptist, der durch die Pforten des Paradieses stürmt. »Hosenbeutel, Schreckmasken, explodierende Torten«, rief er. *»Jop twoju mat!«*

Hinter der Theke stand eine einsame Verkäuferin. Sie war nicht jung und nicht groß, aber das war auch nicht nötig – ihr Blick war eine Lanze, eine stählerne Harpune, und er nagelte den brabbelnden Sasha Zim an die Schubladen mit Scherzartikeln & Neuigkeiten (Verschiedenes). Gordon's beliefere ausschließlich den Einzelhandel, gab die Dame uns zu verstehen. Penner und Verrückte, hieß das, brauchten sich nicht zu bemühen.

Sasha bat und schmeichelte, er drohte und flehte. Als das keinen Erfolg zeitigte, verlangte er den Geschäftsführer zu sprechen. »Was ist passiert mit Meister der Fröhlichkeit?« fragte er.

»Er hat einen Kropf gekriegt.«

Langsamer und trauriger gingen wir weiter. Im Coffee Shop, einem brasilianischen Café voller skandinavischer Models und monegassischer Arbeitsloser, nahm Sasha aufstöhnend unter einer mit Leuchtfarben bemalten Voodoo-Göttin Platz. »Novokus«, sagte er. Sein Milchkaffee hatte die Farbe und Konsistenz einer Spermaprobe. Das paßte zu seiner Stimmung. »Schlechter Tag in Black Rock, noch schlechter am Weißen Weg«, sagte er. Bei dem Überfall hatte man seinem Körper Wunden geschlagen, aber seine Seele war es, die noch immer schmerzte. »Am meisten hat verletzt meine Gefühle«, sagte er.

Wie sollte er es erklären? Es schien einfach falsch, das war alles. Eine Verwechslung. Prügeleien, Überfälle, die Schrecken der Großstadt – das waren Sachen, die Außenstehenden und Fremden passierten. Sasha, der den Broadway so liebte, mußte doch davon ausgenommen sein. »Wie wenn man heiratet Miss Amerika und geht mit ihr in Flitterwochen-Zimmer, und sie zieht aus Hochzeitskleid mit Schleier und alles, ist schön in Spiegel wie Märchenprinzessin, und dann dreht sich um und – tataa! – oh, Mann, ist Madam Breschnew.« Er schaufelte vier Löffel Zucker in seinen Kaffee. »Macht Zauber kaputt.« Er gab noch einen Löffel dazu. »Bleibt man stehen, um nachzudenken«, sagte er.

Auf jeden Fall war es eine Wegscheide. Er hatte das Taxifahren aufgegeben – »Gefeuertes Kind scheut Brand« – und dachte über die Zukunft nach. Sein Bettnachbar im Krankenhaus war ein Halbtags-Zauberer gewesen, ein älterer Mann namens Max Gambon, der nach vierzig Jahren Arbeit als Bankangestellter jetzt bei Partys, Hochzeiten und Bar Mizwas auftrat. Er hatte Sasha ein paar einfache Tricks gezeigt, und Sasha war fasziniert gewesen. Möglicherweise war das ein Zeichen. *Der Große Zim.* Das hatte was. Vielleicht aber auch nicht.

Zucker und Schaum quollen über den Rand der Tasse und

flossen auf den Tisch. Sasha breitete die Hände mit nach oben gekehrten Handflächen aus, als sähe er darin ein schlechtes Omen. Hastig stand er auf, warf Kleingeld auf den Tisch wie Hexensalz – ein zuverlässiges Mittel zur Abwehr von Verwünschungen – und zog mich ins Freie. »Vorsichtig genug«, sagte er, »kann man nicht sein.«

Auf dem Broadway waren die Stätten der gestrigen lärmenden Vergnügungen jetzt geschlossen – man hatte ihnen gewissermaßen die Augen verbunden. Postkoitale Melancholie hing über der Straße wie Mundgeruch, wie ein kalter Bauer. *Grausame Qualen. Im Land der Kastrierten ist die einäugige Schlange König. Müder Schmetterling. Mamzelle Champagne.* »Woran denkst du?« fragte Sasha.

»An Schwänze«, sagte ich.

Aus einem Probensaal im ersten Stock drang die Stimme einer alten Frau, die zur Melodie von »Kerry Dance« einen Sprechgesang rezitierte. »Die Zeit vergeht, und die schönen Jahre sind dahin«, sagte sie stockend und unendlich müde. »Ach, nur eine einzige dieser wilden Nächte...« seufzte sie. »Ach, wenn ich daran denke, wenn ich davon träume...« Die Stimme brach, verlor sich, versuchte es abermals. »Wenn ich davon träume, wenn ich davon träume...« Stille. Dann erhob sich die Stimme wieder. »Ach, wenn ich davon träume...« – Pause – »... füllt sich mein Herz... mein Herz...« – noch eine Pause – »... füllt sich mein Herz mit Tränen.«

17

Es fiel ein Schuß. Vor dem Hotel Martinique an der Ecke Broadway/32. Straße schrie eine Frau. Gegenüber wurde etwas Großes, Schweres in einen Zeitungsstand geworfen. Ein junger Weißer stolperte blindlings auf die Fahrbahn. Blut aus einer Kopfwunde tropfte durch seine Finger auf das Keith-Haring-T-Shirt mit dem Aufdruck »Crack is Whack«. Dann kam ein Rudel schwarzer Jugendlicher in Sweatshirts mit Kapuzen über den Herald Square, und der Karren eines griechischen Straßenhändlers wurde umgeworfen. Souvlakis und Mineralwasserdosen rollten hierhin und dorthin. Die schwarzen Jugendlichen droschen mit den Fäusten auf Autodächer und -fenster ein. Ein Stein flog gegen die Windschutzscheibe eines Taxis. Im Wagen kaute Bert Randolph Sugar auf dem aufgeweichten Stummel einer Black-Watch-Zigarre herum. »Hätte Tyson Ali schlagen können? Nie im Leben«, sagte er.

»Vielleicht mit einem Glückstreffer?« wandte ich ein.

»Ach was«, sagte Bert. »Ali wäre viel zu schnell, zu ringerfahren gewesen. Er hätte Tyson schwindlig geboxt, hätte zugestochen und ihn in der achten, vielleicht auch schon früher, auf die Bretter gelegt.«

Ein paar Meter weiter lag ein schwarzer Junge mit kahlgeschorenem Kopf halb auf dem Bordstein, halb in der Gosse. Sein linkes Bein war angezogen und zuckte, und er murmelte etwas Unverständliches. Als der nächste Stein geflogen kam, bezahlte Bert das Taxi und stieg aus. Er trug einen schokoladenbraunen Filzhut mit aufgebogener Krempe und breitem schwarzen Band. Darunter machte sich die aufgeweichte Zigarre obszön aus. »Joe Louis«, sagte er. »Das wäre natürlich schon was ganz anderes.«

In O'Reillys Kneipe war gerade Happy Hour.

Berts Büro – ein Tisch, eine ziemlich abgewetzte Polsterbank, ein Bild von den Killarney-Seen – befand sich in einem Nebenraum, in dem irische Würste und Kartoffelbrei serviert wurden. Hier legte er sein Bündel – eine dicke Aktentasche voller Kopien von Artikeln über Bert Randolph Sugar – ab und genehmigte sich einen doppelten Cutty Sark. »Werfen Sie die Maschinen an, meine Herren«, sagte er. Und damit begann die lange Reise.

Er war ein berühmter Mann. Sein Public-Relations-Agent bezeichnete ihn als Guru des Sports. Er hatte etwa fünfzig Bücher geschrieben, darunter *A Hundred Years of Boxing, Baseball's Fifty Greatest Games, Hit the Sign and Win a Free Suit of Clothes from Harry Finklestein, The Life and Times of Harry Houdini, The Horse Player's Guide to Winning Systems* und *The Baseball Trivia Book to End All Baseball Trivia Books – Promise!* Vor allem aber hatte er *Ring*, die Bibel des Boxfans, herausgegeben. Unter seiner Führung war sie gewesen, wie Box-Zeitschriften sein sollten, aber so gut wie nie sind: schnell, witzig, hingebungsvoll respektlos. Dann hatte man ihn gefeuert. »Entlassen«, sagte er, »mit Schimpf und Schande.«

In den darauffolgenden Jahren hatte er es schwer gehabt. Er hatte sich mit dem Schreiben von Sportbüchern und dem Verkauf von Devotionalien über Wasser gehalten, Zivilklagen ausgeheckt und von seinem Comeback geträumt. In jenen bösen Zeiten war O'Reillys Kneipe sein Elba, sein sicherer Hafen gewesen. »Die Jungs hier haben mich länger getragen als meine Mutter«, sagte er. Inzwischen war sein erster Zivilprozeß über die Bühne und gewonnen, und er hatte wieder Oberwasser, war Herausgeber und Chefredakteur von *Boxing Illustrated* und moderierte eine eigene Sendung im Kabelfernsehen. Er bezahlte sogar seine Getränkerechnungen.

Es gab viel zu feiern, und Feiern war das, was Bert am besten konnte. Er war ein massiger, schwitzender Mann mit einem Gesicht, das nur aus Mund und blutunterlaufenen Augen zu bestehen schien. Er besaß einen gewaltigen Hunger und einen noch gewaltigeren Durst, und seine Handlungen paßten dazu. Wenn er sang, dann war es ein Röhren, wenn er tanzte, dann wie ein Derwisch. Und wenn er lachte, was er praktisch ununterbrochen tat, riß er den Mund auf und stieß ein Godzilla-Gebrüll aus, das den Boden erbeben, Mauern einstürzen, Fenster bersten ließ und alle, die ihm im Weg standen, unter sich begrub. Wenn Bert lachte, gingen selbst starke Männer in Dekkung, um nicht von einer Maschinengewehrgarbe aus Spucke, Zigarrenasche und Whiskey niedergemäht zu werden.

An diesem Abend in O'Reillys Kneipe kam das Lachen jedoch nicht zum Einsatz. Bert hielt einen abgegriffenen Zeitungsausschnitt hoch und wischte sich mit dem roten Seidentuch, das er immer in der Brusttasche trug, übers Gesicht. Fluchend spuckte er kleine Stücke seiner abgekauten Zigarre aus, und sein großer Mund war vor Empörung ganz verkniffen. »Das hier ist eine furchtbar traurige Geschichte«, sagte er.

»Worum geht es?«

»Sie schließen das Harmony.«

Ich kannte den Laden von früher. Anfangs hatte es Melody geheißen. Es lag in einer der oberen Etagen eines Hauses am Broadway in der Nähe der 48. Straße und war die letzte Strip-Bühne der alten Schule: Die Mädchen hatten noch Grübchen und trugen Kostüme mit Troddeln und Quasten, »The Stripper« war seit jeher die Hymne des Hauses, und die Dunkelheit war warm und hüllte alles ein. »Wäre da nicht eine Pilgerfahrt angebracht?« fragte ich.

»Nein«, sagte Bert. »Laß uns einfach einen Gang durchs Viertel machen.«

Erinnerungsträchtige Ausflüge waren seine Spezialität. Irgendwann in den fünfziger Jahren, als Student, hatte er bloß eine einzige Nacht auf dem Broadway verbracht. Die hatte damit geendet, daß er, Arm in Arm mit Jerry Lewis, den »Great White Way«, den »Stamm«, hinuntergesteppt war, immer auf dem weißen Mittelstreifen, die ganze Strecke vom Winter Garden zur 42. Straße, und rechts und links hatten das Latin Quarter, Lindy's und Dempsey's, Paramount und Capitol und Palace gelegen, der Times Tower mit seinem Nachrichtenband, Bond's mit seinen Dessous-Amazonen, das Selbstbedienungsrestaurant Automat und Schrafft's Spanish Garden, das Astor Hotel mit seinem Dachgarten, das Orpheum und das Honeymoon Lane, Siegmund Kleins Internationally Famous Gymnasium, das Paddock Bar and Grill, das Tango Palace und das Brass Rail, die Schießbuden und Spielhallen, die billigen Tanzpaläste, Tätowierungssalons und Zauberläden, die Orangensaft- und Ananassaftstände, die überlebensgroßen Kinoplakate – *Der Tod hat schwarze Krallen, Die unglaubliche Geschichte des Mister C., Jenseits von Eden, Und immer lockt das Weib* –, Douglas Leighs Reklame-Kamel, aus dessen zweieinhalb Meter großem Mund ein perfekter Rauchring nach dem anderen gekommen war, und die Pepsi-Cola-Reklame mit dem elektrischen Wasserfall; es hatte goldene Erdnüsse geregnet, und die Budweiser-Gäule hatten aufgestampft, und die Neonhände hatten gewinkt und die Neonfüße getanzt und die Neonmünder gebrüllt, geküßt, gekaut und gelacht – sie waren vorbeigetanzt an diesem ganzen verrückten, weißglühenden Durcheinander, an den hundert Millionen leuchtenden Glühbirnen, den aufdringlichen Straßenhändlern und den Bettlern, den Aussteigern und den Einsteigern, und den Frauen, den Frauen, den Frauen. »*So* ist das also«, hatte Bert gedacht, und seitdem hatte er nicht aufgehört zu steppen.

Den größten Teil seines Lebens hatte er damit verbracht, diesen Augenblick zu bewahren und immer wieder zu durchleben. Zu diesem Zweck hatte er sich ein zweites Ich geschaffen: Broadway Bert, »The Hat«.

Von seinem ersten Ich – Herbert – sprach er nur widerwillig. Auf Nachfragen gestand er, daß er aus einer Mittelstandsfamilie in Washington, D. C., stammte, daß die Randolphs eine der vornehmsten Familien Virginias und die Sugars – die *Kukars* – ungarische Kesselflicker gewesen waren, daß sein Großvater ein Kaufmanns-Baron aus den Südstaaten war und er selbst Jura studiert hatte. Aber nichts davon spielte irgendeine Rolle. Mit acht Jahren hatte er ein Kriminalhörspiel mit einem hartgesottenen Detektiv namens Bert in der Hauptrolle gehört und unter Vorlage einer gefälschten Unterschrift seiner Mutter den Namen auf seinem Geburtsschein ändern lassen. Er hatte immer schon gewußt, daß vor ihm kein gerader Weg lag – die Frage war nur, wann und wo er seine Schlenker machen würde. »Broadway«, sagte er, »der Name der raupenzerfressenen Rose.«

Jahrelang hatten die beiden Ichs friedlich koexistiert. Herbert verdiente seinen Lebensunterhalt, heiratete, zeugte einen Sohn und zog schließlich nach Chappaqua, einem Vorort am Hudson. Wenn es dunkel wurde, war Bert am Zug. Doch irgendwann reichte ihm der Feierabend nicht mehr. Er wollte einen Hut. Er wußte, daß alle großen Reporter – Damon Runyon, Walter Winchell, Jimmy Cannon und sogar der junge Red Smith – einen Hut trugen. Die Druckereien ihrer Zeitungen lagen ein Stockwerk über ihren Schreibtischen, und wenn sie den Kopf unbedeckt ließen, tropfte ihnen durch die Risse in der Decke Druckerschwärze in die Augen, so daß sie nicht mehr sehen konnten, ob ihre Syntax noch stimmte. So jedenfalls hatte man es ihm erzählt. Also kündigte er seinen Werbeagentur-Job und übernahm *Ring*. Er kaufte sich fünf Filzhüte für den Winter und fünf Panamahüte für den Sommer. Erst dann begann er zu schreiben.

Es war seine Bestimmung. Er gab zu, nicht sehr ausdauernd zu sein – seine Stärke seien mehr die Sprintstrecken –, doch seine besten Vorspanne waren unvergänglich: »Zum erstenmal sah ich ein Stück Machismo sterben, als ich als kleiner Junge in der ersten Reihe im alten Savoy-Kino in Washington, D. C., saß und vor mir John Wayne nicht sein Pferd, sondern ein Mädchen küßte. Zum zweitenmal, als Roberto Duran im Kampf gegen Sugar Ray Leonard in der achten Runde vor aller Welt die Hosen runterließ.« Oder: »Es war so unerhört wie der Gedanke, Santa Claus könnte nicht schwindelfrei sein oder Captain Bligh könnte an Seekrankheit gestorben sein oder Mary könnte tatsächlich ein kleines Lämmchen gehabt haben...«

Das wichtigste für ihn war immer das Feiern – ein reines, sinnliches Vergnügen. Für Bert blieb der Broadway der Große Weiße Weg. Seine Faszination war ohne Ende, seine Verlokkungen unwiderstehlich. Bert liebte die rattenverseuchten Bürgersteige und die vergiftete Luft, die verfallenden Tempel, Krypten und Ehrengrabmäler, die Epen, Monstrositäten und Farcen. Er liebte die Leute, die den Broadway bevölkerten, er liebte ihre Geschichten und Sprüche, je klischeehafter, desto besser. Vor allem aber liebte er den Namen selbst. »Broadway«, sagte er. »Wenn du mich jetzt fragst, warum, kann ich dir auch nicht helfen.«

Er führte ein Doppelleben. Oben in Chappaqua – das behaupteten jedenfalls Zeugen – war Herbert Sugar ein bescheidener Mensch von schüchternem, ruhigem Wesen, mit einem kahlen, mit Sommersprossen übersäten Schädel und einem Lachen, das so trocken war wie verbrannter Toast. Wenn er seine

Hüte in den Kofferraum seines Wagens eingeschlossen hatte, trank er nicht einmal mehr viel. Seine Frau hatte ein Blumengeschäft, sein Sohn ging aufs College. Sonntags nahm die Familie am Gottesdienst der Episkopalkirche teil. Danach legte Herbert sich in den Entspannungssessel in seinem Zimmer und döste oder las ein gutes Buch. Gegen Abend machte er sich im Garten zu schaffen.

Aber am nächsten Morgen stand er mit einem Lied auf den Lippen auf und raste auf drei Rädern zur Bahnstation. Das Anziehen und Rasieren besorgte er unterwegs. Er holte den Hut des Tages hervor, zog ihn sich tief über das linke Auge, kniff die Falte zusammen, strich die Krempe einmal nach oben, einmal nach unten und zupfte daran, um das Schicksal günstig zu stimmen. Dann sprang er, immer zwei Stufen auf einmal nehmend, die Treppe hinauf und stieg in den erstbesten Wagen. Bevor die Türen sich schlossen, hatte er schon ein Kartenspiel in der linken und einen silbernen Flachmann in der rechten Hand. »Ich glaube, ich war dran mit Geben«, sagte The Hat.

So war er am Broadway. Auf und ab, von Bar zu Bar, von Boxschule zu Kaffeestand zu Büro zu nackter Straßenecke machte er seine Runden und erzählte seine Geschichten. Die Hälfte der Leute verbeugte sich, wenn er vorüberging, die andere Hälfte duckte sich. In beiden Fällen schritt er gemessen weiter – eine Ein-Mann-Parade.

Jetzt waren wir unterwegs zum Harmony.

Als wir an diesem Aprilabend aus O'Reillys Kneipe traten, wurde es gerade dunkel, und es fiel ein leichter Regen. Vor dem Hotel Martinique war alles ruhig, bis auf ein paar versprengte Polizisten, die ohne großen Diensteifer die üblichen Verdächtigen verhafteten.

Das Martinique war ein entartetes Loire-Schloß. Es hatte ein Mansardendach, und im Erdgeschoß befand sich ein Schnellimbiß. Ursprünglich war es einmal ein Schmuckstück des Broadway gewesen, ein »Protzkasten«. Offiziere auf Urlaub waren gern hier abgestiegen. In jüngerer Zeit hatte es als Wohlfahrtshotel gedient. Im Augenblick wohnte niemand darin; es befand sich zwischen zwei Inkarnationen. Wachmänner lungerten trübselig im Foyer herum. Ein Container voller Putz und Glasscherben versperrte die Tür. »War mal ein Ballsaal im ersten Stock. Eine herrliche Romanze«, sagte Bert. »Der erste Tripper, den ich je erwischt hab.«

Er zog mich hinein. »Einfach immer mir nach«, sagte er. Am Ende der geschwungenen Treppe gab es tatsächlich einen Ballsaal, doch der Weg war von Schutt versperrt. Dahinter stand ein Mann mit einer Spielzeugpistole. »Sie können hier nicht rein. Sie können nicht«, sagte er. »Sie können hier nicht rein.«

»Kein wirklich schlimmer Tripper. Höchstens durchschnittlich«, sagte Bert. »Aber es war mein erster, und den ersten vergißt man nie.«

Der Mann sah adrett aus und roch nach Parfüm. Er trug die Überreste eines braunen, zweireihigen Anzugs mit breitem Revers. Sein gelbes Haar war wellig und fettig, und er hatte blendendweiße falsche Zähne. »Das ist nicht mein Job. Ich brauche das hier nicht zu tun«, sagte er. Die Spielzeugpistole in seiner Hand zitterte. Er schien den Tränen nahe. »Ich hab's ihnen gesagt. Das ist nicht mein Job. Ich hab's ihnen gesagt.«

»Sie hieß Laura«, sagte Bert. »Ganz gut, aber kein As.«

Wir gingen wieder die Treppe hinunter. Wolken von Parfüm, süßlich und widerwärtig, folgten uns. Als wir unten angekommen waren, sahen wir, daß die drei Wachmänner auf einem toten Fernseher Dreikarten um Cents spielten. Am Kopf der Treppe stand noch immer der adrette Mann im Schutt und sah uns an, wie wir ihn ansahen. »Ihr Bruder war ein Federgewicht«, sagte Bert. »Hatte kein bißchen Mumm.«

Draußen regnete es jetzt stärker. Wir standen eine Weile im Eingang von J. J. Hats herum. In den Schaufenstern lagen Stetsons und Borsalinos, flache Strohhüte, Bowler und Jagdmützen, Schlapphüte und Kalabreser und natürlich breitkrempige Filzhüte und Panamas. Bert Sugar zündete sich eine frische Black Watch an. Das Gesicht unter der herabgezogenen Hutkrempe war angeschwollen, dick vor Schadenfreude. »Findest du billiges Parfüm auch so zum Kotzen?« fragte er.

Auf dem ersten Stück in Richtung Uptown ließen wir uns treiben. Der Herald Square war früher der Ort für alle möglichen wilden Sachen gewesen. Hier, und nicht am Times Square, entsprang, als die Gaslaternen durch elektrische Straßenbeleuchtung ersetzt wurden, der Große Weiße Weg. Die Tin Pan Alley lag ein Stück südlich, das Metropolitan Opera House, »diese Brauerei aus gelben Backsteinen«, etwas weiter nördlich. Große Zeitungshäuser, nämlich das des *Herald* und das von Horace Greeleys *Tribune*, starrten einander über den Platz hinweg an, im Westen erhob sich monumental das Kaufhaus Macy's, in einer geraden Linie bis zum Times Square reihten sich Theater und Hotels, dunkelrot möblierte Cafés und leuchtendrot ausgestattete Bars ununterbrochen aneinander, und über all dem lag in diesen Nächten ein unablässiger blendender Glanz, heller als jede Sonne.

Die Namen allein klangen wie eine Psalmodie: Frohman's Empire und Browne's Chop House, das Albany, das Continental und das Knickerbocker, die Weber and Field's Music Hall, Daly's und Garrick's, Palmer's und Miner's, die in den Himmel ragenden elektrischen Reklametafeln für Budweiser und Edison Phono, der Kid McCoy Saloon, das Original Real McCoy und das schreiendste, phantastischste von allen, *The Fiery Chariot Race In New York*, ein Bild aus zwanzigtausend Glühbirnen, die so kunstvoll angeordnet waren, daß es aussah, als würden diese Pferdewagen aus dem Vor-Neonzeitalter tatsächlich im Kreis herumfahren, als würden die Pferde wirklich galoppieren und echten Sand und Staub aufwirbeln.

Unter den Theatern gebührte der erste Preis dem Casino mit seinem maurischen Turm, an der Südostecke der 39. Straße. Dort hatte am 12. November 1900 *Flowdora* mit dem Florodora-Sextett Premiere gehabt und den Broadway zum BROADWAY gemacht, zu einem Synonym für »Bühne«.

Nach Allen Churchills *The Great White Way* galt die ganze Aufregung einer »kurzen Szene, die um ein nettes Liedchen mit dem Titel ›Tell Me, Pretty Maiden‹ arrangiert war. Bei den ersten beschwingten Takten treten sechs Mädchen von der Seite auf die Bühne. Sie haben alle dieselbe Statur, tragen Hüte mit schwarzen Straußenfedern und rosafarbene Rüschenkostüme und haben Sonnenschirme anmutig über die Schultern gelegt. Gleichzeitig erscheinen von der anderen Seite sechs außerordentlich gutaussehende junge Männer in grauem Frack und grauem Zylinder. Sie ziehen höflich den Hut und erkundigen sich singend: ›Sagt mir doch, wertes Fräulein, sind da, wo Ihr herkommt, noch mehr schöne Frau'n?‹, worauf die sechs bezaubernden Mädchen im Chor antworten: ›O ja, mein Herr, noch ein paar mehr, schön und reizend anzuschau'n‹.«

Kein wirklicher Hit, sollte man meinen. Aber es kam ja noch mehr. Am Ende des Lieds lächelten die Mädchen und gingen ab, und dabei zwinkerten sie. Und dies – das Zwinkern – brachte das Publikum zur Raserei. Das Sextett mußte eine Zugabe geben, und noch eine, ein Dutzend mehr. Innerhalb einer Stunde waren aus diesen sechs Mädchen die berühmtesten und begehrenswertesten Sirenen von New York geworden. »Sie sind Göttinnen«, schrieb ein Kritiker. »Sie haben der Revuetänzerin Unsterblichkeit verliehen.«

Das war erst der Anfang. Die Mädchen heirateten Millionäre, ihre Nachfolgerinnen ebenfalls. Einige dieser Millionäre trugen klingende Titel, andere gehörten zum Wall-Street-Adel. Stanford White sah sich vierzig Vorstellungen hintereinander an. Diamond Jim Brady erlitt einen leichten Schlaganfall. Das Goldene Zeitalter des Broadway war angebrochen.

Inzwischen hatten die Hunde sich heiser gebellt, doch die Karawane war weitergezogen. Schon lange vor dem Ersten Weltkrieg hatte sich das Theaterviertel weiter nach Norden verschoben, und diese Gegend hier war zum Garment District geworden.

In den vierziger Jahren war nur noch die Met übrig. Abends, wenn die Kleiderfabriken geschlossen waren, warf sie einen Lichtschimmer in diese Ödnis. Wegen Platzmangels standen Kulissen auf dem Bürgersteig, und Opernbesucher fanden sich, wenn sie aus dem Taxi stiegen, mitten in einer Stierkampfarena, in Prinz Igors Thronsaal oder in einer Mansarde auf dem Montmartre wieder.

Inzwischen war auch die Brauerei aus gelben Backsteinen verschwunden und mit ihr der letzte Rest von Romantik. Tagsüber wimmelte es in den Seitenstraßen nicht von ägyptischen Eunuchen und spanischen Zigeunern, sondern von verschwitzten Botenjungen, die Gestelle mit Anzügen und Kleidern zogen. Doch auch sie wurden von den schwindelerregend hohen Mieten am Broadway nach Westen vertrieben.

Das Bridal Building hielt sich noch, vollgestopft mit einer geschätzten Zahl von hunderttausend Hochzeitskleidern. Ihre Pracht wurde zwar zunehmend von Kitsch und Firlefanz verdrängt, aber trotzdem war dies Lush Lifes Lieblingsgeschäft. »Das Paradies zum Selbstkostenpreis« nannte sie es.

In letzter Zeit ging ihr das Heiraten nicht aus dem Kopf. Zwar hatte sich Tommy Blalock bisher noch nicht erklärt – »nicht ausdrücklich jedenfalls« –, aber seine Gedanken schweiften oft in die Vergangenheit zurück, und dann dachte er an seine Mutter und seine Schwestern und seine alten Freunde, die inzwischen alle verheiratet waren, eine Familie und ein Heim hatten und glücklich und zufrieden in der Heimat lebten. »Ich erkenne die Zeichen«, sagte Lush Life. »Ich sehe die Schrift an der Wand.«

»Und was steht da?«

»Jip«, sagte sie, »pieh.«

Auf ihre Bitte hin suchte ich einen Mann namens Fred Silver auf. Ihm gehörte JoElle Bridals, und innerhalb der Branche wurde er als einer der letzten Klassizisten verehrt. Seine bodenlangen Kleider mit drei Meter langen Schleppen waren atemberaubend. Wenn er sie hochhielt und die Schleppe ausbreitete, dann spreizten und drehten sie sich wie große weiße Vögel dem Licht entgegen. Aber er war nicht glücklich. Wahre Schönheit kam teuer, und heutzutage wollten die Leute nichts mehr ausgeben. Sie bevorzugten billigen Fummel, lateinamerikanischen Flitterkram – lauter Pailletten und tiefe Ausschnitte. So konnten sie vom Altar gleich in die Disco gehen, ohne sich erst zu Hause umziehen zu müssen.

Selbst Weiß war auf dem absteigenden Ast. Dieser Wegwerfkultur war nicht einmal mehr die Hochzeit heilig. Schließlich war es wahrscheinlich doch nur die erste von mehreren. Warum also nicht Zeit und Umstände sparen, indem man sich für etwas in Rosa oder Hellblau entschied, das sich für kommende Wiederholungen einfach besser eignete?

»Der Hochzeitsmarkt funktioniert heute wie ein Großhandel«, sagte Fred Silver. Er war ein liebenswerter Mann, so höflich und melancholisch wie der Sakristan eines geschändeten Schreins. Doch er war froh, nicht mehr jung zu sein und nicht mehr anfangen zu müssen. »Wer will schon Bräute aus zweiter Hand ausstatten?«

In diesem Friedhof dröhnte Berts Lachen wie eine Fanfare, wie eine unfreiwillige Trompete. »Es ist besser, ein guter Leber zu sein, als eine zu haben«, sagte er. »Alle Pferdewetter sind pleite, wenn sie sterben. Man sollte nie zurücksehen – es könnte ja sein, daß das Beste noch kommt. Welcher Mann zahlt schon seine Hypotheken ganz ab? Es ist erst vorbei, wenn die dicke Frau anfängt zu singen.«

Wo die Met gestanden hatte, sah man jetzt eine Büste von Golda Meir und ein paar riesige Bilder mit französischen Bikinis. Aus dem Dunkel rempelte uns taumelnd ein Betrunkener an. Er sang »Send in The Clowns«. »Wobei mir einfällt«, sagte Bert.

Die Bar, für die er sich entschied, war eine von der McAnn-Kette – tief, dunkel und anonym, mit einem so ranzigen Kantinengeruch nach Corned beef und Kohl, daß sich in unserem Mund durch Osmose sofort der Geschmack von altem Fett ausbreitete. Der irische Barkeeper hatte eine riesige Nase, oder vielmehr Mullbinden, Pflaster und Sicherheitsnadeln, wo die Nase hätte sein sollen. »Ich bin von 'ner Eule gebissen worden«, sagte er.

Wir stellten keine Fragen.

Am Tresen quoll ein grinsender Mann mit harten Muskeln aus einem Black-Sabbath-T-Shirt. »The Hat!« rief er. »Ich bin's – Charlie. Charlie DeVoe.«

Im selben Augenblick verwandelte sich Bert. Sein Gesicht bekam einen passiven, schlaffen Ausdruck, das Kinn klappte herunter, seine Schultern sackten wie bei der Erinnerung an eine Niederlage nach vorn, und er war Terry Malloy in *Faust im Nacken.* »Charlie«, murmelte er. »Das war nicht er, Charlie. Das warst du. Weißt du noch – damals, die Nacht im Garden? Du bist in meine Garderobe gekommen und hast gesagt: ›Kid, heute ist nicht deine Nacht. Mach dich einfach lang.‹

Weißt du noch? ›Heute ist nicht deine Nacht.‹ Meine Nacht... Ich hätte Wilson auseinandernehmen können. Aber was passiert? Er kriegt den Titelkampf draußen im Stadion, und was kriege ich? Eine einfache Fahrkarte in die Provinz.«

Bei den ersten Worten nahm Charlie DeVoe den aufmerksamen, gekränkten Ausdruck eines Golden Retrievers an, der merkt, daß man ihn zum besten hält, aber nicht weiß, wie und warum. Sein Grinsen erstarrte und erstarb; er wich langsam zurück. Doch Bert folgte ihm. Sein flaches, weinerliches Jammern war tödlicher als jede gebrüllte Beschimpfung. »Du bist mein Bruder gewesen, Charlie«, sagte er. »Du hättest auf mich aufpassen müssen. Wenn du dich ein bißchen um mich gekümmert hättest, müßte ich jetzt nicht für Kleingeld jeden miesen Job machen.«

Der Barkeeper schenkte ein. »Ich hatte was auf Sie gesetzt«, sagte er, ohne aufzusehen. »Ein bißchen Geld müssen Sie schon gesehen haben.«

»Sie verstehen nicht. Ich hätte Klasse haben können. Ich hätte ein Herausforderer sein können«, fuhr Bert gnadenlos fort. »Anstatt ein Penner. Denn seien wir mal ehrlich: Das bin ich doch.«

Er kippte seinen Cutty Sark. Verbittert starrte er sein Ebenbild im Spiegel hinter der Bar nieder. »Das warst du, Charlie.«

Draußen stemmten wir uns gegen Wind und Regen und gingen nach Norden. »Wer ist Charlie DeVoe?« wollte ich wissen.

»Hab ihn noch nie im Leben gesehen«, sagte Bert.

So kamen wir zum Times Square.

Seit meinem Einzug ins Hotel Moose hatte es sich zu einem Eckpfeiler meines Lebens entwickelt. Der tägliche Umgang mit dieser Gegend hatte sie ein wenig zurücktreten lassen, die scharfen Kanten gerundet, doch jetzt stand ich an Amen Corner, vor dem Primadora Quality Smokeshop, und sah alles wie zum erstenmal: die Huren mit ihren Hot pants und den mit Haarspray behandelten Perücken, die Bodybuilder und Mitternachtscowboys, die tätowierten Seeleute in Lederklamotten, die Erweckungsprediger mit Megaphon und Umhängetafel, die Mannweiber, die Zicken, die Schwulen und Schwuchteln, die durchgebrannten Teenager, die staunend starrenden Kinder, die Filmplakate für *Hirnschaden* und *Genital Hospital*, *Sklavinnen aus der Ewigkeit* und *Kriechender Schleim* und *Blutsaugende Ungeheuer*, die Männer in Plastikregenmänteln und die Männer mit braunen Papiertüten, die Sweatshirts mit Kapuze, die Kampfstiefel und Kampfanzüge, die Polaroidfotografen (zwei Bilder für einen Dollar), die Dreikartenspieler, die Guten Amerikaner, die Vampirellas, die Söhne Satans; und Bert.

Dicht hinter meinem linken Ohr zitierte er Washington Irving, der am selben Ort gestanden und die Szenerie so beschrieben hatte: »Ein liebliches ländliches Tal, geschmückt mit vielen bunten Blumen und durchzogen von zahlreichen erquickenden Bächen. Hier und dort steht im Schutz eines Hügels ein schmuckes holländisches Bauernhaus, fast ganz verborgen unter den gewölbten Zweigen mächtiger Bäume.«

Eine dicke Frau sang Halleluja. Sie trug ein weißes Kleid und wog sicher hundertfünfzig Kilo – das stramme dunkle Fleisch ihrer nackten Arme bebte, und der Schweiß spritzte ihr bei jedem Aufstampfen des großen linken Fußes, jedem Schütteln des Tamburins, von der Stirn. »Jesus liebt euch«, röhrte sie. »Warum liebt ihr Ihn nicht?«

Sie hieß Sister Pearl, und sie stand seit Jahren an dieser Ecke. Als ich ihr vor zehn Jahren zum erstenmal begegnet war, hatte die Ekstase sie dermaßen überwältigt, daß sie über ihre Zunge gestolpert war und die Worte sich verwirrt hatten, so daß man sie nicht mehr verstehen konnte. Aber das hatte sie nicht irritiert. »Wozu sich um Sinn bemühen?« hatte sie mich später gefragt. »Es ist viel besser, einfach zu brennen. Man muß das Feuer anfachen, sonst geht die Flamme aus. Und dann speit der Herr dich aus.«

Ich hatte diese Worte nie vergessen. Als sie mit ihrer Predigt fertig war und am Geländer des U-Bahn-Eingangs lehnte, fragte ich sie, ob sie noch immer danach lebte. »So ziemlich«, sagte Sister Pearl und nickte einmal kurz wie ein Vogel – eine eigenartig knappe Bewegung für eine so gewaltige Frau. »Manchmal brennt das Feuer heißer als je zuvor. Manchmal auch nicht.« Doch das konnte sie in ihrem Glauben nicht beirren. »Ich jammere und wehklage nicht«, sagte sie. »Ich studiere Gottes Gnade und stelle Betrachtungen über Seifenopern an.«

Gegenüber stattete Bert Lenny Schneider, dem Boxenden Zeitungsjungen, einen Besuch ab. Lenny war in den vierziger Jahren ein reisender Weltergewichtler gewesen. Am Ende seiner Karriere hatte er sich diesen Zeitungsstand gekauft, und sein Angebot war so breit gefächert wie kein anderes in Manhattan. Er führte nicht nur Tageszeitungen aus anderen Städten, sondern auch *Novoje Russkoye Slovo*, *El Diario La Prensa*, *Il Corriere della Sera*, den *Haiti Observateur* und den *Gaelic American*, Fachzeitschriften für Devisenhändler und Bewußtseinssucher sowie *Flash Gordon's Boxing Newsletter*, Rennzeitungen und Traumdeutungsbücher. »Sie wollen was zu lesen – wir haben es«, sagte Lenny. »Wenn wir's nicht haben, haben wir's bald.«

Er war ein vierschrötiger Bursche ohne Hals und Firlefanz – das letzte Überbleibsel der 42. Straße von früher. »Als die Leute hier noch menschliche Wesen waren. Die meisten jedenfalls.«

Merkwürdigerweise war dieser Block einst Ausdruck eines

Stils, eines bürgerlichen Stolzes gewesen. Als hier 1904 der erste Times Tower gebaut wurde, hielt der Herausgeber Charles Miller eine Rede, die ich immer wieder gerne las: »Die Sonne kommender Tage wird die Schatten dieser Mauern auf ungezählte Menschen werfen, deren Schritte zwischen diesen Türmen widerhallen, deren Augen sich an ihre harmonischen Proportionen gewöhnen und deren Stimmen das Summen und Klingen dieser geschäftigen Stadt Generation um Generation anschwellen lassen werden, bis einst dort, wo wir nun stehen, eine graue, verwitterte Ruine die Vorübergehenden mit Ehrfurcht vor ihrer erhabenen historischen Vergangenheit erfüllen wird.«

So klang die Rhetorik jener Zeit. Innerhalb von zehn Jahren jedoch war die *Times* aus- und Sex eingezogen. Flo Ziegfeld brachte seine Follies ins New Amsterdam, und bald füllte sich der ganze Block mit Vergnügungspalästen: George M. Cohans Candler, das Eltinge, das Liberty und das Lyric, das Victory und das Apollo. Einige brachten Revuen, andere musikalische Slapsticknummern. Doch Revuegirls waren überall dabei, und seit dieser Zeit war der Times Square ein Umschlagplatz für Fleisch.

Das New Amsterdam stand noch, ein paar Meter von Lennys Zeitungsstand entfernt. Es war längst zu einem Filmpalast umgebaut worden. Damals, als ich Sister Pearl zum erstenmal begegnet war, hatte ich dort einen Abend verbracht. Ein unvergeßliches Erlebnis.

Der Film hieß *Auf der Suche nach Mr. Goodbar.* Es war eine flaue Nacht, und ich hatte Zeit. Also kaufte ich mir eine Karte, trat ein und fand mich inmitten eines Wahnsinns von epischen Ausmaßen wieder.

Damals erlebte das New Amsterdam bereits schwere Zeiten. Das Dekor war reichlich mitgenommen und das Publikum ebenfalls. Doch die großartige Pracht schien unzerstörbar. Es gab mit Ornamenten verzierte Fahrstühle aus Bronze, Steinfresken mit Szenen aus Shakespeare und Wagner, grüne Marmortreppen, die sich in elysische Höhen schwangen, Fußböden aus gesprenkeltem Marmor, Nymphen, Satyren, Zauberer, Elfen, mit Gold oder Bronze geschmückte Wände, einen offenen Kamin aus Granit, so groß wie ein kleines Haus. Jeder Quadratzentimeter, so schien es, war verziert und irgendwie erhöht worden. Türgriffe verwandelten sich in Zentauren, und aus Lampen wurden ägyptische Göttinnen. Junkies saßen zusammengesunken auf Fürstenthronen.

Ich ging hinauf und suchte mir einen Platz auf dem Balkon. Zu meinen Füßen bildeten Hotdog-Reste, Zigarettenkippen und Pappbecher einen Sumpf. Irgendwo weit über mir konnte ich gerade eben noch die gewaltige gewölbte Decke ausmachen. Doch die Sitzreihen waren eng und rochen muffig, und ich setzte mich in die letzte Reihe, wo ich die Wand im Rücken hatte.

Auf der Suche nach Mr. Goodbar näherte sich dem Ende. Aus Gründen, die mir verborgen blieben, begannen alle auf der Leinwand zu brüllen und zu schreien. Ich suchte auf der Toilette Zuflucht.

Als ich zurückkehrte, sah ich, daß mein Platz besetzt war. Im Dunkel war es unmöglich, den Eindringling genau zu erkennen, aber es schien sich um eine weiße, weibliche Person zu handeln. Ich war zu feige, um mich herumzustreiten, setzte mich auf den Platz neben sie und zwang mich, wieder dem Geschehen auf der Leinwand zu folgen. Eine Hand legte sich auf mein Knie, verharrte dort und kroch dann ganz sanft mein Bein hinauf. Das lenkte mich ab, und so setzte ich mich einige Plätze weiter. Kurz danach war der Film vorbei.

Die Lichter gingen an. Ich sah die Reihe entlang. Meine

Nachbarin war tatsächlich eine weiße Frau gewesen. Sie war klein, gut gekleidet und wirkte ziemlich zurückhaltend, und aus dieser Entfernung sah sie aus wie etwa Vierzig. Sie trug weiße Handschuhe und blickte starr geradeaus, als existierte ich nicht mehr. Anscheinend wartete sie.

Ringsum saßen Männer, schwatzten und klopften Sprüche, doch sie rührte sich nicht. Kurz darauf erschien ein großer, muskulöser Mann mit einer dunklen Uniform und einer Schirmmütze wie ein Chauffeur. Er legte den rechten Arm um die Frau und hob sie ohne irgendein Zeichen von Anstrengung hoch. Sie lag in der Beuge seines Ellbogens, den Kopf an seiner Schulter. So trug er sie hinaus.

Sie hatte keine Beine.

Seither war das Haus noch mehr heruntergekommen. Man hatte Porno- und Kung-Fu-Filme gezeigt, eine Zeitlang sogar Snuff-Filme mit echtem Blut und echten Toten. Im Augenblick stand es leer. »Abgesehen von den Gespenstern«, sagte Lenny.

Er meinte das wörtlich. Nach Auskunft von Obdachlosen, die dort geschlafen hatten, besaß eine von Ziegfelds Revuetänzerinnen, die man als Olive Thomas identifiziert hatte, die Angewohnheit, langsam von der gewölbten Decke auf die leere Bühne herabzuschweben, wo sie stumm und erwartungsvoll stehenblieb, als würde sich der Vorhang gleich heben.

Nichts von alledem war nach Berts Geschmack. Er fühlte sich nur wohl, wenn er lachen und sich hinter einem seiner Sprüche verschanzen konnte. Angesichts beinloser Damen und längst verstorbener Tanzmäuse spuckte er seine erkaltete Black Watch aus und suchte Zuflucht in Lennys Auslage. »Alles Déjà-vu«, sagte er, in die Boxzeitschrift *Jugs* vertieft. »Er kann abhauen, aber es wird ihm nichts nützen. Töte den Körper, und der Kopf wird sterben. Das ganze Leben besteht aus sechs zu fünf dagegen. Spiel nie Karten mit einem, der Doc heißt.«

Nach Olive Thomas und den Follies kamen die Strip-Shows. In den dreißiger Jahren waren die Revuegirls den Striptease-Tänzerinnen, den Ausziehpuppen, gewichen, und die 42. Straße war eine Schaubudenstraße geworden, ein zweites Coney Island. Außer den Striptease-Höhlen gab es Schießbuden, Spielhallen und Freak-Shows. Mit Hubert's Museum and Flea Circus erreichte das seinen Höhepunkt.

Hubert eröffnete sein Etablissement 1920 ein Stück westlich des New Amsterdam, und während der folgenden fünf Jahrzehnte bestimmte er das Klima der Gegend. Das Erdgeschoß sah aus wie eine aufgemotzte Rumpelkammer, vollgestopft mit Flippern, Wild-West-Spielen, Automaten, an denen man Torpedos auf japanische Schiffe abfeuern konnte, und Schaukästen mit den »Geheimnissen der Sexualität«, die direkt von der medizinischen Fakultät in Paris stammten. Doch die wirklichen Wunder gab es im Untergeschoß zu bestaunen. Da gab es Sealo, den amphibischen Jungen, Estelline, die hundertfünfzig Kilo schwere Schwertschluckerin, und Congo, den Hexendoktor aus dem Dschungel. Grover Cleveland Alexander, der begnadete Baseballwerfer, sprach über seine sportliche Laufbahn, ebenso wie Jack »Lil Arthur« Johnson, der erste schwarze Meister im Schwergewicht. Tiny Tim trat als menschlicher Kanarienvogel auf, Prinzessin Wago und ihre Pythons konkurrierten mit Madame Catalina und ihren sechzehn Schlangen. Die größte Attraktion aber waren dreißig Jahre lang Professor Roy Hecklers dressierte Flöhe: Die Sensationellen Siphonapterae.

Bert konnte sich noch gut daran erinnern. Hier hatten ihn seine ersten Entdeckungsreisen in eine Welt geführt, die mit bärtigen Damen und Bauchtänzerinnen, zwergwüchsigen Ringkämpfern, Kälbern mit zwei Köpfen, Jungen mit Maultierschädeln, Meerjungfrauen, Gorillamädchen und zahllosen Striptease-Tänzerinnen bevölkert war. Es war ein Labyrinth gewesen, ein erotisches Märchen aus Tausendundeiner Nacht. »Man trat nicht einfach ein – man verlief sich darin«, sagte er. »Und wenn man Glück hatte, wurde man nie gefunden.«

Aber heute lautete die Devise »Nackte, harte Tatsachen«, und kein Mysterium blieb unenthüllt. Im Sex Shoppe, gleich neben dem Kino, in dem *Liebessklavinnen, zu Tode gepeitscht* gezeigt wurde, hing ein überlebensgroßes Technicolor-Bild von Superslit, der geschicktesten Muschi der Welt. Sie war nachkoloriert und sah so kitschig aus wie ein Sonnenuntergang über der Wüste und so bodenlos wie der Grand Canyon. Nach Auskunft des libanesischen Geschäftsführers war sie auch imstande, Partytricks vorzuführen. »Sehen Sie selbst, Gentlemen. Überzeugen Sie sich mit Ihren eigenen Augen und Ohren.« Sie könne Golfbälle verschlucken oder Banknoten annehmen und das richtige Wechselgeld herausgeben. »Aber bringt sie mir auch meine Hausschuhe?« fragte Bert.

»Was zahlen Sie?«

Wir stolperten wieder auf den Broadway. Vor den Theatereingängen standen Trauben von Menschen, und auf den Bürgersteigen herrschte dichtes Gedränge. Wir wurden gegen den Eingang zur Geraldo Rivera Show geschoben und sahen auf zu den Neon-Reklamen: Coca-Cola, Casio und Citizen Quartz, Toshiba und Minolta, Movieland und die *Mardi Gras Show.* Dazwischen standen die gewaltigen Reklametafeln für die Broadway-Shows: *Mamma Leone, Solid Gold, A Chorus Line, Cats.* Die riesige Hand griff in den Popcorn-Becher über Nathans Hotdog-Stand, die elektrische Laufschrift mit den neuesten Nachrichten flimmerte, die Arkaden, die Eingänge zu den Filmtheatern, die Whiskey-Reklamen, das alles, der ganze Times Square, war ein Meer aus Lichtern, und all das hatte sich verändert, grundlegend verändert, und zugleich hatte sich nichts geändert – es würde alles immer so bleiben, wie es war.

Geblendet ließen wir uns Richtung Uptown schieben. »Das gesellschaftliche Leben ist nichts zum Ausruhen«, sagte Bert. »In der ersten Runde schuf Gott Himmel und Erde. Er führt nichts Gutes im Schilde, aber seine Beinarbeit ist sauber. Er tritt einem vielleicht mal auf die Zehen, aber er macht einem keine Flecken auf die Schuhe. Erfolg braucht Glück. Die Friedhöfe sind voll mit Leuten, die unersetzlich waren. Auch Napoleon hat sein Watergate erlebt.«

Zwischen der 43. und 44. Straße stellte das Paramount Building noch immer stolz seine vierzehn Rücksprünge und den gläsernen Globus auf dem Dach zur Schau, doch das große Theater, wo der junge Sinatra gesungen hatte und in den sechziger Jahren Nachwuchssänger mit ihren Schnulzen aufgetreten waren, gab es nicht mehr. Entweder hier oder woanders hatte, sagte Bert, *Schneewittchen* Premiere gehabt. Als Publicitygag waren sieben Liliputaner aus Hollywood eingeflogen und in Zwergenkostümen auf den Absatz über der Neonreklame gesetzt worden. Es war ein langer Nachmittag, und sie hatten außer Kartenspielen nichts, um sich die Zeit zu vertreiben. Also schmuggelten sie in der Polsterung ihrer Kostüme ein paar Flaschen Whiskey hinauf. Der Whiskey war gut, der Nachmittag schwül, die Kostüme zu warm. Als die internationale Presse und die Fernsehkameras eintrafen, waren die Zwerge splitternackt und nicht mehr in der Lage, gewisse Körperfunktionen zu kontrollieren: Beschimpfungen, leere Flaschen und noch einiges andere regneten auf das Publikum herab. »Wobei mir einfällt«, sagte Bert.

An der Einmündung der Seventh Avenue gingen wir ins Metropole. Früher war es ein Wallfahrtsort für Jazzkenner gewesen, doch inzwischen bot man dort Oben-ohne-Shows. In einem leeren Ballsaal stand eine Theke, so lang wie eine Bowlingbahn, und auf ihr tanzte eine rotblonde Frau in Tanga und

Glitzerschuhen. Sie ließ ihren Kaugummi schnalzen, und ihre grünen Augen blickten weit weg ins Leere.

»Groß, gelenkig und beglückend«, murmelte Bert. Das war ein Satz von Colonel Stingo, den A. J. Liebling so gemocht hatte. Die Frau mußte einsfünfundneunzig groß sein. Sie hatte endlos lange Beine und keinen nennenswerten Busen, und sie war so biegsam wie Kautschuk. Als sie mit ihrer Nummer fertig war, kam sie zu uns herunter und sagte, sie sei aus Texas. Ihr Name war Katy Freeway.

Bert und ich waren ihr einziges Publikum. Mit einem leichten Stirnrunzeln setzte sie sich auf den Hocker zwischen uns und bestellte sich Wasser mit einem ordentlichen Schuß Jack Daniels. »Seid ihr Journalisten«, fragte sie, »oder hab ich was Falsches gegessen?«

Sie war in Hochform, ein kaum zu bändigendes Rennpferd. Quer über ihren weißen Bauch lief eine Narbe wie eine rosa Strieme, und diese zuckte und wand sich bei jeder ihrer geschmeidigen Bewegungen. Um ihre Schultern hatte sie ein orangefarbenes Tuch gelegt. Durch eines der Brandlöcher darin flirtete ihre linke Brustwarze mit dem Mundstück von Berts Zigarre. »Jack Dempsey«, sagte er. »Wie hab ich diesen Mann geliebt. Er saß immer im Fenster von seinem Restaurant, genau hier am Times Square – vor sich das Denkmal für George M. Cohan, hinter sich das riesige Ölgemälde von James Montgomery Flagg, auf dem er gerade Jess Willard auseinandernimmt. Das war 1923, der wildeste Schwergewichtskampf, den die Welt je gesehen hat. Dempsey muß eine Million Autogramme gegeben und für eine Million Fotos posiert haben – er stand sein Leben lang ununterbrochen auf dem Präsentierteller, aber ich hab es nie erlebt, daß er aus der Rolle gefallen wäre oder seine Ausstrahlung verloren hätte, nicht ein einziges Mal. Ach, er war einfach wunderbar.« Er barg seine Zigarre, betrachtete ihre durchweichten, zermatschten Überreste mit verträumten, wenn auch geröteten Augen und hob sein Glas. »Auf den Champion«, sagte er.

»Thunfisch-Käse«, sagte Katy Freeway.

»Wie war das?«

»Das war's, was ich gegessen habe.«

Wir tranken noch eine Runde und dann noch eine. Als die Cutty Sarks ihre Wirkung taten, wurde Bert analytisch. »Was ich so liebe...« sagte er. »Nein, lieber: Was ich so genieße, ist, daß ich spielen darf. Ich darf über die Stränge schlagen und auf den Putz hauen und mein Spielzeug im Sandkasten herumschmeißen – und das in meinem Alter.«

Mir fiel die Reklametafel ein, die Ellen Fogarty in ihrer Kindheit gesehen hatte, die an der South Ferry, auf der gestanden hatte: »Werden Sie nicht alt – werden Sie erwachsen!« Doch Bert Randolph Sugar hatte dafür nur Verachtung übrig. »Am Broadway *braucht* man nicht erwachsen zu werden«, sagte er. »Das ist ja das Großartige und zugleich das ganze Geheimnis.«

»Männer sind nun mal kleine Jungens«, sagte Katy Freeway.

»Lebend kriegen die mich nie.«

Draußen regnete es wieder. Als wir über den Times Square zum Harmony gingen, blieb Bert an der Jack-Dempsey-Ecke stehen. Wo früher das Restaurant gewesen war, standen jetzt ein Coffee Shop, ein chinesischer Schnellimbiß und ein Pornokino. »Der wandelnde Holzhammer«, sagte Bert und zitierte an der Straßenecke in Wind und Regen wörtlich aus einem seiner Artikel. »Er war der Inbegriff des Kriegers«, deklamierte er. »Er stürzte sich mit gefletschten Zähnen auf den Gegner, hüpfend und sich wiegend, damit sein dunkler Kopf mit dem ständigen Bartschatten schwerer zu treffen war. Mit seinen blitzenden schwarzen Augen und dem fliegenden blauschwarzen Haar sah Jack Dempsey aus wie ein Racheengel.«

Wann war das Leben nicht DAS LEBEN gewesen? Als es *mehr* gewesen war. Vor dem Harmony zögerten wir kurz, dann stürzten wir uns blindlings hinein, eine lange, steile Treppe hinauf zu einem kleinen, hölzernen Kassenhäuschen. Hinter dem Fenster saß ein verhutzeltes, unendlich altes Männchen. Es hatte weder einen Gesichtsausdruck noch Zähne, und es war nicht zu erkennen, wovon es aufrecht gehalten wurde. »Aamt schuschamm. Ersklaschije Scho. Machschehn Peitschn.«

»Zehn Dollar?«

»Nadann eem fünf. Viel Vergnühng.«

Das Harmony hatte viel zu erleiden gehabt. Wir erinnerten uns an den Saal als eine dunkle, wohlriechende, gehobene Art von Mutterbauch, doch was wir vorfanden, war eine mit dem widerlich süßlichen Geruch von Kakerlaken geschwängerte unterirdische Düsternis.

Der stolze Anspruch des Harmony war es stets gewesen, einen *korrekten* Striptease zu bieten – Verführung statt Gynäkologie. In einer Zeit, in der andere Etablissements so tief gesunken waren, Nummern wie »Polly die Schwangere«, »Die Königin der Einläufe« oder »Tina mit dem Zäpfchen« anzupreisen, hatte es als einziges die Fahne sauberer amerikanischer Erotik hochgehalten.

»Blütenreine Schönheiten«, stand in alten Pin-up-Magazinen, »verführerische Göttinnen des Tanzes und des Striptease«. Und in den großen Zeiten des Harmony hatte man genau das hier gefunden. Diese Zeiten waren allerdings offensichtlich vorbei. Im Augenblick bewegte sich eine rothaarige Frau in ziemlich fortgeschrittenem Alter auf der Bühne. Ihren Namen hatten wir nicht verstanden, aber das Lied, zu dem sie tanzte, hieß »Black And Blue«. Es paßte zu ihren Krampfadern.

Zum Schluß ging sie durch das Publikum. Es war spärlich, und die paar alten Knacker, in denen noch etwas Leben flakkerte, saßen weit verstreut und waren im Zwielicht kaum auszumachen. Diesen bot die alte Dame ihre Reize dar und ließ sich, je nach Bezahlung, streicheln oder küssen.

Als sie auf quietschenden Dielen dicht an uns vorbeiging, ließ sie ihre Mittelfinger verschwinden, zog sie wieder hervor, leckte sie ab und warf uns Kußhände zu. Sie benutzte dasselbe Parfüm wie der adrette Mann im Hotel Martinique.

Auf der anderen Seite des Foyers war das Büro des Geschäftsführers. Auf mein Klopfen öffnete ein sehniger, braunhäutiger Italiener namens Anthony Francis Roedere – Bob Anthony. Anfangs wollte er nichts sagen, aber dann erwähnte ich Bert Sugar. »The Hat«, sagte Anthony. »Bert Random Slobber. Natürlich.«

Er war erst kürzlich aus dem Krankenhaus entlassen worden. Das Geschäft gehe schlecht, sagte er, und dasselbe gelte für ihn. Trotzdem – er habe tolle Zeiten erlebt. Er sei Sänger und Bandleader gewesen, eine Broadway-Persönlichkeit. Außerdem sei er in Hoboken aufgewachsen, mit Frank Sinatra, seinem alten Kumpel. »Der große Vorsitzende«, sagte er. »Ich verdanke ihm alles, alles, was ich heute bin. Ich war sein Sekretär und sein Fahrer, und ich hab auch hin und wieder Leute für ihn vermöbelt und so.«

Sinatra hatte ihm 1944, als er aus der Marine entlassen wurde, seinen ersten Job als Sänger besorgt. »Ich hab mit den Besten gearbeitet, können Sie mir glauben. Ida Ray Huttons All Male Band, Eddie Duchin, Bob Chester, um nur ein paar Namen zu nennen. Und ich arbeite immer noch. Ich trete in Las Vegas auf. Ich hab sogar eine Platte gemacht. *Angela.* Mein größter Hit.«

Was das Harmony betraf, so wollte er nicht bestätigen, daß es dabei war, pleite zu machen. Es mache eher eine ruhige Phase durch, und die Mieten am Broadway seien schweinisch.

»Sie haben diese Stadt den Spekulanten überlassen, und damit haben sie uns unseren Untergang auf einem goldenen Teller serviert«, sagte er. »Auf einem verdammten goldenen Teller.«

»Das hat nichts mit Politik zu tun«, sagte Bert, »sondern damit, was für Verbindungen man hat.«

»Wir sind ehrbare Geschäftsleute, bewährte Unternehmer, aber wir haben nichts zu sagen. Dieser Haifischteich, dieser verdammte Haifischteich.«

Dennoch gab es auch Tröstliches. Aus einer Schublade fischte er einen vorgedruckten Brief. Er war vom Weißen Haus und unterschrieben von Ronald und Nancy Reagan. »Wir möchten Ihnen unseren tiefempfundenen Dank für Ihre Freundschaft und Unterstützung aussprechen«, stand da. »Mit Ihrer Hilfe und Ihren Gebeten werden wir unser Ziel erreichen und der Welt beweisen, daß Amerikas größte Zeit erst noch kommt. Gott segne Sie – und Gott segne Amerika.«

Auf dem Aktenschrank stand eine kleine amerikanische Fahne. Ehrfurchtsvoll faltete Bob Anthony den Brief zusammen und legte ihn wieder in die Schublade. »Wenn man eine solche Anerkennung bekommt«, sagte er, »weiß man, daß die Arbeit nicht umsonst war.«

Aus den Theatern strömten die Menschen. Jetzt begann die nächste Schicht der Nacht. Als wir den Broadway überquerten, versuchte Bert ein paar Stepschritte auf der weißen Mittellinie, aber der Schweiß trat ihm auf die Stirn, und seine Wangen hatten einen eindeutig grünlichen Schimmer. »Mein Magen ist gegen mich«, sagte er.

»Vermeide Gebratenes, denn es macht das Blut zornig«, antwortete ich. »Vermeide es unter allen Umständen, zu rennen.«

»Ich wollte, ich wäre nie geboren.«

Die Antwort wartete in Form einer Saftbar auf der anderen Seite des Broadway. Viele Jahre lang hatte sie als Orange Julius firmiert. Jetzt, unter neuer Leitung, hatte sie sich in Orange Morris verwandelt. »Also gut, geben Sie mir ein Orange-Dingsda«, sagte Bert.

»Orange nicht haben«, lautete die grimmige Auskunft.

Aber Papayas hatten sie. Ein grausiges, gelblich schäumendes Gebräu wurde über die Theke geschoben. Mit Todesverachtung stürzte Bert das Glas in einem Zug hinunter. Ein paar Sekunden lang stand er da und leckte sich die Lippen – ein neugeborener Mensch. Dann sank er langsam und höflich in die Knie. »Einfach immer mir nach«, sagte Bert the Hat. Dann schlief er ein.

Pause

In dem Sommer, als ich neun war, in Donegal, war der Broadway der versteckte Graben, in dem die Zwillinge ihre Kleider auszogen und tanzten. Sie hießen Sarah und Serena und waren fast dreizehn. Sie sagten, sie seien Künstlerinnen.

Zum erstenmal sah ich sie am Lilienteich, wo sie mit einem Teesieb und einer Bleistiftdose nach Stichlingen fischten. Ihre Mutter hatte ihnen identische weiße Sachen angezogen – weiße Blusen aus Organdy, cremefarbene Strohhüte mit blassen, rosafarbenen Bändern, lange weiße Tüllkleider –, doch ihr kurzes Haar war schwarz und ihre Haut dunkelbraun gebrannt. Bevor sie ins Wasser wateten, schürzten sie die Kleider um ihre Hüften, und die dunklen Glieder darunter ließen mich an verstohlene, scheue Nachtwesen denken.

Warum ich sie heimlich beobachtete? Es war mein Recht. Während der Schulzeit lebte ich auf der anderen Seite der Grenze, aber die Ferien verbrachte ich in der Republik. In den Hügeln über Lough Swilly stand die Ruine eines Herrenhauses aus dem neunzehnten Jahrhundert. Meine Eltern hatten das Pförtnerhaus gemietet.

Das Herrenhaus war noch nicht lange eine Ruine. Zwischen den Weltkriegen hatte man dort große Bälle gegeben, und auf dem Rasen hatte man Gartenpartys veranstaltet. Drei Brüder hatten dort gelebt, handfeste, gestandene Männer, deren Lebensinhalt es war, Enten zu schießen und Lachse zu angeln. Sie warteten darauf, ihre Mutter, die an den Rollstuhl gefesselt war, zu beerben.

Dann kam eine schöne Fremde namens Stella und brach einem nach dem anderen das Herz. Als sie mit ihnen fertig war, gab es nichts mehr zu erben. Inzwischen war einer der Brüder gestorben, die anderen waren verwirrte alte Männer, und die Mutter war über neunzig. Das große Haus knarzte und hallte, die Gärten lagen verlassen. Jenseits der Gärten war Wildnis.

Diese Wildnis gehörte mir. Über tausend Morgen verstreut lagen Birken-, Lärchen- und Fichtenwäldchen, Moore voller Heidekraut und Stechginster, Hügel mit purpurroten Spitzen, Seen, in denen nie jemand fischte, und endlos lange Alleen. Ich konnte diese Gegend von morgens bis abends durchstreifen und kam doch nie an die Grenzen meiner Ländereien.

Der Graben war mein Hauptquartier. Irgendwann, als Stella noch dagewesen war, hatte der älteste Bruder ihn als Begrenzung eines französischen Gartens ausheben lassen, eines Labyrinths mit tiefgelegten Wegen, verschlungenen Pfaden und Lauben, die eine perspektivische Aussicht vortäuschten. Er widmete ihn seiner Geliebten mit all ihren Geheimnissen. Als die Sirene ihn aber betrog, ließ er das Ganze verwildern. Die Wege und Laubengänge wurden überwuchert, die Grotten verwandelten sich im Lauf der Zeit in brüchige Steinhaufen. Nur der Graben blieb.

Er war nichts Großartiges – bloß ein von Ranken überwucherter Graben, etwa zwei Meter breit und eineinhalb Meter tief. Dennoch bildete er das Zentrum meines Reiches, die strategisch äußerst bedeutsame Hauptverbindung zwischen dem Lilienteich und dem Küchengarten. Vom Brombeergestrüpp verborgen, hatte ich das große Haus im Blick, und niemand konnte hinein oder hinaus, ohne von mir gesehen zu werden.

Zum Beispiel die Zwillinge. Im Sommer wurde jeden Nachmittag um Punkt vier Tee auf der Terrasse serviert – Tee und Gebäck und eisgekühlte Limonade und hauchdünne Gurkensandwiches. Die alte Dame und ihre Söhne saßen zusammengesunken in ihren Rollstühlen, zitterten unter Bergen von karierten Wolldecken, und ihre Köpfe wackelten, als wären es Löwenzahnblüten. Die kleineren Notabeln der Gegend – der Doktor und der Pfarrer, verschiedene Vertreter der Geistlichkeit, alte Jungfern, verarmte Adlige – kamen und gingen in halbstündigen Schichten. Die Zwillinge aber gehörten zu einer anderen Klasse. Ihr Vater war Richter gewesen, und darum durften sie eine ganze Woche bleiben.

Es war ein seltsamer Sommer. In den meisten Jahren bedeutete »Sommer« in Irland lediglich, daß sich der Regen, der einem in den Nacken tropfte, wärmer anfühlte als sonst. In diesem Jahr jedoch gab es eine Hitzewelle, und es regnete nicht. Erschreckt zog sich das Land zurück: Die Felder bekamen Risse, die Brunnen trockneten aus, und die Vögel sangen nicht mehr. Im Graben verwandelte sich das Gras in trockenes Stroh, das mir das Gesicht zerkratzte, wenn ich, zu träge, um die Fliegen zu verjagen, auf der Lauer lag.

Alles kam zum Erliegen. Im großen Haus würgten die Wasserhähne nur einen bräunlichen Schleim hervor, und es gab kein Eis für die Limonade. Wie Belagerte versammelten sich die Gäste um ein Grammophon mit Kurbel und spielten immer und immer wieder dasselbe Lied: »Begin The Beguine«.

Das Wasser im Lilienteich war abgestanden und sumpfig. Als die Zwillinge am späten Nachmittag hineinwateten, wirbelten sie bei jedem Schritt rötlichen Schlamm auf, so daß die Oberfläche wie eine einzige große Gewitterwolke aussah. Leuchtkäfer und ganze Armeen von Mücken umtanzten sie. »Meine Tuttis jucken«, sagte Sarah.

»Deine was?«

»Meine beiden Throne der fleischlichen Lust.«

Ich lag im Gebüsch und hatte keine klare Vorstellung, was eine Tutti, geschweige denn, was fleischliche Lust war. Ich wußte nur, daß beides verboten war. Ein kaputtes Ruderboot moderte im Schlamm vor sich hin, und ich schlich auf dem Bauch kriechend darauf zu. Das hohe Gras knisterte, eine Ente flatterte vor mir auf. Die Zwillinge standen mitten im Teich und spielten »Ich sehe was, was du nicht siehst«. »Es fängt mit Z an«, sagte Serena.

»Zwerg«, sagte Sarah nicht unfreundlich, sie zerrten mich aus meinem Versteck und bewarfen mich mit warmem Schlamm.

Sie waren keine eineiigen Zwillinge, sahen sich nicht einmal sehr ähnlich. Sarah war größer und biegsamer, mehr wie ein Otter, während Serena eher wie ein Seehund wirkte. Doch beide waren Wasserwesen – glatt und geschmeidig und immer geheimnisumwoben. »Nasse Dinger«, hörte ich einmal ein Hausmädchen sagen. Das waren sie wirklich.

Sie kamen aus Kilmacrenan. Das war nur eine Straßenkreuzung, ein Nest in den Hügeln, aber Kreuzungen waren von altersher Machtzentren. Ihr Vater lebte in einem Schloß und besaß Rennpferde, ihr Onkel hatte ein Holzbein. In ein paar kurzen Jahren würden die Zwillinge Stars sein.

»Supernovas.«

»Feurige Kometen.«

»Die hellsten neuen Sterne am Firmament des Showbusiness.«

Zu Hause war ihr Schlafzimmerschrank vollgestopft mit alten Nummern von *Photoplay, Broadway Babies* und *Hollywood Confidential.* Aus diesen Zeitschriften hatten sie den Showbusiness-Jargon gelernt. Inzwischen beherrschten sie ihn perfekt. »Hallo«, sagte ich.

»Enchanté«, erwiderten die Zwillinge.

Sie sangen, sie tanzten, sie sorgten für Unterhaltung. Der Pfarrer von Kilmacrenan spielte Ragtime auf dem Klavier, einer der Stallburschen war früher Jongleur gewesen, und ihre Mutter konnte jodeln. Es lag ihnen im Blut. Solange sie zurückdenken konnten, war dies immer ihre Zukunft gewesen: auf der Bühne zu stehen, Stars zu werden. »Broadway«, flüsterten sie; es war eine mystische und unheimliche Beschwörung, voller Ehrfurcht – als würde Gott selbst angerufen. »Der Große Weiße Weg«, sagten sie.

Es war ein sehr kitschiger Sonnenuntergang. Der Lilienteich verwandelte sich in ein Flammenmeer, in eine tropische Lagune. Die Zwillinge befahlen mir, das löchrige Boot in die Mitte des Teichs zu rudern. Dort hielten wir an, festgehalten von den letzten Sonnenstrahlen. Wasser rann durch die Ritzen. Das Boot lief voll. »Und jetzt?« fragte ich.

»Jetzt sinken wir.«

Und so geschah es. Wie Brautjungfern saßen die Zwillinge mit vollendeter Haltung kerzengerade und reglos da, während wir untergingen. Anfangs fühlte sich das Wasser kalt und schmutzig an, feindlich geradezu. Doch als es unsere Oberschenkel und Bäuche bedeckte, war alles Gefühl der Fremdheit verschwunden. Es war eine dicke grüne Brühe voller Wasserpflanzen und flitzender silbriger Fische, und es saugte mich ein, zog mich hinab. Ich leistete keinen Widerstand.

Ich gab mich hin und schloß die Augen. Als ich sie wieder aufschlug, befand ich mich unter Wasser. Die Beine der Zwillinge sahen im Halbdunkel grünlich-gelb aus und schwangen hin und her wie Wimpel. Sie paddelten und tanzten ihren eigenen Tanz – ein langsames, rituelles Schreiten. Ich streckte die Hand aus, um sie zu berühren, doch sie entschlüpften und entzogen sich. Ich begriff, daß ich dabei war zu ertrinken. Es war ein angenehmes Gefühl.

Dann tauchte ich irgendwie wieder auf. Die weißen Kleider bauschten sich auf der Wasseroberfläche, die cremefarbenen

Strohhüte schwammen daneben. Reglos und majestätisch wie zwei Schwäne trieben die Zwillinge auf dem Teich.

Danach, als wir uns im Graben von der Sonne trocknen ließen, zogen sie sich bis auf die Slips aus und gaben mir eine Vorstellung. Das Lied, das sie sangen, hieß »Sisters«. Sie winkten mit den Armen und warfen mir neckische Blicke zu, sie schwangen ihre braunen Beine höher als ihre Schultern. Dann rief ihre Mutter sie zum Essen herein. Ich habe sie nie wiedergesehen.

III

18

»Singen und Tanzen? Haben wir gemacht«, sagte Aggie.

»Mußten wir«, sagte Tess.

»Sonst...«

Sie waren keine Zwillinge, nur Schwestern. Aggie Doyle war siebenundsiebzig, Tess vierundsiebzig, und sie waren 1936 von Dublin an den Broadway gekommen. »An einem verregneten Donnerstag«, sagte Aggie.

»Im März«, sagte Tess.

»Und dunkel war's.«

Ihre erste Station war der Times Square gewesen. »Wir mußten die Lichter zählen«, sagte Aggie. »Das letzte, was Vater uns sagte, bevor wir von zu Hause weggingen, war, daß wir ruhig hingehen und unsere Beine in diesem Sündenpfuhl vorzeigen sollten, wenn sich das mit unserer Vorstellung von Ehrerbietung gegenüber unserem Vater vereinbaren ließ, aber wir sollten nicht vergessen, daß sein Fluch uns naseweise Dinger begleiten werde, und wenn es uns in diesem Hexenkessel fleischlicher Lust mal einfallen sollte, an die zu denken, die wir zurückgelassen hätten, dann sollten wir aufsehen und die Lichter zählen.«

»Denn«, sagte Tess.

»Am Broadway.«

»Gibt es für jedes gebrochene Herz.«

»Ein Licht.«

Rechnen war nie ihre Stärke gewesen. Bevor sie bei hundert angekommen waren, hatten sie sich schon hoffnungslos verzählt. »Also haben wir uns einen Hotdog geteilt«, sagte Aggie.

»Mit Senf und süßer Soße.«

»Aber ohne Sauerkraut.« Aggie faltete die weißen Hände im Schoß und schlug in sittsamer Ergebung die Augen nieder. »Vater hat die Deutschen gehaßt«, sagte sie.

Seine Macht war im Lauf der Zeit keineswegs geschwunden. Ein halbes Jahrhundert nach ihrem Auszug nach Amerika saßen die beiden Schwestern artig wie Schulmädchen auf den hohen Hockern in Nathan's Famous Hot Dog, und ihr Hotdog verschwand restlos unter Bergen von Zwiebeln, Senf, Ketchup und giftgrüner Soße. Doch kein Fädchen Sauerkraut verunzierte je ihre leuchtendrot geschminkten Lippen. »Ehrerbietung«, sagte Aggie. Sie tupfte, jeder Zoll eine Lady, ihr Kinn und die gepuderten Wangen mit einem Spitzentaschentuch ab und holte ihre Magentabletten hervor. »Töchterlicher Gehorsam«, sagte sie. »Läßt einen sein Leben lang nicht los.«

Sie war robust und stand mit beiden Füßen auf dem Boden, während Tess immer zappelte und schnatterte. Aber Aggie war die mit der lyrischen Ausdrucksweise und Tess diejenige, die jemanden mit einem einzigen Satz fertigmachen konnte. Doch davon abgesehen waren beide Profis. »Die Emerald Doyles«, sagte Aggie. »›Ein Lied, ein Seufzer‹.«

»›Und ein kesses Lächeln‹.«

Das war nicht die Nummer, die ihnen vorgeschwebt hatte. In Dublin waren sie in Liberties, dem Armenviertel am Hügel zwischen der Christ Church Cathedral und der Guinness Brauerei, aufgewachsen und hatten sich nach Eleganz und künstlerischem Ruhm gesehnt. Der Name Doyle war ihnen unwürdig erschienen. »Es schwang zuviel verbissenes Streben darin mit«, sagte Aggie.

»Sie meint Schweiß und Muskelschmalz«, sagte Tess. Also hatten sie sich Les Sylphides genannt und auf eine Karriere im Wasserballett hingearbeitet. Doch die drei McManus-Mädchen, die in derselben Straße lebten, hatten ihnen einen Strich durch die Rechnung gemacht. Der Hausmeister des Glasnevin-Schwimmbads war Caithleens Liebhaber und ließ die drei umsonst hinein, während Aggie und Tess, nur weil sie Jungfrauen waren, ihre Spagate und Entrechats in der Dublin Bay üben mußten. »Von Januar bis Dezember«, sagte Aggie, »in der trüben grünen Morgendämmerung, im blanken, kalten Meer.«

»Und das, wo unsere Mutter nicht mehr lebte«, sagte Tess.

So waren sie nach Amerika gekommen. Sie waren zum Times Square gefahren, und sein Strahlen hatte sie für den Rest ihres Lebens geblendet. Als sie mit dem Zählen der Lichter fertig waren, wurden sie die Vesuvio Sisters, »die heiße Nummer aus Neapel«; dann ZiZi und ZaZou, »die süßen Tanzmäuse aus Chantilly«, und schließlich die Emerald Doyles. Das Varieté lag bereits im Sterben – damit blieb nur noch der Striptease. »Zehn Auftritte pro Tag, sechs Tage die Woche, dreihundert Dollar im Monat und Kaugummi umsonst«, sagte Aggie. »Und dafür mußte man alles zeigen, was Gott einem gegeben hatte.«

»Oder auch nicht gegeben hatte«, sagte Tess.

Sie hatten nicht die Figur, um in New York Karriere zu machen. Damals in Liberties hatten sie sich vorgestellt, wie sie, inmitten echter Künstler, auf der Bühne des Keith-Albee oder des Orpheum stehen würden. »Wir wollten uns unseren Platz mit Anmut und Grazie und einem gewinnenden Wesen erobern, mit innerer Schönheit«, sagte Aggie. »Aber die Leute wollten bloß große Busen sehen.«

»Euter«, sagte Tess. »Dicke Dinger.«

»Von wegen Wasserballett.«

»Und die künstlerische Aussage konnten wir uns an den Ärmel schmieren.«

Die Doyles waren, ganz gleich, wie sie sangen und tanzten,

eher der schlanke Typ. »Ätherische Wesen«, sagte Aggie, »ganz zart und fein.«

»Platt wie Pfannkuchen, meint sie«, sagte Tess. Und das hieß: ab in die Provinz. Sieben Jahre lang, bis zum Angriff auf Pearl Harbour, tingelten sie durch das amerikanische Hinterland und lebten aus einem gemeinsamen Koffer. »Chickasha, Waxahachie, Kosciusko, Palmyra, North Platte«, leierte Aggie in einem Eisenbahnschaffner-Singsang, »Las Animas, Laredo, Jerk, Chatahoochee, Chincoteague, Eufaula, Cut'n Shoot, Anaconda, Xenia, Uvalde, Alamogordo, Snowflake, Big Timber, Thermopolis, Calipatria, Calexico, McMinnville, Effingham, Crystal City, Tallulah, El Dorado, Eureka Springs.«

»Und Butte«, fügte Tess hinzu.

Als Amerika in den Krieg eintrat, waren sie in Gallup, New Mexico, gestrandet, und alles, was sie noch besaßen, waren zweiundvierzig Dollar und ein Claddagh-Ring. Sie fuhren nach Phoenix und arbeiteten in einer Fabrik – »Rosie die Nieterin und ihre Partnerin«. Zum erstenmal seit ihrer Kindheit blieben sie an einem Ort. Es verging kein halbes Jahr, und sie waren verheiratet; als die Invasion in der Normandie stattfand, waren beide geschieden. Aggie hatte zwei Söhne, Tess eine kleine Tochter. Auf der Ladefläche eines Holzlastwagens fuhren sie von Durango, Colorado, zurück an die Ostküste, direkt zum Denkmal für Father Duffy am Times Square.

An einem späten Abend im August kamen sie an. Der ganze Times Square war voller schwitzender Menschen, die jubelten und auf und ab stolzierten und sich von ihrer besten Seite zeigten. Die Schwestern waren noch nicht ganz vom Wagen gestiegen, da wurden sie auch schon von zwei Soldaten gepackt und im Kreis herumgewirbelt. »Was ist los? Hast du beim Rennen gewonnen?« fragte Aggie. »Genau«, schrie der Soldat zurück. Er sah aus wie fünfzehn. »Wir haben endlich gewonnen«, brüllte er, und dann brüllte er noch mehr, aber das konnte Aggie nicht verstehen, weil der Lärm der Menge alles übertönte. Also hörte der Soldat auf zu brüllen und drückte sie an sich und wirbelte sie weiter herum. Über ihren Köpfen flackerte die Laufschrift mit den neuesten Nachrichten über die Fassade des Times Building. AXTMÖRDER ERSCHLÄGT DREI MENSCHEN, stand da. JAPAN KAPITULIERT. Der Soldat ließ Aggie aus seiner Flasche Four Roses trinken. SINATRA GEHT NACH HOLLYWOOD. Er küßte sie auf den Mund. SIEG, verkündete die Laufschrift. STEUERERHÖHUNG ANGEKÜNDIGT.

Der Claddagh-Ring war längst verkauft, aber die Schwestern hatten fast sechshundert Dollar gespart – genug, um eine Pension pachten zu können. »Die Liberties Hall«, sagte Aggie. »Die Mieter waren lauter Leute aus der Zunft.«

In den Straßen rechts und links des Broadway gab es damals jede Menge solcher Zufluchtsstätten. Das Varieté war tot, die harmloseren Striptease-Bühnen hingen am Tropf, und die ganze West Side quoll über von arbeitslosen Bühnenkünstlern. »Stillgelegte Nummern«, nannte Aggie sie. In ihrer Pension wohnten notleidende tätowierte Damen, bebilderte Männer, Negerdarsteller, sprechende Hunde und Liliputaner, die ihre goldenen Jahre hinter sich hatten.

Es war eine bunte Gesellschaft, aber die Mieten flossen spärlich. Die Doyles, die ein Schild »Keine Abessinier, keine Huris« aufgehängt hatten, waren innerhalb eines Jahres pleite. Sie flohen nach Inwood, einer irischen Enklave am nördlichen Teil des Broadway, und übernahmen ein Süßigkeitengeschäft, das unter einem Buchmacherladen lag und gleichzeitig als Aufbewahrungsstelle für postlagernde Sendungen diente. Hier hatte ihr unstetes Leben schließlich ein Ende.

Inzwischen hatten sie sich zur Ruhe gesetzt, mit wenigen Bedürfnissen und nur einer einzigen Klage. »Die Zeit lastet auf einem«, sagte Aggie und zitierte aus Emersons Tagebuch: »Die Tage kommen und gehen wie mit Schleiern verhüllte Gestalten, die ein weit entfernter Freund einem geschickt hat, doch sagen sie nichts, und wenn wir mit den Gaben, die sie bringen, nichts anzufangen wissen, tragen sie sie so lautlos, wie sie gekommen sind, wieder davon.« Sie wischte sich den Ketchup vom Schnurrbart und betrachtete den roten Fleck auf dem Spitzentaschentuch mit so düsterer Miene wie Camille die ersten sichtbaren Anzeichen ihrer tödlichen Krankheit. »Wir stellen fest, daß wir träge und unbeweglich sind«, seufzte sie.

»Sie meint: Wir langweilen uns zu Tode«, sagte Tess.

Deswegen waren sie hier. Immer wenn die süße Untätigkeit zu klebrig wurde, als daß sie verdauen hätten können, setzten sie sich in die U-Bahn und fuhren zum Broadway, um ihre Kämpfe und Triumphe noch einmal zu durchleben. Die Lichter warben inzwischen für japanische Firmen, aus Striptease-Bühnen waren Porno-Paläste geworden, und wo einst die Liberties Hall gestanden hatte, war jetzt ein Parkplatz. Doch der Times Square leuchtete so hell wie eh und je. »U-Bahn-Station Bagdad«, hatte O. Henry ihn genannt. Die Doyle-Schwestern fanden ihn allerdings längst nicht so exotisch. »Das ist einfach unser altes Viertel«, sagte Tess. »Der Ort eben.«

»Wo wir.«

»Herkommen.«

Ihre Besuche waren ungeplant und folgten keinem besonderen Muster. Manchmal sahen sie sich einen alten Film an, manchmal tranken sie Shirley Temples in der Marriott Marquis Skybar, manchmal machten sie auch bloß einen Spaziergang. »Es ist eigentlich egal«, sagte Aggie. »Die Luft allein erquickt und verjüngt.«

»Fährt einem in die alten Knochen.«

»›*Die Pause, die wirklich erfrischt*‹.«

»Ein Riesenspaß.«

Ihren Spitzengardinen-Nachbarinnen in Inwood standen die Haare zu Berge. Wenn man sie hörte, hätte man meinen können, ein Tagesausflug zum Times Square käme einem Selbstmord gleich – »Harakiri oder Kamikaze«, sagte Tess. »Eine von diesen toten gelben Sachen jedenfalls.« Doch die Schwestern waren unbesorgt. Schlechtes Benehmen oder Gossenausdrücke ignorierten sie. Für sie blieb der Times Square von allem unberührt, für sie war die Zeit am 14. August 1945 stehengeblieben. »Nicht der beste Ort von allen«, sagte Aggie.

»Sondern der einzige«, sagte Tess.

Unter ihrem langen Wollrock sahen abgenutzte Turnschuhe hervor, grün und orange, mit kleinen Merkur-Flügeln. Draußen schüttelte sie die abgestandene Luft der Klimaanlage von Nathan's Famous Hot Dog ab, atmete tief durch und sog die Abgase, die Maihitze, den ganzen wunderbaren, in der Lunge brennenden Dreck des Times Square ein. »Wollen Sie wissen, was das Geheimnis ist?« fragte sie, und als sie keine Antwort bekam, verriet sie es mir trotzdem. »Nicht aufhören.«

»Ganz gleich, was Sie machen«, sagte Aggie.

»Einfach nicht aufhören.«

Um die Ecke und die Treppe hinauf, im Times Square Boxing Club, lachte Emile Griffith mit weit aufgerissenem, goldblitzendem Mund. Er war klein und stämmig, in mittleren Jahren und trug eine gestrickte Mütze. »Wer hat aufgehört?« protestierte er. »Ich hab ausgesetzt, das war alles.«

Und selbst das war ihm sehr schwer gefallen. Als er sich 1977 aus dem Ring zurückzog, hatte er zwanzig Jahre als Profi, fünf gewonnene und verlorene Weltmeistertitel und über hundert Kämpfe hinter sich, und kein Name »von irgendeinem anderen Mann, egal ob lebend oder tot«, hatte öfter auf den Eintrittskarten für den Madison Square Garden gestanden als seiner.

Als Welter- und Mittelgewichtler war er *der* New Yorker Boxer seiner Zeit gewesen. »Der letzte der echten bodenständigen Helden«, sagte Bert Sugar. »Ein Überbleibsel aus der Zeit, als der Garden noch nicht ein Vorort von Atlantic City, sondern ein Zentrum der Boxwelt war.«

Als Emile Griffith Profi wurde, traten Sugar Ray Robinson und Willie Pep, Rocky Graziano und Jake La Motta im Garden an, als er aufhörte, waren Pedro Soto, Edwin Viruet und Diabolito Valdez dran. »Der Garden hatte sich in einen Mikrowellenherd verwandelt«, sagte Bert. »Man nehme einen möglichen Herausforderer, mäste ihn mit Dosentomaten, schiebe ihn unter die Ringscheinwerfer, und schon hat man einen Kürbis, liegend serviert auf einem Bett aus reifem Limburger.«

Nur an Emile war dieser Fluch vorübergegangen. Als Welter- und Mittelgewichtler war er nie einer von den am meisten umjubelten Kämpfern gewesen und auch nicht der auffälligste oder offensivste, nur der geschickteste und ausdauerndste. Wenn es um ihn ging, wurde Berts Prosa regelrecht lyrisch. »In seiner großen Zeit«, schrieb The Hat, »war er ein Y-förmiger Bursche mit einer schmalen Taille und Schultern, die breit genug waren, um Wassereimer darauf zu stellen, und sein Stil war blitzend und paßte zu dem erfrischenden Blitzen in seinen dunklen Augen.«

»Mein größter Kampf?« fragte Emile. »Der berühmteste war der gegen Benny Paret. Das dritte Mal.« Er lachte wieder. »Genau dort, im Garden.«

Es war ein Kampf, den man nicht vergaß. Griffith kam aus St. Thomas, Benny »Kid« Paret aus Kuba. Es trennte sie eine tiefe Abneigung. »Er mochte mich nie«, sagte Emile und zuckte die Schultern. »Ich mochte ihn noch weniger.«

Alle großen Boxer-Rivalitäten waren in gewisser Weise ein Abklatsch der Feindschaft zwischen Ariel und Caliban: ein

Aufeinanderprallen elementarer Gegensätze. So auch bei Griffith und Paret. Der Kid war ein Gladiator, asketisch und im Kampf gestählt, Emile dagegen ein Kasper. Er verehrte seine Mutter, seinen Körper und die Macht des Spotts. Bevor er Boxer geworden war, hatte er als Hutmacher gearbeitet und geblümte Hüte entworfen. Mit derselben Haltung ging er in den Ring: Für ihn war Boxen ein tödliches Spiel, bei dem einer von beiden vernichtet wurde – doch ernst nehmen konnte er es nicht. Als Hurricane Carter ihn einmal in der ersten Runde glatt auf die Bretter legte, empfing er die Presse in seiner Garderobe nicht mit Tränen oder Ausflüchten, sondern mit einem flotten Weihnachtsständchen.

Für Paret war das Blasphemie. Er war ein düsterer, grüblerischer Mann, der primitive Götter verehrte, kaum Englisch sprach und überhaupt wenig sagte. Seine ganze Ausdruckskraft lag im Kämpfen. Er war schnell und schlagkräftig, in seinen Bewegungen lag natürliche Gewandtheit, und sein ganzer Stil spiegelte den von Griffith. Ihre drei Kämpfe bestanden nur aus Eleganz und Bewegung – schnelle Fäuste und noch schnellere Reaktionen. Den ersten gewann Griffith, den zweiten Paret. Der dritte, mit dem Paret sich den Weltergewichtstitel holen wollte, fand am 24. März 1962 statt.

Inzwischen war Paret ganz und gar von seinem Haß auf Griffith beherrscht. Er war ein Krieger und hielt sich an den Ehrenkodex des Kriegers. Griffith mit seinen Clownereien verletzte diesen Kodex. Er besaß keine Würde, kein Gefühl für *gravitas*. Wenn er hätte wütend sein sollen, kicherte er nur, ein mädchenhaftes Quietschen, das Paret zusammenzucken ließ und ihn überallhin verfolgte – beim Training, in Pressekonferenzen, durch die hallenden Gänge des Garden bis in seine Garderobe –, und schließlich brannten seine Sicherungen durch. »*Maricón*«, sagte er. »Du Tunte.«

Er wollte nur, daß Griffith aufhörte zu lachen. Und er hatte Erfolg. Als sie sich im Ring gegenüberstanden, verzog Griffith den Mund nicht einmal zu einem Lächeln. Er ging früh zu Boden, mußte eine Menge einstecken. Aber gegen Ende der zwölften Runde nagelte er Kid Paret in einer Ecke fest und ließ ihn nicht mehr aus. Normalerweise diente seine Rechte nur zur Dekoration, doch nun verwandelte sie sich in einen Dampfhammer. Wie ein Schmied drosch er auf Paret ein. Der stand mit dem Rücken zum Eckpfosten und konnte weder ausweichen noch sich ducken, konnte nicht einmal zu Boden gehen. Er mußte zwölf, vielleicht auch zwanzig Kopfhaken einstecken, wollte sich fallen lassen, doch die Seile hielten ihn aufrecht. So steckte Paret weiter ein und sank zu Boden. Sein Gesicht veränderte sich nicht, verriet weder Angst noch Schmerz, gar nichts, er rutschte nur an der Eckpolsterung hinunter auf die Bretter. Schließlich hockte er auf den Fersen. »Als er am Boden lag, war er tot«, sagte Bert. Doch es dauerte noch zehn Tage, bis er gestorben war.

Griffith sagte nicht viel. Im Ring, nach dem Kampf, wirkte er benommen. Und danach, in seiner Garderobe, wollte er nicht darüber sprechen. »Er hat es drauf ankommen lassen und verloren«, sagte Emile, schob die Unterlippe vor und zog den Kopf ein. »Manchmal geht es mit mir durch«, sagte er.

Auch siebenundzwanzig Jahre später dachte er nicht oft an diesen Kampf. Der Grund, warum er sich nun damit beschäftigte, waren die Fragen eines Reporters vom Südfunk Stuttgart, der die Sache noch einmal ans Licht zerren wollte. Er war ein pingeliger, mürrischer, bebrillter Mann namens Horst, dessen Fragen drei ganze Seiten füllten. »Wie war das? Als Kid Paret starb?« wollte er wissen. »Was haben Sie da gedacht?«

»Wann kriege ich mein Geld?« sagte Emile.

Der Times Square Boxing Club bestand aus einem langen,

schmalen Saal über einem Laden für reduzierte Smokings. Früher war hier ein Filmstudio gewesen, das sich auf Pornofilme spezialisiert hatte. Klassiker wie *Porker's Delight* und *Anal Dwarf* waren in diesem schmucklosen Raum gedreht worden. Jetzt traf sich hier der harte Kern der New Yorker Boxszene.

Gleich hinter dem Ring war ein mit dem Schmutz der Jahre verschmiertes Fenster, das vom Boden bis zur Decke reichte. Davor saßen, aufgereiht wie Geschworene auf ihrer Bank, Manager, Trainer, ehemalige Boxer, Ringärzte und zwielichtige Buchmacher. Je nach Jahreszeit wärmten sie sich die Füße an den zischenden Heizkörpern oder saugten das bißchen Sonnenlicht auf, das durch das trübe Fenster drang. Sie sahen zu, sie sahen zu, und dann sahen sie noch ein bißchen zu. Manchmal machte Jimmy Glenn, dem der Club gehörte, die Runde, um Eintrittsgeld zu kassieren. Dann standen die Zuschauer wie aufgescheuchte Tauben auf und gingen auseinander, um sich anschließend, ohne bezahlt zu haben, wieder zu setzen und noch ein bißchen zuzusehen.

Es war eine ehrwürdige, schweigsame Versammlung. Es gibt kein Ritual, das so feierlich abläuft wie das Training von Preisboxern, und nirgends wurde es so streng eingehalten wie im Times Square Boxing Club. Die Wände waren mit Postern von ehemaligen Champions tapeziert: Duran und Tyson, Boom Boom Mancini, Edwin Rosario und Rocky Lockridge. Unter ihren unverwandten Blicken trainierten die vielversprechenden Nachwuchsboxer von heute mit dem Springseil, arbeiteten an der Boxbirne, übten Schattenboxen oder lieferten sich Trainingskämpfe. Das Schlurfen ihrer Füße, das Klatschen der Handschuhe, das Keuchen und Grunzen der Boxer waren die einzigen Geräusche, die man hier duldete. Die alten Männer saßen am Fenster und schüttelten die Köpfe. Und Emile Griffith kicherte. Seine hohe Mädchenstimme wurde von den Brettern, dem Segeltuch, dem schmutzigen Fensterglas zurückgeworfen, als wäre sie ein gefangener Vogel, und er lachte und lachte. »Was ich da gedacht habe?« rief er. »Wann kriege ich mein Geld?« sagte er.

Der Y-förmige Bursche, der gegen Kid Paret angetreten war, hatte ein gemütliches Bäuchlein bekommen. Der Oberkörper steckte in einem geflickten Pullover, die Glatze war unter einer Wollmütze verborgen, die das Gesicht zwei Zentimeter über den Augenbrauen abschnitt; unten verdeckte der Rollkragen des Pullovers den Hals und den Kinnansatz. Es schien, als wären nur die Zähne und die rosige Zunge geblieben.

Die Zähne schimmerten weiß und golden, die rosige Zunge schnellte vor. Die noch immer blitzenden Augen versuchten ein Ablenkungsmanöver. Doch Horst aus Stuttgart ließ sich nicht beirren. »Und danach?« wollte er wissen.

»Wonach?«

»Nachdem Sie Ihr Geld bekommen hatten.«

»Hab ich gegen Ralph Dupas gekämpft.«

»Dupas«, sagte Emile, »und Denny Moyer.« Er hörte für einen Augenblick auf zu kichern und ließ seine Gedanken zurückschweifen. »Denny Moyer«, sagte er. »Tacoma, in der zehnten gewonnen. 'ne richtige Keilerei.« Er kratzte sich an der Nase. »Denny Moyer«, sagte er, »und Jose Stable und Don Fullmer.« Mit jedem Namen wurde er ein bißchen schneller, ein bißchen sicherer, wie eine rostige Draisine, die lange herumgestanden hatte und jetzt wieder in Betrieb genommen wurde. »Ja, genau, Don Fullmer«, sagte er. »Jorge Fernandez und Manny Gonzales. Und Luis Rodriguez.« Er rollte mit den Schultern und schlug eine Finte. »Dreimal gegen Rodriguez.« Er ballte die rechte Faust. »Zäher Brocken«, sagte er. »Verdammt zäher Brocken.« Es war nicht leicht, seinen mit Kichern durchsetzten karibischen Singsang zu verstehen. Namen und

Orte vermischten sich und kamen verstümmelt heraus. Mit jeder Erinnerung steigerten sich das Tempo, das Schlingern, die Drehzahl. Bald flogen die Worte und Erinnerungen verschwommen vorbei, zu schnell, als daß man ihnen hätte folgen können. Und die Namen. So viele Namen. »Dick Tiger.« Ein Krieger. »Und Nino Benvenuti. Und Gypsy Joe Harris und Indian Red Lopez. Und Stan Kitten Hayward.« Raffinierter Kerl. »Mantequilla Napoles.« Weich wie Butter. »Und Willie the Worm Monroe.« Matschig wie Hundescheiße. »Carlos Monzon zweimal und Vito Antufermo, Caveman Lee.« Nach der Nacht mit Paret kamen noch fünfzehn Jahre und achtzig Kämpfe, davon dreiundzwanzig im Garden. »Gute Nächte. Große Nächte«, sagte Emile. »Wirklich große Nächte.« In Hamilton und New Orleans, in San Juan und St. Thomas und Saratoga Springs. »Holley Mims, in der zehnten gewonnen. Guter Boxer«, sagte er. »Aber ich war besser.« Mit seiner unverhofft schnellen Linken und der antäuschenden Rechten, den langen, starken Beinen. »Stan Harrington in Honolulu, in der zehnten gewonnen. Hab ich ihm eine schöne Tracht Prügel verpaßt.« Und seine Mutter saß in der Loge und schrie wie am Spieß, hundertfünfzig Kilo Frau, mit Blumenhut und Federhut, mit Lillie-Langtry-Hut und Carmen-Miranda-Hut. »Meine Mutter ist meine Süße, ich meine, sie hat immer einen Platz in meinem Herzen«, sagte er. Und Emile in rotem Satin, Emile im Leopardenfell, Emile in Gold und Emile in jungfräulichem Weiß. »Gabe Terronez in Fresno, K. o. in der vierten. An den kann ich mich nicht mehr erinnern.« Die Taille war im Lauf der Jahre dicker geworden, der Muskeltonus war nicht mehr so gut, die Schläge, die er früher voll gelandet hatte, gingen jetzt knapp vorbei, die Schläge, die früher knapp vorbeigegangen waren, erwischten ihn jetzt so gerade eben noch. »Nessim Cohen in Paris, unentschieden in der zehnten.« Sein Haar fiel ihm aus – »war ein guter Freund von mir.« Und seine Beine ließen ihn auch im Stich. »Meine Beine«, sagte er, »von denen hab ich gelebt.« Und trotzdem machte er weiter. »Florentino Fernandes. Das war vielleicht ein linker Haken – man hatte das Gefühl, als ob einen die eigene Vergangenheit erwischt hätte.« Dennoch verfügte er noch immer über jenes unbewußte Radar-Warnsystem, das ihn nie ganz im Stich ließ und dafür sorgte, daß er sein Kinn um den entscheidenden Millimeter vor der vernichtenden Rechten zurückzog. »Art Hernandez in Sioux Falls. In der zehnten gewonnen. Tony Licata, in der zwölften verloren.« Dieser Schlag, der ihn nicht einfach umgehauen, sondern fast umgebracht hatte. »Jean-Claude Bouttier, in der siebten verloren. Aber das zählt nicht, war 'ne abgekartete Sache.« Also hatte er geklammert, war in den Clinch gegangen, hatte Punkte gestohlen, schnelle, kurze Rechts-links-Kombinationen geschlagen. Und selbst wenn er verlor, bot er eine gute Show. »Ich war nett«, sagte er. »Ich hatte die Fans auf meiner Seite.« Bis zum Ende. »Ich war ein guter Unterhalter.« Auch in seiner besten, seiner letzten Nacht. »Alan Minter in London, in der fünfzehnten verloren.« Stehend k. o., aber immerhin stehend. »Was wollen Sie?« fragte er. »Das Leben eines Boxers«, antwortete er sich selbst.

Jetzt, da er sich zur Ruhe gesetzt hatte, betätigte er sich hin und wieder als Trainer, hatte ein paar kleine Geschäfte laufen – »ein bißchen hiervon, ein bißchen davon«. Er versuchte, sein Wissen weiterzugeben, doch das, was er wußte, konnte er nicht in Worte fassen. Und diese jungen Burschen von heute scherten sich den Teufel darum, hatten keine Lust zuzuhören. Denen fehlte einfach die Geduld, diesen Klugscheißern. So wie die Dinge lagen, wollten sie alle bloß das dicke Fernsehgeld machen – zwanzig Millionen Dollar für diesen Kampf, dreißig Millionen für den nächsten – und wollten den Preis dafür nicht bezahlen. »Lauter halbgare Bürschchen, lauter Schwätzer«, sagte Emile. »Alles dieselbe Liga.«

»Was kann man da machen?« fragte Horst.

»Man kann lachen«, sagte Emile. »Oder?«

Den Satz kannte Jimmy Glenn auch schon. »Es tut nur weh, wenn ich lache«, sagte er, »und ich lache nur, wenn es weh tut.« Allerdings hatte er für beides keine Zeit. Wenn er nicht im Club nach dem Rechten sah, kümmerte er sich um Jimmy's Corner, seine Bar in der 44. Straße West. Er hatte einen Zwanzig-Stunden-Tag. Eher einundzwanzig, wie er sagte.

Auch er war einer von Bert Sugars Helden. »Wenn der Times Square eine Seele hätte, dann wäre er es«, sagte The Hat.

»Aber«, sagte Jimmy, »dafür kann ich mir nichts kaufen.«

Er war gebaut wie ein Football-Verteidiger und wirkte wie ein schlafender Bär. Solange man ihm seine Ruhe ließ, war er friedfertig. Doch es empfahl sich nicht, ihm schräg zu kommen. Wenn man ihm auf die Zehen trat, spannten sich alle Muskeln seines Körpers an. Die Botschaft war: *Leg dich nicht mit Jim an.* Es gab keinen, der diesen Rat nicht beherzigte.

Die Kraft schenkte ihm allerdings keine Ruhe. Jeden Morgen stieg er im Schlaf aus dem Bett und in die Kleider. Er frühstückte im Schlaf, nahm die U-Bahn und las im Schlaf die Zeitung. Schlafend schloß er die Trainingshalle auf, überprüfte die Geräte und die Bücher und überlegte, ob er das Fenster putzen sollte. Nach der fünften Tasse Kaffee rappelte er sich auf, um ein paar Penner rauszuschmeißen und ein paar andere einzulassen und Garn zu spinnen, bevor es ihn einspann. Irgendwann am Nachmittag schlafwandelte er dann zwei Blocks weit zu Jimmy's Corner, ließ sich im Hinterzimmer in einen abgenutzten Sessel sinken und döste. Doch er fand nie Ruhe. Ein Betrunkener fing an zu krakeelen, eine Frau begann zu weinen. »Irgendwer braucht irgendwas«, sagte er. »Ist immer so.«

Nach zehn Jahren in dieser Tretmühle blieben seine Augen immer offen. Sie waren umgeben von dunklen Ringen, die wie Prellungen wirkten und ihm das Aussehen eines Pandabären gaben, der nach einem langen Flug die Zeitverschiebung noch nicht verkraftet hat. Rings um ihn her kochte und brodelte der Times Square: Straßenräuber schlugen zu, Psychopathen faselten wütend vor sich hin, Sirenen heulten, doch Jimmy sah und hörte nichts. »Bitte nicht stören«, sagte er. »Ich muß mein Geld verdienen.«

Heute wurde er auf dem Weg von der Trainingshalle zur Bar von warmen Böen umweht. Der Mai war gekommen und hatte einen Schirokko mitgebracht. In einer einzigen Nacht waren alle Spuren des Frühlings ausgelöscht.

Der heiße Wind kam den Hudson entlang, fuhr wie der Atem eines Drachen über den Times Square und trug Abfall, lose Reden und Lush Lifes falsche Wimpern mit sich. Gelbliches Licht verwandelte die Kreuzung in eine Filmkulisse, die von einem Staubsturm zerfetzt wurde. Alles, was nicht angenagelt war, flog einem um die Ohren, und damit fielen dann auch die letzten Barrieren. Am Fuß des Denkmals für Father Duffy lagen Straßenjungen auf dem Rücken, sahen den Frauen unter die Röcke und machten zweideutige Bemerkungen. Da die meisten Frauen in dieser Gegend Glitzershorts oder Mikroröcke trugen, hatte das Ganze eher symbolischen Charakter. »Aber apropos«, sagte Lush Life, »in diesem Zusammenhang fällt mir ein...«

Der Zusammenhang war, daß sie ihre Zelte abbrach. Sie trug ihr liebstes Debbie-Reynolds-Kostüm aus dem Film *Tammy*: ein windiges Konditorkittelchen mit dazu passenden Pumps und ein Barett mit rosa Schleier. In der Hand hielt sie ihren Koffer. Ein Stück weiter die Straße hinunter, in Tad's Steaks, wartete Tommy Blalock mit den Tickets. Mit Bus und Zug würden sie nach New Iberia fahren, wo er sie seiner Mutter vorstellen wollte.

Am Abend zuvor, als sie im Moose ihre Aussteuer einpackte, hatte sie ständig eine alte Sinatra-Platte gespielt und mitgesungen. »Love and marriage, love and marriage, go together like a horse and carriage.«

Das Lied machte sie traurig, sie wußte nicht, warum. Solange sie zurückdenken konnte, hatte sie sich nach dieser Art von Romanze gesehnt. Jetzt, da es soweit war, fühlte sie nur Entfremdung. »Als würde es einer anderen passieren.«

Ihr Koffer war voller Fummel. Ihrer Meinung nach dauerten Flitterwochen vier Nächte. Also hatte sie vier Negligés – »weiß für Ingrid Bergmann, schwarz für Cyd Charisse, scharlachroter Satin für Mamie van Doren und bernsteinfarben für Linda Darnell« – und vier Seidenblusen eingepackt. Vier Perücken, vier Stütz-BHs, vier Garnituren falsche Wimpern. Und vier Paar Spitzentaschentücher – Souvenirs von den Killarney-Seen –, zum Winken bei Ankunft und Abreise.

Im Dunkel ihres Zimmers breitete sie ihren irdischen Besitz aus. Die Kleider packte sie ein, den Rest ließ sie zurück. »Geraffel«, sagte sie. »Bedien dich.«

Da waren alte Nummern von *Glamour* und *Cosmopolitan* und drei leere Flaschen Night Train. Da waren Polaroid-Fotos von Lush Life und Velma, von Lush Life und Denise Denise, von Lush Life mit International Chrysis und Vanessa the Undresser. Da waren ein zerlesenes Exemplar von *1001 Krankheiten*, eine Pappschachtel voller Weihnachtsschmuck. Und eine Kinderpuppe in einem rosafarbenen Ballettkleidchen.

Auf dem Korridor war Petros Kassimatis dabei, einen Gast rhythmisch gegen die von Grünzeug überwucherte Mauer zu stoßen. Der Gast, ein kleiner, brauner Mann, wehrte sich nicht und gab kein Geräusch von sich. Als ich vorbeiging, hielt Petros mitten in einem Stoß inne. »Viel zu heiß für Mai«, sagte er und ließ den Gast zu Boden fallen. Der braune Mann lag, das linke Bein nach hinten geknickt, reglos da. »Riecht nach Regen«, sagte Petros. Gelangweilt spuckte er an die Wand. Gelber, vor Schleim dicker Speichel klebte an den Ranken. »Kann man aber noch nicht mit Sicherheit sagen«, meinte Petros.

Ich hatte *Struggles and Triumphs* ausgelesen. Mein neues Buch war *South With Scott*. Ich war an der Stelle, wo Scotts Antarktis-Expedition 1911 den Südpol erreicht, nur um festzustellen, daß der Norweger Amundsen schneller gewesen ist. Niedergeschlagen machen sie ein paar Fotos und teilen sich eine Dose Seehundfleisch, bevor sie sich auf den endlos langen Rückweg zum Basislager machen. Doch das Wetter wird schlechter, die Welt verschwindet in einem Schneesturm. Captain Titus Oates, Scotts treuester und bester Freund, erleidet Erfrierungen. Bald ist ihm klar, daß er sterben muß. Und er weiß auch, daß sein langsames Sterben die Kameraden aufhält. Wenn er nicht schneller stirbt, ist die ganze Expedition verloren. Und so steht er eines Nachts, nachdem er den Eintrag in seinem Tagebuch vollendet hat, auf und schleppt sich zum Zelteingang. Jeder Schritt ist eine Qual, doch er verzieht keine Miene. Die Kameraden, selbst halb verhungert, verfolgen seinen Weg mit stummem Entsetzen. Sie sind zu krank, um ihn von seinem Vorhaben abzuhalten oder sich auch nur zu rühren. Draußen herrscht ewige Finsternis. Leise öffnet Titus Oates den Zelteingang. »Also – frag mich«, sagte Lush Life.

Sie war gekleidet wie ein Mann.

Beziehungsweise wie ein Schuljunge, ein Zehntkläßler. Sie trug einen weinroten Blazer mit einer weinrot gestreiften Krawatte, ein cremefarbenes Button-down-Hemd, eine graue Flanellhose und Schnürschuhe, und anstatt Night Train zu trinken, kaute sie Juicy-Fruit-Kaugummi.

Ihr Gesicht war gewaschen, alle Spuren von Make-up getilgt. Es strahlte rosig und hell – eine lebende Reklame für die Vorzüge von Milch. »Wie sehe ich aus?« fragte sie.

»Sehr nett.«

»Bin ich aber nicht.«

Sie zog die Hose an den Knien hoch, setzte sich auf mein Bett und ließ die Beine baumeln. »Ich bin kein Waschlappen. Bestimmt nicht«, sagte sie.

Das war sie noch nie gewesen. Damals in Patterson, in der Grundschule, hatte es einen Jungen namens Juan Negron gegeben, der Geraldo Cruz einen Waschlappen und Schlimmeres genannt hatte. »Püppchen, Heulsuse, Schwanzlutscher«, hatte er ihm nachgerufen. »Muttersöhnchen«. Aber Geraldo hatte Juan eines Besseren belehrt.

Drei Blocks von der Schule entfernt gab es eine Gasse, die zwischen einer Pizzabäckerei und einer Pfandleihe zu einem unbebauten Grundstück führte. Juan Negron benutzte sie jeden Tag auf dem Heimweg als Abkürzung. Also legte sich Geraldo in einem Hauseingang auf die Lauer. In der Gasse standen Mülltonnen voller Pizza-Abfälle. Der Boden war mit schwarzen, öligen Pfützen bedeckt. In einer lag ein halber Ziegelstein. Und dann kam Juan Negron.

Als er an dem Hauseingang vorbeiging, schlug Geraldo ihn mit dem Ziegelstein nieder. Dann drückte er Juans Gesicht in eine Pfütze und steckte ihn in eine Mülltonne. Pizzastücke, geschmolzener Käse und Teigklumpen klebten an Juans Kleidern und Gesicht. Er war nicht bewußtlos, nur benommen. Geraldo stopfte ihm den Mund voll Peperoni, Champignons, Anchovis, aber Juan rührte sich nicht. Gab keinen Ton von sich. Nicht einmal, als Geraldo ihm das Gesicht zerschnitt.

Draußen war der Wind stärker geworden. Der Luftschacht vor meinem Fenster war voller heulender Geräusche. Ich versuchte mich wieder auf mein Buch zu konzentrieren, doch der Sturm lenkte mich ab. Als ich aufsah, weinte Lush Life.

Sie weinte nicht wie eine Frau, sondern wie ein Kind, wie ein kleiner Junge, der von einem Stärkeren drangsaliert wird. Sie preßte die Fäuste auf die Augen. Rotz lief ihr aus der Nase und vermischte sich mit den Tränen, aber sie wischte nichts davon ab. Sie saß nur da und weinte.

Als das Schniefen und Schluchzen aufhörte, wandte sie sich ab und legte sich bäuchlings auf die Ringelblumen. In der Sohle ihres linken Schuhs war ein Loch. »Sieh mich nicht an«, sagte sie. Dann drehte sie sich um und zeigte sich.

Das rosige, helle Gesicht war grau und schwarz verschmiert. Die Augen waren halb zugeschwollen, und der Mund war verheult und stand halb offen. »Na los«, sagte Lush Life. »Sieh mich nur an.« Sie wischte sich die Nase mit der weinrot gestreiften Krawatte ab. Sie kaute ihren Kaugummi. »Du kannst mich ansehen«, sagte sie, »aber du siehst mich nicht.«

Doch das war in der Nacht gewesen, im Moose. Am nächsten Tag, am Times Square, war sie euphorisch und zitterte vor Erregung. »Ich hab dir *Madame Butterfly* dagelassen, Herzchen«, rief sie. Vor dem Hintergrund des heulenden Windes klang ihre Stimme wie das Klagen einer Sirene. »Ich werde die Platte nicht mehr brauchen.«

»Und *South Pacific?*«

»Die nehme ich mit.«

Sie überquerte die 44. Straße und schwenkte bei jedem Schritt die Hüften. Ein Bauarbeiter sank mit gefalteten Händen und flehendem Blick vor ihr in die Knie – die Karikatur des hingebungsvollen Verehrers. »Einen Kuß, nur einen einzigen Kuß«, bettelte er. Doch Lush Life lächelte nur und schüttelte den Kopf mit der platinblonden Perücke. »Ich bin schon einem anderen versprochen«, sagte sie.

Eine Bö schob sie vor sich her und wirbelte Schmutz auf. Pappkartons und Aluminiumdosen jagten einander über den Bürgersteig, und die bösartig schwefelgelben Augen der Straßenlaternen leuchteten, obgleich es heller Nachmittag war. »Gebt acht auf eure Seele – sie ist leicht verderblich«, stand auf dem Plakat eines Erweckungspredigers.

Der Times Square ebenfalls. Er war auf die Schnelle geplant worden, improvisiert wie in einer Wildwest-Stadt. Nachts überdeckte das Neonlicht die Risse und verlieh allen Makeln einen kurzzeitigen falschen Glanz. Bei Tageslicht aber stand der Platz nackt da- ein Durcheinander aus Pappwänden, Streben, Stützkonstruktionen und falschen Fassaden.

Es war schon immer eine wilde Gegend gewesen. Im neunzehnten Jahrhundert hatte sie Longacre geheißen. Es war das Viertel der Hufschmiede und Mietställe gewesen, das Zentrum für alle Gewerbe, die mit Pferden zu tun hatten. Die Ecke Broadway/42. Straße hieß damals nur »die Räuberhöhle«. Auf Fotos aus jener Zeit sah man breite, ungepflasterte Straßen, ideale Schweinesuhlen, gesäumt von Bretterbuden und zerlumpten Männern, die in den Eingängen auf unvorsichtige Fremde lauerten. »Und was hat sich hier verändert?« fragte Jimmy Glenn. Nur der Maßstab und die Bewaffnung.

In den neunziger Jahren des neunzehnten Jahrhunderts kam das schnelle Geld. Der Broadway als Vergnügungsmeile stieß in einem solchen Tempo vor, daß an dem Stück nördlich der 34. Straße, das fünfundzwanzig Jahre zuvor noch ganz frei gewesen war, bald ein Haus neben dem anderen stand. Da es unmöglich war, noch ein Gebäude hineinzuquetschen, übersprang Oscar Hammerstein I. diesen Abschnitt einfach und eröffnete das Olympia mit drei Theatern und dem Paradise Roof Garden an der 44. Straße. Der Rest des Wolfsrudels folgte ihm dicht auf den Fersen.

Für einen Connoisseur absurder Späße war die Eröffnung des Olympia im Jahr 1895 ein Glanzlicht. Hammerstein, ein dicklicher kleiner Mann mit Gehrock, Knebelbart und langer schwarzer Zigarre, genoß es, seinen Mitmenschen derbe Streiche zu spielen. Vielleicht war das der Grund, warum er beschloß, die Eröffnung seines Traums an einem Abend spät im November stattfinden zu lassen. Es waren Regen und ein Hagelsturm angekündigt.

Zur festgesetzten Zeit entstiegen die geladenen fünftausend festlich gekleideten Gäste ihren Kutschen. Eigenartigerweise fanden sie die Türen verschlossen, den Zugang versperrt. Es begann zu regnen. Kurz darauf schüttete es wie aus Eimern. Die Menge lief in Zylindern und Pelzmänteln auf dem Bürgersteig durcheinander. Panik kam auf. »Mit der Kraft mehrerer Rammböcke«, schrieb die *Times*, »warfen sie sich gegen die Pforten dieses neuen Vergnügungspalastes und brachen sie auf.« Doch ihre Qualen hatten erst begonnen. Die Treppen waren versperrt und unbenutzbar, und die frische Farbe an den Wänden war noch nicht getrocknet. Bald waren die Gäste rot, gelb und grün gestreift. »Das macht nichts, es ist bloß Wasserfarbe«, sagte Oscar Hammerstein, als die Leute über die Sitzreihen des Zuschauerraums auf die leere Bühne stürmten. Als Eröffnungsattraktion hatte man Yvette Guilbert angekündigt, doch sie war durch Marionetten, eine Verwandlungskünstlerin und eine Truppe einbeiniger Akrobaten ersetzt worden. Draußen verwandelte sich Schneeregen in Hagel, »gebauschte Ärmel wurden plattgedrückt, kunstvolle Lockenfrisuren fielen im Gedränge in sich zusammen, Hosen bekamen Schlammspritzer, Kleider Risse, und immer noch schob sich die Menge dicht gedrängt in das Gebäude.« In seiner Privatloge trank Oscar Hammerstein Champagner, aß Hummer und zündete sich eine Zigarre an, während sich die geschlagene Armee der fünftausend geladenen Gäste »durch den Matsch und Schlamm von Longacre in südlicher Richtung zurückzog«.

Am nächsten Tag platzte im Keller eine Rohrleitung. Zwei Menschen kamen ums Leben, zahlreiche andere wurden verbrüht. Der Times Square hatte sein Debüt gefeiert.

Es ist kaum verwunderlich, daß das Olympia – und mit ihm Hammerstein – bankrott machte. Doch schon bald war er wieder da, und zwar in bester Form. 1900 eröffneten er und sein Sohn Willie das Victoria, die Hausbühne der Cherry Sisters. Sie wurden als die schlechteste Nummer in ganz Amerika angekündigt. Vor der Bühne war ein Netz gespannt, welches das faule Obst und Gemüse auffangen sollte. Vor und nach den Cherry Sisters traten unter anderem Sarah Bernhardt, Charlie Chaplin, Lillie Langtry, die Marx Brothers, Fannie Brice, Houdini, W. C. Fields und natürlich Armand Kalisz, »der Inbegriff des Savoir-faire«, auf.

Die Hammersteins waren nun nicht mehr aufzuhalten, und das galt für die ganze Gegend. In den nächsten zwei Jahrzehnten war der Times Square ein Synonym für den Broadway, und der Broadway schien das Paradies auf Erden zu sein. Marian Spitzer gibt in ihrer Geschichte des Palace Theatre eine bewegende Schilderung, wie sie als kleines Mädchen von ihrem Vater in eine Matinee in der 42. Straße mitgenommen wurde, um Mary Pickford und Lillian Gish zu sehen. Danach gingen sie ins Knickerbocker Hotel, wo Caruso wohnte, und tranken heiße Schokolade; anschließend spazierten sie in der leuchtenden Abenddämmerung den Broadway hinunter: »Es war einen Tag vor Ostern, ein schöner, aber kalter Tag, und der Wind wirbelte die Röcke der Damen hoch, so daß man ihre knöchelhohen, geknöpften Schuhe sehen konnte. Das war 1913, und kein anständiges Mädchen trug auf der Straße Slipper.«

Sie gingen nur fünf Blocks weit, aber auf dieser Strecke kamen sie am Times Tower und am Victoria vorbei, an Shanleys Hummerpalast und Consodines Metropole, an George M. Cohans und David Belascos Haus und am Paradise Roof Garden. Und am Astor Hotel, vor dem private Kutschen aufgereiht standen, am Cadillac, wo Eugene O'Neill geboren worden war, und an George Rectors Restaurant an der 43. Straße, das nur an dem beleuchteten Greif über dem Eingang zu erkennen war: Es war das berühmte Rector's, wo Diamond Jim Brady und Lillian Russell und John Drew und die Barrymores und alle Florodora-Revuegirls dinierten. Diese Schönheiten posierten, eine nach der andern, an der Drehtür und tanzten dann zur Melodie ihres neuesten Hits an ihren Tisch.

Es war eine von Europa inspirierte Idylle, ein transplantierter Traum der *boulevardiers*. Die Welt des Rector war im Grunde dieselbe wie die des Maxim oder des Café Royal: ein Champagner-und-Hummer-Spielplatz, wo Blaublütige, zwielichtige Existenzen, Finanzjongleure und Künstler sich ein Stelldichein gaben und wo es nur eine einzige Regel gab, die nicht bloß existierte, um gebrochen zu werden. »Die Form muß gewahrt werden«, gebot George Rector, »sonst ist die Gesellschaft zum Untergang verurteilt.«

Doch diese Epoche fand mit der Prohibition ein Ende. Der Broadway wurde in den Untergrund getrieben und hatte keinen Grund mehr, die Form zu wahren. Extravaganzen, über die man einst nur hinter vorgehaltener Hand gesprochen hatte – nackte Revuegirls, die bei Sherry's aus Geburtstagstorten sprangen, Evelyn Nesbit auf ihrer Schaukel aus rotem Samt –, wurden nun geradezu gefeiert. Exzesse fanden nicht mehr in schuldbewußter Heimlichkeit statt, sondern bekamen, als Gesten selbstgerechter Provokation, eine Öffentlichkeit. Jeden Abend begrüßte Texas Guinan, die neue Leitfigur des Times Square, ihre Gäste im El Fay mit dem Ruf, der zu ihrem Markenzeichen geworden war: »Hallo, ihr Scheißer!« und ließ damit den ehrwürdigen George Rector wissen, was sie von ihm hielt. »Die Form? Daß ich nicht lache! *Die* Gesellschaft hat sich verabschiedet.«

Auf die eine oder andere Weise hatte sich diese Einschätzung erhalten. »Was ist das Besondere am Times Square? Die Freiheit, auf alles zu scheißen«, sagte Bert Sugar. Er betrachtete seine erkaltete Zigarre und kaute gelangweilt auf dem Stummel herum. »Das ist die amerikanische Lebensart.«

In Jimmy's Corner hing er schrecklich zugerichtet in den Seilen, wollte sich aber nicht auszählen lassen. Der 1. Mai war traditionell der Tag des rituellen Hutwechsels. Nach dem Mittagessen bei O'Reilly's ging Bert hinaus, nahm feierlich den Winter-Filzhut ab und überreichte ihn dem ersten Passanten, der den Eindruck machte, als könnte er ihn brauchen. Dann überquerte er den Broadway, betrat das Hutgeschäft J. J. Hats und suchte sich einen Panama für den Sommer aus.

Heute war seine Wahl auf einen cremefarbenen, breitkrempigen Hut mit einem schlichten schwarzen Band, einen sogenannten Napoli, gefallen. Innerlich jubelnd trat er hinaus und mußte feststellen, daß die Straße in heller Panik vor dem Schirokko floh. Bevor er reagieren konnte, hatte ihm ein Laternenpfahl den neuen Panamahut vom Kopf gestoßen, und nun wirbelte ihn der Wind die 33. Straße hinunter. Als Bert ihn nach drei Blocks eingeholt hatte, wünschte er, er hätte sich die Mühe gespart.

Die traurigen Überreste lagen auf der Theke. Der Hut war verschmiert und zerdrückt, ein zackiger Riß klaffte in der Krone, und er hatte große Ähnlichkeit mit Judy Garlands ramponiertem Zylinder in *Easter Parade*. »Neapel sterben sehen«, sagte Bert. Jimmy Glenn schenkte ihm einen doppelten Whiskey ein und riß ein eulenhaftes Auge auf. »Laternenpfähle«, sagte er. In diesem einen Wort lag eine ganze Geschichte des Kummers.

»Ein guter Mann«, lautete Emile Griffith' Urteil über Glenn; in der Welt des Boxens gab es kein höheres Lob. Jimmys Vater war Prediger gewesen und hatte seinen Sohn dazu erzogen, seinen Mitmenschen zu dienen, für sie zu sorgen und sie zu leiten. Als junger Mann hatte Jimmy eine Amateur-Boxschule in Harlem gehabt und die Mitglieder von Jugendbanden von der Straße geholt. Als die Stadt ihn vertrieb, zog er nach Downtown.

Er besaß nicht nur die Boxschule am Times Square, sondern trainierte dort auch selbst die Talente, die er entdeckt hatte. Manchmal waren es wirklich vielversprechende Jungen, der Stoff, aus dem berühmte Kämpfer sind. Dann war er ihr Ersatzvater. Er gab ihnen zu essen und kleidete sie ein, er bildete sie aus und baute sie zu Herausforderern auf. Zwei seiner Schützlinge, Howard Davis und Terrence Alli, waren sogar zu Weltmeisterschaftskämpfen angetreten. Und dann hatten sie ihn verlassen. »Ist jedesmal dasselbe. Dieselbe alte Nummer«, sagte Jimmy. »Irgendein Schlaumeier setzt ihnen einen Floh ins Ohr und verspricht ihnen das Blaue vom Himmel. Und sie steigen drauf ein. Vergessen, wo sie herkommen und wie sie von dort hierhergekommen sind. Hören auf, richtig zu trainieren, hören nicht mehr zu. Machen nur noch Mist. Und dann dauert's nicht mehr lange, und sie werden auseinandergenommen. Dann kennen die Schlaumeier sie nicht mehr, und sie kommen wieder angekrochen. Aber was kann ich ihnen schon groß sagen? *Zu spät – du hast deine Zeit gehabt, und die ist jetzt vorbei.*«

Die Empörung ließ seine Lider beben. Sie beruhigten sich bald wieder und verschwanden unter den Bluthundfalten. Doch der Stachel saß tief. »Glauben Sie, es tut nicht weh, wenn man hängengelassen wird?« fragte er. »Ich kann Ihnen sagen: Es tut verdammt weh.« Er hatte sechs Kinder aus seiner ersten Ehe, und alle hatten studiert. Sein Sohn aus seiner jetzigen Ehe zeigte Talent als Cartoonist. Trotzdem ließ ihm die Tatsache, daß seine Schule keinen Champion hervorgebracht hatte, dieses Gefühl, daß etwas noch unerledigt war, keine Ruhe. »Aufgeben«, sagte er, »ist nichts, was mich sonderlich beeindruckt.« Er hatte ein neues Talent an der Hand, John Wesley Meekins, *einen guten Jungen.* Ein Junior-Weltergewicht, gute Jabs, ein guter Arbeiter. Keine Drogen, keine Frauengeschichten, keine schlechten Freunde, die ihm die falschen Ratschläge gaben. »Eine runde Nummer. Er hat alles, was man braucht«, sagte Jimmy. Einundzwanzig Kämpfe gewonnen, einen verloren, sechzehn K. o.s, einen gewaltigen linken Haken. »Und intelligent, verdammt intelligent«, sagte Jimmy. Er hatte die Augen geschlossen und ließ den Kopf auf die Brust sinken. »Kann eigentlich nicht schiefgehen«, sagte er. »Kann eigentlich überhaupt nicht schiefgehen.«

Jimmy's Corner war zu meinem Uptown-Hauptquartier geworden. Die Bar lag nicht weit vom Moose entfernt, und bis zu Hannah Sophias Wohnung, dem neuesten Zwischenlager für Sasha Zims Schlagzeug, waren es nur drei Blocks. Hannah Sophia war eine muskulöse Teutonin und vermutlich die einzige seriöse Masseurin in der Geschichte des Times Square. Sie wog gut zehn Kilo mehr als Sasha und hielt ihn an der kurzen Leine. Nur wenn sie damit beschäftigt war, am Central Park West Rücken zurechtzubiegen und Hälse einzurenken, durfte er zum Spielen auf die Straße. »Bin ich zu alt, um auf Pudding zu hauen wie früher«, gestand er mir. Dabei wirkte er aber wohlgenährt und zufrieden. »Ich denke, vielleicht im Grunde von Wesen ich bin kein Aufgänger«, sagte er.

Jimmy's Corner war der Prototyp einer Times-Square-Bar,

ein schmaler, dunkler Schlauch, der sich nach hinten ins Nichts und zu den Toiletten erstreckte. Die Theke war mit Polaroid-Fotos von krakeelenden Stammgästen gepflastert, an den Wänden hingen alte Bilder von Boxkämpfen, und die Bedienungen trugen Hot pants und oberschenkelhohe Stiefel. Von der durchhängenden Decke baumelte das ganze Jahr über Lametta und Christbaumschmuck.

Dieser Block – 44. Straße West zwischen Broadway und Sixth Avenue – war einer der wüstesten in dieser wüsten Gegend. Doch die Corner war davon ausgenommen. »Wenn einer kommt und Ärger machen will, bitte ich ihn, sich's noch mal zu überlegen«, erklärte Jimmy Glenn. »Und schon will er keinen Ärger mehr machen.«

Wer hier eintrat – Huren, Boten, Taxifahrer, Junkies, Kellner, Bauarbeiter, Journalisten –, gab seine Waffen an der Tür ab. Man kam, um sich zu entspannen, und dabei war nur ein dezentes Gemurmel zu hören. Danach ging man frisch und ausgeruht wieder an sein Tagwerk.

Sashas Platz war an der Mitte der langen Theke, direkt vor dem Zapfhahn. Er selbst trank nicht viel, hatte noch nie viel getrunken, weil er davon Nasenbluten bekam. Dennoch gefiel ihm der Gedanke. »Ist sehr Broadway, ja?«

»Sich zu betrinken?«

»Großer Star sein«, sagte er, »und anderen auf Stiefel kotzen.«

Seine Kopfverletzungen waren gut verheilt, doch der Rest war zweifelhaft. Vor dem Überfall hatte er ein ausgefülltes Leben gehabt. Er war damit zufrieden gewesen, auf dem Broadway zu sein und ihn jeden Tag seines Lebens zu rühmen und zu preisen. Aber Jubeln allein reichte ihm jetzt nicht mehr. Er war erschöpft und verspürte das Bedürfnis, etwas anderes zu tun.

»Schlafen, eventuell auch trommeln«, sagte er. Es gab da

eine Band namens The O'Fays – lauter Weiße, die sich wünschten, schwarz zu sein. Sie übten in einer ehemaligen Synagoge, unten in Loisaida, und möbelten alte schwarze Hits aus den Sechzigern auf: Otis Redding, Ann Peebles und King Floyd, Booker T und Solomon Burke. Zwei von ihnen stammten aus Marseille, zwei aus New Orleans, einer aus Krakau und einer aus Jakarta, der Leadgitarrist war aus einem Londoner Vorort und der Sänger aus Jersey City. Und der Schlagzeuger? »Aus Nowokus«, sagte Sasha.

Waren sie gut? Gut genug, so wie es aussah. Ein Agent, der Nachwuchs für Clubauftritte in den Südstaaten suchte, hatte sie gehört und irgendwas gemurmelt. »Hat er uns leise gelobt«, sagte Sasha. »Und geraten, unsere Jobs nicht aufzugeben.«

Dennoch hoffte er. Er hatte das Gefühl, daß der Augenblick gekommen war, die Stadt hinter sich zu lassen und auf Tournee zu gehen. Wenn er dann wieder zum Broadway zurückkehrte, würde er erholt, würden die Narben verheilt sein. Beim zweiten Mal würde er die Stadt erobern. »Das weiß ich«, sagte er. Vielleicht als Schlagzeuger, vielleicht auch als Zauberer. Auf jeden Fall war es ihm bestimmt, ein Star zu werden und seinen Namen in Neonschrift zu sehen. »Und richtig geschrieben.« Bei diesem Gedanken leuchtete seine Narbe. »Das weiß ich«, sagte er.

Das mit der Zauberei war keine billige Rhetorik. »Preiswert vielleicht, aber nicht billig.« Max Gambon hatte ihm die Grundbegriffe beigebracht, und seitdem hatte er geübt und geübt. In letzter Zeit hatte er, wenn Hannah nicht aufpaßte und das Wetter mitspielte, sogar als Straßenkünstler vor den Broadway-Theatern gearbeitet.

Seine Nummern waren noch rudimentär und wirkten etwas zusammengestoppelt. Feuerschlucken und Jonglieren war nicht seine Sache, ebensowenig wie Gedankenlesen. Doch er besaß die Fingerfertigkeit des Schlagzeugers. Die Tricks mit Spielkarten, Seidentüchern und Würfeln gingen ihm glatt von der Hand. Besonders geschickt war er, wenn es darum ging, Münzen in Scheine zu verwandeln und beides verschwinden zu lassen. »Wie Freiheits-Dieb«, sagte er. »Dann, als Zugabe, lasse ich Leuten die Hosen herunter.«

»Aber nicht hier, daß wir uns da verstehen«, sagte Jimmy Glenn.

»Natürlich nicht hier«, sagte Sasha entrüstet. »Nur auf Großem Weißem Weg.«

Es war ein Mittwoch nachmittag, und Matineevorstellungen waren seine Stärke. Er zog sich auf die Toilette zurück. Als er verschwand, war er ein Niemand, doch der Mann, der heraustrat, war Rasputin, der wahnsinnige Mönch – komplett mit Bart, schwarzem Umhang und schwarz getönten Kontaktlinsen, die seinen Augen den stechenden Blick eines Darth Vader verliehen. »Brennt wie zehntausend Bienen«, sagte er, »aber was Teufel – muß man in Kauf nehmen für Kunst.«

»Bienen brennen nicht«, sagte Jimmy. Seine Augen blieben geschlossen, seine großen Hände rührten sich nicht. »Bienen stechen.«

»Diese Bienen nicht«, sagte Sasha.

Er raffte den Umhang, rauschte hinaus und wandte sich nach rechts. Durch die 44. Straße West fegte noch immer der Wind, doch Sasha warf sich ihm beherzt entgegen. Der Rasputin-Bart wurde über seine Schulter geweht wie der Schal eines Schuljungen.

An der Shubert Alley schloß sich uns ein Jongleur in einem Bugs-Bunny-Kostüm an; vor dem Theater, in dem *Les Misérables* gespielt wurde, standen zwei blinde Jungen aus Alabama und sangen Choräle *a capella*. Davon abgesehen hatte Sasha keine Konkurrenz. Straßenkünstler sah man nur noch selten.

Sie waren nicht organisiert, und somit hatten sie in New York schlechte Karten.

Vor zehn Jahren, vor der »Räumt-den-Times-Square-auf«-Kampagne, waren Zauberer noch nicht vogelfrei gewesen. Im Gegenteil: Man hatte diese Art von Unterhaltung gefördert. Vor jedem Broadway-Theater gab es Pausenshows, und die Großen dieser Szene, wie zum Beispiel Mal Cross, waren Berühmtheiten. »Stars der Straße und der U-Bahn.«

Cross war eine Cyrano-de-Bergerac-Gestalt mit weitem Seidenumhang, gezwirbeltem Schnurrbart und Schlapphut mit aufgebogener Krempe; seit den frühen siebziger Jahren trat er vor den Theatern auf. Sein Vater hatte gern und oft um hohe Beträge gespielt, und als er starb, war Cross »völlig pleite und außerordentlich charmant und geistreich, aber ohne irgendeinen Beruf, mit dem man Geld hätte verdienen können. So etwas wie ein verarmter Adliger.« Also eröffnete er in einem Penthouse einen Pokersalon, um die Schulden abzuzahlen, und brachte dann die Fingerfertigkeit, die man im Umgang mit Karten brauchte, als Straßenzauberer zur Geltung. Und er war gut. »Ach, Sie hätten mich sehen sollen«, sagte er. »Ich war ein leuchtender Komet.«

Zu seinen besten Zeiten hatte er pro Abend hundert Dollar verdient. Doch die guten Zeiten waren lange vorbei. »Damals lag ein Zauber über all dem. Der Zauber der Bühne.« Er betrachtete die Überreste – einen Hasen, zwei blinde Jungen und Sasha – und hob den Blick zum Himmel oder zur Minolta-Reklame, je nachdem, was zuerst kam. »Ein leuchtender Komet«, sagte er.

In diesen mageren Jahren suchten alte Zauberer Zuflucht im Edison Hotel in der 46. Straße. Meist hockten sie um einen Tisch in den hinteren Regionen des Cafés herum.

An jedem Werktag zur Mittagszeit versammelten sich hier

Magier: Zauberer und Taschenspieler, Kartenschläger und Tuchspezialisten, Verwandler und Gedankenleser, Allround-Eskamoteure, Meister der Täuschung. Ihr Durchschnittsalter lag irgendwo in den Siebzigern; im Edison hießen sie »die Merlin-Bande«.

Man war sich einig, daß der Oberzauberer Mike Bornstein, geborener Kolmar, war, der Magische Mandarin, ein handfester, pragmatischer Mann, der nicht den Eindruck machte, als sei er zum Taschenspieler geboren, und doch war ebendies seit einem halben Jahrhundert sein Beruf. »Hatte meinen eigenen Laden für Zauberartikel, am Broadway, gleich bei der 51.«, sagte er, »neben dem Capitol, einen halben Block von Lindy's entfernt.« Er rührte in seiner Tagessuppe und starrte gedankenverloren auf die Wellen. »Aber das«, sagte er, »war natürlich, bevor alles den Bach runterging.«

Das war das allgegenwärtige Times-Square-Lamento. Zeitpunkt und Auslöser der Katastrophe differierten je nach Alter und/oder Beruf des Beschwerdeführers. Mal war der Krieg schuld oder die Prohibition, mal waren es Gangster, Schwarze, Spekulanten, Wohlfahrtshotels oder Aids. Im Grunde aber änderte sich die Geschichte nicht: Einst war der Broadway verzaubert gewesen, doch das war nun vorbei, und es lag alles in Trümmern.

Bei der Erinnerung daran legte sich Mike Bornsteins Glatze in Falten und begann dunkelrot zu glühen. »Hier war ein Volksfest, Tag und Nacht. Es hörte einfach nie auf«, sagte er. »Ganz gleich, zu welcher Tageszeit man auf die Straße ging – man bekam immer Wunder zu sehen. Ich rede hier von *Verzauberung*. Und die Persönlichkeiten, die Gestalten! Ich könnte Ihnen Geschichten erzählen... All die großen Komödianten bei Lindy's. Walter Winchell, Milton Berle. Und die Ganoven, die Schlaumeier. Ein paar davon vielleicht Mörder, vielleicht auch bloß schlechte Schauspieler. Aber damals hielten die sich natürlich zurück, und wer keinen Ärger wollte, der kriegte auch keinen. Was ich sagen will, ist: Die gehörten einfach zur Show. *Die Show aller Shows!* Und die Menge, die kam, um sie zu sehen – kunterbunt. So ein Publikum hat's nirgendwo sonst gegeben. Jeden Tag und jede Nacht. Tausende und Millionen. Um drei, vier Uhr morgens waren sie immer noch unterwegs, auf und ab, auf und ab. Nach dem Theater machen wir noch eine Sause, und nach Hause geht's erst, wenn der Morgen graut. Fast in jedem Block gab's einen Zauberladen oder ein Geschäft mit irgendwelchen erstaunlichen Scherzartikeln. Tricks und Kuriositäten. Einfach albernes Zeug. Harmlos. Gummischlangen, falsche Nasen, solche Sachen eben. Oder Harmonikas. Damals wurden viele Harmonikas verkauft. Die Leute stehen vor den Schaufenstern, sehen irgendwas Albernes und denken: Warum nicht? Sie kriegen einfach Lust, so was zu haben, also kaufen sie's. Warum auch nicht? Sie zahlen gutes Geld und haben ein bißchen Spaß mit dem Ding. Und sie haben keine Angst. Vor nichts! Sie sind auf dem Broadway, und es kann ihnen nichts passieren.«

Wieso es dann den Bach runtergegangen sei? »Wegen der Minderheiten«, sagte er. Vor dem Krieg war der Times Square, wie der ganze Downtown-Broadway, ausschließlich den Weißen vorbehalten gewesen. Jazzmusiker aus Harlem durften, wenn sie gut waren, in der 52. Straße spielen. »Und es gab Schuhputzer, Gepäckträger, Dienstmädchen«, sagte Bornstein. »Aber ausschließlich Dienstleistungsjobs. Da gab es kein Durcheinander, keinen Ärger.«

»Ärger« war milde ausgedrückt. Mit einemmal strömten Leute, die bis dahin immer gewußt hatten, wo ihr Platz war, »Neger und so weiter«, auf den Broadway – eine Überschwemmung. Und diese Leute waren sauer. »Die meisten noch ganz jung, aber stinksauer. Mit einer Wut im Bauch, so groß wie das Empire State Building.« Früher hatte es so ausgesehen, als nähmen diese Leute ihr Schicksal hin, als lebten sie von der Hoffnung. Sie hatten einen eigenen Broadway, an der 125. Straße. Da drängten sich die Theater, die Nachtclubs, die teuren Restaurants. Aber die Stadt hatte Harlem aufgegeben und es sterben lassen. Die Theater und die Clubs wurden mit Brettern vernagelt, und die, denen man das weggenommen hatte, kamen in Scharen in den Süden. Sie waren empört, »als hätte ihnen einer was angetan. Wie ich schon sagte: eine ganz schlechte Einstellung.« Als ob sie sich das, was sie wollten, mit Gewalt nehmen müßten. »Und das taten sie auch. Mit beiden Händen«, sagte Mike Bornstein. »Sie haben sich genommen, was sie kriegen konnten, und noch mehr.«

Die Veränderung kam nach dem Krieg. Bis Ende der vierziger Jahre schloß er seinen Laden erst um drei Uhr morgens mit einem einfachen Vorhängeschloß ab. 1950 machte er um zwölf zu und legte Stahlriegel vor. Dann um zehn Uhr abends, mit Rolläden, und dann gab er auf. »Weg mit Schaden«, sagte er. »Sayonara, Adieu.«

Seitdem trat er in Zaubershows in ganz Amerika auf, gab Privatunterricht, schrieb Bücher wie *Money Magic* und *Mike Bornstein's Triple Threat Reverse*. Jobs kamen und gingen, aber das tägliche Mittagessen im Edison blieb. »Ein Zentrum. Ein Mittelpunkt«, sagte er. Er bröselte Brotstückchen in die Suppe – ein Mann mit einer kräftigen Statur und geschickten Händen. »›Der unbewegte Mittelpunkt des Kreises‹«, zitierte er und runzelte die Stirn. »Das ist von Tony Slydini.«

Wie alle Zauberer sprach er oft von Slydini. Als Virtuose des Close-up, als Großmeister der Täuschung, als Erfinder des Imp Pass und des Resolve war er der König der Illusionisten. »Die Essenz«, sagte Mike Bornstein.

Diese Verehrung galt nicht seinen körperlichen Fertigkeiten. Was seine Fingerfertigkeit betraf, so war er gerade Durchschnitt. Seine Genialität lag auf dem Gebiet der Psychologie. »Die Magie des Geistes«, sagte Bornstein. »Was ich meine, ist: Er brauchte Sie bloß anzusehen und konnte in Ihnen lesen wie in einem offenen Buch, konnte mit Ihnen machen, was er wollte.«

Slydini war inzwischen uralt und lebte in einem Altersheim außerhalb der Stadt. Bis vor kurzem aber hatte er noch in einem Apartment-Block im Theater District ausgeharrt. Dort hatte ich ihn besucht.

Er lebte im Halbdunkel. Sein Besuchszimmer mit den doppelten blauen Vorhängen war in schwaches rosiges Licht getaucht. Von irgendwoher kam sanfte Musik, und in der Luft lag ein leichter Zedernholzduft. Ich kam mir vor wie bei einem Bestattungsunternehmer.

Slydini war damals achtundachtzig – ein gebeugter, sehr fragiler Mann. Über seinen Augen lag ein milchiger Film. Zeit seines Lebens hatte er sich überaus elegant gekleidet, und es umgab ihn noch immer ein Hauch von Grazie. Sein fein geschnittenes Gesicht wirkte zerbrechlich wie Porzellan, und seine Haut war durchscheinend und hatte einen silbrig-bläulichen Schimmer. Wenn er entspannt, das Gesicht dem Licht zugewandt, dasaß, hatte sein Kopf Ähnlichkeit mit einem Totenschädel. Die langen Hände mit den nikotingefärbten Fingern zitterten unkontrollierbar.

Er sprach stockend und mit starkem Akzent. Sein eigentlicher Name war Quintino Marucci. Er war in Italien geboren, in Buenos Aires aufgewachsen und erst mit Mitte Dreißig nach Amerika gekommen. Zehn Jahre lang hatte er sich mehr schlecht als recht durchgeschlagen. 1940, als er bei seiner Schwester in Boston lebte, nahm er ein Fünf-Dollar-Engagement für eine Gemeindefeier in einer Kirche an. »Damit ich ein Geschenk kaufen kann«, sagte er. »Und Sie können mir glauben: Ich habe es satt. Immer ich bin ein Versager, nie hört das auf. Aber die Kirche ist schön. Das muß ich sagen. Sie ist schlicht, aber weiß und hell, und Garderobe ist sauber.«

Er war ziemlich früh da und ging seine Nummer noch einmal durch. Ein anderer Mann kam und setzte sich auf seinen schweren Koffer. Der Mann machte ein böses Gesicht. »Als ob die ganze Welt ihm unrecht tut. Als ob es überall stinkt«, sagte Slydini. »Ich frage ihn, wann die Vorstellung anfängt und wie viele Leute kommen – dumme Fragen eben, nur um freundlich zu sein, verstehen Sie, und ihm zu zeigen, was für ein netter Mensch ich bin. Aber der Mann starrt mich nur an und gibt mir knurrige Antworten und ist gar nicht nett.« Bei der Erinnerung daran schloß Slydini die Augen. Die Lider waren so zart wie Schmetterlingsflügel. »Sehr ungehobelter Mann«, sagte er. »Das können Sie mir glauben.«

Der Mann hieß Sayso, und er war der Komiker. Als Slydini auf die Bühne ging, stand Sayso in der Seitenkulisse und sah ihm zu, aber noch immer lächelte er nicht und ließ durch nichts erkennen, daß Slydinis Nummer ihm gefiel. »Danach, in der Garderobe, sagt er: ›Seien Sie morgen um zwölf Uhr an der Ecke Tremont Street/Boilstone Street.‹«

Am nächsten Tag gab es einen Schneesturm. Slydini mußte sich durch Schneewehen kämpfen und kam eine halbe Stunde zu spät. »Aber Sayso wartet. Ohne ein Geräusch zu sagen, nimmt er mich am Arm und führt mich zu einem Agenten, und der wartet mit einem Vertrag: fünfzehn Dollar am Tag, das Queens Theatre in Quincey. Und danach trete ich auf im Joyland, einem Nachtclub, für fünfundzwanzig Dollar, und dann überall, im ganzen Land. Ich bin, wenn Sie wollen, eine Attraktion. Ein gemachter Star.«

Das Wort schien ihm keine Freude zu bereiten. Er verzog den Mund mit den schmalen Lippen, die Augenlider senkten sich, als wäre ihm ein unangenehmer Geruch in die Nase gestiegen. ›Ich bin kein Prahler‹, sagte sein Gesicht, ›kein eitler Mensch.‹ »Wenn das Schicksal mir keinen guten Engel geschickt hätte, dann, glauben Sie mir, wäre ich nie auf einen grünen Ast gekommen. Ich sitze damals immer nur da«, sagte er, »und warte auf Sayso.«

Diese Art von mystischem Eingriff war bezeichnend für seine ganze Karriere. Laut Mike Bornstein, der sich einst ein Apartment mit ihm geteilt hatte, war Slydini immer ein sanfter, stiller Mensch gewesen, »ein Kind im Mann, ein Kind, das ständig staunt«. Und so hatte eine ganze Reihe von Engeln – Sayso, Nat Bernstein, Blanca Lopez und Murray Celwit – für seinen Ruhm gesorgt, während er sich in die Betrachtung von Wundern versenken konnte. »Reine, intelligente Magie, ›Intelligenz, die zu Zauberei wird‹«, schrieb der große katalanische Illusionist Ascanio, »eine Magie mit großer Durchschlagskraft, eine visuelle, spektakuläre Magie voller unendlicher Überraschungen, mit Effekten, die einen immer wieder sprachlos machen, immer im Crescendo, immer verblüffender...«

Diese Effekte, *direkt und kompromißlos wie der Stoß eines Fechters*, wurden mit einfachsten Hilfsmitteln erzielt: einer Zigarette, ein paar Münzen, einigen Papierbällen. Das Geheimnis lag, wie Slydini selbst sagte, ausschließlich im Timing. »Stellen Sie sich einen Mord vor«, sagte er. »Eine Pistole wird abgefeuert, ein Mann fällt tot zu Boden. Das Publikum, die Zuschauer – was sollen sie denken? Der Schuß hat den Mann getötet, oder?«

»Logisch.«

»Logisch, ja, aber vielleicht nicht die Wahrheit.« Er kniff die wäßrigen Augen zusammen, die gelben Finger lagen zitternd in seinem Schoß. »Nehmen wir an, der Tod tritt vorher ein. Nur weist nichts darauf hin. Keine Bewegung, kein Geräusch. Was dann? Praktisch hat er nicht stattgefunden.«

»Bis zu dem Knall.«

»Ja, die Täuschung.« Er lächelte ganz schwach, mit sehr kultiviertem Bedauern. »Illusion, Magie – nennen Sie es, wie Sie wollen. Das ganze Geheimnis ist der Augenblick. Nicht das Wie oder Warum, sondern nur das Wann«, sagte er. *»Die Anatomie der Zeit.«*

Auf einem einfachen Tisch lag ein einfaches weißes Tischtuch. Slydini nahm leicht schief dahinter Platz. Seine Finger verkrampften sich und hoben sich deutlich vom Tischtuch ab. Dann nahm er eine Zigarette und ließ sie von einer Hand in die andere wechseln. Mit einemmal hatten seine Bewegungen das Regelmaß eines Uhrwerks.

Seine Hände pendelten ruhig und mühelos hin und her, in einem gleichmäßigen Fließen. Sie öffneten sich, schlossen sich, flatterten. Die Zigarette schwebte in der Luft, fiel durch den Tisch. Dann war sie mitten durchgebrochen. Tabakkrümel lagen auf dem Tischtuch. Dann war die Zigarette wieder ganz. Sie war angezündet, sie war erloschen. Die Hände fuhren durch die Luft und ruhten auf dem Tisch, und die Zigarette war eine Münze. Sie verschwand in Slydinis geschlossener Hand, aus der drei Münzen zum Vorschein kamen. Dann war eine in meiner Brusttasche, die zweite hinter seinem Ohr, und die dritte sprang aus seinem Mund. Die Hände flatterten, und aus den drei Münzen war wieder eine geworden. Sie flatterten noch einmal, und die Münze war wieder eine Zigarette. Slydini lächelte und neigte den Kopf. Er legte die Hände mit den Handflächen nach oben auf den Tisch. Sie waren leer.

Danach war er erschöpft, ein sehr alter Mann, der sich mit einem seidenen Taschentuch über das Gesicht wischte und Speichel von den Lippen leckte. Als er die Hände wieder in den Schoß legte, zitterten sie heftiger als zuvor. »Sie schreiben also ein Buch über Magie?« fragte er.

»Über den Broadway.«

»Wo ist der Unterschied?«

Am Tisch im Edison Hotel trank Mike Bornstein Kaffee und zerkrümelte ein Brötchen. »Was ich sagen will, ist: Der Mann war ein Profi«, sagte er, und das Gespräch wandte sich den New York Mets zu.

Das Edison hatte eine Vergangenheit als Luxushotel hinter sich, und das Café war einst der große Ballsaal gewesen. Marmorne Balkone und die rissige, vergoldete Decke sahen auf die Tische mit dem Tagesgericht herab. Es ging das Gerücht, daß man eine gründliche Renovierung plante. Im Augenblick aber war die große Eingangshalle so trist wie ein Parkplatz und von einem abgestandenen Geruch nach Desinfektionsmittel erfüllt. Die beiden Männer in den zerknitterten kastanienbraunen Uniformen, die am Empfang standen, diskutierten. »Was meinst du?« sagte der eine. »Wer hat Izzy Grove umgebracht?«

Izzy Grove! Als dieser Name fiel, verschwand die trübe Gegenwart, und der Broadway von früher mit seiner ganzen rauhen Herrlichkeit erstand wieder. Ich hatte nicht gewußt, daß er tot war. Doch wenn es stimmte, dann kam das dem Verschwinden des Automat oder des Dempsey's gleich. Izzy Grove hatte zu Lebzeiten die Geschichte des Times Square wesentlich beeinflußt.

Wie so viele Times-Square-Veteranen hatte er seine Karriere als Preisboxer begonnen. In den zwanziger Jahren trat er im Mittelgewicht an und wurde auf den Plakaten als »Rächer aus dem Ghetto« angekündigt. Er schlug den ersten K. o. im zweiten Madison Square Garden und besiegte drei Weltmeister. Danach wurde er Agent und vertrat unter anderem Duke Ellington und Cab Calloway. Dann veranstaltete er Tanzabende für Singles im Edison Theater, das heute *Oh! Calcutta!* zeigte. Am wichtigsten aber war: Er war Stammgast bei Lindy's.

Das war das neue Rector's, ein Treffpunkt der Broadway-*caff-sosh*, ein Symbol für all das Neue, das die Prohibition gebracht hatte. Anstatt Bühnenstars und Giganten der Wall Street sah man hier Zeitungsleute und Gangster, Komiker und Rennbahn-Ganoven, Leute aus der Musik- und Striptease-Szene und Boxenthusiasten. Hier wurden weder Hummer noch Champagner serviert, und keine Orchesterklänge begleiteten die Gäste auf dem Weg zu ihren Tischen. Man saß in Nischen und aß Stör und Fleischpasteten, Käsekuchen und Strudel.

Bei Rector's hatten Juden als Parias gegolten. Ganz gleich, wie sehr man sich bemühte – von diesem Makel konnte man sich nicht befreien. Bei Lindy's dagegen war das eine Auszeichnung. Eine Portion Strudel kostete fünfundzwanzig Cents – »zehn Cents, wenn man ein Jid war«, sagte Izzy Grove.

Dies war die jüdische Halbwelt, die Damon Runyon beschrieb, das Revier von Harry the Horse und Regret, von Little Isadore und Spanish John. Runyon kannte die amerikanische Mittelschicht und milderte daher sowohl die Härte als auch das Judentum seiner Helden. Dennoch bekamen Izzy Grove und seine Kumpel die Auswirkungen zu spüren. Mit einemmal bezeichnete man sie als »runyonesk«. Wie alle Verallgemeinerungen entsprang auch diese einer Denkfaulheit, und Izzy wehrte sich entschieden dagegen. »Ich bin alles mögliche, aber ich bin nicht *esk*«, sagte er.

Die Urbilder von Runyons Helden – Gyp the Blood, Dago Frank, Big Jack Zelig, Lefty Louie – waren nicht die liebenswerten Ganeffs seiner Geschichten. »Wenn ihnen dein Gesicht nicht gepaßt hat oder die Art, wie du beim Essen das Messer hältst, haben sie dich deiner Frau in Einzelteilen geschickt.« Arnold Rothstein, der Drahtzieher hinter der Bestechungsaffäre um die Baseball-Meisterschaft, wurde aus dem Lindy's herausgelockt und erschossen. Ein anderer Stammgast, Herman Rosenthal, bekam vor dem Metropol neunundachtzig Kugeln ab. »Aber der Stör war einfach erstklassig.«

Die Maschinenpistolen-Epoche des Broadway erstreckte sich über zwei Jahrzehnte, genau vom einen Krieg bis zum nächsten. Den Startschuß gab 1920 der Volstead Act, und Fiorello LaGuardia setzte dem Treiben 1939 ein Ende. Dazwischen war der Times Square, wenn man Izzy glauben konnte, eine himmlische Hölle auf Erden.

Am 16. Januar 1920, dem letzten Tag, an dem man Alkohol legal kaufen konnte, trug Izzy noch kurze Hosen, doch er arbeitete bereits auf dem Broadway, als Botenjunge für die I. Miller Shoe Corporation. »Sie ließen mich früher gehen, damit ich sicher nach Hause kam, für den Fall, daß es Ärger gab. Aber ich hab mich natürlich bloß um die Ecke verdrückt, weil ich mitkriegen wollte, was jetzt kam.«

Die Nacht senkte sich herab wie eine böse Hexe. »Ein bitterkalter Wind fegte um die Ecken«, schrieb Stanley Walker in *The Night Club Era.* »Obdachlose drängten sich in Hauseingängen und versuchten unter Lagen von alten Zeitungen zu schlafen. Die Pferde trugen Decken, bogen ihren Rücken durch und trippelten auf dem vereisten Pflaster. Nach Mitternacht fiel die Temperatur in der Stadt auf minus fünfzehn Grad.«

Nach Izzys Erinnerung war es noch kälter gewesen. »Eher dreißig, fünfunddreißig Grad minus. Wenn man ausatmete, verwandelte sich der Atem in Eiszapfen.« Also atmete er ein und ließ sich von der Menge treiben. Vor dem Café de Paris, dem ehemaligen Rector's, stand eine Gestalt auf Stelzen, verkleidet als Rollin Kirbys Zeitungskarikatur der Prohibition: Abraham Lincoln als Totengräber, mit einem hohen Zylinderhut, einer roten Säufernase und einer Flasche, die aus seiner hinteren Hosentasche hervorsah. Er begann den Broadway hinunterzugehen, und Izzy Grove lief ihm nach.

Sie ließen den Times Square hinter sich, kamen an Automobile Row mit ihren Ausstellungsräumen voller schimmernder Pierce-Arrows, De Sotos und LaSalles und dem American Horse Exchange vorbei, und schließlich standen sie vor Evelyn Nesbit.

Sie war schlecht gelaunt. Von Harry Thaw hatte sie sich scheiden lassen, und nun betrieb sie ein kleines Café im Theater District. Jahrelang war sie mit neuen Jazztänzen wie dem Castle Walk und dem Grizzly Bear in Varietés aufgetreten, aber das war nun vorbei. Sie war zur Ruhe gekommen, eine müde, überreizte Frau – jemand hatte sie ein Rennpferd genannt, dem man zu oft die Peitsche gegeben hat – mit einer beginnenden Morphiumsucht.

Am Vorabend der Prohibition lehnte sie vor ihrem Café an der Hauswand und trank Gin aus einer Porzellan-Wärmflasche. Die Straße war voller Pferde, es war kein einziges Auto zu sehen. Das blieb Izzy im Gedächtnis haften: der Dampf, der von den Rücken der Pferde aufstieg, der warme Geruch der Pferdeäpfel. Und Evelyn Nesbit war betrunken und rief immer wieder: »Es ist vorbei, alles vorbei.« Und die Prohibitionsfigur auf Stelzen fing an, sich über sie lustig zu machen, und gab die Worte zurück wie ein Echo: »Es ist vorbei, aus und vorbei.« Die Leute griffen es auf. »Alles ist vorbei. *Tutto finito.*« Sie drängten sich um Evelyn Nesbit und lachten ihr ins Gesicht. Sie war noch immer eine schöne Frau, mit großen Augen, die aussahen wie Leuchtfeuer im Nebel, und einer wilden, rotbraunen

Mähne, und sie hatte Angst, war ein bißchen komisch geworden. Es war, als könnte sie nicht begreifen, was geschah. »Man könnte sagen, sie hatte den Kontakt zur Realität verloren«, erklärte Izzy. Sie schrie und fluchte, und der Gin tropfte auf ihr Kleid. Dampf stieg auf, die Straßenlaternen verschwammen im Nebel. »Es war wie die Dekoration für ein Stück oder einen Film. Und diese arme, schöne Frau, die weinte und immer rief: ›Vorbei, alles vorbei.‹ Und ich, ich war ja noch ein Junge, ich bin auch in Tränen ausgebrochen.«

Auftritt Bat Masterson.

Der alte Revolverheld aus Dodge City war jetzt Boxreporter für den *Morning Telegraph.* Trotz seines Alters hielt er sich noch immer kerzengerade, und am Broadway kannte man ihn gut. »Langer Gehrock, Stiefel mit hohen Absätzen, riesiger Cowboyhut«, sagte Izzy. »Er sah aus, als hätte er sich verkleidet. Aber er war immer nett zu uns, den Straßenjungen – hatte immer ein bißchen Kleingeld für uns in der Tasche. Er hat mal was über mich geschrieben, als ich noch Amateur war. Die Zeitung hat's aber nie gedruckt.« Und er, »The Bat«, kam jetzt durch den kalten Nebel und fand eine Dame in Not.

Er zögerte keinen Augenblick. Er schlug mit dem Gehstock auf die Betrunkenen ein und stellte sich vor Evelyn Nesbit. Der Stelzenmann – die Prohibition – versperrte ihm den Weg. Vier Meter hoch stand er da, und sein schwankender Schatten, drohend wie der eines Ungeheuers, lag auf den Mauern der Mietskasernen. Aber The Bat schlug bloß einmal mit dem Gehstock zu, und die Gestalt fiel zu Boden. »Und da sah man dann, daß es bloß ein halbgares Bürschchen war. Lag im Rinnstein und jammerte, The Bat hätte ihn umgebracht.« Wie auf ein Stichwort tauchte eine Droschke auf. Evelyn Nesbit barg die Wärmflasche unter ihrem Umhängetuch, und Bat Masterson half ihr in die Kutsche. »Sie sind sehr freundlich, Sir«, sagte sie.

»Es ist mir eine Ehre, Ma'am«, antwortete The Bat. Er zog den Hut, sie ließ den Hutschleier herab, und dann trennten sich ihre Wege. In der beißenden Kälte spürte Izzy, daß ihm etwas Warmes über das Bein lief. »Irgendein verdammtes Pferd hat mich angepißt.«

Es war eine oft erzählte Geschichte, die jedesmal anders ausgeschmückt wurde. Nur der Kern blieb immer derselbe: der Revolverheld und die Sünderin; beide haben bessere Zeiten gesehen, halten aber fest an Anstand und Ritterlichkeit. »›Sie sind sehr freundlich, Sir.‹ ›Es ist mir eine Ehre, Ma'am‹«, sagte Izzy. »Nach zwei Jahren Prohibition hörte man nur noch ›Na komm schon, Kleine.‹«

Damals verlagerte sich das Zentrum nach Osten. Die meisten schicken Flüsterkneipen lagen an der Madison und der Fifth Avenue, und dem Broadway blieben nur die Bumslokale. Statt feiner Hummer-Restaurants gab es bloß noch Nachtclubs, illegale Getränkehändler und billige, getarnte Kneipen, allesamt in Seitenstraßen und in diskreter Entfernung vom Times Square gelegen; statt Diamond Jim Brady und Lillian Russell traf man hier Owney Madden.

Bald darauf wurde Jimmy Walker Bürgermeister, und Bestechung galt nur noch als Kavaliersdelikt. Im Gefolge von Madden und Larry Fay kamen ganze Horden von Verbrechern aus Hell's Kitchen, das zwei Blocks weiter westlich lag. Sie waren aus Straßenbanden wie den Gophers und den Hudson Dusters hervorgegangen und trugen 32er und Namen wie Shuffles Goldberg, Skush Thomas und Big Frenchy DeMange. Gemessen an ihren Kollegen in Chicago waren sie Canastaspieler, aber für den Broadway spielten sie scharf genug. Plötzlich gab es Clubs namens Silver Slipper und Cave of the Fallen Angels. Zwei Tote brachten Legs Diamonds Hotsy Totsy Club in die Schlagzeilen. Bei Porky Murray gab es zwei weitere Tote.

Diejenigen, die die Goldene Zeit des Broadway erlebt hatten, sahen sich nur noch einmal auf dem neuen Broadway um und suchten das Weite. »Ein Spielplatz für Verrückte«, nannte ihn Stanley Walker. »Es gibt billige chinesische Restaurants, Peep-Shows nur für Männer, Flohzirkusse, Vorträge über die Ursachen von Rudolph Valentinos Tod. Ein alter Armee-Unteroffizier spricht, assistiert von redegewandten Verkäufern, über Gesundheitsseife, Flohsamenwegerich und Korsetts und malt die schrecklichen Folgen der Alkoholvergiftung an die Wand. Ein anderer Redner – bewaffnet mit Reagenzgläsern, die mit bunten Chemikalien gefüllt sind – preist Grundstücke im Erschließungsgebiet Muscle Shoals, Alabama, an. Herrenmodegeschäfte veranstalten Räumungsverkäufe, woanders verkauft man mit Erfolg Brandware zu reduzierten Preisen, eine Versteigerung von unglaublich geschmacklosem Modeschmuck zieht so viele Interessenten an, daß der Bürgersteig blockiert ist, ein Straßenhändler verkauft *100% reine Whiskey-Bonbons – drei Stück fünf Cents.*«

Die Wirtschaftskrise beschleunigte den Niedergang. Kinos hatten die Theater in die Seitenstraßen verdrängt, nun machten auch die teuren Restaurants pleite. Mit der Konkurrenz der Striptease-Bühnen und billigen Tanzlokale konnte auch das Palace, die »beste Varietébühne der Welt«, nicht mehr mithalten. Nachdem man eine Zeitlang zwei Shows pro Tag gezeigt hatte, gab man 1932 auf. »Von da an brachten sie bloß noch viel nackte Haut«, sagte Izzy. Das einzige Überbleibsel der pompösen Häuser am Times Square war das Hotel Astor.

Das Klima änderte sich nicht einmal, als LaGuardia die Gangsterbanden vertrieb. Sie hatten es sich gutgehen lassen, waren mit Spielautomaten, Boxkämpfen, Prostitution und Rauschgift zufrieden gewesen. Doch als Fiorello, das Blümchen, seinen Krieg begann und ihnen die Ausrottung drohte, beschlossen sie, lieber abzutauchen. Also zogen sie sich vom Broadway zurück und formierten sich neu in Brooklyn und New Jersey. »Und das war der Augenblick, wo die Straßenkriminalität aufkam«, sagte Izzy. »Als die großen Banden alles im Griff hatten, gab es hin und wieder mal eine kleine Schießerei, unter Freunden sozusagen. Aber Straßenkriminalität hatte es bis dahin nicht gegeben. Handtaschenraub, Überfälle auf offener Straße und so – das machte man einfach nicht. Da konnte einer um Mitternacht den Broadway entlanggehen, mit tausend Dollar, die ihm aus der hinteren Hosentasche herausschauten, und niemand hätte ihm was getan. Hätte ja sein können, daß er ein Vetter von Dutch Schultz ist.«

Als die organisierten Banden fort waren, wurde aus Lindy's eine Schule für Journalisten, Presseagenten und Cartoonisten, und so beschaulich blieb es, bis Leo Lindeman das Haus 1969 verkaufte. »Ein guter Broadway-Mann«, sagte Izzy. »Er wußte, wie man Geld macht.« Heute aber, Jahre nach seinem Tod, wurde sein Name in den Schmutz gezogen, und zwar von einer Touristenfallen-Kette, die in teuren Bistros unter seinem Namen Molchaugen und Krötenzungen für neun fünfundneunzig plus Steuer anbot.

Auch Izzy Grove machte harte Zeiten durch. Als ich ihn in den späten siebziger Jahren kennenlernte, arbeitete er nicht mehr als Agent. Eigentlich hatte er seit dreißig Jahren nicht mehr regelmäßig gearbeitet. Bei seinem letzten festen Job hatte er Plakate angeschlagen, die Boxkämpfe im Madison Square Garden ankündigten. In den fünfziger und sechziger Jahren war er mit seinem Einkaufswagen und seinem Kleistereimer auf der ganzen Eighth Avenue bekannt gewesen. Dann bekam der Garden ein neues Management, und Izzys Telefon hörte auf zu klingeln.

Dennoch behielt er sein Büro in der 46. Straße West. Es war

eine Besenkammer in einem Showbusineß-Gebäude, einen Block vom Hotel Edison entfernt. Seit der Eisenhower-Zeit residierte er dort, für sechzig Dollar im Monat, und er hatte vor zu bleiben, sich einzuigeln gegen alle Veränderungen, »bis die dicke Dame singt«, sagte er.

Er war ein vierschrötiger Bursche mit flaschenbodendicken Brillengläsern, zerschundenen Händen und einem verwüsteten Gesicht, das von Blumenkohlohren eingerahmt wurde, und er redete ohne Punkt und Komma. »Ich hab einfach ein flottes Mundwerk, schon seit eh und je«, sagte Izzy. »Ich sehe jemand und fange an zu quasseln, ganz automatisch. Und dann kann ich nicht mehr aufhören. Ich hab so viel in mir – das muß einfach raus an die frische Luft.«

Er war siebzig, und das hieß, daß er seit achtundfünfzig Jahren am Broadway war. Zweimal täglich machte er seinen zeremoniellen Spaziergang – ein Müßiggänger, der von der 51. zur 42. Straße und zurück schlenderte, vom Lebensmittelgeschäft zum Zeitungsstand, vom Schnellimbiß zum Zigarettenladen. Er schüttelte auf Schritt und Tritt Hände, winkte, warf Kußhände, klopfte auf Rücken und hielt endlose Monologe. Es war wie im Wahlkampf. »Als würde ich einem öffentlichen Amt hinterherlaufen«, sagte er. »Bloß: Das öffentliche Amt ist immer schneller als ich.«

Er küßte sich selbst die Hand. »Jeder kennt Izzy Grove, und ich kenne ein paar von den anderen«, sagte er. Der Broadway war seine Straße, sein Eigentum. Runyon hatte über ihn geschrieben und Dan Parker vom *Mirror*. »Wenn es keinen Izzy Grove mehr gibt, gibt es auch keinen Broadway mehr.« Er tippte sich an die Nase. »Sie sagen, sie wollen meinen Mietvertrag kündigen, mich auf die Straße setzen.« Er haute sich auf den Bauch. »Aber das wird nie passieren«, sagte er. Und dann passierte es.

An dem Tag, an dem ihm die Kündigung zugestellt wurde, kam er mittags in das Gaiety Deli; es war ein Dienstag. Es gab eine alte Dame, die jeden Tag dort aß. Sie hieß Sarah und war früher die Assistentin eines Zauberers gewesen. Jeden Tag um die gleiche Zeit bestellte sie sich das gleiche Mittagessen: Eiersalat auf Weizentoast, ein Sellerie-Soda. Sie hatte einen Hund, der noch älter war als sie, eine Art Mops. Sie nannte ihn Bernhardt. Sarah und Bernhardt, das war ihr kleiner Scherz. Es war ein widerwärtiger Köter mit gelben Zähnen, der nur aus Gesabber und Geschnüffel und Gestank zu bestehen schien. Und Izzy Grove kam jeden Tag auf einen Kaffee und ein Stück Pastete in das Gaiety Deli, und jeden Tag geriet ihm der alte Hund irgendwie zwischen die Füße, und dann sprang Izzy zurück und trat nach dem fetten Hintern des Tiers. Das war seine Vorstellung von einem kleinen Scherz. Aber an diesem Dienstag reagierte Izzy nicht. Er nahm den Hund, der auf seinen Tritt wartete, nicht einmal wahr, sondern bestellte einen Kaffee mit Milch zum Mitnehmen und wandte sich zum Gehen. »Was ist los?« fragte Sarah. »Sind Sie auf einmal so ein großes Tier geworden, daß Sie keinen Hund mehr treten wollen? Macht Ihnen das vielleicht zuviel Mühe?« Sie war gekränkt, das war deutlich zu sehen. Sie nahm es persönlich. »Oder vielleicht«, sagte Sarah, »vielleicht haben Sie ja auch einen anderen Hund gefunden. Einen, der nicht so alt und dick ist. Irgendeine flotte junge Hündin.« Aber Izzy reagierte noch immer nicht. Er musterte Sarah und dann Bernhardt. Es war, als hätte er die beiden noch nie zuvor gesehen. »Treten Sie Ihren Hund doch selbst«, sagte Izzy.

Es war schrecklich. Überall am Broadway wurden Leute aus ihren Wohnungen und Büros geworfen. In den siebzehn Blocks vom Times Square bis zum Columbus Circle schien kein Gebäude sicher zu sein. Die Japaner hatten sich eingekauft, die riesigen Grundstücksgesellschaften. Am schlimmsten aber waren die AGONYS – *Americans Gloating On New York Slime,* Amerikaner, die sich am New Yorker Sumpf ergötzen. Sie behaupteten, der Times Square sei eine Schlangengrube, die gesäubert werden müsse. »Die Kloake der Nation« nannte ihn der Stadtplaner William Whyte, und ein Regierungsbeamter hatte von einem »widerwärtigen Gestank« gesprochen, »der anständigen Leuten in die Nase sticht«. Das ganze chaotische, wunderbare Durcheinander sollte verschwinden und durch antiseptische Containerbauten und eine Fußgängerzone ersetzt werden – »eine Atmosphäre wie bei Bloomingdale's«.

Der erste Schritt zur Verwirklichung dieser schönen neuen Einkaufswelt bestand darin, das Gebiet von menschlichem Ungeziefer zu säubern. »Wir müssen sie erst einmal auseinanderjagen«, sagte William J. Stern, Vorsitzender der Urban Development Corporation. »Wir scheuchen sie mit einem Schuß aus der Kanone auf, und dann bringen wir sie einzeln zur Strecke.«

Offiziell galt die Jagd in erster Linie denen, die ihr Geld mit Pornos verdienten. Die erwiesen sich allerdings als zu gerissen. Kaum hatte man sie aus einem Loch vertrieben, da hatten sie sich schon wieder in einem neuen, gleich um die Ecke, niedergelassen. Leute wie Izzy Grove dagegen hatten kaum eine Chance. Sie besaßen keine Freunde, die an den richtigen Stellen saßen, und kein Geld, um die richtigen Leute zu schmieren. Also mußten sie gehen – so einfach war das. »Sie sperren mir das Telefon, sie treten mir die Tür ein«, sagte Izzy zu Josh Alan Friedman, der einen Artikel für *Oui* schrieb. »Ich führe ein ordentliches, anständiges Leben. Meine Alice – Gott hab sie selig! – hat mir immer gesagt, ich sollte legale Geschäfte machen und nicht versuchen, ein Schläger, Wucherer, Kleinkrimineller, Drogendealer, Buchmacher oder so zu werden.« Und darum war er nun schutzlos. »Nichts zu machen ohne Beziehungen.«

Nachdem er den ersten Schock überwunden hatte, begann er die Form zu verlieren wie schmelzendes Wachs. »Ich will ja nicht heulen. Mein Gesicht ist einfach bloß naß«, sagte er. Er war der Rächer aus dem Ghetto, hatte Hunderte Gefechte überlebt – aber er war nicht so dumm zu glauben, daß er diesen Schlag überstehen würde. Wenn man ihn vom Broadway vertrieb, konnte man ihn ebensogut gleich umbringen. »Woanders krieg ich keine Luft«, sagte er. »Und wenn man keine Luft kriegt, muß man sterben.«

Er zog panisch und laut heulend durch die Straßen. Im Actor's Temple wurden Bittgebete gesprochen, und Izzy wurde von *Oui* interviewt. »Das ist einer dieser seltsamen Wechselfälle des Lebens«, wurde er zitiert. »Ich habe Verwandte, aber wo sind sie? Die Zeitungen haben über mich geschrieben, aber wo sind sie jetzt? Wo? Als ich Geld gescheffelt habe, ja, da gab's Gratiskarten, Boxkämpfe und hinterher was zu essen. Ich möchte mal eins festhalten, das können Sie ruhig schreiben: Der Jubel von gestern hat ein sehr kurzes Echo...«

Heute, nicht einmal zehn Jahre später, war die Sanierung von Izzy Groves Straße fast abgeschlossen. Ein Block nach dem anderen war von unerwünschten Elementen gesäubert worden – das betraf Agenten, Schlagerkomponisten, Tanzstudios, Musikverlage. Die alten Häuser waren abgerissen worden, und an ihrer Stelle standen schimmernd und neu ein Novotel und ein Holiday Inn, und dazu gab es diverse Bürogebäude und Baustellen. Noch zehn Jahre, und die ganze Gegend würde sich in nichts mehr von irgendeiner anderen amerikanischen Innenstadt unterscheiden. »Wie Duluth«, sagte Bert Sugar. »Nur nicht so stilvoll.«

Als ich Izzy Grove zum letztenmal traf, hatte er sich im Chin-Ya verkrochen, einer japanischen Bar in der 55. Straße, die hinter einem Rehabilitationszentrum für ehemalige Junkies lag. Er war kein Trinker, rührte das Zeug normalerweise nicht an. Aber nun zitterten ihm die Hände. »Es ist vorbei«, sagte er. »Alles bloß noch Geschichte.«

Damit meinte er nicht nur sich selbst. Nicht mehr. Den größten Teil seines Lebens hatte er sich blenden lassen und war halb blind durchs Leben gestolpert. »Ich hab nie weiter gesehen als bis zu meiner Nasenspitze. Immer nur ich, ich, ich«, sagte er. »Aber seit das passiert ist, hab ich einen völlig neuen Blickwinkel. Ich verstehe jetzt, wie ich mit allem verbunden bin. *Ein Mitglied der Gemeinde* – den Ausdruck haben Sie bestimmt schon mal gehört. Das war der Lieblingsausdruck meiner Frau – Gott hab sie selig.« Er trank koscheren Wein. Ein paar Tropfen hingen an seinem Kinn. »Und das bedeutet, ein Teil vom Ganzen«, sagte Izzy. »Nur ein kleines Eckchen vom ganzen Ganzen.«

So gesehen war der Broadway nicht mehr *seine* Straße, *sein* Privateigentum. Der Broadway gehörte nicht ihm, sondern *er* gehörte zum Broadway. Sein eigener Ruin war daher nur Teil eines größeren Verbrechens, einer systematischen Vernichtung, die sich gegen alles Gute richtete. »Sie reißen die Welt ab«, sagte er.

»Ist gut fürs Geschäft«, sagte der japanische Barkeeper gutgelaunt.

»Für meins nicht.«

Er war überzeugt, daß die letzten Tage gekommen waren. »Ich will Ihnen mal was sagen – die Wahrheit über den Broadway«, sagte er. »Die Leute meinen immer, der Broadway, das ist: helle Lichter, Stars, Theater, schöne Frauen, dicke Schlitten, fettes Geld und jede Menge Action – so Zeug eben.« Sein Gesicht war voller Falten, Knoten und Leberflecke; es sah aus wie gespaltenes Eichenholz. »Aber das ist nicht der Broadway.«

»Was ist der Broadway denn dann?«

»Fixe Ideen«, sagte Izzy.

Er schob sein leeres Glas von sich. Die Geste wirkte so endgültig wie eine Abdankung. »Die Politiker und Vermieter haben andere Ausdrücke für diese Leute: Verrückte, Asoziale, Penner. In Wirklichkeit sind es bloß Leute mit einer fixen Idee. Leute, die ein bißchen anders sind. Sie haben irgendeinen Plan, sie haben sich was in den Kopf gesetzt. Die einen wollen singen, tanzen, die anderen wollen boxen, wollen die beste Nummer verkaufen, wollen jede Menge Frauen flachlegen, was weiß ich? Vielleicht rosa Krawatten tragen mit Hummern drauf. Vielleicht in Unterwäsche auf der Bühne herumtanzen. Vielleicht irgendwas, wofür es noch nicht mal ein Wort gibt.« Die Augen hinter den dicken Brillengläsern hörten nicht auf zu tränen. »Sie haben sich was in den Kopf gesetzt, und das ist wie ein Jucken, das läßt ihnen einfach keine Ruhe. Und darum passen sie nirgendwo hinein, sie haben nirgends einen Platz, wenn Sie verstehen, was ich meine. Für sie gibt es nur den Broadway, und jetzt gibt es nicht mal mehr den.« Er wischte sich mit einem Taschentuch von der Farbe getrockneten Fensterkitts über das Gesicht. »Wo soll ich jetzt hin?« rief er. »Wie soll ich bloß leben?«

Draußen war der Wind stärker geworden.

Im Roseland waren die Lichter blau, grün, dunkelrot und rosa, und es wurde eng getanzt. Nachts spielten hier Rockgruppen oder Salsa-Bands, aber an Matinee-Nachmittagen verwandelte sich die Arena wieder in einen Ballsaal. Wieder traten Paare auf die Tanzfläche und hielten einander in den Armen. Die meisten waren über sechzig, viele erheblich älter. Manche kamen seit 1932, dem Eröffnungsjahr des Roseland, regelmäßig hierher. Und immer noch tanzten sie Walzer und Foxtrott, Quickstep und Tango. Die Scheinwerfer strichen über sie und tauchten sie in warmes Licht. »Tun Sie so, als ob«, schnurrte der Conferencier. »Schließen Sie die Augen, lassen Sie sich davontragen, tun Sie so, als ob.«

Einige Stufen über der Tanzfläche lag eine hufeisenförmige Bar. Bei schnelleren Stücken – Mambos und Paso dobles – drängten sich dort ältere Damen, die verschnauften. Sie streiften ihre Pumps ab und massierten sich die geschwollenen Knöchel. Ich saß allein da, vor mir ein großes Glas und mein Notizbuch. Eine Gestalt löste sich aus einer Gruppe von Gästen und ließ sich auf den Barhocker neben mir fallen.

»Ich möchte Sie unterhalten«, sagte sie.

Die Stimme war mädchenhaft, rauh vom Zigarettenrauch und ein bißchen nasal, aber wohlklingend. Sie gehörte einer schlanken, sanft gerundeten Blondine in einem grünen Futteralkleid, das über den Knien eng und am linken Bein geschlitzt war. Es enthüllte Beine, die so hübsch wie die einer Revuetänzerin waren und in Seidenstrümpfen und silbernen, hochhackigen Riemchensandalen steckten. »Ich heiße Roz, und ich bin neunundsechzig«, sagte die Blondine. »Freude spenden ist meine Spezialität.«

Sie sprang vom Barhocker, trat ein paar Schritte zurück und begann mit einer Darbietung: »Hallo, ich bin Rosalind Kantor aus Roslyn. Eigentlich wohne ich in Mineola, aber Roslyn ist ganz in der Nähe, also können Sie mich ruhig Roz aus Roslyn nennen – nicht mehr jung an Jahren, aber im Herzen jünger als der Frühling.«

Am Ende jedes Satzes hielt sie inne und erstarrte mit eingefrorenem Lächeln mitten in der Bewegung, bis ich schreibend aufgeholt hatte. Ihre Aussprache war klar und deutlich, ihr Gesicht strahlte. Wo es ihr nötig schien, streute sie sogar noch Regieanweisungen ein. »Roz aus Roslyn«, sagte sie. »Nicht mehr jung an Jahren, aber im Herzen jünger als der Frühling, und das ist meine Lebensgeschichte – eigentlich bloß eine kleine Skizze, aber ich hoffe, Sie haben trotzdem Ihren Spaß daran.« Sie knickste, machte drei Tanzschritte nach links, zurück zur Mitte, nach rechts, zurück zur Mitte. »Danke«, sagte sie. »Sie sind ein wunderbares Publikum.«

Sie hob die rechte Hand an die Kehle und hielt mit den beringten Fingern ein unsichtbares Mikrofon. »Es ist eine lange, lange Reise, die ich kleines Ding hinter mir habe, und ich weiß gar nicht, wo ich anfangen soll. Am besten hier, im Roseland, wo alles angefangen hat. Ich war gerade fünfzehn, und alle Jungs meinten, ich sähe richtig süß aus. In Wirklichkeit hab ich ihnen völlig den Kopf verdreht, aber ich will hier nicht den Eindruck erwecken, als wollte ich mich loben, obwohl ich das natürlich tue. (Gelächter.) Also, damals gab es hier Talentwettbewerbe, jeden Dienstagnachmittag, glaube ich, und eines Tages haben sich meine Freunde zusammengetan und mich so lange bearbeitet, bis ich schließlich beschlossen habe, es einmal zu versuchen: ein bißchen Singen und Tanzen, ein paar Witze und eine Version von Jimmy Durantes ›Inka Dinka Doo‹. Kennen Sie das noch? Tja, damit wissen wir jetzt also, wie alt *Sie* sind. (Trommelwirbel, Tusch.) Jedenfalls, ich kam auf die Bühne und wurde ausgebuht. Es war einfach schrecklich, wirklich – ich hab tagelang geweint. Aber das Bühnenfieber hatte mich gepackt und ließ mich nie mehr los. Und der Rest ist Geschichte. (Gelächter. Singt acht Takte von ›Inka Dinka Doo‹.)

Jetzt zu meinem ersten Ehemann. Ich hab ihn bei der Arbeit kennengelernt. Nein, nicht bei *der* Arbeit. (Schwenkt die Hüften und zwinkert.) Ich war Zigarettenmädchen in einem Club an der 52. Straße. Ich würde Ihnen ja gern den Namen des Clubs verraten, aber ich traue mich nicht. Der ist heute so berühmt – die Besitzer könnten mich verklagen. Aber es war die Nummer 21. Ja, genau, Jack and Charlie's 21 Club. Damals war die 52. Straße die größte Nachtclub-Straße von New York, von Amerika, die größte Nachtclub-Straße der Welt. Man nannte sie ›Die Straße, die nie schläft‹, und alle großen Jazzmusiker dieser lange vergangenen Zeit haben da gespielt und gefeiert: Duke Ellington und Count Basie und Benny Goodman und Miss Billie Holiday. Die ganze Straße war von abends bis morgens hell erleuchtet, und aus allen Türen, aus dem Three Deuces und dem Onyx, aus Jimmy Ryan's und Leon & Eddy's, hörte man die wunderbarste Musik – es war, als wäre man gestorben und in den Himmel gekommen. Und da war ich nun also, ich kleines Mädchen – nein, eigentlich war ich gar nicht mehr so klein, mein Kleid war ganz gut gefüllt, das können Sie mir ruhig glauben, auch wenn ich es bin, die das sagt. (Wirft sich in Positur. Gelächter.) Ich hab also Zigaretten verkauft, in Netzstrümpfen und Frackjacke, mit einer weißen Gardenie im Knopfloch – das nannte man damals eine *boutonnière. Très chic, ma chérie.* Das ist französisch und bedeutet ›flotte Puppe‹. Und eines Tages also kommt mein Mann herein. Natürlich war er damals noch nicht mein Mann, ich kannte ihn ja überhaupt nicht. Aber er kommt trotzdem rein und sieht mich, und unsere Augen begegnen sich, und ich weiß gar nicht, wie ich es sagen soll, jedenfalls war es Liebe auf den ersten Blick – *that old black magic* –, wie ein spanisches Erdbeben. Oder heißt es sizilianisches Erdbeben? Ich kann mir das nicht merken. (Macht ein etwas dummes, aber hinreißendes Gesicht.) Tja, und er kauft nicht bloß eine Packung Zigaretten, sondern gleich meinen ganzen Bauchladen, und stopft sich die Taschen voll, bis er so dick ist wie der Weihnachtsmann, und überall auf dem Tisch liegen Zigarettenpackungen, und mein Herz klopft wie verrückt, das kann ich Ihnen sagen, ich höre die Engel singen. Und dann ist meine Schicht vorbei, und wir gehen rüber zu Mammy's Chicken Koop, wo es damals die allerbesten Brathühnchen gab, nach Südstaatenrezept – scharf und knusprig, wie ich. (Gelächter.) Und mein Mann heißt Jerry und erzählt, daß er von der Westküste kommt und in der Versicherungsbranche arbeitet. Aber ich bin mit dem Kopf so in den Wolken, daß ich kaum was davon mitkriege. Wir haben unser Hühnchen gegessen, und im Morgengrauen sind wir nach Atlantic City gefahren und haben den Bluttest gemacht, und am nächsten Tag waren wir verheiratet. So scharf waren wir aufeinander. Schärfer als eine Pfefferschote. (Gelächter. Seufzt und streckt sich wie ein Kätzchen.) Unsere Flitterwochen haben wir oben in den Bergen, in Pompton Lakes, verbracht, in einer einfachen Blockhütte mit offenem Kamin und vielen Flaschen. Zu essen hatten wir nicht viel, aber das brauchten wir auch nicht – wir hatten ja uns. Wir waren unglaublich verliebt. Er war meine erste große Liebe, und man sagt ja, daß man die erste große Liebe nie vergißt. Und das stimmt, das können Sie mir glauben. (Singt:) *When they begin the beguine, it brings back the sound of music so tender, it brings back a night of tropical splendor.* Vier traumhafte Tage und Nächte. *What moments divine, what raptures serene.* Und am fünften Tag kam die Polizei. Ja, Sie haben richtig gehört: die Unbestechlichen. Wir wurden aus unserem Liebestraum geschreckt von einem Megafon und einer Männerstimme, die schrie: ›Wir haben das Haus umstellt. Komm mit erhobenen Händen raus, und zwar sofort. Du hast keine Chance.‹ Und dann fingen sie an zu schießen, und Jerry starb im Kugelhagel. Fünf Tage waren wir verheiratet. Sie haben ihn voll Blei gepumpt.«

Ihre Stimme war rauh und brüchig geworden. Sie machte noch einen Knicks, kam an die Bar und trank zwei Gläser Eiswasser. »Warum haben sie ihn erschossen?« fragte ich.

»Sie hatten eben kein Herz«, sagte Roz und fuhr mit ihrer Nummer fort: drei Schritte nach links, drei Schritte nach rechts, hin und her, hin und her, immer wieder. »Sie haben ihn voll Blei gepumpt«, sagte sie. »Er war meine erste große Liebe, und die erste große Liebe vergißt man nie. Aber ein Gewinner versagt nie, und ein Versager gewinnt nie. Eigentlich gewinnt keiner, aber das ist eine andere Geschichte. Da bin ich eben wieder an den guten alten Times Square zurückgekehrt. (Singt:) *Come along and listen to the Lullaby of Broadway. The hip hooray and ballyhoo, the Lullaby of Broadway.* Ach, damals war es hier so wunderbar – es gab einfach alles. Heutzutage sind die Geschäfte mit dicken Riegeln verrammelt – sie sehen aus wie Gefängnisse. Aber damals war es einfach wunderbar. So wie ich. (Schwenkt die Hüften und kichert wie ein kleines Mädchen.) Ich hab dann für den großen Mr. Roxy Rothafel gearbeitet, in seinem berühmten Roxy Theater an der Seventh Avenue. Man nannte es die ›Kathedrale des Films‹, aber Filme waren nur ein Teil des Programms. Es gab da auch die Riesen-Wurlitzer, und die Räumlichkeiten für die Damen waren mit Louis-Dersoundsovielte-Möbeln ausgestattet, und jedesmal, wenn man sich die Hände wusch, kriegte man ein frisches Stück Seife, und alle möglichen Stars von Bühne und Film gingen da ein und aus, und natürlich traten da auch die berühmten Rockettes auf – und zu denen gehörte ich. (Wirft die Beine hoch, zweimal rechts, zweimal links.)

Aber jetzt zu meinem zweiten Mann. Er war das genaue Gegenteil von Nummer eins: ein ganz stiller Mensch, immer sauber und ordentlich, trug nie ein schmutziges Hemd. Von Einschußlöchern ganz zu schweigen. (Gelächter.) Er war Filmvorführer bei Loews. Irgendwie war er also auch im Showbusineß – da hatten wir gleich was gemeinsam. Wir haben uns bei Child's kennengelernt. Er hat mich regelrecht umgehauen – ein echter Don Juan, auch wenn er eine Glatze hatte und eher klein und breit war. Dreiundzwanzig Jahre lang waren wir unsterblich verliebt. Ach, ich kann es gar nicht in Worte fassen – er war alles für mich, die Sonne und der Mond und die Sterne, Mutter, Vater, Bruder und Geliebter. (Singt:) *Night and day, deep in the heart of me.* Und dann ist er gestorben. An unserem dreiundzwanzigsten Hochzeitstag sind wir wie jedes Jahr zu Sardi's zum Essen gegangen. Mein Mann – er hieß Hubert – hat mit einem Martini mit mir angestoßen. Der Martini war knochentrocken, genau so, wie er ihn mochte. Und dann hat er sich an der Olive verschluckt. Er hat gehustet und mich ganz komisch angesehen, und dann ist er einfach über dem Tisch zusammengesunken. Die Gläser und all das leckere Essen – es war ein einziges Durcheinander. Und dann war's vorbei. Herzschlag. Vor meinen Augen. Dann war's vorbei.«

Auf der Tanzfläche lag rotes, blaues, grünes, rosafarbenes Licht, und es wurde eng getanzt. Roz trank noch zwei Gläser Eiswasser, bestellte sich dann einen doppelten Gin Tonic und stürzte den ebenfalls hinunter. »Wie finden Sie das bis jetzt?« fragte sie.

»*Begin the Beguine*«, sagte ich, »das Lied hab ich schon immer geliebt.«

»Ich hab Ihnen ja gesagt: Freude spenden ist meine Spezialität.«

Drei Schritte nach links und wieder zurück. Drei Schritte nach rechts und wieder zurück. »Und dann war's vorbei«, sagte sie. »Ich war einfach am Boden zerstört. Ich dachte, mein Leben wäre vorbei, ich könnte mich genausogut gleich beerdigen lassen. Aber irgendein Dichter hat mal gesagt: ›Die Zeit ist die Wurzel allen Übels.‹ Also hab ich mich wieder aufgerappelt. Ich hab mir gesagt, ›Roz‹, hab ich mir gesagt, ›ist der Himmel voll Wolken, dann nur einen Tag, pack die Sorgen in Träume und träum unverzagt.‹ (Trommelwirbel.) Und seitdem hab ich geträumt.

Und jetzt zu meinem dritten Mann...«

Draußen wehte noch immer der Staubsturm, und auf dem Rückweg zum Times Square war jeder Block eine gewonnene schwere Schlacht. Am Father Duffy Square hing ein sechs Meter langes Spruchband, auf dem stand: »Lassen Sie Ihre Füße mal tanzen.« Genau davor erstand ich für einen Dollar eine verschmutzte grüne Broschüre, Copyright 1985, mit dem Titel: *Die Sünden der Alten – Aids, Sex und Gottlosigkeit sind erst der Anfang.*

Der Verfasser hieß Ray Crabtree.

In der Biographie auf der Rückseite stand, er sei »lange Zeit Impresario« gewesen, »ein Wohltäter, der den Armen seit vielen Jahren hilft indem er ihnen zu günstigen Preisen oder auch umsonst erstklassige Kleidung für die Arbeitssuche verschafft«.

Die Broschüre war eine einzige flammende Anklage.

Die Argumentation war umständlich, der Kernpunkt simpel: Die Männer von heute sind verderbt, die Frauen noch verderbter. »Diese Frauenbefreiungsbewegung hat sich mit der alles beherrschenden Schlechtigkeit der Männer zusammengetan«, schrieb Crabtree. »Sehen wir uns doch einmal an, was sie Befreiung nennen: wüste Orgjen, Partnertausch, Abtreibung, Drogen, Sex in den Schulen, Schwule allenthalben – fast jeder in New York ist auf die eine oder andere Art pervehrs, alle machen dasselbe nämlich oralen Sex. Man braucht bloß nachts durch die Straßen spazieren und sieht überall Köpfe rauf und runter gehen, wahrscheinlich lutschen die Dauerlutscher oder Pilze... Passen Sie auf, sie klauen und betrügen und pfuschen Gott ins Handwerk.«

Die Broschüren kamen aus einer Apfelsinenkiste und wurden von einem vierzehnjährigen Jungen namens Ramon verkauft. Er sagte, er habe sie gefunden, er wisse nicht mehr, wo, aber er wisse, wo ich den Verfasser finden könne. »Jeder weiß, wo der wohnt: da, wo die Geister hausen.«

Nach den *Sünden der Alten* wohnte er nicht allein. »Der Verfasser lebt mit seinen Hunden, Katzen und Vögeln, damit sie ihn warnen und beschützen, wenn die Pest sich seinem Haus nähert. Wir leben im dunklen und können vieles sehen und denken. Im dunklen ist auch Friede.« Doch wie alle friedliebenden Geschöpfe waren sie stets bedroht. Sie waren von Bosheit und Gemeinheit umzingelt, die nur darauf warteten, zum Zug zu kommen. »Heute kommt die Pest in Gestalt von Menschen, aber wenn sie sich in Ungehäuer verwandeln, werden sie noch mehr gefährlich sein. Es werden nicht uhnbedingt Kriegswaffen sein, die die Menscheit verschlingen, sondern Penner, Vampiere, Wehrwölfe und reissende Monster. Ja, die Zeit der Häßlichen ist angebrochen.«

In dem Teil von Hell's Kitchen, den die Bauspekulanten jetzt Clinton nannten, stand Ray Crabtrees Haus gegenüber dem DeWitt Clinton Park, der durch seine Morde und seine Crack-Szene Berühmtheit erlangt hatte. Es war ein weißes Haus hinter einem schwarzen Zaun, ziemlich mitgenommen von einem Feuer, die Fenster mit Brettern verbarrikadiert. Es erinnerte entfernt an die Südstaaten – es hatte etwas, das einen an Provinz und fritierte Hühnchen denken ließ. Am Tor war ein Einkaufswagen festgekettet. Irgendwo heulten viele Hunde.

Crabtree hatte es nicht eilig zu öffnen. Eine Stunde lang mußte ich klopfen und rufen und Zettel durch die Zaunritzen stecken. Doch schließlich zeigte er sich: ein Schwarzer von etwa Mitte Sechzig, kräftig gebaut, in einem geflickten roten Pullover. Er hatte hohe Wangenknochen, feine Züge. Er wartete nicht ab, bis ich etwas sagte. »Ich wußte, daß Sie kommen. Man hat's mir gesagt.«

»Hat man Sie gewarnt?«

»Sagen wir lieber: *informiert.*«

Er konnte Besucher nicht ins Haus bitten. Es war nicht aufgeräumt, und es waren zu viele Tiere da. Vor drei Jahren hatten irgendwelche Brandstifter im Auftrag eines bösen Vermieters versucht, ihn mit Feuer zu vertreiben. Das Dach war zerstört, die Fenster zerschlagen, die ganze Einrichtung demoliert worden. Aber das war nicht das Schlimmste gewesen. »Alle meine Hunde sind verbrannt«, sagte Crabtree.

Wenn man sich mit ihm unterhielt, sprach er sanft und leise – ein Mann, der sich seiner Würde bewußt war. Seine Stimme war nachdenklich und klang wie ein Saiteninstrument: lauter unvermittelte Wechsel der Tonlage, Pizzicati, plötzliche Sprünge. »Die Violine, die Geige«, sagte er, »das war meine erste große Liebe.«

Sie hatten sich auf der Grundschule kennengelernt, in der Nähe von Okmulgee, Oklahoma. Er war das fünfte von dreizehn Kindern gewesen, der Sohn eines Kleinbauern. Im Dorfkino hatte er Ingrid Bergmann in *Intermezzo* gesehen, sich verliebt, eine gebrauchte Geige gekauft und sich einer örtlichen Band angeschlossen. »Ich hab sogar Unterricht gekriegt. Mir war eine Karriere als Geiger bestimmt. Aber es hat nicht geklappt.« Also ging er fort, nach Tulsa und dann nach New York. Er lief durch die Straßen, fand heraus, welchen Weg das Geld einschlug, und folgte ihm. Wochen- und monatelang saß er in der Halle des Waldorf Astoria und des Pierre und fing mit jedem Menschen, der ihm nicht die kalte Schulter zeigte, ein Gespräch an. Er war neunzehn, Sternzeichen Widder – »mutig und kühn, einer, der sich vor nichts fürchtet«. Er wußte, daß er auserwählt war.

Das war 1942. Zehn Jahre lang studierte er Komposition, las philosophische Texte, richtete sein Leben danach ein. Seine Vorbilder waren Aristoteles, Spinoza, Voltaire, Wagner und

Rasputin – »der größte und verkannteste Mann des zwanzigsten Jahrhunderts«. Er schrieb zwei Opern, von einer davon auch das Libretto, sowie Lieder, Trios und Quartette. Er wäre gern in die Katherine Dunham Dance Company eingetreten, nur leider konnte er nicht tanzen. »Also hab ich weiter gelesen. Und es war wie Zauberei: Alles, was ich gelesen habe, war schon in mir. Ich kannte es schon, ich hatte bis dahin nur nicht gewußt, was es war«, sagte er. »Wie es hieß.«

Und nun, da er wußte, wie es hieß, war er gerüstet. Wieder ging er dorthin, wo das Geld hinging. »Denn Salomo sagt, ein Fest ist für Ausgelassenheit, und Wein ist für Fröhlichkeit, aber Geld dient allen Dingen.« Er fand Geldgeber und veranstaltete Konzerte im Rathaus und in der Carnegie Recital Hall. Auf den Programmzetteln schrieb er, daß er versuche, »zu unausweichbaren Gedanken beizutragen«. Die Titel seiner Kompositionen lauteten unter anderem: *Die Sinne – Gedanken bei der Lektüre von Nietzsche, Der Wille ist alles* und *Crabtree Violinkonzert.*

»Es gab noch mehr. Immer noch mehr«, sagte er. Außer sich selbst förderte er auch Ball- und Jazzorchester und Musiker wie Noble Sissle, Eubie Blake und Hazel Scott, und außerdem hatte er eine eigene Radiosendung, *Crabtree's Youth Show.* Profitabler war sein Handel mit gebrauchter Kleidung. Er hatte nie geheiratet, hatte auch keine Vertrauten und wohnte in einem Zimmer in der Nähe der Madison Avenue. Um 1960 herum fing er an, streunende Hunde zu sammeln. »Historisch gesehen«, davon war er überzeugt, »war das der Wendepunkt. Meine Hündin bekam neun Junge, und da hab ich sie ins Badezimmer getan. Es war ein großes Badezimmer, mit Dusche und allem, aber die Nachbarn haben sich beschwert, und darum wurde ich dann auf die Straße gesetzt, rausgeschmissen, und meine Hunde auch.«

Seitdem war er oft umgezogen. Manchmal sah es so aus, als

würde er nie mehr zur Ruhe kommen. Doch er hatte Helfer, treue Freunde, die dafür sorgten, daß er nicht hungern mußte. 1974 publizierte er sein erstes Buch: *Nachdenken über das Leben und die Dinge.* Es war ein Privatdruck, trug den Untertitel »Die Botschaft, die Watergate möglich machte« und bestand aus einer Sammlung von Prophezeiungen, Träumen und Betrachtungen. Es wurden etwa dreihundert Exemplare verkauft. Auf der Rückseite war das Wappen der Crabtrees eingeprägt: in der Mitte eine senkrechte Hand, die einen Dolch hält, gekreuzt von einem schrägstehenden silbernen Kreuz und einem tiefblauen Schwert.

Er und seine Hunde fanden Obdach in einem ehemaligen Frachtbüro der Eisenbahn in der Eleventh Avenue. Dort verkaufte er noch mehr gebrauchte Kleider und las noch mehr Bücher. Samstags abends organisierte er Tanzabende in einer Verladehalle, die er in The Ballroom umtaufte. Dann riß die Stadt den ganzen Verladebahnhof ab und baute das Jacob Javits Convention Center, einen 375 Millionen Dollar teuren Komplex aus Glas, Spiegeln und Stahl. »Ich wollte bloß Träume Wirklichkeit werden lassen«, sagte Crabtree der *New York Times.* »Alles andere hat mich nicht gekümmert.«

So war er also am DeWitt Clinton Park gelandet. Die Brandstifter waren mitten in der Nacht ins Haus geschlichen, und alle seine Hunde hatten den Tod gefunden. »Aber mit so was muß man rechnen«, sagte er. »In früheren Zeiten haben sie Leute wie mich umgebracht – Seher, Propheten, Philosophen. Johannes den Täufer und so.« Doch das schreckte ihn nicht. »Diese Leute vergessen, daß ich Widder bin.«

Er wurde nicht reich, aber er kam über die Runden. Zweimal pro Woche klapperte er die Restaurants in der Nachbarschaft ab, und die gaben ihm jede Menge Knochen für die Hunde und gutes Fleisch für ihn selbst. Den Rest der Zeit studierte er die

Ewigkeit. »Sicher ist nur eins«, erklärte er. »Wir steuern auf den Untergang zu.«

Vor seinem weißen Haus bot er dem Wind die Stirn und kratzte sich am Kopf – ein sanfter, aber verwirrter Mann. »Früher hab ich fast jede Nacht geträumt«, sagte er. »Ich hab helle Lichter gesehen. Ich bin gegangen, nicht gerannt, ich hab meinen Feinden den Rücken gekehrt. Ich bin von einer Klippe gefallen, ich hab Musik geträumt. Ich bin geschwebt. Ich hab in der Luft geträumt.« Die Hunde hinter den vernagelten Fenstern hörten nicht auf zu heulen. »Heute träume ich überhaupt nichts mehr«, sagte Crabtree.

»Nie?«

»Nichts. Nie mehr.«

Richard H. Roffman spitzte die Lippen und schüttelte den Kopf, als er das hörte. »Auch Menschenfreunde haben natürlich mal einen schlechten Tag«, sagte er unsicher.

Roffman war Crabtrees Presseagent. Er war außerdem der selbsternannte Bürgermeister des Times Square und der Schutzpatron all jener, die eine fixe Idee verfolgten. Seine allwöchentliche Kabelfernsehshow *The Dick Roffman World* hatte mehr heimatlosen Talenten eine kostenlose Plattform geboten als jeder andere Broadway-Promoter seit P. T. Barnum persönlich. Zu seinen augenblicklichen Stars gehörten neben Crabtree Leute wie Monde, »das Akkordeon-Genie und der Erfinder des weltberühmten Handschüttel-Handschuhs für Prominente«, Tino Valenti, »der Gesellschafts-Troubadour«, Adonaiasis, »das singende Medium«, Morris Katz, »der schnellste Maler der Welt«, Dr. Joseph Yellis, »Podiater und Humorist«, und Dee Dee Darnell, »eine Nachtigall, die nicht mehr vorgestellt zu werden braucht«.

Das war kein Gag. Roffman war der geborene Missionar, ein großer, rundlicher Mann mit dem Gemüt eines Humpty

Dumpty. Wenn er auch nicht von allen Talenten seiner Klienten überzeugt war, so glaubte er doch fest daran, daß sie ein Recht hatten, einem großen Publikum vorgestellt zu werden. Den »Rattenfänger vom Broadway« nannte ihn Wambly Bald (»ein geschätzter Freund und Vertrauter«). »In diesem Geschäft, wo man nur selten ein ermunterndes Wort hört, ist seine Stimme die Stimme des Lichts.«

Roffman selbst hängte die Latte ein wenig tiefer. »Ich bin bloß ein Presseagent. Ein Woolworth der Publicity, kein Tiffany«, sagte er. Unter dem Künstlerbarett, das er verwegen schief aufsetzte, war er völlig kahl, und er litt unter Atemnot. Er war in den Siebzigern, wurde von Arthritis und einem Leistenbruch geplagt und stützte sich schwer auf einen Stock. Dennoch verlangsamte er sein Tempo nicht. Im vergangenen Jahr hatte er dreihundertfünfundsechzig Tage gearbeitet, an zwölfhundert Galaempfängen teilgenommen und über siebentausend Pressemitteilungen herausgegeben. »Mein Job besteht darin, Hoffnung zu geben. Das erfordert Stehvermögen.«

Unter den Pressemitteilungen, die er mit zwei Fingern auf einer alten Royal tippte, stieß ich auf kleine Meisterwerke. »Die Gesellschaft der Tanzenden Derwische hat Tino Valenti einen Preis verliehen und damit den Gesellschafts-Troubadour, Erzähler, Charakterdarsteller, Künstler, Modedesigner, Sänger, Gitarristen, Kunstradfahrer, Vortragsredner, Produzenten und Regisseur als den meistbeschäftigten Mann der Branche geehrt.«

Oder: »Das bekannte Singende Medium Adonaiasis bietet sechs vegetarische Dackel für Auftritte an. Bei einer Pressekonferenz im chinesischen Restaurant Lotos Eater sagte Adonaiasis, ein großer, muskulöser, gutaussehender blonder Mann: ›Es fällt mir nicht leicht, diese wunderbaren Hunde abzugeben, aber meine Beratungsdienste nehmen mich so in Anspruch, daß ich meine Aufmerksamkeit nur einigen wenigen vierbeinigen Freunden widmen kann...‹«

Für diese inspirierte Prosa erntete Roffman viel Spott und wenig Dank. Seit vierzig Jahren arbeitete er in demselben Büro/Wohnzimmer in der Nähe des Upper Broadway. Der Raum war babyrosa gestrichen, und an den Wänden stapelten sich Pressemitteilungen, Zeitungsausschnitte und Demo-Bänder. Irgendwo dazwischen saß Roffman, unterstützt von seiner Schwester Malvina, telefonierte an zwei Apparaten gleichzeitig und tippte neue Mitteilungen. Sein großer, mondförmiger Kopf leuchtete weiß vor Schmerz – ein schwitzender Käse. Dennoch lief Roffman ständig auf Hochtouren. »Nat Lehrfeld, Kürschner und Seemuschel-Bildhauer«, sagte er, »Big Eddie Carmel, der sanfte, zwei Meter fünfundsiebzig große jüdische Riese aus der Bronx, Prinzessin Saint Joan, die berühmte Ölmalerin.«

»Deine Tabletten«, sagte seine Schwester Malvina.

»Bruder Ignatius, ganzheitlicher Gesundheitsguru, der auf die wunderbare Heilkraft der Kokosnuß schwört, Cowboy Jack Willis, Preisboxer und Dichter, Harold Blum, Keksgroßhändler.«

»Dick, Dick«, rief Malvina, inzwischen mit klagendem Unterton, »weißt du nicht mehr, was der Arzt dir gesagt hat?«

»Ugly George Urban«, sagte Dick. »Trägt einen silbernen Anzug.«

Im Durchschnitt brachte er es pro Tag auf zwanzig Pressemitteilungen und hundert Telefongespräche. Dann begann die Nachtschicht. »Nach meiner Scheidung hab ich mir geschworen, nie mehr einen Abend zu Hause zu verbringen«, sagte er. »Hab ich auch nie.«

»Hat er nie«, seufzte Malvina.

»Werd ich nie.«

Die Geschichte seiner Broadway-Spaziergänge reichte bis in seine frühe Kindheit zurück. Sein Vater Maurice Roffman, »der bekannte Komponist und Orchesterleiter«, dirigierte die Hauskapelle im Elysee Hotel und spazierte in den Pausen mit seinem Stammhalter über den Großen Weißen Weg. Dick wurde ein Kinderstar des Stummfilms, trat in ein paar Folgen von *Die Rasselbande* auf und trat dann als Nachwuchsreporter in die Redaktion des *New York Journal-American* ein. Er interviewte Dutch Schultz und Meyer Lansky, war Walter Winchells Gehilfe, erledigte die Öffentlichkeitsarbeit für Sherman Billingsleys Stork Club und leitete eine eigene Radiosendung mit dem Namen »Wahre Geschichten aus dem wirklichen Leben«. Und schließlich fand er seine Berufung: »Ein Katalysator zu sein.«

Damit verdiente er nicht gerade glänzend. Er verlangte keine festen Honorarsätze, und juristischen Feinheiten stand er argwöhnisch gegenüber. Manchmal wurde er in Dollars bezahlt, häufiger allerdings in Versprechungen. Ein Journalist schrieb einmal, er habe als Bezahlung für einen Fernsehspot ein Paar gebrauchte Handschuhe angenommen. Das hieß aber nicht, daß seine Klienten ihn nicht zu schätzen wußten. Im Gegenteil: Für sie war er ein echter Heiliger. Jedes Jahr gab es die Richard-H.-Roffman-Geburtstagsfeier, veranstaltet von den Freunden von Richard H. Roffman. Dann fanden sich im Festsaal eines Restaurants in der Nähe des Broadway oder in Roffmans Fernsehstudio unter einem Auto-Ersatzteillager in der 59. Straße West all seine Schützlinge ein, angeführt von Dr. Murray C. Kay, »dem politisch engagierten Mitbürger, Fabrikanten von Kosmetikprodukten und Besitzer des Murray Kay Way Beauty Salon«, und nacheinander traten das Akkordeon-Genie, das singende Medium, der Podiater und Humorist, der Seemuschel-Bildhauer, der Gesellschafts-Troubadour, die

Nachtigall, die nicht mehr vorgestellt zu werden brauchte, der zwei Meter fünfundsiebzig große jüdische Riese, der ganzheitliche Gesundheitsguru und der Keksgroßhändler auf die Bühne, sangen und tanzten, erzählten Witze, trugen Gedichte vor und gaben Imitationen zum besten.

Wenn der Unterhaltungsteil vorbei war, wurden Reden gehalten, und der Inhalt dieser Reden war immer derselbe: »Richard H. Roffman hat mich zu dem gemacht, was ich heute bin. Er hat meine Träume Wirklichkeit werden lassen.«

Der Gedanke daran ließ ihn vor Freude erröten. Seine Augen wurden feucht, sein blasses Gesicht bekam rote Flecken. »Für diese guten Freunde«, sagte Roffman, »danke ich Gott, dem ›berühmten höheren Wesen‹.«

Er war einer der letzten Presseagenten. In ein paar Jahren würde dieser Beruf ausgestorben sein – noch ein Stück Broadway dahin. Seit es den Times Square gab, waren die Presseagenten seine Marktschreier gewesen. Im eigentlichen Sinne hatten sie diesen Platz erfunden. Sie und ihre Komplizen von der Boulevardpresse waren es gewesen, die ihn als *Die Kreuzung, wo alle Straßen der Welt sich treffen* verherrlicht hatten. »Eine verdammte Hexe, die auf einem Besen aus Versprechungen durch die Luft reitet und Pfeffer in die Augen derer streut, die auf sie vertrauen.«

Das Gewerbe des Presseagenten war schon immer eher eine Heimindustrie gewesen, unterbezahlt, mit miserablen Arbeitsbedingungen. Dennoch hatte es ein gewisses schäbiges Prestige gehabt. In den fünfziger Jahren hatte es sogar die Tub-Thumper's Row hervorgebracht, eine Ansammlung von Büro-Apartments in der 48. Straße West. Ihr Mittelpunkt – Eddie Jaffes Schlafzimmer über Duffy's Tavern – war damals eine bekannte Broadway-Adresse gewesen. Marlon Brando hatte dort auf dem Boden geschlafen, Rocky Graziano hatte die stahlbeschlagene Tür eingeschlagen, und Margie Ward, »die berühmte Königin des Striptease«, hatte dort verkündet, sie strebe eine seriöse Karriere an und werde als Klytämnestra auftreten. »Ich spiele die Frau von König Agamemnon«, hatte sie erklärt. »Er schuldet mir zwanzig Riesen.«

In jenen glücklichen Zeiten hatte es laut *Cosmopolitan* allein am Times Square fünfhundert Presseagenten gegeben. Heute waren nur noch Richard H. Roffman und Dick Falk übrig. »Das ist traurig«, sagte Falk, »aber nicht sehr traurig.«

Er war achtundsiebzig, eine beeindruckende Gestalt mit einer weißen Kapitänsmütze, einem weißen, langen Schnurrbart und einem weißen Spitzbart. Das Fenster seines winzigen Büros ging auf die Ecke Broadway/42. Straße, die Kreuzung, wo alle Straßen der Welt sich treffen. »Ein Logenplatz«, sagte er. »Von hier aus kann ich alle Viertelstunde einen Überfall sehen – ›einen zum Preis von zwei‹, wie es in der Fernsehreklame immer heißt – und brauche keinen Schritt vor die Tür zu tun. Das hält mich jung.«

Er war das genaue Gegenteil von Roffman. Wo der Rattenfänger auf vergoldeten Splittern ging, marschierte er mit genagelten Schuhen. Sein Schritt war ausgreifend, seinen Augen entging nichts, und seine Stimme klang wie die eines Stabsunteroffiziers. »Die Geschichte des Times Square?« donnerte er nicht weniger pompös als P. T. Barnum. »Am Anfang war's eine Jauchegrube, und danach ging's immer bergab.«

Über das sogenannte Goldene Zeitalter des Broadway konnte er nichts sagen – das war vor seiner Zeit gewesen. Doch seit den zwanziger Jahren war der Times Square immer das gewesen, was er auch heute war: ein Karneval, ein Rummelplatz. »Die Leute reden immer einen solchen Stuß«, sagte er. »Golden hier und golden da. Glauben Sie mir: Das einzige Goldene weit und breit ist das Lachen des Bargelds, das man in die Hand kriegt.«

Im Lauf der Jahre mochten sich vielleicht die Attraktionen, die Dialoge und die Geräuscheffekte verändert haben, das Grundthema aber blieb immer dasselbe. »Männer kommen, um zu vögeln, Frauen kommen, um zu kassieren«, sagte Falk.

Ein Ausdruck gespielter Besorgnis trat in seine Augen. Er zupfte verlegen an den aufgebogenen Enden seines weißen Schnurrbarts und senkte seine Stimme zu einem mittellauten Brüllen. »War das eine sexistische Bemerkung?« fragte er. »Es ist wahr, also war's wahrscheinlich eine.« Seine Zerknirschung verflog, seine Miene hellte sich wieder auf. »Geschieht mir ganz recht«, sagte er. »Wahrheit und Presseagenten, das paßt einfach nicht zusammen.«

Diese Art von Herabsetzung war bei ihm eine Art Markenzeichen, ein eingeprägtes Merkmal. Unter seiner Kapitänsmütze war er so kahl wie Richard H. Roffman. Aber das betrachtete er als Preis für den Eintritt in die Zunft. »Alle Presseagenten sind kahl. Das müssen sie sein.« Er seufzte tief. »Ihre Lügen brennen ihnen die Haare weg.«

Falk stammte aus Newark, New Jersey. Er hatte ein Vermögen in Eisenbahnaktien geerbt und es mit einundzwanzig durchgebracht. Er hatte sich als Hollywood-Schauspieler versucht und war gescheitert, hatte sich als Geschäftsmann versucht und war gescheitert, hatte versucht satt zu werden und war gescheitert. »Ich war dreißig und wohnte im Jefferson Hotel an der Eighth Avenue, für neun Dollar die Woche, und nicht mal die konnte ich bezahlen. Ich hab mich von Haferflocken im Automat ernährt – da kriegte man ein Brötchen umsonst, wenn man vor neun Uhr morgens da war. Ich war krank, mein Magen hat mich schier umgebracht, und an den meisten Tagen kam ich überhaupt nicht mehr aus dem Bett. Und ich dachte: ›Was bleibt mir noch? Was kann einer machen, der nichts weiß, kein Talent hat, keine Aussichten, keine Hoffnungen, kein bißchen Geld?‹« Er hob die schönen Augenbrauen und strich sich über den Bart. »Vorschläge, bitte. Postkarte genügt.«

Fünfzehn Jahre lang hatte er für die Shubert Organization gearbeitet, dann hatte er sich selbständig gemacht. Im Lauf der Jahrzehnte hatte das Spektrum seiner Klienten von Jayne Mansfield bis Norman Mailer, von Barbra Streisand bis Salvador Dalí gereicht. Inspiriert von Dick Falk und der »reinen, senkrechten, mystischen und barbarischen Liebe zum Geld«, hatte Dalí sich bereit erklärt, eine Serie von Hallmark-Grußkarten zu entwerfen. »Allerdings haben sie sich nicht verkauft«, gestand Falk. »Genausowenig wie Great Herman.«

Herman – »der geschickteste, vielseitigste Künstler, den ich je vertreten habe, und obendrein ein vollendeter Gentleman« – war in den späten fünfziger Jahren nach New York gekommen. Falk hatte eine Suite im Waldorf Astoria reserviert und die gesamte Presse eingeladen. Das Hotel hatte, da Falk einen Schweizer Akrobaten ohne Englischkenntnisse angekündigt hatte, in der Suite Champagner und delikate Häppchen bereitgestellt und für einen Dolmetscher für die Sprachen Deutsch und Italienisch gesorgt. Pünktlich um zwölf Uhr mittags fuhr ein gemieteter Daimler vor. Ein Blitzlichtgewitter entlud sich. Und dem Wagen entstieg Great Herman, ein Floh. »Allerdings ein ziemlich großer Floh. Und sehr kontaktfreudig.«

Das war das Wesen von Falks Tätigkeit: das Unverkäufliche im Streben nach dem Unerreichbaren. Manche fanden diese Jagd infantil und geschmacklos, eine Beleidigung der menschlichen Intelligenz. »Diese Leute haben gesunden Menschenverstand«, sagte Falk, »und am Broadway nichts verloren.«

Sein eigener Broadway war irgendwann um 1970 herum verblaßt. Das Fernsehen machte den Presseagenten überflüssig. Früher hatte es in New York neun große Zeitungen gegeben – jetzt waren es noch drei, und auch die waren angeschlagen. Und die Klienten hatten sich ebenfalls verändert. »Plötzlich wollten sie alle den Hamlet spielen. Sogar Great Herman.« Büromieten schossen wie Raketen in die Höhe, alte Kollegen warfen das Handtuch. Unterdessen brach unten auf dem Times Square das Porno-Zeitalter an.

Theoretisch hatte Falk nichts dagegen einzuwenden. »Geschäft ist Geschäft«, sagte er. »Da tanzt ein Mädchen oben ohne in einer Bar, und man steckt ihr einen Schein in den Slip und darf sie anfassen. Was ist daran so schlimm? Ich wollte, Norman Mailer wäre so ehrlich gewesen.« Aber diese Sex-Shows brachten noch andere Sachen mit sich: »Dealer, Zuhälter und Verrückte. Kranke Typen. Penner. Tote Presseagenten.«

Inzwischen hatte er seine Arbeitszeiten gekürzt und fuhr nicht mehr schon frühmorgens mit der U-Bahn in die Stadt. Doch sein knallrotes Reklameband – »Richard R. Falk Associates, Public Relations, 221-0043« – hing noch immer stolz vor seinem Fenster im ersten Stock, und er war keineswegs untätig. Vor kurzem hatte er ein Foto, auf dem er weißbärtig, edel und ausdrucksvoll im Profil zu sehen war, an alle möglichen Colleges verschickt, zusammen mit einem Brief, in dem er mitteilte, daß er, Sigmund Freud, »distinguierter Achtzigjähriger und Denker«, für Vorträge zur Verfügung stehe. Seine größte Leidenschaft jedoch war das Fliegen.

Auf seinem Schreibtisch stand eine übergroße Haferflockendose mit der Aufschrift *Flugasche*. »Ich biete einen ganz besonderen Service: einen Flug in die Ewigkeit. Ich hoffe, daß ich der einzige bin, der das im Programm hat.« Gegen ein bescheidenes Entgelt würde er die Asche Verstorbener, sicher eingeschlossen in der Haferflockendose, über dem Meer verstreuen, unter der Rezitation von Versen aus dem *Rubaijat* des Omar Chajjam. »Nimm das Bargeld und laß die Kreditkarten sausen«, zitierte er und nahm eine pathetische Pose ein. »Oder so ähnlich jedenfalls.«

Manchmal, wenn der Wind von Norden wehte, ertappte er sich dabei, daß er über seine eigene Asche nachgrübelte. Diese Gedanken bedrückten ihn aber nicht sehr lange. »Letzte Woche ruft mich einer an und sagt, er hat Krebs und wird's nicht mehr lang machen, und ich soll mich um seine Asche kümmern. Na prima. Ich sage also: ›Sie erfüllen Ihre Seite der Abmachung, dann erfülle ich meine.‹ Leider stellt sich heraus, daß der Bursche eine Heidenangst vor dem Fliegen hat. Was soll ich also tun?« Falk machte ein verdutztes Gesicht. »Was soll ich diesem armen Clown sagen? ›Wir werden ganz langsam fliegen‹«, brüllte er. Er schlug mit der Faust auf den Schreibtisch, daß Staub, Ausschnitte aus alten Zeitungen und Fotos von längst toten Revuetänzerinnen in die Luft gewirbelt wurden. »Langsam! Einen Scheiß werde ich«, sagte er.

Es war sechs Uhr. Gegenüber hing ein Schild mit der Aufschrift: »Delicate Touch – Topless Shines«. Viele Jahre war das eine Institution gewesen. Man war eine lange, dunkle Treppe hinaufgestiegen, die in einem Gang mit Schuhputzständen, Schuhcremedosen und Putzlumpen, aber ohne barbusige Schuhputzerinnen geendet hatte. Ein alter Schwarzer – »meinen Namen weiß nur ich« – hatte hinter einem Tresen gesessen und erklärt, was hier ablief: fünf Dollar für ein Mädchen und fünfzehn Minuten auf dem Zimmer; alle Extras mußten zusätzlich ausgehandelt werden. Oder wenn man das lieber wollte, konnte man auch im Gang bleiben und sich von einem der Mädchen die Schuhe putzen lassen. Das war tatsächlich einmal vorgekommen, hatte der Mann hinter dem Tresen gesagt. Allerdings hatte er sich nicht erinnern können, in welchem Jahr.

Jetzt waren der alte Mann und mit ihm die Schuhputzstände

verschwunden. Statt dessen stieß ich auf ein Mädchen namens Wesley, das unbeirrt an eine mit einem großen Vorlegeriegel verschlossene Tür klopfte. Wesley war siebzehn, hatte eine sehr helle Haut und feuerrotes Haar. Sie suchte einen Mann, der Smiling George hieß. »Er hat gesagt, ich soll um sechs hier sein. Jetzt ist es sechs«, sagte sie, »und er ist nicht da.«

Wir machten einen Spaziergang über den Times Square. Es war Schichtwechsel: Die alten Männer gingen nach Hause, für die jungen begann die Nacht. Neue Gruppen von Schaulustigen drängten sich um die Dreikarten-Spieler. Streifenwagen schlichen vorbei, doch kein Polizist kümmerte sich um die Spielrunden. Warum auch? Für jeden, den man verhaftete, standen kurze Zeit später zwei neue dort. »Ich hab gehört, daß sie betrügen«, sagte Wesley.

Sie kam aus Concordia, Kansas, und war jetzt seit fünf Tagen in New York. »Aber gegessen hab ich nur in den ersten drei Tagen«, sagte sie. Ihr Gesicht war kalkweiß, ihre Augen hatten rote Ränder, und sie war den Tränen nahe. Bei Nedick's, wo ich sie zu einem Snack einlud, vertilgte sie vier Hamburger, vier große Portionen Pommes frites, vier große Becher Cola und vier Portionen Eiscreme. »Vier ist meine Glückszahl«, sagte sie. »Das hat mir Smiling George gesagt.«

Sie trug einen grünen Minirock, bonbonrosafarbene Strumpfhosen und ein marineblaues Herrenhemd. Darum hieß sie ja auch Wesley: Ihr Vater hatte sich einen Jungen gewünscht. Doch ihr rotes Haar floß ihr schimmernd über die Schultern; es roch frisch nach Kokosöl. Sie war Schauspielerin oder wollte es jedenfalls werden, und Schauspielerinnen achteten auf ihr Äußeres. »Sie waschen sich immer, jeden Tag. Das müssen sie«, sagte Wesley. Sie trug einen dunkelblauen, nach außen verlängerten Lidstrich, so daß ihre grauen Augen an die einer siamesischen Katze erinnerten. »In diesem Geschäft ist das persönliche Erscheinungsbild das Kapital, ein Aktivposten, den man nie unter Wert verkaufen darf«, sagte sie. »Das hat George mir gesagt.«

Sie hatte ihn erst am Abend zuvor kennengelernt. Wie sie sich gefunden hatten, das war so eigenartig gewesen, daß man meinen konnte, das Schicksal habe die Hand im Spiel gehabt. Wesley hatte an der Ecke Broadway/44. Straße gestanden. Es war gerade dunkel geworden, und sie hatte großen Hunger gehabt. Seit einer Woche hatte sie nicht mehr in ihrem Bett geschlafen. Ehrlich gesagt: Sie hatte sich einsam und verlassen gefühlt, sie hatte Angst gehabt. Sie war nur nach New York gekommen, weil sie hier einen Jungen kannte. Er hieß Martin und war älter als sie.

Sie hatte ihn Ostern oben in South Dakota, im Badlands-Nationalpark, kennengelernt. Sie war mit ein paar Freundinnen unterwegs gewesen; sie hatten an einem Picknickplatz haltgemacht, und Martin hatte sich Salz von ihnen geborgt. Er wollte Schauspieler werden, wie sie, aber er war ihr weit voraus. Er hatte schon ein Zimmer in Long Island City und einen festen Job als Kellner. Er nahm Sprechunterricht, konnte steptanzen und Urschrei. Er benutzte *Obsession* von Calvin Klein.

Als sie zum erstenmal miteinander schliefen, in Martins Chevrolet Rambler, schob er sie und sich selbst immer weiter seitwärts und nach oben, bis sie sein linkes Profil im Rückspiegel sehen konnte. »Er war so zielstrebig«, sagte sie. Am nächsten Morgen erzählte sie ihm, sie wolle nach New York kommen. Das war irgendwie geschwindelt – der Gedanke war ihr erst in jenem Augenblick gekommen. Aber Martin zuckte nicht mit der Wimper. »Spitze«, sagte er. »*Mi casa es su casa.*« Und da war sie nun. Bloß: Martin war nach Marblehead umgezogen.

»Wie heißt das noch? Irgendwas mit Baum und Borke oder

so.« Sie konnte nicht zurück nach Hause, so war sie einfach nicht. »Ich bin wie ein Soldat erzogen worden«, sagte sie. Aber selbst Soldaten fühlten sich manchmal einsam und verlassen und hungrig. Die beiden Nächte zuvor hatte sie in der Penn Station verbracht und war immer von einer Bank zur nächsten gescheucht worden. Sie hatte noch einen Zehndollarschein im Schuh, aber den wollte sie für den absoluten Notfall aufheben. Was sollte sie also tun? »Ich hab angefangen zu weinen«, sagte sie. »Na ja, nicht direkt weinen. Mir sind ein paar Tränen über die Wangen gelaufen.« Und dann war zufällig Smiling George vorbeigekommen.

Sie hatte es nicht glauben können. Gerade als sie ganz verzweifelt war, hörte sie eine Männerstimme rufen: »Jennifer! Jenny! Jenny Feffer!« Eine weiße Hand packte sie am Arm, und sie roch *Obsession* von Calvin Klein. Aber als sie sich umdrehte, war es ein älterer Mann, fünfzig vielleicht, und er sah aus, als wäre er den Tränen nahe. »Du bist nicht meine Tochter«, sagte er.

Irgendwie hörte es sich an, als sei das ihre Schuld. Das ging ihr immer so. Vielleicht lag es an ihrer Aura, vielleicht auch daran, daß sie rote Haare hatte. In der Schule hatte sie eine Freundin, Marianne Tibbs, die eine Art Mystikerin war, und Marianne hatte ihr mal gesagt, daß Rothaarige vom Schicksal dazu verurteilt waren zu verbrennen, von ihrem eigenen Feuer verzehrt zu werden. Die roten Haare symbolisierten das elementare Feuer, Hexerei, das verbotene Unbekannte. »Den Gesang der Sirenen – unwiderstehlich, aber tödlich«, hatte Marianne gesagt. Doch Wesley fühlte sich nicht wie eine Hexe. Eher wie ein Rechenfehler.

»Wie jemand, der eigentlich jemand anders hätte sein sollen«, sagte sie. Ein Junge oder ein nettes Mädchen: eine üppige, braungebrannte Blondine oder eine geheimnisvolle Brünette.

Alles, nur nicht dieses Mädchen mit der weißen Haut und den karottenroten Haaren und den langen Armen und Beinen und einem Hintern, so flach wie Kansas, ein Mädchen, das nicht die Tochter dieses Mannes war und es auch nie sein würde.

An der Ecke Broadway/44. Straße ging der Mann langsam im Kreis um sie herum und musterte sie von allen Seiten, noch einmal und noch einmal. »Ich versteh das nicht«, sagte er. Er war nur ganz kurz weggewesen. Er war bloß mal kurz zu Primadora hineingegangen, um sich eine Zigarre zu kaufen, und als er wieder zurückgekommen war, hatte sich Jennifer einfach in Luft aufgelöst. Sie war sechzehn, noch ein Kind. Wenn sie bösen Menschen in die Hände fiel, war sie verloren. »Ich bin völlig am Ende«, sagte er.

Wesley sah ihm ins Gesicht. Es war das traurigste Gesicht, das man sich nur vorstellen konnte. Alles hing herunter – die Haut um die Augen, die Ohren und Wangen, die lange, gebogene Nase. Er erinnerte sie an einen Beagle, der ihr mal zugelaufen war. Der Beagle hatte Trigger geheißen und war schlecht behandelt worden. »Es tut mir leid«, sagte sie.

»Es ist nicht deine Schuld«, sagte der Mann.

Es war nett, daß er das sagte, aber Wesley glaubte ihm nicht. Er sah sehr verletzt aus, sein Gesicht war eine einzige Anklage, und sie fühlte sich so schuldig, so durch und durch verdorben. »Es tut mir leid«, sagte sie immer wieder. »Es tut mir leid.« Und er stand immer nur da und ließ den Kopf hängen. Er ging einfach nicht weiter. »Meine einzige Tochter«, sagte er.

»Ja«, sagte Wesley schließlich. »Ja, ich will.«

Sein Büro war ein verdunkelter Raum jenseits der Eighth Avenue, wo früher Hell's Kitchen gewesen war. Der Portier trug eine grüne Schirmmütze mit einer goldenen Kordel, und als er sie sah, schlug er die Hacken zusammen und zwinkerte ihnen zu. »Wie geht's, Smiling George?« fragte er.

»Ich bin völlig am Ende«, sagte Smiling George.

Er war Filmproduzent. Bei seinen Freunden hieß er einfach George, aber sein Künstlername war Federico Fellini. »So läuft das eben in dieser Branche. Wenn man kein Italiener oder Jude ist, kann man sich gleich einsargen lassen«, erklärte er. Er schüttelte den Kopf, daß seine Hängebacken zitterten. »Das ist verrückt, aber was soll man machen? Die ganze Welt ist vollkommen verrückt.«

An den Wänden hingen Plakate von seinen Filmen. Wesley konnte sich nicht mehr an die Titel erinnern – sie waren in einer fremden Sprache –, aber George sagte, daß es allesamt Megahits gewesen waren. »Kassenknüller, Welterfolge«, sagte er. Dennoch war er nicht zufrieden. Echte Künstler waren nie zufrieden. Er hatte ein neues Projekt in Arbeit, das der Filmwelt garantiert den Atem verschlagen würde. Allerdings war noch nicht alles geklärt. Es gab bis jetzt nicht einmal einen Titel. Aber alle anderen Einzelheiten hatte er bereits im Kopf: Handlung, Dialoge, Publicity-Konzept. »Ich hab sogar schon einen Werbeslogan: ›Sie haben schon viel gesehen, aber das Beste kommt noch‹«, sagte George. Nur die Rollen mußten noch besetzt werden. »Die Hauptdarstellerin zum Beispiel«, sagte er. »Ein solcher Film kann einschlagen wie *Vom Winde verweht*, oder er kann untergehen wie *Salomo und die Königin von Saba*. Es hängt alles vom weiblichen Star ab.«

Wie er es darstellte, erforderte die Rolle eine einzigartige Begabung. »Eine Hollywood-Schauspielerin könnte das nicht bringen. Sie wäre zu schal, zu abgegriffen«, sagte er. Er suche ein frisches, unverbrauchtes Gesicht. »Inkandeszenz«, sagte er.

Das Wort kannte sie nicht. Sie war zu schüchtern, um es zuzugeben, aber George schien das zu spüren. »Eine innere Glut«, erklärte er, »eine verhaltene Inbrunst, die nur auf den

Zündfunken wartet. Ein sinnliches Feuer, so rein wie unverschnittener Rum, und es braucht nichts weiter als ein Streichholz, und jeder normale Mann in Amerika versengt sich die Augen.«

Diese Qualitäten fand man nicht an jeder Straßenecke. Smiling George war seit Monaten, nein, Jahren auf der Suche und hatte noch keine Frau mit dem richtigen Gesicht und der richtigen Figur gefunden. Manchmal war er nahe daran aufzugeben. Vielleicht existierte die Frau, die er suchte, gar nicht. Vielleicht jagte er einem Trugbild nach. »Einem unerfüllbaren Traum.« Doch er konnte nicht anders. »Es ist mein Heiliger Gral«, sagte er. »Die ewige Suche des Künstlers nach der göttlichen Vollendung.«

Während er sprach, ging er auf und ab und rauchte eine Zigarette nach der anderen. Die Fenster waren schwarz vor Dreck und ließen kein Licht ein. Man schien gar keine Luft mehr zu bekommen. »Heiß. Glühend. Brennend. Feurig«, sagte George, und mit jedem Adjektiv wurde sein Gesicht länger und hundeähnlicher. »Sexsationell«, sagte er. »Wie du.«

Wesley war in einem Sessel versunken, der so tief und weich war, daß es sich anfühlte, als säße sie in Treibsand. Genau über ihr war ein Studioscheinwerfer. Als George ihn einschaltete, war sie völlig geblendet. »Wie du sein könntest«, sagte er. »Wenn du dich nur trauen würdest.«

Sie war nicht naiv. Sie sah Fernsehen wie alle anderen auch, und darum wußte sie über Filmproduzenten Bescheid. Man durfte ihnen nicht trauen. Sie nahmen die Herzen junger Mädchen und warfen sie dann weg wie kaputtes Spielzeug. Doch das Scheinwerferlicht lähmte sie. »Sexsationell«, sagte George noch einmal. Sie spürte, daß er irgendwo hinter ihr stand, aber sie konnte ihn nicht sehen. »Ein sinnliches Feuer.«

Jetzt, da sie es erzählte, kam sie sich dumm vor. In ihrem

Mundwinkel saß ein Ketchupfleck. Sie stürzte sich auf die Eiscreme. »Glauben Sie bloß nicht, ich bin von gestern. Ich kenn mich aus«, sagte sie. Zwei hellrote Flecken brannten wie Spotlights auf ihren Wangen. »Aber ich hatte das Gefühl, daß ich keine andere Wahl hatte. Daß ich nichts zu sagen hatte.«

Als Smiling George den Schweinwerfer ausschaltete, war das erste, was sie sah, die Wand mit den alten Filmplakaten. Auf einem davon sah man eine Blondine mit einem großen Busen in einem hautengen Kleid, die auf allen vieren kroch – ein Raubtier aus dem Dschungel. *La Dolce Vita* stand auf dem Plakat. »Das war einer meiner erfolgreichsten«, sagte George.

Es war ein eigenartiger Zufall, daß sein geplanter Film eine ganz ähnliche Szene enthalten sollte. Wenn Wesley wollte, konnte sie sie ja mal spielen. »Nur um zu sehen, wie du auf Regieanweisungen reagierst«, sagte George. Aber es schien ihm eigentlich nichts mehr daran zu liegen. Plötzlich war es, als hätte Wesley ihn angebettelt, ihr eine Rolle zu geben. »Ich werd dir was sagen: Ich geb dir eine Chance – mal sehen, wie du dich machst«, sagte er. »Was hab ich dabei schon zu verlieren?«

Er blätterte im Drehbuch und beschrieb ihr die Szene. Wesley sollte sich ausziehen, auf den Schreibtisch klettern, sich auf alle viere stellen und bellen. Aber nicht wie irgendein Hund. »Wie ein Pudel mit Stammbaum«, sagte Smiling George. »Wie ein kleines französisches Pudelweibchen.«

Wesley war nicht gut vorbereitet. Bisher hatte sie nur eine einzige Sprechrolle gespielt, nämlich die des Märzhasen in *Alice im Wunderland*. Das war in der achten Klasse gewesen, und seitdem war ihr schauspielerischer Ausdruck ein wenig eingerostet.

Sie fing an, sich auszuziehen, und schien auf einmal zwei linke Hände zu haben. Auf dem Schreibtisch stand eine Vase mit Wiesenblumen aus Plastik, und als sie hinaufstieg, stieß sie die Vase um, und die Blumen flogen durch die Gegend. Abgestandener Rauch und Staub brannten in ihrer Lunge, so daß sie einen Hustenanfall bekam. »Aber gefroren hab ich nicht«, sagte sie. Sie nahm die Stellung ein, die Smiling George ihr angab, und wartete auf sein Kommando. Dann machte sie die Augen fest zu und bellte und bellte, bis sie heiser war.

Die Szene schien überhaupt nicht mehr enden zu wollen. Wesley spürte, daß George in der Dunkelheit hinter ihr stand und sie beobachtete, sie beurteilte. Doch er berührte sie nicht, er regte sich nicht von der Stelle. Nach einer Ewigkeit klatschte er kurz in die Hände. »Schnitt«, sagte er. Wesley stieg vom Tisch und begann sich wieder anzuziehen. Smiling George stand am Fenster und beobachtete sie immer noch – eine schwarze Gestalt vor schwarzem Hintergrund. Doch er verriet nicht, was er dachte, er sagte überhaupt nichts.

»Stellen Sie sich vor«, sagte Wesley. Sie hatte sich gebückt, um die neue rosafarbene Strumpfhose von L'eggs wieder anzuziehen, aber irgendwie hatte sich die Strumpfhose verwickelt und zu einem festen Knoten verdreht. Also hatte Wesley sich mit gebeugtem Kopf hingekniet, um den Knoten aufzumachen. Und als sie aufsah, stand George direkt über ihr.

Von nahem war der Geruch von *Obsession* von Calvin Klein so stark, daß ihre Augen brannten und tränten. George legte seine Hand schwer auf ihre Schulter. Sie fühlte sich kalt und steif an, als wäre sie aus Wachs. »Willst du wirklich was werden im Filmgeschäft? Eine ernst zu nehmende Schauspielerin?« fragte er. Sie gab keine Antwort, nickte nur. Die Strumpfhosen waren im Schritt zerrissen. Sie zog sie bis zu den Knien, aber weiter ging es nicht. »Willst du ein Superstar werden?« fragte George.

»Ja«, sagte Wesley. »Ja, ich will.«

»Dann solltest du dir Regel Nummer eins merken.«

Väterlich legte er seine Hand unter ihr Kinn und zog sie hoch. »Wenn der Regisseur Pudel sagt, dann spiel nicht einen verdammten Pekinesen.«

Sie fühlte sich schrecklich, wie eine völlige Versagerin. Aber George mußte irgend etwas in ihr gesehen haben, *ein sinnliches Feuer*. Er versprach ihr eine zweite Chance, eine richtige Probeaufnahme. »Mit Kameras und allem Drum und Dran«, sagte Wesley. Deswegen hatte Wesley Abend- und Mittagessen ausgelassen und so drei Dollar dreißig und zwei Dollar fünfundvierzig gespart. Das Geld hatte sie in neues Make-up und eine Kokosöl-Haarspülung investiert. »Jugend ist keine Frage des Alters, sondern eine Geisteshaltung«, hatte auf der Packung gestanden.

»Er hat's mir versprochen«, sagte Wesley. Sie hatte gerade den letzten Löffel Eiscreme gegessen; der Tisch war mit Abfall bedeckt. »Ich würde nicht mal einen Hund so behandeln.« Im nächsten Augenblick wurde ihr bewußt, was sie da gesagt hatte. Ihr Gesicht fiel auseinander, bekam lauter Falten, und einen Augenblick lang sah es aus, als würde sie gleich anfangen zu weinen, doch statt dessen begann sie zu kichern. »Heiß. Glühend. Brennend. Feurig«, sagte sie. Zwischen den Essensresten lagen Plastikpäckchen mit Senf und Ketchup. Sie nahm ein paar davon in die Hand und drückte zu. Rote und gelbe Schmiere spritzte über ihre Hand und vermischte sich. »Sexsationell«, sagte sie. »Wie ich.«

Auf der 42. Straße begannen die abendlichen Bürgersteige überzuquellen. Vor den Kinoeingängen bauten sich die Händler der Nacht auf und verkauften neuen Sex, neue Drogen, neuen Tod. »Ich hab Crack, das ist so gut, daß es das Falsche richtig macht«, sagte das graue Gespenst eines Jungen, der vor dem Victory an einem Plakat für *Hot Saddle Tramp* lehnte. Er war siebzehn, genauso alt wie Wesley, aber er hatte nur noch einen Zahn, den Eckzahn oben links, und in den hatte er sich einen Diamanten einsetzen lassen. Der Stein blinkte in seiner Mundhöhle wie eine Taschenlampe in einem Tagebau-Krater. »So gut, so gut«, sagte er, »daß es zum Verrücktwerden ist.«

Der Untergrund war eine ganz andere Stadt. Zwischen Times Square und dem Port-Authority-Busbahnhof lag ein Labyrinth von Gängen, Bahnsteigen, Durchlässen, Schließfächern und Arkaden. Hier lebten Menschen, schon seit Jahren. An den Kreuzungen gab es Straßentheater, schwarze Quartette sangen *Heart and Soul*, Saxophonisten spielten *Giant Steps*, Pantomimen und Jongleure und Ein-Mann-Orchester traten auf.

Unter dem Ausgang zur Eighth Avenue gab es Schuhputzer, Sandwiches mit Plastikkäse und alte Flipperautomaten. Zwischen einem Apollo von William und einem Jack O' Diamonds von Gottlieb stand in einer Pfütze aus Urin ein »Ergründen-Sie-Ihre-Zukunft«-Automat. »Lassen Sie sich vom Schicksal auf die Probe stellen«, stand da. Ein Mann war dazu bereit, ein Vertreter in einem himmelblauen Polyester-Anzug, der von Philadelphia nach New York gekommen war und sich betrunken und seine Brieftasche an einen Taschendieb verloren hatte. Jetzt besaß er nur noch einen Vierteldollar und vier Cents, aber er war für alles zu haben. Er steckte den Vierteldollar in den Schlitz, wartete und drückte sich beide Daumen. Als die Karte mit seiner Zukunft in den Schacht fiel, war er allerdings zu beschickert, um sie zu lesen. »Das Glück ist unterwegs zu Ihnen«, begann er. »Das Schicksal ist mit den Mutigen.« Soviel war klar, aber das Kleingedruckte gab ihm Rätsel auf. »Kein Zweck«, sagte er, zerriß die Karte und warf die Fetzen an die Wand. »Ich hab die Probe gemacht«, murmelte er, »aber sie hat mich nicht gemocht.«

Drei Blocks weiter weg ließ sich Larry Marshall die Story erzählen. »Lassen Sie hören«, sagte er. Er lachte schrill und freudlos.

»Das hätte ich sein können«, sagte er.

Er saß allein bei Barrymore's, einer Theaterbar in der 45. Straße West, und nippte brav an einer Diät-Cola. Dreißig Jahre lang war er vom Schicksal auf die Probe gestellt worden, und er würde nicht in Tränen ausbrechen, wenn es damit nun vorbei sein sollte.

Irgendwie war es komisch. Immerhin wußten alle am Broadway, was er konnte. Er war Sänger, Tänzer und Schauspieler in einem und in vielen Musicals aufgetreten, in *Hair, Jesus Christ Superstar,* in der *Dreigroschenoper* und Dutzenden anderen. Er hatte Rhythm-and-Blues und Bernsteins Messe, Beatle-Songs und Palestrina gesungen. Als Sportin' Life in *Porgy and Bess* war er in der Metropolitan Opera und überall auf der Welt aufgetreten. Er hatte sogar einmal die Hauptrolle in einem Broadway-Musical gespielt, in *Rockaby Hamlet.* Na gut, es war nach vier Abenden abgesetzt worden. Aber sein Name hatte ganz oben auf dem Programm gestanden und in Neonbuchstaben den Broadway erleuchtet. Das konnte ihm keiner mehr nehmen. Und doch mußte er nun, da er auf die Fünfzig zuging, immer noch vorsprechen und -singen.

»Da kommt man doch ins Grübeln«, sagte er. Er war ein wandelndes Lexikon, ein Glossar der Theaterwelt. Vielleicht gab es irgendwo auf dem Broadway jemanden, der mehr Rollen gespielt hatte und vielseitiger war als er. Aber wenn es ihn gab, dann kannte niemand bei Barrymore's den Namen dieses Mannes. »Ich hab auf allen Hochzeiten getanzt«, sagte Larry.

»Und dann?«

»Bin ich auf die Schnauze gefallen.«

Unter seinen Vorfahren waren Schwarze, Iren und Cherokee-Indianer. Seine Haut hatte einen hellen Karamelton, und sein breites Gesicht war mit Sommersprossen übersät. Er lachte oft und laut und erzählte viele Witze. Seine Melancholie schien bodenlos.

Als Junge war er zaundürr gewesen, aber die vielen zurückgelegten Bühnenkilometer hatten ihn aus dem Leim gehen lassen. »Der Lack ist ab, und die Stoßdämpfer sind im Eimer«, sagte er. Er hatte zu viele Jahre auf Tournee verbracht, sich zu viele Nächte um die Ohren gehauen und viel zuviel getrunken. Der Alkohol hatte weder ihm noch seiner Arbeit gutgetan. Er war zum aufgedunsenen, lethargischen Trinker geworden. »Ein Wrack«, sagte er. Aber mit dem Trinken war jetzt Schluß, und das Übergewicht war weg. An der Theke des Barrymore's, die Diät-Cola in der Hand, sah Larry aus wie ein alternder Windhund: ein bißchen lahm und mit Narben aus vielen Kämpfen, aber immer noch reinrassig, zum Rennen geboren.

»Wie ich hier gelandet bin? Sehr gute Frage«, sagte er. Sein Leben hatte in Spartanburg, South Carolina, begonnen. Dreizehn Pfund hatte er bei seiner Geburt gewogen. Sein Großvater war aus einem Cherokee-Reservat geflohen und hatte eine Schwarze geheiratet. Er hatte eine Farm gehabt und ein altes, weißgestrichenes, geräumiges Haus mit Hühnern und Ziegen im Hof und einem Pferd und einer Kuh. Aber er paßte nicht in die schwarze Gemeinschaft. Er war ein konvertierter Katholik, ein Mann mit Schulbildung. Pfarrer kamen ins Haus und lasen im Wohnzimmer die Messe. Larry war nach dem heiligen Laurentius benannt. Seine Mutter war fünfzehn. Jahrelang konnte Larry nur schlafen, wenn er die Hand auf ihren Busen legen konnte. Sein Vater, ein Unteroffizier aus einer nahe gelegenen Kaserne, hatte sich aus dem Staub gemacht. Larry erzählte man, er sei tot. Dann zog seine Mutter nach Atlanta, um dort auf die Friseurschule zu gehen. Das Haus war voller Onkel und Tanten und Massen von Vettern und Cousinen. Alle redeten immer gleichzeitig. Tag und Nacht herrschte Lärm. Draußen im Hof, wo er allein war, drehte Larry Küken den Hals um. Niemand wußte, warum. »Weil sie immer hinter ihrer Mutter herlaufen«, sagte Larry.

Er wurde herumgereicht, bekam den Hals nie voll. Er konnte nicht stillsitzen und hatte ständig Ärger. Seine Mutter heiratete einen Mann, der bei einem Bestattungsunternehmen arbeitete und jedesmal zusammenzuckte, wenn Larry ihn »Papa« nannte. Noch mehr Onkel und Tanten und ein neuer Schwung Vettern und Cousinen tauchten auf. Zum Mittagessen am Sonntag briet Larry sein Lieblingshühnchen im Backofen. Er war vier, fast fünf. Am Wochenende vor seinem fünften Geburtstag pfiff er vor dem Palmetto Theater einer weißen Frau nach. Die Familie fand, daß er anderswo besser aufgehoben wäre.

Er hatte eine Tante in New York, die älteste Schwester seiner Mutter. Sie hatte in eine Familie von Kubanern und Barbadiern geheiratet und lebte in Hamilton Heights. Larry wurde auf Besuch geschickt. Der Besuch hörte nicht mehr auf.

»Das Leben meiner Tante war ein einziger Seufzer«, sagte Larry. Sie wollte, daß Larry ein Baby blieb. Sie wusch ihn und zog ihn an, bis er zehn war. Aber er wurde nicht von allen so verwöhnt. In der Nachbarschaft lebte ein Mann, dessen Namen er nicht preisgeben wollte, und seine größte Freude war es, zu strafen. Die ganze Woche über arbeitete er, führte Larrys Sündenregister und zählte die Hiebe, die er ihm verpassen würde. Am Freitag bekam er seinen Wochenlohn, am Samstag schwang er den Riemen. Und an manchen Sonntagen drückte er Larry zur Abwechslung ein Kissen aufs Gesicht, bis er blau anlief.

»Eine Erziehung«, nannte Larry das. Heute war Hamilton Heights ein Paradies für Crack-Süchtige, aber damals war es eine ziemlich feine Gegend, ein Symbol für den gesellschaftlichen Aufstieg von Schwarzen. Duke Ellington lebte einen Block weiter, Mary Lou Williams um die Ecke. Larrys Onkel, ein Postangestellter, besaß ein dreistöckiges Sandsteinhaus, wuchtig wie eine Zitadelle, und drinnen glänzte das blankgeputzte dunkelrote Holz.

Allein in seinem Zimmer, stand Larry unentwegt vor dem großen Spiegel. Er war jetzt mager und bestand eigentlich nur aus Haut und Knochen. Ein Schnappschuß von ihm als Ministrant zeigt ein Auschwitz-Kind: eingefallene Wangen, ein dünnes Hälschen – nur die Augen verraten, daß Leben in ihm ist. In der Schule trug er eine West-Point-Uniform und salutierte jedesmal, wenn eine Nonne vorbeiging. In seinem Spiegel war er Captain Fantastic. Er stellte sich für die Leute in seinem imaginären Ballsaal in Positur. Er hatte zwei große Sehnsüchte – Priester zu werden und Tenorsax zu spielen – und konnte sich nicht entscheiden.

Irgendwie hatte er sich nie entschieden. Als Teenager war er Solosänger im Chor von Corpus Christi und sang gregorianische Choräle und Faurés Requiem. Und er rauchte Marihuana, trank billigen Wein und sang im Falsett mit einem Rhythm-and-Blues-Quartett, das *A-capella*-Lieder auf einem Friedhof einstudierte.

Das Quartett wurde von einem gewissen David geleitet. Sie nannten sich die Del-Chords und trugen Sweatshirts mit dem Aufdruck »D-C«. Das *Jet Magazine* schrieb über sie; der große Erfolg schien vor der Tür zu stehen. »Bloß«, sagte Larry, »wir haben zu gut gesungen.«

Zu geübt, zu rein – sie klangen nicht schwarz genug, aber als Weiße gingen sie auch nicht durch. Es war 1960, das Jahr des Rock 'n' Roll-Goldrausches. Im Brill Building, Broadway 1652, gab es in jedem Zimmer und in jeder Besenkammer einen kommenden Elvis oder vielversprechende Nachfolger für die Platters. Man stieg in den Fahrstuhl, und die Crests fingen an, »Sixteen Candles« zu singen. Man trat aus dem Fahrstuhl ins Foyer, und Jackie Wilson sang »Lonely Weekends«.

An der Ecke Broadway/49. Straße gab es einen Coffee Shop namens The Turf. Offiziell durften sich dort höchstens dreiundachtzig Personen aufhalten, aber an einem Montag zur Mittagszeit zählte Larry zweihundertsechsundzwanzig, und alle spielten Riffs und sangen Scat: die Skyliners und die Spaniels, die Jesters und Chantels, die Ravens, die Falcons, die Flamingos und die Crows, die Cadillacs und die Impalas, die Eldorados und die Edsels, Ben E. King und die Drifters, Leiber & Stoller, Goffin & King, Doc Pomus und Mort Shuman, Neal Sedaka und Frankie Valli, Little Eva, Lavern Baker, Clyde McPhatter und Sam Cooke. Und ein schmächtiges Bürschchen mit schütterem Haar und unreiner Haut saß auch da und brauchte nie eine Rechnung zu bezahlen. Das war Phil Spector.

In diesem Gedränge gingen die Del-Chords unter. Sie spielten hundertmal vor, erschienen zu hundert Probeterminen, aber immer gab es andere, die lauter sangen oder auffallendere Sachen trugen. Außerdem war Davids heimlicher Traum eine Karriere als Gangster. An dem Abend, als die Gruppe schließlich den Durchbruch hatte und in einer Fernsehsendung auftreten durfte, stellte er fest, daß er keine Zigaretten mehr hatte. Also überfiel er einen Drugstore. Als Larry am nächsten Morgen die Zeitung aufschlug, um die Kritik zu lesen, sprang ihm von der Titelseite das Bild von David entgegen, der mit Handschellen gefesselt war und aus dem Rückfenster einer Grünen Minna wüste Beschimpfungen brüllte.

»Das Fernsehen wollte uns dann nicht mehr«, sagte Larry. Die Del-Chords lösten sich auf, und Larry ging zu den Sierras. Sie machten eine Platte – *I'll Believe It When I See It* –, die auf

Platz 98 der hundert Besten landete. Dann wurde Cassandra, die Sängerin, schwanger oder heiratete, und die Sierras lösten sich auf. Larry konnte sich nie mehr eine Sendung mit Oldies anhören, ohne daß ihm schlecht wurde. »Die Dubs, die Silhouettes, Lee Andrews and the Hearts«, sagte, nein, schrie er. »Das hätte ich sein können.«

Nach dem Scheitern des Musikers war der Priester an der Reihe. Selbst in der Zeit, als er immer wieder im Brill Building vorstellig geworden war, hatte er Chöre dirigiert und klassischen Gesang studiert. Jetzt bekam er Stipendien für das Xavier College in New Orleans und das New England Conservatory in Boston.

Er war einundzwanzig. In seinem ganzen Leben hatte er noch keinen einzigen Tag außer Reichweite einer bemutternden Frau verbracht. »Lauter Frauen, die mich zu einer Frau machen wollten.« Solange er zurückdenken konnte, hatte er sich danach gesehnt, auszubrechen, allein zu sein. Jetzt war seine Chance gekommen. In New Orleans spielte er Beatles- und Folksongs auf der Bourbon Street, betrank sich jeden Morgen und landete jeden Abend mit einer anderen Frau im Bett, in Boston spielte er Schlagzeug und jamte mit John Coltrane. »Ich stand auf eigenen Beinen. Ich war allein«, sagte Larry und lachte. Als er das erstemal wieder nach New York fuhr, heiratete er seine Schulfreundin. »Um nicht mehr allein zu sein.«

Sein Schwiegervater war Avon Long – er nannte sich »Der große Avon« –, eine der Stützen des Schwarzen Theaters, John Bubbles' Nachfolger als Sportin' Life in *Porgy and Bess*. Dreißig Jahre später spielte er ihn immer noch. Als er das nächstemal auf Tournee ging, arbeitete Larry sich als zweite Besetzung für diese Rolle ein.

»Er hat mir alles beigebracht«, sagte Larry. Neunzig Tage lang tourte die Truppe kreuz und quer durch Amerika, eingezwängt in einen Bus mit einem verrückten Fahrer namens Wrong-Way Wally. Sie fuhren durch Tennessee und Georgia, Texas und Alabama, teilten sich Sieben-Dollar-Zimmer in Holiday Inns, aßen ihr Frühstück auf Parkplätzen, während haßerfüllte weiße Gesichter durch die Fenster in den Bus starrten, sie spielten den ganzen Tag Karten und abends Würfel, sie logen, betrogen, veranstalteten Messerstechereien, aßen in den Delta-Sümpfen Schweinsfüße und scharf gewürztes Hirn nach Cajun-Art, sie jagten durchs Land und kamen nie zur Ruhe. »Wir haben's uns in jeder Hinsicht gegeben, mit Alkohol und mit Drogen, und wir hatten eine Menge Spaß«, sagte Larry. »Ich hab mir gewünscht, daß es nie aufhört.«

Zum erstenmal war er schwarz. Und zum erstenmal hatte er einen Vater. »Avon Long?« sagte Larry. »Ein unglaublicher Mensch.« Avon trug einen lavendelfarbenen Anzug mit Accessoires in Grün und Gold und spielte Sportin' Life als einen schwarzen Kobold – sprunghaft, schlangengleich, bösartig, giftig, mit scharfen Kanten. »Sie müssen sich Ariel als richtig böses Schwein vorstellen, dann haben Sie ihn«, sagte Larry. Doch wenn er nicht auf der Bühne stand, im Bus, war Avon mehr wie Prospero. »Streitsüchtig, kapriziös. Ein totaler Egomane«, sagte Larry. Und trotzdem immer ein großer Magier. »Das war der Schlüssel zu seiner Seele. Alles andere an ihm war widersprüchlich. Er war ein Aufschneider, ein Angeber, aber er liebte die Stille. Er lebte in Bars, aber er sehnte sich danach, allein zu sein. Er war Kommunist gewesen zur Zeit von Paul Robeson, und er war immer ein Rebell, aber am liebsten legte er sich Patiencen und sah sich immer wieder *Perry Mason* an.« Seine einzige Konstante war die Magie. »Die Magie der Schauspielerei.«

Das war sein großes Geschenk für Larry: das Gefühl, daß Schauspieler etwas Besonderes, eine eigene Rasse waren und daß sich Gott schon irgendwie um sie kümmern würde, wenn *sie* sich um ihre Kunst kümmerten. Im Grunde seines Herzens hatte er schon immer daran geglaubt. Doch Avon erhob es zum Gesetz. »Und ich bekam lebenslänglich«, sagte Larry. »›Du hast es in dir – mach was draus.‹« Er seufzte tief und bestellte sich noch eine Diät-Cola. »Ich hatte keine andere Wahl«, sagte er.

Das war jetzt zwanzig, fast fünfundzwanzig Jahre her. In diesem Zeitraum hatte sich die Theaterszene grundlegend verändert. Als Larry zum Broadway kam, gab es dort ein Gefühl der Zusammengehörigkeit, das Gefühl, eine gemeinsame Leidenschaft zu haben. »Man trat nicht einfach auf die Bühne, machte sein Zeug und ging nach Hause. Man war ein Teil eines lebendigen Wesens. Man gehörte dazu.« Bühnenkünstler, die gemeinsam arbeiteten, betranken sich gemeinsam, schlugen sich gemeinsam die Nächte um die Ohren, redeten gemeinsam zuviel und wurden gemeinsam zu laut. Sie wußten, wie man feiert, und zum Feiern gab es einen guten Grund: »Man war am Leben, man hatte Talent und Arbeit. Man war am Broadway. Und der Broadway war die Welt.«

Vorbei, vorbei. In den letzten Jahren war das Theater eingeschrumpft, war mürrisch und so hart wie eine trockene Walnuß geworden. Rasant steigende Unkosten, Querelen mit und zwischen den Gewerkschaften, Eintrittskarten zu fünfzig Dollar, die japanische Invasion und der Triumph der Größe über den Gehalt, der großen Effekte über die großen Namen – die Liste der Gründe war ermüdend lang, und je länger man darüber nachdachte, desto trostloser erschien einem die Situation. Bei den Broadway-Shows tummelten sich jetzt die reichen Fettärsche, die über dicke Spesenkonten verfügten und leise vor sich hin schnarchten. Die das Theater wirklich liebten, mußten oft genug feststellen, daß sie es sich nicht mehr leisten konnten.

»Früher war es mal *das* Geschäft. Heute ist es bloß noch ein Geschäft«, sagte Larry. Er hatte überlebt, wenn auch nur so gerade eben. Ein knapper Punktsieg. Er hatte mit Joseph Papp am Public Theater gearbeitet, mit Leonard Bernstein in Washington, mit Allen Toussaint in New Orleans. Er war in Clubs, Kathedralen und Casinos aufgetreten, in der Scala und im Covent Garden. Er hatte Cab Calloway in *Cotton Club* und den Simon Zelotes in *Jesus Christ Superstar* und vierzehn Jahre Sportin' Life gespielt. Doch immer, auch wenn alles in Ordnung gewesen war, hatte er das Gefühl gehabt zu schwanken, auf unsicherem Boden zu stehen, nur einen Schritt vom Abgrund entfernt. »Ich war starr vor Angst«, sagte er, »vor Angst, allein zu sein. Und noch mehr Angst hatte ich davor, es nicht zu sein.«

Es schien keine sichere Nische für ihn zu geben. Er war zu hell, um als Schwarzer zu gelten, zu schwarz für einen Weißen. Heutzutage brauchte man keine große Ausbildung, um am Broadway irgendeine kleine Rolle zu bekommen. Wenn er ein bißchen halbseidener ausgesehen hätte, hätte er all die Zuhälter und Dealer spielen können, die von weißen Produzenten gesucht wurden. *Das hätte ich sein können.* Aber er war nicht der Typ. »Nicht genug Nigger«, sagte er.

Nichts änderte sich. Wenn die Familie in dem großen Haus in Spartanburg zusammengekommen war, hatte er auf dem Hof Hühnern den Hals umgedreht; am Broadway ging er zu Barrymore's und drehte sich den eigenen Hals um. Er bestrafte sich mit Cognac, so lange und so schwer, daß sein Herz einen Knacks bekam. Irgendwann wachte er auf und fand sich an ein Bett gefesselt in einer Ausnüchterungszelle wieder.

»Ich fand, daß ich meinen Standpunkt klargemacht hatte. Was immer der war«, sagte Larry. Hier, an der Theke, feierte er sein drittes Jahr ohne Alkohol. Angebote für Engagements, die zwischendurch spärlich geworden waren, kamen wieder öfter. Er hatte gerade eine Show beendet und würde demnächst bei einer anderen Regie führen. Die Met wollte eine Wiederaufführung von *Porgy and Bess.* Er mußte seine neue Club-Nummer einstudieren. Im nächsten Herbst würde er nach Europa fahren. »*Die Larry-Marshall-Story*«, sagte er. »Demnächst in Ihrem Kino.«

Vom Barrymore's gingen wir in östlicher Richtung zum Broadway. Die Theater schlossen, und die Leute brachten sich in Sicherheit. Vor Jahren hatte zu einem Abend am Broadway einfach gehört, daß man nach dem Theater noch einen kleinen Spaziergang machte. »Times Square war mal ein anderes Wort für Vergnügen«, sagte Larry. Heutzutage war es gleichbedeutend mit Angst.

»Seltsam«, sagte Larry. Wenn es etwas gab, was der Broadway nicht ertragen konnte, dann war es der Broadway, und umgekehrt. Überall sonst galten diese Straße und die Welt des Theaters als Synonym, doch hier, an Ort und Stelle, waren sie sich spinnefeind.

Begonnen hatte diese Fehde in den zwanziger Jahren. Als die Kinos den Times Square eroberten, wurden die Theater in die Seitenstraßen abgedrängt. Das Gaiety und das Globe wurden durch das Paramount und das Roxy ersetzt. Dann kamen die Nachtclubs und Tanzpaläste: Billy Roses Diamond Horseshoe und Sally Rands Fächertanz im Paradise, das International Casino, das Palais Royal. Der Times Square bekam einen billigen Talmi-Glanz, und diese Beleidigung vergaß man nie. »Undankbare Schmutzfinken« nannte John Barrymore die Leute auf der Straße. »Ein Haufen rot angehauchte Seelchen« nannte Izzy Grove die Leute vom Theater.

Heute nacht gingen die Leute auf dem Times Square geduckt, gebeugt unter dem Ansturm des Windes. Den ganzen Tag hatte es gestürmt, und dennoch schwärmten die Massen aus. Als Mitternacht näherrückte, schien der Wind noch heißer, noch stärker zu werden. Als wir auf den Broadway traten, wurden wir regelrecht dorthin zurückgefegt, wo wir hergekommen waren. Eine Handleserin packte mich am Arm, ein junges, in Tücher gehülltes schwarzes Mädchen. »Ich werde Sie retten«, sagte es. Sein Name war Irish Eyes. »Sie haben einen Todfeind. Er will Sie verderben.«

»Wer ist es denn?«

»Fettgewebe.«

Larry suchte Zuflucht im Eingang eines Kinos. Der aktuelle Film hieß *Laßt sie langsam sterben*, eine ganz alltägliche Geschichte von Kannibalen. Die Schlüsselszenen wurden auf einem Fernseher im Foyer gezeigt. Jemand wurde gerade bei lebendigem Leibe verspeist, in Halbnah und gut erkennbar. Ein Schlemmer kaute an seinem Arm, ein anderer nagte an den Zehen. In einer bluttriefenden Nahaufnahme verdrehte das Opfer die Augen. Dann verschwand das eine Auge. »Sagen Sie's nicht«, bat Larry. Aber es war stärker als er. »Das hätte ich sein können«, sagte er.

Allein ging ich zurück zu Jimmy's Corner. Sasha saß am Fenster und malte einen Schnurrbart auf ein Bild von Gorbatschow. Rasputin der wahnsinnige Mönch war verschwunden. »Hat hohe Erwartung nicht erfüllt«, sagte Sasha. Er kratzte sich, wo der Bart festgeklebt gewesen war. Er zeigte mir die Tageseinnahmen. »Acht Dollar dreiundvierzig Cents«, sagte er. »Muß jeden Mönch wahnsinnig machen.«

Auf dem Times Square befanden sich die letzten Zivilisten auf dem Rückzug. Meist waren es ältere Menschen, die von Queens oder Staten Island gekommen waren, um sich im Lyric, im Selwyn, im Empire – denselben Kinos, in denen sie sich in ihrer Jugend herumgetrieben hatten – alte Hollywoodfilme anzusehen.

Im Grand Luncheonette saßen ein pensionierter Rolladenvertreter namens Arnold und Mamie, mit der er seit achtundfünfzig Jahren verheiratet war, und hielten Händchen. »Ich hatte meinen ersten Orgasmus im Selwyn«, vertraute er mir an.

»Im Apollo«, sagte Mamie.

»Nein, Schatz, im Selwyn.«

»Aber wie könnte ich das denn vergessen?« widersprach Mamie. »*Dschungel im Sturm* mit Gable und Harlow und Mary Astor als Ehefrau auf Abwegen. Der tropische Sturm. Die Malaria, die Hitze. Der zweite Balkon.«

»Nein, Schatz«, sagte Arnold. »Es war die *Kameliendame*.«

Gegen Mitternacht waren sie gegangen. Der Times Square gehörte den Lebenslänglichen. Das Hotel Carter, wo Rashan und seine Mutter von der Wohlfahrtsbehörde untergebracht worden waren, vermietete wieder Zimmer an Touristen, aber immer noch drängten sich Dealer und Anreißer aller Art um den Eingang. »Hey, pssst, hey«, zischten die Dealer. »Schöne Ärsche«, antworteten die Zuhälter.

Ich dachte an die Passage bei Proust, in der der Erzähler vierzig Seiten lang im Bett liegt und auf die morgendlichen Rufe der Straßenhändler lauscht, die eine mehrstimmige Symphonie weben. *Crack, Heroin, Meskalin,* murmelten die Dealer. *Schöne Ärsche,* zirpten die Mädchen.

Süße junge Ärsche. Komm, hier.

Hey, pssst, hey.

Garantiert sauber, garantiert gesund.

Einläufe. Goldene Locken. Schwarzes Gold.

Moonrock. Angel Dust.

Süße Ärsche.

Hey, pssst.

In der 43. Straße West wollten wir im Rose Saigon einen

Drink nehmen, aber der Türsteher ließ uns nicht hinein. Kein Zutritt für Weiße. Und so schlichen wir einen Block weiter zu Sally's Hideaway.

Denise Denise stand an der Bar und trank auf Lush Lifes Abreise. »Alles Gute für das kleine Luder. Ich ziehe vor ihr die Perücke«, sagte sie und tat es. Darunter waren unregelmäßige Stoppeln, ein abgebranntes Maisfeld. »Hab ich selbst gemacht. Ich wollte die Krause mit Desinfektionsmittel rausziehen und hab mir die Haarwurzeln verätzt«, sagte Denise Denise, und ihre Augen bekamen einen abwesenden Ausdruck. »Ich war erst sechzehn. Ein richtig süßer Teenager.«

»Die Königin der High-School«, warf die Frau hinter der Theke ein.

»Und so kahl wie Popeye.«

Der Raum war voller schlimmer Mädchen. Sie zogen sich an wie die, vor denen ihre Mütter sie einst gewarnt hatten: schwarze Mikroröcke, Lederjacken, Fünfzehn-Zentimeter-Absätze, geschlitzte Kleider und BHs, die den Busen betonten. Auf einer Bühne, so groß wie ein Klappbett, saß eine Frau in Rot und lackierte sich die Fingernägel. Sie sagte, sie sei Electrifying Grace. »Wollt ihr meine Muschi sehen?« fragte sie.

»Was kostet?« sagte Sasha.

»Ich hab sie heute abend leider nicht dabei«, sagte Grace. »Ist aber bestellt, kann jeden Tag kommen.«

Gegenüber war die Verladerampe der *New York Times*. Vom Eingang zu Sally's konnten wir die Eröffnungssequenz von *The Sweet Smell of Success* noch einmal sehen. Die Szenerie hatte sich in vierzig Jahren nicht verändert: helle Lichter in einer dunklen Straße, Gestalten im Gegenlicht, die riesige Schatten warfen, große Lastwagen, deren Motoren im Leerlauf liefen, verschnürte Zeitungsballen, die eine Rutsche hinunterglitten, und dann das Aufbrüllen der Motoren. »Plätzchen mit Arsenfüllung. Junge mit Eiscreme-Gesicht«, sagte Sasha. »*Cotowy na sastschitu shop?*«

»*Wsegda gotowy*«, antwortete ich.

Der Times Square hatte sich zu leeren begonnen. Die Schnellimbisse schlossen, die letzten Trupps japanischer Geschäftsleute strebten den Hotels zu. Vor Godfather's Pizza hielt ein Schwarzer uns seine braune Melone hin. »Ham Sie mal 'n Zehner? Oder auch mehr?« fragte er. Sein Lächeln war dümmlich und selbstironisch. »Ich weiß, der Spruch ist alt«, sagte er. »Aber ich bin's ja auch.«

Das waren alle über zwanzig. Wenn die Weißen und die Touristen nach Hause gegangen waren, hatten die farbigen Jugendlichen das Feld für sich – Schwarze und Hispanos, Koreaner und Chinesen. Sie kamen bandenweise, tobten über die Bürgersteige und lärmten in den Spielhallen. Im Playland konkurrierte *Pac Man* mit *Operation Wolf, The Temple of Doom* mit *Stealth*. Maschinengewehre, Lasergeschosse, Raketen und explodierende Minen bildeten ein unablässiges Trommelfeuer. Ghettoblaster wummerten Dutzende knalliger Raps. Doch Public Enemy triumphierte über alle. »Der Spießer haßt, der Spießer zielt auf den, der ihm die Schau hier stiehlt«, brüllte Chuck D. »Und das bin ich...«

»Irrtum«, schnurrte Barkley, ein Dreikarten-Spieler. »Das bin ich.«

Er war ein schmächtiges Männlein, blauschwarz, mit einem äußerst schütteren Spitzbart, einem roten, mit grünen Papageien bedruckten Hemd und Fingern, die wie lange, fleischlose, schleifende Fühler wirkten. Jugendliche drängten sich um seinen Pappkarton wie Erstkläßler um einen Geschichtenerzähler; sie konnten es gar nicht erwarten, ihm ihr Geld in die Hand zu drücken. »Sachte, sachte«, sagte Barkley. »Der böseste Mörder im Leben ist Eile.«

Slydini hätte seine Fingerfertigkeit bewundert. Seine Hände verschoben die Karten so schnell, daß diese sich von allein zu bewegen schienen. Sie waren verknittert und verbogen und verwandelten sich in die Kreuz Neun und die Pik Sieben, aber nie in die Karo Dame. »Nicht lange überlegen, nicht lange zweifeln. Wo ist die Rote Dame?« sagte Barkley in einem seidenweichen Singsang. »Wer sich vor der Verdammnis fürchtet, kann nicht gesegnet werden.« Seine Finger wirbelten, die Karten flogen hin und her. Eine gelbliche Hand schob sich aus der Menge der Zuschauer und verharrte erst über dieser, dann über jener Karte. »Wer zögert, ist verloren«, sagte Barkley. Die gelbliche Hand senkte sich auf eine Karte – es war die Pik Sieben. »Nur wer wagt, gewinnt«, sagte Barkley. »Die Tugend ist sich selbst genug.« Und wieder ließ er die Karten hin und her fliegen.

Sasha stand unter einer riesigen Toshiba-Reklame und arbeitete an seiner Neonbräune, aber das war eine mühselige Sache. Einige Leuchtreklamen wurden über Nacht ausgeschaltet, andere abgedimmt. Die Luft war nicht von Orange und Knallrot erfüllt, sondern von einem grünlichen Grau. Der trockene Wind rauschte und brannte immer noch. »Willst du wissen traurige Sache?« fragte Sasha.

»Warum nicht?«

»Mir fehlt Brooke Shields.«

Als er mit siebzehn zum erstenmal hier gewesen war, hatte man ihr Bild überall gesehen. Ihr Körper in engen Blue Jeans – »Nothing Comes Between Me And My Calvins« – war zwölf Meter hoch gewesen, ihre gespitzten Lippen, die ein Sodawasser schlürften, hatten einen halben Block eingenommen. »Hatte ganze Welt in der Tasche«, sagte Sasha. Inzwischen gehörte die Welt den Japanern, und Sasha Zim war fünfundzwanzig. »Das waren Zeiten.«

»Damals?«

»Jop twoju mat.«

Arm in Arm, zwei seltsame alte Käuze, schlenderten wir in Richtung Nathan's Famous, dem Reservat für die Altherrenliga. Der Eingang war voller Uniformierter mit gezogenen Pistolen und Sprechfunkgeräten. Drei Jungen standen mit gespreizten Armen und Beinen an der Schaufensterscheibe. »Erzählen Sie's bloß nicht meiner Mutter«, bettelte einer von ihnen.

»Du hast einen angeschossen«, sagte sein Bewacher.

»Aber nich richtig«, sagte der Junge, ein Hispano. Blut lief ihm über das Kinn und machte einen Fleck auf seinem weißen T-Shirt. »Sie brauchen's ihr ja gar nich zu erzählen. Warum müssen Sie's ihr erzählen«, winselte er.

»Von wem hattest du die Kanone?«

»Weiß nich. Von irgendwem.« Die Stimme des Jungen war schrill vor Panik – das Quietschen eines Schulkindes. »Sie kennen meine Mutter nich. Sie wird richtig wild«, sagte er. Seine Beine begannen unkontrolliert zu zittern. »Wozu woll'n Sie sie wild machen?«

Der Platz lag inzwischen halb verlassen da. Alle Ladentüren waren mit Vorhängeschlössern gesichert, alle Fenster vergittert. Nur die Non-Stop-Kinos liefen noch: *Mad Monkey Kung Fu* und *Basket Case, Splatter University* und *Jail Bait*.

Neben dem New Amsterdam war ein Schild, auf dem CHESS AND CHECKERS CLUB NEW YORK stand. Am Ende einer steilen Treppe traten wir in einen großen, hellen, sauberen Raum, einem Inbegriff von Gutbürgerlichkeit. In einer Vitrine stand eine Sammlung sorgfältig verpackter antiker Kuchen und Sandwiches, Kaffee wurde in weißen Tassen serviert. An den Wänden hingen Bilder von sonnenbeschienenen Tälern, weiten Grasflächen und blauen Himmeln.

Im Raum verteilt, saßen sich Männer aller Rassen an kunststoffbeschichteten Tischen gegenüber, vertieft in die komplexen Probleme von Schach, Scrabble und Backgammon. Die meisten trugen Anzug und Krawatte, und keiner von ihnen war jung. Sie waren Weise, Respektspersonen, und sie sprachen nur, wenn es sein mußte, und selbst dann gedämpft. Niemand lachte, niemand fluchte. Es waren ernste Männer.

Hinter der Glastheke hing ein Mann im Halbschlaf auf einem Stuhl. Wir setzten uns neben ihn und sahen uns um. Karten klatschten in unregelmäßigem Rhythmus auf die Tische, Würfel klapperten wie Schlangen, die Spieler murmelten und brummten. »Nicht schießen«, sagte der schlafende Mann.

Aufgeschreckt von seiner eigenen Stimme, fuhr er hoch und öffnete das linke Auge. Einzelne Haare standen wütend von seiner Glatze ab, und sein Adamsapfel hüpfte und gab ihm das Aussehen eines empörten Truthahns – alt, aber stolz und wild. »Da seid ihr ja«, sagte er, als er uns sah. »Wurde aber auch Zeit.«

Er hieß Leopold Fischbein, Leo Fish, und er war seit 1937 am Times Square. Dreißig Jahre lang hatte er im Hotel Carter gearbeitet, als es noch das Dixie gewesen war, *im Zentrum des Geschehens.* Danach hatte er das Lager in der Superfly Boutique verwaltet, Eintrittskarten im Liberty und im Victory verkauft und bei Nedick's hinter der Theke gestanden. Vor sechs Jahren war er in Rente gegangen und zu seiner verheirateten Schwester nach Ithaca gezogen. Aber sie hatten sich nicht verstanden. »Adele ist ein Sonnenschein. Sie sieht immer das Positive«, sagte er. »Ich glaube, das ist mir auf die Nerven gegangen.«

Seit vierzehn Monaten war er wieder in der Stadt. Die meiste Zeit wohnte er bei seinem alten Freund Mort Raditz im Village. Mort hatte ebenfalls im Dixie gearbeitet. Aber auch dort erlebte Leo eine Enttäuschung. Mit dreiundsiebzig, nach vierzig Ehejahren und acht Jahren als Witwer, hatte Mort angefangen, Jungen mit nach Hause zu bringen. »An Wochenenden ist es mir egal«, sagte Leo. »Ich meine, am Wochenende kann man machen, was man will. Aber mittwochs!« Er schüttelte empört den Kopf. »Mittwochs sind wir immer zum Bowling gegangen.«

Dieser Raum hier oben war sein Asyl. »Die Leute sind in Ordnung. Man wird nicht herumgeschubst«, sagte er. »In meinem Alter wird man nicht mehr so gern herumgeschubst.« Er konnte dasitzen und dösen, sich ein paar Zigaretten schnorren, ein paar traurige Themen durchsprechen, nachdenken. Durch die hohen Fenster konnte er zusehen, wie der Broadway starb.

»Asche zu Asche«, sagte er. Jedesmal, wenn er die Zeitung las, entdeckte er einen neuen Nagel für den Sarg. Das Stadtplanungsamt präsentierte immer neue Architektenentwürfe für noch mehr Lego-Hotels und -Bürohäuser, noch mehr Einkaufscenter, noch mehr vierunddreißigstöckige Parkhäuser. Die Theater wurden systematisch zugrunde gerichtet, vom Staat übernommen und dann in Kunstcenter und Idiotenbunker aus Glas umgebaut. Nicht mal das New Amsterdam, Ziegfelds Wahn, war noch sicher. Das stählerne Skelett rostete, und durch das verrottete Dach tropfte der Regen hinein. »Vielleicht lassen sie es stehen und machen ein Museum daraus«, sagte Leo Fish. »Aber ein Haus für lebendige Leute? Daß ich nicht lache.«

Die lebendigen Leute waren das Problem. »Wenn man aus dem Times Square ein Disneyland machen will, muß man ihn desinfizieren. Und um ihn zu desinfizieren, muß man ihn töten«, sagte Leo. Bei diesem Gedanken hellte sein Gesicht sich auf. »Ich bin sowieso schon halb tot, ich fall da nicht weiter ins Gewicht.« Er ließ die Fingerknöchel knacken. Die Schachspieler drehten sich empört nach ihm um. Doch Leo zeigte keine Reue. »Ich hab meine Zeit gehabt. Mich könnt ihr aus dem Ofen nehmen, ich bin fertig.« Er stand auf und griff zu Hut und Mantel. »Macht's gut, ihr Penner.«

Es war sehr spät – selbst der Times Square war jetzt dunkel. Erschöpft ruhten wir uns auf dem Sockel des Denkmals für George M. Cohan aus. »Die Menschen am Broadway haben eine bessere Vorstellung als andere vom Leben und von den Dingen im allgemeinen. An einem einzigen Tag sehen und erleben sie mehr, nehmen sie mehr in sich auf als ein Durchschnittsmensch in einem ganzen Monat«, hatte Cohan gesagt. Doch nun waren am Broadway keine Menschen mehr zu sehen. Die Spielhallen waren geschlossen, die Neonlichter gelöscht, die Jugendbanden weitergezogen. Allein mit den Tauben, starrten wir auf den Platz, über den der Wind brauste. »Woran denkst du?« fragte Sasha.

»An Carmen Venus Colon«, begann ich. »An Ousmane und Ismaila, Stoney Bisonette, Rickey O und Refugio, an Maynard Baines, Ellen Fogarty und ihren Vater, Robert Moses, Dom Parisi und Liquor Jack Young, an Lucius Havens, Tony Bruan, P. T. Barnum, Joe Wojcik und Velma, Matty Troy, Donald Manes und George Washington Plunkitt, an EmCee Marie, Enid Gerlin, Shaquille Cleamens, Lionel Ward Justice, Mercedes Purissima Vargas, Sam Wing, Uncle Seven, Eddie Chan, Bobby 2 Bad, Joyce Heth, General Tom Thumb und Commodore Nutt, an Tommy Blalock, Motion, Paul Kasmin, Donald Baechler, Lew Michailowitsch, J. J. Hunecker, Sidney Falco, Cleveland Blakemore, Rashan Ray Perry, Benny und MoRitz, Dr. Davitt, Flo D'Arcy und August Allaire, an Calvin Palmer, Archie Smith und Satan, Sadie, Denise Denise, Stanford White und Evelyn Nesbit, an Tracy Love, Bert Randolph Sugar, Fred Silver, Terry Malloy, Charlie DeVoe, Sister Pearl, Lenny Schneider, Katy Freeway, Bob Anthony, Sarah und Serena, an die Emerald Doyles, Emile Griffith, Jimmy Glenn, an Texas Guinan, Slydini, Mike Bornstein und Ray Crabtree, an Richard Roffman, Dick Falk und Great Herman.« Ich gab auf. »So Zeug eben.«

Es war fünf Uhr vorbei, als ich wieder im Hotel Moose ankam. Das erste Tageslicht zeigte sich schon, aber der Wind wehte noch immer unvermindert. Es sah nicht so aus, als würde er je wieder aufhören.

Die Flure lagen verlassen da. Selbst Motion hatte das Gärtnern für den Augenblick aufgegeben. In meinem Zimmer lag Lush Life, die Hände im Schoß gefaltet, mit stocksteif ausgestreckten Beinen auf dem Rücken. Am Fuß des Bettes brannte eine Kerze und warf die Schatten ihrer großen Füße an die Wand: Sie sahen aus wie sich aufbäumende Pferde.

Als ich eintrat, rührte sie sich nicht. Mein erster Gedanke war, daß es stimmte, daß sie tatsächlich tot war. Doch ihre Pupillen waren klein, winzige schwarze Stecknadelköpfe.

Ein leeres Heroinbriefchen lag zerknüllt auf den Ringelblumen. Auf der Außenseite trug es einen Stempelaufdruck: »Hard Candy«. »Hast du vielleicht einen Schokoriegel?« fragte Lush Life. Ihre Stimme klang kratzig wie eine alte 78er-Platte. »Oder was mit Karamel?«

»Raus«, sagte ich.

»Milch und Kekse würd ich auch nehmen.«

»Raus.«

»Ach, Herzchen«, sagte sie. »Was soll's?«

Der Kimono mit den Brandlöchern lag in einem Haufen auf dem Boden. Ohne hinzusehen, hob ich ihn auf und warf ihn über ihre Blöße. Ein Zipfel blieb an ihrem Schwanz hängen wie Seetang an einer Muschel. Sie begann sich zu kratzen. »Weißt du was?« fragte sie. »Ich bin froh.«

Sie hatte sich wie verabredet mit Tommy Blalock getroffen, im Tad's Steaks an der 42. Straße. Das war immer ihr besonderer Platz gewesen. Für vier neununddreißig bekam man ein über dem Holzkohlenfeuer gegrilltes Lendensteak mit Knoblauchbrot, Zwiebeln und einer Ofenkartoffel mit Speck, und jeder Tisch hatte eine eigene Kerze. Selbst die Penner, die einem auf den Teller sahen und nur darauf warteten, etwaige Reste abräumen zu können, konnten die romantische Atmosphäre nicht verderben. Aber an diesem Tag hatte irgendwas nicht gestimmt. »Das Fett war nicht ranzig, und es roch nicht nach Desinfektionsmittel«, sagte Lush Life. Und Tommy Blalock aß seine Ofenkartoffel nicht. »Ich hab nachgedacht«, sagte er. Es war das erste Mal, daß er von sich selbst nicht als Tommy Blalock sprach. »Ich hab mir Gedanken gemacht«, sagte er.

»Iß doch deine Kartoffel«, sagte Lush Life.

»Mir geht's nicht gut.« Er hielt den Wuschelkopf gesenkt, seine Nase berührte fast den Teller. »Ich hab wahnsinnige Kopfschmerzen. Mein Blut ist irgendwie gestaut. Fühlt sich an, als würde es rückwärts fließen.«

»Küß«, sagte Lush Life. »Küß meinen.«

»Ich kann nicht.«

»Küß meinen wunderbaren Mund.«

»Ich kann nicht.«

Sie streckte den linken Arm aus und berührte ihn am Handgelenk. Tommy Blalock wischte ihre Hand beiseite. Aber Lush Life wollte sich nicht beiseite wischen lassen. Sie streichelte ihn noch einmal, diesmal an der Wange. Jetzt sah er auf, sah ihr ins Gesicht, und seine Stimme war ganz häßlich und gemein. »Nimm deine verdammte Scheißhand weg«, sagte er.

Das brauchte ihr niemand zweimal zu sagen. Sie schob ihren Teller von sich und wollte keinen Bissen mehr essen. »Spar dir die Höflichkeiten«, sagte sie. »Raus damit, sag's schon.«

Und so sagte er es ihr. Er hatte sich die ganze Sache durch den Kopf gehen lassen, hatte sie von allen Seiten betrachtet, von seiner und ihrer, von der Seite seiner Familie in New Iberia, seiner Mutter und all ihrer Verwandten. Und er war zu dem Schluß gekommen, daß es einfach nicht richtig war. Ganz gleich, wie man es betrachtete – es hatte keinen Zweck. »Warum nicht?« wollte Lush Life wissen.

»Wegen meiner Mutter«, sagte Tommy Blalock. »Sie ist irgendwie eingefahren. Altmodisch, könnte man sagen. Sie hat Vorurteile.«

»Na und?«

»Sie hat noch nie mit Puertoricanern zu tun gehabt.«

Das war das Schlimmste, was er ihr hätte sagen können. Das Schlimmste, was man zu einem Dominikaner sagen konnte. Ohne ein Wort, ohne die Miene zu verziehen, stand Lush Life auf. Er versuchte, ihr einen Fünfzigdollarschein in die Hand zu drücken. Sie warf ihn ihm ins Gesicht. Sie brauchte sein schmutziges Geld nicht. Sie hatte immer noch die beiden Zwanziger, die sie ihm nachts aus der Hosentasche gezogen hatte, und mit denen ging sie schnurstracks zur Ninth Avenue. »Drei Säcke mit Zehnern. Drei Säcke«, sagte sie. »Plus zehn Dollar für zwei Briefchen.« Gleichmäßig und ohne Ungeduld kratzte sie sich an den Oberschenkeln, an den Armen, in der Leistengegend. »Eine glücklich Geschiedene«, sagte sie. »Wenn ich mein Messer dabeigehabt hätte, wäre ich jetzt eine lustige Witwe.«

Als ich das Fenster öffnete und hinaussah, war der kleine Fleck Himmel schmutzigbraun wie ein Papiertuch, mit dem man Tee aufgewischt hat. Der Wind, der sich im Luftschacht gefangen hatte, rauschte und knatterte wie eine Plastikplane.

»Ich will«, sagte Lush Life. Mit rudernden Armen erhob sie sich vom Bett. Ihre langen Nägel kratzten über die Tapete, die

Sträußchen aus blauen und rosafarbenen Rosen. »Ich will nach Hause«, sagte sie.

Ihr Zimmer war so, wie sie es verlassen hatte. Sie war nicht offiziell ausgezogen. »Erspart einem Zeit und Ärger«, sagte sie. »Und unnötige Diskussionen über die Miete.«

Der hektografierte Zettel an der Innenseite der Tür – »Gemütliche Zimmer für anspruchsvolle Gäste« – sah noch immer auf einen Bunker. Lush Lifes Lager auf dem Boden, das aus Vorhängen, Tüchern und ausgestopften Säcken bestand, war, sofern das möglich war, im Lauf der Monate noch tiefer eingesunken. Die amerikanische Fahne war durch die der Südstaaten ersetzt worden, und an der Wand hing anstelle von Madame Butterfly ein Bild des Bayou Lafourche bei Sonnenuntergang vom Fremdenverkehrsbüro des Staates Louisiana.

Auf dem lackierten Rollo vor dem Fenster klebte schief ein Bild von Huey Long. »Kingfish« stand darunter. »Irgendein alter Football-Spieler. War mal Tommys Trainer«, sagte Lush Life. »Oder sein Vater. Weiß ich nicht mehr.« Gleichmütig riß sie es ab und faltete es zu einem Papierflugzeug, das sie in die Morgendämmerung fliegen ließ. Sofort wurde es vom Wind gepackt und mit flatternden Flügeln die Straße hinunter in Richtung Times Square geweht. »Ende der Stange, Schluß der Vorstellung. Abgesetzt«, sagte sie. »Rausgeschmissen.« Sie verlor das Gleichgewicht und fiel auf ihre japanischen Kissen. »Ach, diese Schmierenkomödianten.«

Ein Müllwagen kam um die Ecke. Als der ohrenbetäubende Lärm seines Abfallkompressors einsetzte, zuckte Lush Life zusammen und rollte sich ein, indem sie die Knie hoch an die flache Brust zog. »Das andere Briefchen. Ist in meinem Schuh«, sagte sie und kratzte und kratzte sich. »Wir könnten's uns teilen.«

»Ich nicht.«

»Normalos können das nicht.« Sie sah an ihrem zusammengekrümmten Körper zwischen den hohen Wällen aus Stoff hinunter. »Nur Embryos.« Aber Wut war zu anstrengend. Alles war zu anstrengend, auch Selbstmitleid und Trauer – alles außer Heroin. »Weißt du was? Ich bin froh«, sagte sie noch einmal. Ihre Debbie-Reynolds-Perücke war verrutscht, und blonde Strähnen kamen ihr immer wieder in den Mund. »Ich bin wirklich dankbar«, sagte sie.

Ein, zwei Minuten lang machte die Droge sie lebendig. Sie rappelte sich auf, trat ans Fenster, zog das Rollo zurück und tauchte ihr Gesicht in Helligkeit. Das Licht war jetzt grau und rußig, doch sie schien nicht geblendet.

Ihre Stimme klang erst wie Schleifpapier, dann wie ein abgewürgter Motor. »Frische Luft«, sagte sie. Die Haut über ihren Backenknochen war so gespannt, daß ich glaubte, das Pulsieren des Blutes und jedes Zucken der Nervenenden sehen zu können. »Kannst du was spüren?« fragte sie. »Kannst du?« Aber sie fing wieder an, sich zu kratzen, und bevor ich etwas sagen konnte, hatte sie schon wieder abgeschaltet.

Hundert Meter weiter erwachte der Times Square zum Leben. Wenn ich mich aus dem Fenster beugte und den Hals verdrehte, konnte ich so gerade eben sein Summen, den langsam anschwellenden Rhythmus seines Herzschlags hören. »Ich falle«, sagte Lush Life. Draußen wirbelte der Wind Abfallreste und Staub auf. »Ich bin gefallen«, sagte sie.

Etwas Schwärzliches, Beißendes wurde uns ins Gesicht geweht. Lush Life schrie auf. Sie wandte den Kopf ab und barg ihr Gesicht an meinem Hals. Als ich sie behutsam zurückschob, weg vom Licht, legte sich ein Schleier über ihre Augen, bevor sie sich langsam schlossen. Die Lider waren dunkel, an ihrer Kehle zuckte ein schwacher, unregelmäßiger Puls. »Arme Matrosen«, sagte Lush Life, »in einer solchen Nacht auf hoher See.«

Coda

An dem Morgen als ich aus dem Hotel Moose auszog, war es warm, stickig und feucht, und es hing ein feiner Nieselregen in der Luft, der an schottischen Nebel erinnerte. Ich überquerte den Times Square und fühlte mich wie in einem Dampfbad. Es war inzwischen Mittag, und es waren nur Touristen und Polizisten und ein paar Jugendliche unterwegs. Am Fuß des Father-Duffy-Denkmals setzte ich mich hin und ruhte aus. Ein Junge fragte mich nach der Uhrzeit, während sein Partner versuchte, mir die Schreibmaschine zu klauen. »Früh«, sagte ich.

»Kommt mir spät vor«, sagte er.

Im Jimmy's Corner wartete ich auf Sasha. Um mir die Zeit zu vertreiben, las ich in Irving Wallace' Buch die Passage über Chang und Eng, P. T. Barnums siamesische Zwillinge. »Chang und Eng wurden in Meklong, einem kleinen Dorf in der Nähe von Bangkok, geboren. Ihr Vater war ein armer chinesischer Fischer. Von Geburt an waren sie unterhalb der Brust durch ein dickes, fleischiges, mit Haut bedecktes Band verbunden, nicht unähnlich einem zehn Zentimeter langen Arm. Zuerst zwang dieses Band sie, Gesicht an Gesicht zu stehen, doch als sie größer wurden, dehnte es sich um vier Zentimeter, so daß sie nebeneinander stehen und gehen konnten. Die Verbindung war schmerzempfindlich, aber stabil. Wenn sie in der Mitte berührt wurde, konnten es beide Jungen spüren. Sie war jedoch so fest, daß sie, wenn einer der Zwillinge stolperte und fiel, den Gestrauchelten in der Luft hielt.

Unter einigen Schwierigkeiten lernten die Zwillinge, im Gleichschritt zu gehen, und bald vermochten sie auch mit großer Geschicklichkeit im nahen Fluß zu schwimmen. In ihrem Dorf waren sie ein vertrauter Anblick. Als sie neunzehn Jahre alt waren, beobachtete Captain Coffin, der Kapitän der *Sachem*, sie beim Schwimmen. Er staunte, und er beriet sich mit Robert Hunter, einem schottischen Kaufmann. Gemeinsam beschlossen sie, die Jungen zu kaufen und auszustellen. Sie zogen Erkundigungen ein. Der Vater der Zwillinge war kurz zuvor gestorben, und die Mutter war bereit, ein Geschäft zu machen. Ein Vertrag wurde unterschrieben, Geld wechselte den Besitzer, und Coffin und Hunter nahmen die Zwillinge mit nach England.

Nachdem sie jahrelang in Europa gezeigt worden waren, wurden Chang und Eng nach Boston und dann nach New York gebracht, wo sie als ›Die siamesischen Zwillinge‹ angekündigt wurden. Sie erregten großes Interesse und waren Gegenstand heftiger Kontroversen. Es gab Gerüchte, sie seien gar nicht wirklich untrennbar miteinander verbunden. Der Streit rief Barnum auf den Plan. Er lernte die Zwillinge kennen, überzeugte sich davon, daß sie tatsächlich das Opfer einer Laune der Natur waren, und löste sie aus ihrem alten Vertrag aus. Von da an konnte man sie regelmäßig im Amerikanischen Museum bestaunen.

Von allen Mißgeburten in Barnums Show waren die siamesischen Zwillinge die eigenwilligsten. Das Leben hatte ihnen einen besonders grausamen Streich gespielt. Chang und Eng waren dazu verurteilt, einander zu ertragen, und doch waren sie in jeder Hinsicht völlig gegensätzlich und mochten sich nicht. Chang, der etwas kleinere, linke Zwilling, fand Gefallen an Wein und Frauen, während Eng, der arbeitsamere und intellektuellere der beiden, einen ruhigen Abend mit einer Partie Schach vorzog. Die Unterschiede zwischen ihnen schilderte die *Philadelphia Medical Times* 1874 so: ›Eng verabscheute

Changs Lieblingsspeisen. Eng war sehr gutmütig, Chang dagegen mürrisch und reizbar. Eine Krankheit des einen beeinträchtigte das Befinden des anderen in keiner Weise, so daß es geschehen konnte, daß der eine an Fieber litt, während der Puls des anderen ruhig und gleichmäßig ging. Chang sprach dem Alkohol ziemlich ausgiebig zu und war zuweilen regelrecht betrunken, und doch hatte sein Rausch keinerlei Auswirkungen auf Eng. Sie stritten sich oft, und unter den gegebenen Umständen wurden diese Auseinandersetzungen natürlich mit einiger Bitterkeit geführt. Gelegentlich kam es zu Handgreiflichkeiten, und einmal endete ein solcher Streit vor Gericht.‹

Wenn sie allein waren, brüteten sie schweigend vor sich hin. Manchmal kamen sie überein, zuerst etwas zu tun, was der eine wollte, und dann etwas zu unternehmen, was der andere wollte. Das einzige, was beiden Spaß machte, war Fischen, Jagen und Holzhacken. Obwohl ihre Anomalie sie reich gemacht hatte, ging ihr ganzes Trachten dahin, vom anderen befreit zu werden. Zahllose Ärzte wurden aufgesucht, doch keiner davon konnte ihnen Hoffnungen machen, daß sie als eigenständige Personen auch nur einen einzigen Tag überleben würden.

Nach einem besonders heftigen Streit beschlossen sie, jeden medizinischen Rat in den Wind zu schlagen. Die *Medical Times* schrieb: ›Chang und Eng suchten Dr. Hollingsworth auf und baten ihn, sie zu trennen. Eng sagte, Chang sei ihm so unerträglich, daß er nicht mehr mit ihm leben wolle, und Chang erklärte sich mit einer Trennung einverstanden und bat sich lediglich aus, daß die Verbindung genau in der Mitte durchschnitten werde, damit er dieselbe Überlebenschance wie sein Bruder haben würde. Die Gemüter beruhigten sich jedoch wieder, und der Plan wurde verworfen.‹

Da sie sich der amerikanischen Freiheit und der amerikanischen Dollars erfreuten, beschlossen Chang und Eng, die amerikanische Staatsbürgerschaft zu beantragen. Bei der Einwanderungsbehörde erfuhren sie, daß sie dazu einen Familiennamen brauchten. Sie hatten jedoch keinen anderen Namen als Chang und Eng. Der Antragsteller, der in der Schlange hinter ihnen stand und die Auskunft des Beamten gehört hatte, bot ihnen seinen eigenen Nachnamen an, und so wurden die siamesischen Zwillinge als Chang Bunker und Eng Bunker amerikanische Staatsbürger.

Schließlich wurden die beiden des zermürbenden Alltagstrotts im Amerikanischen Museum überdrüssig. Sie lösten ihren Vertrag mit Barnum und zogen sich auf eine Plantage nahe Mount Airy in North Carolina zurück. Dort führten sie ein Leben des Müßiggangs und ließen ihre Sklaven für sich arbeiten. Mit zweiundvierzig verliebten sie sich beinah gleichzeitig in die Töchter eines armen irischen Bauern in der Nachbarschaft. Es wurde eine Doppelhochzeit. Eng heiratete Sally Yates, Chang heiratete Addie Yates. Die Situation erforderte Feingefühl und Kompromißbereitschaft. Die Zwillinge ließen eine Meile vom Haus entfernt ein zweites Haus bauen. Zwei getrennte Haushalte wurden eingerichtet. Chang und Eng verbrachten drei Tage mit Sally in Engs Haus und anschließend drei Tage mit Addie in Changs Haus. Offensichtlich empfanden sie dieses Arrangement in keiner Weise als Einschränkung. Die Zwillinge hatten einundzwanzig Kinder.

Der Bürgerkrieg beraubte sie ihrer Sklaven und des Reichtums, den diese erwirtschaftet hatten. Chang und Eng waren gezwungen, ins Showbusineß zurückzukehren. Sie fragten Barnum, ob er bereit sei, sie zu managen, und der war einverstanden. Als ihr Comeback in New York ein Reinfall wurde, beschloß er, sie ins Ausland zu schicken. ›Ich ließ sie nach England reisen, wo sie ein Jahr lang ausverkaufte Vorstellungen in allen großen Städten gaben‹, schreibt Barnum. ›Wahrscheinlich wurde der große Erfolg dieses Unternehmens durch die Ankündigung verstärkt, wenn nicht gar erst erzeugt, der eigentliche Grund für Chang-Engs Besuch in Europa sei die Konsultation der größten Koryphäen auf dem Gebiet der Medizin, mit dem Ziel der Trennung der Zwillinge.‹

Sie waren wieder reich. Und wieder trennten sie sich von Barnum und setzten sich mit ihren Frauen auf ihrem Landsitz in der Nähe von Mount Airy zur Ruhe. Sie waren jetzt dreiundsechzig, und obwohl es mit Changs Gesundheit in letzter Zeit nicht zum besten gestanden hatte, sah die Zukunft rosig aus. Das Ende kam plötzlich und wurde den zahlreichen Menschen in England, die Anteil am Schicksal der Zwillinge nahmen, im *Annual Register* von 1874 wie folgt geschildert:

›Sie befanden sich in Changs Haus. Am Abend dieses Tages sollte der Umzug in Engs Haus stattfinden. Es war kalt, und Chang war schon seit einigen Monaten sehr krank. Am Freitag abend zogen sie sich in ein kleines Zimmer zurück und legten sich zu Bett. Chang war jedoch sehr unruhig. In den frühen Morgenstunden standen sie auf und setzten sich ans Feuer. Eng war sehr unwillig, denn er war müde und wollte schlafen. Chang weigerte sich aber, sich ins Bett zu legen, und sagte, das Liegen bereite ihm Brustschmerzen. Nach einer Weile gingen sie jedoch wieder zu Bett, und Eng fiel in tiefen Schlaf. Nach vier Uhr früh kam einer seiner Söhne in das Zimmer und entdeckte, daß sein Onkel tot war. Eng erwachte, wandte sich entsetzt zu seinem Bruder um und verfiel, als er die leblose Gestalt neben sich sah, in heftige nervöse Krämpfe.

Es gab keinen Arzt in der Nähe, und da Mount Airy drei Meilen entfernt war, dauerte es eine Weile, bis der Bote, den man geschickt hatte, im Dorf ankam und Dr. Hollingsworth benachrichtigen konnte. Dieser schickte sogleich seinen Bruder, der ebenfalls Arzt war; doch bevor dieser eintraf, war das

Lebenslicht bereits erloschen, und beide siamesischen Zwillinge waren tot.‹«

Ich erzählte die Geschichte der Frau hinter der Theke. Sie war dabei, Gläser zu spülen, und sah nicht auf. »Hören Sie mir bloß auf mit Familien«, sagte sie. »Sie kennen meinen Vetter Bruno nicht.« Bevor sie das weiter ausführen konnte, erschien Sasha.

Blutend, aber glücklich, kam er auf mich zu. Hannah Sophia, seine hannoveranische Masseurin, hatte ihn mit einem rechten Cross erwischt und auf die Bretter geschickt. Anschließend hatte sie das, was von ihm übrig war, vor die Tür gesetzt. Das war das Zeichen, auf das er gewartet hatte. »Mein Wach-Aufruf«, sagte er. Die O'Fays gingen auf eine Zwei-Monats-Tournee durch Texas und Oklahoma. Bis heute morgen war er nicht sicher gewesen, ob er mitfahren sollte. Jetzt hatte er keinen Zweifel mehr. Der Bus fuhr am Nachmittag um vier Uhr ab.

Er würde mir fehlen. Allerdings hatte er mir bereits gesagt, er habe die Nase voll davon, auf dem Broadway herumzuspazieren. Nördlich des Columbus Circle war der Broadway eine völlig andere Nummer. Fünfzehn Kilometer führte er dann noch durch Manhattan und weitere sechs Kilometer durch die Bronx, aber dort oben war er keine Traumstraße mehr. Dort lebten brave Bürger mit Jobs, Familien, geregelten Arbeitszeiten und Hypotheken. Dort war die Geschichte des Broadway nicht vom Abenteuer, sondern von Konsolidierung geprägt, dort ging es um Nachbarschaft und Rassen, um Iren, Juden, Afro-Amerikaner und Hispanos, seit neuestem auch um Koreaner, Kambodschaner und Vietnamesen. Und vor allem ging es ums Überleben. »Wirkliche Menschen, wirkliches Leben«, sagte Sasha. »War nett, dich zu kennen.«

In der warmen, feuchten, stickigen Luft gingen wir zurück zum Times Square. Sashas Schlagzeug war schon weiter südlich und aß mit den anderen O'Fays zu Mittag; mein Koffer wartete bereits in der 125. Straße. Durch den Dunst sahen wir zum letztenmal hinauf zur Laufschrift mit den neuesten Nachrichten. REVEREND ORAL ROBERTS, stand da, PROPHEZEIT KRÖTENREGEN.

Ich ging nach Norden.

Zur Erinnerung an Geraldo Cruz
Shelter Island, 9. Dezember 1990

Danksagung

Außer den Personen, die in diesem Buch vorkommen, haben mir viele andere sehr geholfen. Für ihre Großzügigkeit, ihre Geduld und ihre Bereitschaft, mir ihre Zeit zu widmen, gilt mein Dank besonders den folgenden: Neil Byrne, Pferdekutscher; Dee Dee Darnell, Sängerin; Eddie Blunt, ehemaliger Boxer; Patrick Bedford, Schauspieler; Michael Amato, Agent; Larry Brown, Philosoph; Vicky LaMotta, Model; Jane Dentinger, Schriftstellerin; Charles Cook, Tänzer; Marina Woitchaanskaja, Kunstradfahrerin; Seymour Foreman und Irving Edelman, Rechtsanwälte; Jim Fleetwood, Opernsänger; Jerry und Bea Gasman, Bekleidungsausstatter; Billy Gallagher, Broadway-Folklorist; Don George, Komponist; Leroy Goldfarb, Finanzmann; Velma, Medium; Rocky Graziano, Mittelgewichts-Champion; Steven Greenberg, Investor; Eddie Jaffe, Presseagent; Jonah Jones, Trompeter; Frank Scully, Wirt; Joe Kaliff, Cartoonist; Jennifer Lewis, Diva; Big Nick Nicholas, Tenorsaxophonist; Fred »Taxi« Mitchell, Taxifahrer und Musiker; Earl McGrath, *boulevardier*; Eddie Murphy, schwuler Aktivist; Madam Julia Drobner und Andy Anselmo, Stimmlehrer; Maria Nelson, Veranstalterin; Maurice Hines, Tänzer; Al Flosso, Zaubergeschäftsbesitzer; Milo O'Shea, Schauspieler; Joel Reed, Filmproduzent; Max Rosey, Publizist; Marvin Safir, Restaurantbesitzer; Peggy Doyle, Restaurantbesitzerin; Whitney Reis, Schauspielerin; Sandy Saddler, Federgewichts-Champion; Larry und Dorothy Speir von Memory Lane Music; Ken Smith, Privatdetektiv; Seymour Stein von Sire Records; Bob Appel von der Knitting Factory; Bambi, die Venus im Taschenformat; Henny Youngman, Komiker; Sister Rosa,

Geistheilerin; Sonny Sharrock, Gitarrist; Gustav Schoeffer, Tierpräparator; Gene Saks, Theaterdirektor; Toma Holley, Modedesigner.

Robert Hughes, Michael Thomas und Ken Auletta waren mir mit ihren Hintergrundinformationen eine unschätzbare Hilfe. Sean Doyle war mein erster Führer und Mentor. Geraldine Fitzgerald, eine wundervolle Frau, hat mich inspiriert. Fred und Mary Parvin haben mich bei sich aufgenommen. Fred Flores hat mir Mut gemacht.

Und Michaela, meine Frau? Fragen Sie mich bloß nicht.